학문에 바친 나날 되돌아보며

학문에 바친 나날 되돌아 보며

교수가 되기까지 30여 년 빚을 지고, 거의 같은 기간 동안 갚아서 정년을 할 때가 되니 빚이 없어졌다고 말한 분이 있는데, 나도 같은 표현을 쓰고 싶다. 그 전에 부모에게, 스승들에게, 주위의 다른 사람들에게 빚을 졌다. 빚을 준 분들이 아닌 자식, 제자들, 다시 만난 사람들에게 갚으려고 애썼다. 그것은 어쩔 수 없는 일이다. 이제 빚을 갚아 자유로운 몸이 되어 기쁘다.

할 일을 거의 다 하고, 빚 갚기를 대충 끝내 마음이 편하다고 생각하자. 잘못한 일은 다시 할 수 없으니 후회를 길게 하지는 않기로 한다. 휴식의 즐거움을 찾아 누리면서. 남은 시간을 헛되이 보내지는 않는 최소한의 작업을 하려고 한다. 책 읽기보다 산천유람이 더욱 소중하다는 것을 거듭 깨닫고, 새로운 마음으로 백지에 그림을 그리련다.

1. 장덕순 선생님 연구실에서(21쪽)
2. 서대석 교수와 함께(34쪽)
3. 정문연 제자들과 함께(216쪽)
4. 제자들과 등산하기 전 법주사 앞에서(360쪽)
5. 위욱승 교수와 함께(325쪽)
6. 1994년 동경대 환영회에서(324쪽)
7. 2003년 고르키세계문학연구소에서(326쪽)
8. 2003년 한불문화상 수상 기념(326쪽)
9. 2002년 북경외국어대학 강연(326쪽)
10. 페테르부르크 대학 특강(326쪽)
11. 만해 축전 국제학술회의에서(321쪽)
12. 생극론 강의 모습(333쪽)

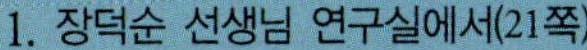

1			12
2			11
3			10
4			9
5	6	7	8

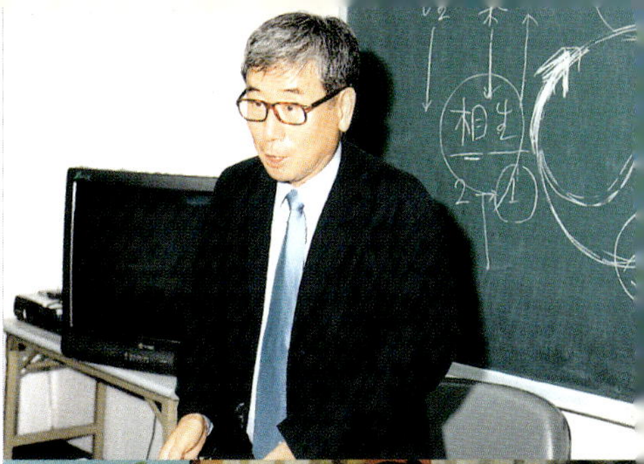

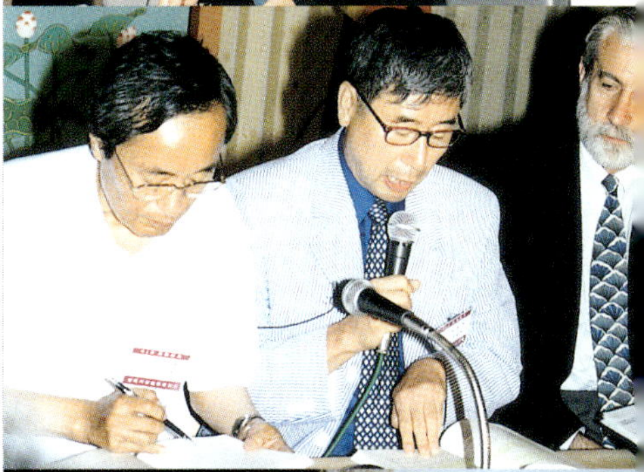

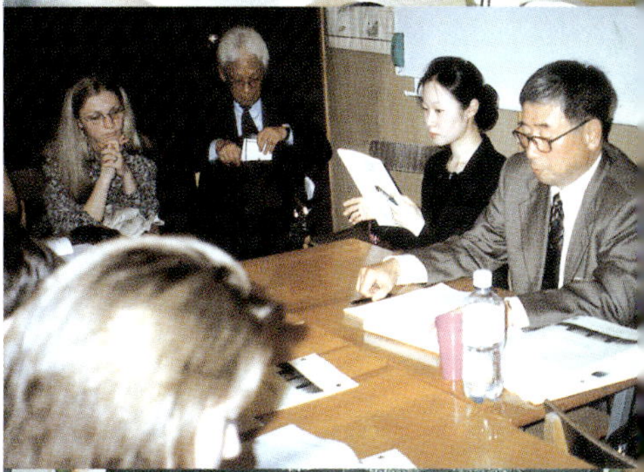

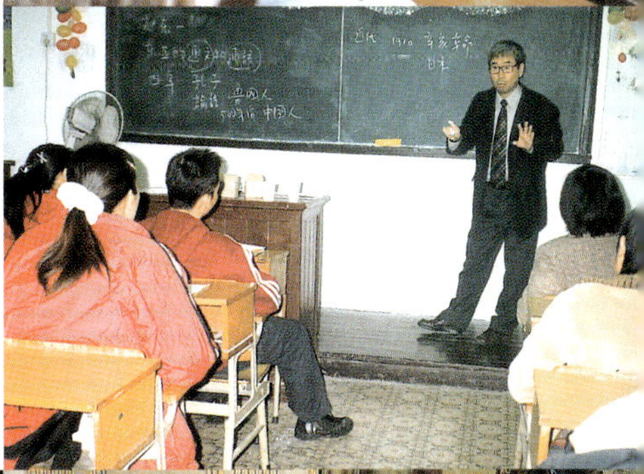

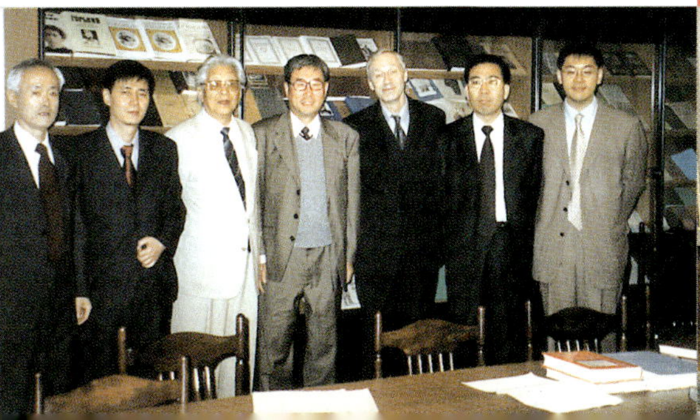

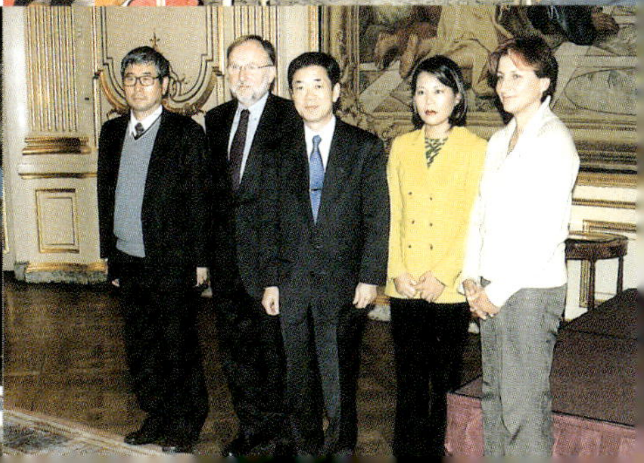

학문에 바친 나날 되돌아보며

초판 1쇄 인쇄 2004. 8. 6.
초판 1쇄 발행 2004. 8. 11.

지은이   조동일 외
펴낸이   김경희
펴낸곳   (주)지식산업사
주소   서울시 종로구 통의동 35-18
전화   (02)734-1978(대)
팩스   (02)720-7900
인터넷   한글문패 지식산업사
    영문문패 www.jisik.co.kr
전자우편   jsp@jisik.co.kr, jisikco@chollian.net

등록번호 1-363
등록날짜 1969. 5. 8.

© 조동일, 2004
ISBN 89-423-7029-2 03810

책값 15,000원

이 책을 읽고 지은이에게 문의하고자 하는 이는 지식산업사 전자우편으로 연락 바랍니다.

학문에 바친 나날 되돌아보며

조동일과 75인 제자

지식산업사

알리는 말

　　나는 1968년 3월에 계명대학 전임강사가 되었다. 2004년 8월말에 서울대학교에서 정년퇴임한다. 그 사이 36년 반 정도의 기간 동안 있었던 일을 이 책에서 회고한다. 제자들과 더불어 보낸 시간을 함께 되돌아보고자 해서 글을 받아 싣는다.

　　1968년 3월보다 먼저, 2004년 8월말보다 나중의 일까지 취급하는 본격적인 회고록을 다음 어느 기회에 쓸 수 있기를 바란다. 그 때는 살아온 내력을 모두 털어놓고 말하고 싶다. 이 책은 거기까지 가는 데 필요한 중간보고서 정도의 의의를 가진다.

　　시인 김지하의 회고록에 학생 시절의 나에 관해 많은 말을 했다. 내가 기억하고 있는 일을 더 적으면서 1960년대 초의 학생운동에 관해서도 논의하고 싶다. 정년퇴임 이후에 있을 일을 되돌아보는 기회도 있기를 바란다. 앞뒤의 사연을 보탠 완성판 회고록은 훗날의 과제로 남겨두고, 우선 대학 교수 노릇을 한 내력만 간략하게 정리한다.

36년 반 동안 네 학교에서 재직했다. 1968년 3월부터 1977년 1월 19일까지는 계명대학, 1977년 1월 19일부터 1981년 2월 28일까지는 영남대학, 1981년 3월 1일부터 1987년 4월 24일까지는 한국정신문화연구원 한국학대학원, 1987년 4월 24일부터 2004년 8월말까지는 서울대학에서 교수 노릇을 했다. 계명대 시절, 영남대 시절, 정문연 시절, 서울대 시절로 일컫고자 하는 네 시기가 있었다. 한 시기씩 다루어 이 책 본문을 넉 장으로 구성한다.

각 장 말미 '제자들의 회고'에 각기 그 시기 제자들이 과거를 되돌아본 글을 싣는다. 수록에 일정한 순서가 있다. 만난 연도가 빠른 사람의 글을 앞에다 내놓는다. 연도가 같으면 학년이 높은 순서로, 학년도 같으면 성명의 가나다순으로 배열한다.

내 이야기를 하기에 바빠 제자들과의 만남을 제대로 회고하지 못하고 말 염려가 있어 도움을 청한다. 사제동행의 행적을 밝혀, 다루는 내용을 더욱 풍부하게 하고자 한다. 내가 기억하지 못하거나 말하지 못한 사실을 보충해달라고 부탁한다. 어느 강의를 어떻게 했는지 고생하면서 들은 학생들이 증언해주리라고 기대한다.

어떤 제자의 글을 받을까 내가 정할 수는 없다. 모든 제자에게 연락을 할 길은 없다. 먼저 발견한 사람이 가까이 있는 동창생들에게 알려 보고 글을 쓰게 하기 바란다. 강사로 나가 가르쳐 학연을 가지게 된 사람들도 환영한다. 학점을 받는 강의를 듣지 않았지만 학문의 길을 같이 가면서 사숙하는 제자라고 생각하는 사람도 참여할 수 있다.

'제자들의 회고'에 수록할 제자들의 글은 2004년 3월말까지 접수한다. 원고 분량은 2천 자쯤으로 하고 다소 늘어나는 것을 허용한다. 내용을 요약한 특정의 제목을 맨 앞에다 쓴다. 자기 이름을 쓴다. 이름 다음에 괄호를 하고 나와 처음 만난 연도, 재학 대학, 과정 및 학기를 쓴다. 예컨대 "(1972년 계명대학 학사 1학기)", "(1983년 이화여대 박사 1학기)"라고 한다. 뒤의 것은 강사가 되어 가르친 경우이다. 정문연 시절에 해당하므로 그 시기 편집위원에게 보낸다. 국문과가 아닌 다른 학과 학생이 내 강의를 수강한 경우에는 학과 이름도 쓴다. 강의를 듣지 않은 경우에는 괄호 안에 처음 만난 연도만 쓰고 인연을 가지게 된 내력을 글 본문에서 설명한다.

나를 지칭할 때에는 "선생님"이라고 한다. 다른 사람과 구별할 필요가 있을 때에는 "조선생님"이라고 한다. 지문의 서술어에는 존대법을 쓰지 않는다. 나와 언제 어떻게 만나 어떤 공부를 함께 했는지 구체적 사실을 들어 말하고, 숨은 일화나 비장한 자료가 있으면 소개한다. 재미있고 웃음이 나게 쓰는 것을 환영한다. 추상적이거나 관념적인 서술, 찬사는 피한다. 특히 중요한 사안을 집중해서 다룬다. 졸업 후에 어떤 관계를 가졌는지 말하고, 자기의 근황을 소개하면서 글을 마친다.

원고를 각 시기 편집위원에게 전자우편으로 보낸다.

계명대 시절은 강은해 (계명대학 교수, ehk510@kmu.ac.kr),

영남대 시절은 임재해 (안동대학 교수, limjh@andong.ac.kr),

정문연 시절은 윤주필 (단국대학 교수, yjp88@mail.dku.edu),

서울대 시절은 김성룡 (호서대학 교수, srkim@office.hoseo.ac.kr).

이 네 사람이 글을 접수하고 검토한다. 강사로 나가 가르친 제자는 내가 그때 어디 재직하고 있었는지 연도를 보고 판단해, 위의 편집위원 가운데 한 사람에게 원고를 보낸다. 제출한 원고의 형식이나 내용이 부적당하다고 판단되면 편집위원이 수정을 요구한다. 편집위원의 요청이 있으면 1개월 이내에 원고를 수정해서 다시 보낸다.

편집위원은 정리해서 완성한 원고를 2004년 4월 15일까지 내게 보낸다. 최종 정리를 마친 원고를 2004년 4월말까지 출판사에 넘긴다. 책 출간은 2004년 8월 1일로 예정한다.

2004년 8월 11일 오후 4시에, 재직했던 네 대학의 중간쯤 되는 곳에 장소를 정해, 회고하는 글을 써서 보낸 제자들과 함께 이 책 출판을 자축하고 정년퇴임을 기념하는 모임을 가진다. 정년퇴임과 관련된 다른 행사는 없다.

위에서 한 말은 책을 만들기 위해서 필요했다. 완성된 책에도 삭제하지 않고 그대로 두어, 책이 어떤 경위를 거쳐 이루어졌는지 알리고자 한다. 회고하는 글을 쓴 제자는 모두 75인이다. 孔子의 제자보다 셋이 많다.

차 례

영남대 시절·95

1977년 1월 19일 ~ 1981년 2월 28일

정문연 시절·169

1981년 3월 1일 ~ 1987년 4월 24일

박경수 박순임 윤주필 서영숙 이경순 이종주 강영순

이복규 김성수 박미영 이진오 최상은 강진옥 김대숙

김신연 김대현 김헌선 신연우 김인섭 안동준 孫志鳳

안장리

서울대 시절 · 289

1987년 4월 24일 ~ 2004년 8월 31일

조세형　강혜선　박경주　사진실　송성욱　이인경　정병설

임주탁　박종성　김동준　황재문　서인석　류준필　조해숙

김필영　김성룡　최귀묵　정운채　류준경　최원오　심우장

이경하　정천구　장유정　이민희　李麗秋　정소연　김예령

나수호　황종민

계명대 시절

1968년 3월 11일 – 1977년 1월 19일

계명대로 가기까지

1968년 3월 11일 계명대학 전임강사가 되었다. 그때 만 29세였다. 불문과를 졸업하고 대학원에 들었다가, 국문과 3학년에 학사편입을 해서 4년 동안 공부하고 석사과정을 갓 마친 해였다. 두 학과에서 공부하느라고 시간을 보냈지만 대학 진출은 늦지 않았다.

3월 1일에 신학기가 시작되고 열흘이나 지난 뒤에 그 대학에 갔다. 아무 소문도 들은 바 없고, 이력서 한 장 내지 않았는데 나도 모르는 사이에 일이 진행되었다. 계명대학에 먼저 가 있던 선배 신동욱 교수가 추천하고 학과의 다른 교수들이 동의하고 학장이 좋다고 해서 채용이 결정되었다. 그런데 연락이 되지 않아 시간이 경과했다.

철학과의 김상기 교수가 찾는 임무를 띠고 서울서 며칠 동안 애쓴 끝에 나를 만날 수 있었다. 김상기 교수는 한 학기 뒤에 미국으로 유학을 떠났다가 그 곳 교수가 된 분이다. 서울대학교 철학과 조교를 하다가 중앙일보사 문화부 기자로 특채되어 학술 분야를 맡고 있을 때 가까이 지낼 기회가 있었다.

중앙일보 문화부에서 있었던 일을 소개한다. 한국일보에서 옮겨 간 예용해 부장이 제안해 중앙일보에서 창간 기념사업으로 전국민속 조사를 대대적으로 하기로 했다. 내가 그 계획 작성을 맡아 중앙일보 문화부에 거의 한 달 동안 출근하다시피 했다. 일이 성사되면 중앙일보 기자로 입사해 그 일을 전담할 예정이었다. 그런데 삼성 계열 한국비료의 밀수사건이 터져 중앙일보도 타격을 본 탓에 신규사업을 벌일 여력이 없다고 해서 그 일이 파의되고 말았다.

1968년 2월에 석사가 되고, 대학 전임은 생각하지도 못하고 강사라도 했으면 하고 있었다. 이우성 선생의 추천으로 성균관대학교의 교양과목 작문을 두 시간 맡기로 되어 있었는데, 무슨 이유인지 개강이 늦어졌다. 계명대학에서 오라고 해서 시간 강사는 하지 않고 바로 전임이 되었다.

그 당시 한가하게 지낸 것은 아니다. 정병욱 선생이 소개하고 권유해서 1967년 1학기부터 박헌봉 선생이 교장으로 있는 국악예술학교에 나가서 국어를 한 주일에 10시간 가르치는 강사 노릇을 했다. 교사 자격증이 없는데도 개의하지 않고 받아주어, 국어를 가르쳤다.

그 시절 국악예술학교는 정규 중고등학교가 아닌 각종학교여서 규모가 크지 않고 국어 시간이 많지 않았다. 중1에서 고 3까지 모두 한 반씩이고, 국어가 한 주일에 두 시간 모두 합쳐 12시간이었다. 그 가운데 중1의 두 시간은 다른 과목을 가르치는 전임교사가 맡고, 중2에서 고3까지 도합 10시간은 내가 맡았다. 강사이지만 국어 담당 전임교사가 따로 없어서 과목주임 노릇까지 했다. 진도를 마음대로 정하고, 시험도 혼자 출제하고 채점했다.

국악예술학교에서 가르친 것은 소중한 경험이었다. 국어 교과서 내용을 알고, 어떻게 가르쳐야 하는지 생각하고, 실제 수업을 하는 것이 모두 큰 공부였다. 다른 사람들은 대학으로 진출하기 전에 중고등학교에서 여러 해 가르치는 것이 예사였던 시절에, 나는 같은 성격의 수련을 최소한의 기간 동안 효과적으로 하는 행운을 누렸다. 대학에 가서 입시출제를 하고, 학생들에게 중고등학교 교사가 되었을 때 필요한 훈련을 시킬 때 국악예술학교에서 경험한 바를 소중하게 활용했다.

나는 국악예술학교에서 많은 것을 배웠다. 그 시절 국악예술학교에는 판소리의 김소희, 가야금의 성금련, 해금의 지영희, 거문고의 신쾌동, 꼭두각시놀음의 남운룡, 봉산탈춤의 김진옥 같은 분들이 강사로 나와 실기를 지도했다. 그 분들과 함께 근무하는 동료강사가 된 것이 감격스러웠다. 당대 최고의 명인들을 가까이 모시고, 지도하고 공연하는 것을 보면서, 국악에 대해서 입문하고, 즐기고 이해하는 훈련을 할 수 있었다. 봉산탈춤 무형문화재 기능 보유자인 김진옥 옹의 가르침이 석사학위 논문을 쓰는 데 많은 도움이 되었다.

공연이 자주 있고 연습 부담이 많아서 국어 수업을 하지 못하는 경우가 더러 있었다. 늦지 않으려고 허둥대면서 가면, 미안하지만 휴강을 해달라고 했다. 다른 학교에서라면 화가 날 일이 그 곳에서는 좋은 기회였다. 학생들의 연습이나 공연을 보면서 학생의 학생이 되는 즐거움을 누렸다. 강사료를 내지 않고 받으면서 가장 소중하고 신나는 공부를 했다. 그때 내 수업을 들은 학생들 가운데 김덕수·김영재·박범훈을 비롯한 많은 사람이 지금 국악계를 이끄는 위치에 있다. 나를 선생으로 기억하고 그때 시절을 이야기한다고 하니 영광이다.

그러다가 계명대학에서 전임강사로 오라고 해서 가야 하겠다고 하니, 박헌봉 교장은 국악예술학교에 곧 대학과정을 둘 터이니 가지 말라고 간곡하게 만류했다. 모처럼 생기기 어려운 기회를 버릴 수 없다고 하자, 송별연을 베풀어주었다. 강사를 그렇게까지 대접한 것은 다른 학교에서도 전례가 없는 일일 것이다.

국악예술학교 강사 외에 다른 일도 하고 있었다. 출판사 신구문화사에서 외국문학 작품 번역 원고를 감수하는 것이었다. 번역으로 벌이를 삼은 경력을 인정하고, 외국문학 전공자들의 우리말 구사력을 살필 만하다고 보아 좋은 일을 맡겼다. 번역 원고를 대강 훑어보다가 문장을 조금 나무라고 이따금 영어와 불어 원문과 대조해 문제가 있는 대목을 찾아내 고쳐보기도 하는 일이었다. 한두 군데라도 자세하게 살펴 꼼꼼히 바로잡으면 일을 열심히 한 것으로 인정되었다.

내가 그 일을 한다는 것은 비밀이었다. 누군지 밝힐 수 없는 사람의 검토를 받아보니 번역이 정확하지 않고 부실하고 우리말 표현이 적합하지 않다고 출판사에서 역자를 나무랐다. 오랜 시간이 지나 우연한 기회에 친한 사이인 불문학자 곽광수 교수에게 그 일을 한 내막을 털어놓았더니, 자기가 한 번역을 심하게 나무란 사람을 언짢게 생각했는데 "바로 조형이였군요!"라고 하면서 놀랐다.

서론이 너무 긴 것 같지만 좀 더 이야기해야 하겠다. 다른 한 가지 일도 하고 있었던 것을 말하지 않을 수 없다. 서울대학 동아문화연구소 보조연구원 노릇을 하는 것이었다. 그 해에는 전광용 교수의 연구를 돕도록 되어 있었다. 연구와는 다른 일만 조금 거들고 그냥 지내는 판국이었다. 어떻게든지 일을 시작하려고 연구 제목이 무엇인가 물어보니, 알 것 없다고 대답했다. 연구비는 받고 연구는 하지 않으려고 처음부터 작정한 것인지 어쩐지 아직도 알지 못한다.

그러나 그냥 넘어간 것은 아니다. 후일담까지 말해야 전후의 사정이 연결된다. 계명대에 있는 동안에 긴급 호출을 받고 동아문화연구소 사업으로 내는 《국어국문학사전》 대항목 원고, 선생님들 몇 분이 여러 해 동안 쓰지 않아 독족이 빗발치는 것들을 열흘 정도 기간 동안 다 썼다. 매일 100매 정도 되는 분량을 감당해야 했다.

일을 마치니 정병욱 선생이 말했다. "조군이 빠르기는 해도 좀 거칠지." 그 거친 원고를 다른 누가 맡아 다듬지 않은 채 사전에 그대로 실려 있다. 연말이 되어 대구로 가겠다고 하자 수고했다고 돈을 얼마 주어, 서점에 가서 외서를 두 권 사니 남지 않았다.

대학원 공부를 하면서 국악예술학교, 신구문화사, 동아문화연구소의 일을 다 맡은 것은 피하기 어려운 탓도 있지만 돈이 필요했기 때문이다. 아내가 초등학교 교사로 나가 벌어도 여유가 없고, 6남매 맏이의 임무를 감당하기에는 너무 모자랐다. 1962년에 불문과를 졸업하고 6년 세월이 흐르는 동안 직장이 없고 변변한 벌이를 하지 못하는 아들을 보고 부모님은 아무 말 하지 않았다. 나로서는 할 말이 없었다.

그래도 박사과정에 진학해 계속 공부하기로 작정했다. 인문사회계에서는 박사과정 진학이 거의 없을 때였다. 시험을 의과대학에서 보고, 제2외국어시험 시간에 감독으로 들어온 의과대학 교수가 응시자들에게 "무어라도 써야 점수를 주지"라고 말하면서 다녔다. 의학 아닌 다른 분야에서는 정치학에서 한 명, 사학에서 한 명 더 응시자가 있었는데, 합격자는 나뿐이었던 것 같다. 내가 수료할 때까지 국어국문학과 박사과정에 다른 사람은 아무도 입학하지 않았다.

어떤 어려움이 있어도 박사과정 학생의 신분을 가지고 도서관을 이용하면서 연구실에서 버티자, 이렇게 생각하고 있는데, 계명대학에서 오라고 했다. 이제 살았구나 싶었다. 계명대학은 부모님이 계신 대구에 있는 대학이니 더욱 다행이었다. 방을 얻어야 하는 걱정도 없었다.

은사들에게 기쁜 소식을 전하니 의외의 반응이었다. 가지 말라고 하는 것이었다. 그 이유는 서울대학에 교양과정부가 처음 생기고 유급조교 자리가 나서 같은 학기에 석사학위를 취득한 이병근 동학과 나를 함께 쓸 생각을 하고 있었기 때문이었다. 그렇게 된다고 암시하는 말을 듣기는 했어도 반신반의했다. 조교는 으레 무급으로 부려먹는 대학에 유급조교의 자리가 생긴다는 것도 믿기 어려웠다. 인사를 결정하는 단계에 변수가 생길 수도 있었다.

더욱 걱정스러운 것은 신원조회였다. 왜 그렇게 되었는지 이 회고록에서는 다루지 않는다. 지방의 사립대학이라면 가능할 수 있는 일이 국립 서울대학에서는 가능하지 않을 듯하다고 생각한 것만은 밝혀두기로 한다.

가지 말라는 처분을 내린 선생님들을 새벽에 댁으로 찾아뵙고, 먹고 살기 어려워 가야 하겠다고 간청했다. 그랬더니 장덕순, 정병욱, 전광용, 정한모 네 분이 아침 10시에 모여 정식으로 회의를 열어 장시간 논의하다가, 불러서 들어가니 결정 사항을 통보했다. 정병욱 선생이 대표로 가는 것을 허락한다 하고, 이제부터는 문학평론은 그만두고 고전문학연구에만 전념하는 것이 조건이라고 했다. 그렇게 하겠다고 응답하고 그대로 실행했다.

지도교수 장덕순 선생님은 따로 불러 다른 말은 없고 강의실에 들어갈 때에는 넥타이를 매라고 했다. 그 분부를 한 번도 어긴 적 없다. 넥타이를 싫어하는 성미라 강의실에 들어가기 직전에 매고, 나오면서 복도에서 푸는 것이 예사였다.

장덕순 선생님 연구실에서 선생님을 모시고 찍은 사진이 화보 왼쪽 상단에 있다. 벽에 걸린 탈바가지가 선생님 연구실의 명물이었다. 선생님 오른쪽에는 이기문 교수가, 왼쪽에는 고영근 교수가 있다. 어느 시절인지 기억나지 않으나, 선생님이 건강하고 기분 좋은 날이었다. 나는 아주 젊었다. 장발의 유행을 따랐던 것 같나. 책의 맨 앞 화보에 내놓은 사진 12장을 앞으로 계속 해당 대목에서 설명한다.

본론으로 돌아가자. 계명대학에 가지 않고 서울대학교의 신설 교양과정부 조교 일을 맡았으면 그 뒤에 어떻게 되었을까? 이병근 동학은 3년 뒤에 전임강사가 되었지만, 나도 그렇게 되었으리라고 장담하기 어렵다. 다행히 발령을 받아도 처신에 문제가 생길 수도 있었다. 신원 재조사로 그만두어야 하는 일이 생길 수도 있었다. 교양과정부 조교와 전임을 거쳐 마침내 인문대학 국어국문학과에 자리를 잡는 과정보다 밖으로 나가 여러 대학을 거친 것이 어느 모로 보든 훨씬 좋았다고 생각한다.

계명대학, 그리고 그 뒤에 영남대학에서 보낸 13년 동안 나는 생계를 해결하고, 세상 풍파에서 멀어질 수 있는 피란처를 얻고, 누구의 간섭도 받지 않고 내 학문을 스스로 개척할 수 있었다. 전공과목을 여럿 맡고 곧 대학원의 강의와 논문 지도까지 해서 관심의 영역을 넓히고 깊이를 갖출 수 있었던 것이 다행이다. 소년 시절을 일찍 청산하고 바로 성인이 된 격이다. 일찍 분가를 한 덕분에 아주 큰 심부름 거리가 있지 않으면 동원되지 않았다.

서울대학 교양과정부에 입학한 학생들이 나중에 전공을 정할 때 국어국문학과 지망자가 아주 적어 어려움을 겪은 일이 있었다고 들었다. 들은 대로 그대로 옮기면, 정병욱 선생이 교양과정부 국어 전임들을 집합시키고, "너희 놈들, 국어는 제대로 가르치지 않고 전공과목만 탐내니 이런 일이 생겼다! 전공과목을 맡기려고 너희 놈들을 데려온 것은 아니다. 전공과목 잘 할 사람들은 따로 있다." 이렇게 말했다고 한다.

그런 일이 있었다고 당한 사람들 가운데 한 분이 일러주어서 알았다. 얼마 뒤에 정병욱 선생이 부르더니 같은 사건을 다시 전하고, "지금 있는 놈들을 내보내고 조군을 데려올 터이니 준비하라"고 했다. 나는 "저는 지금 있는 곳에서 잘 있습니다"라고 대답했다. 그 이상 할 말이 없었다. 정병욱 선생에게 그런 말을 들었다고 전혀 입 밖에 내지 않고 지내다가 이제야 밝힌다.

계명대학에 가기까지 있었던 일을 너무 길게 말했다. 복잡한 경위가 얽혀 있어 말하지 않을 수 없다. 계명대학에 가면서 나는 서울에서 가졌던 미련과 기대를 모두 버리고 자기 길을 스스로 개척하는 학자가 되기로 작정했다는 것은 다시 말해두기로 한다. 그런 기회를 마련해준 모든 분들에게 감사한다.

바쁘고 보람 있던 시간

계명대학에 처음 갔던 날이 1968년 3월 11일이라고 이미 말했다. 이미 개강을 한 뒤였다. 다른 분들이 맡은 강의를 회수해, '국문학개론', '국문학강독', 그리고 '교양국어' 한 과목을 주었다. 대학 강의를 해본 경력이라고는 없으면서 전임 경력이 많아야 제대로 감당할 수 있는 일을 갑자기 맡았다.

갓 석사를 해서 전임강사가 되려면 경력이 1년 모자라는데도 개의하지 않고 전임강사로 발령했다. 2년 뒤에 조교수가 되게 했다. 다시 조교수 3년을 하고 부교수가 되어 순조롭게 승진했다. 만 29세의 전임강사, 31세의 조교수, 34세의 부교수는 지금 생각할 수도 없다. 교수가 된 것은 영남대 시절의 일이다.

3월 20일이 월급날이었는데, 월급 3만 원과 상여금 3만 원 도합 6만 원을 받았다. 국악예술학교, 신구문화사, 동아문화연구소에서 각기 1만 원씩 받은 총계에 해당하는 액수가 월급이어서 잘 기억하고 있다. 기대 이상이고, 다른 대학 전임보다 아주 많은 액수였다.

연구실이 남아 있지 않아 문제가 생겼는데, 당시 기획실장이던 소홍렬 교수가 자기 연구실을 선뜻 내주었다. 사무실도 있고, 기숙사 방도 있어 지장이 없다고 했다. 나중에 들으니, 신동욱 교수가 소홍렬 교수에게 우연히 내 이야기를 해서 초빙이 결정되었다고 했다. 소홍렬 교수는 그 뒤에도 가끔 만나고, 나중에 한국철학회 회장을 하면서 논리논술대학원이라는 것을 열 때 가서 특강을 한 인연도 있다.

당시 어느 대학이든 자기네 졸업생 아니면 자기 고장 사람들을 쓰는 것이 상례였는데, 계명대학은 그렇지 않았다. 신태식 학장이 의욕을 가지고 대학을 키우겠다고 하는 방침을 기획실장 소홍렬 교수가 잘 받들어 많은 인재를 모았다. 철학과에 김충렬 교수, 그리고 위에서 이미 말한 김상기 교수가 있었던 것이 그 덕분이다.

계명대학은 당시에 학과는 9개이고 교수 수는 50명 정도의 규모였다. 국어국문학과는 비교적 늦게 1964년에 창설되어 제1회 졸업생을 낸 상태였다. 경북대학이나 영남대학보다는 모든 것이 늦었지만 신흥하는 기운을 자랑했다.

학과 창설자는 정규복 교수인데, 고려대학으로 옮겨 가고 없었다. 최정여, 서재극, 신동욱, 남기심 네 교수가 있었다. 내가 가서 다섯 사람이 되었다. 문학 교수 셋 가운데 최정여 교수는 고전시가, 나는 고전산문, 신동욱 교수는 현대문학을 맡았다. '국문학사'는 최정여 교수, '국문학개론'은 내가 담당했다.

그 당시부터 교수들의 연구활동이 활발해 널리 주목되었다. 어느 해인가 국어국문학회에서 발표를 하니 학계 원로인 양재연 교수가 "계명에서 닭이 울어야 날이 밝는다"고 했다. 그런 기풍이 새로운 교수가 부임할 때마다 더욱 분명해졌다.

남기심 교수는 매일 연구실에 나와 열심히 공부하고 있었다. 국사학과 이병휴 교수도 학구열이 대단해 강의가 끝나면 연구실에서 살다시피 했다. 나도 그 대열에 합류해 마음껏 연구할 수 있었다. 교수 연구실에 책상을 하나 놓고 공부하던 시절을 청산하고 내 연구실을 얻어 책을 모두 꽂아놓고 밤낮으로 마음대로 이용할 수 있는 것이 꿈만 같았다. 마음껏 파고들어 큰 것을 이루리라고 다짐했다.

당시 계명대학에서는 학교 구내에 있는 사택을 교수들에게 제공했다. 그러나 남은 집이 없어 그 혜택을 보지 못했다. 그 대신에 학교에서 그리 멀지 않은 곳에 전셋집을 하나 얻어주었다. 몇 해 뒤에는 사택을 주어 학교 구내로 들어갔다. 백 평이나 됨직한 밭이 딸렸다. 갖가지 과일 나무가 있었다. 농사를 마음껏 지을 수 있었다. 다시 방이 넷이나 되는 대저택으로 이사했다. 많은 기여를 하라고 파격적인 대우를 했다.

구내 사택은 우리 집 아이들이 어린 시절을 보낸 고향이다. 마음껏 뛰놀다가 다치기도 했다. 기르던 개가 약 먹은 쥐를 건드려 죽는 일이 있었을 때 아들과 딸이 데리고 가서 언덕진 곳에 묻고 물었다. "개도 제사를 지내요?" 내가 대답했다. "자식 없이 세상을 떠났으니 누가 지내겠나."

그런데 학교 시설을 확장하느라고 사택을 다 뜯고 건물을 지어, 원래의 자리를 알아볼 수도 없게 되었다. 대명동에서 성서로 이사를 해서 새 터전에 학교를 더 크게 만들었다. 서울대 시절 어느 날 대명동 교사에 가서 한 나절을 보내도 아는 사람이 하나도 없었다. 성서로 가서 둘러보니 모든 것이 생소하기만 했다.

강의실과 연구실

이제 강의에 대해 이야기해보자. 첫 학기에 '국문학개론'을 강의하느라고 무척 애쓰면서도 보람은 적었다. 기존 교재를 보니 마음에 드는 것이 없어 스스로 노트를 해서 강의하기로 작정했다. 학생들에게는 기존 교재 5종을 읽어 내용을 요약한 노트를 검사받으라고 했다.

학생들은 기존의 교재를 요약하고 이해하기 어려운 강의를 듣느라고 너무 많은 고생을 했다. 두고두고 미안하게 생각한다. 나는 이제 와서 참회해도 과거로 되돌아가서 잘못을 시정할 수 없어, 대학에 처음 가거든 너무 욕심을 내지 말고 쉽게 가르치라고 후배나 제자에게 당부한다.

국문학에 대한 이해를 체계화하는 데 갈래 구분이 가장 큰 문제점이었다. 납득할 수 있는 설명을 어떻게 해야 하는가 하고 고민하다가 교술을 포함한 네 갈래를 인정해야 한다는 발상을 얻게 되었다. 그것이 새로운 연구의 소중한 출발점이었다.

갈래 문제에 대해서 깊은 관심을 가졌다. 〈판소리의 장르 규정〉과 〈가사의 장르 규정〉을 쓰고, 《서사민요연구》(1970)에서도 갈래 문제를 소중하게 다룬 것이 당장 나타난 결과였다. 한국문학사를 세계문학까지 살피면서 문학 갈래의 역사를 그 근간으로 삼은 것이 그 때문에 가능했다.

국문학강독의 교재로는 《인봉소》를 택했다. 그때 마침 장서각본이 영인되어 나와 글씨가 좋아 마음에 들었다. 부끄러운 이야기지만, 번역 작품인 줄 몰랐다. 쉽게 읽힐 것 같았는데, 말 한 마디 한 마디 다 설명하려고 하니 아주 힘들었다. 학생들에게 읽어 오라고 하고 지명해서 시키는 것은 더욱 무리한 짓인데 강행했으니 두고두고 반성해야 할 일이다.

그 다음 해에는 잘못을 철저히 시정하리라고 작정하고 세창서관본 《홍부전》을 교재로 택했다. 종로 3가에서 아직도 영업을 하고 있던 세창서관에 들러 책을 학생 수만큼 사가도 값이 얼마 되지 않고 무겁지도 않았다. 나도 학생들도 재미있게 읽고, 작품을 면밀하게 살

편 덕분에 〈흥부전의 양면성〉이라는 논문을 자세한 내용을 갖추어 쓸 수 있었다.

그 뒤에는 내가 주무를 맡아 대구의 여러 대학 교수들이 합작해 만든 고전소설 영인본 교재를 강독하고 소설론과 연결시켜 다루었다. 권영철본《임진록》에서 특히 많은 흥미를 느껴,〈임진록에 나타난 김덕령〉을 쓰는 주자료로 삼았다.

'희곡론' 강의를 신설해서 맡고 전통극과 근대극을 함께 취급했다. 구비문학론도 신설했다. 교양과목에 국어 외에 '교양문학'이라는 것을 만들어 전교생이 필수로 수강하게 하고, 동서고금의 작품을 읽고 논하는 강의를 했다. 그때 심취하면서 강의한 작품들이 나중에 세계문학으로 연구 범위를 넓힐 때 긴요하게 활용되었다.

교육대학원 국어교육 전공은 내가 가던 해인 1968년에 생겼다. 내가 있는 동안 1972년에는 석사과정이, 1974년에는 박사과정이 설치되었다. 해야 할 강의가 많아지고, 논문 지도도 맡아야 했다. 아직 30대인데 중진교수처럼 활동해야 했다.

박사과정에는 당시 대구교대 교수이고 나중에 경북대학으로 가서 정년퇴임한 유기룡 교수가 입학했다. 지금 인천대학에 있는 오양호 교수는 영남대 박사과정 학생이었는데, 내가 그 쪽 강의를 맡았으므로 계명대까지 와서 수강했다. 두 사람을 함께 강의하면서 이기철학의 원전을 읽었다. 유기룡 교수는 후배의 강의를 열심히 들었다.

계명대학에 있는 동안 박사과정을 수료해 활동 영역이 넓어졌다. 교수들이 다수 박사과정에 적을 두고 있는 시절이 오래 계속되어, 박사과정 수료자가 박사과정 강의와 논문 심사에서 큰 구실을 해야 했다. 1976년에 박사학위를 취득하자 나이에 비해 위상이 너무 높은 불균형이 더 커졌다.

판소리계 소설에 대한 관심을 가지고 《흥부전》·《춘향전》·《심청전》·《토끼전》에 관한 논문을 한 편씩 썼다. 기존 도덕을 따르는 표면적 주제와 사회적 갈등을 새롭게 인식하고 해결하고자 하는 이면적 주제의 공존을 밝히는 것이 가장 중요한 과제였다. 소설에 관한 연구는 신소설로 확대되어, 신소설은 표면적 주제가 진보적이고 이면적 주제가 보수적인 점이 판소리계 소설과 반대가 된다는 사실을 밝혔다.

이숭녕 선생의 추천으로 동아문화연구위원회에서 주는 연구비를 받아 얻은 결과를 《서사민요연구》로 출간했다. 석사과정 학생일 때 이우성 선생의 천거로 성균관대학교 국어국문학과 안동문화권 학술답사 민요반을 지도하면서 안동과 봉화 일대에서 서사민요를 만난 경험을 살려 현지조사를 조직적으로 하는 계획을 세웠다.

고향인 영양에서 시작해 청송을 거쳐 영천까지 내려오는 골짜기에서 부녀자들이 삼을 삼으면서 부르는 서사민요를 채록하기로 했다. 연구비는 미국에서 오는 것이어서 미화로 1천 불이고, 네 번 나누어 받았다. 당시로서는 거금이어서 답사 장비를 구하고, 여비로 쓰기에 부족하지 않았다. 세계 최초로 개발된 필립스 제품 카세트 녹음기를 구해서 요긴하게 이용했다. 처음 보는 녹음기가 신기해 자진해서 노래를 하겠다는 사람이 많이 있었다.

오지를 찾아다니자니 교통이 불편하고 숙소가 마땅하지 않아 많은 고생을 했다. 승용차를 타고 나갈 수 있는 지금과는 형편이 많이 달랐다. 무거운 짐을 지고 35도가 넘는 날씨에 몇 십리씩 걷기도 했다. 영하 10도 이하인 날 냉방에서 자기도 했다. 그래도 힘든 줄 모르고 신나기만 했다.

그때까지는 삼을 기르고 삼을 삼으면서 노래를 불렀다. 서사민요의 오랜 전승이 흔들리지 않고 이어진 거의 마지막 시기에 답사를 했다. 일정한 거리마다 마을을 선정해서, 정해진 유형의 노래를 여러 사람에게 거듭 채록해서 비교해 분석하는 방법을 썼다.

경북 영천군 화북면 상송리에서 조사를 할 때에는 내가 가르치는 국문과 학생 추연구의 집이 거기 있고 널찍한 과수원이어서 환대를 받으면서 며칠 머물렀다. 마침 그 때 그 학생 성적표가 우편으로 왔는데 내 과목은 낙제점으로 기록되어 있었다. 그런 사실을 잊고 신세를 지다니. 몸 둘 바를 몰랐다.

조사결과를 정리해 연구편과 자료편이 갖추어진 책을 냈다. 계명대학에서 출판부를 처음 만들어 낼 책을 신청하라는 데 응모해 선정되었다. 인세는 없고 판권을 계명대학 출판부에서 소유한다고 책에 박아 놓는 납득할 수 없는 처우를 했으나 책이 나오는 것을 다행이라고 여겼다. 서사민요의 갈래, 유형, 율격 등의 문제를 다룬 것이 연구 확대에 불가결한 기초가 되고 이론 탐구의 출발점이 되었다.

성균관대학의 안동문화권 조사, 서사민요 조사, 다시 한국문화인류학회가 맡은 전국민속조사 경상북도 민요를 맡아 많은 녹음 자료가 쌓였다. 그런 것들을 이용해 구비문학론 강의 세 시간 가운데 한 시간은 어학실습실에서 학생들이 녹음을 듣고 받아쓰면서 수업을 듣도록 했다. 나중에 서대석 교수가 와서 그 강의를 이어받을 때 자료를 물려주었다.

후일담까지 보태자. 내가 가진 녹음 자료 원본을 오랫동안 돌보지 않고 있다가 30년쯤 세월이 지난 뒤에 정문연 제자이고 경기대학 교수인 김헌선이 애써 정리해 2002년에 신나라뮤직에서 시디(CD) 9장에다 해설집 한 권을 보태 출간했다. 여러 신문에서 일제히 소개하면서 소중한 자료라고 하니 애쓴 보람이 있게 되었다. 그럴수록 오래 방치해 둔 것이 더욱 부끄러웠다. 그것이 전부가 아니다. 이사를 자주 다니는 동안에 일부는 잃어버려 애석하다.

'희곡론' 강의를 하면서 석사학위 논문에서 한 탈춤 연구를 보완하고 확장하는 데도 힘썼다. 여석기 선생이 내는 《연극평론》에서 연재를 할 수 있는 지면을 제공해 주어 후속 작업을 하고, 별도로 쓴 논문도 넣어 《한국가면극의 미학》(1975)이라는 책을 냈다. 그것을 다시 수정하고 증보해서 《탈춤의 역사와 원리》(1979)를 냈다. 두 책 다 많이 팔리고 널리 읽혀 탈춤에 대한 인식을 높이는 데 기여했다.

소설과 구비문학 두 가지 분야에 관한 연구 작업을 하면서 소설에다 더 무게를 두기로 했다. 주저라고 할 것을 써서 연구 수준을 한 등급 더 높이는 것이 마땅하다고 판단하고 장차 《한국소설의 이론》(1977)으로 내놓을 작업을 했다. 이기철학에 입각해 국문학연구의 이론을 마련하는 방향을 찾고, 문학 갈래의 이론을 재정비해 소설이 무엇인가 규정하고, 소설의 성립과 초기소설에 대한 구체적인 연구를 했다.

그 책에 수록된 영웅소설에 관한 연구가 박사학위 논문이다. 1971년에 과정을 수료했으나 과정을 거치지 않고 논문만으로 학위를 받는 구제의 제도가 끝나지 않아 기다리고 있다가 1975년 가을에 논문을 내고 1976년에 박사를 받았다. 심사에 참가한 국사학과 김철준 교수가 논문을 좋게 평가한 덕분에 수정이 거의 없이 통과되었다.

김철준 교수와 한우근 교수를 심사위원에 넣은 것은 송욱 학장의 처사였다. 국문학과는 구제학위를 남발하더니 신제마저 마구 내는가 하고 의심하고, 조동일은 나쁜 놈이니 골탕을 먹어야 한다고 하면서 국문학과에서 추천한 전광용 교수와 정한모 교수는 빼고 까다롭기로 이름 난 그 두 분을 넣었다. 끼리끼리 보아주지 못하도록 한 처사였다.

그것은 전화위복이었다. 전광용 교수는 선배들보다 학위논문을 먼저 내는 것은 용서할 수 없다고 완강하게 막다가 심사를 까다롭게 해서 버릇을 고쳐 놓겠다고 벼르고 있었는데, 심사위원에서 빠졌다. 내용은 제쳐두고 문장을 탈 잡아 크게 꾸짖고 혼을 내주는 지옥 같은 시련을 면할 수 있었다.

국문학과는 과연 학위를 남발하는지 국사학과의 두 심사위원이 판단할 판국이었다. 한우근 교수는 대학원장이어서 심사에 깊이 관여하지 않고, 김철준 교수가 좋다고 해서 지도교수 장덕순 교수는 물론 주심 정병욱 교수도 국문학과의 명예를 위해서도 다행으로 생각했다. 그 뒤부터 김철준 교수와 가까이 지내게 되었다.

논문에서 한문 자료를 많이 인용하면서 이기철학에 관해 논하는 것이 말이 되는지 권오돈 선생이 심사에 참여해 판정하게 되어 있었다. 국문 자료 인용에서 잘못 떼어 읽은 것을 하나 지적하고, 한문 자료 취급에서는 수정 지시를 하지 않았다. "조군은 영남의 남인인데, 기호 노론의 학설을 많이 이용한 것을 대견하게 생각한다"고 했다.

오는 사람 가는 사람

계명대학은 교수의 논산훈련소라는 말이 있었다. 학연이나 지연을 가리지 않고 유능한 인재가 있으면 교수로 데려가서 혹독한 훈련을 시켜 떠나보내기 때문이었다. 다른 대학에서는 아직 생각도 하지 않는 계약제를 실시하고, 강의계획서를 만들어 배부하라고 했다. 학생 면담 시간을 정하고 지키도록 제도화했다. 휴강이나 지각을 용서하지 않았다. 학생이 강의에 불만이 있으면 바로 학장실로 달려가고, 교수가 불려가 혼이 나는 판국이었다.

계명대학은 아주 좋으면서 불안한 곳이었다. 다른 대학보다 앞서서 계약제를 실시했다. 대우할 사람은 대우하고, 나갈 사람은 나가도록 했다. 어느 날 신태식 학장이 교수회에서 말했다. "나는 차별 대우를 신조로 삼습니다. 차별 대우를 하지 않으면 누가 노력하고 향상하려고 합니까?"

좋은 대학을 만들기 위해 그랬지만, 뜻한 것과 반대가 되는 결과가 나타나는 것이 예사였다. 나갈 사람을 나가라고 박해하면, 오래 있어 달라고 우대하는 교수가 보따리를 샀다. 언제 어떻게 될지 모르니 시세가 좋을 때 옮겨가야 한다는 것이 공통된 심정이었다. 우대하고 박대하는 데 납득할 만한 기준이 있다고 믿기 어려웠다.

한번은 이런 일이 있었다. 인사위원회인가 하는 회의를 하는데, 학장이 느닷없이 어느 학과의 아무개 교수는 이제 유학을 떠나야지 그대로 있으면 자기도 손해고 학교에 이로울 것 없다고 했다. 몇 달 지나 그 교수에게 조용히 물었다. 무슨 말을 들은 적 있느냐고 하니, 듣지 못했다고 했다. 사실 그대로만 전하니 유감스럽게 생각하지 말고 들으라고 하면서 학장이 한 말을 전해주었다. 그러면서 한 마디만 보탰다. 유학 갔다 온다고 해도 무사히 지내리라는 보장이 없다. 다른 대학을 알아보는 것이 좋겠다. 그런데도 그 사람은 유학을 떠났다. 그 뒤에 아무 소식도 들리지 않았다.

아주 여러 해 지난 서울대 시절에 파리에 가서 한국문화원 도서관에 들렀더니 반갑게 인사하는 사람이 있었다. 먼저 그 교수가 아닌 다른 사람인데, 계명대학에 재직하다가 유학을 떠난 것은 같았다. 유학해서 오래 공부해 누가 보아도 힘든 학위를 했지만, 세월이 너무 많이 홀러 노인이 되었다. 파리에서 그럭저럭 지내고 있다고 하면서, 프랑스 학문을 평가하고 우리나라 학문을 걱정하는 말을 했다.

그런데 계명대학에서 나는 9년 동안이나 있었다. 훈련을 마치고 조교가 되어 근무한 격이다. 그러는 동안 오고 가는 사람을 많이도 만났다. 학교가 작아 다른 학과 교수들과도 모두 가까이 지냈다. 계명대학을 떠난 뒤에는 그런 일이 다시 없었다.

신동욱 교수가 고려대학으로 떠나간 것부터 말해야 하겠다. 계명대학에 있는 동안 도서관장을 하다가 더러 시기질투의 대상이 되는 것을 보기는 했어도 잘 지냈다. 좋은 자리를 얻어 가니 아무도 말리지 못했다. 그런데 나중에 들으니 고려대학에서 지내기 무척 힘들어 연세대학으로 옮겨야 했다고 했다. 연세대학에서도 일찍 퇴직하고 일본에 가서 교수를 하면서 국내와의 연락을 끊다시피 하고 지내다가 근래에 귀국했다.

신동욱 교수는 참으로 부드러운 분이고, 남의 말을 나쁘게 하는 법이 없었다. 성실하게 연구하고 저술한다. 아무런 야심도 없다. 그런데 계속 시달리는 것은 이해하기 어렵다. 너무 겸손한 탓에 남들이 만만하게 보고 괴롭히는 것이 아닌가 하고 생각해볼 수 있을 따름이다. 처신이 어렵다는 깃을 거듭 절감하게 한다.

신동욱 교수가 떠나자 현대문학 교수를 구해야 했다. 학과에서 의논한 결과 대구교육대학의 유기룡 교수를 초빙하기로 했는데 응낙하지 않았다. 옮기면 연금에서 손해가 난다는 것이 이유라고 했다. 돌다리도 두들겨보고 건너지 않는 사람이라고 생각했다. 유기룡 교수가 계명대학 박사과정에 입학하기 전의 일이었다.

대책이 무엇인지 다시 의논할 때 내가 제안했다. 내가 신동욱 교수 후임이 되어 현대문학을 강의하기로 하고, 내 후임을 구하자고 했다.

모두 좋다고 하면서 내 후임에는 누가 있는가 물었다. 서대석이라는 사람이 유능하다고 하면서 추천하니 모두 좋다고 했다. 순리대로 하는 일은 쉽게 되는 법이다.

서대석은 평생의 동학이고 동료여서 많은 시간을 같이 보냈다. 장덕순 선생 문하에서 함께 공부하면서 대학원 시절에 구비문학 연구 개척을 위해 힘썼다. 계명대학에 같이 근무하다가 나중에서 서울대학에서 함께 일했다.

서대석과 같이 찍은 사진을 화보 왼쪽 두 번째로 내놓았다. 서울대 시절에 도봉산에 오른 모습이다. 평생 동안의 동학인 다른 두 사람 이상택·김병국 교수, 그리고 국어학을 전공하는 이익섭 교수도 한 자리에서 즐거워하고 있다. 누구 솜씨인지 사진을 잘 찍었다.

계명대 시절 이야기로 되돌아가자. 아직 총각인 서대석은 학교 앞에 방을 얻고 모친을 모시고 와서 살림을 차렸다. 1971년 3월의 일이었다. 좋은 신랑감을 그대로 둘 리 없어 영남대학 유창균 교수가 사위를 삼고자 했다. 그 말을 전하는 중신아비 노릇을 했더니 바로 성사가 되었다. 중신이란 이렇게 쉽구나 하고 생각했는데, 그 뒤에는 성공사례가 한 건도 더 없다.

서대석 교수에게 내 과목을 다 주고, 나는 신동욱 교수가 맡던 '현대문학사', '현대소설론', '현대시론'을 모두 관장하는 사람이 되어 신장개업을 했다. 하고보니 잘 되었다. 현대문학 강의가 고전문학보다 더 쉽고 재미있다는 것을 알았다. 현대시를 가르치는 것이 특히 신났다. 불문과 시절에 상징주의 시를 공부한 밑천을 표내지 않고 활용할 수 있었다.

그 때부터 시작해서 영남대 시절까지 현대문학 교수를 하면서 문학사 노트를 만들고, 작품을 읽고 논문도 썼다. 현대시의 율격, 김소월·한용운·이상화의 시에 나타난 님, 현진건의 소설을 다룬 것들인데, 고전문학에 관한 논문보다 더욱 알차다고 자화자찬한다. 현대문학 교수를 한 덕분에 《한국문학통사》에서 현대문학까지 다룰 수 있게 된 것이 더 큰 소득이다.

1973년에 전국 최초로 한문교육과가 생기자 임형택을 데려왔다. 최정여 교수가 과장 일을 임시로 맡고 적합한 사람이 없는가 하고 물을 때 임형택이 유능한 인재라고 하자, 서대석의 경우처럼 쉽게 결정되었다. 대학원 시절의 동학이 둘이나 와서, 놀기도 같이 하면서 셋이 자주 어울렸다.

교수 수가 많지 않고 가족적인 분위기여서 다른 학과 사람들과도 연배를 가리지 않고 친하게 지냈다. 여름 방학이 시작될 때면 버스 한 대에 모두 타고 학사협의회라는 이름의 유람 여행을 갔다. 충무에 갔다 올 때인가, 내가 마이크를 들고 여흥 사회를 보면서 '입심나발대학'이라는 것을 만들어 여러 교수들을 특징에 맞는 학과에 소속시켰다.

최정여는 '횡설수설', 서재극은 '훈계호령', 서대석은 '음담패설' 학과의 학과장이라고 소개했다. 박장대소가 터지고, 나와서 취임 인사를 하라는 말이 빗발쳤다. 취임 인사를 하는 것을 들어보니, 뛰어난 인재들을 발탁해 적재적소에 배치한 것이 확실했다. 버스 안에서 일을 마치지 못하고, 학교에 돌아와 '입심나발대학' 조직을 완료했다.

학장은 철학과의 최준성 교수를 추대했다. '장광설'의 대석학이어서 한 번 말을 시작하면 도도한 언변이 장강처럼 흘러 끝이 없으면서 내용과 연기가 워낙 뛰어나 정신을 잃고 듣게 하는 분이었다. 또 한 분 대석학이 있으니 음악과 최인찬 교수였다. '음담패설'의 당대 제1인자여서 대학원장으로 모셨다.

'유구무언' 학과는 사학과 최승희, '감언이설' 학과는 미술과 신지식, '흥분다변' 학과는 경영학과 신수철, '공갈협박' 학과는 교육학과 이정빈이 맡는다고 했다. 나는 '악담독설' 학과에다 배정했다. 다른 여러 교수들도 소속을 정해주어 빠졌다고 섭섭해 하지 않도록 했다. 신태식 학장은 학문이 깊지 못해 학과장 급은 아니고 '흥분다변' 학과의 '흥분' 전공, 그 가운데 '안면신경 흥분'을 담당한다고 했다.

최승희 교수를 아는 사람이면 '유구무언' 전공이라고 한 것이 탁월한 인사임을 인정한다. 그런데 서양사를 전공하는 원철 교수가 처음 올 때 '유구무언'에서 벗어나는 외도를 하면서 최승희가 모처럼 한 마디 했다. "원철 교수야말로 유구무언의 대가이다." 만나보니 전혀 말이 없었다. 최승희는 족탈불급이었다. 인재 위에 인재가 있었다. 그런 원철 교수가 강의를 할 때에는 쩌렁쩌렁 울리는 소리로 열변을 토하니, 음양이나 허실은 표리가 상반이다.

계명대학에 병설전문학교가 있듯이 '입심나발대학'에는 병설 '가요전문학교'를 두기로 하고, 서재극을 학장으로 했다. 장기는 "으악 새 슬피 울어"라는 말로 시작되는 〈짝사랑〉인데 고복수보다 한 수 위라고 확신한다. 대석학이 학장을 맡자 '가요전문학교'에도 많은 인재가 모여들어 교수진이 구비되었다.

'입심나발대학' 교수들의 연구발표가 계속되고 '가요전문학교' 교수를 겸직하는 분들의 공연이 곁들어져 학교 전체가 떠들썩하게 즐거운 나날이 이어졌다. 그 때문에 누구든지 몇 년씩은 더 젊어지고 수명도 늘었을 것으로 확신한다. 그 때의 전설이 지금 계명대학에 얼마나 남아 있는지 구비문학 전공자가 조사하고 연구할 만한 주제이다.

그런 행복의 이면에는 불운이 있었다. 스스로 떠나는 사람도 계속 있었지만, 본의 아니게 그만두고 가야 하는 경우도 적지 않았다. 불운의 주인공 가운데 '입심나발대학'의 두 거두 최준성 학장과 최인찬 대학원장의 경우를 특별히 들어 말할 필요가 있다.

최준성 학장은 독일에 가서 니체 철학을 공부하고 세계 30여개 국가까이 여행을 하고 온 분이다. 북한 선수들이 월드컵 대회에 출전해 놀라운 실력을 보일 때 유럽에서는 어떤 일이 벌어졌는지 말하는 것이 득의의 종목 가운데 하나이다. "Es gibt Leute hinter die Bergen"(산 너머에도 사람이 있다), 독일 신문에서 이런 제목을 대문짝만하게 내걸었다는 서두에서 시작해 이야기를 다 마칠 때까지 오랜 시간 웃고 감탄하고 해야 하므로, 식사가 부실한 사람은 가까이 가지 말아야 했다. 그것은 반공의 울타리 속에 갇혀 있는 우리는 모르는 산 너머 저쪽의 일이었다.

어느 날 최준성 학장이 교수회에서 역사적인 발언을 했다. 잘 지내던 교수들이 아무 소문도 없이 클레믈린에서 숙청되듯이 자취를 감추니 어떻게 안심하고 살 수 있겠는가 하는 것이 요지인데, 앞뒤에 많은 말이 붙어 대웅변을 이루었다. 흐루시초프가 제20차 공산당대회에서 스탈린 비판 연설을 한 것을 연상하게 했다. 최준성은 곧 계명대학을 떠났다. 후임자가 있을 수 없어 '입심나발대학'의 학장은 계속 공석이었다.

최인찬이 어떤 분인가 소개하는 긴 주를 하나 더 달기로 한다. 국내에서는 이렇다 할 학벌이 없이 독일에 가서 윤이상의 지도로 작곡을 공부한 분이다. 뉴욕 현대음악제에 내놓은 작품이 높이 평가되어 《타임》지에 소개되기도 했다. 음담패설은 누구나 한다지만 작곡의 능력까지 보태야 절묘한 경지에 이른다는 것을 최인찬 교수를 만나고 알았다.

계명대학을 떠나 오랜 시간이 지난 정문연 시절에 행사를 마치고 연회를 여는 자리에서 최인찬 교수를 다시 만났다. 음악 전공자들의 모임에 참석하고 있었다. 나는 대뜸 "이 저질 청중을 상대로 무슨 말씀을 하십니까?"라고 하면서 우리 쪽으로 끌었다. 그랬더니 음악학계의 태두 이혜구 교수가 듣고 "우리가 왜 저질 청중이란 말이요"라고 했다. 납득할 수 있는 설명을 해드리지 못한 것을 두고두고 후회하지만 그럴 방도가 없었다.

옆 자리에서 잔치를 하는 우리 쪽은 전국에서 모인 구비문학 조사자들이었다. 이야기깨나 듣는다는 사람이 팔도에서 모인 자리에 모시고 가서 평생 닦은 기량을 유감없이 발휘하게 했더니 일제히 감탄을 거듭하면서 "과연 당대의 제1인자이십니다"라는 찬사를 바쳤다. 그것은 최상의 심사위원들이 참가해서 내린 공식 평가이다.

그 몇 해 뒤에 안동대학에 갔다가 최인찬 교수가 거기 있는 것을 알고 놀랐다. 최교수는 나를 만나 반갑다고 하면서 민속학과 교수들이 내게 점심을 내는 자리에 동참했다. 다른 학과도 아닌 민속학과의 교수라는 사람들이 '당대 제1인자'를 몰라보고 공연의 기회를 한 번도 마련하지 않은 것을 알고 크게 놀랐다. 실력을 감추고 조용히 지내니 알아보는 사람이 없었다. 옛적에 市隱이라는 분들이 있어, 저자거리에 나서서 장사를 하고 살면서 신선의 경지에 이른 것을 감추고 지낸 격이었다.

음담패설만이 아니다. 최인찬 교수의 본 전공인 작곡도 항상 과소평가되어, 학교를 자주 옮겨 다니면서 불우하게 지내야 했다. 국내에 패거리가 없어 활동을 하기 어려웠다. 자비를 들여 작곡 발표회를 열어도 와서 듣고 알아줄 청중이 없었다. 서울대 시절의 일이다. 어느 날 나를 찾아와 이제 정년퇴임을 하고 집도 없이 떠돌아다니는 신세가 되었다고 했다.

윤이상의 문하에서 함께 공부한 동창생이 서울대학교 작곡과에 몇이 있지만 찾지 않고 간다고 했다.《세레나데를 노래해도 왜 연인의 창은 열리지 않는가》라는 책을 주고 갔는데, 알기 쉬운 음악론에다 음담패설을 섞어 넣은 별난 내용이었다. 거기 들어간 음담패설은 연주되지 않고 악보로만 존재하는 음악처럼 숨을 멈추고 있었다.

계명대 시절로 돌아가, 오고 간 사람들에 관한 이야기를 계속 하자. '문학개론'이라는 강의는 어디서 누가 맡든 골치이다. 서양문학을 대강 이야기하고 한국현대문학에 대한 논의를 곁들이면서 문학에 관해 다 말한 듯이 자부하니 크게 반성할 일이다. 그러면 어떻게 해야 하는가? 다룰 수 있는 문학은 다 다루면서 비교해야 한다. 첫 시간에 문학의 정의를 말할 때부터 그렇게 해야 한다.

이런 생각을 가지고 '문학개론'을 공동으로 강의할 모임을 만들었다. 이웃 학과 교수들이 적극 호응해, 한국문학은 조동일, 중국문학은 유성준, 일본문학은 이현기, 영문학은 김활, 독문학은 김종대, 불문학은 조동일이 맡기로 했다. 불문과는 아직 없어서 내가 1인 2역을 할 수밖에 없었다.

유성준 교수는 대만사범대학에서 중국문학 박사를 하고 왔다. 이현기 교수는 동경교육대학에서 일본문학 박사과정을 수료했다. 김활 교수는 미국대학과 한국대학 공동의 박사과정을 이수하고 있었다. 김종대 교수는 독일에서 독문학을 전공해 박사학위를 취득하고 돌아왔다. 모두 뛰어난 능력과 의욕이 있는 분들이고, 문학 연구의 공동 영역을 만드는 데 열의를 가졌다.

우리 다섯 사람이 강의 원고를 공동으로 만들어 학생들에게 배부하고, 함께 강의실에 들어가 교대로 말하고, 끝난 뒤에는 협의회를 개최하기로 했다. 학교에 부탁해 다섯 사람이 모두 주당 3시간의 강의를 한 것으로 해달라고 하고, 덧붙여서 연구비도 달라고 했다. 그런 파격적인 요구를 다 들어 주어 신나게 일할 수 있었다.

강의를 그렇게 하는 데 그치지 않고, 동서문화연구소에서 하는 연구 과제를 만들어 나중에 《비교문학총서》로 출간될 작업을 했다. 그 첫 권 서두의 〈문학의 개념〉을 보자.

서설: 조동일, 한국: 조동일, 중국: 유성준, 일본: 이현기, 프랑스: 조동일, 영국: 김활, 독일: 김종대, 문학의 개념 비교: 조동일로 구성되어 있다. 그것이 강의원고이다. 여러 사람이 써준 원고를 내가 정리해 타자를 해서 복사해 나누어주면서 강의를 했다.

문학의 개념에 이어서 장르, 문학사의 시대구분, 문학사, 각국문학의 특질을 다루는 것이 제1권의 내용이다. 내가 계명대학을 떠난 뒤에도 다른 여러 사람의 참여로 그 일이 계속되어 《비교문학총서》가 제4권까지 나왔다. 처음 시작한 사람들은 떠나가고 새로 부임한 교수들이 뒤를 이어 전체적으로 보면 많은 인력이 동원된 장점이 있으나 일관성을 유지하기 힘들었고 계획한 대로 완료되지 못했다.

유성준은 외국어대학, 이현기는 고려대학, 김활은 영남대학, 김종대는 단국대학으로 떠났다. 내가 떠난 뒤에 계명대학 교수로 부임해 그 일에 추가로 참가한 사람들도 모두 떠났다. 독문학의 반성완은 한양대학, 국문학의 설성경은 연세대학, 비교문학의 이상란은 숙명여자대학으로 갔다. 예시할 수 있는 사람들이 이밖에도 얼마든지 있다. 계명대학을 거치지 않았으면 도무지 행세하지 못할 지경이다.

일을 시작하고 주동한 내가 먼저 떠났으니 할 말이 없으나, 그런 인재들이 한 곳에 계속 머물면서 수십 년 동안의 공동작업으로 비교문학에 관한 작업을 하면 얼마나 좋을까 하고 상상해본다. 계명대학에서처럼 교수들이 학과의 경계를 넘어서서 서로 친하고 함께 일할 수 있는 곳이 더 없어 다른 데서는 일이 되지 않는다. 계명대학은 교수의 논산훈련소이기만 해서 자체 전투력을 지속적으로 가지지 못하는 점이 안타까웠다.

반드시 말해야 할 사람에 김하우라는 기인도 있었다. 국내에서는 성균관에서 동양철학을 공부하고, 대만에서 석사를 하고, 태국 불교대학에서 3년간 팔리어 경전을 공부하고, 인도 델리 대학에서 5년간 龍樹의 《中論》을 전공해 박사를 하고 막 귀국해 계명대로 왔다. 그런 인재가 있는 줄 알고 발탁하는 능력에서 계명대학은 다른 어느 대학보다 단연 앞섰다.

김하우 교수가 처음 나타난 날 졸업식이 거행되었다. 델리대학의 박사학위복이라면서 진홍색 장삼 같은 것을 걸치고 연신 벌벌 떨면서 인도인처럼 변한 얼굴로 싱글벙글 했다. 왜 그러냐고 물으니 눈을 보니 반갑다고 했다. 인도에서 어쩌다가 영화에서 눈 오는 장면을 볼 때 고국 생각이 가장 간절했다고 했다.

행사를 마치고 같이 나가 시내 음식점에서 태국과 인도 이야기를 길게 들었다. 태국에서는 승려 생활을 했는데, 어느 시골 신도 집에 갔더니 스님을 대접해야 한다면서 마을 사람들이 살인적인 더위를 무릅쓰고 들을 뛰어다니면서 무어라고 떠들었는데, "생선"이라는 말을 들은 것 같았다고 했다. 나중에 보니 들쥐를 잡아 요리해 내놓았다.

남방불교의 승려는 육식을 하니 꺼리지 말고 들어야 한다. 신도가 바치는 음식을 거절하지 않고 들어야 하는 것이 승려가 지켜야 할 계율이다. 들쥐를 잡느라고 수고한 것을 감사하게 여겨야 한다. 이런 생각 때문에 들쥐 요리에 대한 거부감을 태연하게 눌러야 했다고 말했다.

그렇다. 예의의 기준이 서로 다르다는 것을 인정해야 한다. 상대방의 예의가 보편타당성을 더 가졌다고 인정되면 내가 지켜온 예의를 접어둘 수 있어야 한다. 그것이 극기고 수행의 길이다. 이런 생각을 하면서 그 이야기를 들어, 잊지 않고 있다.

인도 사람들은 싸울 때 격렬하게 싸우고 돌아서면 잊어버린다고 했다. 심하게 다투고 헤어진 택시 운전수를 다시 만나니 절친한 사이처럼 반가워하더라고 했다. 싸운 일을 기억하고 기분 나빠 하는 자기를 너무 미안하게 하더라고 했다. 싸울 것을 그대로 두면 해롭고, 싸운 일을 오래 기억하면 병이 생긴다고 했다. 인도처럼 더운 나라에서는 더욱 그렇다고 했다.

오랜 기간 남쪽으로 가서 공부를 넉넉하게 했다. 대만에서 중국어와 한문을, 태국에서 태국어와 팔리어를, 인도에서는 힌디어와 산스크리트를 공부하고 티베트어까지 익히고, 일본어는 원래 알아, 불교연구에 필요한 외국어를 두루 갖추었다. 참으로 놀라운 일이어서 감탄이 절로 나왔다.

비교문학에 관한 작업에 참여시키고 싶어 산스크리트문학이나 힌디문학에도 관심을 가졌는가 하고 물었다. 그럴 겨를은 없었으나 《마하바라타》는 원문으로 읽어보았다고 했다. 동경의 대상이나 접근할 길이 없었던 그 서사시가 어떤 것인지 발표해 달라고 하고 비교문학 작업을 함께 하는 사람들이 들었다. 방대하고 난해하기 이를 데 없는 작품을 소상하게 들여다보는 보는 도인이 있으니 얼마나 자랑스러운가.

오래지 않아 김하우 교수는 계명대학을 떠나겠다고 했다. 왜 그러는가 하고 물으니 철학개론과 국민윤리나 가르치라고 하고, 자기가 공부한 것은 풀어놓을 데가 없으니 견디지 못하겠다고 했다. 득도한 사람더러 도에 관해서는 입을 열지 말고 세속의 일이나 말하라고 하는 것은 인내력 시험의 극한에 해당하는 처사가 아닌가. 이런 생각이 들어 말릴 수 없었다.

어디로 가느냐고 물으니 외국어대 힌디어과로 간다고 했다. 힌디어과를 만들었지만 사람이 없다고 하는데, 힌디어 초보야 아무 준비 없이도 가르칠 수 있으니 고민은 하지 않아도 될 것이라고 했다. 그런데 얼마 뒤에는 고려대 철학과로 자리를 옮겼다. 그곳은 계명대학 철학과와 달라 인도철학에 대한 강의를 하고 제자를 기를 수 있었던가? 그렇지 않았을 것 같다.

인도철학 전공 교수도 데려다 놓았다고 구색 맞추기 자랑이나 하고 학문은 이어받지 않았던 것 같다. 정년퇴임을 한 지 한참 되는데, 학문을 이은 제자가 있다는 말을 듣지 못했다. 공부한 것을 강의에서 털어놓지 않으면 논저를 써야 하는 것이 당연한데, 누가 묻지 않으면 대답하지 않는 도사의 태도를 견지해 침묵으로 일관한 듯하다.

동국대학 인도철학과에서 모셔 가는 것이 당연하지만, 동국대학과는 학연이 없어 고려 대상이 되지 못한 것 같다. "듯하다", "같다"를 많이 쓰면서 글을 잇는 것은 의문을 풀어줄 증거가 없기 때문이다. 취직시켜야 할 졸업생이나 제자가 적지 않게 기다리는데 족보가 분명하지 않은 나그네를 대접할 여유가 없는 것이 한국 대학의 거의 공통된 실정이니 특정 대학만 나무라는 것은 우습다.

계명대학은 예외여서 보배를 잘 찾아냈다. 학장이 탁월한 분이고, 또한 돌보아주어야 할 흥부 자식들이 없어 다행이었다. 그러나 보배를 간직하는 방법을 몰랐다. 갈 사람이 가도 올 사람이 얼마든지 있다고 생각할 수 있으나, 최상의 보배는 대치 불가능하다.

국어국문학과는 계명대로서는 예외라고 할 만큼 오랜 기간 동안 아무 변동이 없이 평화를 누렸다. 나이 순서로 大徐라고 한 서재극과 小徐라고 한 서대석은 큰형과 막내아우 같은 관계를 가졌다. 그런데 1976년 8월에 이화대학 이상택 교수가 나타나 서대석을 데려가겠다고 해서 사건이 벌어졌다. 과내 교수가 모두 혈육의 이별을 겪는 것 같아도 어쩔 도리가 없었다.

학장이 알고, 나를 불러 서대석 교수가 가지 못하게 말리라고 했다. 보증인의 실수로 탈이 난 것을 나무란다고 이해할 만한 강한 어조였다. 나도 물러서지 않았다. 이제 부교수가 되어 월급을 많이 받게 되었으니 보내고 유능한 전임강사를 데려오면 이익이라고 당돌하게 대꾸했다.

그러자 학장은 분노한 표정을 감추지 않고 "갈 사람이 가고 있을 사람이 있어야지!"라고 언성을 높였다. "갈 사람"은 구박해도 갈 곳이 없으니 납작 엎드려 있고, "있을 사람"이 떠나는 어처구니없는 일을 다시 겪어 하는 말이었다. 학장의 차별대우 방침이 예상과는 반대가 되는 결과를 낳았다.

학장에게 한 말이 헛되지 않음을 김흥규를 추천해서 증명했다. 학과 교수들이 모인 자리에서 서대석 후임으로 적합한 김흥규라는 사람이 있다고 하자 모두 좋다고 했다. 김흥규는 여러 해 후배여서 만나지는 못하고 논문을 몇 편 발표하는 것을 보고 기대를 가졌다. 오라고 연락을 했더니 방위병 근무를 하다가 갓 제대를 해서 머리를 깎은 모습으로 왔다. 경력이 모자라 전임강사 대우로 발령을 냈다.

서대석·임형택·김흥규가 이어서 와서, 국문학계의 신예는 계명대학을 거치도록 되어 있는 것 같았다. 서대석은 이화여자대학으로 가고, 임형택은 성균관대학으로 갔다. 그 뒤에 최원식이 왔다. 최원식 교수는 영남대학으로 옮겼다가 지금 인하대학에 있다. 모두 국문학계의 주역으로 활동하는 인재들이다.

유창균 교수를 계명대학에 맞이한 내력에 대해서는 별도의 설명이 필요하다. 서대석이 이화여대로 떠난 지 얼마 되지 않은 어느 해 봄 학기를 앞둔 어느 날 새벽에 서대석의 장인인 영남대 유창균 교수가 전화를 하더니 만나자고 했다. 구내 사택에서 교정을 가로질러 교문 쪽으로 가다가 신태식 학장을 만났다. 다음과 같은 문답이 오고갔다.

"아침 일찍 어디로 가는가요?"

"영남대학 유창균 교수가 만나자고 해서 갑니다."

"기어코 일이 터진 거로군."

나도 문득 떠오르는 생각이 있어 물었다.

"만약 재임명에서 탈락되었으면 어떻게 해야 하지요?"

"우리 학교로 데려와야지."

나가다가 학장을 만난 것이 우연이다. 학장이 인사 삼아 하는 말에 정색을 하고 대답한 것도 우연이다. 나는 무슨 일인지 짐작도 하지 못하고 있었는데, 학장은 이미 소식을 듣고 있었다는 말이다. 비상한 분이다.

유창균 교수는 그 전해인가 미국 프린스턴대학에 초빙되어 가서 대우를 잘 받으면서 동아시아 한자음 공동연구에 참여한 사실을 학장이 크게 평가한다는 것을 알고 있어, 유창균 교수를 만나러 간다고 했다. 학장은 이미 유창균 교수를 데려올 생각까지 하고 있었다. 놀라운 일이다.

약속한 장소로 가니 유창균 교수는 재임용에서 탈락되었다고 했다. 즉석에서 이미 학장의 승낙을 받고 왔으니 계명대로 가자고 했다. 유창균 교수는 왜 나를 만나자고 했을까? 계명대학 학장과 통하는 가장 손쉬운 길이라고 생각했을지 모른다. 계명대학 학장과 어느 정도의 교감이 있었을 가능성도 배제하기 어렵다.

학교로 돌아가 결과를 복명하니, 학장은 최정여 교수와 서재극 교수를 불러 의논했다. 최정여 교수는 그렇게 하자고 하면서 찬성 의사를 표시했다. 그런데 국문과 학과장인 서재극 교수는 내키지 않는다고 했다.

분위기가 어색하게 되어 내가 제안했다. 국어국문학과가 아닌 한문교육과로 받아들이는 것이 어떤가 하고. 한자음을 전공한 분이니 피차 좋을 것이라고 했다. 한문교육과에는 임시학과장 최정여와 신출내기 전임강사 임형택만 있어, 누가 보아도 사람이 더 필요했다. 어학 전공자도 있어야 했다. 유창균 교수는 곧 국어국문학과로 옮겼다.

그때 정부에서 강요해 전국 각 대학에서 재임용제를 처음 실시하여 탈락자를 골라 발표했다. 영남대학에서는 학문의 역량이 뛰어나 널리 알려지고 교무처장을 역임하기까지 한 중진교수 유창균을 탈락시켰다. 연구업적이 모자란다고 하는 것은 전연 불가능했을 것이다. 다른 무슨 이유를 붙여 부적격자 판정을 내린 것이다.

그때부터 시작해서 오늘날까지 전국 거의 모든 대학의 재임용제는 학문과는 관계없는 기준에서 희생자를 만들어내면서 학내 권력을 강화하는 데 이용되어 왔다. 미국의 좋은 제도를 받아들여 교수들이 노력하고 향상하도록 독려한다고 하지만, 한 번 탈락된 사람은 갈 곳이 없다. 이른바 시장의 유연성이 전연 없어 선의의 경쟁이 가능하지 않다. 모함과 음모가 판을 치도록 하는 데 재임용제가 한 몫 단단히 하고 있다.

기획실장의 불운

계명대학에 있는 동안 중앙대학에서 오라고 했다. 그 대학 사회학과 김영모 교수가 보자고 하더니, 국문과 백철 교수가 은퇴하고 양재연 교수가 별세해 두 자리가 다 비었으니, 어느 쪽이든지 좋으니 골라서 맡으라고 했다. 옆에서 하는 말을 어느 정도 받아들여야 할지 막연했다.

숙명여자대학으로 올 생각이 있느냐 하는 편지를 김용숙 교수가 보내기도 했는데, 선뜻 내키지 않았다. 응낙한다고 해도 복잡한 절차가 남아 있을 것 같았다. 서울이라고 해서 가야 할 이유가 없고, 낯선 대학에서 잘 지낼 것 같지 않았다.

그런데 서강대학은 경우가 달랐다. 김열규, 김학동, 이재선 이렇게 세 선배가 뛰어난 업적을 내서 학계를 이끌고 있고, 대우도 좋아 선망의 대상이 되는 곳이었다. 선배들의 강력한 권유를 받고 찾아가 여러 가지 상의를 하고, 김열규 선배의 안내로 도서관도 자세하게 살폈다.

가기로 결정했다. 그런데 학과장 일을 맡고 있는 이재선 선배가 한가지 양해를 얻을 사항이 있다고 알렸다. 서강대학은 본봉은 호봉대로 주지만, 매달 지급하는 연구비는 연구실적에 따라 책정하는데 책정된 연구비가 최고 수준이 아니라고 했다.

그러면서 학과 교수들이 연명으로 최고 수준의 연구비를 책정해 달라고 요청하면 효과가 있을 것이라고 했다. 지금 있는 교수들은 최고 수준의 연구비를 받는가 하고 물었더니 그런 사람은 없다고 했다. 그래서 응답했다. 선배들이 최고 수준의 연구비를 받지 않는데 내가 받아도 곤란하고, 최고 수준의 연구비를 받지 않고 가는 것도 곤란하니 그만두자고 했다.

미국 사람들이 대학을 운영하면서 자기네 멋대로 판단해 서강대학의 이름을 빛내는 국문학 교수들을 박대한다니 납득할 수 없고 분개할 일이었다. 나도 그 대열에 들어가 미국 사람들과 신경전을 해야 하는 것은 원하지 않는 바였다. 더 깊은 이유도 있었다. 그리 탐탁하지 않은 자리로 가기 위해서 신원조회의 시달림을 겪어야 하는 것도 현명한 일이 아니었다.

내가 옮기지 않는 대신에 김열규, 김학동, 이재선 세 분 모두 일시에 계명대로 초빙하겠다는 어리석은 생각을 했다. 학장에게 상의해 승낙을 얻기까지 했으나, 그 세 분이 응낙하지 않아 일이 추진될 수 없었다. 실없는 사람처럼 보이게 되었다.

서강대학으로 가는 것이 잘 한 일인지 계명대학에 그대로 있은 것이 잘 한 일인지는 말하기 어렵다. 그 쪽으로 갔으면 선배들의 자극과 영향을 받아 도움이 되었으나 독자노선을 천명하는 데는 다소 어려움이 있었을지 모른다. 영남대학과 정문연 한국학대학원을 거치는 과정은 없었을 것이고 서강대학에서 정년까지 머무를 가능성이 많아 행로가 단조로워졌을 것이다.

서강대학에서 나를 오라고 하던 자리에, 내가 영남대로 옮긴 뒤에 영남대학에 있던 박철희 교수가 갔다. 그 뒤에 영남대학에 있던 또 한 사람의 동료 교수 성현경이 가서 서강대학 국문과의 진용이 어느 정도 구색을 맞추었다. 그 뒤 정문연 시절에도 서강대학에서 오라고 한 적 있어 다시 양해를 얻는 어려움을 겪어야 했다.

계명대학을 떠나게 된 것은 신일희 교수가 와서 생겨난 일련의 변화 탓이다. 신일희 교수는 처음에 기획조정실장을 맡더니, 곧 부학장이 되었다. 학장이 나에게 그 후임이 되라고 했다. "조정" 두 자를 뺀 "기획실장"을 맡아 부학장을 잘 도와달라고 했다.

계명대학 기획실장이란 대단한 자리였다. 내가 처음 갈 때 그 직책을 맡은 소홍렬 교수부터 바로 전임자인 신일희 교수까지 모두 고등학교 재학중에 또는 고등학교 졸업할 때 신태식 학장이 특별히 발탁해 미국에 보내, 미국서 학사부터 박사까지 한 진골이라야 맡았다.

나 같은 육두품이야 생심도 하지 못할 자리였다.

어째서 이변이 생겼는가? 아들은 미국에만 있다가 귀국한 지 얼마 되지 않아 나 같은 국산품이 필요했다고 보면 방침 변경을 이해할 수 있었다. 계명대학을 미국 대학처럼 만들고자 하는 일관된 목표 실현에 토착학문의 조력이 필요했다고 보는 것이 적절한 해석이다.

기획실장을 모면할 길은 없었다. 명령을 거부하려면 계명대학을 떠나는 수밖에 없었다. 그러고 싶지는 않았다. 기획실장을 맡아 계명대가 더 잘 되도록 하는 데 도움이 된다면 수고한 보람이 없지는 않을 것이라고 생각하고 열심히 일하기로 작정했다.

하던 공부는 다 미루어두고, 학교 일에 매달리는 기간이 오래 계속되었다. 집에 설치해놓은 학교 직통전화가 밤중에도 울렸다. 대학의 장기발전 계획을 세우고, 불합리한 제도를 정비하려고 했다. 교육법이며, 교육법시행령이며 하는 것들도 평생 처음 뒤져 읽었다. 전국대학 교수 명단을 놓고 여러 가지 통계를 내보고 비교의 척도를 만들어, 계명대학에 대한 자체 평가를 해보려고 했다.

몇 달 지난 뒤에 학장이 불러 "조선생은 이제 우리 학교에서 중요한 일을 많이 해야 하는데 미국 가서 공부하지 않은 것이 결점이다"하고 운을 떼더니, 미국에 가서 한 해 동안 머무를 대학을 섭외했다면서 떠날 준비를 하라고 했다. 당시로서는 미국에 간다는 것이 대단한 행운이었다. 자비로 가는 것은 전혀 불가능해 특별한 혜택을 얻어야 가능했다. 학장이 기회를 마련해주었으니 고맙다고 하는 것이 당연했다.

그런데 나는 바라는 바가 아니라고 대답했다. 왜 그러냐고 묻자, "국산품의 우수성을 보장할 책임이 있기 때문입니다"라고 했다. "미국 가서 공부하지 않은 것이 결점이다"고 한 데 반발하고 그렇게 대답했다. 학장은 어이가 없다는 표정을 짓고 더 말하지 않았다. 혜택을 입어 미국에 갔다 오면 보직을 계속 맡아 봉사를 더 많이 해야 하는 것도 염려해야 할 일이었다.

신태식 학장은 미국에 공부하러 갈 기회는 없었지만, 일본에서 영문과를 졸업하고 돌아와 영어교사를 한 분이다. 미국 선교사에게서 대학 운영을 물려받고는 미국을 부지런히 드나들면서 후원을 얻었다. 여비를 아끼기 위해 홀트양자회에서 데려가는 고아를 안고 비행기를 타기도 했다. 그렇게까지 애쓴 덕분에 대학입시 예비고사를 실시해 지원자가 정원의 일부밖에 되지 않는 기간에도 계명대학 교수들이 월급을 제대로 받을 수 있었다. 그 노력에 대해서 존경하고 감사한다.

그러나 가치의 척도를 미국에다 둔 것이 불만이었다. 도서관에서 책을 사는 데 대해서 말하면서 "학생을 위한 책을 사야지, 왜 교수가 볼 책을 삽니까?"라고 했다. "교수는 공부가 모자라면 미국을 가야지 왜 여기서 공부를 합니까?"라고 했다. 그런 지론에 대해서 평소부터 반발을 하고 있다가 국산품의 우수성을 보장할 책임이 있다고 했다. 한 번 해본 소리가 아니다. 그 때 가지게 된 생각이 내 학문의 기본신조가 되었다.

계명대학은 다른 대학에는 거의 없는 미국 박사가 많은 것을 큰 자랑으로 삼았다. 미국 박사들은 한국 학계의 동향은 알려고 하지 않으면서 낮추어보기를 일삼고, 말끝마다 미국 이야기를 해서 우월감을 입증했다. 계명대학을 미국의 대학과 조금이라도 비슷하게 만드는 것을 최상의 목표로 삼았다.

그런 풍토에서 국문학을 하는 것은 구색 갖추기 이상의 의미가 있어야 했다. 국문학의 특수성을 인식시키는 데 그치지 않고 보편성 획

득에서 국산품의 우수성을 입증하는 임무를 자각해야 했다. 비교문학 공동연구를 한 경험이 자신감을 가중시켰다.

미국의 영문학박사보다 문학 일반론에 대해서 더 잘 알고, 불문학이나 독문학까지 거론하면서 내 학설을 전개해야 한다고 여기고, 보편적 의의를 최대한 주장할 수 있는 철학을 마련하는 것을 더욱 긴요한 과제로 삼았다. 미국에서 행세한다는 이유로 복사본을 만들어 팔고 있는 범속한 수준의 소설론 등속보다 월등하고, 루카치의 이론도 넘어서는 《한국소설의 이론》(1977)을 전개하는 데 힘을 기울였다.

기획실장의 업무를 시작하면서 제도 정비에 착수해 우선 법인정관을 보자고 했다. 그때까지 법인정관은 기밀문서였다. 학장은 평소에 법에 구애되는 것을 싫어한다는 말을 가끔 했다. 규정을 따지면 아주 싫어했다. 난색을 표하면서 내어주는 것을 보니, 교수가 병으로 휴직하면 월급을 주지 않는다는 조항이 있었다. 그런 사실을 알고 있는 교수는 아무도 없었다.

그 조항을 보는 순간 일할 의욕이 없어졌다고 하고, 그럴 수 있느냐고 학장에게 따지니, 규정이야 어쨌든 월급을 주면 될 것이 아니냐고 했다. 시혜를 바라지 않고 권리를 찾겠다고 했다. 병가 기간 동안에 당연한 권리로 봉급을 받아야 하겠다고 하고 개정을 요구했으나 개정하겠다는 대답을 듣지 못했다.

신일희 부학장은 빠른 걸음으로 부지런히 움직이면서 학교 일을 구석구석 살폈다. 나도 느린 사람은 아니지만 도저히 당해내지 못했다. 새로운 구상을 너무 많이 내놓아, 문제점을 하나씩 연구해서 장기적인 계획을 세우고자 하는 나를 당황하게 했다.

재임명과 승진을 위한 교수 평가를 엄격하고 정확하게 하자는 제안을 했다. 그렇게 하기 위해서, 한 말을 그대로 옮기면 "시니어 푸로페서'가 '주니어 푸로페서'의 강의를 참관하고 평가하도록 하겠다"
고 했다. 왜 그래야 하는가 물으니, 자질 향상에 도움이 된다고 했다.
미국에서는 널리 실시하는 제도이고, 자기도 '주니어 푸로페서'여서
참관 평가를 받은 덕분에 강의 방법이 많이 향상되었다고 했다.

평가받을 사람들이 싫어해 분위기가 나빠지고 좋은 평가를 받은
교수가 떠나가게 하는 부작용을 낳지 않을까 한다고 하니 심각하게
받아들였다. 평가받을 '주니어 푸로페서'를 불러 모아놓고 물어보는
성의를 가졌다. 그랬더니 한 사람을 빼고 다 찬성하더라고 했다.

그래서 내가 "미국식 대화법과 한국식 대화법의 차이를 알아야 합
니다"라고 했다. 미국에서는 싫으면 "싫다"는 말부터 하지만 우리는
일단 "좋긴 좋지만" 어쩌고 하는 말을 한참 하다가 "그러나" 하고서
본론을 꺼내는 법이라고 했다. 서두만 들어보고 좋다고 한다고 판단
하고 다음 사람에게 말하라고 했을 것이니, 물어보지 않은 것만 못하
다고 했다.

그런데도 대화법의 차이를 인정하지 않고, 자기가 알아본 결과가
정확하다고 했다. 문제점이 해소되었으니 참관 평가를 실시하겠다고
했다. 나는 위기를 느끼고 최후의 비장한 방법을 쓰지 않을 수 없었
다. "평가를 담당할 '시니어 푸로페서'는 대부분 제대로 훈련받지 못
하고 교수가 되어 강의를 아무렇게나 하지만, '주니어 푸로페서'는
외국은 물론 국내에서도 대학원 공부를 정상적으로 하고 교수 자격
을 갖추었습니다"라고 말했다. "무자격자가 유자격자를 평가해야 하
는 것은 부당합니다"고 논문 쓰듯이 한 말의 결론을 맺었다.

이 말을 듣더니, 많이 놀랐다. "우리 학교 '시니어 푸로페서'들이
과연 그런가?" 하고 물었다. "전국 어느 대학도 그런 것이 숨길 수 없
는 사실입니다"라고 말했다. 그랬더니 교수회를 열어 새 제도를 실시

하지 않겠다고 선포했다. '시니어 푸로페서'의 자격 미달이 이유라고 설명했다.

좌중에 있던 '시니어 푸로페서'들은 표정이 험악하게 되었다. 황종건 교수라고 기억되는 한 분이 일어나서 그렇게 판단하는 근거가 무엇인가 따졌다. 조아무개가 그렇게 말하더라고 대답할까봐 조마조마했는데, 그런 일은 없었다.

학교 살림을 맡은 총무처장 정기숙 교수가 그 무렵 새로운 제안을 했다. 부설 연구소는 학교에서 예산 지원을 받을 생각을 하지 말고 자립해야 한다고 했다. '프로젝트'를 따서 운영비를 충당하고 학교에 덕을 보이는 것이 마땅하다고 했다. 동서문화연구소가 이미 상당한 업적을 내고, 한국학연구소가 새로 발족해서 기대를 모으고 있는 판국에, 경비 절약이 최상의 전략이라고 여겨 그런 제안을 했다.

계명대의 처장은 전결권이 전혀 없었다. 무엇이든지 절약하면 근무를 가장 잘 한다고 평가되었다. 연구소를 지원하던 예산을 다 삭감하는 것은 큰 절약이었다. 교무처장, 학생처장, 총무처장에게 단 돈 10만 원이라도 전결권을 주어야 한다고 부학장에게 요구하고 있던 중에 총무처장은 그렇게 나왔다.

총무처장은 할 수 있는 말이지만, 그대로 둘 수 없었다. 발전 가능성이 큰 연구소를 선택해 적극 지원하는 것이 마땅하다고 했다. 한국학연구소 또는 동서문화연구소를 힘써 키우는 것이 학교 발전에 관건이 되는 사업이라고 극력 주장했다.

학교 발전 장기계획에서 도저히 해소할 수 없는 더욱 심각한 견해차가 나타났다. 여러 달 동안 애쓰면서 모든 교수를 찾아보고 의견을 듣기까지 해서 작성한 장기발전 계획의 학과 증설안에서 국악과 설치가 중요한 의의를 가졌다.

계명대학이 대구는 물론 영남지방 전역의 많은 대학 가운데 가장 앞선 분야는 음악이다. 개교와 더불어 힘쓰기 시작한 결과이다. 졸업생이 교수로도 많이 나갔다. 그런 추세를 가속화하기 위해 국악과를 설치하자고 했다. 서양 오페라를 그냥 하지 말고 국악 선율로 작곡된 창작 오페라를 만드는 일도 하자고 했다. 그것이 동서문화를 합치는 방안이고, 그리 많은 돈을 들이지 않고 학교를 크게 빛내는 작전이라고 했다.

그 안건을 기획위원회에 상정해 논의했다. 막후 조정에서 사안을 결정하지 않고 기획위원회에서 토론하는 것은 바람직한 방법이었다. 그런데 부학장이 국악은 생리에 맞지 않는다고 했다. 나는 "학교 발전을 위해 생리를 양보할 용의가 없습니까?" 하고 물었다.

그랬더니 중진 교수 한 분이 나서서 내 말을 막았다. "우리가 교육자라면 진실해야 합니다"라고 말을 꺼냈다. "국악이라는 것은 귀를 상하게 하는 소음에 지나지 않는데 우리 것이라는 이유로 억지로 좋아하니 개탄스러운 일입니다"라고 했다. "그런 풍조가 대학에는 발붙이지 못하게 해야 합니다"라고 했다.

아무도 내 말에 찬성하지 않아 결론이 쉽게 났다. 미국인이 세운 기독교 대학이고, 교회음악을 근간으로 하는 서양음악의 본거지 노릇을 하는 곳에 국악을 입성시키자는 것은 분명히 반역이었다. 나는 그 점에 대해 깊이 생각하지 않고 채택되지 않을 안을 만드느라고 수고를 하고, 사전 탐색 없이 회의에 올렸다. 뼈저리게 반성해야 할 일이었다. 성사되지 못할 일을 위해 소중한 시간을 바치고 상처를 입는 것은 극력 피해야 한다.

그때까지 서울 이외의 곳에는 국악과가 하나도 없었다. 그 뒤에 영남대학에도 경북대학에도 국악과를 신설했는데, 계명대학은 그렇게 하지 않고 서양음악만 음악이라고 하는 지론을 견지한 채 오늘에 이르고 있다. 그래서 무엇을 얻고 있는가?

지금에 와서 계명대학에서는 한국학연구소를 한국학연구원이라고 격상시키고 외부의 명사를 원장으로 초빙해 큰일을 하겠다고 한다. 좋은 세월 다 보내고 늦게 철이 난 셈이다. 간판을 크게 붙이는 것이야 어디서든지 하는 일이다. 국악과가 한국학에서 얼마나 큰 구실을 하는지 깨닫기까지는 아직 시간이 필요한 것 같다.

그때의 이야기로 되돌아가자. 회의가 끝나자 나는 깊은 환멸을 느꼈다. 내 공부를 희생해가면서 애써 만든 작품이 낙방의 비운을 맞이하는 것을 보고 기획실장 사표를 냈다. 기획실장의 자리를 계속 차지하고 있는 것이 학교에 도움이 되지 않고, 나에게 큰 손해였다. 사람을 쓰면서 의견은 받아들이지 않으면 물러나야 한다고 선인들이 스스로 모범을 보이면서 가르치지 않았던가.

기획실장 사표를 내고 여행을 떠났다. 돌아와서 보니 사표가 수리되지 않았다. 계속 수고해달라는 것이었다. 무슨 수고를 하란 말인가? 나의 능력과 열의를 필요로 하지 않는데 무슨 수고를 해서 어떻게 봉사할 수 있단 말인가? 나로서는 이 의문에 대한 해답을 찾을 수 없었다.

기획실장 사표가 수리되지 않아, 다시 교수 사표를 냈다. 기획실장을 면하기 위해 최후의 방법을 써야 했다. 교수 사표가 신학기가 시작되기 한참 전인 1월 19일에 수리되어 계명대학을 떠났다. 날짜를 잊지 않고 있다. 기획실장을 하지 않았으면 더 있었을 대학을 통상적으로 있을 수 없는 날짜에 그만두었다.

그래서 9년 동안이나 계속된 교수 생활의 제1기가 끝났다. 그것은 종말이 아니고 새로운 시작이었다. 학교 행정의 주요 보직을 맡지 말아야 한다는 뼈저린 교훈을 얻고 다음 시대로 들어섰다. 학문을 희생시키면서 다른 일을 하는 어리석은 짓은 다시 하지 않겠다고 다짐할 수 있어 다음의 세 시절을 살아가는 데 큰 도움이 되었다. 다시는 실수하지 않도록 가르쳐준 계명대학에 깊이 감사한다.

지금도 가끔 계명대로 돌아가는 꿈을 꾼다. 예전에 있던 곳을 찾아가니 길이 막히고 전에 없던 건물이 들어서 우람한 자세를 자랑하고 있어 당황해한다. 이리저리 돌아다니기만 하고 무엇을 어떻게 해야 할지 몰라 고민하다가 깨고 보면 꿈이다. 청춘의 정열을 바친 곳을 잊지 못하고 있는 잠재의식이 그렇게 발동하곤 한다.

남긴 글

계명대 시절은 왕성한 의욕을 가지고 무엇이든지 해보려고 나서는 출발기였다. 탈춤 연구를 진전시키고, 판소리계 소설을 새롭게 고찰했다. 문학 갈래론을 일거리로 삼았다. 서사민요를 조사·연구한 것이 소중한 성과이다. 소설에 관한 작업을 진전시키면서 문학론의 철학적 근거를 다졌다.

1968년 (계명대 제1년)

■ 논문

- 〈가면극의 희극적 갈등〉, 《국문학연구》 5 (서울대학교 국문학연구회, 1968)

1969년 (계명대 제2년)

■ 논문

- 〈농악대의 양반광대를 통해 본 연극사의 몇 가지 문제〉, 《동산신태식박사송수기념논총》 (계명대학출판부, 1969)
- 〈가면극 악사의 코러스적 성격〉, 《동서문화》 3 (계명대학, 1969)
- 〈흥부전의 양면성〉, 《계명논총》 5 (계명대학, 1969)
- 〈판소리의 장르 규정〉, 《어문논집》 1 (계명대학 국어국문학회, 1969)
- 〈가사의 장르 규정〉, 《어문학》 21 (한국어문학회, 1969)
- 〈봉산탈춤 양반과장의 구성〉, 《연극평론》 3 (연극평론사, 1969)
- 〈민요와 현대시〉, 《창작과 비평》 16 (창작과 비평사, 1969)

1970년 (계명대 제3년)

■ 저서

- 《서사민요연구》 (계명대학 출판부, 1970. 증보판 1979)

■ 논문

- 〈갈등에서 본 춘향전의 주제〉, 《계명논총》 6 (계명대학, 1970)

- 〈개화기가사에 나타난 개화ㆍ구국사상〉, 《동서문화》 4 (계명대학 동서문화연구소, 1970)

- 〈민담구조의 미학적ㆍ사회적 의미에 관한 일고찰〉, 《한국민속학》 3 (한국민속학회, 1970)

■ 논설, 비평

- 〈국문학연구의 이론적 결함 및 시정 방향〉, 《어문학》 22 (한국어문학회, 1970)

- 〈민요의 현대적 의의〉, 《계명》 10 (계명대학, 1970)

■ 서평

- 〈이재수: 한국소설연구〉, 《낙산어문》 2 (서울대학교 국어국문학회, 1970)

- 〈이두현: 한국가면극〉, 《문화비평》 제2권 제3-4합병호 (아한학회, 1970)

1971년 (계명대 제4년)

■ 공저, 기타 단행본

- 《구비문학개설》(공저) (일조각, 1971)

■ 논문

- 〈가면극의 공연장소와 극중장소〉, 《서낭당》 1 (한국민속극연구소, 1971)

- 〈심청전에 나타난 비장과 골계〉, 《계명논총》 7 (계명대학, 1971)

- 〈영웅의 일생, 그 문학사적 전개〉, 《동아문화》 10 (서울대학교 동아문화연구소, 1971)
- 〈18 · 19세기 국문학의 장르 체계〉, 《고전문학연구》 1 (한국고전문학연구회, 1971)
- 〈假傳體의 장르 규정〉, 《장암지헌영선생화갑기념논총》 (호서문화사, 1971)

■ 논설, 비평

- 〈한국문학에 있어서의 골계〉, 《국어국문학》 51 (국어국문학회, 1971)
- 〈구비문학에 관한 시론〉, 《문화비평》 제3권 제2호 (아한학회, 1971)
- 〈민요〉, 《신문화 100년》 (신구문화사, 1971)

1972년 (계명대 제5년)

■ 논문

- 〈임진록에 나타난 김덕령〉, 《상산이재수박사환력기념논문집》 (형설출판사, 1972)
- 〈토끼전(별쥬전)의 구조와 풍자〉, 《계명논총》 8 (계명대학, 1972)
- 〈자아와 세계의 관계에 대한 전설적 설문〉, 《어문학》 27 (한국어문학회, 1972)
- 〈조선후기 가면극과 민중의식의 성장〉, 《창작과 비평》 24 (창작과 비평사, 1972)

■ 논설, 비평

- 〈고대소설 · 판소리 연구사〉, 《국어국문학》 58-60합병호 (국어국문학회, 1972)

■ 서평

- 〈신동욱: 한국현대문학론〉, 《어문학》 26 (한국어문학회, 1972)

1973년 (계명대 제6년)

■ 저서

- 《신소설의 문학사적 성격》 (서울대학교 한국문화연구소, 1973)

■ 논문

- 〈봉산탈춤 노장과장의 주제〉,《연극평론》 9 (연극평론사, 1973)
- 〈美的 範疇〉,《한국사상사대계》 1 (성균관대학교 대동문화연구원, 1973)
- 〈理氣철학의 전통과 국문학이론의 새로운 방향〉,《한국학논집》 1 (계명대학 한국학연구소, 1973)

■ 논설, 비평

- 〈민중의식의 해학과 분노〉,《월간중앙》 1973년 6월호 (중앙일보사)

1974년 (계명대 제7년)

■ 공저, 기타 단행본

- 《개화기의 우국문학》(공저) (신구문화사, 1974)
- 《전국민속종합조사보고서 경북편》(공저) (문화재관리국, 1974)

■ 논문

- 〈봉산탈춤 미얄과장의 눈물과 웃음〉,《연극평론》 10 (연극평론사, 1974)
- 〈자아와 세계의 소설적 대결에 관한 시론〉,《동서문화》 7 (계명대학교 동서문화연구소, 1974)
- 〈양주별산대 포도부장놀이의 갈등구조〉,《연극평론》 11 (연극평론사, 1974)
- 〈소설시대의 이해를 위한 예비적 고찰〉,《한국학논집》 2 (계명대학교 한국문화연구소, 1974)
- 〈한국 구비문학과 민중의식의 성장〉,《한국의 민속문화》 (국제문화재단, 1974)

■ 논설, 비평

- 〈한국문학의 변화와 지속성〉,《영대문화》 6 (영남대학교, 1974)
- 〈민속 (1):민요와 설화〉,《한국문화 특강》 (서울대학교출판부, 1974)

1975년 (계명대 제8년)

■ 저서

- 《한국가면극의 미학》 (한국일보사, 1975) (개정 증보판이 《탈춤의 역사와 원리》이다.)

■ 논문

- 〈양주별산대 상좌·옴·목중·연잎과장〉, 《연극평론》 12 (연극평론사, 1975)
- 〈소설의 성립과 초기소설의 유형적 특징〉, 《한국학논집》 3 (계명대학교 한국학연구소, 1975)
- 〈시조의 이론: 그 가능성과 방향 설정〉, 《한국학보》 1 (일지사, 1975)
- 〈양주별산대 침놀이에 나타난 삶과 죽음의 관계〉, 《연극평론》 13 (연극평론사, 1975)

■ 논설, 비평

- 〈허균: 부도덕한 영웅〉, 《문학사상》 37 (문학사상사, 1975)
- 〈조선전기 성리학과 국문학의 장르〉, 《한국학논집》 2 (계명대학 한국학연구소, 1975)
- 〈한국시가 율격과 정형시〉, 《계명대학보》 1975년 9월 15일자 (계명대학)
- 〈개화기문학의 개념과 특성〉, 《국어국문학》 68-69합병호 (국어국문학회, 1975)

1976년 (계명대 제9년)

■ 공저, 기타 단행본

- 《역대시조선》(편) (민음사, 1976)
- 《고전문학을 찾아서》(공편) (문학과지성사, 1976)

■ 논문

- 〈영웅소설 작품구조의 시대적 성격〉(서울대학교 박사학위논문), 《한국학논집》 4

(계명대학교 한국학연구소, 1976)

- 〈조윤제의 민족사관과 문학의 유기체적 전체성〉, 《도남조윤제박사고희기념논총》
  (형설출판사, 1976)

- 〈양주별산대 신할애비과장의 부·모·자·녀〉, 《연극평론》 14 (연극평론사, 1976)

- 〈포수의 행방을 통해 본 한국가면극의 기원과 발전〉, 《한국연극》 6 (한국연극사,
  1976)

- 〈한국 현대소설에 나타난 미국〉, 《한미인의 상호인식》 (계명대학 동서문화연구소,
  1976)

- 〈徐敬德의 문학사상〉, 《조선전기의 언어와 문학》 (한국어문학회, 1976)

- 〈현대시에 나타난 전통적 율격의 계승〉, 《아세아학보》 12 (아세아학술연구회,
  1976)

- 〈김소월·이상화·한용운의 님〉, 《문학과 지성》 24 (문학과지성사, 1976)

- 〈景幾體歌의 장르적 성격〉, 《학술원논문집》 15 (대한민국학술원, 1976)

■ 논설, 비평

- 〈논저를 통해 본 국문학연구 30년〉, 《독서생활》 1976년 1월호 (삼성출판사)

- 〈농부의 노래와 선비의 노래〉, 《뿌리깊은 나무》 1976년 8월호 (한국브리태니커회사)

- 〈문학비평과 문학연구〉, 《한국문학》 1976년 9월호 (한국문학사)

- 〈무가의 문학적 성격〉, 《이화》 30 (이화여자대학교, 1976)

- "Les chansons populaires coréens", *Revue de Corée 29* (Commission National
  Coréenne pour l'UNESCO, 1976)

만남의 인연

　교수 노릇을 하는 동안 수많은 사람을 가르쳤다. 그 내력을 모두 정리하고 싶으나 역부족이다. 학사과정에서 강의를 들은 제자들에 관한 기억은 전후의 맥락이 제대로 갖추어지지 않고 있다. 떠오르는 대로 적을 수는 있으나, 누락되었다는 원망을 많이 들을 것이다. 내가 거명하지 않아도, 다음 대목 "제자들의 회고"에서 부족한 점을 보충해주는 사람들이 있기를 바란다.

　계명대학뿐만 아니라 다른 대학의 경우에도 대학원에서 만난 제자들에 관한 기억을 정리하는 데 힘쓴다. 계명대학에 대학원이 개설되었을 때, 계명대학 국어국문학과는 아직 역사가 짧아 외부 대학 졸업생들이 와서 학위를 취득했다.

　1977년의 석사 윤주은, 〈김소월 시의 개작에 관한 연구〉, 최을룡, 〈채만식의 '태평천하' 연구〉, 정순용, 〈이광수의 고전문학 이해〉를 지도했다.

　강은해·김교봉·전혜숙과는 학사과정에서 학연을 맺었다. 세 사람 모두 내가 계명대를 떠난 뒤에 본교 또는 타교 대학원에서 석·박사가 되었다.

빛나던 시절

이충희 (1970년 계명대학 사학과 학사 1학기)

"무슨 일인가?"

"예, 이번에 학보사 새봄맞이 문예현상모집 소설부문에 당선된 학생입니다. 선생님께서 한번 보자고 하신다기에 찾아뵈었습니다."

선생님께서는 한참을 안경 너머로 바라보시더니

"나는 남학생인줄 알았는데. 본인 맞는가?"

1970년 4월, 이것이 선생님과의 첫 만남이었다.

나는 사학과 학생이었지만, 그 뒤로 당연히 선생님이 강의하는 과목은 빠짐없이 수강하게 되었다. 물론 과분한 칭찬을 해주신 덕에 얼떨결에 글쓰기에 재미를 붙였음은 물론 어줍잖은 사명감까지 느꼈으니.

선생님의 열띤 강의도 강의지만 수업방식도 독특하였다. 강의내용은 지금 생각해낼 수 없지만 일단 수업 시작 이후에는 어느 누구건, 어떤 이유이건 강의실에 들어 올 수 없었다. 과제 역시 제출 시간에 1초만 늦어도 받아 주지 않았다.

당시 한 학년이 2백60여 명 가량, 전교생 1천여 명의 그야말로 가족적인 분위기로 전교생 얼굴을 거의 알 수 있던 학교 내에서 이런 엄격한 선생님에 대한 악평은 입을 타고 전해졌다.

요즘과 달리 그 시절엔 대학생이란 신분이 뭐 그리 대단했던지 막걸리 한 잔 걸치고도 수업 들어가고, 전날 밤 술이 덜 깬 부스스한 얼굴로도 수업 종료 직전에 어슬렁어슬렁 강의실에 들어가도 그런대로 용납되던 때였다.

그런데 선생님의 수업만은 예외였으니 학생들의 불만은 대단했다. 참다못한 선배 몇이 학장실로 돌진, 당시 신태식 학장님을 뵙고 항의를 했단다. 그 후 들려온 말인즉, 학장님 왈 "교수의 강의방식은 교수 고유의 권한인데 내가 이래라 저래라 할 수 없으니 학생들이 그 방식에 맞추라"고 했다는 것이다.

그러나 내 경우는 "창작에 대한 애착이 한 때의 취미로 그치지 않도록 부탁하고 싶다"는 선생님의 당부 말씀이 있었던 데다 선생님의 과목을 꼬박꼬박 A학점을 받았으니 얼마나 선생님을 존경해마지 않았겠는가. 당시 사학을 전공하던 내게 그동안 몇 차례 전공을 국문학으로 바꾸라고도 했지만 대학원 진학으로 대신했다. 공부를 계속하겠다는 약속과 함께. 그러나 지극히 개인적인 사정으로 논문을 쓰지 못했다. 이후 선생님을 뵙지 못했고 이따금 신문에서나 책에서 선생님의 존함을 뵈올 때면 가슴이 철렁하고, 이어 공부를 그만 둔 어리석음을 탓하며 며칠씩 앓곤 했다. 다만 공명을 떨치지도, 학문을 이룸도 없으면서 양반집 자손임만을 내세우는 못난 후손처럼, 선생님의 제자였다는 사실만을 자부심으로 안고 살았다.

사람들은 "추억에 젖는다"고 말하지만 추억이 채찍이 되어 평생 매질을 당할 수도 있다. 때린 놈은 잊어버려도 맞은 놈은 그 서러움을 기억하더라고, 선생님과의 약속을 저버린 잘못된 선택은 세월이 가도 잊혀지지 않고 평생의 숙제로 남았다.

그러다가 마침내 누구에게나 부끄러움이란 평생을 껴안고 사는 삶의 큰 부분인 것을, 또 이제 이 나이가 되어 부끄러움이 무슨 대수일 것이냐 하는 배짱도 생겨 25년 만에 논문을 다시 쓰고 선생님께 편지를 올렸다.

선생님께서 못난 제자에게 답을 주었다. "취미로 하는 독서와 글쓰기가 가장 순수하고 그것이 생업이 되면 괴로울 수 있다. 30여 년 전에 지녔던 마음 잊지 말자고 우리 함께 다짐하자. 나도 늙지 않았다고 자부한다."

선생님의 강의를 들을 수 있었던 그때가 내 인생에서 가장 빛나고 아름다운 시절이었다. 나무는 제 뿌리 길이만큼 키가 크고 제 뿌리 굵기만큼의 열매를 맺는다. 선생님의 학문적 업적이 튼튼한 뿌리가 되어 우리나라 인문학에 알찬 열매를 수없이 많이 맺을 수 있기를 학문하는 이들에게 기대한다.

선생님을 늘 뵙고 있다는 생각으로 선생님의 근황에 대한 기사를 스크랩해두었던 것들 중 몇 개를 적어본다.

"연구에만 전념케 해준다면 서울대학 교수직을 버리고 어디라도 가겠다." - 선생님의 공개 구직광고 (1996년).

"대학교수들이 연구를 하지 않는 것은 어떤 변명을 해도 용서 받을 수 없는 '배신행위'다. 무위도식의 원흉으로 지목받는 교수들은 대오 각성해 대학 亡國 시대를 청산하고 대학 救國의 시대를 만들어야 한다."-《우리학문의 사명》(1997년)에서.

"여섯 문명권을 아우르는 세계문학사를 쓰려는 이번 작업은 서양문학 중심의 세계문학사의 문제점에 대한 내 자신의 구체적인 답변이다."-〈말의 성찬으로 차려낸 회갑연〉 기사에서 (1999년 4월).

"인문학이 죽으면 나라가 망하고 역사가 빗나가며 문명이 파괴된다. 학문정책의 새 판 짜기가 절실하다."-《이 땅에서 학문하기》(2000년)에서.

"《세계문학사의 전개》의 기초가 완성됐다.《한국문학통사》도 고쳐 쓸 것이다. 힘은 많이 들고 보람은 적은 일이다.《지방문학사》도 쓸 것이다."-《소설의 사회사 비교론》 출간 후 인터뷰에서 (2001년 10월).

"어느 귀 밝은 후학이 있어 이 음반의 소리 생명을 새로운 창조로 이어가리라 믿는다."-경북의 토속소리를 CD로 낸 〈구전민요의 세계〉 출간 후 인터뷰에서.

"등산으로 비유하면 한 봉우리의 정상에 서게 된 것이다. 이제 하산 길을 준비하고 있다."-《세계문학사의 전개》 출간 후 〈한국·세계문학사 30년 등정, '조동일 루트' 완성되다〉 기사에서 (2002년 5월).

(대구가톨릭대 신문방송사 편집지도위원)

문학이 주는 기쁨

이기희 (1971년 계명대학 학사 1학기)

박사학위 받아도 본토에서 태어난 아이보다 말이 딸리는 영문학을 왜 공부하느냐? 한국에서 우리 문학의 거장이 되면 동시에 세계적인 국문학자가 되는 거다. 문예반 선생님의 꼬드김에 빠저 나는 백의종군하는 심정으로 인기도 없는 국어국문학을 전공하기로 결심했다. 당시 국문과에 지원하는 학생들은 물에 빠져도 입이 동동 떠다녀 생명은 건질 수 있지만 생활능력에 별 대책이 없어 보이는 가난한 학생들이 대부분이었다.

전국여고생 백일장에 수차례 입상한 뒤 시인 김춘수 선생님의 찬사를 받고, 경북여고 졸업식 때 문예부문 공로상을 받으며 월계관을 쓸 미래를 꿈꾸었다. 한국이 낳은 세계적인 여류시인이 되겠다는 기염을

토하던 나는 파란만장한 사연을 거쳐 선생님과 운명적인 만남을 갖게 된다.

젊음이 반항과 방황을 통해서 모색과 탈출을 꿈꾸던 시절이었다. 내 청춘의 피는 이 세상 모든 잡기와 어우러져 돌파구를 찾아 신음하고 있었다. 한심할 정도로 불성실하고 오만했으며 기고만장할 정도로 스스로에 대해 과대평가를 하고 있었다. 물론 그 과대망상증 뒤에는 서울에 있는 명문대학에 진학하지 못한 열등의식과 가혹한 자포자기가 포함되어 있었다.

그런 내게 선생님은 벼락과 천둥 같은 예리한 질타로, 보잘 것 없는 내 지식의 한계와 학문의 실체를 보게 했다. 그리고 알량한 자존심으로 무장한 채 문학에 대한 열정을 사르던 내게 신선한 충격과 도전을 불러일으키게 했다. 선생님은 내게 학문하는 사람이 지녀야 할, 타협하지 않는 맑고 참된 도리를 깨닫게 했다.

30년이 지났지만 선생님의 첫 강의 장면은 첫사랑의 순간처럼 내게 떨림으로 다가온다. 흘러내리지도 않는 바지띠를 힘차게 올리고 스스로 황홀하다 못해 비장한 모습으로 강의를 시작하던 선생님의 모습. 제목은 "문학이란 무엇인가"이고, 내용은 문학이 주는 기쁨과, 도박이나 다른 놀이, 즉 쾌락이 추구하는 즐거움에 대한 비교였다. 일필로 요약하면 문학 즉 독서를 통해서 얻어지는 기쁨은 자기성찰의 즐거움이요, 쾌락이 주는 즐거움은 자기 망각의 기쁨이다. 자기망각의 기쁨은 허무와 맥을 같이 하고 있어 결국은 자기 패배의 길로 가게 된다는 것이 주된 내용이었다. 결국 인간이 추구해야 할 가장 큰 근본은 자기 성찰에 뿌리를 두어야한다는 말이었다.

1971년 무렵 계명대학을 다닌 학생들 중에, 무더기로 학점을 날리며 음악과와 미술과 학생들에게는 저승사자로 보이던 선생님을 기억하지 못한다면 비싼 강의료만 내고 졸업장도 못 건진 백수건달이나 청강생임이 분명하다. 그리고 개교기념 행사 때 육영수 여사를 초빙강사로 모셔 홍길동 내지 돈키호테로 불리던 내 이름 석 자를 떠올리지 못하면 초기 치매증상이 있으니 병원으로 곧장 달려 가 볼 일이다.

알 만한 사람은 고개를 끄덕일 정도로 나는 사당패 기질에, 타고난 방랑끼까지 범벅이 된 다혈질의 문학도였다. 얕은 지식으로 시, 소설, 미술, 연극, 음악의 장르를 넘나들며 광대노릇으로 인생을 불태울 조짐이 다분히 보였다. 또한 놀량패의 선두를 달리며 물불 가리지 않고 사교를 즐겼으니 쾌락에 안주하며 인생을 올인할 낌새가 다분했다. 그런 내게 선생님의 첫 강의는 철퇴처럼 뒤통수를 후려갈기고 천둥과 벼락으로 몸을 떨게 했다. 그리고 그 날의 그 명강의는 평생토록 내가 무슨 일을 계획할 때마다 옳고 그름을 측정하는 지표가 되었다.

스물 두 살의 나이에 미 육군 보급사령관의 아내가 되어 미국 상류 사회에 진입한 나는 늘 풍요로운 물질과 쾌락이 주는 유혹의 중심에 서 있었다. 그럼에도 불구하고 태생적이고 환경적인 한계를 극복하며 바로 살고자 노력한 내 모습이 대견해 질 때마다 나는 선생님의 박력 있는 강의와 참 지식이 들려주는 내면의 소리에 귀 기울이려 애쓴다. 선생님은 나를 잊고 있었겠지만 선생님은 늘 내 삶 속에 살아 계신다.

첫 남편과 사별하고 다시 결혼해 지아비를 둘씩이나 섬기며, 현모양처 흉내를 내고 아이 셋을 길러내는데도 아마 선생님의 상의가 기여한 바가 실제로 크다고 할 수 있다. 선생님의 강의를 가슴에 품고 삶의 잣대로 삼지 않았으면 나는 영락없이 쾌락의 길로 들어서 소모와 육체의 환락에 인생을 탕진했을 수도 있었을 것이다.

다행히 나는 한국문단과 인연을 맺어 부끄럽지만 두 권의 소설책을 내기도 하고 자서전 집필 청탁도 받아 내 속에 있는 사당패의 기질을 잠재우려고 애쓰고 있다. 미국 화단과 뉴욕 아트 엑스포에서 화가로 인정받으면서 화려한 광대의 꿈도 이루었다. 화랑업으로 세계를 두루 돌아다니며 방랑끼를 잠재우고, 예술사업을 하며 세계 미술시장에 유일한 한국 큐레이터로 자리 잡아 나름대로 한국을 세계에 알리고 있는 중이다. 한국문학이 아니라 아쉽기는 하지만. 그러나 무엇보다도 중요한 것은 내 삶이 결코 쾌락이 주는 외형적인 화려함에 머물지 않았다는 사실이다. 선생님의 가르침이 주춧돌이 되어 끊임없는 자기성찰로 삶의 진정한 아름다움을 추구하며 나의 반생애를 지켜 왔다는 데 큰 의미를 부여해야 할 것이다.

미국 오하이호 주에서 동양화 및 동양학 강사로 특강도 하고 창작예술 센터를 운영하며 팔순이 넘은 노모와 중국계 남편, 그리고 세 아이와 평화롭게 살고 있다. 남편 사업 뒷바라지 하다가 자수성가할 작정으로 9년 전에 문을 연 윈드 갤러리(바람 화랑)는 세계적인 규모로 성장하여 주류 매스컴의 주목을 받고 있다. 갤러리와 함께 운영되는 디자이너 마켓 플레이스는 가구 및 실내 장식품과 실내 장식에 필요한 종합적인 서비스를 고객에게 제공한다.

그런데 선생님께 삼십 년이 지나도 궁금한 질문 하나 여쭙고 싶다. 제 결혼 선물로 선생님이 간직하고 있던 논문집을 주었는데 아직도 그 이유가 궁금합니다. 무슨 비장한 의미가 있었는지요? 아니면 시인의 꿈을 접고 외국사람과 결혼하는 제자가 못마땅해서 그런 것인지요? 혹시 선물 사러 가기 귀찮아서 그런 건 아니었겠지요?

(미국 오하이호에서 윈드 갤러리 경영, 큐레이터, 작가)

선생님 젖떼기

강은해 (1972년 계명대학 학사 1학기)

'빌라도 광장'이라고 이름 하는 본관 앞 잔디밭, 검정색 양복에 폭 좁은 녹색 타이를 매고 앉아 윗저고리가 좁은 듯 어깨에 솟구치는 기운을 힘겹게 억누르고 병아리 새끼 바라보는 매의 안광으로 우리들을 쏘아보는 선생님의 모습은 계명대학에서 선생님과의 역사가 시작된 첫 장면이면서 지금도 선연한 영상이다.

선생님의 열띤 말씀을 거스르지 않기 위해 숨쉬기 리듬도 선생님의 호흡과 일치해야 한다는 강박관념에 한 차례 몰았던 숨길을 고르려고 홀깃 올려다 본 3월의 하늘빛은 참 시리도록 푸르렀다. 그때 선생님은 후회 없는 인생 역사를 우리들에게 들려 주었다. 그 하나는 학문의 역정에 대해서였고 다른 하나는 연애담이었다.

캔버스와 이젤을 들고 그림에 몰두하던 소년 동일군은 어느 새 프랑스 시집을 옆에 끼고 고뇌하는 불문학도로 변신한다. 서양문학의 진수를 찾아 이곳저곳 방황하던 문학청년은 마침내 신기루를 발견, 한국문학의 세계를 오아시스로 일구는 데 정열을 바치게 된다.

한편 소년 동일군이던 시절부터, 소년은 한가할 틈이 없는 부지런한 성품으로 한 소녀를 흠모하고 가까운 이웃으로 자라나면서 그 소녀의 시야를 소년의 넓은 어깨 하나로 온통 가려 세상에 소년은 한 사람밖에 없는 양 전도된 세계인식을 심어주는 데 정성을 다하였다. 아마도 후일 선생님의 장르론의 기초가 된 자아와 세계이론은 이 때부터 싹을 틔우고 있었는지 모른다. 그 결과 소년의 오아시스는 소녀의 동참으로 신기루가 아닌 물과 꿀이 흐르는 복된 땅으로 다져지게 된다. 그때 선생님은 세상의 중매장이들이 서운해 마지않을 말씀을 우리들에게 비의처럼 전해 주었다. "세상에 중매란 것만큼 이상한 것은 없어요. 꼭 연애를 하고 결혼해야 돼."

지금까지 나는 그 말을 굳건히 믿고 따르고 있다. 선생님께서 이상하다고 한 건 분명히 이상한 일임에 틀림없다. 그런데 세상에서 처음 들어보는 확신에 찬 말씀은 그것으로 그치지 않았다. 그 다음 들려준 말씀은 당시 안개 마냥 불투명한 앞날에 대한 환상과 방황으로 괴로워하던 우리들에게 거의 불가사의의 경지에 이르는 절묘한 것이었다.

"나는 다시 세상에 태어나더라도 지금하고 똑같이 살려고 한다. 이때까지 걸어온 길에 하나도 후회가 없어요." 마침 내리쬐는 햇살을 받은 선생님의 모습은 대학 초년배기 우리들에게 동명왕 신화 속의 주인공이었다. 이 장면은 신화적 영웅의 일생과 전설적 아기장수의 비극적 삶이 조우하는 첫 순간이기도 하였다.

다음 장면은 강의실로 이어진다. 정각을 알리는 사이렌 음향이 강의실 문턱에서 분수처럼 퍼져날 때 그 소리의 물길을 한 달음에 차단하면서 선생님은 단거리 달리기 선수처럼 출현했다. 결승점 테이프에 상체를 던지는 달리기 선수의 투혼 같은 그 모습, 분명 그것은 '출현'이었다. 그때 선생님은 달리기용 손목시계를 차고 다녔을까. 선생님은 곧장 칠판으로 돌아서서 기하학적 공간분할에 따라 그린 필드를 누비는 골프 공 마냥 이곳저곳을 누비며 시와 소설까지 입체화시켜 하나의 영상예술의 세계로 바꿔 우리 앞에 펼쳐 주셨다. 그러다 갑자기 초시계를 보고 전기 오르는 물건인 양 매정하게 백묵을 동댕이치곤 뒷모습을 남긴 채 유유히 사라지는 것이었다.

멍하니 남겨진 우리들에게 선생님과 함께 했던 수업이 한 편의 연극인 양 실감되는 순간이었다. 그래 그것은 퍼포먼스, 연극 그 자체였다. 선생님이 북 치고 장구 치고 가끔 우리들이 단역으로 얼굴 디밀고는 재빨리 사라지는, 그러면서 단역에 캐스팅될까 간을 졸이다가 언제 시간이 흘렀는지 시간마저도 초월한 연극, 그래서 수업시간은 매번 희곡론 강의의 생생한 실기수업이었다.

한 번은 이런 일이 있었다. 전공과목 기말시험 시간, 맨 앞에 앉아 답안을 쓰고 있던 학생은 선생님의 벽력 같은 고함과 동시에 답안지가 눈앞에서 사라지는 환시를 경험하였다. 그 학생은 벨소리도, 그만 멈추라는 선생님의 말씀도 듣지 못한 채 답안지만 내려다보다가 마른하늘에 날벼락이 떨어지는 충격을 받았던 것이다. 아마 그때 얻은 그 학생의 심장병이 아직도 낫지 않았다는 전설이 남아있다고 한다.

선생님은 가혹과 엄격을 통해서 우리들에게 젖떼기를 시도하셨다. 선생님은 주린 우리들의 뱃속에 충분한 젖을 주셨지만 수유시간이 끝나면 가차 없이 독립된 방에서 혼자 지내게 함으로써 칭얼대지 않고 살아가는 홀로서기를 학습시켜 주셨다.

그 가혹 이면의 자애를 숨기려고 어쩌면 선생님은 우리보다 더 큰 내면의 갈등을 겪었다는 것을 우리는 얼마 뒤부터 깨달아 가게 되었다. 크고 작은 사건 뒤에 베푸는 따뜻한 배려는 우리들이 다리 펴고 잘 때 선생님은 그렇지 못했다는 것을 알 수 있게 해주는 흔적들이었으니까.

(계명대학 교수)

시련을 당하면서 익힌 끈기

박종섭 (1972년 계명대학 학사 1학기)

나는 32살이 되었을 때 대학교 졸업장이라도 따 보겠다는 단순한 생각으로 선생님 강의를 들었다. 32년 전의 일이다. 첫 강의는 '현대소설강독'으로 기억된다. 한 주에 한 편의 작품을 읽고 분석해 리포트를 제출하고 발표하라고 했다. 고등학교를 졸업하고 12년 만에 대학교 강의를 듣는 나로서는, 조금이라도 소홀히 하면 학점이 날아간다는 선배들의 조언 때문에 일주일 내내 소설을 읽고 분석하여 리포트로 제출하는 작업에 매달려야 했던 선생님 강좌의 수강이 여간 고통스런 일이 아니었다.

첫 리포트를 제출하여 받은 점수는 D였다. 앞이 캄캄했다. 불안감이 가슴을 짓누르기 시작했다. 한 주 내내 잠을 설쳐가며 고민에 고민을 거듭해가면서 두 번째 리포트를 제출하여 받은 점수는 처음과 같은 D였다. 그야말로 절망적이었다. 나이가 들어, 그것도 모교인 거창고등학교의 장학금을 받아 진학했는데. 창피스럽고 미안해 차라리 봇짐을 싸서 고향으로 돌아갈 생각까지 했으나, 좋은 성적으로 대학교를 졸업하리라고 철석같이 믿고 있는 아내와 어린 자식들을 생각하니 그마저 내 마음대로 되는 일이 아니었다.

고민과 불안에 싸인 한 주일은 쉽게도 빨리 지나가 세 번째 리포트를 제출하여 그 결과를 받는 날 선생님의 강의실로 들어가는 발걸음은 천 근의 무게가 실린 듯하고, 강의실의 문은 그야말로 지옥의 문과 같아 보였다. 선생님보다 두 살 아래인데 같은 동년배의 사정을 조금도 몰라주는 선생님이 야속하다는 생각을 뛰어 넘어, 전생에 잘못된 인연이 서로 만난 것이 아닌가 하는 생각마저 들었다.

그런데 세 번째 리포트 점수를 받아든 나는 눈을 의심했다. A였다, A. 이건 뭐가 잘못된 것이 아닌가 싶어 눈을 비비고 또 비비고 하여 보아도 틀림없는 A였다. 순간 심장의 맥박이 빨라지고 가슴이 울렁거려 심장마비라도 일으켜 쓰러질 것 같았다. 그리고 얼마가 지나 흐르는 눈물을 막을 수 없었다. 선생님에게 A학점을 받기란 하늘의 별 따기라는 선배들의 말이 결코 헛말이 아니었음을 실감했다. 이 때 받은 점수 A는 이후 나에게 학문에 대한 용기와 열의를 가지게 했다. 그 뒤 선생님 강좌의 학점은 모두 A학점을 받을 수 있었다.

첫 시간 강의 때 선생님보다 늦게 강의실에 들어오지 말 것, 시험시간에 종료 벨이 울리면 볼펜을 놓을 것, 강의시간을 활용하여 모임이나 회의 등을 하지 말 것, 지정된 시간에 리포트를 제출할 것을 엄숙히 주문했다. 뒤에 들은 이야기지만 국문학과에서는 이것이 오랜 전통이라고 했다. 이 전통은 예외 없이 확실히 지켜지고 있다고 했다.

그런데 용감한 제대파 학생 중 두 명이 그 전통을 깨기 위하여 선생님보다 강의실에 늦게 입장한 일이 있었다. 그들은 선생님의 거듭된 퇴실 명령에도 꿋꿋이 자리를 지키고 있었다. 순간 선생님은 천둥이 치는 듯한 목소리로 "학점 받을 생각 마" 하고는 "오늘 강의 끝"을 선언했다. 물론 두 학생은 선생님이 견고하게 세우신 전통에 의하여 그 학기 선생님 강좌의 학점은 날려버렸고, 4년 내내 선생님 강의의 학점은 C 아니면 D였다. 오랫동안 견고하게 지켜오던 전통을 깨기에 한두 명 학생으로서는 역부족이었다.

집단적인 반란도 있었다. 선생님의 강의시간에 졸업앨범 사진을 찍어야 한다는 것이 그 구실이었다. 모두 좋다고 하고, 과대표를 선생님께 보내어 사정을 말씀드리고 휴강을 하자고 했다. 학생과에서 공식적으로 잡은 일정이니까 이번만은 선생님께서도 강의를 고집하지 않을 것이라고 기대하면서, 그래도 만약 선생님이 안 된다고 하면 모두 결강을 하기로 굳게 약속했다. 선생님에게 다녀온 과대표는 얼굴 표정이 밝지 못했다. 혹시나 하는 기대감으로 부풀어 있던 우리 모두 어리석었음을 깨달았다. 그래도 굳게굳게 결의한 대로 모두 강의실에 가지 않고 사진 기사가 오기를 기다리는 동안 강의 시작 벨은 울렸고, 어김없이 선생님은 시간에 맞추어 강의실에 입장했다.

그런데 우리들 중 배신자가 나타났다. 우리들이 모르는 사이 두 여학생이 약속을 팽개치고 강의실에 가서 앉아 있었다. 선생님은 이 두 학생을 통하여 강의실로 돌아오지 않으면 모두 학점을 날리겠다고 협박성 메시지를 보냈다. 우리들 사이에서도 혼란이 일어났다. 학생들이 서로 핏대를 올리며 갑론을박하는 동안 귀순하면 오늘의 반란을 불문에 붙이겠다는 회유성 메시지가 다시 전달되었다. 결국 다수의 여론에 의하여 우리 모두는 우거지상을 한 초라한 모습으로 백기를 들고 강의실로 향하게 되었고, 견고한 전통의 벽은 더더욱 두터워지기만 했다.

1974년 1학기에 '구비문학' 강좌가 있었고, 처음으로 국문과 학생 전원이 참여하는 현지답사가 이루어졌다. 2박 3일의 답사 일정 중 제2석굴암이 있는 군위군 부계면 대율동에서 밤을 맞이하게 되었다. 저녁 식사를 마치기 무섭게 주당들은 평소 애주가로 널리 알려진 서재극 선생님을 뫼시고 막걸리 파티를 열었다. 그런 파티는 선후배간의 우의를 다질 수 있는 좋은 시간이었다. 시간이 흐르고 밤이 점점 깊어지면서 우리들의 온몸은 주기로 달아올랐고, 자연스럽게 누가 먼저랄 것도 없이 모두 한목소리로 젓가락 장단에 맞춰 "오동추야 달이 밝아", "번지 없는 주막" 등을 부르기 시작했다.

한창 흥들이 나서 신명을 내고 있는 판에 방문이 열리고, 한 여학생이 조동일 선생님으로부터 술판을 끝내고 모두 취침하라는 지시가 떨어졌다고 했다. 우리는 연세가 많으신 서재극 선생님이 계시는데 설마 어떠랴 싶어 여학생의 전달을 아주 가볍게 여겼고, 젓가락 장단과 노랫소리는 선생님의 지시에 반항이라도 하듯 더더욱 높아만 갔다. 그러는 사이 선생님의 전령관이 전달하는 경고가 두세 차례 걸쳐 더 있었으나, 술기운에 현실감각을 상실한 우리들은 그때마다 선생님의 엄중한 경고를 정말 어리석게도 아주 우습게만 생각하고 신명을 내기에 열중했다.

순간 방문이 세차게 열리고 누구였는지 모르지만 방문 가까이 있었던 한 학생의 뺨에 소음을 가르는 쇳소리가 야멸차게 났다. 방안의 모든 학생들의 동작이 일순간에 얼어붙은 듯이 경직되었다. 태산같이 믿고 믿었던 서재극 선생님께서는 우리를 옹호하는 말씀 한마디 없이 슬며시 밖으로 나가고 말았다. 전통은 강의실 안에서만 통하는 것이 아니었다. 강의실 밖에서도 그 힘은 막강했다.

1975년 1학기에 '희곡론' 리포트를 다른 학생들과는 달리 원고지 100매를 써서 제출했다. 제목은 〈춘향전과 통영 오광대의 비교 고찰〉이었다. 거기서 방자와 말뚝이는 동일형 인물이 아니라고 하고, 방자의 인물 성격을 평민의식을 표출하는 인물이 아닌 양반의식을 표출하는 인물이라고 결론을 내렸다. 이것이 화를 불렀다. 다음날 선생님 연구실에 들른 나는 잔뜩 화난 선생님의 얼굴 표정을 읽을 수가 있었다. 선생님은 리포트 뭉치를 뒤적이더니 내 리포터를 찾아서는 "이것도 글이라고 제출한 것이냐"고 하면서 내게 던졌다. 연구실은 온통 휘날린 원고지로 뒤덮여버리고 말았다.

좋은 착상이라고 칭찬 듣기를 잔뜩 기대했던 나는 무안함과 당황함이 뒤범벅이 되어 땀을 뻘뻘 흘리면서 흩어진 원고지를 주워 모아서는 어떻게 인사를 했는지도 모르게 황급히 연구실을 빠져 나오고 말았다. 기숙사로 돌아온 나는 구겨지고 흐트러진 원고지를 한 장, 한 장 페이지를 맞춰 가면서 그야말로 닭똥 같은 눈물을 철철 흘렸다. 밤잠을 설쳐가며 기존의 연구논문을 수없이 읽고 읽어서, 정말 온힘을 기울여서 작성한 리포트가 형편없는 것으로 평가되어 버렸으니 그렇게 슬플 수가 없었다.

마음을 어느 정도 진정시키고 어떤 논리가 잘못인지를 생각해 보았으나 무리는 없는 것 같았다. 한 달 가까이 고치고 다듬어서 계명대학 학보에 게재하고, 그것이 뒷날 석사학위 논문이 되었다. 선생님이 던진 글을 그렇게까지 발전시킨 것은 바로 선생님께 배우고 익힌 끈기와 전통 때문이었다. 만약 끈기가 없었다면 다시 한문학과에 입학하지도 않았을 것이고, 이어 석·박사과정도 밟지 않았을 것이다. 학교 다닐 때는 속으로 야속하다고 여기고 아집이라고 생각했던 선생님의 끈기와 전통은, 급하고 모난 성격인 나를 세상의 다른 길로 접어들게 하지 아니하고 학문의 길로 방향을 잡도록 했다. 지역사회에서 그래도 존경을 받으며 살아가고, 모교의 강단에서 강의를 할 수 있게 해주었다.

(계명대학 평생교육원 거창학습관 관장)

공부와 삶의 기본

손인호 (1972년 계명대학 학사 1학기)

1972년 3월 내가 계명대학 국어국문학과에 입학할 당시 이 학과에는 유별난 선생님이 계신다는 소문이 있었다. 이 선생님은 학생들에게 아주 엄격하고 시간관리가 철저하며 결강·휴강이 없고 숙제를 많이 내서 그 선생님 과목을 수강하면 절대시간이 부족하여 잠도 제대로 못 자고 고민만 많이 하다가 체중이 3, 4킬로그램 준다는 것이다. 또 지난 학기에는 그 선생님 과목을 수강한 선배들이 선생님의 의도대로 따라가지 못해서 한 사람만 D학점을 받고 모두 실격을 당했다는 것이다.

1972년 당시 계명대학 국어국문학과의 한 학년 입학정원은 20명이었다. 단출한 인원이라 때로는 수업을 선생님 연구실에서 하기도 하고 야외에 나가서 하기도 했다. 학과의 선생님들이 학생 개개인의 가정사정을 비롯한 모든 신상을 자세히 파악하고 있을 정도로 가족적인 분위기 속에서 학교생활을 하였다. 그래서 학생들이 이런저런 사정을 말씀드리면 대부분 선생님들은 그 사정을 들어 주었다. 그런데 유독 이 선생님만은 적어도 공부와 관련된 것인 한 허용이 되지 않았다.

또 1972년 당시는 학부과정 졸업학점이 164학점이나 되었고 대부분 학과 선생님들 과목은 전공필수라 그 과목을 이수하지 않으면 졸업이 불가능했다. 더군다나 4년 8학기 동안 전면 장학 혜택을 약속받고 입학한 나로서는 만약 F학점이 있거나 한 학기라도 평균 B학점에 미달하는 날이면 당장 학업을 그만 둘 수밖에 없는 처지라 걱정을 하지 않을 수 없었다. 또 이틀마다 중고등학생 과외지도 부업을 하고 대학신문사 기자도 하며 생활비까지 마련해야 하는 나로서는 참으로 심각한 문제가 아닐 수 없었다.

그러나 저러나 이미 선택의 여지가 없는 상황이라 열심히 할 수밖에 없는 처지인데 마침 1972학년도 1·2학기에는 대부분 1학년 교양과목들로 그 선생님의 강의가 다행스럽게도 하나도 없었다. 그런데 2학년 1학기에 그 선생님의 과목인 '현대소설강독'을 비롯한 2과목 6학점을 수강할 수밖에 없었다. 첫 시간부터 선생님은 강의실 앞문으로 들어와서 뒷문으로 같은 시간에 들어오는 학생들 보고 "나가, 나보다 늦게 들어오는 학생은 내 과목 들을 필요 없어." 날벼락이 떨어졌다. 그날 수업도 마침종소리와 함께 선생님은 흑판에 쓰던 글씨조차 그 자리에서 멈추고 교실을 나갔다. '현대소설강독'과 '문학개론' 시간에는 선생님이 지정해준 작품에 대해 매 시간 학생들이 연구해 온 것을 돌아가며 20분씩 발표하고 10분 토론하고 20분은 선생님이 강의했다.

문제는 선생님께서 지정해준 출판사의 작품을 읽어야 했고 매 작품마다 학생 전원이 매주 지정된 요일 아침 8시까지 그 작품의 문제점을 잡아 대학 노트 한 페이지 분량으로 소논문을 작성하여 선생님 연구실로 제출해야 한다는 것이었다. 그러면 선생님이 맞춤법부터 비문법적인 문장까지 고쳐 주시고 내용을 면밀히 검토하신 뒤 성적을 A, B, C, D 등으로 매겼다. 만약 지정해 준 출판사의 작품을 읽지 않았거나 다른 사람의 논문이나 비평작품을 베낀 것은 정확히 그 출처를 밝히고 실격처리했다. 특히 1분 늦게 제출하면 감점 1점, 3분 늦게 내면 3점, 10분 이상 늦으면 받지 않고 억지로 제출하려고 하면 감점만 당하게 된다. 또 그 작품이 나관중의 《삼국지》나 현진건의 《무영탑》등과 같이 장편이 걸리는 날에는 며칠을 두고 밤을 새야 할 만큼 절대시간이 부족했다.

또 중간고사, 학기말 시험 때는 1,000자 원고지를 나누어 주고 원고지 사용법에 맞게 답을 쓰되 제일 마지막 칸에 마침표가 찍히도록 하면 제일 점수가 많다고 설명하고 가능한 한자, 영어 등 외국어, 외래어는 많이 쓰도록 요구했다. 시험문제도 예를 들면 삼국지의 등장인물의 이름을 아는 대로 한자로 적으라는 것이다. 숙제를 하기 위해 《삼국지》를 일곱 번 이상 읽었지만 크게 자신이 없었고 어떻게 생각하니 삼국지의 등장인물이 이 세상 인구보다 많다는 생각도 들었다.

나는 3년 동안 선생님께 모두 다섯 과목 15학점을 들었다. 당시 선생님은 우리들에게 참으로 인정사정 없었다. 그러나 30년이란 많은 세월이 흐른 지금에 와서 생각해 보니 선생님이 진정으로 우리들에게 공부와 삶의 가장 근본이 되는 것을 제대로 가르쳐 주고 훈련시킨 것이라는 확신을 갖게 된다. 철저한 시간관리, 정면 도전하는 자신과 용기, 매사의 치밀함과 정확함, 선택받은 엘리트 정신 등이 선생님께 배우고 익힌 매우 중요한 것들이다. 나는 석사, 박사과정에서 문학이 아닌 어학을 공부하게 되어 학문적으로는 자주 뵙지 못하였지만 그때 이후 지금까지 또 앞으로도 영원토록 내 가슴에 남아 있을 선생님이다.

(계명대학 총장 비서실장)

철저함과 엄격함

김교봉 (1973년 계명대학 학사 1학기)

선생님과의 첫 만남은 아마도 '문학개론' 시간이었던 것으로 기억된다. 선생님은 《외디푸스왕》, 《삼국지》, 《부활》, 《적과 흑》 등의 고전을 읽고 독후감을 적어오게 하고 그 가운데 잘 된 것을 발표하는 형식으로 수업을 진행했다. 그때 모든 것에 의욕을 잃고 시를 짓는답시고 괜한 방황을 하고 있던 나는 수업에 태만했다. 지금 생각하면 어리석기 짝이 없는 나의 수업태도 탓에 강의 내용을 충실히 기억해내지 못하는 것이 후회스럽다. 학문에 대한 사전 지식이 거의 없었던 나였지만 지금도 동서양 고전에 대한 선생님의 해박한 지식과 논리를 지닌 설명이 어렴풋이 남아 있다. 그러면서도 대학시절 선생님의 이미지 상표가 된 엄격함이 그때부터 여지없이 발로되었던 것이 지금도 생생하다. 나와 함께 수강한 학생들 가운데 그 철저함과 엄격함에 내심 겁을 먹지 않은 사람은 없었을 것이다.

81

어느 날 수업 중에 뒤 쪽에 앉아 있던 학생이 옆 사람과 말하면서 떠들자 선생님께서는 조용히 하라고 주의를 주었다. 주의를 받은 그 학생은 얼마간 조용하다가 틈을 보아 다시 떠들었다. 선생님은 필기를 하면서 설명을 하다가 갑자기 교탁으로 돌아와 그 학생을 앞으로 나오게 하고는 교탁 위의 둥근 철사 고리로 묶어둔 수강표에서 하나를 빼내어 학생에게 주면서 "이곳에는 지금까지 학생의 출결사항이 표시되어 있으니 이걸 다른 반 담당교수님께 드리고 거기서 수업을 받도록 하고, 지금 당장 교실을 나가라"고 했다. 그 학생은 당황해하면서 용서를 빌었지만 선생님은 완강했다. 결국 그 학생은 수강표를 받아들고 교실을 나갈 수밖에 없었다. 당시에 계명대학에서는 수강신청을 수강표로 하도록 하고, 수강표를 모아 출석부가 되게 했다.

강의에서 이런 철저함과 엄격함은 '외서강독' 강좌를 거치면서 '현대소설'에 이르러서는 더욱 발전되어 선생님의 진면목을 보였다. 선생님은 수업의 시작과 끝을 정말 자로 재듯이 했다. 강의 시작 1분 전에 항상 교실의 앞문 앞에서 교재와 강의 노트와 출석 수강표 위에다 분필통을 왼팔로 들고 기다리던 모습이 아직도 선하다. 수업종이 울리자마자 얼른 교실 문을 열고 들어와 뒷문과 앞문을 안에서 잠가 버린다. 어찌나 재빠르게 잠그는지, 당시 품위와 여유를 지닌 교수상을 기대하던 우리는 우스꽝스럽다고 여겼다. 미처 교실에 들어오지 못한 학생들이 밖에서 닫힌 문을 심하게 두드리는 소리는 우리의 웃음을 참지 못하게 했다.

그러나 선생님은 절대 웃지 않았다. 웃는 대신 강의의 본론으로 즉각 돌입하는 철저함으로 학생들의 산만을 다스리는 엄격함을 지속적으로 유지했다. 그러다가 아무리 중요한 내용을 다루는 상황일지라도 끝나는 수업종이 울리면 강의의 모든 동작이 일순간에 중단되고 "수업 끝"이라고 알리며 강의는 종결되었다. 강의 종료 종소리와 함께 칠판에 글씨를 쓰던 분필이 그 자리에서 그대로 떨어지는 장면이 거듭 연출되었다.

강의에서의 철저함과 엄격함은 보고서를 처리하는 데도 그대로 적용되었다. 보고서 제출 마감 날짜와 시간이 한번 고지되고 나면, 마감 시간이 지난 뒤 제출된 보고서는 다음날 그대로 되돌려졌다. 5시가 마감 시간인데 5시를 1초라도 넘겨 연구실 문 밑으로 넣으면 어김없이 그 보고서는 다음 주 수업시간에 되돌려졌다. 되돌려지는 보고서를 받으면서 심하게 투덜거리는 학생이 많았다.

매주 한 편 이상의 장편소설과 연구 논문이나 책을 읽고, 특정 주제를 선정해 보고서를 쓰는 것은 쉬운 일이 아니었다. 시간이 촉박할 수밖에 없었다. 어쩔 수 없는 특별한 사정이 있었다고 해도 고려해주지 않았다. 마감시간 안에 제출된 보고서의 점검과 평가는 엄격하고 철저했다. 한 자 한 자를 놓치지 않고 성실하게 논평하는 일을 일관되게 했다.

가르치는 일에서 보여준 그런 철저함과 엄격함이 선생님의 일상적 공부에서도 그대로 지속되는 것 같았다. 간혹 식당으로 가는 선생님을 볼 때면 무엇인가 조그만 종이쪽지를 흘깃 보다가 얼른 주머니에 넣고 중얼거리며 가곤 했다. 중요한 사항을 종이에 써서 다니면서 외웠던 것이다. 학술회의에 참가할 때에는 차례가 될 때까지 준비한 원고를 끊임없이 살피며 완전한 발표를 구상하면서 최선을 다하는 모습을 보였다.

우리는 대부분 선생님이 보이는 그 철저함과 엄격함에 길들여지기를 거부하면서, 인간적이지 못하다는 불평을 많이 했다. 당시 약간 볼록한 선생님의 배를 보고 학문으로 가득 채워져 저렇게 되었다고 하면서 낄낄대기도 했다. 그러나 시간이 흐르면서 우리들은 길들여지지 않을 수가 없었다. 불만이 점차적으로 지워지면서 스승의 학문을 알아볼 수 있을 만큼 성장했다.

나는 졸업하기 전에 군에 입대했고, 제대 후 복학했을 때는 이미 선생님이 우리 대학을 떠나 선생님과 함께 보낸 시간이 길지 못한 것이 불행이었다. 졸업 때까지 함께 지낸 학생들은 그 뒤에 선생님의 그 철저함과 엄격함에 길들여진 것에 모두 감사하며 선생님을 자랑스러워했다. 지금에 와서는 선생님이 보인 그 철저함과 엄격함을 거부한 시간이 참으로 아깝게 생각되어 후회스럽다고 동창들이 한결같이 말한다.

철저함과 엄격함을 일상에서 또는 교육의 현장에서 일관되게 실행하는 것은 결코 쉬운 일이 아니다. 아니 범인으로서는 도저히 감당해낼 수 없는 것임을 우리는 이제 우리 삶의 오랜 체험을 통해서 안다. 철저함과 엄격함의 내면에 자리하는 강인한 의지와 홀로 결단해야 하는 외로움, 그리고 고단함을 감내하면서 흘려야 하는 많은 땀을 이제야 우리들은 느낄 수 있다. 그것이 우리 국문학 연구의 새로운 지평을 열어 후학들에게 학문적 빛을 던지는 업적을 끝없이 내는 선생님의 바탕이다. 내가 대학생일 때 보았던 선생님의 학문적 태도가 지금도 변함없이 유지되고 있음을 국문학의 세계화를 선도하는 그 많은 업적을 통해 믿을 수 있으니 숙연한 마음이 든다.

학문에 대한 선생님의 그 준엄함, 그 앞에 정년퇴임이라는 말은 어째 어색하다. 물리적 시간의 흐름이 선생님의 숭고한 의지를 조금도 변화시킬 수 없다는 것은, 아직도 정정하기만 하신 선생님을 뵐 때마다 든든한 확신으로 다가오기 때문이다. 여전히 선생님의 학문적 빛은 후학들의 길을 밝혀주며 우리의 우둔함과 게으름을 채찍질해 줄 것이다.

(계명문화대학 교수)

차가움 속의 따스함

장옥관 (1973년 계명대학 학사 1학기)

1973년 3월에 계명대학 국문과 학생이 되었다. 선생님의 글투를 훔쳐 첫 문장으로 삼는 것은 까닭이 있다. 졸업한 지 30여 년, 희미한 기억 저편에 잠겨가던 선생님의 이미지가 회고록 초고에서 선명하게 떠올랐기 때문이다. 전자메일로 온 그 글을 읽으면서 어느새 정년을 맞아 이런 책을 펴내게 되었구나 하는 감회보다는 강의실 복도를 바람소리가 나도록 바삐 걸어가는 선생님의 모습이 먼저 떠올랐다.

초점이 분명한 논리의 단호함과 추상적이고 수식적인 요소를 싫어하는 간명함, 급박한 호흡의 리듬감, 객관성에 숨어 있는 주관성 등이 선생님의 문장 특징이라고 하겠는데 이 문체 속에 선생님의 성품이 고스란히 녹아있는 것 같다. 선생님은 매사에 정확하고, 철두철미하고, 열정적이며, 냉철한 차가움 속에도 인간적인 따스함을 지녔다.

어느 정도 정확한가. 당시 선생님의 별호가 오메가시계었다. 수업시간이 되면 기다렸다는 듯이 강의실에 들어오고(정말 시작종 울릴 때까지 강의실 앞에 서 있었다) 일단 교단에 오른 다음에는 누구도 강의실에 들어올 수 없었다. 강의는 원고 읽듯 문어체로 했는데, 마무리 말씀 종결어미 "습니다"가 끝남과 동시에 마침종이 울렸다. 아무리 완벽한 분이지만 천려일실 딱 한 번 실수한 적이 있었다. 그날은 칠판에 판서하는 동안 마침종이 울렸다. 그러자 선생님은 쓰던 걸 조용히 멈추고 뒤도 돌아보지 않고 나갔다.

어느 정도 철두철미한가. '한국현대소설강독' 강좌인 걸로 기억한
다. 매주 단편소설 하나를 읽고 분석하는 과제를 주었는데 수업시작
10분 전에 교수연구관 수위실에 갖다놓아야 했다. 그런데 급하게 쓰느
라 호치키스를 박지 못하고 원고지 한 귀퉁이를 찢어 철하는 경우가
많았다. 선생님은 들고 온 원고지를 들고 이렇게 말씀하셨다. "앞으로
철하지 않은 것은 첫 장을 손으로 집어 딸려온 분량까지만 채점할 것
이니 그리 아시오."

그동안 펴낸 엄청난 저작물이 선생님의 열정적인 성품을 짐작케 하
지만 매년 타자기를 바꿔야 할 정도라는 믿기 어려운 풍문이 당시 떠
돌았다. 되돌아보건대 서사민요연구를 비롯한 우리 국문학계 주요 논
문들이 쏟아지던 시기였다. 그런 가운데 청도 각남에 구비문학 답사를
간 적이 있었다. 저녁을 잡수시는데 고봉밥을 두 그릇이나 비웠다. 바
라보는 학생들에게 일갈, "밥 장군이 일 등신이라지만 실은 밥 장군이
일 장군이다. 사람은 먹은 만큼 일하게 되어 있다." 식탐과 지식탐이 정
비례한다는 사실을 그때 알았다.

선생님의 인간적인 따스함에 대해 말하기 전에 우선 죄송한 말씀을
드려야겠다. 호의를 실망으로 바꿔드린 잘못이다. 3학년 겨울방학 자
취방에 전보 한 장이 날아들었다. "면담 요망 조동일." 설마하니 그 엄
한 분이 개인적으로 전보를 보낼 리 만무하지만 아무리 생각해봐도 주
변에 "조자 동자 일자" 쓰는 분이 없었다. 전화를 넣었더니 다음날 바
로 사택으로 오라는 말씀이었다.

"자네 공부할 생각 없나?" 선생이 묻는데 "공부 안 하렵니다" 배짱
내밀 학생이 어디 있겠는가. 하지만 사정상 공부를 계속할 형편이 못된
다고 말씀드리니 졸업 후 교내출판사에 자리를 알아보겠다고 했다. 그
러면서 〈한국소설에 나타난 미국인 상〉이라는 주제로 논문을 쓰려고
하는데 자료를 정리해 달라는 말씀이었다. 자료수집비로 일금 3만 원

이 든 봉투를 건네주셨다. 입학금을 포함한 등록금이 10여만 원 하던 시절이었다. 100원짜리 삼중당 소설문고 몇 권만 사도 며칠간 행복하던 시절인데 이런 횡재수가 어디 있나.

하지만 지금도 마찬가지지만 놀 일은 왜 그리 많이 생기던지. 도서관에 책 펼쳐놓고 앉아 있노라면 불러내는 친구들은 또 왜 그리 많았던지. 천승세 선생의 〈황구의 비명〉을 비롯한 몇 권의 책을 읽고 결국 포기하고 말았다. 그때 내가 펑크 낸 일 때문에 곤란한 일을 당하진 않았는지 지금 생각해도 송구스럽다. 하지만 결과적으로 잘된 일이었다. 천학비재의 자질로 학문의 길로 나섰더라면 어찌 되었겠는가. 농땡이 기질에 선생님께 누가 될 것은 뻔한 이치가 아니겠는가.

하여간 그때 선생님이 보내준 인간적 따스함은 30년이 지나도록 잊을 수 없다. 냉철하고 철두철미한 이성적 면모 속에 어찌 그런 감성적이고 온정적인 면모가 숨어 있었던가. 바로 차가움 속의 따스함이다. 그것을 단적으로 보여주는 것이 선생님의 문체다. 객관적이고 논리적인 문장 속을 가만히 들여다보면 자신만만한 기백 속에 주관적이고 감성적인 요소가 흐르고 있음을 눈치챌 수 있다. 문체론을 공부하는 사람들은 주목할 만한 일이다. 어찌 생각하면 끓어오르는 내면의 서정과 낭만을 철저하게 이성으로 제어한 게 아닌가 싶다.

졸업 후에는 선생님을 뵐 일이 별로 없었다. 하지만 아직도 신문이나 책을 읽다가 선생님 함자를 만나면 가슴이 서늘해진다. 그 뿐이랴. 어느 날 서울에서 강의를 마치고 그동안 찾았던 보신탕집 중에 가장 맛있었던 집이 어디였던가를 생각하고는 경남 사천을 향해 김포공항으로 발길 돌렸다는, 도저히 믿을 수 없는 도저한 낭만의 소문을 접하고 문제의 그 집을 찾은 적도 있다. 그날 친구들이 즉석에서 사자성어 하나를 지었으니 좀 외람되지만 〈東一好狗〉라 일컫기로 하였다. 곧 "단김에 소뿔 뺀다"에 얹은 "금강산도 식후경"의 현대판 버전이다.　　　　(시인)

선생님의 연필

천혜숙 (1973년 계명대학 학사 1학기)

선생님을 처음 뵌 것은 계명대학 입학을 위한 면접시험에서였다. 그때 선생님께서는 "왜 국문학과를 지망했는가?"고 내게 물었다. 직시의 시선에 단호한 음성이었다. "1차도 국문학과를 응시했습니다"라고 우물쭈물 바보 같은 대답을 했다. 나와서는 거듭 바보 같다 여겨져 혼자 얼굴을 붉혔던 기억이 난다.

2학년 1학기가 되어 '현대소설강독'을 들으면서 선생님을 더 가까이서 뵐 수 있었다. "절대로 지각하지 마라"(쫓겨난다), "참고문헌을 참고하지 마라"(귀신같이 안다), "리포트 마감시간을 엄수하라"(가차 없다) 등의 지침과 함께 여러 편의 전설적 일화들을 이미 선배들로부터 들었던 터라 더욱 긴장이 되었다. 강의는 한 학기와 한 주, 그리고 한 시간이 모두 철저한 기획 아래 이루어졌다. 일주일마다 소설작품론 리포트를 제출하고, 해당 작품을 맡은 학생이 발표하면, 선생님은 평가와 함께 작품 분석의 실제를 보여 주었다.

학생들에게는 무엇보다 자기 생각, 곧 독창을 많이 강조했다. 좀 굼뜬 편이었던 나는 리포트 마감시간을 넘기지 않기 위해 강의가 있는 날 아침마다 교수연구동으로 뜀박질을 했다. 마감시간이 되면 선생님은 교수연구동의 수위실에 모아진 리포트들을 어김없이 수거해 갔기 때문이다.

그런 고민과 노역을 거쳐 강의실에 앉으면, 소설 작품과 작가가 내게로 아주 가까이 다가오는 느낌이 들었다. 선생님의 분석을 따라서 소설의 바다를 이리 저리 유영하는 듯한 오묘한 느낌이 들 때도 있었다. A+에다 "잘 보았다"라는 평가라도 받는 날은 그야말로 의기충천이었다. 나로서는 참으로 신선한 충격이었고, "대학 공부란 이런 것이구나" 실감하면서, 연연해 하고 있던 재수의 미련에서 벗어날 수 있었다.

엄정한 한편으로 선생님은 핵심을 찌르는 유머로써 강의시간을 재미있게도 만들었다. 한번은 남학생으로는 보기 드물게 수줍음이 많았던 이경화가 발표를 했는데, 목소리가 자꾸 기어들어갔다. 선생님은 "형신태는 거짓말을 하면서도 당당한데, 자네는 참말을 말하면서 왜 그러는가, 마음껏 당당해도 된다"고 독려하는 것이었다. 이렇듯 날카롭지만 따뜻한 유머로 학생들을 웃게 하고는 당신은 더 밝게 웃었다. 그렇게 강의의 긴장을 풀어주곤 하셨다.

당시 현대문학을 담당하셨던 선생님께 나는 전공과목으로 '현대소설강독' 외에도 '현대문학사'와 '한국희곡론'을, 그리고 교양과목으로 '문학' 강의를 더 들었다. 외부강사가 맡았던 '현대시론'과 '외서강독'에 대해서도, 우리가 공부를 제대로 하고 있는가 선생님은 늘 관심을 가지고 지켜보았다. '외서강독'이 모처럼 휴강이 되었는데, 선생님이 대신 들이오는 바람에 좋다 말았던 적도 있다. "여러분의 영어 실력을 알 수 있는 좋은 기회"라고 호기찬 선언을 하더니, 평소 예습의 부담이 없었던 과목이라 방심하고 있던 우리에게 무작위로 화살을 쏘는 것이었다. 갑작스런 습격에 모두 갈팡질팡했음은 물론이다. 그때 내가 맞았던 화살이다.

"그 문장에서 단어 모르는 것이 있나요?"

"없습니다."

"그러면 해석을 해 봐요."

"……"

"단어 뜻을 다 알면서 해석을 못하는 그게 바로 영어실력 부족이에요."

힘겨워하고, 쩔쩔매고, 때로는 못 미쳐서 어깃장지기도 했던 학생들을 상대로, 지치지도 않고 '공부, 공부, 공부'를 강조했던 분이었다. "수재들이 국문과를 지망해야 나라가 바로 된다"는 말을 자주 했는데, 그럴 때면 내가 마치 수재라도 된 듯한 기분이 되었다.

선생님의 열정을 내심 흠모한 것을 아셨던지, 유능하지도 성실하지도 못했던 나를 2학년 2학기부터 연구실의 조교로 있게 했다. 학부생 조교제도가 있어서, 학교로부터 3천 원인가의 수당도 받았다. 내가 학부를 졸업하던 해 선생님은 계명대학을 떠났지만, 그 이후까지도 내게 주던 그 큰 가르침과 사랑을 이 좁은 지면에는 다 담을 수가 없다. '한국희곡론'의 탈춤 강의, 선생님과 함께 했던 구비문학 조사 경험, 그리고 《서사민요연구》를 비롯한 선생님의 구비문학 연구에 매료되어 결국 나는 그 세계로 발을 들여놓게 되었고, 부족한 제자를 믿어준 선생님 덕분에 마침내 안동대학교에서 구비문학과 민속학을 가르치는 교수가 되었다.

강진옥·정현숙 동학과는 학연은 없었지만, 20대 후반의 나이에 구비문학을 전공한 여성학자라는 공감으로 만나 이제는 둘도 없는 知己가 되었는데, 우리 세 사람이 또한 소중하게 공유하는 것이 조선생님에 대한 기억이다. 세 사람 모두 선생님과 사제의 인연을 맺었으며, 특히 정현숙 동학과 나는 각각 영남대학과 계명대학 시절 선생님 연구실에서 공부할 수 있었던, 복 많은 사람들이다. 삶의 조건이 달라져 자주 만나지는 못하지만, 지금도 마주 앉으면 우리는 선생님에 대한 기억을 자연스레 나누곤 한다.

"요즘은 연필로 집필하신다지." "대학원 시절 선생님께선 연필 깎는 일로 아침을 시작하셨는데 공부를 하시다 오후가 되면 그 연필심들이

다 닳아 있었대." 누군가 선생님의 연필에 대한 이야기를 시작하면, 나
는 연구실 책상에 정갈하게 깎여서 꽂혀 있던 노란색 연필들에 대한
기억, 그리고 선생님이 연필 글씨를 쓸 때면 사각 사각 나던 그 조용한
소리의 울림을 함께 떠올리곤 한다. 선생님의 연필은 참으로 천재의 노
력 또는 그 학문세계의 순수에 대한 이미지로 내게 남아 있다.

(안동대학 교수)

꿈에 만나도 무섭다

윤주은 (1974년 계명대학 석사 1학기)

대학에서 ROTC 과정을 수료하고 육군 장교로 임관을 앞둔 상태에
서 육군제3사관학교 교관으로 근무하게 되어 대학원에 진학한 것이 선
생님과의 인연이었다. 대학원은 꿈도 꾸지 않다가 진학하게 되었으니
그 이후 공부하는 과정은 괴로움 그 자체였다. 1974학년도 계명대학
국어국문학과에는 차세대 국어국문학 분야 전국 최강의 교수진이 포
진하고 있었다. 공부와는 거리가 멀었던 학생이 강의를 수강하게 되었
으니 학부 4년 동안 배운 공부로는 한 학기 두 과목 전공을 수강하기에
도 힘겨웠다.

겨우 2학년에 진학하니 3월 30일까지 학위논문계획서를 제출하라
는 행정 지시가 있었다. 당시 같이 공부하던 최을룡 학우와 감히 선생
님 연구실을 찾았으나 결과는 한마디로 초죽음이었다. 우리들은 이야
기도 꺼내지 못하고 연구실에서 쫓겨났다. 이유는 3월 30일까지 논문

계획서 제출 마감인데 31일에 갖고 왔다는 것이다. 연구 계획서가 선생님의 책상 위에 놓이는 순간 선생님에 의해 연구실 문으로 던져졌다. 꾸중을 한 바가지 듣고 그날 강의를 수강했는데 강의 내용이 귀에 들리겠는가. 그래도 아쉬움에 강의실 앞에서 머뭇거리고 있으니까 선생님이 "너희들 오늘까지 제출해도 된다고 학과에서 행정적으로 허락했다고 하니 제출하고 가"라고 하는데, 입학 후 처음으로 선생님의 미소를 보았다.

그 후 논문 지도는 형극의 길이었다. 김수업 교수의 〈소월시의 율적 파악〉이라는 논문보다 더 잘 쓸 수 있으면 시작해 보라는 선생님의 말씀에 주눅이 들어 한 달 동안 하는 일없이 선생님 연구실을 들락거리고 말았다. 선생님 연구실에서 논문 지도를 받는 날은 진정제라도 먹어야 했다.

선생님은 약속 시간 어기는 것을 매우 싫어하였다. 마감일보다 며칠 앞서 원고를 제출하면 무조건 칭찬을 하였다. 선생님께 칭찬을 듣는 방법은 하루라도 빨리 찾아가는 것이다. 논문 지도 과정에서 한번은 선생님이 시내에 출타할 일이 있어 논문 지도 말씀을 초고에 메모하였는데, 원고 첫머리에 연필로 "원고지 사용법도 모르는 놈이 논문을 작성하나"라고 큼직하게 적어 놓았다. 그 이후로는 선생님 앞에 글을 들고 간 기억이 없다.

석사학위 논문 심사위원은 최정여·서대석 교수님, 조선생님이었는데 심사현장에서 잠깐 나갔다 오라 해서 기다렸다가 불려들어 가니 조선생님이 "나는 자네 논문 등급을 보통으로 했는데 두 교수님이 우수라 해서 우수로 결정한다"고 말했다. 그 뒤 선생님이 후배의 논문을 지도하면서 "윤모라도 닮아"라고 하였다니 후배가 지어낸 말이라도 기분은 좋았다.

선생님은 어떤 이유의 선물도 받지 않기로 유명하였다. 어떤 동문은 여름에 수박을 들고 찾아뵈었는데 아파트 현관에 던져 박살을 내었다고 한다. 자주 찾아뵙지는 못했지만, 선생님이 영남대학에 재직할 때 거주하였던 아파트를 방문하면 자상한 말씀을 간혹 하기도 했다. 아파트 두 채를 사용하고 있다는 이야기이며, 영남대학교로 옮기니까 최정여 교수님이 선생님을 계명대학에 복귀시킬 요량으로 아파트에 계속 앉아 있더라는 이야기도 하였다. 다행히 내가 사들고 간 수박은 한번 쳐다보더니 던지지는 않고 모른 체하였다.

우연한 기회로 울산과학대학에 1980년부터 근무하면서 공부는 않고 선생님이 그렇게 싫어하는 보직 전담교수로 세월만 흘러보냈지만, 연구실 한쪽에는 선생님의 연구 저서와 관련 자료를 정리해 학문의 길을 멀리한 자신을 자책하고 있다. 이제 기회가 주어진다면 상당한 기간 공을 들여《김소월 사전》을 만들어 볼 계획이다. 선생님의 꾸지람 덕분으로《원본 김소월 시집》,《김소월 시어 용례사전》,《시혼과 음영》(평론집) 등의 책을 만들 수 있었는데 마지막 연구 작업으로 감당하기 어려운《김소월사전》편찬을 꿈꾸고 있다.

나도 강의실에서 선생님이 한 대로 제자들에게 고함지르고 있다. "나한테 강의 들은 대로 적으면 80점. 완벽하게 암기해서 적어도 85점. 강의 내용보다 조금이라도 다른 이야기를 하면 무조건 90점이다."

우리는 그때 선생님이 김지하 선생이 극찬한 운동권의 투사였고, 통일운동가라는 사실은 미처 모르고 학문적으로 주눅이 들어 그저 무서웠다. 곁에 서있지도 못할 만큼.

(울산과학대학 교수)

영남대 시절

1977년 1월 19일 ~ 1981년 2월 28일

민족문화연구소

계명대학에서 기획실장 사표를 내고 수리를 기다리고 있을 때 영남대학에서 밀사가 왔다. 영남대학 총장 비서실장이었던 대학 시절의 친구 이수인이 나타나, 이인기 총장이 조용히 보자고 한다고 했다. 이인기 총장을 만나니 민족문화연구소라는 새로운 연구소를 세워 집중해 지원하고자 하니 맡아서 일을 해달라고 했다. 첫해에는 1천만 원을 지원하고, 장차 대폭 증액하겠다고 했다.

계명대학에서는 한국문화연구소에도 예산을 지원하지 않겠다고 하고, 영남대학에서는 민족문화연구소를 신설해 크게 육성하겠다고 했다. 계명대학에서는 아무리 작은 일이라도 허락을 얻어야 할 수 있고, 영남대학에서는 많은 예산을 쓰는 사업을 맡기니 알아서 하라고 했다. 어느 곳을 택해야 하는지 명백했다.

계명대학에 대한 의리를 배신할 수 없다고 한다면 그것은 학문에 대한 더 큰 의무의 배신이다. 학문을 하려고 대학에 몸담고 있지, 어느 대학을 위해 충성을 하자는 것은 아니다. 미국을 따르는 것 외에 다른 길이 없다고 여기는 계명대학, 민족문화를 의심스럽게 보고 국악과 신설을 반대하는 곳을 벗어나 활짝 열려 있는 신천지를 향해 기쁘게 달려 나가는 것이 너무나도 당연했다.

내가 영남대학으로 옮겨 경쟁관계에서 앞서고 있다고 자부하던 계명대학이 타격을 받아도 어쩔 수 없었다. 우열이 뒤바뀌고 있는 것을 계명대학에서 알도록 하는 것이 도와주는 방법이었다. 다른 곳이 아닌 영남대학에 간다면 극한의 방법을 써서라도 떠나지 못하게 할 염려가 있는 것이 당장 걱정거리였다. 그 점을 전혀 비밀로 해 아무도 눈치채지 못하게 하고 교수직 사표를 냈다.

갈 곳을 찾는다면서 서울을 부지런히 오르내렸다. 덕성여자대학에
서는 사람이 오기도 했다. 그런 소문이 나서 조아무개가 큰소리를 쳤
지만 갈 곳이 없다는 것을 확인하고 계명대학 학장은 사표를 수리하
지 않았던가 한다. 반란자의 최후가 어떤지 명백하게 보여주어 두고
두고 교훈이 되게 하려고 했다고 생각된다.

그 날짜가 1월 19일이었다. 사표를 낸 지 한 주일쯤 경과한 날이라
고 생각한다. 어디 가더라도 신학기는 되어야 하니 그때 사표를 수리
하면 2월말까지 무직자가 되고 월급도 받지 못하게 된다고 누구든지
예상할 수 있었다. 그러나 미리 약속한 바 있어 바로 그날 영남대학
에서 부교수대우로 발령을 냈다. 인사위원회를 열어 정식의 절차를
밟지 않았으므로 총장에게 부여된 직권에 따라 우선 대우로 발령을
냈다. 3월 1일 신학기에 '대우'를 면했다.

계명대학 구내 사택에 살고 있다가 소속이 달라지는 날 바로 대구
시 외곽 만촌동에 있는 영남대학 사택으로 쓰는 아파트로 이사를 했
다. 영남대로 간다는 사실이 밝혀지자 국문과의 좌장 최정여 교수가
이사한 곳으로 매일 찾아와 아침부터 밤까지 있으면서 계명대로 되
돌아가자고 간청했다. 너무 미안해 최정여 교수를 따라 계명대학에
가서 학장을 만났다. 학장은 잠시 대면할 기회를 주더니 다른 일정이
바쁘다고 했다. 최정여 교수 혼자만 애를 쓴 것이다.

내가 영남대로 가자 이어서 계명대학에서 영문학과 김활, 사학과
원철 두 교수도 영남대학으로 옮겼다. 두 교수와 나는 아무 말도 나
누지 않았다. 그런 일이 있다는 것을 일이 끝난 뒤에 비로소 알았다.
당시 영남대학에는 사람들이 모여들었다. 서울대학에서 교육학의 김
호권, 심리학의 장현갑 교수가 이주했다. 계명대학 교무처장으로 크

게 활약하다가 경북대에 가 있던 교육학 전공의 박봉목 교수도 영남대학 사람이 되었다. 그러니 계명대학 두 교수가 영남대학으로 향한 것이 나 때문이라고 할 수는 없었다.

영남대학에 이인기 총장이 있어 그런 놀라운 변화가 일어났다. 이인기 총장은 계명대학 신태식 학장과 극과 극을 이루는 분이다. 두 분을 비교해보면서 많은 것을 깨닫고 배웠다. 이인기 총장은 보직자 인선을 오랫동안 깊이 생각해 하고서는, 그 뒤에 권한을 위임하고 일을 완전히 맡겼다. 임기가 끝나고 연임을 하는지 교무처장이나 학장은 전혀 눈치 채지 못하게 하고, 조용하게 생각한 대로 인선을 했다. 누가 총장실에서 무슨 말을 하면 그것은 교무처장 소관이라느니, 학장에게 말하라느니 하는 말 한 마디만 했다. 아무 하는 일 없는 사람처럼 지냈다.

민족문화연구소 일로 되돌아가자. 구체적인 협의에 들어가자, 총장 당신이 민족문화연구소 소장을 할 테니 부소장을 하라고 했다. 내 나이 그때 38세였다. 영남대학은 계명대학과는 아주 다른 장유유서의 사회여서 그럴 수 없었다. 부소장은 감당할 수 없다고 하고, 상임운영위원이라는 직책을 만들어서 맡겠다고 했다. 운영위원 여럿 가운데 상임으로 일하는 사람이라는 뜻이다.

총장은 소장을 겸하고서 연구소 일을 아무 것도 하지 않았다. 의논을 하려고 총장실로 가면 "알아서 해"라는 말 한 마디만 했다. 그러고는 아무 상관이 없는 말 한두 마디 하다가 졸음이 오는 듯한 표정을 지어, 바로 물러나야 했다.

예산은 첫해 1천만 원이고, 둘째 해부터는 거액 3천만 원이었다. 예산서를 만들어 가져가면 내역을 보지도 않고 소장 결재와 총장 결재를 하고, 그 뒤부터는 돈 지출을 상임운영위원이 전결로 했다. 사람을 쓰고 인건비를 지불하는 것까지도 알아서 하라고 했다.

꿈인가 생시인가. 예산이 넉넉한 민족문화연구소를 맡아서 무슨 일이든지 하고 싶은 대로 하게 되었다. 벅찬 감격과 함께 무거운 책임감이 닥쳐왔다. 가장 모범이 되는 최상의 연구사업을 어떻게 진행해 놀라운 성과를 거두면서 내 자신도 크게 성장할 것인가? 분골쇄신을 한다고 해도 말이 모자랄 지경이었다.

처음 시작한 일은 영남지방 전통문화 현지조사 연구를 책으로 쓰도록 해서 '민족문화총서'를 내는 것이었다. 연구비는 60만 원으로 했다. 몇 백만 원도 줄 수 있는데 그게 무어냐 하고 나무라는 말이 들려 왔다.

당시 연구계획을 내서 채택되면 논문을 한 편 쓰는 문교부 연구비가 통상 90만 원이었다. 문교부 연구비를 받고 연구결과를 제때 내는 사람이 거의 없었다. 늦어지는 것이 예사였다. 늦어지면 다음 연구비 신청 자격을 잃었다. 연구비를 매년 받을 수 있는 것은 아니니 그런 제재가 아무 소용이 없었다.

그런데 60만 원을 받고 1년 만에 단행본 분량의 연구업적을 내라니 미친 짓인 것처럼 보였다. 그러나 나는 돈이 적고 조건이 까다로워야 충실한 결과가 나온다고 확신했다. 돈이 많고 기간이 길면 결과는 없다.

왜 그런가? 연구비를 몇 백만 원씩 배정한다면 어른부터 대접해야 예의를 아는 젊은이라는 칭찬은 들을 수 있다. 그러면 돈을 드리는 것으로 끝나게 되어, 연구결과는 기대하지 말아야 한다. 공모를 하면 돈이 탐나는 사람들이 먼저 응모한다. 복지 사업을 위해 신규 예산을 배정한 것은 아니다.

당시 영남대학에는 민족문화의 여러 분야를 연구하는 원로, 중진

교수들이 많이 포진하고 있었다. 나는 그 분들을 연장자 순으로 찾아 뵙고 연구계획을 설명하면서 참여해달라고 부탁드렸다. 돈은 60만 원만 드린다고 하니 철부지가 무얼 몰라 기가 찬다는 표정이었지만, 말씀은 점잖게 했다. 아주 좋은 계획이고, 마땅히 도와주어야 하지만 밀린 과제와 바쁜 일이 많아 어렵다고 했다.

연소자에 이르기까지 다 만나보니 난색을 표하지 않는 사람들도 있었다. 적극 권유하자 진행하고 있는 작업이 있다고 했다. 연구과제 참여자 공모를 하면 결코 나오지 않는 보배 가운데 보배를 찾아냈다. 모두 6건의 연구비를 지급했는데, 철학과의 이완재 교수는 일이 잘 진행되지 않았다고 하면서 연구기간이 끝나자 연구비를 반납했다. 다른 연구는 예정대로 완료되어, 다음과 같은 책이 《민족문화총서》 제1권에서 제5권까지로 나왔다.

조동일,《인물전설의 의미와 기능》
이수건,《영남사림파의 형성》
정순목,《한국서원교육제도연구》
최명옥,《경북 동해안 방언 연구》
권병탁,《전통도자기의 생산과 수요》

이수건은 국사학에서, 정순목은 교육사에서, 최명옥은 국어학에서, 권병탁은 한국경제사에서 획기적인 작업을 했다. 기존의 논문을 모으지도 않고, 개설서를 쓴 것도 아니다. 자료를 새로 조사해 심도 있게 검토하는 작업을 책 한 권의 분량으로 전개했다.

이수건과 정순목은 더러 논의되기는 했지만 연구가 부족한 분야를 자세하고 깊이 있게 다루었다. 최명옥은 지체에 따라서 말이 다른 사회적 방언의 실상을 충실한 현지조사를 해서 처음으로 밝혀 논했다. 전통도자기를 미술사와는 다른 경제사의 관점에서 연구한 권병탁의 업적은 더욱 탁월하다고 할 수 있었다.

내 책은 앞에다 내놓고 총서 제1권이라고 했다. 그 점이 시비의 대상이 될 수 있었다. 순서는 원고 도착순이다. 내 작업이 맨 먼저 끝나 첫 번째로 출간되었다.

그렇더라도 일을 맡아 하는 사람이 자기도 연구비를 받고, 자기 책을 맨 앞에다 내놓는 것은 잘못이라고 할 수 있었다. 조상 전래의 겸양지덕을 어기고, 공직자의 도리가 아니라고 할 수 있었다. 민족문화를 한다면서 그런 짓을 하니 용납할 수 없다고 할 만했다.

그러나 해야 하는 일이 중노동이었다. 노임이 필수비용의 일부도 되지 않은 조건에서 중노동을 해야 하는 경우에는 주동자가 앞장서야 한다. 내가 먼저 일을 해서 결과를 빨리 내놓는 것이 다른 사람들에 대한 무언의 독촉이었다.

일이 급해서 졸속하게 한 것은 아니다. 오랜 기간 동안의 사전 연구와 이론 전개를 위한 가설을 마련해, 내 학문의 역사에서 커다란 비중을 차지하는 봉우리를 이루었다. 실제 작업에서 조사지가 고향인 중문과 이휘교 교수의 안내를 잘 받고, 현장에서도 행운을 얻어 기대 이상의 성과를 거두었다.

《인물전설의 의미와 기능》(1979)은 계명대 시절의 《서사민요연구》(1970)와 맞서는 영남대 시절의 첫 업적이며, 그 사이의 시간 경과가 헛되지 않다는 것을 입증하는 이론의 발전을 성큼 이룩했다. 경북 영덕군 영해면 일대의 지체가 상이한 여러 마을의 이야기판에서 같은 인물에 관한 전설을 어떻게 다르게 이야기하는지 밝혀 '현장론적 구조분석'이라고 이름 지은 것을 도출했다. 현장연구와 구조주의의 상반된 주장을 한 데 합쳐 다 살리는 작업을 실증과 이론 양면에서 함께 했다.

1980년에는 "민족문화연구의 국내외 제휴를 위한 학술회의"를 열고 그 결과를 《민족문화총서》 제6권 《민족문화연구의 방향》이라는 책으로 내놓았다. 국제학술회의란 것이 지금은 유행이 되다시피 하지만 그때는 거의 없었다. 전례가 거의 없는 일을 하면서, 이름만 거창한 요즈음의 국제학술회의에서 흔히 보이는 허세와는 다른 알찬 내용을 갖추었다.

한국학을 하는 외국 대학 가운데 특히 두드러진 활동을 하는 하와이대학 우리 동포 한국학 교수들을 다섯 사람 초청해 국내외의 협동을 다지는 작업을 했다. 발표자와 토론자 명단을 들면 다음과 같다. 하와이대학에서 온 분들은 괄호 안에 "하"라고 적어 표시한다.

■ **국사 분야**

발표: 이우성, 최영호(하)

토론: 강만길, 강희웅(하), 김성준, 이병휴

■ **국어 분야**

발표: 이기문, 손호민(하)

토론: 남기심, 박은용, 이동재(하), 조규설

■ **국악 분야**

발표: 송방송, 이병원(하)

토론: 김성태, 김진균, 이강숙, 한만영

102

■ **국학 분야**

　　발표: 조동일

　　토론: 김택규, 안병직, 윤사순

한국학연구소에 예산을 지원하지 않고 자립하라고 하는 계명대학에서는 상상도 할 수 없는 일이다. 한국학 여러 분야의 뛰어난 학자들을 가려 발표와 토론의 진용을 짰다. 미국 하와이대학에는 국사나 국어뿐만 아니라 국악도 가르쳐 전공교수가 있는데, 미국을 따르기 위해 국악은 하지 말아야 한다는 것이 얼마나 우스운지 다시 생각할 일이었다.

이병원 교수는 서울대학에서 국악을 전공하고 미국에 가서 공부를 계속한 다음 그곳 교수가 되었다. 국악 분야 국내 발표자 송방송도 서울대학에서 국악을 전공하고 캐나다에서 교수를 하다가 귀국해 국립국악원장을 맡고 있었다. 국악과가 신설되자 영남대로 자리를 옮겼다.

국사와 국어 외에 국학이라는 분야도 있었다는 사실을 주목할 필요가 있다. 내가 맡아서 〈민족문화 연구의 과제와 방향〉이라는 총괄적인 내용의 발표를 했다. 토론자는 민속학의 김택규, 한국경제사의 안병직, 한국철학의 윤사순 교수였다.

민족문화연구소에서는 경북지방 문집 조사, 복사, 해제 작업도 했다. 많은 문집이 알려지지 않은 채 방치되어 있는 것을 그대로 둘 수 없다고 판단해 우선 목록을 작성하고, 복사기를 차에 싣고 다니면서 복사했다. 도산서원 서고를 처음 열어 소장 문집을 모두 복사했다. 복사해 모은 문집을 해제했다.

해제를 누가 어떻게 하는 것이 좋은지 연구하다가 최상의 방법을 찾아 실현했다. 한학의 대가인 이원윤 옹을 상근 고문으로 모셔 매일 출근하도록 하고, 한문학 석사인 유능한 젊은이 김영숙과 함께 일을 하도록 했다. 김영숙은 지금 대구한의대 한문학 교수이다. 김영숙이 문집 서발을 요약하고 목차를 소개하는 해제 원고를 쓰면서 모르는 대목은 이원윤 옹에게 묻도록 했다. 젊은이는 글은 빨리 쓰지만 독해가 느리고, 노인은 독해는 빠르지만 글쓰기가 더딘 양쪽의 장점을 합치고 단점은 배제했다.

《삼국유사》연구 모임도 가졌다.《삼국유사》와 관련된 여러 분야 교수들이 이웃 대학들에서까지 와서 30여 명 모여 매주 한 차례씩 원문을 읽고 다각적인 주해를 하고 논의를 펴는 일을 두 해 동안이나 했다. 이원윤 옹도 매번 참석해 한문 독해를 도와주었다. 성균관대학 이우성 교수가 지방대학 교류 근무로 와 있어 동참했다.

참석자들에게 교통비 한 푼 내지 않았는데, 열의가 대단했다. 발표 원고가 차츰 쌓여 장차 큰 책이 될 수 있었다.《삼국유사》에 대한 다각적인 고찰을 국내에서는 처음으로, 수준과 내용을 제대로 갖추어 진행해 한국학 연구의 금자탑이 될 만한 업적을 내놓을 수 있다고 자부했다.

산천을 찾아다닌 내력

영남대 시절에는 여행을 많이 했다. 함께 다닐 사람들의 모임이 여럿이고, 마음이 편안하고 한가로워 여행을 즐겼다. 연구비를 받거나 어디서 부탁받아 하는 일이 거의 없고, 연구도 하고 싶으면 하고, 말고 싶으면 말아 시간 여유가 있었다.

내 팔자에 역마살이 끼었다고 스스로 인정한다. 아내와 아이들만 집에 두고 혼자 나다니는 것이 미안했지만 어쩔 수 없었다. 편력이 공부이고 수련이었다. 그 덕분에 많은 것을 보고, 겪고, 얻을 수 있었다.

민족문화연구소에서는 이따금 버스를 대절해서 《삼국유사》의 현지를 답사했다. 신라 불교가 처음 들어온 선산 도리사에 갔던 기억이 난다. 一然이 《삼국유사》를 쓴 현장인 군위 인각사를 찾아 일연의 비문에 관한 발표를 하기도 했다.

연구소에서 함께 모이는 국사학과 이수건 교수, 김윤곤 교수, 교육학과 정순목 교수 등 여러 사람이 구육을 좋아했다. 학교 구내에 옮겨다 놓은 龜溪書院에서 연구발표회를 할 때 가마솥을 둘 걸고 구육과 계육을 고아 국을 끓이면서 서원 이름을 狗鷄로 바꾸어야 한다고 했다.

연구소의 행사를 떠나 우리끼리 여행을 하면서 영주의 소수서원에도 가고, 가야산을 넘어 해인사까지 가기도 했다. 계명대학에 있다가 경북대학으로 간 이병휴 교수도 즐겨 동행했다. 그럴 때면 현지 마을에 부탁해 구육을 즐기는 계모임을 가지기도 했다. 옛날 선비들의 유풍을 잇는다고 자부했다.

국어국문학과 교수들도 여름 방학이 시작될 때면 함께 여행을 하는 것이 관례였다. 윤선도의 유적을 찾아 해남을 거쳐 보길도까지 갔다. 울릉도에도 들렀다. 춘천까지 가서 배를 타고 인제에 내려, 백담사를 거쳐 마등령을 넘어 설악동까지 간 기억이 가장 생생하다. 백담사 앞의 가게 집에서 불편하지만 함께 일박을 했다. 강복수와 심재완, 두 분 원로교수도 주저하지 않고 설악산에 올라 젊은 사람들보다 더 잘 갔다.

내 나름대로 답사 여행을 계속했다. 영해에 가서 설화를 조사하고, 민요 조사를 위해 경상북도를 일주하다시피 하기도 했다. 임석재 선생과 함께 상주군 화북면 용유리까지 가서 머무른 기억이 생생하다. 정문연의 구비문학 조사에 참가해 경주시 일대를 샅샅이 뒤졌다. 그때에는 지금 안동대학 교수인 임재해와 동행했다.

학생들을 데리고 나가 실습답사도 했다. 구비문학론을 수강하는 학생들이 학기 중간에 한 번 현지조사를 해서 보고서를 내면 중간시험 성적으로 삼는 제도를 계속 시행했다. 한 군을 정해놓고, 그 군 안의 어느 마을에 가서 무엇을 어떻게 찾을 것인지 학생들 3명 내지 5명이 조를 짜서 스스로 정하도록 했다. 공동 명의로 써내는 보고서 점수를 동일하게 받게 하니 참가자들이 서로 도우면서 열심히 계획하고, 답사하고, 정리했다.

나는 내 장비를 메고 내 나름대로 답사를 하면서, 선택한 한 마을로 가서 답사를 하고 있는 학생들을 빠짐없이 찾아가 순회 지도를 했다. 이 마을에서 자고, 저 마을에서 점심을 들고, 다음 마을로 가서 문자 그대로 東家食하고 西家宿했다. 한 군을 거의 다 순회하는 희한한 여행을 했다. 갈 때는 혼자인데 가면 반기는 일행이 있었다.

영남대학이 자랑하는 모임이 교직원산악회였다. 전문가의 경지에 이르러 해외원정 등반을 한 교수도 여럿이었다. 말석에 참여해 힘들게 따라가면서 입문자에게 필요한 교육을 받았다. 겨울 등산을 하려면 어떤 장비가 필요한지, 어디서 어떻게 구입해야 하는지 설명을 듣고 실습을 했다.

대학 다닐 때에도 산에 간 적이 있었다. 대학원 시절 현지조사를 나가 이숭녕 선생을 모시고 속리산 문장대에 오른 기억이 오래 남는다. 계명대 시절에도 서대석, 임형택, 그리고 영남대 박철희 교수와 함께 대구 근처 산을 올랐다. 팔공산 한 줄기 가산 산성이 있는 곳을 특히 좋아했다. 서울서 은사 장덕순 선생이 오시면 해인사에 가서 자고 가야산을 올랐다.

영남대학 교직원산악회에 가담해 초보운전을 면하는 훈련을 비로소 받았다. 조윤제 선생의 조카이고 영남대학 국문과에서 오래 가르친 조석래 님이 권유하고 도와주어 용기를 내서 따라 나섰다. 등산은 아무렇게나 하지 않고 법도가 있다는 설명을 듣고, 실제로 해보면서 배울 수 있었다. 학교에 입학해 공부하는 것과 같았다. 어느 해 겨울에는 지리산으로 갔다. 진주 쪽에서 들어가 중산리를 거쳐 법계사의 산장에서 일박했다. 바닥은 뜨겁고 머리 위로는 찬 바람이 몰아치는 곳에서 끼여 잤다. 천왕봉을 넘어 마천으로 갈 때 눈이 무릎을 넘었다. 적설기 등반이 어떤 것인지 실감했다. 앞의 사람이 발자국을 깊이 낸 곳을 다시 디디지 않으면 몇 길 아래로 떨어지지 않는다는 보장이 없었다.

다른 해 겨울의 한라산 등반에 관해서는 이야깃거리가 더 많다. 알 만한 사람은 다 아는 이름난 산악인 박상렬 님이 같이 갔다. 박상렬 님은 한국 등반대가 최초로 에베레스트산을 오를 때 1차공격조가 되어 정상에는 도달하지 못했으나 그 근처에서 하룻밤 노숙을 하고 온 기록이 있다. 2차공격조 고상돈이 정상에 이르러서 오랜 꿈을 이루었다. 외국의 산악인들은 이미 전례가 많이 있는 고상돈의 정상 정복보다 최초의 기록인 박상렬 님의 노숙을 평가한다고 주위에서 말했다.

박상렬은 영남대학 출신이어서 그 뒤에 학생처 직원으로 특채되어 근무하고 있었다. 한라산 등반에 동행했을 뿐만 아니라 나와 한 조가 되었다. 그 점을 자랑하려고 서두를 길게 늘였다.

우리 일행이 제주 공항에 내리니 기자들이 나와 있었다. 앞으로 나오면서 "한 말씀 여쭈어보겠습니다"라고 했다. 나는 무얼 모르고 내게 하는 말인 줄 알고 앞으로 나갔더니, 박상렬 님에게 "겨울 한라산에 대해서 한 말씀 해주십시오" 하는 것이 묻고자 하는 말이었다. 그랬더니 "갔다 와서 이야기하지요"라고 대답했다.

어리목 산장에서 일박하고 한라산을 오르려고 하는데 눈이 너무 많이 와서 입산금지령이 내렸다고 했다. 물러나야 하는지 어쩐지 몰라 주저하고 있는데, 박상렬 님이 초소에 가서 자기가 누군가 밝혔다. "그러면 올라가셔야지요." 초소에서 하는 말이 이렇게 나왔다.

등반이 시작되자 나는 애를 썼어도 16킬로그램 이하로는 줄이지 못한 내 짐이 무거워 박상렬 님의 짐은 얼마나 되는가 물어보았다. 혹시 여유가 있으면 일부를 맡길 생각까지 했다. 30킬로그램이라고 대답해서 할 말을 잊었다.

눈이 엉덩이까지 쌓인 한라산은 참으로 장관이었다. 높은 나무 끝만 보이고 길인지 산인지 알 수 없는 큰 덩어리가 앞을 막았다. 밧줄로 묶어 몸을 서로 연결시키고 선두 개척자가 밟은 곳에 발을 들여놓으면서 한 걸음씩 앞으로 나갔다. 점심은 미리 준비해온 行動食으로 해결했다. 점심 당번인 박상렬 님이 얼어서 아이스크림처럼 된 약식을 내놓아 씹으면서 갔다.

해발 1,700미터를 지나 윗새오름 산장에 이르렀을 때 눈이 너무 많아 백록담까지 가는 것은 무리라고 판단했다. 산장에서 자는데 너무 추워 잠을 이루지 못하고 이따금 일어나 버너에 불을 피워 손을 녹여야 했다. 휘몰아치는 눈보라가 가끔 안으로 들어와 얼굴을 후리쳤다.

그 때 장비의 차이가 얼마나 큰지 알았다. 나도 국산 최고품을 구해 갔지만 어림없었다. 박상렬 님이 에베레스트에 오를 때 썼다고 하는 독일제 자리, 프랑스제 등산복, 스위스제 신발, 헝가리제 장갑에 견주면 아무 것도 아니었다. 그것이 바로 아마와 프로의 거리였다. 짐의 무게 16킬로그램과 30킬로그램의 차이도 공연한 것이 아니었다.

옆에 누운 박상렬 님은 좋은 장비 덕분에 편안하게 잘 수 있었으나, 나를 염려해 자주 깨면서 에베레스트 이야기를 했다. 쌓인 눈이며 추위가 에베레스트 같다고 했다. 에베레스트의 천막에 누워 있으면 바람 소리 사납고, 밖의 어둠이 너무 짙고, 바로 옆에 천 길 낭떠러지가 있다는 것을 생각하니 죽음과 대면하는 기분이라고 했다. 무서운 생각이 앞서 다시는 등산을 그만 해야 하겠다고 하다가도 다시 시작한다고 했다.

그것은 사제관계였다. 높은 경지에 올라 우러러 보아야 할 스승 옆에서 가장 심오한 경지의 가르침을 받는 감격이 온몸을 흔들었다. 어느 수준의 도를 닦았는지 잘 알지는 못하면서도, 높고 낮은 차이가 정말 크다는 것을 절실하게 느꼈다. 그 경지에 이를 생각은 아예 감히 하지 못해도 산을 사랑하기 전에 존경해야 한다고 마음속으로 다짐했다.

등산 이야기는 더 하지 않고 여기서 끝내기 전에, 후일담을 덧붙이자. 정문연 시절에 산악회를 조직하고 회장이 되었다. 고명한 스승을 곁에 모신 적 있어 산악회 회장을 할 자격이 있다고 여겼다. 겨울 등산은 생각하지도 못하고 봄, 가을에 멀리까지 갔다. 설악산, 치악산을 비롯한 여러 명산을 함께 가면서 회원들을 돌보았다. 대청봉을 처음 넘은 탓에 설악동 도착이 아주 늦은 회원들을 길에서 기다리기도 했다.

그 시절에 호를 雪坡라고 했다. 눈 쌓인 언덕이기만 하지 않고 히말라야 등산 안내 전문인 '셸파'를 뜻하기도 하는 말이다. 등산뿐만 아니라 학문에서도 인생에서도 '셸파'이고자 한다. '셸파'라는 원래

"동쪽 사람들"이라는 뜻을 가진 한 부족 이름이다. 내 이름에 있는 "東"을 빛내는 사람이고자 하는 것이 더 큰 희망이다.

등산을 도락으로, 유일한 운동으로 삼아 지금은 매주 도봉산을 찾는다. 일년에 한 번씩은 전국의 제자들을 모아 함께 속리산이나 계룡산을 오른다. 경기도 군포시 山本이라는 곳에 살고 있는데, 수리산 밑이어서 생긴 이름이다. 수리산과 가까이 지내면서 살아가려고 서울 떠나 이사를 했다. 雪坡라고 표기한 셀파는 산을 가까이 해야 한다.

영남대 시절에는 그렇게 나다니기만 한 것은 아니다. 본론으로 되돌아가 무슨 공부를 어떻게 했는지 이야기하자. 여행을 하고 등산을 하는 마음으로 학문의 새로운 영역을 찾고 높이까지 올라갔다.

하지 않아도 되는 일의 성과

민족문화연구소 일을 보았지만 시간을 많이 빼앗기지는 않았다. 박사과정 재학중인 홍현희가 전임연구원으로 근무하고, 이어서 김영숙이 수고했으며, 여직원도 한 사람 있었다. 직접 일을 한다 해도 연구와 관련되지 않은 것은 없었다.

다소 문제가 되는 것은 강의시간 수였다. 주간 9시간, 야간 6시간 도합 15시간을 맡아야 했다. 야간 수업을 불만스럽게 여길 것은 아니었다. 학구열에 불타는 우수한 인재들이 야간을 다녔다. 2년제 교육대학을 나와 초등학교 교사 노릇을 하면서 야간에서 공부하다가, 대학원 진학을 하고는 용감하게 종일 학교에 나와 연구에 매진한 인재들이 영남대학 국문과의 자랑이었다. 여러 대학 교수로 진출해 크게 활약했다.

　연구소 일과 강의 외의 시간에는 아주 자유로웠다. 마음이 편하고 자유롭다는 말이 거듭 나왔다. 계명대학에서 느끼던 긴장이 사라지고 무엇이든지 내가 하고 싶은 대로 할 수 있었다. 그것은 혼자만의 생각이 아니었다. 다른 사람들도 함께 느끼는 공동의 안락이었다.

　고등학교의 은사 김욱원 선생이 영남대학 영문과 교수로 재직하고 있었다. 영남대학 도착 인사를 하자, 참 잘 왔다고 하면서 영남대학은 전국에서 가장 편한 대학이라고 했다. 그런 말을 여러 사람이 자주 했다.

　이 대목에서 이성대 교수에 관한 기억을 적고 넘어가는 것이 좋겠다. 이 분도 영문학 교수인데, 무엇에든지 걸림이 없이 살아가는 분이었다. 어느 날 내게 왜 책을 쓰려고 고생하는가 하고 말했다. 자기는 읽기 전공이라고 하고, 세상에 좋은 책이 얼마든지 있어 골라 읽으니 즐겁기만 하다고 했다. 요즈음은 쯔바이크를 읽는다고 했다.

　아, 슈테판 쯔바이크! 마음속에 깊이 숨겨둔 옛 애인 같은 이름이다. 대학 시절에 박찬기 교수가 하던 슈테판 쯔바이크 작품 강독을 독문과 학생들 틈에 끼어서 넋을 잃고 수강하던 생각이 되살아났다. 영문과 노교수가 아직도 청춘의 꿈을 간직하고 강의와 직접 관련되지도 않는 작품을 탐독하다니. 널리 거론되지 않고, 아는 사람이 많지 않은 비밀 같은 작가를 은밀하게 사랑하다니. 읽고 사랑하는 것으로 끝내고 글은 한 줄도 쓰지 않다니. 이 모든 것이 참으로 감격스러웠다.

　계명대학에서 만나 감명을 주던 기인급 교수들은 오래 머무르지 못하고 정처 없이 떠나가야 했다. 그러나 이성대 교수는 영남대학에서 반석 같은 위치를 누리면서 편안하게 지냈다. 다음에 이야기할 위기 상황이 닥쳤을 때 교수협의회 회장으로 추대되었어도 수난을 겪지 않았다.

이성대 교수가 한 한마디 말이 깊은 교훈을 남겼다. 학문을 한다면서 자료나 뒤지고 사실 고증이나 일삼아, 쓰는 사람도 읽는 사람도 즐겁지 않게 하는 것이 얼마나 따분한가. 업적을 많이 쌓으면 무얼하나. 이런 생각을 하면서 내 자신을 되돌아보았다. 연구를 해서 쓰는 논문이나 책이 살아 있어야 한다. 청춘의 꿈을 간직하고, 탐구자의 보람을 나타내야 한다. 이렇게 다짐했다.

계명대학에는 미국에서 박사를 해온 교수들이 많이 있어 순수한 국산인 영남대학 교수진은 우습게 여겼다. 그러면서 자기네가 경쟁 사회의 승리자임을 거듭 확인했다. 학위를 한 대학의 등급이 높고, 자기 논문이 대단하다는 화제를 즐겨 택했다. 무엇을 읽고 어떤 일에서 감동을 받았다는 말은 없었다.

계명대학과 영남대학은 극과 극의 대조를 이루어 비교해 살필 만하다. 法家와 道家의 차이가 있다고 하면 모든 특징을 한 마디로 요약했다고 할 수 있다. 법가는 사람의 행실을 일일이 규제해야 질서가 선다고 한다. 도가는 규제를 버리면 다 잘 된다고 믿는다. 儒家는 그 중간에 있으면서 양쪽 가운데 어느 쪽에 가까운가에 따라 내부 대립이 있다고 할 수 있다. 성악설을 주장하는 쪽은 규제를 주장한다. 성선설을 주장하는 쪽은 본성으로 돌아가도록 하면 된다고 한다.

도가 또는 성선설의 대학인 영남대학에도 유창균 교수가 재임용에서 탈락되는 것 같은 참사가 없는 것은 아니다. 최상부의 투쟁은 그런 결과를 초래할 수 있다. 일반 백성에 해당하는 평교수는 강의를 하는 대로 하면 되고 연구업적은 모자라도 그리 낭패될 것이 없었다. 마음 편하게 잘 지내면 되었다. 차별대우가 없는 평등사회여서 잡념을 가지지 않아도 되었다.

그러면 열심히 하겠는가? 발전이 있겠는가? 하고 물을 것이다. 영남대학 같은 데서는 열심히 해도 된다. 계명대학 같은 데서는 열심히 하면 다른 사람에게 피해를 준다. 그 때문에 미안하기도 하고 반발을 살 수도 있다. 영남대학에서는 열심히 하지 않아도 그만이니, 마음 편하게 열심히 할 수 있다. 평가를 의식하거나 다른 사람들과의 관계를 생각해 긴장할 필요가 없었다.

대학에는 두 유형이, 학문 정책에도 두 유형이 있다고 한다면, 영남대학 유형에 장점이 더 많다고 일반화해서 말하고 싶다. 학문의 세계에서는 아홉 사람이 놀고먹어도 한 사람이 제대로 하면 된다. 한 사람이 열 사람 몫을 할 수 있다. 먹고 놀까 염려해 열 사람을 다 묶어 놓고 닦달하면 그 한 사람마저 아무 것도 하지 못한다.

민족문화연구소의 연구사업이 자유로움과 평등 때문에 가능했다. 연구를 하지 않아도 아무 피해를 보지 않는 다수가 별난 관심을 가지지 않고, 연구하지 않고서는 견디지 못하는 특수 취미를 가진 사람들은 남의 눈치 보지 않고 나설 수 있어 일이 잘 되었다. 돈을 썼어도 참가하는 개인에게 혜택이 돌아가게 하지는 않았다. 연구비가 적어 결과가 잘 나왔다고 이미 말했다.

내 자신의 연구도 영남대학의 좋은 분위기 덕분에 마음껏 뻗어날 수 있었다. 해도 그만이고 안 해도 그만이고, 한다고 상을 주지 않고 안한다고 벌을 주지 않아, 진실로 소중한 일을 스스로 판단해서 마음껏 할 수 있었다. 하지 않아도 되는 일이라야 큰 성과를 이룩할 수 있다는 것은 겪어보고 확실하게 알았다. 요즈음 시행을 서두르고 있는 능력급이 연구의 적임을 분명하게 입증할 수 있다.

영남대 시절에 이룩한 연구는 위에서 든《인물전설의 의미와 기능》(1979)만은 아니다. 그 다음의 《한국소설의 이론》(1977), 《한국문학사상사시론》(1978), 《문학연구방법》(1980)이 더 큰 성과였다. 내 학문의 기둥이라고 할 수 있는 그 세 책을 모두 영남대 시절에 내놓았다. 연구비를 신청해서 받는다든가, 업적 심사를 받아 연봉 계약을 해야 한다든가 하는 조건에서는 감히 시도할 수 없는 파격적인 작업이고 별난 내용이다. 아무 보상이 따르지 않는 덕분에 하고 싶은 작업을 마음껏 할 수 있었다.

《한국소설의 이론》은 계명대 시절에 쓴 논문을 모아서 책으로 냈다. 《한국문학사상사시론》은 이미 시작했던 작업을 영남대 시절에 본격적으로 진행해 완성했다. 《문학연구방법》은 영남대가 준 선물이다. 영남대학에 가지 않았으면 쓸 수 없을 책이어서 그렇게 말한다.

영남대학은 교정이 백만 평이나 된다. 평지이면서 언덕진 곳도 더러 있다. 점심을 든 후에는 몇 시간씩 산책을 하곤 했다. 하루에 다 돌아볼 수는 없었다. 오늘은 이쪽, 내일은 저쪽을 다녔다. 다니면서 생각한 것을 연구실로 돌아가 글로 썼다. 아무 순서 없이 한 장씩 따로 쓴 글을 모아서 연결시켜보니 책이 될 수 있을 것 같았다. 처음에 본문만 썼다가 교재로 사용하는 데 도움이 된다고 생각해 연습문제를 붙였다.

타자기를 이용해 거기까지 작업한 결과로 석사과정 강의를 한 학기 했다. 학생들에게 글을 나무라고 고쳐야 할 것을 지적하라고 했다. 강의가 끝나면 바로 그 시간에 다룬 내용을 고쳐 썼다. 출판에 관해 아무 약속도 하지 않고 그렇게 한 다음 원고를 넘겨 책이 되게 했다.

《문학연구방법》은 그처럼 쓰겠다는 생각 없이 쓴 책이므로 수십 권의 저서 가운데 가장 빛난다. 자료에 의거하지 않고, 남의 연구를 시비하지 않고, 하고 싶을 말을 바로 한 내용이어서 自得의 목소리를 마음껏 들려주었다. 다른 저서는 유가나 법가의 학문이라면 이것은 도가의 학문이다. 다른 것들은 교종의 작업이라면, 이것은 선종에서 말하는 頓悟의 산물이다.

자화자찬을 한다고 나무라지 말기 바란다. 내 저서들끼리 비교하면서 하는 말이다. 다른 책은 시간과 노력을 들여 열심히 하면 쓸 수 있지만, 이 책만은 무엇을 하겠다고 생각하지 않고 마음 편하게 거니는 자유를 누리다가 얻었다. 그런 행운을 다시 누릴 수 없어 비슷한 작업을 더 하지 못했다.

《한국문학통사》(1982~1988)도 영남대 시절에 시작했다. 1980년 12월경이라고 기억된다. 한국고전문학회에서 김동욱 선생의《국문학사》에 대해서 서평 발표를 해달라고 부탁했다. 불만스러운 점을 여럿 들고 이렇게 말했다. "김동욱 선생은 평소에 논문은 논문으로, 저서는 저서로 비판해야 된다고 하셨으므로 내가 문학사를 쓰는 의무를 감당하겠다."

문학사를 쓰는 시기가 생각보다 빨리 다가왔을 따름이다. 서울에서 대구로 가는 기차간에서 구상을 시작해 도착하자 쓰기 시작했다. 1981년 3월에 정문연으로 옮겼을 때 일차 초고가 고려 중엽까지 나아가 있었다.

위기 상황

박정희 대통령 통치 기간 동안의 난세에도 안정과 평화를 누리던 영남대학을 불시에 흔들어 놓는 사태가 벌어졌다. 정치에서 일어난 돌발사고가 밀어닥쳐 크나큰 시련을 안겨주었다. 정치를 멀리 하기만 하면 근심할 것이 없다는 道家의 지론이 사실이 아님을 입증했다. 대학에도 흥망성쇠가 있다는 것을 깨달아 알도록 했다.

박정희가 세상을 떠나고 전두환이 권력을 잡자 이인기 총장이 사임해야 하는 사태가 벌어졌다. 천지가 뒤집혀지는 듯한 변동이었다. 순풍에 돛을 달고 잘 나가던 배가 어느 날 갑자기 좌초했다. 암초가 어디 있는지, 위험이 얼마나 큰지 알기도 어려웠다.

보이지 않는 점령군이 대학을 장악하려고 했다는 것 이상으로 말하면 상상이 개입되어 허위 진술이 될 수 있다. 유언비어를 퍼뜨린다고 잡혀갈 수 있었다. 언론은 봉쇄해놓고, 공식 발표와는 다르게 하는 말은 북괴의 책동에 놀아난 유언비어라고 규정해 탄압하는 전가의 보도를 마구 휘둘렀다. 얼마 뒤에 심리학과 장현갑 교수가 합동수사부에 연행되어 조사를 받는 일이 일어났다. 한 사람을 건드리다 말아 모두 겁주려고 한 작전이라고 생각되었다.

박정희 대통령의 유족이 새로운 권력자 전두환에게 아버지가 세운 대학을 자기가 차지하도록 해달라고 했다. 이효상 이사장과 이인기 총장을 장애가 된다고 여겨 내보냈다. 이런 말이 돌았는데 사실 여부는 확인할 수 없었다. 이효상 이사장의 아들인 정치학과 이문조 교수에게서 들은 말이 있지만 발설하기 어려웠다. 이인기 총장은 당신이 그만두어야 하는 이유를 설명하지 않았다.

내막은 보도된 바 없고, 당사자들에게서 확인하는 절차를 거칠 수도 없었다. 공개적인 토론은 없고 무슨 일이든지 은밀히 진행되는 데 맞서서 투쟁이 벌어졌다. 학생들은 험악한 문구로 대자보를 써 붙이고, 반대 시위를 격렬하게 했다. 교수들은 교수협의회를 만들었다.

교수협의회 결성 모임의 사회를 맡은 것이 계기가 되어, 나는 선두에 나선 사람으로 알려졌다. 위에서 말한 바와 같이 이성대 교수를 교수협의회 회장으로 추대했다. 평소에 조용히 있던 다른 분들도 분개해서 나섰다. 나는 직책을 맡은 기억이 없다.

박정희 대통령이 영남대학 설립자라고 하는 것은 전부터 하던 말이다. 대구대학과 청구대학을 합칠 때 관여했다고 했다. 상징적인 설립자일 수는 있어도 소유자는 아닌데, 재산 상속을 주장했다. 대한민국을 상속하겠다고 하지 않고 영남대학을 차지하겠다고 한 것은 영남대학을 만만하게 보았기 때문이라고 하지 않을 수 없다.

영남대학을 상속해서 어떻게 하겠다는 것인가? 이인기 총장을 내보내고 후임자를 선임하지 못하는 것만 보아도 장래를 조금도 낙관할 수 없었다. 대학을 초토로 만들어 아무도 없게 하고 진주군이 들어오려고 했던가?

그럴 때 당시 통일부의 일을 맡고 있던 이규호 장관이 나를 보자고 외국어대학 철학과 강성위 교수를 통해 연락했다. 전두환이 이규호에게 박정희 대통령의 유족을 잘 돌보아 영남대학 사태가 수습되게 하라고 했다는 소문이 나돌고 있었다. 교수협의회 쪽의 사람을 만나 영남대학 일을 상의하고 싶다고 하면서 나를 지명했다.

강성위 교수는 독일에서 철학박사를 하고 온 분인데, 계명대에 같이 있은 동안 가까이 지냈다. 이규호 장관과 친하다는 말을 듣고 있었다. 이규호 장관은 텔레비전에 함께 출연한 인연이 있어 모르는 사이는 아니었다. 은밀하게 이루어지는 사적인 만남인 셈인데, 나는 교수협의회 대표가 아니라고 하면서 물러날 처지가 아니었다.

서울 북악 스카이웨이에 있는 한 호텔로 오라고 해서 갔다. 이규호 장관은 영남대학의 근황을 묻더니, 사태를 수습하기 위해 자기가 총장이 되면 어떻겠느냐고 했다. 무슨 말로 반대를 해야 뜻을 이룰 수 있을까 생각하다가 극약 처방을 했다. 무명인사가 총장이 되면 영남대학 교수들은 자존심이 상해 받아들이지 않을 것이라고 했다.

자기는 이름난 학자인데 무슨 말을 그렇게 하느냐 하고 불쾌하게 여기며 대답하자, 소수의 전공분야 사람들은 얼마나 알아주는지 모르지만, 나를 포함한 영남대학 교수 대다수는 미안하지만 이규호가 누군지 모른다고 했다. 영남대학 교수들이 무식한 탓이라도 하는 수 없다고 했다. 사실이 그렇다는 것을 알려주니 깊이 고려하라고 했다.

이야기가 그렇게 전개되자, 상대방은 생각을 바꾸는 것 같았다. 누가 적임자라고 생각하는가 하고 물었다. 지금 총장 직무대행을 하고 있는 대학원장 강복수 교수는 학내에서 인망이 높은 분이라 혼란을 수습하고 대학이 안정되게 할 수 있을 것이라고 했다. 총장을 밖에서 구한다면 정치학의 석학이고 미술사가로도 높이 평가되는 이용희 교수 정도는 되어야 할 것이라고 했다.

이규호 장관이 내 의견에 동의하지 않았음은 물론이지만, 그 뒤의 경과를 보니 자기가 총장을 하겠다는 생각은 그만두었다. 조경희 교수를 총장으로 선임했다. 조경희 교수는 이인기 총장을 좋지 않게 여기던 구 청구대학 세력의 좌장이었다. 세력 회복을 주관심사로 삼으리라는 것은 누구나 다 알고, 대학을 안정시키고 발전시키는 데 필요한 구상은 무엇을 하고 있는지 아무도 몰랐다.

후일담을 하나 보탠다. 영남대를 떠나 정문연에 가 있을 때 검찰 요직에 있는 고교 동창생이 만나자고 하더니, 조경희 총장이 어떤 분인가 하고 물었다. 검찰에서 알고자 하는 것이 무엇인가 하고 되물으니, 비리를 조사하라는 지시를 받았다고 실토했다. 나는 비리에 관해 아는 바 없으며, 대단한 비리를 저지를 만한 분은 아니라고 생각한다고 했다. 조경희 총장은 곧 사임하고, 영남대학과 아무 상관이 없는 우리가 보기에는 전혀 무명인 의학박사가 후임이 되었다고 했다.

조경희 총장이 들어서자, 나는 민족문화연구소 일을 그만두었다. 새로운 소장이 선임되어 업무를 이었다. 교수 노릇만 하게 되어 내 시간을 더 많이 가지게 되었지만, 마음은 편안하지 않았다. 영남대학에 있지 못하고 쫓겨나게 될 것이라는 소문이 나돌았다. 과연 그런가 알아볼 방법은 없었다.

쫓겨나면 어떻게 될 것인가 생각하면서 대책을 마련해야 했다. 영남대학에는 있지 말라는 말이 아닐 터이니 다른 대학에도 가지 못한다고 보아야 했다. 교수직을 버리고 생계 대책을 다른 데서 찾아야 할 형편이었다. 잘 되었다! 마음속으로 이렇게 외치고 소설가가 되기로 작정했다. 문학평론으로 방향을 돌리면서 버려둔 소설 창작의 꿈을 되살리기로 하고, 잠깐 동안 중편소설 세 편을 썼다. 즐겁고 보람 있는 길이 여기 있구나 하고 감탄하면서.

교수 노릇을 계속 하느라고 소설가로 전업할 기회가 없어 세 편 다 원고 상태로 보관하고 있다. 교수도 하고 소설도 쓰면 되지 않는가 하고 생각할 수 있으나, 그러면 둘 다 망친다. 둘 다 매일 여덟 시간 노동을 해도 잘 하기 어려운 일이다. 시간을 나누면 이것도 저것도 안 된다.

문학 창작보다 먼저 버린 그림 그리는 꿈도 이따금 되살아나지만 조금 다독거리는 척하다가 다시 잠재우곤 해왔다. 정년퇴임 때에 그림 전시회를 한 번 하겠다는 희망을 가지다가 버렸다. 문학연구라는 중노동을 감당하고도 남는 시간의 일부를 그림 구경에다 배정할 수 있는 행복을 누리는 것 이상 더 바라지 않기로 했다. 외국에까지 가서 노동을 하다가 수많은 미술관을 찾았으니 그림을 그리지 못해도 여한이 없다.

잡담을 그만두고, 영남대 시절로 되돌아가 이야기를 마무리 하자. 소설가로 전업할 준비를 하고 있을 때 정문연에서 오라고 했다. 정문연이라면 내쫓기게 될 사람을 구해줄 수 있을 것 같았다. 정문연의 한국학대학원에서 가르치는 것은 마다할 이유가 없었다.

정문연으로 간다는 소문이 돌자, 사무처의 총무과장이 사표를 내야 한다고 했다. 사표를 내야 사무 처리를 할 수 있다고 했다. 그 사람이 판단해서 한 일은 아닐 것이다. 계명대의 전례를 되풀이하지 않으려고, 사표는 미리 내면서 일자는 2월 말일로 또렷하게 적어 넣었다.

민족문화연구소는 오늘날까지 건재하지만 소장이 여러 번 바뀐 것 외에 이렇다 할 연혁이 없다. 연구소 모임에 한 번도 참석하지 않은 교수가 소장이 되기도 해서 연구소의 존재 의의는 소장 자리를 만드는 데 있는 것이 아닌가 하는 오해를 자아내기도 했다. 근래에는 소장을 할 만한 분들이 맡으면서 많은 노력을 했어도 상처 회복이 어려운 것 같다.

영남지방 문집 조사는 중단하고, 미완의 원고를 영인본 형태로 내놓았다. 《삼국유사》 연구모임도 다시 열리지 않고, 참가자들에게 논문을 한 편씩 쓰라고 했다. 써 보냈더니 《삼국유사연구 상권》이라는 책에 실었다. 하권이 나왔다는 말은 듣지 못했다.

처음에는 계획하지 않았던 논문집을 마련해 논문을 이것저것 모아 낸다. 《민족문화 총서》는 더러 나오지만, 세상에 흔히 있는 책이다. 기존의 논문을 이것저것 모은 단편집이거나 개설서이고, 서로 아무런 관련도 없다.

영남대학 교수들은 그 뒤에 한 때의 시련을 이겨내고 민주화의 방식으로 안정을 찾아 큰 다행이다. 이인기 총장 시절에 교무처장을 하던 김기동 교수, 사무처장을 하던 유창우 교수 같은 분들이 민선 총

장이 되어 대학을 암초에서 건져 내 정상적인 궤도를 찾도록 하는 데
큰 공을 세운 것으로 안다. 그 후계자들이 계속 잘 해 태평성대를 구
가하고 있다고 듣는다.

그러나 민족문화연구소는 다시 살아나지 않았다. 어느 대학에든지
있는 범속한 연구소로 존속하고 있는 것 같다. 학문의 새로운 경지를
열어 대학 발전을 앞에서 이끌고자 하는 연구소 대열에 들어서려고
하지 않는다.

지금은 계명대학에서 한국학연구원을 집중 지원하겠다고 한다. 늦
었지만 다행이다. 영남대학은 잠잠하다. 노인의 풍모를 보이면서 여
생을 보내는 것 같다. 뒤지면 앞서고 앞서면 뒤지는 生克의 이치가
아닌가 한다.

남긴 글

영남대 시절은 얼마 되지 않았으나 중요한 책을 여러 권 냈다. 문학연구방법에 관한 작업은 오로지 그때 한 것이다.

1977년 (영남대 제1년)

■ 저서

- 《한국소설의 이론》 (지식산업사, 1977)
- 《경북민요》 (형설출판사, 1977) (《한국민요의 전통과 시가율격》에 전문 수록)

■ 공저, 기타 단행본

- 《한국구비문학선집》(공편) (일조각, 1977)

■ 논문

- 〈처용가무의 연극사적 이해〉, 《연극평론》 15 (연극평론사, 1977)
- 〈李奎報의 문학사상〉, 《석계조인제박사환력기념논총》 (형설출판사, 1977)
- 〈鄭道傳의 문학사상〉, 《한국한문학연구》 2 (한국한문학연구회, 1977)
- 〈金萬重의 문학사상〉, 《현상과 인식》 제2권 제2호 (한국인문사회과학원, 1977)
- 〈許筠의 문학사상〉, 《이숭녕선생고희기념 국어국문학논총》 (탑출판사, 1977)
- 〈시조의 율격과 변형규칙〉, 《국어국문학연구》 18 (영남대학교 국어국문학과, 1977)
- 〈희극적 서사민요 연구〉, 《동아문화》 14 (서울대학교 동아문화연구소, 1977)
- 〈민요에 나타난 해학〉, 《한국문학의 해학》 (국제문화재단, 1977)
- 〈적도의 사회의식과 작품구조〉, 《한국학보》 8 (일지사, 1977)
- 〈한국비평에서의 가치문제〉, 《인문과학과 가치》 (서문당, 1977)

■ 논설, 비평

    – 〈문학은 연구할 수 있는가〉, 《문리대학보》 (영남대학교 문리과대학, 1977)

■ 짧은글

    – 〈절 자랑 대학 자랑〉, 《영대신문》 1977년 6월 15일자 (영남대학교)

1978년 (영남대 제2년)

■ 저서

    – 《우리문학과의 만남》 (홍성사, 1978. 기린원, 1988)

    – 《한국문학사상사시론》 (지식산업사, 1978. 제2판 1998)

■ 공저, 기타 단행본

    – 《판소리의 이해》(공편) (창작과비평사, 1978)

■ 논문

    – 〈박지원의 문학사상과 소설론〉, 《한국소설문학의 탐구》 (일조각, 1978)

    – 〈창노래와 벽노래〉, 《모산심재완박사화갑기념 시조논총》 (일조각, 1978)

    – 〈이야기 구조의 층위: 신청천 전설의 경우〉, 《한불연구》 5 (연세대학교 한불문화

      연구소, 1978)

■ 논설, 비평

    – 〈고전은 죽을 수 없다〉, 《문예중앙》 1978년 여름호 (중앙일보사)

    – 〈고향 마을의 예술가〉, 《뿌리깊은 나무》 1978년 6월호 (한국브리태니커회사)

    – 〈문학이론의 논쟁적 전개〉, 《현상과 인식》 제2권 제1호 (한국인문사회과학원, 1978)

    – 〈신화의 유산과 그 변모과정〉, 《영대문화》 11 (영남대학교, 1978)

    – 〈조선후기국문학 연구의 회고와 전망〉, 《조선후기의 언어와 문학》 (형설출판사,

      1978)

■ 짧은 글

- 〈시로 쓴 시론 시인론: 최치원〉, 《시문장》 3 (성음사, 1978)

■ 서평

- 〈이우성 · 임형택: 이조한문단편선〉, 《한국학보》 12 (일지사, 1978)

1979년 (영남대 제3년)

■ 저서

- 《탈춤의 역사와 원리》 (홍성사, 1979. 기린원, 1988)

- 《인물전설의 의미와 기능》 (영남대학교 민족문화연구소, 1979)

■ 공저, 기타 단행본

- 《비교문학총서》 1 (공저) (계명대학교 동서문화연구소, 1979)

- 《김소월시전서》(공편) (문화출판사, 1979)

- 《구비문학조사방법》(공저) (한국정신문화연구원, 1979)

■ 논문

- 〈민요연구의 현황과 문제점〉, 《구비문학》 1 (한국정신문화연구원, 1979)

- 〈전설의 형성과 의미: 나옹 전설의 경우〉, 《관악어문연구》 3 (서울대학교 국어국문학과, 1979)

- 〈한국문학 전통론의 문제점과 전망〉, 《한국의 민족문화: 그 전통과 현대성》 (한국정신문화연구원, 1979)

- 〈남사고전설의 유형과 구조〉, 《구비문학》 2 (한국정신문화연구원, 1979)

■ 논설, 비평

- 〈민족의 대학: 그 기본적 성격〉, 《영대문화》 12 (영남대학교, 1979)

- 〈16세기 사림파의 문학사상〉, 《대동문화연구》 13 (성균관대학교 대동문화연구

원, 1979)

■ 짧은 글

- 〈지방문화의 창달〉, 《매일신문》 1979년 10월 1일자 (매일신문사)

■ 서평

- 〈근대문학의 성립을 다룬 세 가지 관점: 정병욱: 한국고전의 재인식, 이재선:
  한국현대소설, 염무웅: 민중시대의 문학〉, 《창작과 비평》 53 (창작과비평사, 1979)

1980년 (영남대 제4년)

■ 저서

- 《문학연구방법》 (지식산업사, 1980)
- 《구비문학의 세계》 (새문사, 1980)

■ 공저, 기타 단행본

- 《한국구비문학대계》 7-1(공저) (한국정신문화연구원, 1980)
- 《한국구비문학대계》 7-2(공저) (한국정신문화연구원, 1980)
- 《한국구비문학대계》 7-3(공저) (한국정신문화연구원, 1980)

■ 논문

- 〈고전소설과 정치〉, 유종호 편, 《문학과 정치》 (민음사, 1980)
- 〈민족문화연구의 과제와 방향〉, 《민족문화연구의 방향》 (영남대학교, 1980)

■ 논설, 비평

- 〈구경과 구경꾼〉, 《뿌리깊은 나무》 1980년 8월호 (한국브리태니커회사)
- 〈대학교육이라는 것〉, 《월간조선》 1980년 9월호 (조선일보사)
- 〈구비문학의 조사·연구〉, 《이사금》 1 (경북대학교 치과대학, 1980)

- 〈도남학의 전통과 국문학연구의 방향 설정〉, 《도남학보》 3 (도남학회, 1980)
- 〈삼국유사 설화 연구의 문제와 방향〉, 《삼국유사의 신연구》 (신라문화선양회,
  1980)

■ 짧은글
- 〈완성을 향한 목표 수정〉, 《월간독서》 1980년 2월호 (월간독서사)

만남의 인연

영남대 시절을 되돌아보면 학사과정 제자들은 조금만 기억하고, 대학원에서 맺은 인연은 결락되는 부분 없이 정리할 수 있다. 교수가 하는 가장 힘들고 보람 있는 일은 학위논문 지도여서 많은 것을 기억한다. 그 내력을 정리하면서 과거를 회고한다. 지도교수 노릇을 한 논문뿐만 아니라, 지도하다가 완료하지 못하고 떠났거나, 다른 교수의 지도에 협조하면서 수고한 경우도 함께 적는다.

1978년의 석사 홍현희, 〈1920년대 단편소설에 나타난 죽음과 그 현실 의식〉, 1979년의 석사 임재해, 〈꼭두각시놀음의 갈등 양상〉을 지도했다. 두 사람의 박사논문을 지도하다가 완료하지 못하고 떠났다.

1980년의 석사 김효중, 〈生과 Leben: 조윤제와 Wilhelm Dilthey의 문학연구 방법 비교연구〉, 석사 정현숙, 〈박문수설화 연구〉, 석사 최창길, 〈1930년대 농민극에 나타난 '머묾'과 '떠남'〉을 지도했다.

같은 해의 석사 권태을, 〈'동야휘집' 소재 야담의 유형적 연구〉 이봉린 교수 지도에, 석사 안창수, 〈'옥련몽'의 구조와 의미〉와 석사 이동길, 〈20세기 초기 단편 연구〉 성현경 교수 지도에 협조했다.

1981년의 석사 김영숙, 〈신유한 한시 연구〉 심재완 교수 지도에 협조했다.

오양호, 〈농민소설연구〉는 지도를 맡고 완료하지 못하고 떠났으며, 1981년 8월에 박사가 되었다.

서정주, 〈이광수론의 전개양상에 대한 연구〉도 지도를 맡고 완료하지 못하고 떠났으며, 1987년에 박사가 되었다.

호랑이 앞에 웃통을 벗고

오양호 (1975년 영남대학 박사 1학기)

선생님과 사제 관계를 맺게 된 시기는 1975년 3월이다. 영남대학 박사과정에 입학한 첫 학기에 선생님의 강의가 있었기 때문이다. 그해 봄, 어느 날 나는 강의를 듣기 위해 혼자 계명대학으로 갔다. 당시 영남대학 국문과 박사과정에 적을 둔 학생은 5명인데 그 중 3명이 교수였다. 그래서 실제로 강의를 듣는 사람은 나 혼자였다. 연구실로 갔더니 방은 비어 있었다. 강의가 끝날 시간이라 방 앞에서 두리번거리다가 시간표에 표시된 교실로 갔다.

그때 마침 선생님이 저만치 나왔다. 옷섶에 뿌옇게 백묵 가루가 묻었고 오른손도 온통 하얗게 보였다. 한바탕 열강이 있었던 모양이다. 내 인사는 받는 둥 마는 둥 벌건 얼굴로 나를 바라보며 "유창균 선생님이 오선생이 강의 받으러 오면 강의하고 오지 않으면 하지 말라고 하더군" 했다.

나는 그때 "그야 당연한 말씀 아닌가요"라고 하려다가 침을 꿀꺽 삼켰다. 유창균 교수가 누군데 당연한 말을 왜 굳이 했을까 하는 생각이 퍼뜩 머리에 떠올랐기 때문이다. 나는 1973년부터 영남대학에서 '교양국어'와 '문학개론' 강의를 했다. 박철희 선생의 배려였다. 참으로 신이 났다. 내가 근무하던 고등학교에서는 대학교수 행세를 했고, 대학에서는 내 강의에 학생들이 얼마만큼 열중하는지에 온 신경을 모았다. 간혹 강의를 끝내고 나올 때 지각을 한 학생들이 쫓아와 "교수님 출석 좀 고쳐주세요"라고 할 때 나는 그 날의 피로가 확 풀리는 기분을 느꼈다.

그런데 1974년 신학기부터 내 시간이 갑자기 날아가버렸다. 박철희 선생이 불러서 갔더니 "오선생 시간을 학과 사정에 의해 다른 사람에게 주게 되었다"고 했다. 나는 그 날 그 길로 경주로 갔다. 왜 하필 경주였는지 모르겠다. 아직 모든 것이 떠나있는 그런 계절에 나는 실연당한 남자 꼴을 하고 불국사며 토함산을 휘젓고 다니다가 허름한 여관에서 하룻밤을 보내고 이튿날 집으로 돌아왔다.

이 사건의 한 가운데에 유창균, 조동일 두 분이 있었다는 것을 얼마 뒤에 알게 되었다. 그리고 거기에 나의 시건방진 태도가 있었다는 것도. 1973년 늦여름 나는 한국어문학회 월례발표에서 '민족주의 문학과 계몽소설'인가 하는 논문을 발표했다. 그 자리에는 유창균, 조동일, 천시권, 조규설, 이런 분들이 참석했던 것 같다.

내가 논문을 발표하고 났을 때 조선생님이 나섰다. 한 말로 이건 논문이 될 수 없다는 혹평이었다. 선생님의 그 달변과 거침없는 직언, 정연한 논리에 애숭이 오양호는 만신창이가 되었다. 대관절 '민족주의'의 개념이 무엇인데 이광수의 계몽소설이 민족문학의 중심에 설 수 있느냐는 논리였다. 이런 공격에 대해 지금 생각하면 나는 실로 어처구니 없는 역습을 하며 맞서 싸웠다.

"조동일 교수님은 어떻게 모든 것을 다 압니까. 나는 농민계몽소설을 석사학위 논문테마로 했고, 그 가운데 중요 작가가 이광수입니다." 말하자면 농민소설에 관한 한 내가 당신보다 많이 연구해서 잘 안다는 논리였다. 지금 생각하면 참으로 부끄러운 일이다. 이런 내 행동을 유창균 선생이 용서하지 않았던 것이다. 그 날 나는 영남대 대명동 캠퍼스 교문을 나오다가 천시권 선생에게 이런 훈계를 들었다. "오군, 자네는 무슨 발표를 그렇게 하나!"

1975학년도 1학기가 끝나고 나는 복권되었다. 선생님이 강의한 I. Watt의 *The Rise of the Novel* 등을 열심히 읽고 발표했으며, 경북대학교의 유기룡 교수와 함께 선생님의 강의를 빠짐없이 수강하고 보고서도 성실히 갖추어 냈기 때문인지 모른다.

선생님의 혹독한 훈련은 물론 여기서 끝나지 않았다. 나는 1978년 안양에 있는 대림공전에 유창균 선생님의 추천으로 교양국어 전임이 되었다. 그런데 나는 그때 박사과정 한 학기를 더 수강해야 했다. 사정이 있어 중간에 휴학을 했기 때문이다. 사정이 이러했지만 선생님의 강의는 매주 계속되었다.

매주 한 번씩 대구까지 강의를 받으러 가지 않으면 안 되었다. 가족은 종로 계동에 둔 채 나는 밤차를 타고 수원역을 거점으로 대구를 오갔다. 그러던 어느 날 나는 발을 씻고 일어서다가 어지럼증으로 넘어지는 통에 왼손 장지를 유리창에 반을 날려보냈다. 그래서 그 손가락은 지금도 감각이 둔하고 뒤로 60도 정도 젖혀진다.

1975년 이후 지금까지 30년을 선생님의 주위에 머물러 있다. 요새는 아는 게 없어 물을 것도 없지만 아들의 주례도 선생님이 맡아주었고 그분의 덕담에 손자 쌍둥이를 낳았다. 그러나 혈액형도 다르고 얼굴도 다른 건강한 쌍둥이의 재롱 덕에 늘 함께 해왔던 도봉산 산행을 거의 못하고 있다. 미국에 가있던 손자들이 당분간 서울에 와 있기 때문이다.

(인천대학 교수)

세 가지 인연

최창길 (1976년 영남대학 석사 1학기)

선생님을 처음 만난 것은 1975년 문고판으로 펴낸 《한국가면극의 미학》을 통해서다. 서정주가 보들레르를 본받아 시를 쓰면서 사숙했다고 하였으니, 나도 그때부터 선생님을 사숙한 셈이다. 그러던 내가 선생님께 직접 배우게 된 것은 1976년 석사 1학기 때다. 선생님은 계명대학에 재직하면서, 영남대학 대학원 강의도 맡았다. 그 때문에 선생님과 사제관계로서 만나는 시간이 좀더 앞당겨졌다. 선생님은 요즈음은 흔하지만 30년 전쯤 대구지역에서는 상당히 희귀하고 별난 방법으로 강의를 했다. 그러다가 그 이듬해 영남대학교로 자리를 옮겼다.

그때 학위논문 지도교수였던 선생님이 다른 대학으로 옮겨가는 바람에, 나는 학위논문 지도교수를 새로 정해야만 할 처지였다. 학문에 대한 기초도 제대로 쌓지 못한 내 실력을 훤히 알고 계시는 선생님은 좀 같잖게 여겼으리라 생각되지만, 그래도 용기를 내서 지도를 받겠다고 말했더니 흔쾌히 허락해 주었다. 실력을 제대로 갖추지 못한 사람에게 가차없이 불호령을 내리는 분이 지도교수가 되었으나, 정작 나는 어떤 연구를 해야 할지 갈피를 잡지 못한 채 헤매고만 있었다. 선생님은 그 꼴이 보기에 딱했던지, 국문학 연구에서 아직 미개척 분야라고 할 수 있는 희곡을 제대로 한번 공부해보라고 권하였다. 선생님은 좋은 광맥이 있는 광구를 알려 주고, 거기서 쓸모 있는 광석을 채굴해 보라고 하였지만, 옥석도 제대로 구분하지 못하는 광부에게 그것은 결코 녹록

한 작업이 아니었다.

　석사 3학기에 수강한 '희곡론'은 과제물 제출 날짜를 어겼다고 그 자리에서 학점을 날려버렸다. 참으로 황당하기 짝이 없었으나 이미 엎질러진 물이어서 어쩔 수 없었다. 명색이 희곡을 전공하겠다고 작정한 놈이 바로 그 과목을 실격했으니, 소가 들어도 웃을 노릇이었다. 남들은 논문을 준비한다고 한창 법석을 떠는 마지막 학기에 실격한 희곡론 대신 다른 강좌를 신청해서 들어야 하는 그 심정이야 오죽했겠는가. 창피하기도 하고 야속하기도 했다. 그러나 그 모든 것이 내 잘못인 터라 누구를 탓하고 누구를 원망할 수도 없었다.

　그동안 어느 누구보다도 더 많은 꾸지람을 선생님으로부터 들으면서, 반년의 시한을 남겨두고 학위논문을 제출했다. 일부 수정 후 통과라는 판정을 받고, 제출 날짜를 또 어겨서 선생님이 진노하였다. 공중분해 될 뻔한 내 석사학위논문은 지도교수인 선생님이 전적으로 책임을 진다고 한 까닭에 천신만고 끝에 가까스로 건질 수 있었다. 선생님을 그처럼 힘들게 만든 것이 두고두고 생각해도 선생님을 뵐 낯이 없을 정도로 송구스럽기만 해서 지금도 얼굴이 뜨겁다.

　이듬해 3월 선생님은 정신문화연구원으로 옮겨갔다. 영남대학에는 4년 남짓 계신 셈이다. 어떻게 보면, 선생님은 다른 대학에 근무할 때부터 못난 나를 가르치기 시작해서, 어쭙잖은 석사학위논문을 완성하는 것까지 다 지켜본 뒤에 비로소 내 곁을 떠난 것 같다. 여태 찾아뵙지를 못한 것은 그 고마움을 저버렸기 때문이 아니라, 기대에 부응하지 못했다는 자괴감 탓이라는 사실을 선생님은 알고 있을까. 석사학위를 받고 20년을 헤맨 뒤에야 박사과정을 수료할 수 있었다. 오늘도 나는 선생님의 글을 통해 사숙하고 있으니, 그 운명적 만남은 여전히 지속되는 것이 아니겠는가.

　선생님과 만남의 인연은 단지 선생님 한 사람만의 것이 아님을 여기서 처음 밝힌다. 나는 선생님께 배우기 훨씬 전에, 이미 선생님 어르신으로부터 가르침을 받았다. 1960년 중학교에 입학하여 조도해 선생님께 수학을 배웠는데, 이 분이 바로 선생님의 어르신이시다. 그러니 나는 선생님의 제자이기에 앞서 조도해 선생님의 제자였던 것이다. 선생님 父子가 모두 나의 스승이었으니 이는 예사 인연이 아니라고 생각한다. 그런데 참으로 묘한 것은 이러한 두 인연에다가 하나의 인연이 덧붙어지는 까닭이다. 선생님의 아우 동영은 중학교 3학년 때 같은 반 급우였다. 그러므로 선생님과 나의 만남은 마치 사전에 계획된 인연이나 다름없었다고 말할 수 있지 않을까.

이 사실을 선생님이 알게 되면 이런 말을 꼭 할 것만 같다. "뭐, 그런 일을 다 대단한 인연이라고 야단스럽게 떠벌리느냐? 백 번 양보해서 그것을 대단한 인연이라 하더라도 그것이 자네가 학문하는 데 도대체 무슨 도움이 된단 말인가?" 이제라도 선생님이 맨 처음 일러주신 그 광구에서 대박을 터뜨릴 노다지를 어서 빨리 움켜잡아야 할 텐데.

(영남고등 교사)

웃는 학생 울리고 우는 학생 웃기기

임재해 (1977년 영남대학 석사 1학기)

학부에서 졸업논문을 지도한 박철희 선생님의 권유로 대학원에 들어가 첫 학기에 선생님을 처음 만나 '희곡론' 강의를 들었다. 강의방식이 독특했다. 학생들 스스로 공부하도록 끊임없이 질문으로 들볶아서 희곡론 시간이 되면 긴장을 넘어서 거의 공포 분위기가 조성되었다. '희곡론'은 학부에서 개설되지 않았던 강좌여서 수강생들 모두 입문단계였지만, 전공자 수준의 수업준비를 요구했던 것이다. 게다가 희곡 관련 영어책 번역 시험까지 쳐서 70점 미만은 과제 제출 자격을 박탈했다. 마감 시간을 어기면 과제를 아예 받아주지 않아서 수강생 몇은 결국 학점을 받지 못했다. 그런데 이 공포 속의 첫 강의가 내 운명을 갈라 놓는 중요한 고비가 될 줄은 몰랐다.

당연히 학부 졸업논문처럼 현대소설을 전공할 생각이었으나, 뜻밖에 희곡론 과제물이 내 전공을 결정하는 계기가 되었기 때문이다. 과제물 마감시간 30분 전에 택시를 잡아타고 선생님 댁에 헐레벌떡 도착하니 마침 선배 두 분도 과제물을 제출하러 와 있었다. 원고지 80매 가량 쓴 과제물을 2분도 채 안 되는 동안에 속독으로 다 훑어보면서 잘못된 내용을 일일이 지적하고 맞춤법까지 고쳐주고는 "잘 썼구나!"라고 하면서 원고 뭉치를 되돌려 주는 것이 아닌가.

그때 나는 선생님의 속독과 즉석 평가에도 놀랐지만, 사실은 다른 두 가지 사실에 더 감격했다. 하나는 제출한 과제를 즉석에서 수정지도를 듣고 돌려받은 사실이다. 그동안 과제물은 제출과 동시에 잃어버렸고, 어떤 경우는 강의교수의 논문으로 이용되는 사례도 있었다. 하지만 내 과제물이 참고가 되었다는 각주는 발견할 수 없었다. 지금은 복사기가 흔한데다가 워드프로세서로 작성을 하여 제출하는 까닭에 원본은 으레 남아 있지만, 당시에는 원고지에 쓴 필사본을 제출하는 까닭에 돌려받지 못한 과제물은 분실물이 되고 말았다.

또한 과제물을 돌려주며 "잘 썼구나!"라고 하는 선생님의 논평이 놀라웠다. 나는 대수롭지 않게 들어 넘겼는데, 곁에 있던 조교 선배가 "지금까지 학생들 과제물에 대해서 이런 평가를 한 적이 없으며, 선생님의 평가는 엄정해서 어느 누구에 대해서도 논문에 관해 공연한 칭찬을 하거나 감정적인 비판을 하는 일이 없다"고 하면서, "논문을 진짜 잘 쓴 모양"이라며 처음으로 내게 부러운 눈길을 보냈다. 그렇게 말하던 김봉윤 선배는 내게 하늘같은 존재였기에 더욱 감격스러웠다.

그러나 더 감격적인 일은 그 뒤에 벌어졌다. 선생님은 아직 학위논문 주제조차 잡지 못한 두 선배들의 논제를 일일이 잡아준 뒤에, 내게도 뭘 전공할 생각이냐고 물었다. 구비문학이나 희곡문학을 전공할 생각이라고 했더니, "그렇게 하기로 하고, 오늘 제출한 보고서로 학위논문 중간발표를 하라"는 것이 아닌가. 논문을 곧 제출해야 할 3학기 선배들은 아직 논제도 정하지 못한 상황인데, 나는 이미 중간발표 원고까지 준비가 된 셈이었으니 가슴 벅차지 않을 수 없었다.

나는 3학기부터는 초등학교 교사 노릇을 그만 두고 학과 조교 일을 하며 처음으로 주경야독에서 벗어나 하루 종일 선생님 연구실에서 공부할 수 있게 되었다. 선생님은 연구실을 온통 내게 맡기고 민족문화연구소에서 연구를 했다. 학생들이 찾아와서 면담을 요청할 때는 더러 연구실에 학생들과 함께 들렀다. 따라서 나는 학생들과 면담하는 내용을 자연스레 듣게 되었다.

한번은 석사과정 여학생이 논문 지도를 받으러 왔다가 선생님의 호된 지적에 설움이 복받쳐서 울음을 터뜨리게 되었다. 그러자 선생님은 태연스레 "여자로서 왔으면 계속해서 울고, 학생으로서 논문 지도 받으러 왔으면 당장 울음을 그쳐라!"고 하면서 의자를 돌려 앉았다. 이 말에 그 학생은 울음을 뚝 그치고 잠깐 나가 얼굴을 수습한 뒤에 다시 들어와 논문 지도를 받았다. 그 논문은 지금도 인물설화 연구의 새 지평을 연 것으로 평가되고 있다.

선생님이 낸 《한국가면극의 미학》이라는 책에 관해, 연세대학 방송국 학생들 셋이서 선생님을 찾아와 인터뷰 요청을 했다. 그런데 선생님이 단호하게 거절하는 기이한 상황이 벌어졌다. 책을 읽고 왔는가 물어

본 뒤에, 미처 못 읽었다고 하자, "책을 읽고 나서 의문 나는 점에 관해 인터뷰를 하자면 기꺼이 응하지만, 그러지 않고 책에 다 써 놓은 내용을 인터뷰하자면 응할 수 없다", "돌아가서 책을 읽고 탈춤 연구의 새로운 쟁점에 관해서 질문거리를 가지고 다시 찾아 오라"는 것이었다.

탈춤에 관해 궁금해 하는 사람들을 위해 애써 책을 썼는데, 책은 읽지도 않고 탈춤에 관해 공부하겠다는 불성실한 사람들을 일일이 상대할 수 없다는 말이었다. 학생들은 책을 꼭 읽겠다고 다짐하며 선생님의 목소리를 녹음해가야 방송을 할 수 있다고 거듭 인터뷰를 부탁했지만 기어코 응하지 않았다. 웃으면서 온 학생들이 마침내 눈물을 글썽이며 서울로 돌아갈 수밖에 없었다.

이처럼 선생님은 우는 학생을 뚝 그치게 하는가 하면, 웃고 찾아온 학생들을 울리기도 했다. 선생님과 가까워지려고 인사치레로 싱글거리며 찾아온 학생들은 으레 혼이 나서 상기된 얼굴로 돌아가지만, 풀리지 않는 문제를 해결하기 위해 질문거리를 잔뜩 싸안고 걱정스레 찾아온 학생들은 미소를 띤 채 환한 얼굴로 돌아갔다. 공부하다 막힌 문제를 풀려고 찾아온 이들은 의문을 말끔히 풀고 연구방향을 확실히 포착할 수 있었기 때문이다.

학문적인 논의를 위해 찾아온 학생들에게는 담배까지 권하기도 했다. 학생들은 으레 사양하지만, "담배 피우는 사람이 담배를 피우지 않고 이야기하겠다는 것은 학문에 대해서 길게 토론할 생각이 없는 것으로 알겠다"고 하는 바람에, 뜻하지 않게 선생님과 맞담배를 즐기며 느긋하게 토론했다.

상식 밖의 일도 그처럼 논리가 뚜렷한 까닭에 받아들이지 않을 수 없다. 내가 한창 학위논문을 준비하고 있을 때 서울대학의 채희완과 이화여자대학의 김방옥이 쓴 석사논문을 주면서 "이보다 더 잘 써야 학위논문을 인정하겠다"고 하는 것이 아닌가. 논문을 받아들고 "이제 졸

업은 영 글렀구나!" 하고 크게 낙담하고 있는데, "이 두 사람은 탈춤 전
공자가 아닌 지도교수 밑에서 이 정도 썼는데, 자네는 탈춤전공 교수의
지도를 받아 논문을 쓰는 만큼 당연히 이보다 더 수준 높은 논문을 써
야 마땅하지 않은가?" 하며, 헛된 권위가 아니라 정연한 논리로 근거를
들이대며 말하니 수긍하지 않을 수 없었다.

학위과정을 끝내고 안동대학 민속학과 교수로 오는 과정도 선생님
말씀이 결정적 구실을 하였다. 1980년 2학기에 창원대학과 대구대학
국문학과에 서류를 제출한 상태에서, 안동대학 민속학과에도 공채공고
를 보고 서류를 내게 되었다. 한 곳을 선택해야 할 즈음에, 국문학은 워
낙 연구자들이 많아서 열심히 해도 학문적 입지를 굳히기 어렵지만, 민
속학은 신생학문이므로 노력에 따라서 충분히 개척자가 될 수 있다고
하며 안동대학 민속학과를 권했다. 민속학 전공자로서 내가 지금 여기
에 이르기까지 길목마다 선생님은 이정표 구실을 정확하게 하였던 것
이다.

선생님은 붙박이로 선 채 목표를 가리키는 이정표 구실에 머물지 않
고, 연구활동의 실천을 통해서 늘 앞서가며 새로운 길을 모험적으로 개
척하고 이끌어주는 구실까지 한다. 우리 학문을 창조적으로 거듭나게
하는 결정적인 구실을 감당하고 있다. 스스로 등산 안내자인 '셀파'라
고 자처하면서, 학문의 등산길을 가볍게 여기고 즐기기 위해 나선 사람
들을 곧잘 울리지만, 모험을 각오하고 학문의 험준한 산에 올라 새로운
길을 개척하려는 사람들을 미소 짓게 만든다. 문화자치와 문화민주주
의를 겨냥해 '문화주권론'을 펼치려고 하는 나의 학문 구상에 선생님
이 이미 이룩한 세계문학사 작업은 훌륭한 셀파 구실을 할 것이다.

(안동대학 교수)

쫓겨나지 않으려다가 인생역전을

안창수 (1977년 영남대학 학사 8학기)

선생님과 첫 만남은 자칭 늙은이 행세를 하며 느릿한 발걸음으로 캠퍼스를 어슬렁거리던 대학 4학년 때였다. 졸업을 하기도 전부터 대부분의 학생들에게 취업이 보장되어 있었던 당시에 대학 4학년은 무료한 시간이었다. 풍요롭게 만년을 보내는 노인들처럼 모든 무장을 해제하고 평화가 주는 여유를 마음껏 즐기고 있었다. 지금도 내 눈앞에는 따스한 오후의 가을 햇살이 내려 쪼이는 문천지의 못둑이며, 노랗게 물든 아카시아 잎이 하늘거리며 떨어지던 공대 뒤 실습목장의 오솔길이 아련하게 떠오른다. 그 시절은 석양에 물든 가을날 길게 비껴 지나가는 고요한 황금빛으로만 회상된다.

그런데 우리의 평화는 선생님과 만나면서 무참하게 깨어지고 말았다. 운명적 만남이 이루어진 것은 '한국현대소설강독' 시간에서였다. 작달막한 키에 불룩 튀어나온 아랫배 위로 발목까지 올라오는 바지를 촌스럽게 걸친 선생님의 모습을 처음 보고 우리는 모두 낄낄거리며 웃음을 참지 못했다. 그리고 학내 최고의 어른이라고 자부하며 기고만장해 있는 4학년 앞에 그렇게 촌스러운 차림으로 서 있는 무모함에 우리는 안심을 하며 이 과목도 대충 대충 학점을 챙기고 어서 취업이나 해야겠다는 생각들을 하고 있었다.

우리와 첫 대면에서 선생님은 짤막한 인사말을 끝내고는 곧바로 A4 용지 서너 장에 이르는 강의계획서를 나누어 주었다. 우리는 그때까지

138

강의계획서라는 것을 받아 본 적이 없었던 터라 어리둥절했다. 이광수의 《흙》, 염상섭의 《삼대》, 채만식의 《탁류》, 현진건의 《적도》 등을 읽고 작품을 분석하며 현대소설사의 흐름을 파악해 보려 한다고 했다. 다음 시간에 분석할 작품을 미리 읽어 오라고 하며, 강의시간에 확인을 해서 준비를 해오지 않은 학생들은 쫓아내겠다고 했다.

그러나 우리는 선생님의 말씀을 건성으로 들어 넘기고 다음 시간에도 느긋한 자세로 앉아 있었다. 강의가 시작되자 선생님의 질문이 시작되었다. 처음 질문은 작품의 줄거리나 주인공의 이름을 묻는 정도였다. 우리는 재미 삼아 미리 작품을 읽어 온 터라 몇 번의 질문을 쉽게 통과하며, 속으로는 완전히 방심하고 있었다. 선생님의 기상천외한 질문이 터진 것은 그 때였다.

"○○쪽부터 ○○쪽까지 물음표가 몇 개인가?"

우리는 우리 귀를 의심하고 서로 멍하니 쳐다보았다. 물음표가 몇 개라니, 세상에 이것도 질문이란 말인가? 우리는 황당해서 대답을 찾지 못하고 있는데, 작품을 분석하는 사람은 물음표나 쉼표의 개수까지도 알고 있어야 한다고 하며, 선생님은 계속해서 같은 질문을 이어갔다. 대답을 못한 학생들은 가차 없이 교실에서 쫓겨났고, 순식간에 자리가 절반이나 비었다.

이것은 본격적인 전쟁을 알리는 서곡이었다. 선생님은 다음 시간에도 그 다음 시간에도 작품을 분석하면서 부딪쳤던 갖가지 질문을 우리에게 퍼부어댔다. 물론 대답을 못하는 학생들은 줄줄이 쫓겨났다. 우리들은 죽을 노릇이었다. 늙은이를 자처하며 기고만장하던 우리들의 여유는 흔적도 없이 사라져 버리고, 평화가 여지없이 깨지고 말았다.

강의시간은 이제 전쟁을 치르는 시간이 되었다. 우리는 쫓겨나지 않으려고 혼신의 힘을 다했다. 밤새워 작품을 읽고 문헌을 뒤적이며 항목항목을 꼼꼼하게 챙겨서 질문에 대비했다. 우리는 학기가 끝나는 순간까지 긴장을 풀지 못하고 물음표와 쉼표가 몇 개인가 하는 것까지 놓치지 않으려고 애쓰면서 언제 터질지 모르는 선생님의 질문에 대답하기 위해 작품과 씨름해야 했다. 점차 쫓겨나가는 학생들의 숫자도 줄어들고, 그것과 비례해 선생님의 질문도 줄어들었다.

학기가 끝난 뒤 정신을 차려 보니 운동장 옆 공터에는 철 이른 코스모스가 한 둘 피어 있었다. 봄과 여름이 지나갔지만 우리는 작품과 씨름한다고 계절이 어떻게 지나가는 줄도 몰랐던 것이다. 그러나 한 학기가 지난 뒤 작품을 보고 의미를 읽어내는 우리의 능력은 몰라보게 성장해 있었다. 우리는 마침내 전쟁에서 지지 않고 작품을 분석해서 읽는 비법을 깨닫게 되었다. 물음표와 쉼표의 수효까지 놓치지 않고 읽는 독자가 찾아내지 못할 의미란 거의 없었다.

우리는 그런 변화에 스스로 놀라며 선생님의 기상천외한 질문에서부터 시작되어 온 결과에 찬탄을 금치 못했다. 가을이 되자 우리는 다시 평화를 되찾을 수 있었다. 가을 햇살의 그 따사로움과 포근함을 마음껏 즐길 수 있었다. 내 대학 시절이 늘 황금빛 가을로만 기억되는 것은 그 때문일 것이다.

선생님과 만나고 나는 인생역전을 겪었다. 대학을 졸업하고 바로 취업하겠다던 안이한 생각을 버리고 대학원에 진학해 학문을 하는 험준한 길에 들어섰다. 내 자신과 전쟁을 하는 오랜 시련을 겪었다. 작품을 분석하는 사람은 해당 작품의 물음표나 쉼표가 몇 개인가도 알아야 한다고 하던 도전의식을, 대학 강단에 서서 가르치면서 학생들에게 던지고 있다.

(밀양대학 교수)

저서 한 권은 더 나왔을 텐데

여세주 (1977년 영남대학 학사 7학기)

대학시절 우리들에게 선생님은 "공부밖에 모르는 사람"으로 각인되어 있었다. 학창시절에 존경했던 여러 원로 선생님들이 있었는데, 선생님은 가장 젊었지만 이들 선생님들과 나란히 거론되었다. "인생의 깊이는 강복수 선생님처럼, 삶의 멋은 심재완 선생님처럼, 학문연구는 조동일 선생님처럼"이라는 말이 관용구가 되어 학생들 사이에 널리 퍼져 있었다.

선생님을 처음 만난 것은 '현대소설강독' 강의에서였다. 선생님의 강의는 매시간 흥미로움과 두려움으로 다가오곤 했다. 작품 구조를 분석하는 시각의 신선함이 늘 흥미로움을 던져주었고, 선생님의 요구에 제대로 따르지 못하지나 않을까 하는 데서 두려움이 생겼다. 선생님보다 단 일초라도 강의실에 늦게 들어오면 퇴실당한다는 규칙도 나를 늘 긴장시켰고, 독특한 성적 산출 방식도 흥미로웠다.

중간고사는 소설의 줄거리를 1,000자 원고지에 모자라지도 넘치지도 않도록 적어내는 것이고, 기말고사로는 소설 한 편을 구조 분석한 소논문을 제출하는 것이었다. 중간고사는 기말 과제를 제출할 수 있는 자격을 부여하는 통과시험이었다. 기말 과제에서는 학점 신청을 받았다. 독창적으로 분석한 논문은 A, 외국이론을 적용하여 분석하면 B, 나머지는 C학점이니 어느 쪽을 택할 것인지 스스로 결정해 각자 신청하라고 했다. 욕심을 내어 무조건 A학점을 신청할 수는 없었다. A를 신청했다가 B수준의 과제를 제출한다면 C학점이 부여되는 감점 규칙이 있기 때문이었다. 자신의 목표를 설정하고 그 목표를 스스로 도달하게 하는 이런 방식을, 나도 내 제자들에게 써먹으려고 벌써부터 마음먹고 있으나 아직 시행해 보지는 못했다.

선생님과 만남에 관해서는 아직도 기억 속에 생생히 남아 있는 충격적인 사건들이 많다. 그 가운데서도 가장 잊을 수 없는 일은 대학원 석사과정에 진학했을 때이다. 그 시절, 직장에 다니면서 대학원 공부를 한다는 것은 허용되지 않았다. 강제하지는 않았지만, 그것이 당시의 분위기였다. 그런 탓에 대학원 진학을 하기 위해서는 직장생활을 포기해야 하는 용기가 필요했다. 나는 고등학교 선생 노릇을 일년 남짓 하다가 사표를 내고 대학원에 진학했다.

합격 사실을 확인하자 곧 직장을 그만두고 공부에 전념하겠다는 나의 각오와 다짐을 하루빨리 선생님께 선전포고하듯 말하고 싶었다. 선생님을 만나러 무턱대고 교수연구동 20층에 있던 민족문화연구소로 갔다. 너무나 조심스러워서 두어 번의 노크를 하는 둥 마는 둥 하고는 살며시 연구소의 문을 열고 들어갔다. 선생님은 인기척도 알아채지 못한 채 무슨 일엔가 몰두하고 있었다.

"선생님, 드릴 말씀이 있어서……."

"자네, 문 앞에 붙여놓은 거 못 봤어?"

"……?"

"자네가 불쑥 나타나 내가 두어 시간 한 생각을 깨뜨렸네."

그렇지 않아도 잔뜩 주눅이 든 채 용기를 내어 찾아갔는데, 선생님의 말을 듣는 순간 온몸이 굳어지는 것이 느껴졌다. 아무 말도 꺼내지 못한 채, 머뭇거릴 수밖에 없었다.

"그래 무슨 일로?"

"직장 사표 내고 공부 좀……."

"그러면, 열심히 해야지."

단 두 마디밖에는 말하지 못하고 쫓기듯이 연구실을 빠져나왔다. 연구소 문 앞에 조그마하게 붙어 있는 메모지를 읽었다. 메모지에는 "학생 면담은 ○요일 ○시부터 ○까지"라고 타자한 작은 글자가 엄청나게 큰 모습으로 동공에 가득 차게 들어왔다. 선생님께 미안했다. 선생님이 두어 시간 생각한 분량이라면, 아마도 저서 한 권 정도는 될 성싶은 내용이라는 생각이 들어서였다. 나는 결국 박철희 선생님의 말씀대로 "1세기에 하나 날까말까 하는 천재"의 저서 한 권을 날려 버린 셈이었다.

그 사건 이후에 나는 선생님을 한 번도 찾아가지 못했다. 오히려 마주칠까봐 겁이 났다. 엘리베이터를 타고 가다가도 선생님을 만나면 숨을 죽인 채 곧바로 내리곤 했다. 이런 두려움을 채 떨쳐버릴 시간적 여유도 없이, 선생님은 이듬해 정신문화연구원으로 자리를 옮겼다. 그 후 학회에서 한두 번 만났고, 선생님이 서울대로 옮긴 후에는 거의 만나지 못했다. 많은 세월이 흐른 뒤에 선생님의 회갑기념 세미나에서 세월의 무게를 짊어진 선생님 모습을 보았을 뿐이다.

나는 경주대학 교양학부 교수로 부임하여, 문예창작학과를 신설하고 전공도 고전소설에서 희곡으로 바꾸었다. 연구실 문 앞에 학생 면담 시간을 적어놓아도 무시하고 쉴 새 없이 찾아드는 나의 고객인 학생들을 맞으면서. 고객만족이 아니라 고객감동을 시켜야 한다는 우리 대학 서비스 지침에 충실하고 있다. 나는 학문서비스보다는 행정서비스의 첨병이요, 내 연구실은 사무실로 전락된 채로 말이다.

학문한다는 간판만 걸어놓고 학문다운 학문을 어느 것 하나도 제대로 하고 있는 것이 없다. 학문하는 흉내만 내면서 자리만 지키고 있는 꼴이다. 학문하는 일에만 몰두하면서 수많은 업적을 남긴 선생님의 제자라고 하기에 부끄럽기 짝이 없다는 사실을 뒤늦게나마 깨닫는다.

(경주대학 교수)

터를 넓게 잡아야 높이 세워

이순희 (1977년 영남대학 학사 6학기)

선생님과 인연은 학부 3학년 때 '현대시' 수업부터였고, 1978년 김춘수 선생님이 오기 전까지 나의 학사 논문을 지도해주었다. 그 당시 선생님은 항상 새로운 방법으로 배우는 이들에게 신선한 충격을 주었고 학문에 대한 호기심을 자극했다. 그러나 늘 엄격한 원리 원칙을 제시하였고 이를 지키지 않았을 때는 엄벌을 내려 학생들에게 인생의 쓴맛을 보여주는 무서운 선생님이기도 했다.

한번은 각자가 원하는 시인을 정하고 그의 작품을 연구해 발표하는 과제가 주어졌다. 군 입대를 앞둔 어떤 학생이 선생님이 읽지 못했을 것 같은 오래된 논문을 베껴서 발표했다. 발표를 듣고 있던 선생님이 학생에게 베긴 논문의 제목을 대면서 발표내용이 이 논문과 어떻게 다른지 설명해보라고 했다. 발표자가 당황하여 사실대로 말하자 선생님은 "가장 나쁜 발표의 가장 좋은 예"라고 하면서 그 자리에서 학생의 평가표에 붉은 펜으로 줄을 그어버렸고, 그 친구는 결국 그 과목 학점을 날렸다. 그 일이 있은 뒤로 우리는 누구도 선생님의 과제에 남의 연구를 자기 것인 양 베끼지 못하게 되었다.

또 한번은 경북대학에서 국문학 연구 발표대회가 있었다. 선생님이 발표자에게 질문을 했는데 그는 질문과 거리가 먼 대답만 계속하였다. 그러자 선생님은 "그렇게 연구가 안 되어 있으면 그 자리에 있을 필요가 없으니 당장 그 자리에서 내려오는 것이 좋겠다"고 해 발표자를 무색하게 만들었다. 다음 날 학교에서 나는 선생님께 그 일의 지나침을 들어 비난하는 주장을 했다. 선생님은 다른 사람들이 한때 자신을 두고 학원 깡패라 한 적도 있었다면서 대수롭지 않게 대꾸했다.

학문에 대해서 지나칠 만큼 차갑고 엄격한 선생님의 태도 때문에 처음에는 많은 거리감이 느껴졌다. 그러나 선생님이 다른 사람에게 요구하는 이상으로 자신의 학문 연구를 엄격하게 한다는 사실을 알게 되면서 점점 이해가 되고 공감이 갔다.

어느 강의시간에 나는 "한 영역을 일생 동안 연구해도 어렵다고 하는데 선생님께선 왜 여러 영역을 넘나듭니까?"라고 당돌하게 질문을 했다. 그때 선생님은 "학문의 터도 건축물처럼 터를 넓게 잡아야 깊게 파고 높게 세울 수 있다"고 했다. 그리고 터전을 제대로 넓히기 위해서는 열심히 노력하지 않으면 안 된다고 했다. 절묘한 경지에 이른 세계적인 피아니스트도 하루에 여덟 시간 연습을 해야 한다고 했다. 그렇게 하던 말이 지금까지도 강의 장면과 함께 한 장의 사진처럼 나의 가슴에 각인되어 언제나 큰 가르침이 되고 있다.

석사과정을 마친 후 선생님이 서울대학에 재직하실 때 난 마치 수도승이 득도의 길을 열어주는 스승을 아쉬워하듯, 선생님에게 배운 시절이 너무도 그리워 겨울방학 때 선생님을 찾아갔다. 대구에서 고등학교에 재직하고 있어서 여러 가지 여건상 어렵지만 시간 조절만 잘 되면 가서 배우고 싶다고 했다. 선생님은 새 학기 시간표를 보내 주었다. 그러나 재직하던 학교 사정 때문에 안타깝게도 수업을 들을 수 없었다.

박사과정에서 공부하는 동안 선생님을 찾아갔을 때 "사명감을 가지고 학계에 이바지할 수 있는 논문을 써라"고 일러주었지만, 아둔한 나는 아직 그 가르침을 이루지 못한 채 고등학교 교사로 재직하고 있다. 얼마 전에 대구시교육청에서 주관하는 고등학교 국어교사들을 위한 연수 모임에 선생님의 강의를 부탁했다. 모시는 조건이 너무 나빠 청하

기가 죄송스러웠지만 필요한 일이라 생각되어 부탁했는데 쾌히 허락
해 주었다.

(경북여고 교사)

울음으로 학문을 하지는 말아야

김영숙 (1977년 영남대학 학사 5학기)

나는 국문과 3학년 1학기부터 선생님의 '희곡론' 강의를 들으면서
사제의 인연을 맺게 되었다. 이어서 학부에서는 같은 해 2학기 '현대
문학특강', 1978년 1학기 '현대문학사', 같은 해 2학기 '현대소설강독'
을, 대학원 석사 1학기에는 '문학연구방법론'을 수강했다. 3년간 5개
강좌를 수강했으니, 강의를 가장 많이 들은 제자로 뽑힐지도 모른다.
1979년부터는 선생님의 도움으로 영남대학 민족문화연구소 보조연구
원과 연구원으로 일했다. 상임운영위원이 되어 연구소 일을 맡은 선생
님을 모시고 공부와 일을 함께 할 수 있는 행운을 얻은 것이다.

'희곡론' 첫 시간이었다. 나는 당시 초등학교 교사로 있었고 다른
학생들도 직장에 많이 다녔기에 2부 수업 첫 시간은 지각생과 결석생
이 많아 늘 썰렁했다. 선생님은 1분도 늦지 않게 들어와 타자기로 쳐서
프린트한 교재를 나누어주고, 몇 주 뒤부터 강의할 교재인 선생님이 지
은 《한국가면극의 미학》을 소개했다. 강의계획을 설명하고 끝낼 줄 알
았는데, 곧장 이어서 본론에 들어갔다.

그 날 강의할 내용을 쉬우면서도 논리 정연하게 열정적으로 설명했

다. 몇 사람 되지 않는 학생들에게 반응을 유도하듯 번갈아 눈길을 주는가 하면, 특유의 손동작을 해가며 신명나게 강의를 진행해 1분도 어김없이 시간을 다 채웠다. 첫 시간부터 강의에 빨려 들어가는 듯한 흥미를 가지게 만들고, 공부를 제대로 하지 않고는 응시하는 선생님의 눈길을 마주 볼 수 없을 정도로 상당한 부담도 주었다. 중간 과제를 받아서 모두 다 읽고 빨간 볼펜으로 일일이 논평을 붙여 나누어주는 자상한 지도에도 감명을 받았다.

'현대문학특강'에서는 어느 여학생과 선생님이 신랄한 토론을 벌였다. 학생은 선생님의 작품 해석이 못마땅하고 선생님은 학생의 주장이 틀렸다고 하며 서로 얼굴색이 변할 만큼 격화되다가 드디어 학생이 감정이 격해져 엉엉 울어버렸다. 선생님은 "그래도 울음으로 학문을 해서는 안됩니다", "나도 다혈질이어서 과했는지 모르지만 학생도 반성을 해야 합니다"라는 말로 끝이 났다.

'현대소설강독'에서 채만식의 《탁류》를 다루는 시간이었다. 선생님은 주인공들의 갈등을 도표로 그려가며 삼각관계를 설명했다. 그렇게 하고 보니 소설이 한 눈에 들어왔다. 내가 평면적으로 읽던 것과는 너무나 달랐다. 국문학에 매력이 더해 갔다. 학부 강의시간에서 가장 겸연쩍었던 것은, "학생들이 질문도 잘 안하고 발표도 못하며 응답도 못하면, 나는 성과 없는 강의를 하는 공짜 월급쟁이가 되니 그러고 싶지 않다", "준비가 되지 않은 학생은 강의실에서 나가라"는 선생님의 말을 들을 때였다. 학생들은 강의준비를 충분히 하든가 수강을 포기하든가 어느 한쪽을 택하지 않으면 안되었다.

선생님의 권유로 대학원에 진학했다. 선생님과 상담한 뒤 같은 교직에 있던 아내의 힘만 믿고 10년 동안 몸담았던 초등학교 교사를 사직하고, 민족문화연구소 연구원으로 선생님 곁에서 공부할 수 있게 되었다. 전공은 선생님과 협의해서 한문학으로 하고, 논문 지도교수는 심재완 선생님으로 정했다. 신유한의 《해유록》이 일본에 많은 영향을 끼쳤기에 논제로 적절하다는 심선생님의 격려가 있었으며, 신유한 전설이 담긴 조선생님의 《인물전설의 의미와 기능》 원고를 읽고 많은 착상을 얻었다. 집필과정에도 두 선생님의 지도를 받아 석사논문 〈신유한 한시 연구〉를 완성할 수 있었다.

1984년 대구한의대 한문학과 전임강사가 되었을 때, 정신문화연구원으로 2주간 신임교수연수를 받으러 가서 선생님을 다시 만날 수 있었다. 선생님은 반가워 하며 "매일 점심 식사 후 정자 옆 그늘진 개울가에서 만나자"고 했다. 나는 속으로 "둘이서 만나 무슨 긴한 이야기를 하려고 그럴까?" 하고 갔더니, 그 곳은 연구원의 여러 교수들의 식후 환담 장소로서, 으레 그 시간이면 거기 모여서 담론이 이루어졌다.

그 뒤에도 학회와 속리산 모임 등에서 만나면, 머리 색깔만 반백이 되었을 뿐 변함 없이 신명풀이로 학문하는 선생님의 모습은 여전했다. 2002년 나에게는 뜻밖의 행운이 찾아왔다. 선생님은 손수 한문으로 지은 한양조씨 영양 입향시조 추모비의 비문을 나보고 쓰라고 했다. 나는 졸필인 데다가 외람된 일로 여겨서 사양하려 했지만, 경남대 조진기 교수가 적극 권하며 좋다고 했으니 써보라고 하여 졸필이나마 정성 들여 썼다. 나에게는 큰 영광이요 행운이 아닐 수 없다. 그 비는 영양향교 옆 입향시조 종택 앞에 세워져 있다.

나는 요사이 선생님이 《한국문학통사》에서 처음으로 제시한 영사악부에 관한 논문을 쓰면서, 나아가 한국 악부시 전체의 사적 맥락을 살피기 위해 자료를 정리하고 있다. 선생님의 놀랄 만한 연구성과를 생각하면, 나는 연구업적이 보잘것없어 늘 너무 작고 모자라는 제자라는 사실을 절감하게 된다.

(대구한의대 교수)

얼음과 불꽃을 함께 지니고

이기철 (1978년 영남대학 박사 1학기)

혼자 있을 때도 나는 우리 시대의 학자를 생각하는 시간에는 어김없이 선생님을 떠올린다. 선생님은 그만큼 내 머릿속에 철저하고 열렬한 학자로 각인되어 있다. 스승과 선생의 의미가 꼭 같은 것은 아니라고들 말하지만 선생님은 나에게는 선생이자 스승이다. 그리고 그런 사실을 나는 자랑으로 생각한다.

선생님은 대구에서 생활할 때 숱한 화제를 뿌렸다. 그런 화제의 어느 하나도 학문과 연관되지 않은 것은 없다. 선생님은 학문을 열심히 하는 사람에게는 열렬한 지원자이면서도 학문을 게을리 하거나 과제를 잘 하지 않은 사람에게는 참을 수 없는 질타와 모욕까지 서슴지 않는 사람으로 정평이 나 있었다.

영남대학 대학원 박사과정에 들어가서 나는, 우리 세대에게는 서툴고 어눌할 수밖에 없는 '구비문학'을 선생님으로부터 수강했다. 이름도 알지 못하는 외국학자들의 영문 원전을 매주 읽고 요약하고 논평하는 과제를 수행하면서 밤잠을 설쳤다. 그 한 학기가 선생님의 강의를 수강한 전부였지만, 그때 심어준 강의의 인상은 내가 대학 강단에 있는 동안 언제나 뇌리에서 떠나지 않는다. 나의 박사논문 〈이상화연구〉 역시 선생님의 조언에 힘입은 것이다. 그때 나는 한용운 연구와 이상화 연구 사이에서 주제 결정을 하지 못해 고심하고 있다가 선생님의 조언을 따랐다.

1979년인가 내가 지금의 창원대학인 마산대학에 전임으로 있으면서 영남대학 교양국어를 가르칠 때였다. 한번은 야간부 시험감독을 선생님과 함께 들어갔는데 한 나이 든 학생이 시험 도중 책상 안의 노트를 들춰보고 있었다. 그걸 본 선생님은 단 걸음에 달려가서 그 학생의 노트를 나꾸어챘고, 학생은 노트를 빼앗기지 않으려고 둘 사이에 승강이가 벌어지더니 급기야는 학생이 노트를 찢어발기며 문밖으로 도망치는 사태가 벌어졌다. 나는 어찌할 바를 몰라 전전긍긍하고 있는데 학생과 선생님은 문밖에서 술래잡기 아닌 술래잡기를 했고 종국에는 학생이 붙들려 들어오는 사태로 발전하고 있었다. 학칙대로라면 그 학생은 전 과목 몰수이지만 그 처리 결과에 대해서는 들은 바가 없다.

또 언젠가 가을에 한국어문학회 전국발표대회가 열렸던 때였다. 학회를 마친 뒤, 드물게는 다과회를 베풀고 거기서 흥이 일면 점잖은 교수들끼리 돌아가며 노래도 한 곡씩 뽑는데 어느덧 선생님의 차례가 되었다. 선생님은 조금의 사양도 없이 "까마구야……" 하고 노랫가락을 뽑았는데 그 목소리는 노래를 잘 불러보겠다는 의도라고는 눈곱만큼도 없는, 타이어 터지는 소리에 가까운 것이었지만, 그 긴 민요인가 사설인가를 선생님은 다른 사람이 듣건 말건 아랑곳하지 않고 끝까지 다 부르고 마는 배짱을 보여주었다.

예상외로 선생님의 주위에는 유명시인이 많다. 김지하 시인이 그렇고, 정진규 시인이 그렇다. 선생님은 대학 시절 소설을 썼고 프랑스의 초현실주의 시에 관심이 많았다고 한다. 선생님이 불문과를 나와 국문과로 학사편입하고 일생을 국문학자로 살아가고 있다는 것은 모르는 사람이 없다. 어느 날 보들레르의 〈고양이〉라는 14행시 번역을 좀 해 달라고 선생님의 연구실에 가서 시를 내밀었더니, 사전도 보지 않고 그 시 전문을 즉석에서 번역해 건네주었다. 나는 선생님과 같은 열렬하고 부지런한 학자가 우리 곁에 있다는 사실을 자랑으로 생각한다.

(영남대학 교수)

아파트 문 앞에서 나뒹군 수박

이동길 (1978년 영남대학 학사 8학기)

선생님을 처음 만난 것은 군대를 갔다온 뒤 학부과정 마지막 학기였다. 5월에 제대하고 학과친구들을 만나는 과정에서 선생님에 관한 얘기가 화제에 올랐다. 파격적인 분이라는 것이다. 호기심과 더불어 과연 그럴까 생각하며 2학기에 '현대소설연구' 강의를 들었다.

약간 허술한 차림에 까만 안경테 속으로 강한 눈빛을 발하며 강의계획을 설명하는 방식부터 충격이었다. 한 학기 강의계획을 구체적으로 듣는 것도 새로울 뿐 아니라 학점의 선택을 학생 스스로가 정하라는 대목에 이르자 두 눈이 저절로 휘둥그레질 수밖에 없었다. A학점을 따기 위해서는 최소한 제시된 조건을 충족시켜야 한다는 것이다. 그저 놀라워 듣기만 했을 뿐이다. 게다가 수강학생이 많아서 다른 학과 학생은 사절한다고 단호히 말하니 그 자신만만한 태도에 젊은 혈기로 한번 도전하고 싶은 생각이 났다.

선생님과 만남은 그렇게 시작되었다. 국문학과를 나와서 중고등학교 교사가 되는 것 외에 별 다른 희망이 없었던 그때, 학문에 대한 열정으로 가득 찬 선생님의 모습은 무언가 큰 포부를 품도록 만들기에 충분했다. 자연히 다른 강좌보다 더 관심을 기울이게 되고 주어진 과제에

151

대한 발표도 정성을 다해 준비하게 되었다. 당시 현진건의 소설 '무영탑'을 분석했는데 서두 부문을 세밀히 분석해서 작품 전체의 구조와 어떤 상관관계가 있는지를 발표해 호평을 받았던 것으로 기억된다.

이른바 선비 집안에서 태어났지만 살림살이가 그리 넉넉하지 못한 데다가 학문에 관해 제대로 이끌어주는 어른도 없었던 처지에, 선생님은 학문이라는 것이 어떤 것인지 강의를 통해 분명하게 깨우쳐 주었다. 한학을 해서 호구지책으로 삼고 있던 선친께서 당신의 경험으로 보아 글을 위주로 한 공부를 하면 굶주리기에 딱 알맞다는 생각을 가지고 있었기에 학문을 계속하는 일에 적극적인 뒷받침을 하지 않았다. 그저 대학을 졸업하고 적절한 자리에 곧장 취업하기를 기대하고 있었다.

그런 처지에 있던 내가 생각지도 않았던 대학원 진학을 결정하게 된 것은 순전히 선생님 강의를 수강한 덕분이다. 오직 공부만 하면 무엇이든지 해결될 것이라는 신념으로 다른 문제는 돌아보지 않고 대학원에 진학한 것이다. 전공을 선택하는 과정에서 선생님을 따라 현대문학을 전공하는 것이 당연하다고 여겨 현대소설을 선택했지만, 선생님을 지도교수로 원하는 학생들이 워낙 많아서 선생님의 주된 전공에서 벗어난 현대소설 전공자는 소설 전공의 다른 선생님 지도를 받게 되었다. 나는 크게 실망했지만, 선생님은 지도교수 못지않게 필요한 참고도서를 일일이 챙겨주고 논문에 대한 지도 말씀도 아끼지 않았다. 공과 사에 대한 구분과 배려를 나중에야 알게 되었다. 그러나 선생님들마다 논문 지도 방식이 다른 것은 내 스스로 해결해야 할 과제였다.

대학원 강의를 통해서 학문의 세계에 들어서기 위해 어떤 자세가 필요한지 알게 되었고 과업을 제때 수행하는 것이 무엇인지 체득하게 되었다. 한번은 선생님 댁을 방문하니, 마침 점심때라 자장면을 들고 있었다. 일상에서 흔히 볼 수 있는 근엄한 선생님의 면모와 크게 다른 모습이었는데, "음식을 먹는 시간이 아까워서 자장면을 먹는다"고 하며 서둘러 그릇을 비웠다. 끼니 시간까지 절약하고자 하는 선생님의 뜻을 뒤늦게 알아차렸다.

한 학기가 끝나면 보통 종강모임이 있고 명절이면 선생님을 찾아뵙는 것이 당시로서는 상례였다. 선생님은 대학 다닐 때 그런 일에 너무 식상해서 학생들이 음식대접을 하겠다고 하면, "밥은 선생이 사고 학생 때는 얻어먹는 것이 마땅하니, 인사는 나중에 하라"며 꼬박꼬박 밥값을 대신 내곤 했다. 허례를 용납하지 않는 성품을 이해하지 못하는 학생들에게는 극단적인 처방을 썼다. 중년의 대학원 학생이 마감 기한이 지난 과제를 제출하기 위해 더운 여름철에 수박을 한 덩이 사서 선생님 댁을 방문했던 일이 있다. 현관에서 이를 본 선생님이 과제와 수박을 함께 내던지는 바람에 수박이 문 앞에서 마당까지 굴러 나뒹굴게 되어, 과제 제출은커녕 혼쭐이 나서 돌아왔다고 했다. 우리는 이 전설 같은 이야기를 소문으로 듣고 그저 입을 다물지 못했다.

늘 공과 사를 칼같이 구분하여 서슬 퍼렇게 실천하였으므로 주눅이 든 우리들은 그 이후로 선물은커녕 인사치레로 선생님을 찾아뵙는 일조차 꿈꾸지 않았다. 하지만 선생님의 회갑 출판기념회 때 모습은 상당히 달랐다. 학문에 대한 자세는 변함이 없었지만 제자들을 대하는 모습은 오랜 세월 동안 많이 누그러져서 연륜이 높은 학자의 진면목을 볼 수 있었다.

석사과정을 마치는 때에 선생님이 다른 대학으로 옮겨가는 바람에 우리들의 곁을 떠나게 되었다. 내가 박사과정에 입학하고 계명문화대학에 전임으로 직장을 얻게 되자, 이제 진정으로 학문의 길에 들어서게 되었다고 하며 부지런히 연구활동에 정진할 것을 독려하는 한편, 내 전공과 관련된 저서를 종종 보내주시는 배려도 잊지 않았다.

나는 전임이 된 이후 학문적으로 선생님의 바람에 부응하지 못하는 처지를 늘 부끄럽게 여기고 있을 따름이다. 다만 후배와 학생들에게 아끼지 않고 베풀었던 선생님의 실천적 가르침만은 삶의 본보기로서 고스란히 지키고자 노력하고 있다. 그리고 그러한 일을 더 확대하기 위해 요즘은 도화재라는 석문호흡 선도수련단체에서 수련을 하며 학교와 지역사회에 이바지하고자 여러 모로 실천하는 활동을 하고 있다. 인연이라는 것이 참으로 묘하고 깊다는 것을 느낀다.

(계명문화대학 교수)

원고 뭉치는 바닥에 나뒹굴어도

권순종 (1979년 영남대학 석사 1학기)

1980년 4월 초순의 어느 날, 나는 영남대학 중앙도서관 19층에 있는 민족문화연구소의 선생님 연구실에서 긴장된 모습으로 선생님과 대면하고 있었다. 석사 3학기 강의가 시작된 지 얼마 되지 않았을 때였다. 내가 내민 원고 뭉치, 실제로는 논문 계획과 읽은 책의 요지 등을 적은 대학 노트를 넘기던 선생님의 눈 가장자리 근육이 급히 움직이면서 오른쪽 손가락은 연신 흘러내리는 안경을 밀어올리고 있었다. 선생님은 화가 나면 으레 그런 표정과 손짓을 학생들에게 보이곤 했다. 그 순간 선생님은 검토하고 있던 원고를 바닥으로 던져버렸다. 그리고는 나를 향해 소리쳤다.

"나가! 가서 아이들이나 열심히 가르쳐."

나는 1979년 3월에 대학원에 입학하면서 지방의 고등학교에서 대구의 한 여자중학교로 옮겨왔다. 힘은 들겠지만 직장과 학업을 병행할 요

154

량이었다. 그때 이미 나는 가솔을 거느린 가장이었으므로 내 공부를 위해 직장을 그만 두기는 어려운 처지였다.

대학원 첫 학기에 선생님의 강의가 있었는데, 그때 선생님은 직장을 가진 대학원생들을 배려해 토요일에 선생님 댁에서 강의를 진행했다. 그때 강좌 이름은 '문학연구방법론'이었던 것으로 기억된다. 그 강의는 선생님의 저서 《문학연구방법》 초고를 직접 타자기로 한 자 한 자 찍은 것을 복사하여 한 사람이 한 장씩 나누어 검토하는 식으로 진행되었다. 이 책의 초고를 검토하면서, 동료 대학원생들과 더불어 발표하고 토론하는 한편 선생님의 명쾌한 강의를 듣는 가운데, 문학작품을 어떻게 읽고 어떻게 해석해야 하는가에 대한 단초를 마련한 것은 그 뒤로 내가 학업을 계속하는 데 크게 도움이 되었다.

그 강의가 끝났을 때 나는 기말과제로 Eric Bently가 *The Life of the Drama*에서 제시한 연극이론을 살피면서 유치진의 희곡 《소》를 분석한 논문을 제출했다. 그리고 2학기가 되었다. 선생님은 내가 없는 자리에서 과제로 낸 내 논문을 여러 학생들에게 칭찬하곤 했다고 한다. 문장이 깔끔하고 논지 전개가 명쾌하다는 것이었다. 선생님은 심지어 박사과정의 학생에게도 내 글을 돌려가며 읽히기도 했다.

나는 무적 으쓱했다. 내가 선생님으로부터 글을 제대로 쓴다는 칭찬을 받다니. 나는 선생님의 칭찬에 힘입어 학업의 가능성을 발견했다. 공부란 그렇게 하면 되는구나 하는 자신감도 갖게 되었다. 그러나 그건 정말 내가 글을 잘 써서가 아니라, 선생님의 학생 '기 살리기'의 전략이었을 터였다.

그런데 나의 공부는 선생님의 기대에 미치지 못했다. 이듬해에 원하지도 않았던 3학년 담임을 맡게 된 것이 가장 큰 원인이었다. 내 학업을 핑계 삼아 진학을 앞둔 아이들의 학업을 팽개칠 수는 없었다. 자연히 대학원 공부보다 아이들 주변에 머무는 시간이 많아졌고 논문 준비는 소홀해질 수밖에 없었다. 동료 학생들은 나를 만날 때마다 선생님이 보고 싶어 하더라는 말을 전해 왔다. 내 얼굴을 보고 싶은 것이 아니라 나의 논문 진척 상황을 알고 싶은 것이었으리라.

그 날 선생님은 호되게 나무란 뒤 김영보의 희곡집 《荒野에서》 복사본을 건네주면서 우리나라 최초의 희곡집이므로 학위논문으로 다루어 보아도 좋겠다고 했다. 그러나 나는 3학년 학생들의 입시지도 때문에 논문 제출을 1년 미루었고, 선생님은 1981년 3월에 정신문화연구원으로 자리를 옮겨갔다. 나와 선생님 사이를 얽었던 거멀못인 지도교수와 제자 관계도 그렇게 끝이 났다. 1년 뒤 나는 선생님이 준 자료와 김우진·김영팔의 작품을 묶어 가정극 계열의 작품을 다룬 논문으로 석사학위를 받고, 계명대학교로 옮겨 박사학위를 받았다. 그리고 구미1대학의 교양학부 교수로 부임해 지금은 사회복지과에서 근무하고 있다.

몇 년 전 선생님은 회갑을 맞이하여 서울에서 세 권의 저서 출판 기념회를 조촐하게 마련한 적이 있었는데, 그때 선생님을 뵌 것이 가장 최근의 일이다. 그러나 선생님은 늘 내 마음속에 있고, 책을 읽을 때나 글을 쓸 때 선생님의 모습을 떠올리는 것이 나만의 일은 아닐 성싶다. 지금도 공부가 부족할 때 원고 뭉치를 내던지며 호된 꾸지람을 내리는 선생님이 옆에 있었으면 좀 좋겠는가 하는 생각을 하게 된다.

(구미1대학 교수)

연구 자료를 받아 안던 날

권태을 (1979년 영남대학 석사 1학기)

우리의 삶은 만남의 연속 자체라 일컬을 만한데, 좋은 만남이야말로 三才의 지극한 은혜를 입은 결과라 할 수 있다. 이런 뜻에서 보면 1978년 3월 영남대학 대학원에 입학하여 선생님과 첫 학연을 맺은 나 또한 뒤늦게나마 같은 은혜를 입은 셈이다.

당시에 나는 김천에 있는 고등학교 교사였다. 대학을 졸업하고 교사로서 가르치는 일을 하면서도 17년 동안 늘 배우고자 하는 마음을 품고 살다가 비로소 대학원에 진학했던 것이다. 일주일에 두 차례 경산에 있는 대학을 오르내리느라, 대구에 집을 두고도 경산에서 김천으로 직행하던 나를 보고, "마흔이 되어서 무슨 공부냐", "새파란 선생 밑에서 어찌 배우랴" 엉뚱한 걱정을 하는 이도 적지 않았다. 하지만 그럴 때마다 나는 태어남의 선후가 아니라 道를 들음의 선후에서 師道가 형성된다고 설파했던 韓愈의 〈師說〉로 스스로를 다스리곤 하였다.

1979년 1학기 '문학연구방법론' 강좌에서 선생님 강의를 직접 들었다. 입학 전부터 선생님에 관해서는 신예 석학으로 학문탐구의 열정이 특출한 국문학자요, 공사에 엄정하여 강학에서도 사정이 없는 교수이자, 외국어에도 능통한 문학이론가라는 소문을 익히 들어서 알고 있었던 터였다. 이 같은 사실은 큰북을 치고자 했던 나의 의욕과, 작은 북채조차 지니지 못했다는 자괴감을 동시에 느끼게 만들었다.

그때 선생님은 막 탈고한 《문학연구방법》 초고본을 교재로 문학연구방법론을 모색하는 토론 방식의 수업을 하였다. 학생들이 책의 한두 장씩 맡아서 읽고 그 내용을 검토하고 비판하며 대안을 제시하는 게 강의 준비이자 토론 내용이었다. 나로서는 선생님의 문학연구 이론을 이해하는 데도 벅찼던 터라 대안 제시는커녕 비판적 검토도 하기 어려웠다.

그러나 수업이 진행됨에 따라 엄하게만 생각되던 선생님 강의에서 서서히 학문하는 재미와 보람을 느끼게 되었다. 그리고 학생들의 논평과 토론마다 그 시비를 가릴 수 있는 판단의 기준을 즉각 명쾌하게 제시하면서 자신의 이론과 같고 다름에 관계없이 열심히 기록하고 원고를 가다듬던 모습에서 학문하는 진지한 자세도 터득하게 되었다. "독창적 생산이 곧 폭넓은 수용이구나"라는 사실도 선생님의 학자적 태도에서 깨달았다. 게다가 단락소에 의한 작품 유형을 파악하려 시도한 나의 발표와 토론에 대하여 적절한 주장이라고 평가해 준 일이 있었다. 나이 든 제자를 격려하기 위한 일이겠지만, 선생님이 후학들에게 바라는 학문적 기대가 무엇인지, 또 선생님과 학문적으로 가까워질 수 있는 길은 어떤 것인지 어렴풋이 짐작하는 계기가 되었다.

4월 말경, 선생님이 나에게 학위논문 주제를 정하였느냐고 물었다. 두 학기를 마치고도 막연히 고소설 연구라는 늪에서 헤매던 때라, 어려움을 솔직히 말씀드리고 나서 논제만 일러주면 최선을 다 하겠노라며 도움을 청했다. 선생님 강의를 들으며 익혔던 학문 자세와 전혀 상반되는 태도를 취했던 나 자신을 생각하면 지금도 부끄럽기만 하다. 그 며칠 뒤 학문에서 뿐 아니라 인생 자체에도 중대한 변화를 예고하는 계기가 마련되었다. 강의를 마친 뒤에 선생님은 서가에서 《東野彙集》(下卷 5~8 合本) 한 책을 뽑아주며, "한국 야담 연구의 귀한 자료집인데도 본격적인 연구가 없었다. 상권을 구하여 방법론을 모색해 보라"고 하는 것이 아닌가. 밤늦게 김천 가는 버스 안에서 책을 어루만지며 10대처럼 감격했던 날이 옛날처럼 느껴진다.

석사학위 논문으로 '《동야휘집》소재 야담의 유형적 연구'를 발표할 수 있었던 것은 전적으로 선생님의 배려와 지도 밑에서 이뤄진 것이었다. 선생님의 기대에는 턱도 없는 논문이긴 하지만, 이것은 한국 3대 야담집의 하나인 《동야휘집》을 단독으로 연구한 최초의 논문이라는 자부심을 가지게 만들었다. 석사학위 논문을 계기로 창작에 미련을 두었던 나는 한문학 연구의 길로 들어서게 되었고 나아가 가치 있는 자료의 발굴과 소개도 학문적 작업으로서 중요한 일이라고 믿게 되었다. 앞으로도 나의 학문은 이 길에서 크게 벗어나지 않을 것이며 이와 같은 맥락에서 지속될 것이다.

(상주대학 교수)

문학이론 연구에 걸던 기대

김효중 (1979년 영남대학 석사 1학기)

선생님과 나의 첫 만남은 이미 1965년 봄, 내가 서울대학교 문리과대학 국어국문학과 3학년 재학 시절에 이루어졌다. 그 해 1학기인가 지금은 고인이 된 정병욱 교수님의 '여요론' 시간에 선생님을 처음 만나게 되었다. 강의시간에 선생님 발표 차례가 되면 원고지 수백 장 분량의 발표요지를 작성하여 논리 정연하게 발표한 까닭에 같은 수강생인 우리들은 주눅이 들어 숨도 못 쉴 지경이었다. 담당교수조차 방대하고 수준 높은 학생의 발표에 완전히 압도된 듯했다.

그때 이미 선생님은 불문학과를 졸업하고 대학원에서 불문학을 전공하다가 중도에 그만 두고 국문학과에 학사 편입하여 4학년에 재학 중이었다. 1960년대만 하더라도 외국문학을 선호하는 경향이 두드러져서 해외유학만 하면 성공은 보장되는 듯이 여기던 시절이었다. 따라서 문교부에서 실시하는 유학시험에 합격해야 하고 유학생에게 허용되는 유학비는 100불로 엄격하게 제한되었지만, 이러한 어려움도 아랑곳하지 않고 많은 학생들은 다투어 해외 유학길에 올랐었다. 물론 이때 유학 갔던 인재들이 현재 요직에 포진해 있는 것도 사실이다.

이러한 당시의 상황에서 우리 학과 학생들은 불문학 석사학위까지 받은 인재가 국문과에 학사 편입한 이유를 잘 몰라 의아해했다. 우리들이 판단하기에는 파리에 유학하여 불문학 박사학위를 취득하여 귀국하면 훨씬 미래가 더 보장된다고 생각한 것이다. 물론 우리들은 시간의 흐름과 함께 선생님의 국학에 대한 학문적 열정을 알게 되고, 더욱이 추종을 불허하는 놀라운 연구업적을 보면서 서서히 선생님의 뜻을 깨닫기 시작하면서, 비로소 국문학 공부의 긍지를 가지게 되었다.

선생님과 두 번째 만남은 내가 오랜 외국 유학에서 돌아온 1978년 12월에 이루어졌다. 남편이 영남대학 독문학과 교수로 초빙되어 귀국하게 된 것이 선생님과 재회의 계기가 된 것이다. 나는 대학 졸업 후 바로 고등학교 교사가 되어 훌륭한 교육자로서 길을 걷고자 나름대로 알차게 3년을 보냈다.

그 뒤에 유학의 야무진 꿈을 꾸며 1970년 가을 문교부 선발 정규유학생 자격으로 스위스 유학길에 올랐다. 같은 해 12월 22일 동짓날이자 남편의 박사 구술시험이 있던 날에 결혼하고 독일, 영국 등을 거치면서 두루 공부를 하였다. 외국에서 국문학 박사 학위를 한다는 것은 그 당시로서 생각할 수 없는 일이었으므로, 나는 불문학과 및 민속학과에 등록하여 강의를 듣고 외국어 공부에 주력하면서 국문학의 저변을 확대해보려는 소박한 생각으로 공부를 계속했다.

선생님은 내가 귀국했다는 이야기를 대학 측에서 듣고 우리 부부를 댁으로 불러주었다. 그때 선생님은 국문학이론 정립의 필요성이 절실함을 강조하면서 나에게 문학이론 공부를 계속하면 어떠냐고 하며 학위과정을 밟도록 권하였다. 나의 석사학위 논문 제목을 '조윤제와 딜타이의 문학연구방법 비교연구'로 정한 것은 바로 이 무렵이다.

뒤늦게 고백하지만, 이때 선생님이 걸었던 문학이론 개척에 대한 기대에 나의 학문이 크게 미치지 못한 처지여서 나는 지금도 선생님 앞에 서기가 송구스럽다. 구구한 변명에 불과하지만 그때 마침 작은 아이가 태어날 예정으로 있어서 생각만큼 공부할 시간이 넉넉히 주어지지 않았고 나의 능력도 한계가 있었기 때문이라 생각한다.

그때 선생님은 강의 내용이나 수업방식을 기존의 방식에서 탈피하여 좀더 새롭게 적극적으로 개발하면서 매시간을 의욕적으로 강의하였고, 수강하는 제자들 모두에게 고루고루 사랑을 베풀었다. 제출한 과제물이나 발표과정에서 잘못된 것은 그때그때 바로잡아 주었고 진정 학문하는 방법과 자세가 무엇인가를 보여주었다. 그때 선생님의 최대 관심사는 한국문학사를 새로 서술해야 하는 것이었는데, 집필 계획을 세워 놓고서 하루 16시간씩 매일 연구활동을 하고 있었다. 그 결실이 바로 《한국문학통사》 여섯 책이라는 사실을 그때 수강생들은 잘 아는 터이다.

올해 여름에 정년을 맞이하는 선생님은 여전히 예전의 그 학문적 열정을 가지고 부지런히 저술활동에 여념이 없다. 내가 대학 강단에서 배우고 가르치며 보낸 세월이 올해로 만 23년에 이른다. 그 과정에서 소박하게나마 나 자신 학문하는 기쁨을 얻고 줄기차게 달려올 수 있었던 것은 오로지 선생님의 학덕에 힘입은 결과이다.

(대구가톨릭대 교수)

161

두 번 만나고도 따르지 못하니

육재용 (1979년 영남대학 학사 1학기)

선생님을 만난 것은 대학 1학년 때였다. 문리대 어문계열 79학번으로 입학하여, 1학기 '국문학입문' 시간에 선생님 강의를 처음 들었다. 《우리문학과의 만남》을 주교재로 사용했다. 어문계열 신입생 전체를 대상으로 인문관 대형 강의실에서 마이크도 없이 우렁찬 목소리로 강의하던 40대 초반의 선생님에 대한 기억이 새롭다.

선생님은 교재를 소개하면서, 이 책 초판본 2천여 권이 거의 매진되었다는 말을 하였다. 그리고는 우리에게 "여러분도 장차 학자가 되어 이러한 책을 많이 써서 학계에 기여하고, 판매도 많이 할 수 있기를 바랍니다. 앞으로 국문과를 선택하여 국문학을 전공하는 것이 장래가 밝습니다. 다른 학문보다 연구의 보람을 더 느낄 수 있으며, 여러분이 대학원을 졸업할 때가 되면 전국의 국문과 원로교수들이 정년퇴임을 많이 하게 되어 직장 구하기도 쉬울 것입니다"라고 하였다. 당시 나를 비롯한 어문계열에 입학한 동기들의 상당수가 2학년으로 진급할 때 선생님의 이 같은 권유에 따라 영문과 대신 국문과를 택하였다.

1980년 2학기에는 '문학연구방법'이란 전공 강의를 들었다. 교재로 《문학연구방법》을 사용했다. 선생님은 이 책을 교재로 학부생들에게 첫 강의를 한다는 점을 강조하였다. 당시 질의응답 시간에 한 학우가 선생님께 "이 책의 논리와 문체가 워낙 정교해, 비판을 하려고 자세히 읽어도 오히려 필자의 의도에 말려드는 느낌을 지울 수가 없습니다"

라고 이야기한 것이 기억난다.

2학년 가을 나는 현재 경향신문사에 근무하는 김윤순 학우와 함께 선생님 연구실로 향하였다. 대학생활과 관련된 몇 가지 사항을 문의하기 위해서였다. 연구동 엘리베이터를 기다리고 있는데, 선생님이 굉장히 바쁜 표정을 지으며 입구로 들어섰다. 우리가 용건을 말씀드리자, 선생님은 지금은 시간이 없으니 우선 엘리베이터를 타고 가면서 이야기를 하자고 했다. 앞으로 대학원에 진학하고 싶은데 교직과목을 꼭 이수할 필요가 있는지 질문하자, 선생님은 즉석에서 이렇게 대답했다.

"나 같으면 배수진을 치겠어요. 교직과목을 공부할 시간과 정력을 가지고 문화인류학이나 한문학 강의를 듣겠어요. 공부를 계속할 마음이 있다면, 배수진을 치는 것도 필요해요."

그 후 김윤순은 교직과목을 수강하지 않았지만, 나는 선생님의 가르침대로 배수진을 치지 못하고 교직 학점을 별도로 취득하였다. 대학원에 진학할 각오였지만, 안정된 직장을 갖는 꿈도 접을 수가 없었기 때문이다.

나는 선생님의 영남대 시절은 물론, 정문연 시절에도 가르침을 받게 되는 행운을 누렸다. 1985년 3월 서강대학 대학원 국문과에 입학하자마자, 선생님에게 '문학사방법론' 강의를 듣게 된 것이다. 그때 막 집필을 끝낸 《한국문학통사》4권의 초고를 검토하는 시간을 가졌는데, 대학원에 진학하여 옛 은사를 다시 만나는 기쁨이 매우 커서, 어느 때보다 강의시간이 흥미로웠고 강의내용도 쉽게 이해되었다.

석사학위를 받은 후, 나는 김포에 소재한 고등학교에 5년 동안 근무하면서 박사과정을 수료하였다. 선생님의 가르침을 따르지 않고 교원자격증을 취득하였기에 가능한 일이었다. 그런데 박사과정을 다니는 동안 생계는 해결되었지만, 공부를 제대로 할 수 없었다. 학점은 그런대로 잘 취득했으나 논문을 전혀 쓰지 못했다.

석사과정 때만 해도 나는 선생님께 자주 인사를 드렸다. 하지만 박사과정에 입학한 후 연구를 제대로 하지 못한 탓에, 언제부터인가 선생님을 찾아뵙기가 민망해졌고, 급기야 오랫동안 안부를 여쭙지 못한 채 오늘에 이르렀다. 학자가 되고 싶다면 교직과목을 이수하지 말고 배수진을 칠 필요가 있다는 선생님의 가르침을 학위 논문을 준비하면서 비로소 깨달았다. 지금 나는 김포대학에서 학생들에게 '교양국어'를 가르치고 있는데, '학문'과 '연구'라는 말만 떠올리면 선생님께 죄송한 마음이 든다.

(김포대학 교수)

작두와 도끼

윤동재 (1980년 영남대학 학사 8학기)

"4학년 2학기 내가 맡은 과목은 '희곡론'인데 교재는 《탈춤의 역사와 원리》, *Theory of Drama*, 《김우진 희곡집》이다. A학점 이상을 받기 위해서는 매 시간 과제를 제출하고, 강의가 끝날 때 50매 이상 독창적인 주제의 별도 과제 제출과 시험 잘 볼 것, B학점 이상을 받기 위해서는 매 시간 과제 제출과 시험 잘 볼 것, C학점 이상을 받기 위해서는 시험 잘 볼 것……"

1980년 여름방학 중에 나는 위의 내용이 빽빽하게 타이핑 된 교수 요목과, 대학에서 마지막 학기를 더욱 열심히 공부하라는 선생님의 편지를 받았다. 나중에 알고 보니 이는 나만 받은 게 아니었다. 선생님의 과목 '희곡론'을 수강 신청한 학생들은 모두 받았다고 했다. 강의진도, 강의방식, 성적평가 등을 미리 친절히 알려주고 과목에 대한 예습을 충분히 해 오라며 보내준 편지였다.

1980년 1학기는 시국이 어수선했던 탓에 강의는 거의 없었다. 과목마다 리포트를 내면 적당히 점수를 주었다. 나는 강의 한번 제대로 못 듣고 대학생활이 끝나는 듯해 안타깝고 아쉬웠다. 그러던 차에 선생님께서 보내준 교수요목과 편지를 받고 부담도 되었지만 한편으로는 설레기도 했다. 마지막 학기에 강의다운 강의를 제대로 들어보겠구나 생각했다. 나는 방학 때 미리 이들 세 교재를 구해서 열심히 읽었다. *Theory of Drama*는 사전을 찾아가면서 읽었다. 해석되지 않는 부분이 많아 부족한 영어 실력을 탓하며 건너뛰기도 했다. 그런데 선생님의 강의를 듣기 전에 걱정거리가 생겼다. 친척 한 분이 학부를 졸업하고 대학원 석사과정을 다니고 있었는데, 그분에게 선생님 강의를 수강하게 되었다고 했더니 선생님은 강의시간에 늦게 들어오면 강의실에서 쫓아낸다고 하는 것이 아닌가. 강의 시작 전에 미리 강의실에 들어와서 기다리고 있다가 강의시간이 되면 바로 강의를 시작한다는 것이다. 어떤 경우든 사정을 전혀 봐 주지 않고, 엄격하고 단호하여서 별명이 '작두'라고 했다. 작두로 풀을 싹둑 잘라버리듯이 어김없이 학점을 날려버린다는 말이다. 그러니 절대 지각하지 말라고 몇 번이고 당부했다.

그 말은 모두 사실이었다. 강의 첫날 선생님은 대간일성, 지각은 절대 해서는 안 되고 질문은 반드시 해야 한다고 했다. 지각하면 누구나 강의실에서 쫓아내고 강의가 시작된 지 2분이 지나도록 수강생들의 질문이 없으면 그 시간은 휴강을 한다고 했다. 한번이라도 휴강을 하게 되면 수강생 전체가 B학점 이하만 받게 될 것이라고 했다.

당시에 나는 경북 의성군 안평면 도옥초등학교에 근무하면서 야간강의를 듣고 있었다. 학교에서는 6학년을 맡아서 가르치고 한편으로는 체육선수들을 지도하고 있었다. 교사라고는 모두 다섯뿐인 학교였고, 남교사는 나와 연세 드신 교무부장 두 사람뿐이었다. 체육대회 입상 실적이 나쁘면 학교장이 문책을 당했으므로, 나는 늘 체육복을 입고 육상과 핸드볼을 지도하느라 거의 운동장에서 살아야 했다. 토요일 오후나 일요일에도 학교에 남아서 체육선수들을 지도했다. 강의 들으러 가는 날 말고는 숙직도 혼자 도맡아야 했기 때문에 공부는 주로 밤에 숙직실에서 했다.

나는 선생님의 강의가 있는 날은 지각하지 않기 위해, 도옥에서 도리원까지 비포장도로를 40분 동안 젖 먹던 힘을 다해 자전거 페달을 밟았고, 도리원에서 직행 버스로 대구 북부 정류장까지 1시간 20분, 경산까지 시내버스로 1시간 조금 넘게 타고, 학교 앞에 내려서는 강의실까지 만만치 않은 거리를 거의 숨 한번 내쉬지 못하고 뛰었다. 달리기라면 지금도 남보다 조금 더 잘하는데 그때 열심히 뛴 덕분이 아닌가 한다.

그런데 '희곡론'을 함께 수강했던 학생들은 단 한 사람도 지각하여 쫓겨나는 경우도 없었고, 질문을 하지 않아 휴강한 경우도 없었다. 교재를 읽고 궁금한 것을 부지런히 물었고, 문학에 관한 질문이면 다 좋다고 하여 민중, 민족문학, 참여문학, 순수문학, 율격 등 무엇이든 물었다. 질문하면 하도 막힘없이 답해 주어서, 때로는 궁금증을 풀기 위한 질문이 아니라 우리들 딴에는 선생님을 어렵게 하기 위한 질문이랍시고 요모조모 궁리해서 질문해 보기도 했으나 선생님은 그런 경우에도 명쾌하게 답을 해 주어서 속된 말로 김이 팍 샜다.

선생님의 강의를 듣는 도중에 나는 《현대문학》에 시 추천을 받았다. 1980년 10월호에 초회 추천을 받았는데 그걸 선생님께 보여드렸더니 발상이 아주 좋다고 칭찬해 주었다. 최원식 선생님께 추천 소식을 알려 주고, 심사위원 신동집 선생님께 전화해 나를 새삼스럽게 소개해 주기도 했다. 그 뒤 나는 오늘에 이르기까지 습작을 자주 선생님께 보이고 가르침을 받고 있다.

선생님의 강의를 듣고 학점만 받고 말았다면 그냥 교수와 학생으로 끝났겠지만, 나는 선생님 강의를 들은 뒤부터 지금까지 25년이 다 되어 가도록 자주 만나고, 일요일마다 도봉산을 함께 오르면서 늘 가르침을 받고 있다. 이런 점에서 본다면 선생님은 언제나 나의 스승이요, 나는 선생님의 못난 제자이다. 내가 대학을 졸업하고 서울로 올라와 국어 교사 노릇을 하면서 학위과정을 준비할 때나 학위논문을 쓸 때, 선생님께서는 학교도 다르고 전공도 달랐지만 여러 가지로 지도해 주었고 심사도 맡아 주었다.

내가 고려대학 대학원 학위과정을 다닐 때, 고려대 출신 대학원생들이 학부시절 선생님께 배운 적이 있느냐고 물었다. 그래서 선생님께 배웠고 요즘도 가르침을 받고 있다고 하니까, 고려대학에서 고전문학을 공부하는 학생들은 선생님을 '도끼'라는 별명으로 부른다고 일러 주었다. 그리고 '도끼'라는 말 속에는 도끼로 숲을 헤쳐 나가 길을 만들듯이, 새로운 학문을 개척하는 '학문의 개척자'라는 뜻이 담겨 있다고 친절하게 풀이까지 해 주었다.

그러고 보면 선생님이 원하시지는 않았지만 선생님의 별명은 두 개인 셈이다. 영남대 시절의 '작두'와 고려대 학생들이 말한 '도끼'. 이 두 개의 별명은 '스승의 길'과 '학자의 길'을 동시에 걸으신 선생님을 가장 잘 비유한 말이 아닌가 한다. 늘 엄격하고 단호한 가르침을 주신 '스승'으로서 모습과, 늘 새로운 학문 분야를 개척해 온 '학자'로서 모습을 가장 잘 함축하고 있는 듯해서이다. 선생님은 학문에서나 일상에서나 '진실'을 가장 소중한 잣대로 삼고 살아간다. 나도 이에 어긋나지 않도록 늘 힘쓰고 있다.

(정신여중 교사, 시인)

정무연 시절

1981년 3월 1일 – 1987년 4월 24일

통과의례

1978년 6월에 정문연이라고 약칭되는 한국정신문화연구원이 생겼을 때 그 성격을 두고 기대와 우려가 교차되었다. 한국학의 본산이라고 하면서 국민정신교육을 위한 기관이라고 했다. 박정희 대통령이 큰일을 하리라고 기대하기도 하고, 정권 연장을 위해 수단을 가리지 않는다고 비판하는 말이 그 두 반응의 근거가 되었다.

영남대학에 있던 나는 정문연과 두 가지 관련을 가졌다.《한국구비문학대계》를 기획했다. 부설 한국학대학원에 강사로 출강했다. 그러다가 1981년에 3월에 정문연으로 옮겨갔다.

《한국구비문학대계》에 관한 이야기부터 먼저 해야 하겠다. 계명대학 유창균 교수가 보자고 하더니 한국정신문화연구원이라는 것이 생겨, 이선근 원장의 부탁을 받고 어문연구실장의 일을 맡아 파견근무를 하게 되었다고 했다. 어문연구실에서 장기계획을 가지고 좋은 사업을 하고 싶다는데 무엇이 좋겠는가 물어 구비문학 조사를 하자고 했다.

설화, 민요, 무가 등의 구비문학을 전국적인 규모로 조사해서 자료집을 내는 방대한 사업을 하자고 했다. 그 제안이 채택되어, 정문연을 드나들면서 서대석·조희웅과 함께 셋이서 연구위원 노릇을 하면서 조사 계획을 만들었다. 조사를 직접 맡아 경주시 일대를 조사했다. 책 세 권 분량의 결과를 내놓았다. 계획을 만든 것이나 실제 조사나 너무나도 신나는 일이었다.

정문연 부설 한국학대학원은 1980년 3월에 개교했다. 이숭녕 선생이 원장이 되어 출강을 권유해 1980년도 2학기에 두 주일에 한 번씩 강의를 하러 갔다. 아침에 동대구역을 출발해 낮에 서울역에서 기차를 내려 대기하고 있는 차를 타고 정문연에 가서 오후, 밤, 이튿날 오전에 걸쳐 국문학 전공 석사과정과 박사과정 두 주일 치 강의를 했다.

일이 그 쯤 되었을 때 이숭녕 선생이 한국학대학원 교수가 되어 자리를 옮기라고 했다. 제2대 원장으로 취임한 고병익 선생도 만나 권유를 받았다. 다른 사람들은 모두 자기 대학에서 파견되어 근무하다가 돌아가는 연구원인데, 한국학대학원에는 전임교수를 둔다고 했다. 정문연의 장래가 불투명해 얼마 동안 주저하지 않을 수 없었으나 그 제안을 받아들이기로 했다. 영남대학에 위기가 닥쳐 결정하기 쉬워졌다.

정문연은 국민정신교육 기관이어도 한국학대학원은 국학 연구에 힘쓰지 않을 수 없고, 학교는 쉽게 없앨 수 없으리라고 생각했다. 대학원 교수가 되어 전국에서 모여드는 수재를 가르치는 것이 보람 있는 일이고, 내 시간을 많이 가지고 연구에 몰두하고 싶었다. 구비문학 조사사업을 잘 진행하는 데 힘쓰는 것도 마땅하다고 여겼다.

인류학의 강신표, 국사학의 이성무와 함께 셋이 한국학대학원 전임 교수로 선임되었다. 그 두 사람은 정문연에 파견근무를 하다가 소속을 바꾸었다. 셋이 합심해서 전국 초유이고, 학생들에게 특별한 혜택을 주는 대학원 대학을 힘써 육성하리라고 다짐했다.

1981년 2월말일자 사표를 그 날짜가 되기 훨씬 전에 내고, 서울에 전세 아파트를 얻어 가족을 데리고 이사를 했다. 그런데 3월 1일이 지나도 발령이 나지 않았다. 초조하게 생각하면서 며칠 더 기다리니 3월 1일자로 소급발령이 났다. 그것이 수난의 예고였다.

무슨 일이 있었던가 물어보지 않아 알지 못했지만, 추측이 가능했다. 한국학대학원 교수를 따로 두는 데 대해서 연구원 내외에서 반대가 계속되었을 수 있었다. 고병익 원장이 연구원을 국학 연구기관으로 만들려고 하는 데 제동을 걸고 국민정신교육을 임무로 삼아야 한다고 하던 이규호 문교부장관의 지론에 원내의 김대환 부원장이 동조해 내가 간 뒤에도 계속 의견 충돌이 있었으므로 그렇게 생각할 수 있었다.

또 하나의 추측은 구체적인 내 신원조회에 문제가 생기지 않았는가 하는 것이었다. 연구원에 간 뒤에 다시 신원조회를 하라고 하더니, 곤란한 점이 있다고 알려주었다. 최초의 신원조회에서 지적한 결격 사유를 무시하고 연구원 원장이 발령을 내자 신원조회를 재차 하라고 요청했을 수 있다.

고민 끝에 대통령 교육문화수석비서였던 이상주 교수를 찾아갔다. 이상주는 서울대학 교육학 교수로 있으면서 정문연 창설에 관여해 기획실장을 맡았다가 전두환 대통령의 부름을 받고 청와대로 들어갔다. 어려운 사정이 있으니 도와달라고 하자, 자기 소관사는 아니지만 힘써보겠다고 했다. 결과가 어떻게 되었다고 듣지 못했으나, 신원조회에 관한 말이 없어졌다. 두고두고 감사할 일이다.

한 해 뒤인 1982년에 대학원 학생들을 데리고 해외연수를 갈 때 여권 발급을 위한 신원조회가 통과되지 않아 또 다시 어려움을 겪었다. 그 점에 관해서는 다시 말하기로 한다.

일이 그렇게 되자, 지난날을 되돌아보지 않을 수 없었다. 계명대학에 갈 때에 문제가 없지 않았는데, 신태식 학장이 재량권을 행사해 발령을 냈을 수 있다. 영남대학의 경우에는 이인기 총장이 대단한 위치에 있는 분이어서 어려움을 쉽게 해결해줄 수 있었을 것이다. 두 대학에서 모두 그런 은덕에 보답할 만큼 열심히 일했는지 생각해볼 일이다.

한국구비문학대계

구비문학 조사사업을 위해 몇 가지 준비를 했다. 1979년 7월에는 《구비문학조사방법》을 만들어 냈다. 1979년 1월에 《구비문학》이라는 잡지를 창간하고, 1985년 2월에 제8집까지 냈다.

정문연으로 자리를 옮긴 뒤에 사업 진행을 기획하고 총괄하는 일을 맡고 실제 조사에는 참가하지 않았다. 원내의 사람에게는 제도상 조사비가 지급되지 않아 밖으로 나갈 수 없었다. 설화 분류에 관한 시안을 만들어 몇 차례 협의회를 가지고 《구비문학》에 발표해 의견을 수렴해 수정했다.

조사한 자료를 《한국구비문학대계》라는 이름으로 내기 시작해서 1988년에 82권으로 일단 완간했다. 조희웅, 서대석, 성기열, 김선풍, 김영진, 인권환, 박계홍, 최래옥, 박순호, 지춘상, 이현수, 최덕원, 최정여, 임재해, 정상박, 김승찬, 현용준 등이 조사위원 및 공동조사위원, 그리고 더 많은 수의 조사보조원이 참여해 노력한 결과이다.

조사위원들이 열심히 일해 차질은 딘 한 건만 생겼다. 지춘상은 추가로 맡은 한 건을 완료하지 않고 연락을 끊었다. 전남대학까지 찾아가도 만나주지 않았다. 하는 수 없이 다른 분에게 의뢰해 지역을 바꾸어 추가 조사를 해서 예정을 다 마쳤다.

82권의 분량으로 간행된 자료는 전국 시·군의 약 4할인 6개 곳을 조사한 결과이다. 계속해서 전국 시·군을 모두 조사하고자 하고, 월남한 인사들을 대상으로 이북의 구비문학까지 조사하고자 했다. 그런 꿈은 실현되지 않았으며, 원래 계획한 사업을 마치는 데에도 많은 장애가 있었다.

정문연이 국민정신교육 기관이어야 한다는 쪽에서는 구비문학 조사를 두고 불필요한 일을 해서 예산을 낭비하는 표본이라고 했다. 그런 소식이 들려도 굽히지 않다가 일이 한 번 크게 벌어졌다. 당시 이규호 문교부장관이 정문연으로 와서 고병익 원장의 사표를 받고, 1982년 1월에 정재각 원장이 취임하도록 하면서 구비문학 조사를 중단해야 한다고 했다.

나는 회의를 할 때 완강하게 반대하다가 뜻을 이루지 못해, 예산을 아껴야 하는 것이 이유라면 사업 규모를 축소해서라도 명맥은 잇게 해달라고 간청했다. 규모를 축소하고, 외부 출판사에 출판을 맡겨 출판비를 전액 절약하자는 쪽으로 결론이 났다. 연구원의 다른 출판물과 함께 《한국구비문학대계》의 출판도 고려원이 맡아 갔다. 고려원은 출판 종수가 많은 것을 자랑하다가 몇 년 뒤에 부도가 났다.

1983년 2월 유승국 원장이 취임하고서 다시 구비문학 조사를 중단해야 한다고 했다. 관계 당국이 이미 확고한 방침을 세워 시달하고 있어 재론이 불가한 것처럼 말했다. 그래도 굽히지 않고 다시 대들고 빌고 해서 계속 했다. 불행한 소식이 전해질 때마다 조사위원들은 더욱 분발했다. 동지애를 지닌 결속이 다져지고, 사명감이 고양되었다. 조사하고 원고를 쓰는 일을 더 열심히 했다.

1979년에 시작해 1984년까지 5년 동안 조사를 마치고, 1985년에는 《한국구비문학대계》 1차분을 완간하는 것이 원래의 계획이었다. 그런데 규모를 축소하고 예산을 줄여 3년 늦어져 1988년에야 일단락 났다. 후속 계획은 세워보지도 못했다.

《한국구비문학대계》에 수록된 자료를 분류하고 색인을 만드는 작업을 이어서 해야 했는데, 예산을 책정하기 어렵고, 내가 정문연을 떠나 서울대로 옮겨 많이 늦어졌다. 1989년에 이르러 《설화분류집》,

《설화색인집》,《민요·무가분류집》이 출간되었다.《민요·무가분류
집》은 박경수와 서대석이, 앞의 둘은 내가 담당했다.

설화 분류는 쉽지 않은 일이었다. 이미 여러 차례 발표하고 수정한
분류안을 구체화하고 실제 분류에 적용하는 작업을 이복규, 김대숙,
강진옥, 박순임 위원과 함께 했다. 8개의 상위유형 가운데 "이기고
지기"와 "알고 모르기"는 이복규, "속이고 속기"와 "바르고 그르기"
는 김대숙, "움직이고 멈추기"와 "오고 가기"는 강진옥, "잘되고 못
되기"와 "잇고 자르기"는 박순임이 담당했다.

다음 작업으로 각 하위유형의 대표적인 각편 표준어 요약을 만들
어 이용하기 쉽게 하려고 했으나 뜻을 이루지 못했다. 방언 그대로
표기되어 있어 이해하기 어려운 전문가용 자료집이어서 대중화되지
않는 것이 안타까웠다. 그렇지만 몇 천 년이 지나도 두고두고 이용할
민족문화의 보고임은 틀림없다. 구비문학의 모습을 알려줄 뿐만 아
니라 실제로 하는 말을 그대로 전하는 유일한 자료집이다.

수많은 석·박사학위 논문의 자료가 되고, 구비문학 연구를 활성
화하는 데 크게 기여했다. 설화를 이용해 읽을거리를 만들고, 흥미로
운 개작을 하는 데 널리 이용되고 있다. 2000년대에 들어서는 정부가
앞장서서 힘써 만들어야 한다고 다그치는 문화콘텐츠라는 것을 위한
최상의 자료이다. 잘 이용하면 정보화시대에 필요한 창조물을 만들
어 외국에 팔아서도 큰 수익을 올린다고 한다.

《한국구비문학대계》가 예산 낭비의 표본이라고 나무라는 쪽에서
연구비를 주고 쓰라고 한 논문은 몇 해가 지나도 결과가 나오지 않는
것이 예사이다. 결과가 나올 때 이미 시효가 끝난 것이 대부분이다.
읽을 사람이 없어 원천적으로 무효이기도 했다.《한국구비문학대계》
를 힐뜯는 말을 너무 많이 들어 길게 논하지 않을 수 없다.

어느 대통령의 시책을 특수한 정치적 상황에 맞추어 옹호하는 글을 대통령이 바뀌어 구호가 달라졌을 때 써내는 것은 전형적인 뒷북이다. 돈만 받고 그런 뒷북 소리도 내지 않은 채, 다음 돈을 받는 전문 하청업자들이 허다했다. 국민정신교육, 국민윤리, 이데올로기비판 등으로 이름을 바꾸면서 더욱 신통한 약을 만들겠다고 했다.

자기네에게 돈을 주면 학생 데모를 없애고, 민주화를 요구하는 항거를 잠재울 수 있고, 정부 시책을 적극 지지하도록 만들겠다고 한 것이 모두 벌어먹기 위한 구실이었다. 정문연을 아예 그런 기관으로 만들어 이권을 확대하려고 했다. 국학을 원수로 여겨 몰아내려고 하고, 한국학대학원의 축소와 변질을 거듭 획책했다.

나는 문학이 전공이지만 예산에 관해서도 따질 줄 안다. 투입한 예산이 낭비인가는 결과가 나왔는가 하는 것부터 가려 평가해야 한다. 결과가 나오지 않은 것은 낭비임은 더 논할 필요가 없다. 결과가 나온 경우에는 그 시효가 어느 정도인가 가려 낭비 여부를 가려야 한다. 결과가 나왔을 때 이미 시효가 끝난 것은 낭비이다. 시효가 짧은 것일수록 낭비가 크다. 자손대대로 몇 천 년이 지나도 이용할 민족문화의 보고 《한국구비문학대계》가 예산 낭비의 표본이라고 헐뜯던 자들이여, 지금도 할 말이 있는가?

이제 와서 정문연을 한국학중앙연구원으로 개칭하고 잘못된 과거를 청산하고 학문을 하는 곳으로 거듭 태어나겠다고 한다. 그런 말이 들려온 지 한참 되지만 가시적인 변화는 없다. 과연 한국학중앙연구원 노릇을 할 수 있는가 두고 볼 일이다.

해외 나들이

정문연 시절에 처음 해외여행을 했다. 정문연 예산으로 대학원 학생들을 위한 해외연수 계획을 만들어 교수가 지도하고 인솔했다. 그것은 학생뿐만 아니라 교수에게도 대단한 특혜였다. 1981년의 제1회 연수에서는 강신표 교수가 지도 주무를 맡고 아시아와 유럽을 돌고 왔다. 거기 끼이지 않은 것을 내심 다행이라고 생각했다. 신원조회 때문에 여권을 받기 어렵다는 것을 알고 되도록 외국에 나가지 않으려고 했다.

그런데 1982년의 제2회 연수는 내가 맡아서 계획하고 진행하도록 결정되었다. 어려운 사정이 있다고 부원장 겸 대학원장 김대환 교수에게 털어놓고, 김형효 교수에게도 잘 되게 해달라고 부탁했다. 두 사람이 관계 요로에 말해 여권이 나올 수 있게 해주었다. 김대환, 김형효, 김운태, 황성모, 권영훈 등 여러 교수가 나와 함께 학생을 지도하는 임무를 맡고 길을 떠났다.

김형효 교수는 철학과 학생이고 나는 불문과 학생이었으나 친하게 지낸 동기생이고 하숙을 함께 하기도 했다. 벨기에에 유학하고 와서 서강대학 교수로 있다가 정문연으로 옮겼다. 전두환 정권을 지지하고 나서서 대학에는 있기 거북하지만, 정문연에서는 뜻을 펼 수 있었다.

연수 지역은 아시아 네 나라 인도·태국·대만·일본으로 하고, 주제는 불교문화로 잡았다. 불교가 전해지면서 어떻게 변모했는지 살피고자 했다. 계명대 시절에 가까이 지내던 김하우 교수를 초빙해 남방 불교에 관한 강연을 들었다. 그밖에도 많은 준비를 했다.

《1982년도 해외연수 자료집 아시아 지역》이라는 책자가 있어 일정을 확인할 수 있다. 7월 20일부터 인도, 7월 29일부터 태국, 8월 1일부터 대만, 8월 4일 일본에 도착하고, 8월 9일에 귀국하는 21박 22일의 여정이었다. 인도에서 나란다, 왕사성, 죽림정사, 영취산, 보드가야, 녹야원, 델리 박물관, 마투라 박물관, 아잔타 석굴 등지를 찾아본 고장의 불교를 살피면서 큰 감명을 받았다. 태국·대만·일본의 불교는 서투른 모조품이라는 생각이 들었다.

여행 일정을 반대 순서로 잡으면 계속 긴장된 관심을 가졌을 것인데 그렇지 못해 유감이다. 유럽을 여행하는 사람은 영국에서 시작해서 대륙으로 들어가고 이탈리아를 거쳐 그리스를 맨 끝으로 보아야 하듯이, 아시아 여행 또한 일본을 출발점으로 인도를 종착점으로 삼아야 한다고 분명하게 말해두고 싶다.

인도와 일본은 여러 모로 대조가 되었다. 물가가 인도는 한국의 3분의 1이고, 일본은 한국의 3배이다. 물건 값은 홍정하기에 달렸고, 모든 것이 정찰제여서 물건을 살 흥미가 없었다. 음식이 푸짐하고 맛이 있어 만족스럽고, 먹을 것이 없어 배가 고파 불만이었다. 음식을 더 먹어도 추가 요금이 없고, 된장국 한 그릇을 더 받으려고 해도 요금을 추가해야 했다.

일본이 발전된 나라라는 것이 무슨 의미가 있는가? 일본은 전통문화뿐만 아니라 현대문화 또한 겉치레나 잘 한 모조품이 아닌가? 일본 고유문화란 것이 따로 있지만 괴이하기만 하다. 일본이 인류를 위해 기여한 바는 무엇인가? 이런 의문을 가지면서 일본과는 반대인 인도에 높은 점수를 주었다.

일본은 그 뒤에 여러 번 더 가고, 한 해 동안 머무른 적도 있으나, 첫 인상이 바뀌지 않았다. 인도를 다시 찾아야 한다는 소망은 신앙처럼 간직하고 있다가 2001년에야 이루었다. 다시 갔을 때에는 세계문학사 서술에 필요한 책을 잔뜩 샀다. 도로 사정이 더 나빠져 한가함을 즐기는 홍취는 없어지고 혼잡이 극치에 이른 것을 발견하고 길게 한탄해야 했다.

1982년 겨울에는 정문연에서 보내주어 파리로 갔다. 교수들에게 한 해 동안 외국에 나가 연구할 수 있게 하는 제도를 마련하고 나더러 이용하라고 했다. 프랑스에 가는 것이 당연하다고 생각했다. 얻을 것이 많아 공부에 도움이 된다고 여겼다. 고등학교 때에는 그림을 그리면서, 대학에 들어가서는 불문학을 공부하면서 간직한 프랑스에 대한 동경을 실현하고자 했다.

그런데 대학원 국문학 전공에 의욕이 대단한 수재들을 모아놓고 다른 교수는 없어 오래 자리를 비울 수 없었다. 1982년 12월부터 1983년 1월까지 3개월 동안만 가기로 기간을 단축했다. 준비를 하면서 걱정이 많았다. 프랑스어가 통할까? 길을 제대로 찾아다닐까?

공항에 내려 전철을 타고 안내서에서 보아둔 호텔을 찾아갔더니 빈 방이 없다 하고 몇 시간 뒤에 다시 오라고 했다. 거기까지는 알아듣고 대답했다. 시간을 보내려고 근처 카페에 가서 커피를 시키고 물도 달라고 했다. 종업원이 무이리고 하는 말을 알아듣지 못하고 좋다고 하니 거품이 있는 물을 가져오고 값을 따로 받았다. 식당에 가서 차림표를 보고 아무 거나 골라 시키니 술을 한 병 들고 와서 "이것 말이냐?"라고 물었다. 실수를 거듭하면서 대강 통하는 말로 잠 자고 밥 사먹고 지내면서 지방이나 다른 나라 여행도 다녔다.

파리7대학에 들러 이옥 교수를 방문하니 적당한 호텔을 소개해주어 짐을 옮겼다. 불문과 동창인 주섭일 형이 중앙일보 특파원이 되어 파리에 체재하고 있었는데, 부인 이영자 여사도 잘 아는 사이여서, 가끔 그 집에 가서 하룻밤 자면서 밥을 얻어먹고, 짐을 맡기기도 했다.

불문과 후배인 윤호미 님이 조선일보 특파원으로 와 있었다. 불문과 동기생 신재창은 대우지사장이어서 파리에 살고 있었다. 파리에 있는 동안 불문과 은사 이휘영 교수가 돌아가셨다는 기별이 와서 추모 모임을 가지기로 했더니 불문과 동문 수십 명이 모였다.

파리에 있는 동안에는 퐁피두센터 도서관에서 가장 많은 시간을 보냈다. 많은 장서를 개가식으로 내놓아 자유롭게 이용할 수 있게 한 덕분에 갈증을 달래기 쉬웠다. 소르본느대학 도서관은 이용하기 불편하기만 하고 책이 더 많은 것 같지도 않았다.

국립도서관은 한국대사관의 문화원에 가서 교수임을 입증하는 증명을 받고 이용 자격을 얻었는데, 신청한 책이 한 나절은 지나야 나왔다. 도서 카드 상자를 뒤지면서 무슨 책이 있는지 알아보는 것이 더욱 보람 있는 일이었다. 문학 일반론을 뒤지니 유럽 유수한 언어로 된 책은 모두 다 있는 것 같았다. 그런데 상당수는 이미 읽었거나 알고 있다는 사실을 발견하고 소식을 모르고 살아온 것은 아니라고 생각했다.

나중에 다시 갔을 때에는 동양어학교 도서관에 가서 월남한문학 자료를 찾아 복사하는 소득을 거두었다. 파리는 서점의 도시이기도 하다. 학술서적을 취급할 만한 서점을 거의 다 돌아본 도시를 찾아간 순서대로 들면 파리, 런던, 동경, 북경, 보스턴, 뉴욕, 싱가포르, 레이덴, 암스테르담, 베를린, 함부르크, 룬드, 스톡홀름, 오슬로, 코펜하겐, 브뤼셀, 프리토리아, 콸라룸푸르 등이다. 레이덴은 네덜란드, 룬드는 스웨덴에 있다. 프리토리아는 남아프리카의 수도이다.

그 가운데 파리가 으뜸이다. 서점이 학문 분야별로, 취급 지역별로 나누어져 있다. 아프리카, 동남아시아, 월남 등지에 관한 책을 파는 곳이 별도로 있다. 제3세계문학에 관한 책을 많이 구할 수 있었다. 연구 영역을 확대할 수 있게 된 것이 그 덕분이다.

파리에서는 고등연구대학원에서 한국학 전공자를 위해 특강을 했다. 듣는 사람들이 동포들이어서 우리말을 사용했다. 한국문화원에서 강연을 할 때에는 이진명 교수가 번역해준 불어 원고를 읽는 방식을 사용했다. 런던대학에 가서 처음으로 영어로 강연을 했다. 영어가 통할까 염려했는데, 다행히 질문을 알아듣고 대답하기도 했다. 중국학과 일본학 전공교수들이 여럿 와서 많은 질문을 했다.

그 뒤에 다시 스위스 취리히, 독일의 튀빙겐과 보쿰, 네덜란드 레이덴 등 여러 대학에서 강연을 했다. 모두 영어를 사용했다. 런던대학에서 통과의례를 거치고 나니 어느 정도 자신이 생겼다.

파리의 부셰, 런던의 스킬랜드, 취리히의 도이흘러, 튀빙겐의 아이케마이어, 보쿰의 사세, 레이덴의 왈라벤 등 여러 교수가 강연회를 열어주고 식사에 초대했다. 모두 한국학을 위해 애쓰는 분들이다. 유럽 여러 대학의 한국학은 아직도 본궤도에 오르지 못해 많은 노력과 지원이 필요하다는 것을 절감했다.

한국학대학원

한국학대학원은 국문학, 한문학, 국어학, 국사학, 철학, 종교학, 음악학, 미술사, 사회학, 정치학, 경제학 등의 여러 전공 분야의 수준 높은 교육을 실시하는 최초의 대학원 대학이었다. 음악학 분야에는 전국 유일의 박사과정이 개설되었다. 사회과학을 국학으로 연구할 수 있게 교육하는 곳은 다른 데 없었다. 어느 전공 학생이든 한문을 배위 한국학을 제대로 하는 학자가 되는 데 필요한 기초를 다지도록 하는 것이 특색이고 자랑이었다.

학생들은 많은 혜택을 누렸다. 학비를 내지 않고 돈을 받으면서 기숙사에서 무료로 숙식했다. 학사과정은 없어, 다른 대학 대학원에 진학하면 차별대우를 받는 관습을 염려하지 않아도 되었다. 천하의 인재가 모여드는 것이 당연한 일이었다. 다른 대학의 대학원은 강의를 제대로 하지 않고 유명무실할 때여서 인기가 더욱 높았다.

그러나 두 가지 문제가 있었다. 하나는 교수 부족이었다. 정문연에 파견 나온 교수나 외부에서 출강하는 교수가 강의를 맡고 논문 지도도 했다. 한두 명이 아닌 심청이를 동냥 젖 먹여 키우는 꼴이었다. 또 하나는 자주 개편되고 축소되는 수난이었다. 그 둘은 서로 연결되었다.

강신표, 이성무 두 분과 함께 내가 최초의 한국학대학원 교수가 되었을 때, 고병익 원장은 우리 세 사람에게 한국학대학원의 발전 계획안을 만들라고 했다. 내가 실무를 맡아 세 사람의 의견을 종합한 결과는 둘로 요약된다. 첫째, 능력을 갖춘 전임교수를 확보한다. 둘째, 해외 대학에서 한국학을 강의하고 있는 사람들을 불러들여 여름 방학 동안 강의를 받고 학위과정을 수료하고 학위를 받게 한다.

전임교수로 국어국문학: 최신호, 황패강, 남풍현, 철학: 금장태, 미술사: 문명대, 음악학: 송방송이 추천되었다. 금장태와 문명대는 파견 근무를 하고 있었다. 최신호와 황패강은 강사로 나와 열심히 가르치고 논문 지도도 맡았다. 그러나 본인들에게는 알리지 않고 우리끼리 의논해 원장에게 구두로 보고하는 데까지만 갔다.

그런데 김대환 부원장의 강력한 반대로 입안한 계획이 채택되지 않았다. 1982년에 고병익 원장이 물러나고 정재각 원장이 취임하고, 김대환 부원장이 이숭녕 초대 대학원장의 뒤를 이어 대학원장을 겸

하면서 대학원을 국민정신교육 기관으로 만드는 방향으로 나아갔다.

한국학대학원 교수를 따로 두는 제도를 폐지하고 정문연의 연구원은 누구든지 한국학대학원 교수가 되도록 했다. 그러는 동안에 구성원에 많은 변화가 있었다. 파견근무를 하던 중진교수는 대부분 자기 대학으로 돌아가고, 정문연 전임이 늘어났다. 그것은 반가운 일이라고 할 수 있으나 어떤 사람이 들어오는가가 문제였다.

대학에서는 견디기 힘들어 그만두고 오거나 대학에 재직한 경력은 없는 사람들이 상당한 비중을 차지했다. 대학원 교수가 되어 강의하고 지도하는 데는 역부적인 경우가 적지 않았다. 정치학 전공자들은 국민정신교육 및 관련 분야에 할 일이 많아 계속 필요하다고 하면서 늘어나고, 전통시대를 연구하는 국학 분야의 교수는 많이 모자라는 상태에서 인원이 거의 다 찼다.

국사 전공은 정리대상이 되지 않고 항상 건재해 교수진을 갖출 수 있었다. 이성무 교수가 유능해 채용할 사람과 올 사람 양쪽을 다 잘 설득해 인재를 모아들였다. 사학사의 정구복와 고고학의 강인구를 데려오더니, 고려사의 허흥식까지 보탰다. 그밖에도 몇 사람 더 있어 교수진을 수에서도 자랑할 만했다.

국문학은 그렇지 못해 혼자 고군분투하면서 강사들의 도움을 받았다. 김재홍 교수는 파견 근무를 해주었다. 황패강, 박철희, 이혜순, 서대석 등 여러 분이 수고를 아끼지 않아 학생들이 다양한 공부를 할 수 있었다. 한문학 분야에서는 최신호 교수가 전임과 다름없이 애써주면서 많은 것을 감당했다.

1983년 3월부터는 역사학과 국민윤리학만 두고, 다른 분야는 없애는 결정이 내려졌다. 그 해에는 국문학 전공 학생을 모집하지 않았다. 1984년 2학기에는 가르칠 학생이 없어 참담한 심정이었다. 고려대학 대학원에 나가 구비문학론을 맡은 것이 유일한 강의였다.

정문연에 재직하는 동안 여러 대학 대학원 강의를 맡았다. 이화여자대학과 숙명여자대학은 2회나 강의를 맡아 먼저 들 만하다. 그 다음에는 단국대학, 서울대학, 연세대학, 서강대학 등이 떠오른다. 고려대학 강의는 특별한 기억을 남겼다.

한국학대학원에 국문학 전공이 없어졌으니 1985년에는 어디든지 가야 했다. 집을 판다고 내놓으니 사겠다고 하는 사람이 많았다. 강원대학 이상주 총장, 단국대학 김석하 부총장, 한신대학 장일조 교무처장이 만나자고 하고 자기네 대학으로 오라고 했다. 김석하 부총장은 내가 단국대로 행방을 정했다고 사방에 소문을 냈다. 서동이 선화공주를 꼬여낸 것과 같은 수법을 써서 다른 길을 막았다.

오라는 대학은 그밖에도 여럿 있었다. 자기가 힘써서 학과 교수들을 설득해보겠다는 데까지 합치니 모두 15개 대학이나 되었다. 어느 한 곳도 거절하지 않고 일단 긍정적인 반응을 보이고서 관망하고 비교했다. 후보가 여럿임을 알렸다. 서울대학도 공개채용에 응모해 후보의 하나로 추가했다.

그런데 1984년도부터는 역사학과 안의 한 분야로 어문예술사 전공을 두고 학생을 모집하기로 했다. 1983년 12월에 입시 채점을 하다가 어디 가지 않고 그대로 있기로 작정했다. 학생들의 질이 조금도 떨어지지 않았기 때문이었다.

집을 팔지 않는다고 사방에 광고했다. 공개채용에 응모한 서류는 찾아올 수 없어 그대로 두었더니 불합격이었다. 그래도 유감이 아니었다. 원래의 상태로 되돌아가 다시 신나게 가르쳤다. 내게 배우겠다고 찾아온 학생들과 함께 하는 삶이 참으로 보람되다는 것을 다시 절감했다.

직접 지도한 석사가 24명, 박사가 6명이다. 박사 가운데 3명은 석사도 지도했으므로 총원이 27명이다. 다른 교수의 논문 지도에 협조해서 낸 석사가 5명이다. 그 인원까지 합치면 총원이 32명이다.

석사가 많고 박사는 적다. 그 이유가 박사학위는 취득하기 어렵기 때문만은 아니다. 국문학 전공이 한 번 없어지고 그 뒤에도 장래를 보장하기 어려워 석사만 하고 학사 시절의 모교로 돌아가 박사과정에 진학한 사람이 많았기 때문이다. 나는 말리지 않고 그렇게 하라고 권유했다.

한국학대학원이 수난을 겪지 않고 순조롭게 성장해도 별도의 인맥을 만드는 것은 바람직하지 않다고 여겼다. 출신 대학에 따라 패거리를 짓는 학계의 폐풍을 새로운 패거리를 만들어 해결할 수는 없었다. 석사과정을 이수하는 동안 학문의 길에 제대로 들어서도록 훈련해서 내보내는 것을 보람으로 삼고, 오랜 연고는 만들지 않는 것이 해야 할 일이라고 여겼다.

출신 대학이 다양해야 그럴 수 있었다. 32명의 출신대학을 보자. 고려대학(5명), 성균관대학(3명), 연세대학(3명), 영남대학(3명), 경북대학(2명), 경상대학(2명), 부산대학(2명), 서강대학(2명), 경기대학, 계명대학, 서울대학, 숙명여자대학, 숭실대학, 이화여자대학, 인하대학, 전남대학, 전북대학, 제주대학에서 왔다. 다수인 쪽을 먼저 들고, 동수일 때에는 가나다순으로 작성한 명단이다. 전국 각처에서 모여들었고, 어느 한 대학에도 편중되지 않았다.

내가 직접 지도한 27명 가운데 15명이 교수가 되었다. 경상대학(2명), 경기대학, 고려대학, 단국대학, 부산대학, 상명대학, 북경외국어대학, 서울산업대학, 숭실대학, 이화여자대학, 인하대학, 전남대학, 전북대학, 천안대학에 재직하고 있다. 나머지 12명 가운데 상당수가 학문을 계속하고, 연구소의 연구원, 대학의 강사로 일한다. 다른 분들이 논문을 지도한 5명은 전원 교수가 되어 경북대학, 경상대학, 부산외국어대학, 상명대학, 우석대학에 재직하고 있다. 전국 각처의 대학으로 진출해 교수로 활약하고 있다.

소중한 사귐

한국학대학원 교수가 되어 함께 부임한 강신표 교수는 정문연을 떠나 한양대학으로 가더니, 그 뒤에 인제대학으로 옮겼다. 그 전에 서울여자대학, 서울교육대학, 영남대학, 이화여자대학에 있었던 것까지 치면 대학을 많이 옮겨 다닌 분이다. 그 때마다 있었던 일을 나는 거의 다 안다.

처음 만난 것은 서울여자대학 시절이었다. 그때는 사회학 교수였다. 이미 교수가 된 선배가 학부 학생인 나를 친구처럼 대해주어 문자 그대로 忘年之交를 시작하고, 많은 이야기를 나누었다. 국문학에 관해서 내가 하는 말을 무엇이든 신기하게 여기면서, 서울여자대학 학생들을 상대로 특강을 하라고 시키기도 했다.

미국에서 인류학을 공부하고 돌아와 영남대학 교수가 되었다. 대구에 처음 나타나던 날 계명대학 구내 사택에 있던 우리 집에서 자고 갔다. 영남대학에 있는 동안 전통문화에 매료되었다. 경남 산청으로 대유학자 重齋 金榥 선생을 만나러 간다고 해서 따라 나섰다. 가서 문답을 하고, 돌아와 보낸 편지의 답신을 받은 것은 나였다. 답신이 《重齋集》에 수록되어 있다.

영남대학은 반응이 느리고 갑갑한 곳이었다. 이화여자대학으로 출강하면서 말이 통해 철야강의를 했다고 하더니 그 쪽으로 옮겨갔다. 이화여자대학에서 파견근무를 하다가 정문연 한국학대학원 교수가 되어 이상을 마음껏 펴고자 했다. 손대기 어려울 정도로 많은 장서를 숙소에까지 옮겨놓고 학문의 금자탑을 높이 쌓으려고 하다가 사용하는 면적을 줄여달라고 하자 책을 도서관에 기증해 호를 따서 '山公文庫' 라고 부르도록 하는 문고를 만들었다.

그것이 안착의 표시가 아니었다. 몸이 가벼워지자 떠나갔다. 안산의 한양대학으로, 다시 김해의 인제대학으로 가서 학문의 뜻을 펴고자 했다. 높은 이상과 넘치는 정열 때문에 안주할 곳을 찾지 못해 안타깝다.

"열린 세계"와 "닫힌 체계"라는 말을 오래 전에 해서 내 학문의 근본을 마련하는 화두로 삼고 있다. "닫힌 체계"에 매몰되어 있지 말고 "열린 세계"를 향해 나아가는 것이 학문의 길이다. 그런데 가르침을 베푼 강신표 교수가 바라보는 세계는 너무 넓게 열려 있어 어떤 체계라도 넘어선다. 그래서 따르는 우리는 물론이고, 자기 자신도 건잡지 못하는 것 같다.

이성무 교수와도 오랜 세월 같이 지내면서 고락을 나누었다. 내학원 시절에 우리문화연구회를 함께 했다. 국사 분야 회원에 송찬식, 정석종, 한영우, 정석종 등도 있어 많은 것을 주고받으면서 우리가 새로운 학문을 맡아서 하겠다는 포부를 함께 키웠다. 송찬식은 충북대학 교수가 되어 갔다가 세상을 떠났다. 정석종은 내가 있던 영남대학으로 와서 정열이 식지 않은 것을 보여주었으나 무리한 탓에 건강을 잃었다.

이성무 교수는 그때도 지금처럼 인품이 중후했다. 강신표 교수와 함께 찾아갔다고 앞에서 말한 重齋 선생 문하에 가서 한학을 익혔다. 불우한 시절에 멀리까지 내다보면서 내실을 다졌다. 분개하고 싸울 일이 있어도 서두르지 않고 장기전을 펴는 슬기로움을 나는 부러워하면서도 따르지 못했다.

또 한 사람 소개해야 할 최근덕 교수는 이중으로 비범한 분이다. 최남백이라는 이름으로 소설을 써서 장안의 지가를 올리면서, 다른 한편으로는 艮齋 田愚의 도통을 이은 유학자였다. 앞의 것은 用이라면 뒤의 體이다. 신학문을 하다가 말고 서당에서 글을 읽어 한학에 뛰어났다. 한국학대학원이 자랑하는 한문 선생이 되어 누백 년의 전통을 전수했다. 연구사업으로 고문서를 보아 정리할 때에도 막히는 것이 없는 인간문화재이다. 조선시대 초상화에 등장하면 잘 어울릴 것 같은 모습이 또한 감명을 주어 산신령이라고 일컬어졌다.

점심을 먹고 나서는 인근 산천에서 소요하면서 최근덕이 산신령이면 이성무는 무엇인가 하다가, 정문연 앞을 흐르는 냇물을 관장하는 溪長이라고 하자고 했다. 그래도 조금도 언짢아하지 않았다. 아랫도리를 내놓고 파리채 같은 것을 들고 테니스인가 무언가를 하는 것은 선비의 행실이 아니라고 해도 탓하지 않았다. 그 성실성에 모두 감복해 이성무도 산신령으로 추대했다. 최근덕과 비교되어 부당하게 격하되다가 마침내 동격이 되었다. 청계산 산신령 두 분이 정문연 동네 운중동에 계신다고 했다.

최근덕 교수는 그 뒤에 성균관대로 갔다가 정년을 하고, 성균관장을 역임하고 다시 맡았다. 이성무 교수는 국사편찬위원장을 하는 동안에 정문연에서 정년을 하고 지금은 공직에서 물러났다. 강신표 교수는 인제대학에서 70세까지 근무하다가 근래 정년퇴임을 했다.

정문연 시절에 '寫眞讚'이라고 하는 새로운 글쓰기를 창안했다. 누구 사진을 보고서 떠오르는 생각을 한문 글귀로 적은 것이었다. 옛 사람이 초상화를 보고 짓던 '眞影讚'의 현대판이다. 계명대에서 '입심 나발대학'을 만든 업적에 견줄 정문연 시절의 업적은 '사진찬'이다.

이성무 교수 사진찬이 특히 득의작이다. 부부가 함께 찍은 사진을 보고 후반부에서는 부인에 관한 말까지 했다. 다 기억해내지 못해 갑갑해 하다가, 이성무 교수가 정년퇴임기념논총《조선시대 양반사회와 문화 1: 조선시대의 과거와 벼슬》(집문당, 2003) 에 사진판으로 내놓은 것을 보고 놀랐다. 좀 길지만 전문을 들고, 번역을 덧붙인다. 사진은 여기 내놓지 못하니, 그 책을 보아주기 바란다.

太史李公眞贊　태사이공의 사진을 기린다

昔在槐山　　　예전 괴산에 있을 때에는,
蒙昧村童　　　몽매하기만 한 촌 아이더니,
今坐雲中　　　이제 운중에 좌정하고,
衆望山靈　　　뭇 사람 우러르는 산신령.
駱下學街　　　낙산 아래 대학가에서
十年忍苦　　　십 년 동안 참고 견디면서,
奎章典籍　　　규장각 전적에서
搜探史脈　　　역사의 맥락을 찾았도다.
重齋門下　　　중재 문하에서
姸經究理　　　경전의 이치를 연구하고,
論辨兩班　　　양반에 관해 논변해
叱正僞說　　　그릇된 학설을 바로잡았도다.
蠅拂有咎　　　파리 쫓는 허물이 있으나,

不必過責　너무 책망할 필요는 없느니라.
誠心隨友　성심껏 벗을 따르면서
遍踏江山　강산을 편답했도다.
初任溪長　처음에는 계장의 임무를 맡아,
不辭汚濁　더럽고 탁한 것을 마다하지 않고,
應時積德　때에 맞추어 덕을 쌓아서
終取尊位　마침내 존귀한 자리를 얻었도다.
勤誦笠詩　김삿갓의 시를 부지런히 외서
下化衆生　아래로 중생을 교화하면서,
述而不作　풀이하기만 하고 짓지는 않아
聖賢同歸　성현과 함께 나아간다.
溫厚之容　온화한 모습으로
處事之通　처사에 통달하고,
得謗不怒　비방을 들어도 노하지 않고,
易回失足　발을 헛디디어도 쉽게 회복한다.
配位亦厚　부인도 후한 분이라,
君子好逑　군자의 좋은 짝이로다.
伴登峻峰　험준한 봉우리 함께 오르고,
暫憩澗邊　시냇가에서 잠시 쉬면서,
何事不成　무슨 일 이루어지지 않았다고
叩頭沈吟　머리 숙이고 침통해 하는가.
婦忘細慮　부인은 잔 근심 잊고
莞爾而笑　빙그레 웃고 있도다.
仰觀山姿　위로 산 모습 쳐다보고
俯察水理　아래로 물의 이치 살피니,

青山碧水　　　푸른 산 파란 물
永不分也　　　영원토록 나누어지지 않도다.
遠近相隔　　　멀고 가까워 떨어져 있으나
其情春風　　　그 정이 봄바람이고,
琴瑟偕調　　　금슬이 함께 내는 곡조
其音淸流　　　그 소리 맑게 흐르도다.

乙丑初秋聚集諸友之作雪坡成篇而書
을축년 초가을 여러 벗이 지은 바를 모아
설파가 글을 만들고 글씨를 쓴다.

괴산은 태어나서 어린 시절을 보낸 곳이다. 규장각에서 오래 공부했다. 낙산 아래 서울대학이 있었다. 重齋는 대유학자 金榥이다. 그분 문하에서 경전을 공부했다. 양반에 관한 연구가 가장 소중한 업적임을 말했다. "蠅拂"은 파리를 쫓는 짓이다. 테니스를 두고 한 말이다. 김삿갓 시를 들려주면서 좌중을 즐겁게 하기를 좋아했다. "山靈"의 부인이라 "配位"라고 했다. 험준한 봉우리를 오르고 돌아와 시냇가에서 쉬는 장면을 사진에 담았다. 인생살이가 또한 봉우리 오르기이다. 사진에 나타난 두 사람의 모습이 대조적이다.

이형구, 허창무, 최종민, 박영은 등 다른 여러 교수의 사진찬도 지었다. 적어놓지 않아 전문은 알 수 없으나, 몇 마디씩 기억이 나고, 이형구 교수는 "自願參奉"해서 한강변 백제유적을 돌보느라고 열을 올리는 것을 말했다. 허창무 교수의 행적에는 "單着周衣", "不時隨友"하고 한 말이 있었다. 두루마기를 입고 출근한 사람이 나를 포함한 다른 사람들이 지리산에 간다니 그냥 따라 나선 것을 기록에 올렸다.

최종민 교수는 "廣大某甲 巫堂座主"라고 했다.

박영은 교수는 내가 정문연을 떠난 뒤에, 애석하게도 뜻하지 않은 병으로 아직 젊은 나이에 세상을 떠났다. 2004년 1월에 유고집《현대와 탈현대를 넘어서》(역사비평사, 2004) 출판기념 및 추도회를 한다고 해서 가보니, 그 책 서두에 고인의 사진과 함께 내가 쓴 사진찬이 실려 있는 것이 아닌가. 멀리 가서 산을 오르다가 돌아오는 버스 안에서 흐드러지게 낮잠을 자는 모습에다 다음과 같은 말을 얹었다. 전문을 들고, 번역을 덧붙인다.

世評雜人	세상에서는 잡인이라고 평하지만
當代俊傑	당대의 준걸이로다.
氣稟豪宕	기품이 호탕해
天衣無縫	천의무봉의 경지로다.
渡海夷域	바다 건너 오랑캐 땅으로 건너가,
嘗敎風流	일찍이 풍류를 가르쳤도다.
終夜飲酒	밤새 술을 마시고
晨興有餘	새벽의 흥취 또한 넉넉하다.
千里踏查	천리를 돌아다니다가
滿腹歸路	배부르게 돌아오는 길에,
橫臥午睡	가로누워 낮잠이 들어,
未分虛實	허와 실을 분간하지 못하도다.
夢中仙客	꿈속에서 신선이 되어,
尺耕雲谷	구름 골짜기를 한 자씩 갈아엎는다.
閱歷東西	동서를 찾아다니고
往來南北	남북을 오간다.

세상 사람뿐만 아니라 스스로도 잡인이라고 하면서 즐거워했다. 독일에 건너가서 사회학을 공부하면서 그 곳 사람들에게 풍류를 가르쳤다. 호탕한 기백으로 꺼릴 것 없이 뜻을 펴다가 굵고 짧은 생을 마쳤다.

한국문학통사

《한국문학통사》(1982~1988)는 지금까지 쓴 책 가운데 가장 힘이 많이 든 것이다. 문학사의 전개를 시초로 해서 1945년 이전까지를 모두 다섯 권의 분량으로 정리한 내용이다. 다룬 작가나 작품이 헤아리기 어려울 정도이다. 색인이 별책 한 권을 이룬다. 수많은 사람이 이룩한 연구 성과를 내 자신의 이론 체계에 따라 정리했다.

자세한 내용을 갖춘 문학사를 누군가 써야 했다. 선행하는 저서는 모두 단권이어서 내용이 불충분했다. 자료 발견이 계속되고 연구 성과가 대폭 축적되는 추세를 따르지 못해 새로운 작업이 필요했다. 그러나 선뜻 나서지 못하는 가장 큰 이유는 취급해야 할 영역이 너무 넓어 한 사람이 감당하기 어렵기 때문이었다.

그 일을 내가 할 수 있었던 것은 특별한 행운을 누린 덕분이다. 대학원 시절부터 구비문학을 전공하고, 계명대 고전산문 담당 교수가 되어서 한문학까지 관심을 넓혀 고전문학을 총괄하는 구상을 갖추었다. 신동욱 교수가 가고 서대석 교수가 온 뒤로 담당하게 된 현대문학을 영남대 시절에도 강의 영역으로 삼았다.

상당한 기간에 걸쳐 현대문학 교수를 하지 않았으면 문학사를 쓰기 어려웠을 것이다. 고전문학과 현대문학을 연결시켜 한국문학사를 일관되게 이해하자는 생각은 쉽사리 할 수 있으나, 고전문학 전공자가 현대문학 교수를 했기에 소망을 실현하는 방안을 찾았다. 그래서 전통단절론의 잘못을 시정하고, 근대문학 형성의 내재적 원천을 찾는 작업이 실질적인 성과를 거둘 수 있었다.

문학사 서술의 이론이나 방법에 대해서도 줄곧 관심을 가졌다. 문학을 역사나 철학과 연관시켜 다루고, 한국문학사의 전개를 동아시아 다른 나라의 문학과 비교 고찰해 세계문학에 대한 새로운 이해에 기여하고자 하는 구상도 갖추었다. 관심을 넓히는 데 불문과 시절의 공부가 도움이 되었다.

그 당시에 국문학연구는 연구자 수나 업적의 양에서 비약적인 발전을 하는 단계에 들어섰다. 구비문학·한문학·국문고전문학·현대문학이 별개의 전공영역으로 정착되고, 그 어느 쪽에서든지 자료 조사를 충실하게 하고 연구를 자세하게 했다. 그것은 바람직한 변화에 좋지 못한 측면도 있었다. 총론이 없는 각론, 분야끼리의 소통을 거부하는 고립주의, 자기가 하는 작업만 소중하다고 여기는 자아도취가 나타났다.

그런 폐단을 시정하기 위해서, 여러 분야에서 각기 다루는 대상을 하나로 합쳐야 했다. 모두 한 자리에 갖다놓으면 될 것은 아니었다. 구비문학과 한문학이 만나 국문문학을 만들어내면서 문학사가 전개되어온 과정을 밝히는 것이 가장 긴요한 과제로 등장했다. 문학사 서술의 방법과 이론을 거기서 도출해야 했다. 그 성과를 이용해 문학사에서 역사 일반으로, 한국문학사에서 세계문학사로 나아가기로 했다.

이런 구상을 가지고 문학사를 쓰기로 했다. 그러나 실제 작업에는 많은 난관이 예상되었다. 시간이 부족하고, 자료를 확보하기 어려운 것도 문제이지만, 문학사를 강의하지 않고 쓰기만 해서는 될 일이 아니었다. 영남대 시절에 초고를 쓰기 시작해서 제2권 중간 정도까지 나가다가, 정문연으로 자리를 옮겨 한국학대학원 교수가 되어 소망을 이룰 수 있었다.

한국학대학원에서는 연구와 강의를 일치시킬 수 있어 큰 도움을 얻었다. 대학원은 교과과정이 유동적일 수 있고, 또한 전임이 나 혼자여서 문학사 집필 진행에 필요한 강의를 재량껏 개설할 수 있었다. 담당 강의가 한 강좌 세 시간뿐이라 문학사를 쓰는 것 외에 다른 강의 준비를 하지 않아도 되었다.

한국학대학원에서 1981년 1학기에 처음 강의를 할 때 제1권 서두의 〈문학사 이해의 새로운 관점〉을 다루었다.《마당》이라는 잡지에서 지면을 제공해 첫 부분을 연재하다가 1982년에 제1권을 냈다. 그 뒤 1983년의 제2권, 1984년의 제3권, 1986년의 제4권까지 모두 원고를 교재로 강의를 하면서 고치고 다듬었다. 1988년의 제5권은 서울대 시절에 집필을 한 탓에 강의에서 다루지 못했으므로 내용이 허술하고 문장이 거칠다.

초고를 시비하고 고쳐줄 학생들이 있었던 것이 큰 행운이었다. 타자해서 복사한 원고를 학생들이 분담해 자세하게 검토하고 수정안을 제시했다. 학생들이 국문학의 여러 영역을 고루고루 전공해 실질적인 도움을 많이 받았다. 전에 아무도 읽지 않은 새로운 소설 작품을 찾아내 다루는 데 학생들의 도움이 있었다. 책을 혼자 쓰지 않고 많은 학생과 공저했다고 할 수 있다.

참고문헌도 풍부했다. 장서각 도서를 위한 고서가 있고, 신간도 상당히 갖추어진 편이다. 안춘근 장서에 전인미답의 좋은 자료가 적지 않게 있었다. 필요한 책을 쉽게 살 수 있었다. 도서 이용자가 적어 불편이 없는 것도 이점이었다.

도서관장을 하면서 자료를 모으는 데 힘썼다. 김동욱 선생, 박순호 교수 소장 고소설을 마이크로필름으로 촬영했다. 국립도서관, 고려대학 도서관과도 유일본 마이클로필름을 교환했다. 서울대학 규장각에서도 귀중본 마이크로필름을 받아왔다.

박사학위 논문을 갖추어 크게 도움이 되었다. 문교부에 제출하는 박사학위 논문을 정문연 도서관에 달라고 내가 도서관장 자격으로 이규호 장관에게 직접 요청해서 성사시켰다. 모든 박사학위 논문을 다 받고 자연과학 분야의 것들은 국립도서관에 넘겼다.

북한에서 나온 문학사를 볼 수 있었던 것도 유리한 조건이었다. 불온문서열람증이라는 것이 있어야 북한 책을 볼 수 있는 시절이었다. 일반 대학의 교수도 그것을 받을 수 있었으나 신원조회가 까다롭고 다른 제약도 많아 시도하는 사람이 적었다. 정문연 교수는 별도의 절차 없이 북한 책을 볼 수 있는 자격을 가졌다.

처음에는 당시 남산 방송국 근처에 있던 통일원 자료실에 가서, 나중에는 정문연 도서실에서 《조선문학사》를 비롯한 북한 책을 필요한 대로 보고 참고했다. 남한에는 단권짜리 문학사만 있을 때 북한에서는 그 책을 전 5권으로 내놓아 일단 분량에서 한 걸음 앞섰다.

양쪽 다 5권인 것은 우연의 일치이고, 내역에 상당한 차이가 있다. 북한의 제1권이 나의 제1·2·3권이다. 고전문학에 많은 비중을 둔 것이 내 책의 특징이다. 북한의 제2권이 나의 제4권이다. 북한의 제3권이 나의 제5권이다. 북한의 제4·5권 광복 이후 문학편은 나는 쓰지 않았다.

북한에서는 사회과학원 문학연구소 사업으로 국력을 기울여 쓴 방대한 문학사를 나 혼자 아무 지원도 받지 않고 쓰는 것이, 사정을 견주어보니, 다소 억울한 생각이 들었다. 그러나 한국학대학원 교수로 재직하는 것이 혜택이고, 스스로 하는 일이어서 하고 싶은 대로 할 수 있어 다행이었다.

자료와 사실을 더욱 충실하게 다루고, 이론 전개에서 한층 앞서는 문학사를 내가 재량껏 쓰는 것이 신나는 일이었다. 북한에서는 문학연구소 소장에게도 부여되어 있다고 하기 어려운 재량권을 일개 평교수가 아무 절차 없이 마음껏 행사했다. 그 쪽에서는 여럿이 집체작업을 하지만, 이쪽에서는 훨씬 더 많은 사람이 연구해놓은 결과를 간추리고 다듬었다.

북한 책은 참고로 할 뿐이고 언급은 하지 않았다. 비판을 한다고 말을 꺼내는 것도 부질없는 일이었다. 북한 논저를 참고문헌에 넣고 학설의 시비를 가리기도 한 것은 1994년에 제3판을 낼 때 비로소 가능했다. 그 사이에 세상이 달라졌다.

제1권 머리말에서 "방법이나 이론을 앞세우지 않는다"고 하고, "우선 빠뜨리는 것이 없도록 하고, 문제를 감추지 않고 드러내는 것부터 일거리로 삼고자 한다"고 했다. 이 말을 인용하면서 백과사전적 문학사를 쓰기나 했다고 평가를 절하하려고 하는 사람들이 이따금 있다. 문학사가 아닌 문학사론을 일거리로 삼으려고 하면 그런 말을 할 수 있다.

"앞세우지 않는다"는 말은 작전상 선택했다. 언어 사용, 문학 갈래, 문학담당층의 변화를 유기적으로 연결시켜 문학사의 전개를 입체적으로 이해하고자 하는 관점을 이미 갖추고 있었으나 뒤에 감추어두었다. 불필요한 서론을 줄이고 문학사의 전개를 실제로 고찰하는 데 힘쓰자고 했다. 편향된 시각 때문에 내용을 빈약하게 만드는 것은 극력 피해야 할 잘못이다.

1989년의 제2판, 1994년의 제3판에서 내용을 수정하고 증보하면서 이론 정립의 성과를 차츰 드러냈다. 그것이 당연한 순서이다. 논의의 범위를 세계문학까지 확대해 더욱 발전된 논의를 받아들여 다시 쓰는 제4판은 더 많이 달라진다. 문학사를 다원체로 이해하는 방향으로 나아가고자 하면서 지방문학이나 여성문학을 소중하게 다루는 점도 새롭다.

이 문학사는 나의 주저이다. 다른 어느 책보다 더 많은 힘을 들여 쓰고 거듭 고치고 있다. 강의 교재로 전국 여러 대학에서 널리 사용되고, 전공자가 아닌 사람들도 많이 찾는다. 2004년 4월 현재 판매 출간부수 누계가 제1권 51,800권, 제2권 43,150권, 제3권 39,500권, 제4권 29,700권, 제5권 29,000권, 별책부록 7,000권이다.

그 내용을 외국에 알리는 것이 긴요한 과제이다. 어느 부분을 따서 재론하는 영어 논문을 여기저기 발표하고 말 수 없었다. 문학사의 전개를 자초지종 알리고, 서술 방법에 대한 이해도 구해야 했다. 그러나 전문 번역은 너무 힘들 뿐만 아니라 외국의 독자가 이해할 수 없다고 생각해 축약해 재집필하기로 작정했다.

불문판을 다니엘 부셰(Daniel Bouchez)와 공저하는 작업을 15년 가까운 기간 동안 한 결과 *Histoire de la littérature coréenne des origines à 1919* (Paris: Fayard, 2002)를 내놓았다. 영문판을 같은 방식으로 만드는 작업은 공저자 마샬 필(Marshall Pihl) 교수가 뜻하지 않게 세상을 떠나 성사되지 못했다. 서울대학 대학원에서 한국고전문학을 전공하는 미국인 학생 나수호(Charles La Shure)가 다시 맡아 영문 축약본을 만들고 있다.

한국민족문화대백과사전

《한국민족문화대백과사전》편찬 사업은 1980년 3월에 시작되었다. 정문연 편찬부라는 부서에서 그 일을 맡고, 학계의 협조를 광범위하게 얻어 일을 추진했다. 민족문화를 집대성한 백과사전을 만든다는 것은 좋은 계획이었다. 나중에 집계하니 175억이나 되는 예산을 투입했다. 다리 하나 놓는 데 소요되는 액수에는 미치지 못하지만, 문화사업을 위해 그만한 돈을 내놓은 것은 칭송해야 한다.

나는 국문학 분과의 편집위원이 되어 그 일에 일찍부터 참여하고 원고를 집필하다가, 1986년 3월에 실무책임자인 편찬부장이 되었다. 편찬부장을 처음에는 학계의 원로급에서 맡았다. 원장과 특별한 관계가 있는 것도 필요한 조건이었다. 그런데 일이 잘 되지 않자, 그 두 조건보다 적임자 여부가 더욱 중요시되었다.

1986년 몇 해 전에 편찬부장을 맡아 달라는 요청을 받은 적이 있었다. 공부할 수 있는 시간을 빼앗기는 것이 원통하고, 일이 될 것 같지도 않아 사양했다. 그렇다면 정문연을 그만두겠다고 해서 간신히 모면했다. 다시 요청을 받았을 때에는 사태가 더 악화되었다. 그대로 두면 파탄에 이를 지경이었다. 위기 해결을 위해 내가 필요한데 피하기만 할 수는 없었다.

무엇이 잘못되었다고 판단해 어떤 해결책을 제시했는지 조목조목 말하기로 한다. 편찬부장을 맡고 먼저 한 일부터 든다. 사소한 사안을 먼저 거론하다가 더 큰 문제로 넘어가는 순서를 택한다.

실무자인 편수원들 가운데 자질이 부족한 사람은 일을 제대로 감당하기 어려웠다. 어느 기관이든 그렇지만 부적격자들이 정상이 아닌

경로로 채용되어 일이 되지 못하게 했다. 그런 사람일수록 배경이 더욱 단단해 그냥 두는 것이 상책이었다. 잘잘못을 가리려고 해도 증거를 잡기가 어려우니 무리를 할 필요가 없었다. 그런 처세 방법을 모르는 바 아니지만, 사생결단을 해야 할 상황이니 물러날 수 없었다.

부임하는 첫 날 편수원을 다 모아놓고 우리 사업을 살리는 가장 긴요한 방안이 무엇인지 글로 써내라고 했다. 사정이 절박하게 되었으니 중지를 모으자고 했다. 길게 토론하기 전에 먼저 의견을 수집한다고 했다. 자질 평가를 또한 목적으로 한다는 말은 하지 않았다. 아무도 반대하거나 거역할 수 없었다. 모두 글을 써냈다.

써낸 글을 자세히 읽고, 내용이 부실하거나 문장이 제대로 되어 있지 못한 몇 사람에게는 바로 경고 편지를 써서 비밀리에 보냈다. 각별한 노력을 하지 않으면 업무를 담당할 수 없을 것이라고 했다. 계속 지장을 초래한다면 그만두는 것을 고려해야 한다고 했다.

그 뒤 꼭 한 달이 되는 날 전원에게 다시 편지를 써서 보냈다. 제시한 방안 가운데 실행된 것, 실행을 위해 노력중인 것, 실현 불가능한 것이 무엇인지 하나씩 밝혀 적었다. 의견 제시가 헛수고가 아님을 알리고 분발을 촉구했다.

편찬부장이 자주 바뀌고 바뀔 때마다 생각이 달라지고, 조석으로 하는 말이 달라지고 서로 상충되기도 해서 일을 할 수 없다고 했다. 나는 그렇게 하지 않겠다고 해서 될 일이 아니었다. 제도를 바꾸었다. 부장의 지시라는 것은 없다. 부내의 기획위원회에서 합의해 참석자 전원이 서명한 결정만 유효하다. 이렇게 했다.

회의를 할 때 나는 내 의견을 미리 말하지 않으려고 혀를 깨물었다. 토론이 충분히 진행되었을 때 다수가 바라는 쪽으로 조용히 결론을 내리면서 미비점만 약간 보충했다. 천성에 어긋나는 짓을 하니 병이 날 지경이었다.

나는 어떤 회의에 참석하든 시작하자 말자 제일 먼저 나서서 문제를 진단하고 해결책을 제시하는 발언을 명쾌하게 해야 하는 성미이다. 그런 줄 알기 때문에 책임 있는 직책을 맡지 않으려고 기를 쓰고 노력했다. 웬만하면 회의에 불참하는 작전을 쓰기도 했다. 그러나 이번은 어쩔 수 없었다. 평소의 나를 죽이고 새 사람이 되어야 했다.

취급 범위, 항목 설정, 원고 집필 등에서 시비가 있고 의견이 합치되지 않던 사항을 외부 교수들로 구성된 여러 분야 편집위원회에 회부하지 않고 부내 기획위원회에서 하나하나 결정했다. 결정 사항은 재론하지 못하게 했다. 누구의 지시나 간섭도 허용하지 않았다.

〈남평문씨〉 같은 성씨 항목이 전부터 말썽이었다. 대종회가 갈라져 싸우는 데가 많아 시비를 가릴 수 없었다. 연구원 원장 지시로 판정위원회를 만들었으나 역부족이었다. 문홍주 원장 자신이 남평 문씨 대종회 회장의 일을 맡고 정통성을 주장하는 반대파의 대종회와 싸우는 중이었다. 그런 싸움은 대법원에 가도 해결될 수 없었다. 부내 기획위원회의 결의를 거쳐 그런 항목은 없애기로 하고 판정위원회를 해산했다. 〈문씨〉라는 항목도 없앴다.

족보에 기재된 내용이 잘못되어 그런 항목을 두면 우리 민족의 7할 이상이 중국에서 이주했다고 오해하게 한다는 것을 공식적인 이유로 들었다. 그것은 심각하게 고려할 문제인데 학계의 연구가 없다. 우리 민족이 일본에 이주한 것은 크게 중요시하면서 중국인의 이주에 대해서는 말이 없다.

전체 계획을 제대로 하지 않고 분과별 편집위원회에서 항목을 뽑으라고 하고 원고를 청탁한 것이 처음부터 잘못된 일이다. 설계할 시간을 주지 않고 시공부터 한 셈이다. 첫 해부터 원고료가 책정되어 있어 다 써야 했다. 不問可知 항목의 원고는 알아서 쓰면 된다고 했다.

문제를 본격적으로 검토하면 이 일에는 설계자가 없었다. 정부에서 정문연에, 정문연에서 편찬부에 맡긴 것이 건물로 말하면 건축주의 일이라고 이해했다. 편찬부장은 건축주 측 실무 책임자였다. 전체 편찬위원회 같은 것을 두었으나 건축주를 위해 자문을 할 따름이고 설계를 담당하지는 않았다. 이따금 회의나 하면서 설계를 담당할 수는 없었다.

분과별 편집위원회 또한 설계자는 아니었다. 시공을 위해 필요한 조처를 약간 할 따름이었다. 상근을 하는 설계자는 어디에도 없었다. 설계 과정은 생략하고 시공에 들어가, 많은 집필자가 서둘러 원고를 썼다.

나와 있는 책을 보아도 위원으로 참여한 수많은 사람의 명단이 있을 따름이고 설계자의 이름은 없다. 총괄해서 만든 사람이 없다. 큰일을 했다고 주는 상을 책 완간 당시의 정문연 원장이 받았다. 분과별 편집위원으로 활동한 경력도 일이 다 된 뒤에 부임한 사람이다.

다른 나라의 경우에는, 서방 여러 나라는 물론이고 중국 같은 사회주의 국가, 어떤 후진국이라도 대백과사전 같은 편찬사업의 총설계자와 협력자들의 이름이 책에 나와 있다. 영어로는 “chief editor”, 불어로는 “dirigé par”, 독어로는 “Herausgeben von”, 한자어로는 “主編”이라고 하고 적는 이름이 《한국민족문화대백과사전》에는 없다. 민족문화백과사전을 만드는 인류 역사상 전례가 없는 대역사를 하면서 건축주와 시공자만 있고 설계자는 없는 가장 낙후하고 비정상적인 방법을 사용했다. 수많은 곡절과 진통을 겪고 책이 나와서 무슨 상을 받을 때 아무 일도 하지 않다가 나중에 관직을 얻은 출간 당시의 연구원 원장이 수상자 노릇을 했다. 그 행사에 불참했음은 물론이다.

그렇게 하는 것이 변함없는 관례였다. 지금도 같은 방식을 사용한다. 사업의 규모가 작거나 독창성을 발휘할 필요가 없어 차질이 생기지 않기 때문이다. 그런데 《한국민족문화대백과사전》은 사정이 달랐다. 관료주의 또는 편의주의로 적당히 감당하기에는 너무 크고 힘든 일이었다. 설계 없이 시공을 하다가 무너지지 않을 수 없는 위기에 봉착했다.

일이 잘 되지 않으면 감사를 받아야 한다고 하면서 관료주의 방식으로 대책을 강구했다. 받은 원고와 지불한 원고료가 맞고 예산회계법상 부정이 없으면 감사를 받아도 다치지 않는다고 했다. 원고료를 횡령하거나 부당하게 지출하는 등의 예산회계법상의 부정을 저지르지 않으면, 책이 나오지 않거나 창피스러울 저질품이 나와도 그 때문에 문책은 받지 않는다고 했다.

원고를 버리지 않고 보관하는 데 세심한 주의를 기울였다. 원고가 들어오면 복사해 사용하고 원본에는 손을 대지 않았다. 타자를 치거나 다른 용지에 쓴 원고는 감사에서 인정하지 않는다고 하면서 200자 원고를 사용하지 않은 원고는 200자 원고지에 옮겨 써서 대형 캐비넷에 넣어 잘 보관했다. 감사하는 사람이 와서 수량을 일일이 세서 감사해도 문제가 없도록 철저하게 대비했다. 그 광경을 상상해보라. 얼마나 창피스러운가.

설계 없이 시공을 시작한 잘못은 감사의 대상이 아니라서 문제될 것이 없다고 여겼지만, 그 때문에 사업 전체가 좌초될 판국이었다. 일이 진행될수록 위기가 더욱 심각해졌다. 누가 책임지면 될 일이 아니었다. 전임 부장들이 잘못 했는데 뒤늦게 일을 맡은 내가 어떻게 하겠느냐 하면서 물러앉아 있을 일이 아니었다. 민족문화대백과사전을 잘못 만들어 파탄에 이른다면 민족의 자존심이 용서할 수 없었다.

정문연이 군사정권의 어용기관이라는 이유를 들어 원고 쓰기를 거부하면서 백과사전 편찬이 예상대로 실패로 돌아가게 마련이라고 하는 사람들이 적지 않았다. 그런 언동을 민주화 투쟁인 듯이 여겨 자랑하기도 했다. 잘못 하고 있다고 나무라는 말이 신문 잡지에 오르내렸다. 사정을 좀 알면 암담하다고 생각하지 않을 수 없었다.

그러나 무리한 일을 잘못 시작했다고 나무랄 것은 아니었다. 어떻게 해서라도 성사시켜야 할 소중한 사업이었다. 국민이 낸 세금이 헛되지 않게 해야 했다. 사업의 성패가 군사정권의 정당성 판정과는 거리가 멀고, 학문한다는 사람들의 자세나 능력과 직결되었다. 잘못되고 있는 것을 바로잡을 기회가 왔는데 물러설 수 없었다. 《한국구비문학대계》는 내가 주장해 만들고, 《한국민족문화대백과사전》을 하고 있던 일에 참여했지만, 둘 다 어떤 난관을 극복하고서라도 반드시 해야 할 일이었다.

진행 상황은 참담했다고 하는 것이 정확한 표현이다. 민족문화의 정의부터 불분명했다. 취급 범위가 무엇이고, 내부 구조가 어떤지 알 수 없었다. 영역 사이의 경계, 관계를 알 수 없었다. 대부분의 원고가 잘못되어 수록하기 어렵다고 생각되지만 그렇게 판정할 수 있는 근거마저 없었다. 헌법이 없고 개별적인 법률만 더러 있으니, 시행세칙 같은 것을 자세하게 만들어 사태를 수습할 수 없었다.

원고를 주는 대로 받아놓기만 하고 검토는 하지 못했다. 감리에 해당하는 과정이 없었다. 설계 도면이 없으니 감리를 할 수 없었다. 편집 실무자가 유능하면 사실이 틀린 것을 시정하도록 하고 문장을 고칠 수는 있어도 그 이상의 작업을 하지는 못했다.

기본이 되는 과업부터 다시 해야 했다. 항목 선정의 근거가 되는 민족문화 분류 작업을 했다. 어디 의뢰해서 될 일이 아니고, 시간 여유가 없었다. 모든 수고를 내가 감당하면서 일요일에도 출근해서 일했다. 스스로 결정해 총설계의 임무를 맡기로 했다. 작업한 결과를 부내의 기획위원회를 거치고, 외부 교수들로 구성된 여러 위원회에 회부해 동의를 얻었다.

책 서두에 수록되어 있는 〈항목선정〉과 〈민족문화분류표〉를 그런 과정을 거쳐 만들었다. "민족문화는 민족, 강역, 역사, 자연, 생활, 사회, 사고, 언어, 예술"로 크게 분류한다고 했는데, 그것이 바로 분류표의 기본 내용이다. "1 민족"에는 "11 민족형성"이, 그 하위에 "111 형질"이, "9 예술"에는 "91 문학"이, 그 하위에 "999 구비문학"이 있다는 것과 같은 분류를 전 영역에서 일관되게 했다. 설계를 제대로 하고 시공에 착수한 것처럼 사후에 꾸며놓았다.

중복되기도 하고 상치되기도 하는 원고, 분량이나 서술의 순서도 제 각각인 것들을 그대로 둘 수 없었다. 박사를 받고 고정된 직장이 없는 사람들 가운데 원고보완위원을 선임해서 어떤 대가나 선배의 원고라도 새로 결정된 방침에 따라 과감하게 고치라고 했다.

대항목에 내세울 만한 특색이 없고, 원고의 분량이 모자랐다. 한국문화의 특징을 잘 나타내는 특별기획 대항목을 두기로 하고, 부내 편수원들에게 현상모집을 했다. 〈복〉, 〈고향〉, 〈웃음〉, 〈어머니〉, 〈소나무〉, 〈봄〉 같은 것들이다. 그 가운데 〈웃음〉을 내가 써서 원고 청탁을 할 때 본보기로 삼았다.

해외에 있는 우리 문화유산 조사가 미비하고 사진을 확보하지 못해 고민이었다. 일본 것들을 재일교포 사진작가에 의뢰하려고 하니 막대한 대가를 요구했다. 해외출장 여비가 책정되어 있는 것을 해마다 편찬부장이 나다니는 데 써서 불만이 많으니 다음 사람에게 양보하는 것이 어떻겠느냐고 누가 넌지시 일러주어, 해결책을 쉽게 찾았다.

부장이나 실장이 해외에 나갈 이유가 없다 하고 사진사를 출장 보내 필요한 사진을 찍어 오도록 했다. 사진사 혼자는 어디 가서 무엇을 찍어야 하는지 몰라 감독이 있어야 했다. 연구원의 강인구 교수에게 감독 노릇을 해달라고 부탁했더니, 사진사와 함께 일본에 가서 필요한 사진을 거의 다 마련해왔다.

편집 체제에 관한 연구가 없었다. 편집 디자인 담당자들에 무조건 출장비를 주어 어디 가서 놀든 무엇을 하든 좋은 안이 떠오르면 오라고 했다. 1986년 12월 15일에 각기 다른 디자인, 배열, 글자체 등을 한 권에 모은 시안본을 한 권 만들어 인쇄해 냈다. 그것을 검토해 최상안을 만들었다.

종이가 문제였다. 국산 종이는 너무 두텁고, 일제를 쓰면 좋지만 민족문화백과사전이 할 일이 아니었다. 대덕연구단지 해당 연구소에 직원을 보내 알아보니 좋은 종이를 개발할 능력을 가진 연구원이 지원을 받지 못해 하지 못한다고 했다. 문교부의 협조로 과학기술처에 요청해 종이 개발 연구비를 지원하게 하고 일본 제품과 동일한 수준의 종이를 만들어냈다.

책이 출간된 뒤에 수정하고 증보해 다시 내는 후속사업이 가능할까 걱정이었다. 계산을 해보니 5만 질 이상이 판매되면 후속 사업이 가능하겠다고 판단되어 계획서를 작성했다. 판매 대금을 다른 데서 가져가지 않아야 그럴 수 있었다.

그 때문에 경제기획원의 담당 과장을 만났다. 대학 동기생인 정문연 배한식 교수가 힘써서 실세 중의 실세를 식사하는 자리로 불러내는 데 성공했다. 담당 과장은 말했다. 정부에서 예산을 지원받아 수익 사업을 한 경우에는 과실을 국고에 넣을 수도 있고 재투자할 수도 있다고, 법에서는 양쪽 다 허용하고 있다. 그러면서 과실이 생긴 전

레는 없다고 했다. 돈을 쓰기만 했다는 말이다. 대한민국 정부가 주는 돈은 낭비하고 마는 관례가 널리 정착되었다는 말이었다.

이번에는 그렇지 않아 수익이 생길 것이라고 하니 믿지 않는 눈치였다. 후속 사업이 긴요하다는 점을 인식시키고, 후속 사업의 예산을 계속 지원하는 것보다 과실을 재투자하는 편이 피차 좋다고 했다. 법규상 가능한 일이니 힘써보겠다는 대답을 얻어냈다.

1987년 2월말로 편찬부장을 그만두고, 4월 24일에는 서울대로 옮겨갔다. 이성무 교수가 뒤를 이었다. 1988년 8월에 마침내 《한국민족문화대백과사전》 전 27권이 1차로 간행되었다. 검토본 1천 질이었다. 검토와 수정을 거쳐 1991년 12월에 정식으로 출판했다. 아직 많은 결함이 있지만 대견한 일이다. 국내는 물론 외국대학 도서관 참고열람실에서 그 위용을 자랑하고 있는 것을 보면 눈물이 솟구친다.

편찬부장을 맡고 일한 기간은 일 년에 지나지 않는다. 그 일 년 동안 내 연구는 버려두고, 무너지는 집을 일으켜 세우려고 심혈을 기울여 일했다. 진부하게 생각될 수 있는 이 말보다 더 나은 것을 찾기 어렵다. 그 결과 병을 얻어 치료를 받아야 했다. 일을 계속하기 어려웠다. 힘든 고비는 넘겼으므로 내가 물러나도 큰 지장은 없다고 판단했다. 서울대로 옮기게 되어 정문연을 떠났다.

나는 이미 떠난 사람이어서 그 뒤의 사정은 알 필요가 없다. 그러나 5만 질 이상 팔렸는지는 확인하고 싶어 물어보니, 그렇다고 했다. 후속 사업은 염려가 없었다. 《보유편》과 《증보개정판》을 내겠다고 책 서두에 한 약속을 지킬 수 있으리라고 믿었다. 제28권 《보유편》이 예상보다 늦어 1995년 12월에 나왔다. 첫 번째 《증보개정판》은 *Encykorea*라는 이름으로 2002년 4월에 나왔는데, 책이 아닌 시디 (CD)이다.

그러는 동안에 후속사업에 사용할 판매 회수금을 정문연에서 일반 회계에 넣고 다른 목적으로 썼다. 사람을 다 내보내고 다시 채용하지는 않아 편찬부가 존속할 수 없게 했다. 수정증보를 계속해서 할 수 있는 길을 막았다. 수정증보를 하지 않는 백과사전은 생명을 잃는다.

군사정권을 나무라고 민주화를 위해 싸운다고 자부하던 인사들이 중요한 직책을 맡은 정권이 그렇게 했다. 예산을 대폭 줄여 정문연을 위축시킨 피해가 가장 만만하다고 생각되는 《민족문화백과사전》 편찬사업에 집중해서 나타나게 만들었다. 다시 참담한 지경에 이르렀지만, 누구 하나 걱정하는 사람이 없다. 언론에서도 잊었다.

남긴 글

정문연 시절에는 문학사를 쓰는 작업에 몰두했다. 몇몇 신문에 칼럼을 썼는데, 기록해두지 않아 확인 불가능이다.

1981년 (정문연 제1년)

■ 공저, 기타 단행본

- 《한국구비문학대계》 7-6(공저) (한국정신문화연구원, 1981)

- 《한국구비문학대계》 7-7(공저) (한국정신문화연구원, 1981)

- 《한국현대소설작품론》(공편) (문장사, 1981)

- 《비교문학총서》 2(공저) (계명대학교 동서문화연구소, 1981)

■ 논문

- 〈영웅이야기의 유형: 분류방법 모색을 위한 시도〉, 《구비문학》 5 (한국정신문화연구원, 1981)

- 〈진인출현설의 구비문학적 이해〉, 《장덕순선생화갑기념 한국고전산문연구》 (동화문화사, 1981)

- 〈이야기에 나타난 이인의 면모〉, 《소암이농식선생화갑기념논문집: 道와 인간과학》 (삼일당, 1981)

- 〈민요의 형식을 통해 본 시가사의 전개〉, 《백강서수생선생환갑기념논총: 한국시가연구》 (형설출판사, 1981)

- 〈이규보가 본 꼭두각시놀음〉, 《민속문화》 3 (동아대학교 민속문화연구소, 1981)

- 〈한국설화의 분류체계와 잘되고 못되는 사연〉, 《구비문학》 6 (한국정신문화연구원, 1981)

- 〈소설사의 전체적인 전개에서 본 신소설〉, 김열규 · 신동욱 편, 《신문학과 시대의

식》(새문사, 1981)

- 〈영웅의 일생과 홍길동전〉, 김열규·신동욱 편, 《허균의 문학과 혁신사상》 (새문
사, 1981)

■ 논설, 비평

- "The Study of Korean Literature as it Stands Now", *Korea Journal* vol.2
no.6 (Korean National Commission for UNESCO, 1981)

[불어 번역 "Oùen est l'étude de la littérature coréenne?", *Revue de
Corée* vol.13 no.4, Commission Nationale Coréenne pour l'UNESCO, 1981)]

- 〈말과 글의 사회구조: 국어타령〉, 《정신문화》 1981년 겨울호 (한국정신문화연구원)

- "Thirty Year's Achievements in Korean Langage and Literature and
their Problems", *Korea Journal* vol.22 no.10 (Korean National Commission for
UNESCO, 1981)

- 〈국문학의 전개〉, 《한국학연구입문》 (지식산업사, 1981)

- 〈다시 쓰는 한국문학사〉, 《마당》 1981년 9월호~1982년 6월호 (마당사)

■ 짧은글

- 〈민중의식과 예술〉, 《성대신문》 1981년 10월 5일자 (성균관대학교)

■ 서평

- 〈이상택: 한국고전소설의 탐구〉, 《국어국문학》 86 (국어국문학회, 1981)

- 〈김동욱: 국문학사〉, 《나손김동욱선생화갑기념문집》 (열화당, 1981)

1982년 (정문연 제2년)

■ 저서

- 《한국문학통사》 1 (지식산업사, 1982. 제2판 1989. 제3판 1994)

- 《한국시가의 전통과 율격》 (한길사, 1982) (《한국민요의 전통과 시가 율격》에 전

문 수록)

■ 공저, 기타 단행본
- 《비교문학총서》 4 (공저) (계명대학교 동서문화연구소, 1982)
- 《한국문학연구입문》(공편) (지식산업사, 1982)

■ 논설, 비평
- 〈국문학사의 시대구분〉, 《한국문학연구입문》 (지식산업사, 1982)
- 〈한국학 자료 수집과 활용 방안〉, 《정신문화》 1982년 가을호 (한국정신문화연구원)
- 〈국문학과 인접학문〉, 《국어국문학》 88 (국어국문학회, 1982)

■ 서평
- 〈신동욱: 우리 이야기문학의 아름다움〉, 《동방학지》 31 (연세대학교 국학연구원, 1982)
- 〈김흥규: 조선후기 시경론과 시의식〉, 《현상과 인식》 제6권 제4호 (한국인문사회과학원, 1982)
- 〈한국민족문화대백과사전〉, 《정신문화연구》 47 (한국정신문화연구원, 1992)

1983년 (정문연 제3년)

■ 저서
- 《한국문학통사》 2 (지식산업사, 1983. 제2판 1989. 제3판 1994)
- 《국문학연구의 방향과 과제》 (새문사, 1983. 증보판 1985)
- 《문학이라는 시비거리》 (이우출판사, 1983)

■ 논문
- 〈구운몽과 금강경, 무엇이 문제인가〉, 김열규 · 신동욱 편, 《김만중연구》 (새문사, 1983)
- 〈한국설화의 분류체계와 속이고 속는 사연〉, 《구비문학》 7 (한국정신문화연구

원, 1983)

- 〈한국근대문학 형성과정론 연구사〉, 한국고전문학연구회 편, 《근대문학의 형성과
  정》 (문학과 지성사, 1983)

- 〈고려후기 구비문학의 몇 가지 양상〉, 《한매최정여박사송수기념 민속어문논총》
  (계명대학교 출판부, 1983)

- 〈삼국유사 불교설화와 숭고하고 비속한 삶〉, 《삼국유사연구》 상 (영남대학교 민
  족문화연구소, 1983)

■ 논설, 비평

  - 〈경상북도의 문화: 내력과 특징〉, 《한국의 발견 경상북도》 (뿌리깊은 나무, 1983)

  - 〈대학에서 무엇을 어떻게 가르치고 배울 것인가〉, 《월간조선》 1983년 4월호 (조
    선일보사)

  - 〈국문학연구의 과제와 방향〉, 《태릉어문》 2 (서울여자대학교 국어국문학과, 1983)

  - 〈서사시가 뻗을 자리〉, 《문예중앙》 1983년 가을호 (중앙일보사)

  - 〈한국문학과 세계문학 관련 양상의 문제점〉, 《정신문화연구》 1983년 겨울호 (한
    국정신문화연구원)

■ 서평

  - 〈최원식; 민족문학의 논리〉, 《문예중앙》 1983년 봄호 (중앙일보사)

  - 〈이상택 · 성현경 편: 한국고전소설연구〉, 《국어국문학》 90 (국어국문학회, 1983)

1984년 (정문연 제4년)

■ 저서

  - 《한국문학통사》 3 (지식산업사, 1984. 제2판 1989. 제3판 1994)

■ 논문

  - 〈민중 · 민중의식 · 민중예술〉, 《한국인의 생활의식과 민중예술》 (성균관대학교 대

동문화연구원, 1984)

- 〈1910년대 재담집의 내용과 성격〉, 《배달말》 9 (배달말학회, 1984)

■ 논설, 비평

- 〈균여〉, 《민족문화를 빛낸 선현》 (문화공보부, 1984)

- 〈판소리의 생성과 역사〉, 《음악동아》 1984년 11월호 (동아일보사)

- 〈항일의병의 문학〉, 《꿈과 일터》 1984년 11월호~1985년 1월호 (홍성사)

- 〈조선후기 문학사상의 새로운 방향〉, 《오늘의 책》 창간호 (한길사, 1984)

- 〈韓國文學史敍述の新しい方向〉, 《朝鮮學報》 113 (天理: 朝鮮學會, 1984)

    [불어 번역 "Pour une nouvelle orientation de la rédaction de l'histoire
    de la littérature coréenne", *Culture coréenne* 13, Paris: Centre culturel
    coréen, 1987)]

- 〈문학〉, 《역사의 도시 경주》 (열화당, 1984)

    [영어 번역 "Literature", *Kyongju, City of Millenial History*, Hollym, 1998)]

■ 짧은 글

- 〈낙동강: 선인들의 슬기를 들여다보게 하는 거울〉, 《대구매일신문》 1984년 4월
  25일자 (대구매일신문사)

- 〈밑변과 높이〉, 《정신문화연구원보》 4 (한국정신문화연구원, 1984)

■ 서평

- 〈임형택: 한국문학사의 시각〉, 《시인》 2 (시인사, 1984)

1985년 (정문연 제5년)

■ 저서

- 《한국설화와 민중의식》 (정음사, 1985)

■ 논문

- 〈한국설화의 분류체계와 알고 모르는 사연〉, 《구비문학》 8 (한국정신문화연구원, 1985)

- 〈조선후기 소설사의 전개〉, 《고전소설연구의 방향》 (새문사, 1985)

- 〈李贄 문학사상의 근본문제〉, 《제3회 국제학술회의 논문집: 세계 속의 한국문화》 (한국정신문화연구원, 1985)

- 〈신구 문학관의 대립과 교체〉, 《동양학》 15 (단국대학교 동양학연구소, 1985)

- 〈한국구비문학대계 자료 수집과 설화 분류의 기본원리〉, 《정신문화연구》 1985년 겨울호 (한국정신문화연구원)

■ 논설, 비평

- 〈구비문학〉, 《국어국문학연구사》 (우석, 1985)

- 〈신구소설의 교체과정〉, 《문예중앙》 1985년 여름호 (중앙일보사)

- 〈한국문학사 서술의 양상과 과제〉, 《국어국문학》 93 (국어국문학회, 1985)

- 〈근대문학의 사상적 연원〉, 《현대시》 2 (문학세계사, 1985)

- 〈인문과학에 있어서의 학문적 자주성〉, 《정신문화연구》 1985년 가을호 (한국정신문화연구원)

■ 짧은 글

- 〈어린 시절의 기억〉, 《어른들의 어린 날 이야기》 (햇빛출판사, 1985)

■ 서평

- 〈이두현: 한국가면극〉(개고본), 《현대 한국의 명저 100권 1945년-1984년》, 동아일보사, 1985)

- 〈김일렬: 조선조 소설의 구조와 의미〉, 《국어국문학》 93 (국어국문학회, 1985)

- "Daniel Bouchez: Tradition, traduction et interpretation d'un roman coreen—le Namjongi", 《국어국문학》 94 (국어국문학회, 1985)

■ **저서**

- 《한국문학통사》 4 (지식산업사, 1986. 제2판 1989. 제3판 1994)

■ **논문**

- 〈한국 인문과학에 끼친 서양의 충격과 한국의 전통〉, 《미래세계의 대학》 (연세대
  학교 출판부, 1986)

- 〈삼국유사 소재 설화의 성격〉, 《제3회 동양학국제학술회의논문집》 (성균관대학교
  대동문화연구원, 1986)

- 〈삼국시대 설화의 문학적 해석〉, 《전통과 사상》 2 (한국정신문화연구원, 1986)

- 〈신라 향가의 정신세계〉, 《전통과 사상》 2 (한국정신문화연구원, 1986)

■ **논설, 비평**

- "What is Korean Literature", *Making of Korean Literature* (The Korean
  Literature and Arts Foundation, 1986)

- 〈국문학의 개념과 범위〉, 장덕순 외, 《한국문학사의 쟁점》 (집문당, 1986)

- 〈우리에게 근대란 무엇인가〉, 《대학신문》 1986년 5월 19일자 (서울대학교 대학신
  문사)

- 〈근대문학사의 허상과 실상〉, 《소설문학》 1986년 10월호~1987년 9월호 (소설문학사)

- 〈2천년대 인문과학의 전망〉, 《단대신문》 1986년 11월 18일자 (단국대학교 단대신
  문사)

- 〈국문학과 민속학〉, 성병희 · 임재해 편, 《한국민속학의 과제와 방향》 (정음사,
  1986)

만남의 인연

정문연의 한국학대학원에는 대학원과정만 있고, 전교 학생들이 얼마 되지 않아 많이 기억한다. 전공분야의 교수는 혼자였다. 국문학을 전공한 학생들을 모두 맡아 서당 훈장 노릇을 하듯이 가르쳐야 했다. 외부 대학 교수 몇 분이 강사로 나와, 논문 주제를 가려 지도를 의뢰하기도 했으나, 그 쪽으로 보낸 것은 아니고 공동지도를 했다고 하는 편이 적합하다.

국문학 전공이 없어지고 하는 수난을 겪어 박사과정은 모교로 돌아가 진학한 제자들과도 계속 친밀하게 지내고 박사학위 논문을 쓰고 심사받을 때 돕기도 했다. 석사과정에서는 한문학 전공이었다가 두 전공이 통합되어 박사과정에서는 내 지도를 받은 제자들도 있다. 서울대학으로 옮긴 뒤에도 정문연 논문 지도를 계속해서 했다.

정문연 제자들과 어딘가 현지조사를 나가 찍은 사진이 화보 왼쪽 세 번째 것이다. 등장인물을 보니 1982년 봄인 것 같다. 사진 잘 된 것을 찾다가 하나만 골랐다. 사진을 있는 대로 화보를 만들면 역대의 제자들 모습을 다 보여줄 수 있으나 그럴 수 없다.

1981년의 석사 박순임, 〈'천수석' 연구〉를 지도했다.

같은 해의 석사 박경수, 〈1920년대 민요시론과 그 시사적 성격〉 외부에서 초빙한 박철희 교수의 지도에 협조했다.

1982년의 석사 이영신, 〈해외원정군담소설 연구〉를 지도했다.

1983년의 석사 서영숙, 〈시집살이노래의 존재양상과 작품세계〉, 석사 이종주, 〈'열하일기'의 서술원리〉, 석사 장원철, 〈조선후기 문학사상의 전개와 천기론〉을 지도했다.

같은 해의 석사 신은경, 〈김영랑과 김광균 시를 통해 본 1930년대 시의 두 방향〉 외부에서 초빙한 박철희 교수의 지도에 협조했다. 당시 국문학 분야의 교수는 혼자만이어서 논문 주제가 적절하면 강사로 나오는 외부교수에게 지도를 의뢰하고 협조해야 했다.

같은 해의 석사 허권수, 〈권필 한시 연구〉 최근덕 교수 지도에 협조했다. 한문학 전공은 국문학과 분리되어 있었다. 한문학 분야 논문에도 이따금 관여했다.

박사과정에 입학해 지도를 받다가 국문학 전공이 없어져, 조병기는 성균관대학 대학원으로 갔다. 서연희는 박사과정에서, 이경순은 석사과정에서 지도를 받았다.

이복규는 박사과정에 입학해 지도를 받다가 경희대학 대학원으로 갔다.

1984년의 석사 김성수, 〈이야기의 전통과 채만식 소설의 짜임새〉, 석사 김홍균, 〈'흥부전'의 구성과 갈등양상 분석 시론〉, 석사 박미영, 〈시행과 문장의 관계를 통해 본 시조의 형식〉, 석사 전경욱, 〈탈춤과 판소리의 연행문학적 성격 비교〉, 석사 최상은 〈유배가사의 작품구조와 현실인식〉을 지도했다.

같은 해의 석사 김동욱, 〈죽음의 인식을 통해 본 신라노래의 성격〉 외부에서 초빙한 황패강 교수 지도에 협조했다. 같은 해의 석사 황위주, 〈조선후기 소악부 연구〉 최근덕 교수 지도에 협조했다. 이성근의 석사논문을 지도하다가 마치지 못했다.

1985년의 이화여대 박사 강진옥, 〈구전설화 유형군의 존재 양상과 의미 층위〉 서대석 교수 지도에 협조했다.

1986년의 석사 노미원, 〈1910년대에 유행한 잡가의 한 고찰〉, 석사 신연우, 〈어구 결합을 통해 본 시조의 구성원리〉, 석사 신태수, 〈곽재우 전승의 양상과 의미〉, 석사 홍홍구, 〈조선후기 세태묘사 가사 연구〉를 지도했다.

1987년의 석사 강정식, 〈제주 무가 '이공본'의 구비서사시적 성격〉, 석사 김대현, 〈조선후기 남녀관계 풍자소설의 사회사적 고찰〉, 석사 김인섭, 〈'小華詩評' 이본군의 양상과 문학의식의 변모〉, 석사 이은숙, 〈활자본 신작구소설에서의 애정소설 연구〉를 지도했다.

1988년의 석사 김헌선 〈노정기의 서사문학적 변용〉, 석사 김정석, 〈'청구야담'과 구전설화의 관련 양상〉, 석사 안동준, 〈적강형 애정소설의 형성과 변모〉, 석사 안장리, 〈강희맹 문학 연구〉, 석사 윤석준, 〈'춘향가' 어사출도 대목의 전승과 변이〉, 석사 孫志鳳, 〈1920~30년대 한국문학에 나타난 上海의 의미〉를 지도했다.

1990년의 박사 이진오, 〈조선후기 불가한문학의 유불교섭 양상 연구〉를 지도했다.

1991년의 박사 윤주필, 〈조선전기 방외인문학에 대한 당대인의 인식〉, 박사 박순임, 〈고전소설에 나타난 처첩관계〉, 박사 김홍균, 〈복수주인공 고전장편소설의 창작방법 연구〉를 지도했다.

1992년의 박사 劉麗雅, 〈채만식과 老舍의 비교연구〉를 지도했다.

1994년의 박사 박미영, 〈본문분석에 의한 역대시가론의 시조관 연구〉를 지도했다.

1998년의 박사 孫志鳳, 〈한국설화의 중국인물 연구〉 정양완 교수의 지도에 협조했다.

"이따위로 글을 쓰려거든"

박경수 (1980년 한국학대학원 석사 1학기)

대학원 3학기에 접어들어 얼마 되지 않았을 무렵이다. 수업을 마치고 점심을 먹으러 가는 도중에 조동일 선생님을 만났다. 선생님은 나를 보자 갑자기 생각난 듯이 "자네 논문 준비 잘 되고 있는가? 그동안 쓴 원고가 있으면 좀 가져와 보게"라고 말을 던지고는 앞장서 갔다. 갑작스런 종용에 무슨 변명도 생각나지 않았다. 바로 "예, 알겠습니다"라고 했지만, 속으로는 드디어 올 것이 왔구나 하는 생각에 긴장감이 몰아쳤다.

사실 나는 겨울 방학 내내 논문 방향을 잡느라 무척 고민을 했다. 2학기 수업을 받는 중에 근대 민요시 쪽으로 논문을 써 보겠디고 조동일 선생님과 상의했고, 또 지도교수였던 박철희 선생님의 동의도 받았다. 박철희 선생님은 서강대학에서 출강했다. 현대시를 전공하겠다는 나의 사정을 고려해서 조동일 선생님이 출강을 부탁했다. 그래서 내 딴에는 연구원과 여러 대학 도서관을 다니며 당시 신문이며 잡지 등을 뒤져서 민요시 관련 자료들을 찾아서 복사하고 베끼고 하며 제법 풍성하게 자료를 정리해 두었다.

그런데 엄청난 고민거리가 이 탄탄대로를 가로막았다. 바로 내가 끙끙대고 있었던 민요시 분야의 연구 성과가 먼저 오세영 교수에 의해 박사학위 논문으로, 다시 《한국낭만주의시연구》라는 단행본으로 출간된 것을 뒤늦게 알았기 때문이다. 더욱이 그 책은 당시 나의 짧은 지식과 견문으로는 도저히 넘어설 수 없는 방대하고 깊은 내용을 담고 있었다. 참으로 답답하고 암담한 순간이었다. 어쩔 수 없이 선생님을 찾아갔다. 어찌 하오리까 여쭈었다. 그런데 의외로 심각하고 난처한 나와는 달리 선생님은 한번 "그래?"라고 하고는 웃으며 "길이 보일 때까지 몇 번이나 그 책을 읽어보게"라고 권했다. 그러나 도대체 길이 잘 보이지 않았다.

이러고 있는데 나에게 그동안 쓴 원고를 가져오라고 한 것이다. 다시 몇 날을 고민에 빠졌다. 오세영 교수의 책을 읽고 또 읽었다. 그런데 거짓말같이 조금씩 길이 보이기 시작했다. 민요시와 관련된 시론만 모아서 잘 분석해보면, 오세영 교수가 충분히 다루지 못한 부분을 다루면서 당시 시인들의 민요시에 대한 생각을 좀더 구체적이면서 체계 있게 정리할 수 있을 것 같았다. 이런 생각을 기초로 급하게 글을 꾸려 보았다. 마침내 선생님께 50~60매 정도의 분량으로 쓴 노트 원고를 가지고 갔다. 선생님은 대강 원고를 들추어보고는 3일 후에 다시 연구실에 올 것을 말했다.

약속된 날에 선생님을 찾아갔다. 선생님은 나를 기다렸다는 듯이 노트를 내 앞에 있는 탁자에 놓고는 그 첫 장을 펼쳤다. 그런데 놀랍게도 내가 쓴 검은 글씨보다 교정을 본 붉은 글씨가 더 많이 눈에 들어왔다. 노트를 보는 나의 얼굴이 붉어지기도 전에 선생님이 먼저 나에게 불호령을 했다.

"자네 이따위로 글을 쓰려거든 졸업할 생각을 하지 말게."

선생님이 무슨 말을 더 했는지도 기억하지 못할 정도로 나는 정신이 아득했다. 그야말로 찍 소리도 못하고 노트를 받아서 누가 볼까 겁날 정도로 급히 기숙사의 내 방으로 달려왔다. 노트의 붉은 글을 보고 또 보았다. 다시 얼굴이 붉어졌다. 며칠 밥맛도 모르고 지냈다.

나는 당시까지 이렇게 글을 엉망으로 쓴다고 한번도 생각해본 적이 없었다. 대학생활을 하면서 시를 쓴답시고 껍죽대는 가운데 예비 시인으로 제법 주목을 받기도 했었다. 이뿐만 아니라 교지, 학예지를 편찬하는 것은 물론, 이들 지면과 신문 등에도 시를 비롯하여 콩트, 수필 등을 발표하기도 했다. 대학 4학년 때는 학술논문발표대회에서 큰상도 받았다. 그래서 글을 쓰는 일에 웬만큼 자부심을 가지고 있었다. 그런데 이런 나의 자부심과 자존심이 선생님 앞에서 여지없이 깨진 것이다.

글을 다시 보니 문장성분 간에 호응이 되지 않는 비문이며 비논리적인 문장, 변화 없는 동일어의 반복, 부적절한 용어 사용 등 실로 낯을 들 수 없을 정도로 엉터리 글의 전시회장 같았다. 나의 글쓰기에 대한 오만과 편견이 얼마나 잘못된 것인지 뼈저리게 깨달았다. 이때부터 졸업 논문이 통과될 때까지 나는 사실 나의 글쓰기와 싸웠다. 마지막 논문심사 때에 가서야 조동일 선생님이 "이제는 겨우 되었네"라고 했다. 논문을 같이 심사한 박철희 선생님과 오세영 선생님도 마침내 고개를 끄덕여 주었다.

그것이 벌써 23년 전 일이다. '글'을 앞에 두고는 어떤 개인적인 정도 허용하지 않았던 선생님의 엄격함, 그러면서도 학생들의 부족함을 짚어주고 또 스스로 깨닫게 했던 자상함, 그래서 때로 무서워 피하기도 했고 때로 좀더 가르침을 받고자 가까이 다가가고 싶었던 분이 바로 조동일 선생님이었다.

대학원 시절 2년, 연구원 시절 7년, 모두 9년을 선생님 가까이 있을 수 있었던 나는 정말 복이 많아도 참으로 많은 사람이었다. 그런데 나는 여전히 선생님의 발뒤축에서도 한참이나 멀리 떨어져 허덕이며 따라가고 있으니, 못난 제자라도 참으로 못난 제자이다. 언제 이 부끄러

움을 조금이라도 면할 수 있을까. 그런 일이 있을 때까지 선생님이 그
저 건승하기만을 빌 따름이다.

(부산외국어대학 교수)

愛제자, 哀제자

박순임 (1980년 한국학대학원 석사 1학기)

삼십 년 전쯤, 경북대학에서 국어국문학대회가 있었다. 한 젊은 학
자가 소월의 시에 관하여 토론을 했는데 날카로운 눈빛과 당당하고 자
신감에 차 있는 모습이 매우 인상적이었다. 내용은 잘 몰랐지만 분위기
로 보아 매우 파격적인 주장을 하는 것 같았다. 언젠가 나도 저 야심만
만한 모습을 닮아야겠다고 생각하며 가슴 벅차했다. 그러나 신입생 시
절이라 어디로 가야 그 선생님을 뵐 수 있는지 알 수가 없었다.

몇 년 뒤, 진학을 하고 싶다고 모교 이주형 교수님을 찾아 갔다. 이
교수님은 소개해 줄 분이 있다면서 갑자기 어느 아파트로 데리고 갔
다. 방금 전까지 요란한 소리를 내던 타자기 앞에서 막 돌아 앉는 그 분
은 아, 바로 선생님이었다. 그해 나는 영남대학에서 교수요원을 선발하
는 시험에 준비 없이 응시하지는 말았어야 했다. 더구나 소개까지 받은
처지에.

어느 날 한국학대학원에 선생님이 나타났다. 부끄러움으로 가슴이
떨렸다. "너는 내가 지도한다"는 말을 듣는 순간 "이것이 운명이라는
거구나" 하는 생각이 들었다. 부끄러운 과거를 만회하기 위하여 밤새워

공부하던 어느 날, 선생님의 친구인 강신표 교수님이 도서관에 들어와 말씀했다. "너, 영남대 가서 죽 쑤었다며?"라고. 갑자기 내 등 뒤로부터 뭔가가 송두리째 빠져나가는 느낌이 들었다. 그게 무엇인지 아직도 돌아오지 않고 있다.

그래도 나는 우리의 서사문학을 맺힘과 풀림의 구조로 단칼에 해치우려는 야심을 가지고 몇 개월간 열심히 궁리하고 궁리하여 드디어 석사논문 연구계획을 나름대로 거창하게 발표했다. 그러나 시작도 하기 전에 그 작업 자체가 단칼에 끝나버렸다. "원한이 무슨 만병통치약이냐?"라는 말 한 마디로.

선생님의 자신감은 우리들에게 만병통치약이었다. 엉성한 논문계획을 발표하면 즉석에서 완벽한 논문으로 바꾸어 놓았다. 물론 나같이 뒷심이 약한 제자들은 그 완벽한 계획을 완성하지 못하기 일쑤였지만.

석사논문 지도는 학생보다 선생님이 더 열성적이었다. 학생은 스스로 생각하기보다 선생님이 던진 퀴즈의 답을 궁리하느라 더 기진하였다. 답을 찾지 못했을 때는 선생님을 피해 다니느라 식당에 못 가고 점심도 많이 굶었다. 참으로 어리석은 哀제자였다.

선생님이 나의 결혼에서 한 주례사도 역시 만병통치약이었다. 결혼한 여자가 학문의 길을 가는 것이 얼마나 힘든 일인지를 시댁 어른들에게 진정으로 호소해 주었다. 신부차림의 제자는 자신이 얼마나 愛제자인지를 알아차리고 또다시 가슴 벅차했다. 그처럼 강한 약이 있어도 제자는 학문의 길에서 여전히 불치의 죽 쑤는 중증을 보여 선생님을 여러 번 가슴 아프게 하였다. 이러므로 그 제자는 얼마나 哀제자인가.

선생님은 정문연에서 고전소설 자료를 많이 모았고, 촬영했고, 목록집도 만들었다. 언젠가 말하기를 이 소설들의 전체 개요를 정리하여 책으로 내면 좋겠다고 하였다. 그 이후로 많은 세월이 흘렀고, 여기저기서 많은 관련 작업들이 이뤄졌다. 선생님이 떠난 정문연에서는 그때 이

후에 다시 목록정리도 되지 않았다.

이제 세월이 많이 지나고 때늦은 감도 있지만 선생님이 모아둔 작품을 하나씩 읽고 정리하며 선생님을 생각한다. 제자는 여전히 이십 대의 죽 쑤는 모습을 하고 있지만 선생님은 어느새 은퇴할 때가 되었다. 그러나 선생님은 언제까지나 제자들에게 영원한 만병통치약임을 나는 의심하지 않는다. (한국정신문화연구원 연구원)

〈雪論學黨第十〉 발굴의 의의

윤주필 (1981년 한국학대학원 석사 3학기)

파평윤씨 왈, 〈설론〉은 설파 선생님 언행을 문인들이 기록한 책이다. 〈학당제십〉은 그 중 열 번째 편으로 배움의 무리들과 선생님이 의식주를 같이하며 보여준 기거언동을 제자들이 견문한 내용이다. 뒷부분은 상당 부분 낙장되어 전모를 알 수 없으나 언젠가 추가로 발굴될 것이고 다른 제자들이 비장한 이본에 의해 보충될 터다. 파평윤씨는 선생님을 저자 직강 《문학연구방법》 수업에서 처음 만났다. 윤씨는 한문학 전공인데 두 학기를 몸이 근질거리도록 심심하게 지내다가 이웃 국문학 전공에서 곡소리 외치는 광경을 자주 목격하고 선생님 강의를 신청해서 드디어 학문에 대한 번뇌를 청산하고 나름대로 뜻을 세웠다. 이래로 사제 인연을 맺으며 선생님 언행으로 친자를 받아왔다. 이하 원문 밑에다 파평윤씨 주석을 덧붙인다.

선생님은 많이 잡수었다. 선생님은 대식가다. 대학원 시절에는 찬합

224

도시락을 두 개씩 싸가지고 다녔다는 전설이 있다. 등산할 때면 시장기를 느끼는 즉시로 배낭을 뒤져 편한 자리에서 햄 같은 이동식을 칼로 썰어 먹고 제자나 동료들은 전혀 개의치 않는다. 제자들과 회식할 때면 삼겹살을 양껏 자시고 남은 기름에 사람 수대로 김치 넣고 밥을 비벼 젊은 제자보다 더 즐긴다. 술은 회식이 끝날 때까지 술잔을 놓지 않을 만큼 주량껏 마시되 당신 정량을 한 번도 넘은 적이 없다. 선생님 왈 "밥은 윤주필보다 많이 먹고 술은 손지봉보다 못 마신다."

그러나 정문연 시절 막바지에 백과사전편찬부장을 맡은 후 지방간이 생겨 "내 전생은 끝났다"고 소식가임을 선언한 후로 대식가 시대를 마감했다. 매일 아침 몸무게를 저울로 달고 하루 먹는 양을 조절한다. 부산 진오거사 문 왈 "전생이 끝났는지 어떻게 아시죠?" 선생님왈 "내가 어떻게 알어? 의사가 말해주었지!"

선생님은 널리 잡수었다. 선생님은 호식가다. 선생님과 회식할 때면 언제나 화제가 풍부하다. 그 중의 반은 음식 이야기다. 음식 먹기를 즐겨하고 또 음식 연구를 좋아한다. 특히 구육에 대해서는 자타가 공인하는 애호가이자 품평가다. 모 대학에 민족문화선양회에서는 구육을 잡고 만드는 과정까지 전래 방법대로 한다는 소식을 듣고는 그것에 못 미치는 것을 못내 아쉬워할 정도다. 젓갈, 나물, 쌈, 향신료, 특선음식, 전래토속음식, 외국의 민족음식, 먹는 도구와 방법 등에 대해 널리 경험하고 홀로 터득한 바를 근거로 '음식지리학'을 일목요연하게 설명한다. 선생님 왈 "여행하는 즐거움의 반은 음식이다. 외국여행하다 한국식당 찾아가는 사람은 국내여행으로 만족해야 한다."

선생님이 고전문학회 회장할 때 도고 온천호텔에서 동계대회를 열었다. 저녁식사가 뷔페식으로 푸짐해서 젊은 학자들이 환호했지만 어떤 중진학자 왈 "조선생은 공부하는 거 하고 먹는 거밖에 모를거야!" 그는 밤새 젊은 학자들과 술을 대작하며 세상사를 고담준론했지만 선생님은 저녁식사 후 일찍 주무셨다. 술을 많이 먹으려면 음식을 편식해야 하고 음식을 즐기려면 술을 조절해야 하므로 호식가와 애주가를 겸하기는 어렵다는 것이 선생님 속생각일 것이다. 술도 음식인데 못 먹어서도 안되지만 많이 먹어서도 안된다. 술을 편애하면 무엇이나 먹는 일에 가장 큰 지장을 초래한다는 점을 파평윤씨는 깨달았다.

선생님은 구별해서 잡수었다. 선생님은 미식가다. 선생님은 음식의 차이를 정확하게 가려낸다. 예를 들면 음식에 쓴 향신료가 무엇이고 또 같은 향신료라도 얼마만큼 어떻게 사용했는지 가늠하고 기억하여 다른 음식과 비교하는 근거로 삼는다. 그러나 당신이 좋아하는 음식을 고집하지 않는다. 구탕집에 가서도 '보신파'와 '명철파'를 나누어 개인의 기호를 너그러이 인정하고 굳이 좋은 음식이라고 선전하거나 강요하지 않는다.

선생님 왈 "싫어하는 음식은 없고, 더 좋아하고 조금 덜 좋아하는 음식이 있을 뿐이다." 선생님은 음식에 관한 한 구별은 있되 차별은 없다. 그래서 음식 대접하기가 누구보다도 쉽고 또 즐겁다. 미식가의 높은 경지는 그와 같은 고도의 구별 능력으로 표현되지만 많이 먹고 널리 먹는 수행과정이 저변이 되어 무차별의 깊이를 지닌다. 파평윤씨는 이러한 면모가 선생님의 학문 수행과정과 닮았음을 불현듯 깨달았다.

선생님은 문답하기를 좋아했다. 선생님은 호변가다. 등산을 할 때면 쉴 사이 없이 변설하고 화제가 끊이지 않는다. 모 선생님 문 왈 "암자라는 게 오늘날 있나요? 요즈음은 암자도 절 못지않게 번잡스럽더라구요!" 선생님 왈 "자동차가 들어가면 절이고 들어가지 못하면 암잡니다. 이 이상 최상의 정의는 없을 겁니다." 예전 어떤 이 왈 "말 잘하기로는 근년에 양주동이 있었고, 오늘날에는 조동일이 있다. 그런데 두 주동이 한 조동일 이기지 못할 게야!?" 그러나 이런 이야기는 '입심나발대학'에서나 떠돌았던 도청도설일 터이다.

선생님은 제자들에게 매우 엄한 분이지만 이야기할 때만은 오히려 무엇이든 받아주고 질문에 응해주는 분이다. 누구 신상에 관한 사적인 이야기만 아니라면 호랑이 등 탄 기분으로 밤새면서 이야기를 나눌 수 있다. 특히 수업시간에는 우문을 모두 용납하며 날카로운 질문으로 둔갑시키는 지혜가 비상하다. 그래서 제자 스스로 한 말의 문제처를 깨우치게 만든다.

이런 점에서 문답에 관한 한 너그럽고 지혜롭다 하겠으며 맹자가 말한 '지언자'이며 학문적 '산파'다. 선생님의 호인 설파가 '셀파'의 취음이라 하지만 학문적 산파술의 달인이라는 의미도 지니고 있음을 파평윤씨는 깨달았다. 대학 제도권에서의 정년이 선생님의 산파술을 바야흐로 전인미답의 경지로 이끄는 계기가 될 것이 확실하다. 정년 이후로는 "놀고 먹는다"고 했지만 알고 보면 제도권 논문의 엄격한 증명 과정에 얽매이지 않아 즐겁게 학문한다는 말이지 이제부터 '학문에 대한 학문'을 더욱 세차게 펴면서 선생님 찾는 학인이면 언제 어디서든 찾아가 그들과 문답을 계속할 것이라 믿는다.

(단국대학 교수)

"왜 그러나, 어디 아프나?"

서영숙 (1981년 한국학대학원 석사 1학기)

대학을 졸업하면서 어디 푹 파묻혀 아무 걱정 없이 실컷 공부만 하고 싶었다. 정문연은 그런 내 꿈을 실현시켜 줄 낙원이었다. 이런 복이 또 어디 있겠나 싶었는데, 그건 아무 것도 아니었다. 당대 명 석학이신 선생님의 지도를 받게 된 더 큰 복이 내게 굴러올 줄이야.

선생님은 첫 대면부터 논문의 주제와 방향을 물었다. 정문연에 들어오면서 민중의 문학인 구비문학, 그 중에서도 민요를 공부하겠다고 결심을 했던 터라 주저 없이 그렇게 말하고, 여성민요 중 가장 큰 비중을 차지하고 있는 시집살이노래를 연구하기로 단번에 결정했다. 시집살이 노래를 연구해 서정민요와 서사민요를 한꺼번에 풀어내야 한다는 것이 선생님의 야심찬 기대였다.

선생님이 제일 먼저 준 과제는 민요의 연구사 정리와 연구 방향 설정이었다. 치밀한 작업을 해서 연구실로 찾아갔는데, 선생님은 "문장이 왜 이리 기나, 되게 구투네"라고 하면서 첫 문장부터 붉은 펜으로 좍좍 그어 내려갔다. 대학 때에는 '문장'으로 꼽혔는데 선생님에게 그런 지적을 받으면서 서 있자니 얼굴이 화끈 달아올라 주체할 수 없었다. 한참 동안 지적하던 선생님이 문득 고개를 돌려 나를 돌아보았다.

"왜 그러나, 어디 아프나?"

논문 지도는 선생님의 연구실에서, 강의실에서 양면적으로 이루어졌다. 수업 시간 중 한 강좌가 아예 논문 작업을 발표하고 토의하는 시간으로 배정되었다. 당시 석사과정 동기는 이종주, 장원철, 신은경, 이경순, 그리고 나였다. 각기 한문소설, 한문비평, 현대시, 고소설, 구비문학이었기 때문에 우리는 각자의 발표, 토의를 통해 매주 한국문학의 각 갈래를 두루 공부하고 논의할 수 있었다. 한 사람이 발표하면 듣고 있던 사람들은 문제점을 정리하여 질의하고 토론을 벌였다. 질의는 차례대로 해야 했으며, 한 번도 그냥 넘어갈 수 없었다. 선생님의 엄정한 감시 아래 대여섯 차례 돌아가며 질의와 응답, 토의를 하려면 등에 식은 땀이 흘렀다.

이후 논문 지도는 짜여진 목차에 따라 한 장 한 장 기한을 정해 선생님에게 보고 수정하는 작업을 반복하는 식으로 이루어졌다. 타자기 앞에서 논문을 열심히 치다가도 선생님을 찾아가면 얼른 밀쳐놓고 그 자리에서 논문을 읽었다. 그리고 맨 앞 장에다 지적 사항을 죽 적었는데, 한번 훑어보고 어떻게 그런 생각이 주르르 나올 수 있는지, 그 당시로는 언제나 감탄 그 자체였다. 다듬어지지 않은 원석을 값진 보석으로 가다듬어 내놓는 비상한 신기가 선생님에게 있는 것 같았다. 석사논문은 그렇게 선생님과의 공동 작업을 통해 이루어졌다.

선생님은 앞에서 칭찬하는 일은 좀처럼 없지만 남들에게는 이 논문에 대한 칭찬을 가끔 한 모양이다. "민요 연구의 고전"이라고. 그런데 아직 그것을 뛰어넘는 더 나은 연구를 못 내놓은 채 고전을 면치 못하고 있으니 부끄러운 일이다. 그래서 지금도 침체의 늪에 빠져 있을 때면 선생님의 질책이 너무나 그립고, 또 듣고 싶다.

구비문학을 공부하는 사람에게 현장 답사의 체험만큼 더 큰 공부는 없다. 대학 때 경기도 양평 지역을 답사한 것 이외에는 아무런 경험도 없는 내가 구비문학 답사가인 양 하게 된 데에는 선생님의 지도가 있었기 때문이라고 생각한다. 정문연에서 국문학 전공 학생들은 1년에 한 번씩 구비문학 답사를 갔는데, 1981년에는 강화도를, 1982년에는 공주를 답사했다. 선생님은 늘 내가 들어 있는 조에 합류했다.

힌 시샘 낳은 후배가 "선생님께서는 언제나 서선배 조에 들어가십니까?"라고 하니 선생님 대답이 "맛있는 것 많이 먹을 수 있을 것 같아서"여서 한바탕 웃은 적이 있었다. 사실 요리로 치면야 선생님을 따라갈 사람이 없었다. 한번은 야외에서 라면으로 식사를 한 적이 있는데, 그때 선생님은 "라면은 이래야 맛있다" 하면서 손수 펄펄 끓는 라면에 치즈와 햄 기타 온갖 재료를 뚝뚝 잘라 넣어 모두들 경악을 했다. 그때 맛본 특이한 라면의 맛은 아마 장금이도 흉내내지 못할 것이다.

선생님 곁에서 선생님이 제보자를 찾고, 질문을 하고, 응수하고, 메모를 하는 모든 것을 직접 보고 배울 수 있었던 것은 내게 큰 행운이었다. 선생님은 답사가 끝나면 직접 메모하였던 수첩을 그대로 내게 주었는데, 그 수첩에 적혀진 선생님의 메모 능력과 기술에 너무나 놀랐다. 그것을 밑바탕으로 두어 달은 채록과 주석 작업에 매달려야 했다. 내게만 그 힘든 일을 맡기는 선생님이 무척 원망스러웠는데, 그 고생이 이후 어떤 갈래의 구비문학 작품에도 두려움 없이 다가설 수 있는 바탕이 되지 않았나 싶다.

무엇보다도 가장 큰 가르침은 석사논문을 위해 시집살이노래를 조사하러 전남 곡성에 내려갈 때였다. 그때 선생님은 "돈은 넉넉하나?"고 하면서 대답도 듣지 않고 주머니에서 무려 10만 원을 꺼내 주었다. 제자 주머니 사정은 어떻게 안 것인지. 사양을 해도 한사코 주길래 "그럼 돌아와 갚겠습니다" 하고 넙죽 받아 마음도, 주머니도 넉넉해져서 목적지를 향했다.

곡성은 고향이긴 해도 떠나온 지 너무 오래고, 먼 친척들만 남아 있어서 낯설기만 했다. 주로 저녁에 모여 앉아 쉬는 곳으로 찾아가 조사하고, 낮에는 전날 조사한 것을 곧바로 옮겨 적고 청취가 안 되는 부분은 다시 찾아가 재조사를 했다. 그래야 제대로 채록 작업을 할 수 있다는 선생님 가르침 때문이었다. 하지만 한여름 뙤약볕 밑에서 모두들 일하느라고 바쁜데 나 혼자만 녹음기 둘러메고 빈둥거리며 다니는 것이 너무나 죄송했다. 공부한다는 그럴싸한 핑계로 정작 노동과, 노동하는 사람들과 유리되어 있는 것이 바른 태도일까 갈등이 일었다.

그런 내 고민을 선생님에게 편지로 드렸는데, 선생님은 곧 답장을 보내주었다. "답사하는데 내려가 보지 못해 미안하다. 나도 민요를 조사하면서 늘 그런 갈등을 겪었다." 선생님의 그 말이 당시 내게 얼마나 큰 힘이 되었는지. 선생님과 같이 큰 분도 나와 똑같은 갈등과 고민을 하였다는 것, 그리고 멀리서 선생님이 내 답사에 함께 하고 있다는 그 느낌으로 인해 한 달여의 기간 동안 단독 답사를 하면서도 조금도 외롭지 않았다.

선생님이 그렇게 애써 지도했는데 나는 그 지도의 보람도 없이 석사논문을 쓰자마자 선생님에게서 감히 하산할 궁리를 하고 있었다. 과정 내내 청주에서 운중동까지 길이 닳도록 오르락내리락하던 사람을 따라 청주로 내려가리라 결심을 했으니 말이다. 심사를 통과하긴 했지만, 아직 최종 원고를 남겨 둔 때였다. 선생님에게 제자의 혼인을 축하해 주십사 말씀하니, 그 순간 선생님의 일성은 지금도 잊을 수가 없다. "어허 큰일 났네, 논문 고쳐야 하는데."

박사논문을 쓰는 과정에서도 원고가 완성되면 선생님에게 먼저 보냈다. 선생님은 예전처럼 논문 앞장에 죽 지적사항을 적어 보냈다. 그렇게 멀리서나마 선생님의 지도를 계속 받을 수 있었으니 난 참 행운아다. 박사논문 심사를 받던 날, 심사위원장으로 내려온 선생님 말씀, "가사 연구의 명맥이 끊어지는 줄 알았는데, 다시 이어지게 되었다." 다른 심사위원 교수님들이 모두 있는 자리에서 그 말씀은 또 얼마나 큰 힘이 되었는지 모른다. 그 말씀 때문에라도 난 가사 연구의 맥을 이어가야 한다는 선생님의 과제를 놓을 수 없었다.

올해 초 선생님을 찾아갔을 땐 그동안 모아둔 여성가사 자료를 당신은 이제 필요 없다며 내게 주었다. "뭐 별거 없다" 하지만, 그게 얼마나 소중하고 귀한 자료인지 난 너무나 잘 안다. 선생님이 젊은 날 적지 않은 대가를 치르며 모아들였을 그 자료를 이 부족한 제자에게 아낌없이 내어줄 땐, 선생님이 미처 다루지 못한 부분의 연구를 대신 해내라는 엄한 채찍이 들어있음을. 능력이 너무나 모자란 이 제자가 거듭되는 시련 끝에서도 지금까지 포기하지 않고 연구를 계속해 올 수 있었던 것은, 선생님의 그 태산 같은 걱정과 사랑 덕분임을 나는 너무나 잘 안다.

(전남대학 호남문화연구소 연구원)

아닌 제자, 못된 제자

이경순 (1981년 한국학대학원 석사 1학기)

선생님 정년퇴직 기념으로 제자들이 꾸미는 글 모음집에 한 편 쓰라는 전화에 드는 생각, 두 가지. 비정한 세월에 대한 일변 원망과, 내가 글 쓸 자격이 있는가, 과연 제자라 할 수 있긴 한가? 선생님이 알아보지 못하는 건 아닐까 하는 일변 자괴감. 그래도, 써 보려고 한다. 선생님이야 어떻게 생각할지 모르지만 한때 선생님께 배웠음을 일생의 뿌듯함으로 간직하고 있던 속내를 한번 펴 보이고, 내 젊은 날의 한 부분을 비중 있게 점하고 있는, 정문연 그 시절을 한번 회억해보고 싶은 마음이 불현듯 들기 때문이다.

한국학대학원에 가게 된 동기는 즉흥적인 것이었다. 당시 경북사대를 졸업하고 3년차 고교 국어선생을 하고 있던 나는 주당 42시간의 수업시간에 질려 변화를 찾던 차에 학비 부담 없다는 대학 동기 박순임의 권유에 따라 시험을 친 바였다.

그래서 만나게 된 조동일 선생님. 내게 비친 선생님의 첫인상은 넘치는 에너지, 그것의 분출을 백퍼센트 학문적인 업적으로 만들어 놓는 분이었다. 당시 주변에는 선생님에 대한 이야기가 얼마든지, 언제든지 떠다니고 있었다. 천재라느니, 타자기로 치면 바로 책이 된다느니, 수업을 주제로 한 이런 저런 이야기들. 누군가 입학 원서 종교란에 '토속종교'라 썼더니 알아주더라는 말도 있고. 선생님께 당한 많은 경우들에 얽히고 설킨 이야기. 급한 성격에 학생들이 머뭇대고 있으면 못 참고 다 해결해 주는 방법도 있으니 알아두라는 출처 모를 학습비법까지.

당시 내 논문 주제는 《인현왕후전》 연구였다. 실제 인물을 모델로 한 소설이라 재미있겠다 싶어 선택한 주제였는데, 나로서는 모호하던 주제 선택의 이유를 일목요연하게 정리해주며 해보라는 허락에 무척 고무되었던 것이 어제 일인 양 생생하다. 그래서 여기저기 이본들을 모으러 다녔는데 논문 완성을 못하는 바람에 그 필사본 뭉치들을 아직도 간직만 하고 있어 선생님께 죄송하다. 과정을 마치지 못한 회한보다 선생님에 대한 죄송함이 더 큰 것은 웬일일까?

해외 견학 때 보았던 선생님의 모습들도 한 컷 한 컷 내 기억 속에 각인되어 있다. 신기해하며 코끼리를 타던 모습, 틈틈이 그림 그리던 모습, 다른 사람 것 몇 분의 일도 안 되는 작은 휴대가방에서 빗방울이 떨어지자 바로 꺼내들던 우산을 보았을 때에는 선생님의 주도면밀한 일면을 한 칼에 보았다. 그런데 선생님은 그 우산을 끝내 아무하고도 공유하지 않았다.

입학하고 한 학기 후, 어머니의 병환 때문에 휴학하겠다는 말을 하려고 찾아갔던 내게 선생님은 "공부가 마음만으로 되는 것은 아니다"라고 하였다. 공부가 마음만 있으면 되는 것이라고 생각해서, 그 마음을 못 내어서 괴로웠던 내게 그 말씀은 질책과 위안이 되었다. 결국 나는 논문을 쓰지 못한 채, 어머니가 이미 돌아가신 고향 춘천에서 강원일보 기자로 취직했다. 나로서는 아직도 힘든 직업으로 꼽고 있는 기자, 그 일은 멀어진 《인현왕후전》을 다시 떠들어 볼 시간을 내지 못하게 했다. 하루를 온전히 사람 만나고, 전화하고, 글 쓰느라고 늘 허덕였다.

그러던 어느 날, 강원대학에 선생님 강연 일정이 잡혀 있다는 소식은 얼마나 반가웠던지. 넓은 계단식 강의실 뒤에 앉아 선생님의 한국문학사 강연을 들으니 정말 감회가 새로웠다. 강의 끝에 존재과시용 질문을 했는데 순간 선생님은 제법 먼 거리에서 나를 알아보고 서둘러 내

쪽으로 왔다. 그때 느낀 반가움과 고마움, 그 마음의 온기는 지금 글을 쓰는 순간에도 느껴진다. 강연이 끝난 뒤에 초청자 서준섭 교수와 선생님과 나는 찻집에서 무슨 얘기를 했는지는 기억에 없지만 내게 신문사 생활의 이점에 대해 한 말씀은 격려가 됐었다.

한참 동안 얘기만 하다가, 좋은 밥집에서 맛있는 음식을 얼마든지 사드릴 수 있었을 텐데 그런 주변머리가 없어, 경춘선 기차로 올라간다는 선생님께 나는 선물격인 물건을 드렸는데, 뭔가 하니 손수건이었다. 그때의 내 마음자리는 지금도 스스로 이해가 되지 않는다. 하고 많은 물건이 있을 것인데, 하필 손수건이라니……. 인터뷰 대신 강연 요지로 마감했던 그 날의 취재는 외롭고 지쳐있던 내게 한참을 버틸 수 있게 해준 에너지가 됐었다.

대학원 동기인 조찬식과의 결혼식에 선생님은 주례를 서주었다. 공부를 계속 못한 제자, 아닌 제자, 덜 된 제자였는데도. 그 감격을 한참 동안 풀어놓았던 기억이 있다. 결혼식 날 "지방 언론을 지키는 두 젊은 이"라며 기를 세워주는 주례 말씀이 든든했다.

문제는 내 핀트 못 맞추는 주변머리. 결혼식 후 찾아간 선생님께 드린 선물은 돌 좋다는 지방의 벼루였는데 선생님 말씀이 서예에는 별 취미가 없다고. 그 이후 나는 경우 안 맞는 선물을 하는 사람에게 무척 관대해졌다. "본 마음은 절대 그렇지 않은데 주변머리가 없어서"라고 이해하게 된 것은 분명 두 선물 건, 손수건과 벼루 때문이다. 다른 때는 그렇지 않다고 자부하는데 유독 선생님께는 그랬다. 얼었었나 하고 스스로 생각한다. 당시 사모님 대신 얌전하게 차를 내놓던 어린 따님에게 다정히 하던 선생님 모습도 떠오른다.

그 후로도 한 십수 년 놀다가 지금에야 중국미술사 공부를 시작해 박사논문을 준비하고 있지만 아직도 국문학 책들을 버리지 못하고 있는 미련 저 편엔 분명 선생님과의 짧은 인연도 한 갈피 자리하는 것이리라.

　어쨌든 선생님은 참 매력적인 분이라고 생각한다. 가르치는 일과 공부하는 일을 선생님만큼 하는 사람이 정말 많지 않을 것이다. 선생님 호가 '설파'인줄도 모를 만큼 멀리 있지만 정년퇴직 후 선생님 생활은 분명 짜임새 있게 할 것으로 생각한다. 학문적 인연은 엷어졌으나 이렇게 확실하게 선생님에게 애정과 신뢰를 가진 옛 제자가 있음을 기억하고 춘천 근교 산을 찾아주면 참 좋겠다. 그러면 맛있는 밥집에 사우나까지 풀코스로 대접할 주변머리가 이미 갖추어져 있음에랴.

(강원대학 강사)

도둑놈 돈으로라도 공부해라

이종주 (1981년 한국학대학원 석사 1학기)

　"누구의 글이든 입론을 두들기면 무너진다." 1970년대 말 나는 누구의 어떤 글이건 두들겨 팰 수 있다고 확신하던 학부 4학년이었다. 그 당시 한창 군화에 광을 내고 있던 신군부처럼 나는 겁이 없었다. "지가를 올리고 있는 논문 엉덩이 차는 글이나 쓰면서 중고등학생들 하고 씨름하는 것도 학문에 이바지 하는 것 아니냐"라는 농을 친구들과 주고받기도 하였다.

　군대를 제대하고 영어 콤플렉스를 어떻게 좀 이겨내 보고자 시작한 영문학 부전공에 헤매면서, 한편으로는 일주일에 한두 편씩 영어로 된 논문을 읽고 그것을 우리 문학에 적용시키는 재미에 빠져 있었기 때문

235

이었다. 영어 콤플렉스에서 차츰 벗어나자 나는 국문학사 한번 통독하지 않은 새로운 콤플렉스에 시달리기 시작하였고, 정반대로 한번 가보자고 한국학대학원으로 눈을 돌렸다.

"어용 기관인데……", "학연은 어찌하려고……" 하는 친구들의 우려는 초등학교 때부터 날 데리고 다니신 형님 댁으로부터 자립해야 할 당위 앞에 사그라들었다. "대학교수가 못 되면 어떠랴. 가르치는 즐거움을 누릴 수 있는 자격증도 있는데, 좀 자유롭게 헤매보자." 이런 생각이 결국 내가 선생님을 한국학대학원에서 만나게 한 인연의 끈이었다.

어느 학생에게나 그러했듯 선생님은 학문적 카리스마를 가진 폭군으로 다가왔다. 당시 나는 《열하일기》의 서술시점을 겸재 정선의 회화미학과 비교하며 문체 분석을 하는 논문을 진행시키려고 했다. "《열하일기》를 한문 문체로 다시 쓸 수 있는 실력이 없다면 불가능하다. 한글 소설을 해 보는 게 어떤가?" 권유형식이었지만 그것은 윽박지름이었다. 그러다가 선생님은 한문학과 학생들과의 세미나에서 내 발표를 듣고는 적극적인 후원자가 되었다. 나는 폭군의 신뢰에 기뻐해야 할지, 그 불가능할 것이라는 한마디에 흔들렸던 금간 자존심에 울어야 할지 한동안 헤매야 했다.

차츰 폭군에 대응하는 방법을 찾아가면서, 나는 그 카리스마가 아주 큰 약점이 있다는 것을 눈치챘다. 지극히 태연해 하거나 당당한 척하면 폭격은 수그러졌다. 피격을 당해보아도 그 폭탄은 살상용이라기보다는 엄호용이었다. 때때로 "공격이 최선의 방어"라는 본능으로 무모하고 치기 어린 '입론 두들기기'를 시도해도 폭군은 "생각해 보니 그런 점이 있다"고 하면서 받아들이기를 꺼려하지 않았다. 호랑이 앞에서도 죽어라고 마주 짖어대는 진돗개를 기다리고 있구나 생각하였다. 돌이켜 보면 그때 한국학대학원 사제지간은 모두 긴장과 믿음을 함께 만들어 가고 있었다.

　　정작 폭력은 다른 방향에서 감지되었다. 학생들의 정신적 의지처였던 이숭녕 대학원장과 고병익 원장이 명분 없는 사유로 물러나고, 현실 정치권에 가깝다는 느낌을 주던 분들이 그 자리에 앉아 개악으로 보이는 학문적 자세 개혁을 강조하는 시절이 왔다. 학생들에게는 국민세금으로 공부한다는 심리적 부담을 행동으로 보여주기를 유별나게 기대하는 분위기였다. 이성무, 강신표 교수님과 조선생님, 세 분의 청계산 산책이 왠지 외로운 모습으로 감지되곤 하였다. 학생들이 진정서를 내고, 성토대회를 열고 나름대로 난리를 쳤지만 그것은 하룻강아지들의 어리광으로 보였을 터였다.

　　"세금으로 공부하는 고마움이야 공부로 답하면 되는 건데, 학생들의 기를 살려주기는커녕 자기들이 학비 주는 것처럼 옭아매서 줄을 세우려 하는군." 떠나야겠다는 생각이 들어 나는 모교 대학원 입학원서를 사들고 선생님을 찾았다. 선생님은 당시 출간되던 구비문학대계를 가리키며 말씀하였다.

　　"나는 도둑놈 돈을 쓰더라도 이 작업은 해야 한다고 주장했네. 참고 졸업하게!"

　　"저는 도둑놈 돈이면 공부 안 합니다. 수단이나 과정이 더 중요하지요. 전 가겠습니다."

　　"일 년만 참아보게. 정 아니다 싶으면 내년에 다시 입학하게."

　　'이 양반은 공부라는 목표의식이 너무 강하구나, 목표를 위해 수단 방법을 가리지 않는 분이 아닐까, 도둑놈 돈이라도 가지고 공부를 해야 한다니.' 완전히 납득이 되지는 않았지만 나는 카리스마의 폭력 어린 설득 앞에 다시 주저앉았다. 그런데 석사를 마치고 나서 선생님은 나뿐만 아니라 여러 동기들에게 모교 박사과정 진학을 권했다. 휘하에 끌어모으고 거느리기를 좋아하는 폭군이 아니었다. 보냄의 미학을 실천했던 것이다. 나는 그때 이 폭군이 외로워할 줄 안다고 생각했다. 그리고

237

스승은 주먹밥을 싸서 아들을 떠나보내는 어머니와 같아야 한다는 생각을 하게 되었다.

나는 떠나서 선생님을 만났고, 다시 선생님은 나를 떠나보내어 멀리서 새로이 선생님을 보도록 만들었다. 스승이 되어 가르치다가 스승이 되기를 사양하였지만, 그것이 모두 지금 남의 선생 노릇하는 내게는 가르침이었다. 물론 강아지조차 족보가 있어야 대접받는 세상에서 나는 선생님과의 이런 관계 때문에 적지 않은 한국적 희극을 겪기도 하였다. 나는 연어를 보면 웃음이 나온다. 강릉 남대천에서는 태평양 생선이라고 부를 것이고, 알래스카 반도에서는 동해바다에서 온 놈이라고 할 것이다. 연어는 한국에서는 인기 없는 생선이지만 그래도 보호 어종인 것은 틀림없고, 선생님은 어족 다양화에 기여한 분으로 기억될 것이다.

어떤 사람들은 내가 '조동일교 신자'인지 아닌지 은근히 관심을 갖는다. 그렇다고 하기도 하고, 아니라고 하기도 하고, 나도 모르겠다고 답하기도 한다. 대개는 물으면서 이미 답을 가지고 있는 사람들이기 때문에 내 답은 별로 중요하지 않다. 하지만 확실한 것은 나는 이 종교가 분명히 사교는 아니라고 믿는다는 사실이다. 물론 나는 이제 교주가 폭군이라고 생각지도 않는다. 때로 이 교주가 유아독존적 절대신앙을 강요한다고 주장하는 사람들도 있었다. 그러나 그것은 이 교주가 확신하는 학문의 무한성을 같이 느끼지 못하고, 그 무한성 앞에 성실하고 진지한 그의 태도를 이해하지 못한 때문이었다고 믿는다. 지푸라기 같은 작은 진실에도 겸손하지 않았다면 그 같은 자긍심은 없었을 것이다.

나는 한때 이 교주가 학문적 성취 그 목적 자체를 지나치게 추구하는 것 아닌가 의심한 적이 있다. 그러나 이른바 학문의 고상함을 논하는 사람들이 학자란 이름 아래 바벨탑 벽돌을 쌓고 있다는 말을 들은 적은 있지만, 교주가 과정과 수단을 함부로 했다는 소리를 듣지는 못하였다. 도둑놈 돈으로라도 공부는 해야 한다던 말은 독감을 앓던 내게 준 임시처방이었던 것이다.

젊은 시절 교주는 오만하고 지나치게 자신감에 빠졌다는 비판을 달고 다녔다. 그러나 나는 이즈음 묻는다. 그이처럼 "진리에 순종하라"는 말을 실천한 적이 있는가. 손발에 흙을 묻혀 가면서 제자와 학문을 사랑한 적이 있는가. 학문의 세계에서 옳다고 생각하는 것을 예의상 묻어 두고 논쟁을 포기한다면 학자일 수 있는가. 그이가 오만할 수 있다면 그것은 학문적 열정과 엄격성의 표현에 다름이 아니라고 나는 믿는다. 그이를 오만한 사람으로 만든 것은, 그이의 태도가 아니라 지연과 학연과 인간됨을 따지며 학문을 망치는 오늘의 세태일 것이다.

나는 젊은 시절 자유스런 사람이 되려는 마음이 인연이 되어 선생님을 만났다. 선생님은 매임이 없는 자유인이었다. 다시 그 곁을 떠나 21년이 되었다. 또 내가 좋은 세월 덕에 쉽게 남을 가르치는 자리에 오른 지 19년이 된다. 큰 소나무 밑에는 풀도 제대로 자라지 못한다. 자라건 못 자라건 멀리서 싹을 틔우는 것이 도리다. 멀리서 이런 생각을 하고 있었지만, 나는 아직 뿌리도 내리지 못하고 있다. 소나무로 생각지 말고, 마주 보아야 자라는 은행나무로 여겼어야 했는지 반추된다. 바라건대 지난 20년간은 소나무로 선생님을 대했지만, 이제부터 20년은 은행나무로 마주할 수 있도록 더욱 굳건히 그 자리에 서 있기를. 물론 그 20년 뒤에 또다시 다른 나무로 변신해달라고 청할지 모르니 그때도 너그러이 받아 주기를.

(전북대학 교수)

《한국민족문화대백과사전》이 만든 인연

강영순 (1981년 백과사전편찬부 편찬원)

선생님과 나의 인연은 한국정신문화연구원에서 시작되어 지금까지 이어지고 있다. 정문연에서는 세계 최초로 《한국민족문화대백과사전》을 만든다면서 신문에 연구원 공채 공고를 냈다. 당시 서울 어느 고교의 국어교사로 재직 중이었는데, 나의 무식함을 깨닫고 더 넓은 학문의 세계에 대해 갈증을 느끼며 고민하던 참이었다. 그 일에 젊음을 바쳐도 좋을 듯 싶었고 나의 목마름도 해소될 것 같았다.

공채 시험을 보았다. 시험과목은 공통필수로 국어, 외국어, 그리고 전공이었던 것으로 기억한다. 그런데 다른 과목은 지금 생각이 나지 않지만 국어만은 생생하다. 그런 국어시험은 듣도 보도 못했기 때문이다.

앞뒤 네 장 분량의 문제지에 깨알 같이 작은 글씨로 고어·국한문혼용체·한문으로 된 지문이 가득했다. 그걸 읽어 내고 대답을 요구하는 설문 자체도 역시 만만찮았다. 두 번 읽을 겨를도 없이 죽죽 읽어가며 다시 생각할 시간도 없이 썼는데도, 전체의 7할 정도밖에 풀지 못했다. 몰라서라기보다는 시간이 절대적으로 부족해서이다. 국문학전공자가 국어 때문에 떨어질지도 모른다는 생각이 들었다.

그런데 운 좋게 합격했다. 합격 후 내가 제일 먼저 궁금해서 알아 본 것은 국어문제의 출제자였다. 그 장본인이 바로 선생님이었다. 가장 힘들어했던 시험 덕분에 난 20:1의 경쟁률을 뚫고 합격했던 것이다. 50분

안에 풀 수 있는 문제를 냈다면 난 떨어졌을지도 모르니 은인을 만난 셈이다.

한편 '민속' 전공으로 시험을 치고 편찬부에 들어왔는데 정작 '한문학' 분과를 맡게 되었다. 우선 담당자가 항목을 추출하고, 외부의 편집위원 교수님들께 그 항목들을 보여 선정 여부를 문의하고, 최종적으로 관련분과 담당자들이 회의를 하여 최종 결정을 하는 과정을 거쳤다. 그런데 편찬원 담당자나 외부교수 편집위원들이 열심인 분과는 세밀하게 항목을 뽑고 그렇지 않은 분과는 엉성해지는 등 전체적인 균형이 맞지 않는 일이 많았다. 그 답답함을 해결해 보고자 몇몇 사람들끼리 모여 의논하고, 정문연 한국학대학원의 강좌를 여건이 허락하는 대로 청강하기도 하였다. 그때 난 선생님의 강의를 주로 청강하였다. 청강하는 사람이 누구인지, 아는지 모르는지 묻지도 않고 열심히 즐거워하며 강의만 하는 분. 그때 선생님의 강의는 내게 여름 가뭄의 빗줄기가 되곤 했다.

정문연에서 훌륭한 학자들을 많이 보았지만 선생님은 훌륭한 것 이상으로 별난 데가 있다. 학자란 으레 이론에 밝으면 실제에는 어둡고, 학문에서는 정확하지만 세상사에는 뒤처지기 일쑤이며, 더구나 보직을 맡아 남을 통솔하는 일에는 손방이기 쉬운데 선생님은 그렇지가 않다. 그중에서 내가 겪어보기에는 통솔하는 방법이 역시 남다르다. 無爲之治라고나 할까? 德治라고나 할까? 선생님에게는 그런 말로도 어울리지 않는 작전과 전략이 있다. 어찌 학자가 저럴 수 있을까 싶었다.

도서관장을 맡아서는 문교부 납본용 박사학위논문이 모두 정문연 도서관으로 오도록 교섭해서 성사시켰다. 통쾌한 일이었다. 그 당시에는 이른바 국학과 관련된 모든 자료들이 정문연 도서관으로 모이는 듯한 느낌이었다. '국학의 총본산'이라는 말이 헛말이 아니었다. 마음 놓고 필요한 자료를 볼 수 있으니 자료 때문에 걱정할 필요가 없었다.

또한 도서관 조직의 내막을 꿰뚫어 보았는지, 매년 도서구입비가 적지 않게 지출되는데도 정작 찾는 자료가 잘 없더니 그 까닭이 도서 구입의 수량만 채우는 관행 때문이라는 것을 파악하고는 제도적으로 방지책을 마련해 놓았다. 도서관 예산을 효율적으로 사용하도록 조처한 것이다.

그러는 사이 편찬부는 여러 가지 많은 시행착오에 지칠 대로 지쳐 있었다. 부담이 많은 업무량에다 편찬부장의 잦은 경질이 무엇보다도 상황을 악화시켰다. 각 분과 담당자들은 브리핑할 준비로 시간을 낭비하고, 또 새 부장이 바뀐 정책을 내어 놓으면 거기에 맞춰 일을 해야 했다. 차기 부장이 부임하면 그간의 문제점들은 원점으로 돌아가고. 담당자들은 일보다 자신의 논문자료를 확보하는 일과, 학계와 친분을 쌓아 대학교 전임으로 자리를 얻는 데 더 신경을 쓰는 분위기였다.

그런 분위기를 조성하는 데 앞장 서는 사람과 그렇지 못한 사람들로 조금씩 구별되어 갔다. 전자는 대개 얼마 안 있어 자신의 관심과 노력대로 대학에 진출하곤 했다. 후자는 교체된 편찬부장의 업무추진 방식에 적응해야 하고 또 담당자가 빠져나간 분과의 업무를 새 담당자가 올 때까지 맡는 등 이중 삼중의 업무를 감당해야만 했다. 뒤늦게나마 백과사전 편찬의 설계도 격인 체계도가 요구되어 백과사전을 만든 다른 나라들의 경우를 참조하고 조사했지만, '민족문화백과사전'은 우리 나라에서 처음 만들려고 하는 것이니 명쾌한 답이 나올 리 없었다.

그런데 1986년 3월에 선생님이 편찬부장으로 부임했다. 난 속으로 쾌재를 부르면서도 한편으로는 걱정이 이만저만 아니었다. "이 난제를 어떻게 해결할까?" 그러나 노파심이었다. 부임하자마자 모든 것을 당신 일로 자임하고 각 분과 담당자들에게 분과의 현황과 애로점, 문제점, 시정할 점 등을 밀봉하여 제출하라는 것이었다. 공식적인 통계와 보고를 받는 관례를 완전히 뒤엎은 것이었다. 그리고 며칠 후 나는 내가 올린 封書에 대한 批答을 받았다. 담당자들의 분위기는 조금씩 바뀌기 시작했다. 어느 때이고 궁금한 점을 들고 부장실을 찾아가면 그 자리에 선생님은 늘 있었다.

편찬부 전체 회의를 몇 번 열면서 그간에 푼 것과 풀지 못한 문제들을 청취하고 그 결과에 기초하여 직접 '기초항목 지식체계도'라는 민족문화백과사전의 사후 '설계도'를 작성했다. 우리 편찬원들에게 한국 민족 특유의 '특대항목'을 모집하더니 〈웃음〉 등의 개성적인 대항목도 만들어 내었다. 나로서는 한참 고민하던 문제를 선생님께 내어 놓으면 그 즉시 명쾌하게 교통정리를 하고는 반드시 폭발성 웃음을 터뜨렸다. 그동안 이쪽이 맞으면 저쪽에서 안 맞고 어느 문제를 해결하려 들면 늘 형평이 어긋나 고민이었던 문제들이 쾌도난마 격으로 하나하나 해결되어갔다.

그때 난 선생님의 일하는 스타일을 많이 배우게 되었다. 첫째 危邦不入이라고 어떤 어려운 상황이나 조직에 들어가기 전에는 심사숙고하여 결정한다. 그러나 들어간 후에는 최선을 다한다. 그리고 조직이 싫으면 최선을 다하다가 한계에 이르기 전에 물러난다.

그 뒤 나는 결혼하여 선생님 제자인 남편과 함께 인사차 선생님 댁을 방문했다. 그때 한 말씀은 "학계에서 맺어졌으니 두 사람이 학계에 함께 공헌을 해야 한다"는 내용이었다. 그러더니 남편이 잠깐 자리를 비운 사이에 선생님은 내게 또 다른 교시를 주었다. 공부에 너무 욕심을 내면 다른 쪽은 그만큼 하지 못한다고 했다. 그러나 이 모순된 당부의 말씀에도 불구하고 남편의 학문이 남편뿐만 아니라 나에게도 성취가 되고 학계에도 기여가 된다는 것을 실천해보이려고 지금도 애를 쓴다.

지금 나는 남편과 함께 학술진흥재단 3년 과제를 책임연구원과 전임연구원이 되어 추진하고 있으니 그 노력의 일단이라 보면 안 되겠는가? 羅孫 선생님이 남겨주신 "逐二兎"라는 휘호가 엉뚱하기만 한 것이 아니라는 점을 나의 욕심으로 증명하고픈 것이다.

선생님이 교육부장관이 되게 해달라고 기도한 적이 있었다. 선생님이 말했던 한국대학의 경쟁력 키우는 법 등이 내 귀에 생생하고 또한 함께 일해본 경험이 있어 그런 것들이 어느 정도 실현가능하다고 여겼기 때문이다. 기도를 시작한 지 1년 반이 되었을까 우연히 말씀을 나누다가 그것은 선생님이 원하는 바가 아니라는 걸 알고 난 실망하면서 기도를 그만두었다. 하지만 선생님의 학문뿐만 아니라 특히 그 경륜이 언젠가는 한국의 지식사회에 크게 영향력을 끼칠 것이라는 점을 믿는다. 이 혼탁한 세상에 믿고 의지할 어른, 미래를 예견하는 이인이 부재한 세상에 큰 경륜을 지닌 대학자여서 감사하고 존경한다.

(단국대학 동양학연구소 연구교수)

"공부한 것 가지고
찾아온 줄 알았더니"

이복규 (1982년 한국학대학원 박사 1학기)

선생님이 재직하던 한국학대학원에 입학한 것은 행운이었다. 합격 인사를 드리러 간 내게 선생님은 박사논문 주제부터 부과했다. 당신이 연구하고 싶었던 것이라며, 《임경업전》 전승 연구를 권하였다. 처음에는 그 말씀대로 '전승' 전체를 연구하려 했지만 감당하기 어려웠다. 어느 날 중간보고를 듣더니 단호하게 말했다. "범위를 소설로 한정할 것, 연구방법도 전통적인 방법을 따를 것"이라고. 그래서 《임경업전연구》

244

가 나왔다. 제자의 수준에 따라 지도하는 혜안을 선생님은 가졌다.

한국학대학원 입학을 앞둔 1981년 12월 21일, 등록을 마친 우리들을 연구실에 모아놓고 당부한 말씀들은 지금도 새롭다.

"자기 전공 분야가 있어야 한다. 나는 지금까지 이것저것 닥치는 대로 해왔는데 이래선 안 되겠다는 생각이 자꾸 든다."

"우리가 궁극적으로 정복할 고지는 국문학 내지 문학 일반이다. 그러나 그 정상에 이르는 데는 여러 길이 있다. 어떤 길은 막히는 길도 있고, 어떤 길은 가다가 절벽을 이루는 길도 있다. 길을 택하되 자료가 풍부하면서 공시적 통시적으로 크게 유용한 위치를 차지하는 그런 대상을 택해서 다루어야 한다. 정상에만 관심 있고 길에 대해선 무관심해서는 안 된다. 올라갈 수 없다. 구체적인 자료를 통해서만 가능하다."

"자료와 사실이 중요하다. 방법과 원리는 그 다음이다. 자료와 작품에 대한 통달이 있고 나서야 연구가 가능하다. 소설 전공자라면 100편의 소설을 읽어야 하고, 혼자 주석·해독·분석할 수 있어야 한다. 향가의 경우라면 독자적으로 해독할 수 있는 어학능력이 있어야 한다."

"전공 선택의 내용에 따라 준비할 사항이 결정지어진다. 읽을 저서와 논문, 훈련해야 할 사항이 정해진다. 엄청나게 쏟아지는 학술정보를 주전공 분야가 없으면 어떻게 다 읽어내셨는가? 주전공을 세워놓아야 그 잡다한 자료 중에서 취사선택해서 활용할 수 있다."

과정을 밟으면서 내게 강렬하게 다가온 말도 소개한다. "내 능력의 절대부족을 절감한다." 무슨 시간엔가 선생님이 진지한 표정과 어조로 그렇게 말하는 것을 들을 때 충격이었다. 우리는 얼마나 더 겸허하게 긴장하면서 학문 활동을 해야 하는 것일까?

언젠가는 학문 외적인 문제를 가지고 찾아갔더니 응대한 후 하는 말, "공부한 것 가지고 온 줄 알았더니." 정말 그렇다. 선생님은 일없이 찾아오는 것을 싫어한다. 학자로서의 긴장된 자세를 일깨우는 무서운

채찍과도 같이 나를 규제하는 말씀이요, 태도이다.

입학한 지 1년 만에 학과가 폐지되는 사태가 일어나 다시 경희대로 옮겨오고 말았지만, 그 뒤에도 청강하거나 궁금한 점을 편지로 혹은 직접 뵙고 도움을 청하는 등 지금까지 나는 수시로 선생님의 도움을 받고 있다.

선생님이 정문연 시절을 회고하는 글에서, "동냥젖"이란 표현을 썼지만 나야말로 그랬다. 특히 서경대에서 처음으로 한국문학사 강의를 하던 1992년, 나는 한 학기 내내 서울대에 가서 선생님의 문학사 강의를 듣고 녹음하고, 끝난 후에는 선생님과 함께 산길을 걸어 내려오면서 궁금한 점들을 일일이 묻고, 그것을 밑천 삼아 내 강의를 진행하였다. 그때 나는 문학사는 물론 선생님의 생활에 대해서까지 새롭게 알고 깨우치는 행복을 누렸다. 문학사와 관련된 것은 제외하고 몇 가지 소개하면 이렇다.

"넥타이는 평소에는 안 매고 있다가 강의 들어갈 때만 매는데 강의실에서 나오자마자 풀어버린다."

"현재 시중에 나오는 책 가운데 두 살 된 책이 얼마나 될까? 대부분 나오자마자 사라지고 만다."

"자료집만 내면 남 좋은 일만 하니, 달아 있을 때 연구까지 해버려야 한다."

"난 컴퓨터 체질이 아니다. 밤에 잠을 못이룬다. 그래서 아침에만 조금 한다. 주 논문은 손으로 쓴다."

"교과서와 정설이란 없다. 끊임없는 논란만 있을 뿐이다."

"일생의 연구 계획을 세워라. 모든 논문이 연결되고 묶여지게 하라. 단 아주 좋은 자료가 나타나면 그때는 외도해도 좋다."

"내겐 결벽증이 있다. 강의든 무엇이든 완벽하게 하려는 버릇이다. 시간도 꼭 채워야 직성이 풀린다. 아니면 꺼림칙하다. 그래서 함부로 남의 요청을 수락하지 못한다. 백 퍼센트 완벽하게 하려니 힘들어서 그렇다."

"강의교재의 분량이 적은 것은 보충식으로 진행하고, 많은 것은 요약하거나 중점적인 부분을 들어 강의하라."

"강의는 학생에게 맡겨도 엉망이 되기 십상이고, 그렇다고 교수 혼자 강의하면 지루하니 강의방식은 계속해서 궁리해야 한다."

1988년 초, 내가 서경대 교수가 되던 날 전화 드렸을 때 보였던 선생님의 반응은 인상 깊다. 내 소리가 떨어지자마자 선생님은 내게 응답하는 것도 잊은 채 큰소리로 사모님에게 이렇게 말했다. "이 사람이 교수가 되었대요."

선생님을 엄격한 이성주의자로만 아는 분들이 많은데 과연 이 말을 믿을 수 있을까?

(서경대학 교수)

'부지런한 천재'에 대한 질투·항변·후회

김성수 (1982년 한국학대학원 석사 1학기)

1980년 가을, 5·17 이후 백 열흘 쯤 휴교한 후 오랫만에 학교를 찾은 나는 지도교수에게 휴학을 신청했다. 엄혹한 군사정권이 더욱 기세등등하던 시절, 존경하는 이우성 선생님이 강제해직 당한 소식을 듣고 더 이상 학교에 있고 싶지 않아서였다. 그런데 지도교수는 그런 나를 말리면서 이제부터 제대로 공부를 해보지 않겠냐면서 국문학계에 새로 떠오르는 학자로 선생님 존재를 알려주었다. 그리고 한 해 넘게 선생님의 초기 논문과 저서를 통독하면서 선생님의 학문을 당차게 사숙하게 되었다. 특히《문학연구방법》은 내 공부에 평생의 지침서가 되었다.

1981년 가을, 선생님께서 모교에 찾아와 공개강연을 할 때 학부 4학년생으로선 하면 안 될 당돌한 질문을 했다. 선생님은 국문학을 대표하는 석학인데 하필이면 왜 신군부정권의 이데올로기 교육기관인 정문연에 몸담고 있으며 그것이 후학들에게 상징적인 영향이 없겠냐는 민감한 비판을 함축한 물음이었다. 장내는 술렁였고 모교 선생님들은 당장 사과하라며 야단이 났다. 그러나 선생님은 그런 나를 철없다 외면하지 않고 따로 불러 좋은 말로 해명했다. 내용은 다 기억되지 않지만 당신을 믿으라는 선생님의 너그러운 태도와 열변에 매료되어 평생 제자가 되기로 마음먹었다.

그리고 우여곡절 끝에 한국학대학원 석사과정에 입학하여 전국 여러 대학에서 모인 동료 선후배들과 고통의 축제 같은 학문 훈련을 받는 행운을 누렸다. 스무 해쯤 지난 지금 되돌아봐도 그 시절이 가장 행복하지 않았나 싶을 정도로 열심히 공부했다. 모든 과목에서 우리가 온전히 차지한 선생님의 마르지 않는 샘물 같은 학문적 열정은 경외의 대상이었다. 어느 날 대학원 옆 조그만 호숫가에서《적과 흑》의 첫 대목이 무엇을 상징하느냐고 물었을 때는 경외심이 지나쳐 살의마저 느껴졌다. 소설이 자본제의 도래를 알리는 공장의 기계소리로 시작된다는 설명과 함께 그 정도도 포착하지 못했으면서 무슨 작품을 읽었다고 하겠는가고 넌지시 찔러올 때는 참담했다. 내 존재를 너무나 왜소하게 만드는 이 '부지런한 천재'와 한 하늘 아래 있는 것이 질투가 날 지경이어서 호숫가로 슬쩍 밀어 넣고 싶은 욕망마저 꿈틀거릴 지경이었다.

우리는 선생님이 끊임없이 일깨우는 문제의식과 방법론을 정리하고 도서관에서 자료를 찾아 수없이 복사물을 늘려가는 한편, 기숙사의 밤샘, 새벽 스터디 그룹까지 조직해서 맞서봤지만 선생님의 넘치는 열정과 제자 욕심을 만족시키기 어려웠다. 학문 수련의 강도나 의욕을 따라주지 않는 능력과 게으름에 회의를 느껴 스트레스 풀 겸 동료들과 술자리에 어울린 적이 한두 번이 아니었다. 못 마시는 술에 밤새 절어 수업시간 직전까지 기숙사에 누워 있는 날이 여러 번이었다.

첫 학기 '문학연구방법론' 시험 날도 예외가 아니었다. 전날 밤부터 새벽까지 김동욱 선배와 호숫가 포장마차를 다 털어 마셨는데, 기억에 소주 여섯 병을 둘이 나누어 마신 것 같았다. 시험을 보는데 문제도 잘 보이지 않고 볼펜이 미끄러져 글씨가 지렁이였다. 난 잘해야 두 병 정도 마셨는데 네 병 이상 마신 선배는 끄덕 없이 답안을 쓰는 것이 아닌가. 다음날엔가 동료들이 술렁였다. 무슨 일인가 보니 기숙사 복도 벽에 A+부터 재시험까지 수십 명의 성적표 공고문이 버젓이 붙어 있는 것이 아닌가.

당연한 결과지만 난 재시험에 가까운 최하점이어서 너무나 창피했고 하필이면 그걸 만천하에 공개한 선생님이 원망스럽기까지 했다. 놀랍게도 같이 마신 선배는 최고성적이었다. 난 성적표 방문을 뜯어가지고 기숙사에 숨겨둔 후 — 그 후 10년 님세 보관하고 공부가 게으를 때마다 꺼내보았다 — 곧바로 선생님께 찾아가 머리 조아리고 사죄를 했다. 아마도 성적표 방문은 전무후무한 일이 아닌가 싶다.

1983년 봄 신군부의 방침에 따른 대학원 축소 개편안이 발표되자 우리는 모두 동요했다. 김형효 교수님과 선생님께서 대학원생과의 면담 자리를 주선했고, 그 자리에서 난 또 2년 전의 뼈아픈 질문을 반복하지 않을 수 없었다. 역사의 방향을 제대로 잡지 못해 능력은 있는데 쓰이지 못하고 가야산에 은거했던 저 최치원처럼 선생님 같은 석학이 역사의 잘못된 흐름에 휘말려, 당신을 따르는 전국 각지의 후학들까지 신군부의 이데올로기 교육시스템에 좌지우지되는 것이 옳겠냐는 자탄 어린 항변이었다. 하지만 해결된 것은 아무것도 없었다.

그렇게 못난 제자는 선생님 가슴에 평생 후회할 못을 박고 끝내 사죄도 드리지 못하고 떠나고 말았다. 당신은 젊은 학자들의 교통정리를 자임했지만 그런저런 사연으로 선생님께 저지른 인간적 잘못을 풀지도 못하고, 제자 키운 보람을 안겨드릴 만큼 제대로 공부도 하지 못해 부끄러울 뿐이다. 정문연 시절에 모자라는 실력을 단숨에 메우려고 초조해하면서 책에 있는 지식 쌓기 공부에만 몰두하느라고 동료들과 선후배에게 인간적 배려를 제대로 하지 못한 것도 평생 부끄러움으로 남는다. 아직도 학문의 길이 끝난 것이 아닌 만큼 선생님의 숱한 제자들 중 말석에라도 끼기 위하여 열심히 공부해서 통일문학사의 한 대목이라도 쓰면 용서가 되지 않을까 싶다.

(성균관대학 강사)

우연이면서 필연인 만남

박미영 (1982년 한국학대학원 석사 1학기)

선생님이 만남의 인연에 대해서 썼듯이 만남이란 삶에서 우연적 필연이다. 영문학을 전공하였던 나는 의도대로 대학을 졸업하면서 그 전공 때문에 취직이 되어 아주대학에서 일하게 되었다. 1981년 국문과 조교를 하고 있던, 정확히 말하면 교양학부 조교를 하고 있던 친구가 E대 대학원을 그만두고 한국학대학원에 진학하겠다고 공부를 시작하면서 나더러 같이 하자는 것이었다. 당시 아주대학교 교양학부에 재직하던 김상대 교수가 한국학대학원의 박사과정에 재학하면서 내 친구에게 한국학대학원의 특혜와 연구환경에 대해 말한 탓에 그 친구는 한국학대학원에 꼭 가고 싶다고 결심하게 되었던 것이다.

나도 당시 내 일에 대해서 거의 염증을 느끼고 있었고 공부하고 싶은 욕구가 점점 커지고 있어 대학원에 갔으면 하던 차에 한 5월 정도부터 함께 국문학사 등의 책을 읽게 되었다. 나는 시험에 별로 자신이 없어 당시 시험과정이 없었던 모교 대학원에 가려고 했다.

그런데 원서를 쓰게 될 무렵 친구는 결혼할 사람이 생겨 소위 시쳇말로 나를 무참하게 배신한 것이다. 친구는 김상대 선생이 사준 지원서니 뭐니 모두 내게 주면서 한국학대학원에 시험을 한번 봐 보라고 했다. 한문이니 불어니 하는 시험공부를 제대로 하지 못해 어떻게 시험을 보냐고 하고 모교에 원서를 쓰러 갔다. 난감한 경우가 생겼다. 지원서를 보니 학부에 다닐 때 영문학을 전공하였기에 전공을 바꾸려면 원전공인 영문학과에서 한 분, 가고자 하는 전공에서 한 분, 이렇게 두 분의 추천서를 받아야 지원할 수 있게 되어 있었다. 영문학 전공 지도교수님이 국문과로 가면 추천서를 써 줄 수 없다는 것이다. 그래서 부득이하게 친구의 권유대로 한국학대학원에 원서를 넣고 불어공부를 시작했던 것이다.

한국학대학원은 정말 징그럽게 시험을 보았다. 하루 종일 필기고사를 보고 다음날 또 면접고사를 보았다. 형식적인 면접이 아니었다. 지금 생각하면 그 시험을 "누가" 주관하였는데 면접이 형식적이겠는가. 1인당 30분쯤은 걸리는 것 같았다. 대기실에서 나와서 면접실 앞 복도로 불려가 밖에서 기다리고 있는데 나보다 나이가 두세 살 많아 보이는 남자 한 명이 면접을 보고 나오면서 뭐라고 중얼거리더니 나를 쳐다보면서 혼잣말 하듯이 말하는 것이다. "문제가 김천택과 김수장에 대한

251

것이었는데 대답을 잘 못했다. 꼭 붙고 싶었는데 이거 대답을 못해서 떨어질 것 같다"는 것이다. 나는 당황하여 아무런 대꾸를 못하는 사이 그 사람은 가고 나는 잠시 생각할 여유를 가졌다.

내 차례가 되어 들어가자 정말 희한한 광경이 펼쳐져 있었다. 면접 시험을 어떻게 보기에 이렇게 시간이 많이 걸리나, 문제가 어떻게 제시되었지 궁금했었는데 큰 테이블 두 개가 있고 그 위에 10x20cm 정도 되는 종이 카드가 빼곡히 엎어져 있었다. 아마 지금 서원대에 있는 이경우 교수라 생각되는데 그 분이 한 테이블에서 한 개씩 집어 보라는 것이다. 이런 면접은 그때가 일생에 처음이자 마지막이었던 것 같다.

그런데 문제를 집어보고 정말 깜짝 놀랐다. 그 중 한 문제가 바로 김천택과 김수장에 관한 것이었다. 나는 기쁘고 놀라 잠시 숨을 고르는데, "못 하겠거든 다른 거 골라 보라"는 말이 들려, 얼핏 소리 나는 쪽을 쳐다보았다.

세상에. 나는 생전 처음으로 그처럼 눈이 빛나는 사람을 본 것이다. "아닙니다" 하고 당돌하게 똑바로 쳐다보면서 면접자 자리에 앉았다. 그러고 보니 옆에 어떤 노교수가 한 분 앉아 계시고, "다른 거 골라 보라"고 한 어느 젊은 교수가 눈을 빤짝이며 앉아 있었던 것이다. 바로 선생님이었다.

내가 고려가요를 하겠다고 했다. 그때는 몰라보았던 이명구 교수님이 참 꼬장꼬장하게도 질문하고, 나는 그야말로 기가 꽉 막히게 대답을 해드렸던 것이다. 한국학대학원에서 공부를 하면서 느낀 당시의 내 지식은 정말 부끄러운 것이었다.

이명구 교수와 면접을 하는 동안도 나는 선생님으로부터 눈을 뗄 수가 없었다. "어쩌면 저렇게 눈이 빤짝거리는 사람이 있을까?" 하는 생각만 머릿속에 맴돌았다. 선생님이 질문하자 이명구 교수님은 정말 안중에도 없게 되었다. 선생님이 몇 가지 질문을 하였는데 거의 기억하고 있다.

"왜 지원했느냐?"

"학비가 없어서요."

"입학하게 되면 직장은 그만 둘 건가?"

"당연히 그만두어야지요."

"시험문제 가운데서 무엇이 제일 어려웠느냐?"

이렇게 말하는데 슬쩍 쳐다보니 이미 채점을 끝낸 답안지를 들고 있는 듯했다. "우와, 정말 부지런한 분이시구나" 생각하면서 정공법으로 대답했다.

"사회등 가사는 뭔지 모르겠습니다."

"그래도 다 썼구먼."

"열 문제가 시대 순으로 나열된 것 같았는데 시기상 개화기에 해당하는 것 같아 그 점에 초점을 맞춰 거짓말을 좀 썼습니다."

정말 무식해서 용감했다. 선생님이 웃기 시작하는데 나는 정신이 없어졌다. 나는 그 이후로 선생님의 빤짝거리는 눈을 빤히 정면으로 한 번도 쳐다보질 못했다.

여기서 하나 우연적 필연에 대해서 말하고 싶은 것이 있다. 선생님이 출제한 면접시험 문제 가운데 다른 한 문제가 고전분학과 현대문학의 관계에 대한 것이었다. 참으로 신기하게도 현재 봉직 중인 천안대학 교수채용 때 면접시험에서 다시 그 문제와 만났다. 그 때 너무 놀랐고 한편으로는 안도감마저도 들었다. 모든 것이 선생님과의 인연에서 시작된 연기가 아닌가.

선생님은 아무 말 안 해도 학생의 성품이나 처지를 아는 힘이 있다. 1982년 이후 박사과정을 마치고 1994년 박사 학위를 받고 지금에 이르는 기나긴 세월 동안에, 나 때문에 선생님은 안 해도 될 일들을 많이 했다. 박사논문 쓸 때도 그랬고, 인생의 문제에서도 그랬다. 선생님 면

전에서 기쁜 인연에 대해서 말할 용기가 없었기에 이 지면에서 감사드
린다.

(천안대학 교수)

가장 소중한 힘은 집중력이다

이진오 (1982년 한국학대학원 석사 1학기)

박사과정에서의 마지막 가르침을 잊을 수 없다. 박사논문은 무척 난
산이었다. 선생님으로서는 정문연에서 처음으로 배출하는 박사라 그런
지 많은 관심을 쏟았다. 논문을 쓰는 나보다도 더 열심히, 그리고 정밀
하게 글을 보아 준 점 지금도 송구스러운 생각이 든다. 행정적으로도
난관이 많아 고생을 했고, 선생님은 그 모든 난관을 넘어서는 데 결정
적인 힘이 되었다.

평소에도 그러하지만 최종 논문을 제출할 즈음 선생님은 극히 엄중
한 모습을 보였다. 시간 여유가 하루밖에 남지 않은 시점에서 영문초록
을 원어민에게 검토 받아 오지 않으면 논문 제출을 허락하지 않겠다는
것이었다. 영문초록은 형식적이라 생각하고 크게 신경 쓰지 않았는데
이게 웬 날벼락인가! 다소 원망하는 마음을 안고 원어민을 수소문하였
다. 마침 당시 정문연에 미국인 연구원이 한 분 있어서 도움을 받아 영
문초록을 다듬었다.

제출 시한 마지막 날 아침, 영문초록을 포함한 최종 재가를 받기 위
해 선생님 댁을 찾았다. 여기서 다시 지적 사항이 나오면 시간적으로
제출이 불가한 상황이었다. 선생님은 의외로 선선히 재가를 하였다. 그

런 다음 학위논문을 밀쳐놓고는 마침내 참으로 진지한 모습으로 박사과정 중의 마지막 가르침을 전하였다.

"학문을 하는 데 가장 소중한 힘은 집중력이다!" 재능이나 성실성, 근면성 그 모든 것보다도 중요한 것이 집중력이라는 말을 마치 스스로에게 다짐이라도 하듯이 엄숙하게 말하였다. 나는 그 말의 내용보다도 말하는 모습의 진지함과 엄숙함에서 오히려 감동을 받았고, 지금도 그 순간의 장면을 잊지 못한다. 아마도 공부하는 자세와 방법의 핵심을 전달하고자 한 의도가 아니었나 하는 생각이다.

선생님의 엄격함은 스스로의 학문생활에서뿐만 아니라 대인관계에서도 마찬가지였다. 들은 바에 의하면, 선생님은 저녁에 모임이 있으면 아무리 재미있는 자리라도 저녁 8시가 되면 딱 일어나서 귀가를 한다고 하였다. 처음에는 이 이야기를 듣고 일찍 귀가하여 학문 활동에 매진하는 줄 알았으나, 나중에 등산이나 답사, 회식 등의 자리에서 선생님과 여러 대화를 나누면서 저녁에는 거의 작업을 하지 않는다는 놀라운 사실을 알았다. 해만 지고 나면 힘을 쓰지 못한다는 것이었다.

게다가 저술이 그렇게도 많은데도 밤샘이란 걸 일생토록 단 한 번도 해 보지 않았다고 한다. 한정된 시간을 활용하여 그 많은 저술을 하였다니 참으로 놀랄 일이다. 저녁 시간은 학문 활동에 그다지 적극적으로 쓰지 못하면서도 귀가를 엄격하게 시간을 지켜 한 것은 아마도 다음 날의 정상적인 활동을 위해서였던 것 같다.

그런데 이러한 엄격함이 내가 박사과정일 때 서서히 변화를 보이기 시작했다. 대학원 시절, 선생님은 우리 학생들에게 삼겹살을 많이 사주었다. 영양보충을 해서 열심히 공부하라는 의중이었을 것이다. 한번은 판교에 가서 삼겹살을 먹었는데, 나는 시계를 보면서 초조한 마음이 들었다. 선생님의 귀가시간이 늦어지고 있어서였다. 그래도 그냥 가기는 뭣해서 선생님에게 차나 한 잔 한 뒤 모임을 마치는 것이 어떨지를 여쭈었다. 선생님의 부드러우면서도 따스한 호령이 바로 떨어졌다.

"이군이 타락했나? 술을 한 잔 더 해야지, 우째 차를 마시자 하노!"

나는 순간 선생님에 대해 그동안 입력된 정보 체계에 엄청난 혼란이 발생하고 있음을 내 흔들리는 시력의 초점에서 느낄 수 있었다. "아아, 도대체 선생님에게 '타락'의 개념은 무엇인가?" 그날, 선생님은 맥주를 한참이나 마시며 환담을 나누다가 밤 열두 시가 가까워서야 버스를 타고 귀가를 했다. 그때가 1986년이나 1987년쯤이었던 것 같다.

설파라는 호에 대한 일화를 빠뜨릴 수 없다. 원래 선생님은 등산을 워낙 좋아하여 정문연 뒤에 있는 청계산을 천 번도 더 올랐다고 한다. 그래서 자칭 "세계에서 청계산을 가장 많이 오른 사람"으로 자부하기도 했다. 최고를 좋아하는 성품이 여기서도 발휘된 셈이다. 등산을 좋아하다 보니 등산 안내역을 많이 하게 되었는데, 등산 안내자라는 의미로 '셸파'를 漢譯하여 '雪坡'를 호로 삼았다고 그 유래를 설명한 적이 있다.

이 호는 전통적인 한자 호와는 유래의 성격이 달라서 매우 독창적이라고 늘 자부한 듯하다. 그런데 나의 박사 논문에서 18세기 조선 스님 雪坡 尙彦이라는 분이 거론되었는데, 원고 수정 지시 사항을 적으면서 '雪坡'라는 부분에 동그라미를 치고 "이런 호를 쓰는 분이 있었다니!"라고 적어 놓았다. 선생님이 늘 자부해 마지않는 독창성의 긍지에 약간의 손상을 입은 모양이었다.

설파선생님은 늘 독창의 길을 걸어 최고의 경지로 나아갔으며, 그 모든 것에는 '집중'의 힘이 바탕이 되었다. 학문 세계의 '세르파'를 당신의 업으로 자임하였다. 부지런함이 병이라고 자탄하며 시원찮은 논문을 질타한 적은 많지만 게으른 사람을 비난한 적은 없었다는 선생님의 말을 위안으로 하여 못나고 게으른 제자는 오늘도 자위하며 살아가고 있다. (부산대학 교수)

256

청계산 구름 골을 헤매다가

최상은 (1982년 한국학대학원 석사 1학기)

나의 청계산 시절, 즉 내 석사과정은 여러 면에서 특별한 경험을 가져다 준 두 해였다. 입학시험 합격 후 우선 자부심으로 가슴이 부풀어 있었다. 학비 전액 면제에다 매달 주는 장학금에 무료 기숙사는 돈벌이 하면서 대학원을 다녀야 했던 내게 가장 큰 선물이었다. 거기다 경상도 한 쪽 모서리에서 서울권으로의 진출은 묘하게 가슴을 설레게 했다.

그런 자부심과 기대는 개강을 하면서 바로 힘겨움으로 현실화되었다. 빡빡하게 진행되는 강의와 끊임없이 부과되는 과제와 발표, 그리고 호된 비판은 그때마다 나를 좌절에 빠지게 했다. 촌놈에다 극도로 내성적인 성격이던 나는 학기초를 매우 힘들게 지냈던 기억이 난다. 그런 힘든 과정은 좀처럼 끝나지 않았다. 어느 학기였던지 선생님 강의시간에 발표를 했는데 선생님 평왈, "사람 좋다고 논문 살 쓰는 거 아니니, 진로를 바꾸어보지."

순간 눈앞이 하얗게 변하며 강의가 어떻게 끝났는지도 모르게 기숙사로 내려오는데 룸메이트가 하는 말, "그래도 형, 사람 좋은 거는 선생님도 인정하셨잖아." 씁쓸한 웃음으로 대답을 대신했던 것 같은데, 좋다는 말이 그렇게 안 좋은 것으로 들린 적이 없었다. 그 후로도 학위논문을 쓸 때 원고를 내기만 하면 새빨갛게 지적사항 적어 주는 바람에 얼마나 좌절에 좌절을 거듭했던지…… 뚝심이 있기 때문이었는지 사람이 무뎌서 그랬는지는 몰라도 그래도 끝까지 용케 견뎌냈다. 청계산 구름골을 그렇게 헤매다가 겨우 하산할 수 있었다.

힘든 가운데서도 꿋꿋하게 공부해 나갈 수 있었던 것은 동기생들 덕분이었다. 남학생 6명에 여학생 1명이었던 어문학과 문학전공 3기생들은 타 전공 학생들이 "저들끼리만 논다"고 비난할 정도로 친밀하게 지냈다. 공부를 같이 했을 뿐만 아니라 놀기도 잘 했다. 저녁식사 후 기숙사 서편 주차장은 우리 전공 학생들의 족구장이 되었다. 맥주내기 족구가 끝나면 으레 관사 매점으로 향했다. 매점 주인아저씨가 연구원 경비원이어서 외상도 잘 해 주었다.

그리고 장학금 나오는 날에는 판교에 있는 고깃집 대호갈비에 나가 지난 달 외상값을 갚고 다시 외상으로 삼겹살에 소주를 맛있게 마시고 흥겹게 돌아오곤 했다. 언젠가는 선생님도 동참하신 적이 있는데, 내가 종지에 받아둔 삼겹살 기름에 볶아드린 밥을 드시고는 참 맛있다고 했다. 선생님에게 내가 칭찬들은 것은 이것이 유일한 것이 아니었나 생각된다.

또 다른 일화가 하나 있다. 어느 화요일 국가 지도자 연찬이 있던 날 저녁, 잔디밭에서 봉산탈춤 공연이 있었는데 우리 전공 4명은 백열등 켜고 두부김치에 막걸리가 준비되어 있는 공연장에서 얼얼하게 한 잔 하고 연구원 위 호반 포장마차에서 2차, 날듯이 걸어서 4.5㎞ 밖 판교로, 택시 타고 판교에서 성남 시내로 겁도 없이 내달렸다. 껌껌한 신흥동 골목 허름한 맥주집, 앉은키만큼 쌓인 안주 접시를 감당할 돈이 없어 무전취식으로 성남경찰서 유치장에서 하룻밤을 보내게 되었다.

수재들을 알아본 경찰서 모 간부님의 배려로 가까스로 풀려났으나 십년 감수했다. 유치장 단골손님이 무전취식은 구류 29일까지 가능하다고 한 말에 논문 학기였던 한 선배가 논문 못 낼까봐 안절부절하던 모습, 모자라는 술값 좀 가져오라는 말에 기숙사생 용돈 다 긁어모아 달려와 준 동료의 표정이 생생하다. 선생님에게는 동기 집에 놀러갔다가 아침 통근차를 놓쳐서 늦었노라고 거짓말했다. 그러면서도 매주 서너 개씩 되는 과제·발표 빠뜨리지 않고 다했고, 중요한 책 그때 다 샀다. 공부도 놀기도 그때 다 한 것 같다.

지금 생각하면, 무엇보다 선생님의 혹독한 지도 덕에 이렇게 한 대학의 교수로서 학생들을 가르칠 수 있게 된 것 같다. 남들이 평하기를 "문체까지도 조선생님을 닮았다"고 할 정도로 우리 동기들은 선생님 가르침을 따랐다. 지금 내가 학생들 과제나 논문 지도하는 모습을 보면 그때 내가 지도받던 대로 어설프게 따라하고 있다. 그런 한편 선생님의 그늘을 빨리 벗어나는 것이 우리의 과제이기도 했다. 그런데 내 학문이 그 정도가 되었는지, 논문은 좀 잘 쓰게 되었는지 의심스럽다. 그때는 사람이라도 좋았는데, 지금은 사람조차 나빠지지 않았는지. 청계산 구름골을 헤매다 겨우 하산, 다시 속세의 구름 속에 휘말려버린 건 아닌지…….

졸업 후 돈을 벌어야겠기에 서울에서 고등학교 교사를 시작했고, 교사를 하면서 박사과정에 3번 응시했으나 선생님이 받아주지 않았다. 그래서 성균관대학 박사과정에 들어가 1992년 2월에 학위를 받고 그해 4월 상명대학 천안캠퍼스 국어국문학과에 부임하여 현재에 이르고 있다. 석사 때부터 가사 논문을 쓰기 시작하여 현재까지 거기에 머물고 있다. 너무나 많은 자료 때문에 앞으로도 타 장르에 눈 돌릴 여유가 없을 것 같고, 최근에는 정확하고도 친절한 주석·번역의 필요성을 절감하고 그 작업을 시작하고 있다.

(상명대학 교수)

영원한 챔피언

강진옥 (1983년 이화여대 박사 4학기)

1978년 11월 초순 어느 날. 그날은 좀 이상했다. 아침에 출발하는 버스를 놓치고서, 다시 11시에 광화문에서 출발하는 정문연의 중간버스를 타려고 허둥지둥 달려갔는데도 눈앞에서 차가 떠나는 것을 보아야 했다. 약간은 오기가 발동했던 터라, 오후 3시에 출발하는 차라도 타야겠다하고 세종문화회관 옆 다방에 들어가 책을 읽고 있는데, "그 책 재미있어요?"라는 소리가 귓전에 닿았다. 눈을 드니, 얼굴 가득 웃음을 담은 사람이 서 있었다.

갸우뚱 쳐다보자, "내가 이 책을 쓴 사람입니다." 나는 막 출간되었던 《우리 문학과의 만남》을 읽던 중이었다. 놀라서 벌떡 일어나 인사하자, "어느 부분을 읽는지 보자!"며 엎어둔 책을 펴보고는 껄껄 웃었다. 마침 국문학자들의 세대구분에 관한 부분이었다. 그렇게 해서 선생님을 만났다.

그 무렵 나는 이대 석사과정에 재학하면서 정문연에서 주관했던 구비문학 전국조사 프로젝트의 조교로 근무하고 있었다. 조사방법과 채록방식 등 해결해야 할 일들이 산적하여 당시 전국 각지에서 구비문학을 전공하는 분들로 구성된 조사위원회가 자주 열렸는데, 선생님이 계시기만 하면 회의는 일사천리로 진행되었다. 그때 어문연구실에 근무하던 연구요원들 간에는 "조동일 선생님이 아흔아홉 마디를 하고 나머지 분들이 한 마디를 나누어 한다"는 농담이 있었고, 선생님의 그 증상은 아마도 '밥중독' 탓일 것이라는 유언비어성 진단도 내려졌다. 선생님의 대식성에 대한 일화들은 너무도 유명하니 그에 관한 주석은 따로 필요가 없으리라.

탁월한 아이디어와 엄청난 추진력, 어떤 일이든지 거침없이 바로 해마치고 마는 열정. 그때 나는 '속도'에 대해 알게 되었다. 당시 범 무서운 줄 모르는 하룻강아지였던 나는 그 속도를 따라잡고 말겠다는 야무진 꿈을 업무차 보냈던 편지글에다 감히 쓰기도 했었지만, 그것은 날이 갈수록 요원하여 지금은 젊은 날의 치기로만 기억될 뿐이다.

석사학위를 받은 후 어문연구실 인연으로 사전편찬부에서 근무하게 되었는데, 마침 선생님이 한국학대학원에 출강하게 되었다. 선생님은 석사와 박사과정 각각 한 강좌를 강의했는데, 선생님의 배려로 두 과목 모두 청강하는 영광을 누렸다. 대구에서 올라오는 관계로 강의는 격주로 진행되었지만 그 전날 밤 시간까지 한껏 이용하여 수업시간을 꼬박 다 채웠다. 강의명은 '문학연구방법론'과 '구비문학연구'이었다고 기억한다.

이듬해 한국학대학원으로 옮긴 선생님은 고전문학회 연구이사를 맡았다. 고전문학회는 당시 국문학연구의 학술담론을 주도하는 대표적인 학회였는데, 선생님은 항상 논쟁의 중심에 서서 학술적 토론이 무엇인가를 온몸으로 보여주곤 했다. 그것은 갓 입문한 신참자인 내게 '학문한다는 것'이 무엇인지를 각인시켜 주는 계기가 되었다.

1983년 1학기, 이대 박사과정에 '한국문학사'가 설강되어 드디어 선생님 강좌에 수강신청서를 낸 정식 수강생이 되었다. 한국학대학원생과 함께 수업을 받았는데, 선생님은 《한국문학통사》 제2권 원고를 학생들에게 논평하게 하고, 제3권의 기획안을 제시하면서 한 항목을 선택하여 초고를 써보라는 과제를 주었다. 매시간 선생님은 학생들의 논평을 경청하고 적절한 해명을 해주었다. 혈기방장한 청년학도들의 비판적 지적들을 귀밑까지 발갛게 물들인 채 한 마디라도 빠질 새라 진지하게 경청하던 선생님의 모습은 지금도 눈에 선하다. 전투적으로 토론에 임하던 투사와는 또 다른 선생님의 모습이 아직도 신선하게 기억되는 것이다.

1983년 겨울, 부산 모 대학에서 공채공고가 있었다. 오랜 객지생활 끝이라 고향의 부모님 슬하에 있고 싶었던 나는 서류를 내보기로 하고 선생님께 추천서를 부탁드렸는데, 선생님은 추천서는 물론 그쪽 학교 분들에게 보내는 서신까지도 흔쾌히 써주었다. 그럼에도 불구하고 낙방의 쓴잔을 마시고 말았다. 그런데 다음해 국어국문학대회 참석차 오셨던 그 학교 교수님들이 내게 차례로 인사문제에 대한 정중한 사과를 표하는 바람에 몸 둘 바를 몰랐던 적이 있다. 그분들에 의하면, 광화문에서 출발하는 버스를 함께 타고 수원 경기대까지 오는 동안 조동일 선생님으로부터 인사를 잘못했다는 질책을 내내 받았다고 했다. 그분들이 치른 곤욕을 생각하면 송구하기 짝이 없지만, 질책하는 선생님을 한번 떠올려 보시라. 천하장사인들 어찌 견디랴. 선생님의 기대와 믿음을 확인할 수 있었던 나에게 그 사건은 더 이상 고마울 수 없는 격려이자 선물이었다.

1985년 1년 동안 《한국설화유형분류집》을 위한 과제를 수행하느라고 매주 선생님을 만났다. 선생님을 따라 청계산 등반을 한 적도 여러 번인데, 하산 후에는 동행했던 여러 선생님들이 모여 차를 마시면서 산 오름기를 매번 기록하는 관례가 있었다. 주로 한시를 썼는데, 동행한 우리에게도 쓰게 하여 읽고 품평하면서 즐거워하였다. 일상의 일들에서 즐거움을 찾아 어린아이처럼 오롯이 누릴 줄 아는 천진함은 선생님의 또 다른 매력이다.

음식이면 음식, 선생님은 한때 남다른 취향을 가진 식도락가로 자처한 바 있다. 산행이면 산행, 매주 가는 등산도 모자라서 관악산을 넘어

출퇴근하기까지 한다는 소문이 장안에 파다했다. 공부면 공부, 이렇게 나는 들었다.

대구 시절, 趙師가 제자들과 연구실에서 대화를 하고 있었다.

조사 왈: "사람은 신명나는 일이 있어야 산다."

제자 왈: "선생님의 신명나는 일은 무엇입니까?"

조사 왈: (쉬지 않고 타자기를 두드리면서) "나는 이런 신명으로 산다."

선생님은 내게 강의나 논문심사 같은 공식적인 경우는 물론, 일상을 통해서도 학문적으로든 인간적으로든 크고 작은 깨우침을 참 많이 주었다. 일요산행이 도봉산 등반으로 고정되기 전에는 서울의 남과 북에 있는 명산들을 두루 주유했는데, 내가 학생들에게 간혹 인용하는 다음 말도 산행에서 귀동냥한 것이다.

"대학에서 공부 잘하려면 고등학교에서 공부를 못했든가, 다 잊어버려야 한다. 대학원에서 공부를 잘 하려면 대학에서 공부를 못했든가 아니면 배운 것을 다 잊어버려야 한다."

고정된 틀과 관념을 부단히 깨고, 새롭게 태어나야 한다는 학문적 자세를 일깨워주는 이 말은 오늘도 내게 크나큰 경책이 된다. 선생님은 또 ㄱ 유명한 "학문은 대화이다", "관중과 선수론" 등으로 학술적 대화가 활발하게 이루어지는 담론의 장을 실천적으로 보여주고자 고군분투하기도 했다.

아, 지금 선연하게 펼쳐지는 어록의 한 대목이 있다. "자기 기록의 갱신." 챔피언은 자기 기록을 끊임없이 갱신해나가야만 진정한 챔피언이라고 했다. 선생님은 바로 자기기록의 갱신을 학문 활동을 통해 끊임없이 실천적으로 보여주고 있는 영원한 챔피언이다.

이렇게 나열해놓고 보니, 학부시절 졸업논문 쓴다고 늦은 밤까지 도서관에 남아 읽었던 논문들로부터 시작된 선생님과의 인연이 적지 않은 세월 지속되어왔다는 것을 새삼 알겠다. 선생님의 논문은 처음 내게 경이로 다가왔고, 구비문학을 전공으로 주저 없이 선택하게 한 계기였다. 선생님과의 인간적 만남은, 통념과는 다른 행동방식도 소신이 있다면 행할 수 있다는 용기를 주었다. 선생님과의 학문적 만남은, 이룰 수 없을지라도 더 높고 큰 학문세계에 대한 야심찬 꿈을 꾸게도 해주었다. 끊임없이 이어지는 선생님의 광대한 연구업적들은 내 안주와 안일을 쉬지 않고 깨우쳐주는 죽비가 되고 있다.

그러고 보니, 나는 광화문의 초월다방에서 선생님을 처음 만났던 그 순간부터 지금까지 줄곧 선생님의 오래고도 열렬한 팬이었음을 새삼 알겠다. 아참, 더 늦기 전에 '조사모' 회장 자리 한번 노려볼까나?

(이화여대 교수)

선녀와 나무꾼,
아니 나무꾼과 선녀

김대숙 (1983년 이화여대 박사 1학기)

1983년 봄, 나는 세곡동 시외버스 정류장에서 살갗을 파고드는 바람에 잔뜩 움츠린 채 운중동으로 가는 버스를 기다리곤 했다. 그해 박사과정에 입학해 다른 11명의 학우들과 함께 한국학대학원에서 선생님께 한국문학사 강의를 듣게 되었다.

사실 선생님을 처음 만난 것은 1982년 2학기 선생님이 이화여대 국문과 석사과정에 강의를 나왔을 때이다. 나는 그 때 이화여자대학 한국문화연구원에서 일하면서 교육대학원을 마치고 박사과정 시험을 준비하고 있었는데 선생님이 오신다는 소식을 듣고 청강을 했다. 원 수강생들에다 나 같은 청강생까지 학생들이 무척 많았고 헬렌관 2층 큰 교실에서 김현실·고순희·호승희와 함께 들은 기억이 난다. 강의는 선생님께서 집필하신《한국문학통사》2권의 원고를 수강생 두 사람씩 짝이 되어 한 단원씩을 읽고 발표하는 방식으로 진행되었다. 목차를 나눠주는 순간 학우들이 바로 바로 자신의 전공부분을 맡아 나갔다.

하나뿐인 설화 항목은 초장에 임자가 정해졌고 전체적인 윤곽을 모르는 나는 멍청하게 우물거리다가 몇 개 안 남은 목차 가운데 〈방외인문학〉을 무엇인지도 모른 채 골랐다. '방외인.' 그렇다. 그 항목이 한문학에 관한 것이라는 사실을 알고는 깜짝 놀라서 걱정을 태산같이 했지만 두고두고 생각할수록 내가 그 항목을 고른 것은 우연만은 아닌 듯하다. 태어나면서부터 역사를 전공하기로 정해져 있던 나는 옛날이야기가 역사라고 생각해서 별 생각 없이 사학과를 지망했으나 역사를 공부하면서도 도저히 공부를 계속할 수 없어 4년 뒤에나 교육대학원에서 고전문학을 시작했다. 서대석 선생님을 만나서 구비문학, 설화를 전공하기로 마음먹고 난생 처음 재수를 해서 박사과정에 들어갔지만, 전공을 바꾼 나는 공부에서나 사람들 속에서나 '방외인'일 수밖에 없었다.

여름방학에 성적표가 나오고 보니 12명 가운데 4명이 A를 받았다는 소문이 퍼졌다. 한 귀퉁이에 서 있던 '방외인'은 정말 기뻤다. 전과를 하고 야간대학원을 나왔지만 계속 고전문학을 공부해도 된다는 확인증을 받은 듯 했다.

1985년 정문연에서《한국설화유형분류집》을 만들어《한국구비문학대계》전체의 설화를 분류하는 기획에 참여하게 되었다. 선생님 연구실 앞방 큰 책상 위에서 네 사람이 일을 하고 있노라면 선생님이 회의차 다른 건물에 갔다 돌아오는 발자국 소리가 들리곤 했다. 우리 방 앞에 오면 얼굴만 조금 내밀고 "잘 되어가?"라고 한 다음, 선생님 방에 들어가는 기척이 들리고 의자를 당기는 소리가 난 다음 바로 "타닥타닥" 타이핑하는 소리가 들렸다. 그 시절 선생님은 타이프로 원고를 썼는데 언제 어느 때 누구하고 무슨 일을 하다가도 의자에 앉으면 바로 타이핑 소리를 울렸다. 공부를 시작하려면 뜸을 들이는 데 유난히 시간이 걸리는 사람들은 "선생님처럼 하는 분은 이혜순 선생님하고 두 분밖에 없을 것이다"라는 이야기를 모이면 나누곤 했다.

그해 가을에 선생님 방에 들어갔을 때 창가에는 감이 두 개 놓여있었다. 그 중에 하나를 집으라고 하여 모양이 예쁜 것을 고르자 선생님이 나머지 하나를 냉큼 쥐더니 "음, 맛은 이게 더 좋을 걸"이라고 했다. 내가 "이거 먹는 거예요?" 하고 묻자, 선생님이 "아니, 그럼 감을 먹지……" 하면서 크게 웃음을 터뜨렸다. 그날 그 감을 집으로 가지고 오면서 행여 터질까봐 버스 안에서 몹시 조심하던 기억이 난다.

설화분류에서 선생님은 "선녀와 나무꾼"을 "나무꾼과 선녀"로 적어 놓았다. 나는 작전상 중간에는 가만히 있다가 마지막으로 원고를 넘길 때 "선녀와 나무꾼"이라고 우겨서 그렇게 결정되었다. 요즈음 나는 그 설화로 논문을 준비하고 있는데 어쩌면 "나무꾼과 선녀"가 나을지도 모르겠다는 생각이 든다. "선녀와 나무꾼"이 "나무꾼과 선녀"로 변화한 것이 바로 그 설화가 지닌 깊은 의미가 있는 것이 아닌지 탐색이 필요하겠다.

전공을 바꾸어 입학한 초기에 선생님 옆에서 구비설화의 분류체계를 완성하고 《대계》의 설화를 분류한 일은 내가 설화를 전공하는 데 매우 좋은 밑거름이 되었다. 고전문학회에서 논문발표가 끝나면 선생님이 시원시원하게 정리를 해 주어 발표하는 분들은 곤욕을 치르기도 했지만 공부를 시작하는 나에게는 큰 도움이 되었다. 1987년에 선생님이 서울대학교로 직장을 옮겼다는 소식을 듣고 무척 기뻤다.

　1988년 여름에 박사논문 심사를 받게 되었다. 지금까지 내 얼굴에 남아있는 기미 자국은 선생님이 선물한 것이다. 내가 〈내복에 산다〉 유형의 셋째 딸이 신화적 인물이라고 늘어놓은 원고의 100매 이상을 빼지 않으면 논문을 통과시켜 주지 않겠다는 말에 너무 충격을 받아 생긴 자국이다. 그때는 정말 얼마나 무서웠던지 2차 심사가 끝나고 잠시 나와 있을 때 창가에서 밖을 내다보며 발발 떨면서 빌던 일이, 벌써 15년의 세월이 흘렀는데도 바로 어제 일인 것만 같다.

　학위를 하고 3년이 지나도록 취직을 못해 울고 다닐 때 가끔 꿈을 꾸면 그 창가에 서서 헤매다가 잠을 깨곤 했다. 1989년 10월 28일, 내가 〈우부현녀 설화와 박씨전〉이란 제목으로 몇 년을 벼르던 끝에 고전문학회에서 발표를 하였을 때, 토론시간에 별 말이 없던 선생님이 맨 끝에 가서 "왜 논문을 이렇게 빡빡하게 쓰느냐?"며 1·2·3장을 각각 따로 떼어서 논문 한 편씩 만들라고 하는 말을 들었다. 이 때까지도 나는 가끔씩 꿈을 꾸면 그 창가에서 울며 서 있곤 했다.

　1992년 여름 비교신화 자료를 찾으러 하와이 대학 한국학 센터에 가 있을 때 호놀룰루에서 한국학국제학술대회가 열렸다. 선생님이 참석해 이틀을 선생님을 따라 구경을 다녔다. 하루는 하나우마베이, 와이마날로비치 같은 관광지를 둘러보고, 하루는 폴리네시안 칼추럴 센터등의 박물관과 미술관을 다녔다. 마침 모네 특별전이 열려서 모네의 수련을 보았는데 모네의 그림을 처음 본 나는 몹시 실망해서 "이거 모네 그림 맞아요?" 하고 선생님에게 물었더니 선생님은 "어, 맞어. 우리 집사람도 그렇게 물었어"라고 했다. 그때는 선생님이 어려워서 같이 사진 찍자는 말을 감히 하지도 못한 것이 두고두고 아쉬웠다. 선생님과 같이 찍은 사진은 2001년 인도여행과 2002년 러시아 여행에서 얻을 수 있었다.

　1992년 수첩에는 "7월 29일 조선생님 Academy of Art, Bishop

Museum." "8월 1일. 섬 일주. 東. 폴리네시안 문화센터, Ala Moana"라고 적혀있다. '東'은 물론 조선생님의 약자이다. 나는 '東' 자를 이름 가운데 가진 사람을 참 좋아하는 경향이 있다.

지금 내 연구실에는 선생님이 가운데 좌정하고 오른편에 나와 박미영, 왼편에 조혜란과 이은숙이 앉고, 그 뒤에 고혜경과 손지봉이 서 있는 사진이 걸려 있다. 선생님 회갑기념으로 출판기념회를 마치고 근처 찻집에서 찍은 거니까 1999년 4월 22일이다. 사진 속의 선생님은 여전히 젊다.

선생님을 찾아 정문연을 드나들면서 좋은 친구들을 많이 만났다. 위 사진 속의 친구들과 박순임, 이종주, 윤주필, 박경수, 지금 금방 기억하지 못하는 여러 좋은 동학들을 만난 것도 다 선생님 덕분이다. 아주 가끔씩 김홍균의 소식이 궁금하다. 정문연에서 일을 마치고 그의 프라이드 자동차를 타고 과천에 간 적이 있었는데 가는 도중에 오른편으로 공동묘지가 많이 보이던 곳이 있었다. 얼마 전 그 쪽을 지나다 그때 본 무덤들을 찾아보았으나 보이지 않았다. 동행한 사람에게 물으니 다 없어졌다는 대답이 돌아왔다. 세월이 참 많이 흐른 모양인데 나는 변한 것이 별로 없다.

20세기의 끝에 한반도에 태어나 한국문학을 공부하면서 선생님을 만난 것은 내 인생의 큰 행운이다. 늘 감사하고 기쁘게 여긴다. 최근에 나는 공부에서 큰 위기에 직면하고 있다. 열심히 노력했다고 생각한 논문이 인정을 받지 못하면서 나이와 더불어 두려움에 싸여 있다. 그럴 때마다 선생님을 생각하면서 위기를 극복하고 난관을 헤쳐 나갈 힘을 얻고자 한다.

선생님은 작년에 안성 청룡사 뒤 서운산 등산을 하고 평택에 들렀다. 그런 일이 다시 있기를 바라고 말한다.

"선생님, 늘 오래오래 건강하세요. 그리고 머위가 날 때쯤이면 서운

산에 오세요. 평택 근동에 친구들과 다 모여서 맛있는 꽃게를 드셔요.
선생님 사랑해요."

(평택대학 교수)

아니, 아직도…

김신연 (1984년 숙명여대 석사 2학기)

대학원 석사과정 때 선생님을 처음 뵈었다. 선생님이 담당한 숙명여
자대학 대학원 강의에 처음에는 여러 명이 수강신청을 했다. 그런데 엄
청난 양의 과제물을 내주고, 안 해 오거나 답변을 못하면 나가라고 호
통을 친다는 소문이 들렸다. 소심한 학생들의 수강 취소 사태가 벌어졌
다. 그래서 몇 안 되는 숙명여대 대학원 학생들은 정문연 한국학대학원
으로 가서 그 곳 학생들과 함께 수업을 들었다.

점심을 먹은 후에 선생님을 따라 산책을 했디. 청계산의 등산로를
걸으며 강의 중에 못 다한 이야기를 들려주곤 하였다. 그때 더 많은 것
을 배웠다. 우리끼리는 선생님을 "살아 있는 백과사전"이라고 불렀다.

내 석사 논문심사 때는 심사위원으로 참여해 주셨다. 주위 사람들이
선생님이 심사위원이라고 하자 논문 통과 여부를 걱정했다. 선생님은
논문 첫 장에 "문장이 안 됨", "논리가 부족함", "부연 설명이 필요함"
등등을 기호로 표시하고, 본문 페이지마다 빨간색 도배를 하였다.

박사과정 시절에는 '문학연구방법'을 들었다. 그때에는 숙명여대에
와서 강의했다. 하루는 선생님이 안 오셔서 기다리고 있는데, 수위실에

서 전화가 걸려왔다. 선생님이었다. 수위가 교수라고 해도 안 들여보내
주니 그냥 돌아가겠다는 것이었다.

김용숙 학장님이 수위를 바꾸라고 하더니, 고명하신 교수를 몰라보
면 어떡하느냐고 나무랐다. 그리고는 다시 선생님에게, 너무 젊고 미남
이어서 설마 교수라고는 생각지도 못하고 학생들 만나러 오는 청년인
줄 알고 그런 것 같으니 양해하고 화를 풀라, 대충 그런 말을 했다. 잠
시 후 선생님은 얼굴이 벌개가지고 들어왔다. 남자들의 출입이 까다로
운 여자대학에 청년처럼 캐주얼한 차림으로 오니 그럴 만도 했다.

그 강의도 열심히 해주셨다. 우리도 리포트를 작성하랴, 발표하랴
애를 먹었다. 논리적이기보다는 다분히 감상적인 여자 대학원생들을
지도하느라고 선생님도 무척 힘들었을 것이다.

우리는 멋진 종강 파티를 해드리고 싶었다. 선생님은 종강 파티를
해 본 적이 없다고 딱 잘라 말씀하였다. 할 수 없이 수업 중에 기습적으
로 하기로 했다. 종강하는 날, 강의가 끝날 찰나에 우리는 각자 싸 온
음식을 조심스레 내놓았다. 선생님은 큰 소리로 "가마귀야"를 불러 우
리 귀를 놀라게 해 주었다.

서울대 대학원에서 설강한 '전통극연구' 강좌는 선생님의 허락을
받고 청강했다. 러시아 여행도 선생님을 따라 다녀왔으며, 보신탕도 선
생님을 따라다니다 먹게 되었다. 진달래꽃이 피거나 단풍이 절정일 때
나는 도봉산에 간다. 선생님을 따라 등산하기 위해서이다. 주변 사람들
이 놀라면서 놀린다.

"아니, 아직도 조선생님을 따라 다니냐?"

(한양여자대학 교수)

"참으로 탁견이다"

김대현 (1984년 한국학대학원 석사 1학기)

내가 대학을 졸업하던 무렵 《한국문학통사》 1·2권이 막 출간되었다. 나는 그 책을 읽다가 선생님을 찾아가기로 마음먹었다. 정문연 한국학대학원 입학시험 면접에서 왜 이렇게 학부 성적이 좋지 않은가 하고 물었다. 나는 대학을 유신시절 긴급조치 하에서, 그리고 5·18 광주 항쟁을 겪으면서 다녔고, 그 시절 학점이 좋다는 것은 내가 보기엔 정상이 아니라는 생각을 하고 있었다. 특히 전남대학교는 당시 민주화 학생운동의 선봉에 서있던 학교가 아니었던가.

좀 이상하지만 어쨌든 그런 말을 했더니, 그러면 관심분야라도 말해보라고 했다. 제3세계 문학에 대하여 알고 싶다고 했다. 후문에 의하면, 선생님은 그 대답에 만족했다고 한다. 당시에는 어느 국문학과 대학원시험 면접에서도 그런 내용들을 말할 수는 없었을 것이다. 선생님처럼 폭 넓은 분이었기에 가능한 일이었다. 소중한 인연이 그렇게 시작되었다.

타자기 한 대를 사 가지고 오라는 말을 해서, 클로바 타자기를 사들고 갔다. 언젠가 선생님은 이숭녕 선생에게 한글전용자냐고 야단을 맞자, 아니고 타자기전용주의자라고 했다는 말을 했다. 선생님과 함께 하는 생활은 늘 새로움의 연속이었다. 나는 여러 교과목을 수강하였지만, '한국소설사연구', '한국문학예술사 비교연구' 등은 특히 기억에 남는다. 소설사 연구에서는 한국소설을 한 주일에 한 편씩 골라, 주마다 새로운 연구를 발표해야만 했다. 매주 한 차례씩은 거의 밤을 새울 정도였기에, 무척 힘든 일이었다. 문학예술사 비교연구는 문학사·음악사·미술사를 비교하는 내용이었다. 선생님이 최종민·유준영 교수와 함께하는 강의였다. 거의 모든 교과목에서 새로운 내용을 개척한다는 자부심이 가득했던 것 같았다. 그 밖에 《한국문학통사》3·4권을 교정보고, 《한국구비문학대계》설화 분류에 참여한 것 등도 잊을 수 없다.

그렇지만 정말 잊혀지지 않는 일이 있다. 언제나 점심을 먹은 후 조동일 선생님과 몇몇 교수, 학생들과 함께 정문연 근처의 청계산 등에 다양한 코스를 개발하여 놓고 올라갔던 일이다. 다른 어느 대학원에서도 우리처럼 스승과 제자가 즐거운 대화를 나누며 등산을 하지는 못했을 것이다. 지금 생각하여도 정말 즐거운 일이다.

선생님은 제자들을 칭찬하기를 좋아했다. 조금만 잘 쓴 글이 있으면, "참으로 탁견이다", "어느 교수도 생각하지 못한 것이다", "훌륭한 자질이 있다"는 말로 격려하곤 했다. 그런 말을 들을 때마다 우쭐해하곤 했다. 가까이 지내는 사람들만 격려하는 것은 아니다. 선생님은 학문적 열정이 있는 후학들은 누구라도 제자처럼 따뜻하게 대한다.

정문연에서 나는 우리나라에 그렇게 많은 한문 문집이 있다는 것을 처음 알게 되었다. 한국문학을 연구한다면서 그 책들을 읽을 수 없는 것이 무척 곤혹스러웠다. 그래서 芝谷서당으로 青溟 任昌淳 선생에게 찾아가서 한문을 배우겠다고 말씀드렸다. 그러자 잘 생각하였다면서 추천서를 써 주었던 것을 잊지 못하고 있다.

비록 석사과정의 짧은 만남이었지만 배움의 인연은 얼마나 소중한가. 서당에서 공부하고 있을 때도, 가끔 안부 편지를 보내면 답신을 보내기도 하였다. 격려해주신 그 편지를 읽고 또 읽었었던 것 같다. 지곡서당에서 하는 공부를 마치고 성균관대 한문학과 박사과정에 진학하고서는, 선생님을 자주 만나지 못했다. 그런데도 아주 오랜만에 연락을

드려도 반갑게 대해주었다. 전자메일을 보내면 보자마자 바로 답장을
해준다.

사람들은 선생님의 학문적 성취만을 주로 이야기하지만, 나는 인간적
인 면모에 더욱 깊은 감명을 받고 있다. 늘 말씀을 아꼈던 靑溟 선생이
언젠가 "조동일 교수 정말 대단한 사람이지"라고 했다. 여러 이유가 있었
겠지만, 청명 선생이 그렇게 말씀하신 사람은 많지 않았다.

나는 지금 전남대학에서 한문학 전공 교수로 있다. 호남한문학 연구
를 주요한 관심분야로 삼는다. 호남은 한문학의 보고일 정도로 많은 자
료가 있기에 호남한문학 관련 모든 문헌자료를 정리하는 것을 당면 목
표로 삼고 있다.

(전남대학 교수)

宿世의 인연이라고 말할 수밖에

김헌선 (1984년 한국학대학원 석사 1학기)

선생님과의 만남은 지금 생각해보면 숙세의 인연이라는 것밖에 달
리 할 말이 없다.

선생님과 학연을 맺은 누구나 그랬겠지만 학부 때 선생님의 《탈춤
의 역사와 원리》를 읽고 꼭 한번 배웠으면 하는 생각이 있었다. 선생님
이 지은 여러 책을 읽으면서 사숙했다.

선생님은 1983년인가 서울대학교 농과대학에서 특강을 하였는데,
주제가 "탈춤에 나타난 민중의식"이었다. 그 강의를 듣고 보니 책에 있
는 이야기를 압축하면서 새롭게 달라진 생각을 말씀했다. 강의 노트를

273

불러주던 수업에 익숙했던 나는 책을 말하는 방법에 굉장히 놀랐다. 게다가 청중이 불과 10여 명 안팎이고 강의 시작도 예정보다 많이 늦어졌는데, 성실하게 강의하고 질의 토론하는 것을 보고 명쾌함의 경이로움 같은 것을 생각하게 되었다. 선생님에게 배우기로 마음을 정했다.

정문연에 입학한 첫 학기에 선생님은 《한국문학통사》 3권 타자본을 가지고 강의했다. 첫 번째 시간 첫 지명자가 되어 질문을 하게 되었다. 말도 안 되는 질문이었다고 생각되는데, 질문의 요지는 문학사가 발전하는가 아니면 그냥 전개되는가 하는 것이었고 그것도 더듬거리면서 두서없이 말했다. 그러자 그 의문에 대해서 문학사 서술의 근본적인 도전이라고 하면서 한참 말씀을 하였고, 마침내 말도 안 되는 질문이 점점 학문적 문제의식으로 가다듬어지는 별나고 기이한 체험을 했다. 사소한 의문에도 학문적 가설로 대담하게 증명하고 발전시키는 세찬 기운에 압도당했다. 그날 이후 동기생 여섯 명이 모여서 저녁에 술을 마시고 강의시간과 선생님 이야기를 하면서 맑던 정신이 어느 덧 밤하늘의 별빛으로 아롱지며 흐려지는 매주 수요일 강의의 그 밤을 잊을 수 없다.

1985년 신연우와 둘이서 새해 세배를 갔다. 선생님의 엄한 면과 달리 가족은 누구이고 집은 어떠한지 궁금했다. 웬걸, 기대와는 달리 세배하고 나니 한 해의 시작은 새해 첫날에 시작된다면서 1985학년도 제1학기 '한국소설연구' 강의계획서를 내어놓았다. 젊은 나이이니 일생의 계획을 잘 짜서 학문을 경영하고 일생을 휘어잡고 살라고 말했다.

그때 무슨 말인지 몰랐다. 그 당부가 지금 지켜지지 않고 있음은 물론이다. 요즈음에도 이따금 선생님 꿈을 꿀 때에, 선생님을 피해서 쫓겨가는 묘한 일을 겪는다. 땀에 흠뻑 젖어서 깨어나기도 한다. 아무튼 수북한 갈비와 많은 떡국을 먹고 선생님 집에서 나왔던 기억이 난다.

1985년도 제2학기는 '근대문학연구'를 강의하였다. 이미 동아시아 근대문학을 다루는 학문적 전환과 진전을 이루고 있던 때였다. 근대문학에 관한 논의를 하면서 근대화과정을 문학사를 통해서 입증하려고 진력했다. 강의를 통해서 했던 작은 출발이 동아시아문학사나 세계문학사 서술로 이어질 것이라고는 아무도 예상치 못했다. 다만 《한국문학통사》 4권을 역시 타자본으로 제본하여 다루던 때라 둘은 분명히 무슨 연관이 있으리라 짐작하기만 하고, 두 강의가 학문적으로 연결되리라고는 상상도 못했다. 작업을 양동작전으로 전개하고 있어 둘이 그렇게 연결된다는 것을 나중에 알아차릴 수 있었다.

그 무렵 선생님 속을 무척 썩였다. 영어 자격시험이 안 되어 제때에 졸업을 하지 못했다. 풀이 죽어 있던 나에게 힘을 내라고 하면서 이 세상이 영어로 자격시험을 치르는 것 자체가 잘못되었다는 이상한 말씀까지 했다. 나중에 시험에 통과하고 그 뒤에는 선생님 곁을 떠나게 되었다. 그런데도 선생님 강의를 청강하면서 선생님의 학문이 어떻게 달라지는지 귀동냥을 참 많이 했다. 부처님 당년에 아난존자가 있어서 多聞第一이라 했듯이 여러 강의를 듣고 미욱하게나마 生克論이 어떻게 제기되고, 발전되고, 완성되는지 그 과정을 지켜보게 되었다.

1993년에 운이 좋아서 경기대학에서 가르치게 되었을 때에 《동아시아문학사비교론》을 주면서 다시 당부하던 말씀을 잊지 않고 있다. 일생의 학문을 잘 설계해서 경영하라고 하면서 필생의 전작 저서를 써야 한다고 말했다. 요즘 학자들은 작은 학문은 쉽게 이루고 큰 학문을 하려고 하지 않는다고 했다. 대학에 재직한 지 십 년이 흐르는 동안 작은 학문도 이루지 못하고 아둔함 때문에 번뇌망상에 시달리면서도 그 말이 미혹에서 벗어나게 하는 지침으로 여전히 작용하고 있음을 절감한다.

선생님을 만나서 한 시대를 살다가는 일이 결코 우연이 아니라, 내가 감지하지 못하는 더 큰 예정된 질서 속에서 이루어진다는 일을 새삼스러이 깨닫게 된다. 三生夢은 아니고 숙세의 인연이라고 말할 수밖에.
선생님과의 그 인연을 다시금 생각한다. 선생님 이후의 내 학문은 어떻
게 되는가? 큰 학문을 목표로 하는 전작 저서를 쓸 수 있을 것인가?

(경기대학 교수)

눈[雪] 보기와 책 보기

신연우 (1984년 한국학대학원 석사 1학기)

학부 때 《한국소설의 이론》을 빌려 읽다가 도무지 이해를 못해 반도
못 읽고 반납한 처지에 선생님이 재직하는 정문연 한국학대학원에 입
학했을 때 나는 참 뿌듯했다. 2년은 참으로 빨리 지나갔다. 나는 "偃鼠
飮河 不過滿腹"이라는 말을 떠올리며 석사과정을 마쳤다.

오늘 마침 눈이 내린다. 벌써 20년 전 함박눈이 내리던 겨울, 선생님
은 연구실의 책상 자리를 바꾸었다. 당시 선생님 연구실은 도서관 건물
2층에 있었는데 커다란 창을 통해 연구원 맞은편 운중동의 산이 정면
으로 보였다. 뒤편 청계산과 달리 작은 산으로, 점심 드신 후 그 산을
올랐다 내려오는 것이 선생님의 산책 코스였다. 그 날은 눈이 펑펑 내
리고 있었다. 무슨 일로였던지는 기억나지 않으나, 김헌선 동학과 함께
선생님 연구실에 들어섰을 때 마침 선생님은 창을 향해 있던 책상을
한쪽 벽 쪽으로 옮기고 있었다.

"어, 선생님. 책상은 왜 옮기세요?"

"눈 때문에 공부가 안돼."

276

한적한 정문연 전체가 하얗게 눈으로 덮인 모습도 아름다웠지만, 창밖 앞산을 배경으로 내리는 함박눈은 정말 장관이었다. 무리 지어 흔들림 없이 내리는 눈들은 하나하나가 또렷하면서도 전체가 모여서 세상을 그저 한 송이의 눈으로 만들어놓는 듯하였다. 하늘이 지상으로 내려앉으려는 모양이었다. 이대로 저 아름다운 눈 내림을 마냥 바라보고 있으면 하루가 금방 지나간다는 것이었다. 할 일이 너무 많으니 아쉽지만 어쩔 수 없다는 것이다.

이런 선생님의 감성적인 모습은 내게 큰 인상을 주었다. 그 논리적이고 체계적인 논문의 세계와는 또 다른 모습이었기 때문이다. 우리 1984년 입학생 여섯 명이 큰 기대 속에서 즐겁게 선생님을 처음 뵙던 날, 나는 이런 질문을 했다.

"《문학연구방법》에 보면 문학 뿐 아니라 사회학·물리학 등 오만 가지 책이 인용되어 있는데, 그 많은 책을 다 읽으십니까?"

즉시 답이 돌아왔다.

"내가 미쳤나, 그걸 다 읽게."

아, 나는 미쳤었나보다. 선생님 책을 다 읽었으니.

그때는 책을 잡으면 처음부터 끝까지 다 보는 걸로 알고 있었다. 그래서 선생님의 말씀은 큰 충격을 주었다. 나중에 들으니 잠들기 전에 국문학이 아닌 책을 들고 이곳지곳 흥미 있는 부분을 골라 읽는다고 했다. 그러다가 연구거리와 연관되는 내용, 감발시키는 곳이 있으면 그곳을 출발점으로 해서 생각을 다듬어나간다고 했다. 이것은 나중에 정리한 '쓰면서 읽기'의 방법이었을 것이다.

수업시간에 조헌의 시조에 대한 설명을 잘 못해서 "작품 보는 눈이 그래서야" 하고 꾸중을 들었을 때, 눈 내리는 모습을 바라보던 서정적인 선생님이 떠올랐다. 생각하기도 부끄러운 학위논문 초고를 들고 댁에 들러서 결국 "이렇게 하려면 당장 나가고 다시는 찾아오지도 말라"

는 걱정을 듣고 한참 지난 후에는 스스로의 입론을 정립하기 위해 책 내용을 선별하는 선생님의 모습을 떠올렸다.

그때 선생님은 정원사도 10년이면 어떤 가지를 쳐내고 남겨두어야 하는지 아는 법이라고, 이렇게 두루뭉술한 글을 어디에 쓰겠냐고 한탄 섞인 염려를 해주었다. 그냥 겨우 통과나 하고 나면 공부는 그만두자고 생각하던 그때, 선생님의 꾸중이 아니었으면 더 이상의 공부는 없었을 것이다.

논문을 새로 다시 쓰다시피 해서 겨우 학위를 받고, 이삼 년이라도 열심히 공부를 해보자 하고 다니던 직장을 그만두었다. 다행히 얼마 뒤 서울산업대학 문예창작학과에서 가르칠 수 있게 되었다. 시조가 우리 문학의 종갓집이라고 거듭 말씀한 데 이끌려서 시조를 전공하게 되어 결국 시조 때문에 대학으로 가게 되었다. 시조를 오래 들여다보았으면 서도 선생님이 30년 전에 쓴 단 한 편의 시조 논문, 〈시조의 이론, 그 가능성과 방향설정〉을 좇아갈 글을 단 한 편도 쓰지 못하고 있으니 죄 송스러울 뿐이다.

(서울산업대학 교수)

잊혀지지 않은 몇 가지

김인섭 (1985년 한국학대학원 석사 1학기)

1985년에 한국학대학원 석사과정에 입학했더니, 합격자 발표 후 선 생님이 합격자들을 소집하였다. 졸업학위논문은 어떤 절차를 걸쳐 써야 하며, 대학원과정을 알뜰하게 보낼 몇 가지 방안을 말한 다음, 특별히 당부할 것이 있다고 했다. 입학하기 전까지 타자 치는 연습을 해서 익숙하게 만들라고 했다.

무슨 행정요원 양성을 하실 작정은 아닐 텐데 하면서도 엄명이신지라 종로에 있는 타자학원에 등록하여 두 달간 자판 두들기기를 열심히 해 입학 당시에는 꽤 빠른 속도를 낼 수 있었다. 타자 실력이 석사과정 내내 수업발표, 보고서나 논문 작성에 효율 덩어리가 되었다. 아침 8시경이면 장서각 2층 연구실에서 어김없이 흘러나오는 선생님의 전동타자기 소리는 아침 햇살과 더불어 듣는 아늑한 음악이기도 하고, 오늘 하루 고된 학업을 떠올리게 하는 긴장된 점호소리 같기도 했다. 지금도 글쓰기에 게으름을 피우면 그 소리가 다가와 벌떡 일어나 자판기 앞에 앉게 만든다.

입학 후 첫 주 선생님의 첫 수업시간 때 혹독하게 야단맞은 적이 있다. 선생님 수업은 매주 수요일이었고, 시작 시간은 아침 9시 30분 정각이었다. 남자 신입생 셋이서 첫 수업에 대한 설렘을 나누느라 기숙사에서부터 강의실까지 걸어가는 동안 시간이 생각보다 조금 늦어진 모양이다. 강의실에 도착한 시간은 9시 30분을 몇 십초 지났다. 강의실에는 석박사 선배들은 물론이고 선생님이 가운데 좌정해 있었다.

미소를 띤 채 가벼운 목례를 하자마자, "자네들은 뭐하는 사람들인가?", "시작 시간 전에 와서 준비하지는 못할망정, 시간을 넘겨 들어오는 경우가 어디 있는가?", "그런 정신으로 어떻게 학문할 생각을 했는가?" 등 기억이 제대로 나지 않을 뿐이지 꽤 오랫동안 정신없이 야단을 맞았다. 그까짓 몇 십초 가지고 그렇게까지 나올 건 뭔가 하는 반발심, 선배들에 대한 무안함 등이 엉켜 분한 마음을 누그러뜨릴 수가 없었다. 악명 높기로 이름난 '조동일'이라 나름대로 각오는 하고 있었지만, 이건 너무 하지 않은가?

선생님이 한 말이 틀린 것이 아닐수록 오기는 더 뾰족해져서 혹독한 석사 2년을 버틴 힘이 되었던 것 같다. 나중에 동료 여학생이 혼인을 하게 되어 신혼여행 다녀온 뒤 조금 늦게 리포트를 내면 안 되겠냐고, 화기애애한 회식 자리에서 여쭸을 때, "그러면 신혼여행 전에 보고서를 제출하고 즐겁게 다녀오도록 하지!"라는 말에도 혀를 내두르지 않게 되었다.

안동지역으로 답사 갔을 때 선생님과 술자리 한 번 하고 싶었다. 선배들은 포기하라고 하였지만, 선생님 방으로 혈혈단신으로 찾아가 몇 번이고 조르고 졸랐더니 역사상 처음으로 응해주었다. 왜 그렇게 약주를 싫어하는지 여쭈었다. "술은 취하는 데 시간이 걸리고 깨는 데도 시간이 많이 걸려"라고 하는 것이 아닌가.

흐르는 시간을 너무나 아끼고 사랑하신다. 그 자리에서 싫어하는 것 두 가지를 더 말씀하였는데, 바둑과 테니스가 그것이다. 바둑은 좋은 여기이기는 하나 시간이 오래 걸려 하지 않는다고 했다. 시간 때문은 아니지만, 테니스를 두고서는 "아랫도리 내놓고, 파리채 들고 이리저리 날뛰는" 것은 선비가 할 일이 못된다는 것이었다.

(숭실대학 교수)

십 년은 기다려보아야

안동준 (1985년 한국학대학원 석사 1학기)

"잘 있으리라 믿는다. 나도 잘 있다."

1986년 1월이라고 기억된다. 방학 중이라 시골집에 내려와 있는데 우편배달부가 눈 녹은 물이 떨어지는 처마 안쪽으로 툭 던지고 간 엽서에 적힌 글귀이다. 어떤 친구인가 하고 발신인을 보니 "조동일"이었다. 내 기억에는 그런 친구가 없었다. 웬 영문도 모르는 친구의 편지인가 하고 생각하다가 번쩍 머릿속을 스치는 것이 선생님의 함자였다. 대학원 윗 기수의 졸업논문 지도를 끝내자마자 서둘러 유럽여행을 떠난 선생님이 그리스 아테네에서 편지를 보내리라고는 꿈에도 생각지 못했다. 그 무렵 선생님은 나를 비롯한 대학원 동기생들의 눈에 태산 같은 존재이자 저승사자로 비치었다.

대학원에서 직접 가르침을 받기 전, 내가 선생님의 존재를 인식하게 되는 기회가 두 번 있었다. 진주 경상대학 국어교육과 1학년 재학 시절에 강의시간이 어중간하게 비면 나는 종종 논문자료실에 들르곤 했다. 그때 우연히 계명대학 한국학연구소 논문집에 발표된 〈이기철학의 전통과 국문학이론의 새로운 방향〉이란 논문을 보고 어떤 학자가 성리학을 타락시켜도 한참 타락시켰다고 실소한 적이 있었다. 나는 그 무렵 《近思錄》을 읽으면서 도학을 한답시고 우쭐거렸다. 그 대가는 십년 뒤에 톡톡히 치러야 했다.

두 번째는 군복무를 마치고 3학년에 복학하여 유불선 삼교를 넘나드는 도인을 꿈꾸고 있던 1982년 5월의 일이다. 그 무렵에도 시간이 나면 열람실에서 동양철학 관련 논문집을 뒤적이곤 하였다. 그때 마침 전북대학 최삼룡 교수의 도교 관련 논문을 발견하고 군입대하기 전에 교지에 발표한 나의 논문을 보냈다. 즉시 답장을 받았는데, 금요일은 강의가 없으니 전주로 오라는 것이었다. 그때 조선생님을 직접 뵐 기회를 얻게 되었다. 전주로 최교수를 찾아간 그날, 공교롭게도 전북대학에서 선생님을 초빙하여 강연회를 가졌던 것이다. 최교수의 연구실에서 도교 담론을 하다가 마침 국문학의 대가가 전북대학을 방문하였으니 강연장에 같이 가자고 최교수가 권했다.

그 당시 선생님은 학계에서 이미 대가로 알려져 있었다. 강연 내용은 정확히 기억나지 않지만, 강연이 끝나고 청중 사이에서 한 학생이 《심청전》,《춘향전》 같은 고전소설도 현실을 반영하느냐?"고 꽤나 날카롭게 질문을 하였다. 질문의 이면에 군사독재 정권이란 밑 그림자를 읽을 필요가 있다. 이때 선생님은 "소설 가운데 현실을 반영하지 않는 작품이 있던가요?"라고 되물었다. 그 순간 강연장을 메운 청중은 일시에 조용했다. 무협지 방식으로 표현하면, 심후한 내공이 깃든 절제된 한칼이었다. 나에게도 충격이었다. 당시 나에게 문학은 아녀자의 소일거리였다. 지식인은 현실과 영합하고 문제의 본질을 왜곡하는 기술자로 치부하였다.

강연을 마치고 정하영 교수가 최교수의 연구실로 선생님을 모시고 온 기회에 선생님을 뵐 수 있었다. 이제 도교 담론은 뒷전이 되었다. 나는 대가에게 질문을 할 수 있는 행운을 놓치고 싶지 않았다. 가까이서 뵈오니 선생님은 세련된 도회지 지식인의 모습보다는 소박한 시골 아저씨 같은 느낌을 주었다. 무협지에서 절정의 고수는 늘 그런 모습이지만 당시 나는 승복할 수 없었다.

"시가의 율격에서 음보를 나누는 기준은 무엇입니까?" 그때 선생님은 대답을 잠깐 유보하고 최교수에게 이 학생이 몇 학년인지 물었다. 최교수가 전북대 학생이 아니고 진주 경상대학 학생이라고 일러주니, 대뜸 경상대학 김수업 교수에게 물어보라고 간단히 대답하였다. 계산된 교활함과 우쭐거림이 일순간에 무너져 내리고 부끄러움에 낯을 들지 못하였다. 말을 차단하고 마음을 파해시키는 초식에 당한 것이다.

그 뒤 한국학대학원 석사과정에 진학하여 적강형 애정소설의 형성 문제를 주제로 선생님에게 논문 지도를 받았다. 십 년 동안 전문적인 도교연구를 하지 않는다는 조건이 붙었다. 문학 연구는 제대로 하지 않고 옆길로 들어서는 것을 염려한 말이었다. 그때 선생님은 피아노에 적성이 있는지 없는지 알려면 십 년 정도 피아노를 쳐보아야 하고 적성이 없다는 것이 판명되더라도 피아노로 밥벌이는 할 수 있듯이, 문학연구의 적성도 십 년은 기다려보아야 안다고 했다.

나중에는 잡박한 자네야말로 김시습 문학사상 연구의 적임자라는 선생님의 말에 현혹되어 박사과정에 진학했다. 학위과정을 마치고 선생님 댁을 방문하여 논문을 드리고 다시 적성 문제를 꺼내었을 때는 이제 마흔이 가까운 나이에 한 집안의 가장으로서 진로를 바꾼다는 것은 무모한 노릇이라고 껄껄 웃었다. 그러한 인연으로 현재 경상대학 국어교육과에 고전소설 전공자로 학생을 가르치고 있다.

(경상대학 교수)

긴장의 연속에서 얻은 교훈

孫志鳳 (1986년 한국학대학원 석사 1학기)

한국학대학원에 입학하면서 선생님을 만나게 되었다. 중국에서 유학 와서 한국외국어대학교 통역대학원을 졸업하고 한국의 전통적인 특징을 더 이해하기 위해 한국학을 전문적으로 연구하는 대학원의 문을 두드리게 되었다. 선생님은 내가 한국말을 아주 잘한다고 만족해하면서 한중비교문학 쪽에 좋은 연구자가 될 것이라 여겼다.

처음 면담부터 선생님은 새 학기의 수업을 소개하면서 한국문학 전공에 필요한 기본서적 목록을 적어주셨다. 국문학의 초보인 나는 그 길로 서점에 가서 그 가운데 십여 권을 구입했다. 두툼한 책을 서가에 쌓아놓고 바쁜 생활 때문에 제대로 읽지 못하는 것 자체가 스트레스였다. 그렇게 새 학기가 시작되었다.

선생님의 첫 수업은 '한국구비문학'이었다. 수요일 오전에 있었던 것으로 기억되는 그 수업을 9시 30분에서 12시까지 쉬는 시간 없이 연강으로 진행했다. 강의, 답사, 발표, 시험, 보고서 작성 등으로 이루어져 있어, 모두 새로운 경험이었다.

강의는 선생님의 점검으로 시작되었다. 매주 영어 논문을 비롯한 몇 권의 책을 요약하는 과제는 준비하기 벅차고, 선생님의 질문에 적절하게 대답하는 것이 더욱 힘들었다. 당시 선생님은 강의시간 짬짬이 담배를 피웠다. 마치 우리가 제대로 대답을 하지 못하여 속을 끓이는 것 같아 그만큼 우리들의 속도 타들어갔다. 급기야는 준비 부족으로 강의실에서 쫓겨나는 동학까지 있었으니, 명색이 두 번째로 석사과정을 다니는 나로서는 더욱더 긴장하지 않을 수 없었다. 발표를 하면 모든 수강학생들이 꼭 질문을 해야 했기 때문에 발표자나 수강자 모두 긴장을 늦출 수 없었다. 처음에는 자유롭게 질문을 허용하더니 나중에는 대안을 제시할 수 있는 질문을 하라고 해서 우리들은 더 많은 시간을 질문 준비에 소비해야 했다.

첫 학기 동안 내 생활은 '구비문학' 수업을 준비하는 시간과 수업이 끝나 긴장을 푸는 시간으로 나뉘어졌다. 수업이 끝난 날은 마음 편하게 샤워하고 일주일 밀린 빨래를 하면서 스트레스를 풀곤 했다. 산골짜기에 있는 기숙사생활이 요일 관념을 없도록 해서, 내게는 수업이 끝나는 날이 주말이었다.

학기말 과제를 12월 27일까지 제출해야 했다. 크리스마스도 반납하고 일에 매달려야 했다. 결국에는 마감 날에 선생님 집 앞 커피숍까지 가서 작성한 마지막 수정본을 제출하고 나서야 해방감을 느낄 수 있었다. 컴퓨터도 없던 시절 원고지에 쓴 글을 이리 저리 옮기다 보면 화이트용액은 물론 가위와 풀을 늘 들고 다녀야 했는데 커피숍에서 그런 것들을 꺼내놓고 끙끙거리던 내 모습을 주변사람들이 어떻게 보았을까 생각하면 지금도 실소하게 된다.

혹독한 수업을 받으면서 학문하는 자세를 체험할 수 있고, 학문의 의미를 되새길 수 있었다. 오늘날 내가 학교에서 가르치는 자리에 서고 학생들에게 학문하는 자세를 강의할 수 있는 것은 선생님의 덕분이다.

선생님은 여러 가지로 내 일생에 잊을 수 없는 분이다. "술은 손지봉보다 못하고, 밥은 윤주필보다 많이 먹는다"고 해서, 늘 우리 동학들 사이에서 기억나는 제자가 되게 해주었다. 석사과정을 마치고 미국으로 유학가려고 하자 한국학은 한국에서 해야 한다고 말려 한국에 정착하게 되었다. 안장리 동학과 결혼할 때 주례를 맡아 예식이 빛나게 된 일도 잊을 수 없다. 선생님 원고지에 연필로 교정부호까지 붙여 써주신 주례사를 아직도 간직하고 있다.

선생님은 다른 면에서도 내게 살아있는 귀감이다. 내가 다이어트에 성공할 수 있었던 것은 선생님이 체중을 줄이고 담배 끊은 것을 보았기 때문이다. 다른 것은 제대로 따라갈 수 없지만 이것만은 따라야겠다고 마음먹었으며, 나는 이제 주위사람들에게 다이어트에 성공한 대단한 사람이라고 인정되어 부러움을 사고 있다.

(이화여자대학 교수)

"余寸度之"라더니

안장리 (1986년 한국학대학원 석사 1학기)

선생님을 처음으로 만난 것은 책을 통해서였다. 학부에서 소설론을 배울 때 소설론 관련 서적이 번역서밖에 없어서 낙심했다가 도서관에서 《한국소설의 이론》이라는 제목을 보고 무릎을 쳤다. 그러나 막상 대출한 책에서 볼 수 있던 것은 동양철학으로 소설의 원리를 푸는 것이고 실제 논의대상도 고전소설이어서 황당하게 생각하였다. 이것이 선생님 책과의 첫 대면이었다. 동양철학이나 고전소설을 통해 소설의 일반원리를 밝히는 일이 무척 낯설었다. 게다가 당시에는 선생님이 누군지 잘 몰라 그 책을 그냥 덮고 말았다.

이 뒤에 《문학연구방법》,《한국문학사상사시론》,《한국문학통사》등을 접하면서 선생님의 도전적이고 명쾌한 논의에 감탄하면서도 미

286

심쩍어 했다. 이런 느낌은 지금까지 계속되고 있는데, 새로운 용어와 독자적인 체계화가 주는 생소함 탓이 아닌가 싶다. 그리고 문학의 문제는 그렇게 단번에 해결될 리 없을 것이라는 선입관 때문이기도 하다.

석사과정 첫 학기에 '국문학연구방법'을 수강하면서 매 시간《문학연구방법》의 각 장 뒤에 붙인 문제를 풀어야 하는 것은 어려운 일이었다. 그러나 어느 장이든 치밀한 계획에 의해 논의가 진행된다는 사실을 알고 문제 풀이를 어렵게 여기는 것이 사치라고 생각하게 되었다. 그렇게 선생님은 저만치 있었다. 선생님의 강의를 듣고 책을 보면서 늘 선생님은 가까우면서도 저만치 있다고 생각했다.

첫 학기 수업에서 박사과정까지 적어도 10년간의 학문계획을 세워야 한다는 것과 자료학과 이론학의 관계에 대해 말했다. 그때는 열심히 10년간의 학문계획을 세웠었는데 20년이 가까워진 지금 기억도 가물가물하다. 실천에 게으르다보니 계획까지 잃어버린 것이다.

두 번째 학기의 '한국구비문학' 수업은 힘든 만큼 기억에 많이 남는다. 모든 수업이 그렇지만 그 수업도 강의, 발표, 답사, 시험, 게다가 보고서를 정리해서 자료집을 만드는 것까지 요구하면서 빡빡하게 진행되었다.《구비문학개설》에서 채희완의《춤의 미학》까지 구비문학관련 대표적인 저서, 그리고 영어 논문 자료집이 교재였다. 수업시간은 늘 긴장상태였고, 내납을 못하면 불호령이 떨어졌다. 심지어 강의실에서 쫓겨나는 동학도 있었다. 답사는 죽산과 진천으로 가서, 두 팀으로 나뉘었다. 나는 선생님과 함께 죽산 답사팀에 끼었다. 아침잠이 없는 선생님의 독려로 밤새 회포를 풀었던 동료들과 함께 일찍부터 허둥거려야 했다. 돌아와서 답사 자료를 바탕으로 발표를 했다. 당시 기숙사 룸메이트였던 강정식 동학과 밤새 보고서를 만드느라 타자를 쳐야 했던 기억이 생생하다. 그 글을 우리문학연구회의《문학연구》6집으로 엮어냈다.

　나는 학부 시절에 한 선생님에게서 두 학기 이상의 수업을 받을 필요가 없다는 생각을 했었다. 그러나 선생님의 수업은 매학기 내용과 방식이 늘 새로웠다. 그래서 석사과정을 마친 뒤에도 선생님의 '문학사상' 수업을 청강했다. 선생님이 하는 강의는 어디 가서든지 듣겠다고 작심했으나 그대로 되지 않았다.

　선생님이 교수가 하는 여러 가지 일 가운데 논문 지도가 가장 어려웠다고 회고하는 말을 듣고 가슴이 뜨끔했다. 지금 내용은 잊었지만 수업시간에 내가 머리에 생각했던 내용을 제대로 표현하지 못할 때 그럴 때는 이러이러하게 표현해야 한다고 했다. 문득 《논어》의 "余寸度之"라는 구절이 생각났다. 어떻게 그렇게 제 생각을 잘 아시느냐고 하니 선생님은 어떤 문제에 대해 단번에 몇 가지 층위의 사고를 하고 층위에 맞게 논리를 전개할 수 있다고 했다. 그런 원리가 《인물전설의 의미와 기능》에서 사고의 층위를 따지는 데서 잘 보이지만, 실제 수업시간에서 경험한 바는 아주 새로웠다. 논문 지도란 결국 제자의 수준에 맞게 납득할 수 있는 논리를 전개하는 것이니, 제자의 사고 층위가 낮으면 선생님에게 얼마나 부담이 되었을까?

　그래도 늘 제자들을 챙기시는 선생님이 고맙기만 하다. '작가론'을 배울 때 선생님은 작가론이 어려운 이유를 질문하고 내가 대답을 못하자 작가가 인간이기 때문에 어렵다고 했다. 지금 생각하면, 작가는 본질적으로 복잡다단한 인간의 특성을 갖춘 존재이고 인간의 본질을 밝혀야 작가적 면모도, 그 작가가 쓴 작품의 형식과 의미도 밝힐 수 있다는 말이 아니었나 한다. 이제 문학연구가로서뿐만 아니라 더욱 복잡한 인간으로서의 선생님에 대한 연구가 시작될 때다.

（한국정신문화연구원 연구원）

서울대 시절

1987년 4월 24일 - 2004년 8월 31일

입성 경위

서울대학으로 옮기는 작업은 1986년 가을부터 시작되어 1987년 3월 1일에는 발령이 나게 되어 있었다. 그런데 사정이 있어서 그 날짜가 4월 24일까지 지연되었다. 그 뒤에 서울대학에 재직하는 사람이 되었다. 그 경과를 밝히면서, 서울대학교는 들어가기 어려운 철옹성 같은 곳이어서 입성 경위라는 말을 쓰기로 한다.

1968년 2월에 석사학위를 받자 신설 교양과정부 유급조교로 내정되었다가 계명대로 간 것을 이미 말했다. 기권을 해서 연고권이 없어졌다. 1983년 가을에 서울대학 국문과에서 구비문학 전공 교수를 공채할 때 응모했다가, 서대석이 합격하고 나는 불합격했다.

그때 정문연이 어떤 사정이었던지 이미 설명했지만 전후의 사태를 더 자세하게 밝힐 필요가 있다. 1983년 3월부터 한국학대학원 국문학 전공이 없어져서 어디든지 옮겨가야 했다. 다음 해까지 모두 15개 곳의 권유, 교섭 또는 문의를 받고 하나도 거절하지 않았다. 모든 가능성을 열어두고 비교검토를 하고 있었다.

서울대학에서는 정병욱 선생이 별세해 자리가 생겼다. 과내 교수들이 모여 의논한 결과 전공은 구비문학으로 정하고 서대석을 데려가기로 했다고, 장덕순 선생이 나와 서대석 두 사람이 있는 자리에서 말했다. 나는 말했다. "공개채용을 하니 저도 응모하겠습니다"고 하고, "가능성이 있으면 어디든지 마다하지 않고 나서고 있습니다"고 했다.

불합격은 예상한 결과이다. 유감스럽게 생각하지 않았다. 한국학대학원에 국문학 전공이 다시 생겨 학생을 모집하게 되어 옮겨야 할 이유가 없어졌다. 국문학 전공이 건재했으면 옮길 생각을 하지 않았을 것이다.

그러다가 1986년 가을에는 '고전문학(문학사)' 교수를 공채한다는 광고가 났다. 지도교수 장덕순 선생이 정년퇴임해서 자리가 났다. 장덕순 선생의 지도를 받은 첫 석사이고 첫 박사였다가 그 자리에 들어가 뒤를 잇게 되었다.

이상택 교수가 응모하라고 권유했다. 응모자는 혼자였다. 전공 분야를 보고 다른 사람은 응모하지 않았다. 심사 절차가 순조롭게 진행되리라고 믿고 알아보지도 않았다.

그런데 1987년 3월 1일이 지나도 발령이 나지 않았다. 학과장 고영근 교수가 보자고 하더니 신원조회에 문제가 있다는 것을 인사 담당자가 알려주었다고 했다. 염려하던 대로 그것이 다시 말썽이었다.

다른 일은 그만두더라고 나라의 체면이 걸린 사업《한국민족문화대백과사전》을 살리려고 분투한 공적마저 조금도 고려하지 않았다. 분개해도 소용이 없었다. 신원조회 때문에 서울대학에 가지 못하니 정문연에 계속 있게 해달라고 하기도 어려웠다.

대책을 생각하다가 김형효를 찾아갔다. 김형효는 대학시절 친한 친구였고 정문연에도 같이 있었다. 그때 집권여당인 민정당 전국구 국회의원이었다. 사정을 털어놓고 도와달라고 하니 힘써보겠다고 흔쾌하게 대답했다. 잘 아는 사람이 안기부에 가 있어 이야기해 보겠다고 했다. 다른 한편으로는 박정희 대통령 시절에 국회의원을 하다가 정문연 교수로 와 있던 구범모 선생에게도 도와달라고 부탁했다.

그 덕분에 해결책이 생겼다. 두고두고 감사하게 생각한다. 2002년 가을에 연세대학 원주 분교에서 열린 어느 학술회의에서 김형효와 나는 나란히 발표하고, 여러 사람과 어울려 회식하면서 친교를 하는 자리에 함께 참석했다. 그 자리에서 옛 이야기를 했다. 오랜 친구 김형효가 서울대로 갈 때 신원조회 때문에 생긴 어려운 문제를 해결해 준 은인이라고 했다. 김형효는 결정권을 가진 관계 당국자에게 "인재를 죽이지 말라"고 역설했다고 했다.

3월 1일에서 한 달 반 이상 지나 4월 24일에 발령이 났다. 총장실에 가서 발령장을 받은 신임 교수가 나 혼자만이었다. 내가 서울대로 옮긴 것이 관심거리가 되어 《동아일보》에 기사로 보도되었다. 그 뒤 여러 해 지나 국군보안사의 민간인 사찰 자료가 공개되어 파문이 일어났을 때, 서울대 교수 사찰 대상은 6인이라고 하고 나도 들어 있었다. 근황만 알고 있는 사람들은 의아하게 생각했다.

재출발의 자세

구비문학 전공 교수 공채에 응모했다가 불합격한 것을 구비문학에는 부적격자라는 뜻으로 해석한다. '고전문학(문학사)' 전공에는 합격해 본분이 분명해졌다. 구비문학에는 문학사를 다루는 데 필요한 정도만 관여하고는 손을 떼고 문학사를 강의하고 연구하는 데 모든 노력을 기울였다.

한국학대학원 시절에는 국문학 교수가 나 혼자여서 전 분야를 다 관장했는데, 서울대 국문과에는 문학 교수가 나를 포함해 모두 14인이다. 고전문학 7인, 현대문학 7인이다. 고전문학의 경우에는 한문학, 구비문학 교수가 각 1인, 고전시가, 고전산문 교수가 각 2인이었다. 현대문학 교수도 전공이 구분되어 있었다.

나는 국문학의 어느 분야를 다루는 의무에서 해방되었다. 총론이 내 전공임을 분명하게 했다. 강의, 논문 지도, 연구에서 총론만 다루었다. 문학사, 문학연구사, 비교문학이 총론 분야이다. 그 가운데 문학사가 핵심이다. 문학사를 심화하고 확대해 다른 작업도 했다.

《한국문학통사》(1982~1988)를 제5권마저 내놓고, 두 차례나 개고했으며, 지금 세 번째 개고를 하고 있다. 한국문학사에서 동아시아문학사를 거쳐 세계문학사로 나아갔다가, 지방문학사로 되돌아왔다. 문학사와 철학사, 문학사와 사회사의 관계도 계속 다루었다. 거기다 더 보태 인문학문론, 학문 일반론까지 했다.

한국문학의 범위를 넘어서서 세계문학까지 다루고, 문학 연구에서 학문 일반까지 나아간 것은 그동안 해온 작업의 당연한 발전이다. 당연한 발전이 실제로 이루어지고 기대 이상으로 진전되었다. 그럴 수 있었던 이유를 들면 각론은 면제받고 총론만 다룰 수 있게 된 것 외에 몇 가지가 더 있었다.

외국에 나갈 기회가 많아지고 연구비도 자주 받아 세계문학을 다루는 데 필요한 자료를 얻을 수 있었다. 국문학이 그 자체로 머물지 않도록 하는 세계화 시대의 과제를 외국에서 연구발표를 하고 강연을 하면서 절감했다. 그래서 전에는 생각하지 못했던 범위까지 작업을 확대했다.

그렇게 하니 많은 시간이 필요했다. 시간을 확보하기 위해서 보직은 극력 피하려고 애썼다. 계명대 시절에 이미 절실하게 체험했듯이 학교의 큰일을 맡으면 잔뜩 희생하고 낭패를 본다고 다짐했다.《한국민족문화대백과사전》을 위해 애쓴 것 같은 일이 다시 없기를 간절하게 바랐다.

서울대학에 늦게 가고 나이는 든 편이어서 많이 염려할 일은 아니었다. 심부름을 시키려니 나이가 많고, 큰 자리의 후보가 되기에는 재직 연수가 모자랐다. 조금만 노력하면 근심을 없앨 수 있었다.

내 지도를 받고 박사가 되어 대학에 나간 제자가 보직에 시달린다는 말을 듣고 피하는 요령에 대해 말한 적 있다. "과격한 생각으로 난리를 일으킬 것 같이 보이거나, 아니면 무기력하고 소심해서 아무 일도 하지 못할 것 같이 보이면 된다." 나는 전자를 방책으로 삼으니, 후자를 택해보라고 했다.

학과장을 하라는 것은 그 정도의 방책으로 면할 수 없다. 극력 사양하면서 비는 수밖에 없다. 그렇다고 해서 제반 잡사에서 다 빠지겠다는 것은 얌체 짓이다. 봉사할 때에는 해야 한다.《국어작문》교과서 편찬 책임을 맡은 것이 그 경우이다.

당시에 교양국어에 대한 불신이 팽배했다. 교과서에 대해서 흥미도 존경심도 없었다. 교과서를 다시 만드는 것이 급선무인데, 오랜 관습을 개혁하지 못했다. 거듭된 시도가 모두 실패로 돌아갔다. 위기 상황이었다.

누가 보아도 학과장을 하지 않을 것 같은 김윤식 교수가 마다하지 않고 맡더니 내게 교과서를 개편하라고 했다. 나도 크게 주저하지 않고 나섰다. 위기 해결을 위해 내가 필요한데 피하기만 할 수는 없었다.《한국민족문화대백과사전》에 준하는 상황이었다. 최명옥, 조남현 두 교수가 편집위원이 되어 일을 함께 하고, 지금은 서울여대 교수인 김경아 조교가 실무를 맡았다.

목표를 일반교양에서 학문 연구로, 연구논문 쓰기 훈련에다 두었다. 분량을 대폭 늘이고 수준을 높였다. 자세하게 설명하지 않고 각자 공부하게 하면서 전권을 다 가르치도록 했다. 교수 글이나 싣는 관례를 깨고 누구나 글을 쓰게 하고 최연소 교수 이현희의 글을 제일 앞에다 실었다. 대학생활을 회고하는 내용이다. 졸업한 뒤에 경과한 시간이 짧을수록 생동하는 내용이 있어 학생들에게 감명을 준다고 판단했다.

원망을 많이 들었으나, 국어작문을 우습게 여기지 못하게 한 공적은 있다. 수능시험 국어문제 정답을 거의 다 찍었다고 으스대면서 대학에서 국어를 더 배울 것 없다고 하던 학생들의 거만한 코를 납작하게 했다. 너무 무거워 들고 다니지 못하겠다고 하던 책이 그동안 부피가 좀 줄었다. 기본 원리나 내용은 그대로이다. 개편을 위한 논의를 다시 하지만 많은 것이 계승될 것이다.

학회 활동은 당연히 해야 할 것이지만 연구 시간을 확보하는 데는 지장이 있다. 그 내력도 살펴볼 필요가 있다. 학회를 위해 애쓰면서도 임원은 맡지 않으려고 해온 것이 용서받을 수 있는 일인가 이 기회에 묻고 싶다.

계명대와 영남대 시절에 대구에 본부를 둔 한국어문학회의 임원을 맡아 많은 일을 했다. 연구발표가 활발하게 이루어지고, 기관지 《어문학》에 좋은 논문이 실리도록 애썼다. 그때의 열띤 분위기를 잊지 못한다.

지금은 '한국고전문학회'라고 하는 '한국고전문학연구회'는 발기인으로 참여해 만든 학회이다. 소수가 모여 열심히 발표하고, 부담스러울 정도의 돈을 내서 학회지를 발간했다. 서울대 시절에 회장이 되어 2년 동안 일했다.

그 단계에서 학회 임원으로 활동하는 것은 그만두고 연구를 위해 더 많은 시간을 바치기로 작정했다. 선수, 코치, 임원이 하는 일이 서로 다른데, 학자는 셋 다 하니 하나도 제대로 되지 않는다는 지론을 펴면서 계속 선수로 뛰기를 희망한다고 선포했다. 임원은 맡지 않는 대신에 연구발표를 하라면 언제든지 해서 선수의 임무를 충실하게 수행하겠다고 했다.

'한국구비문학회'에는 회원으로 있기만 하려고 작정했는데, 어느 해 총회에서 뜻하지 않게 회장으로 선출되었다. 연구에 더 많은 시간을 바치기 위해 학회 임원은 맡지 않고자 하니 용서해달라고 간곡하게 부탁하니, 회원들이 소원을 받아들여주었다. '한국한문학회'에서 평의원으로 선임했는데, 학회에 가입도 하지 않았는데 그럴 수 있느냐고 하고 모임에 나가지 않았다. '한국비교문학회'에서도 임원으로 참여해달라고 하자 연구발표를 하라면 열심히 해서 보답할 터이니 용서해달라고 했다.

'국제비교문학회'(ICLA)의 발표대회가 네덜란드에서 열렸을 때 한 분과의 위원장을 맡아 달라는 요청을 받았다. 그 분과 종합토론의 발제자가 되고, 폐회사를 맡기까지 했으니 그럴 만했다. 그러나 적임자가 아니라는 이유를 들어 사양했다. 그래서 일본인 교수가 선임된 것을 알고 국익을 손상시켰다고 나무라는 사람들이 있었다. 일본인 교수가 내막은 모르는 채 날더러 위원이 되어달라고 했다. 나는 빠지기로 하고, 비교문학을 전공하는 서울여대 조성원 교수를 추천했다. 양쪽 다 좋다고 했다. 조성원 교수가 열심히 활동하는 것을 보니 흐뭇했다. 내가 위원장이 된 것보다 더 많은 기여를 했다고 생각한다.

한·중·일 학자들의 모임인 동아시아비교문화 국제학술회의가 북경에서 열렸을 때 기조발표자가 되어 초청되어 갔다. 전체 대표를 맡고 있는 분이 보자고 하더니 날더러 한국 지부장이 되고 전체 대표를 이어받아달라고 했다. 나는 국내외 어느 학회의 임원도 하지 않는 것을 신조로 삼으니 용서해달라고 하면서, 동국대학 김태준 교수가 적임자라고 적극 추천했다. 김태준 교수는 임원의 능력을 탁월하게 발휘해 그 모임을 아주 잘 이끌어갔다. 내가 할 수 있는 일은 연구발표에 참여하는 것뿐이었다.

'국어국문학회'와의 관계를 말하자면 긴 설명이 필요하다. 정문연 시절인 1981년에 이사로 처음 선출되고, 그 뒤 20년 가까운 기간 동안 이사와 감사로 일했다. 언제나 젊은 쪽이어서 연구이사를 단골로 맡고 많은 시간을 바쳤다. 연구발표도 하라는 대로 했다. 학회를 위해 봉사하지 않았다고 나무랄 사람은 없을 것이다.

1989년부터 1991년 사이 김완진 대표이사 시절에 회칙을 크게 개정하자고 총회에서 발언하고 실제 작업을 주도했다. 대표이사를 역임한 분들로 이루어진 평의원회에서 대표이사를 선출하는 것이 그때까지의 제도였다. 대표이사를 총회에서 직선해야 한다는 주장이 일어나 충돌이 생겼다. 총회 참석자가 전 회원의 일부에 지나지 않아 소수의 총회꾼이 작당하면 대표이사를 낼 수 있어 학회의 장래가 불안해진다고 평의원회에서 극력 반대했다. 충돌을 피하고 문제를 해결하는 방안을 내가 제안했다.

전공이사 세 전공에 각기 2명 도합 6명, 지역이사 서울, 경기와 인천, 강원과 춘천, 충남과 대전, 경북과 대구, 경남과 부산, 전북과 전주, 전남과 광주, 제주에서 각 1명 도합 9명을 선출해 대표이사를 호선하는 데 평의원도 참여해 투표권을 행사하도록 하자고 했다. 간접선거를 제안하고, 평의원회가 계속 기여하게 했다.

이런 내용의 회칙 개정안이 채택되어 부분적인 개정을 거치고 오늘날까지 이어졌다. 또 하나 중요한 내용이 있다. 이사는 도합 3회에 걸쳐 6년 하면 피선거권이 없도록 했다. 이 조항은 개정되어 지금은 없어졌다.

농담을 즐기는 사람들은 새로운 회칙을 '조동일 법'이라고 했다.

자기가 집권하려고 새 법을 냈다고 하기도 했다. 정치권에서 헌법 개정은 집권을 위한 술책임을 늘 보아온 터이라 그렇게 생각할 수 있었다. 이사 연임 제한 규정을 두어 오해를 막고, 부적절한 결과가 생기지 않게 했다.

이사를 2회 4년 한 다음 2년을 더 하고 제대할 것을 희망했는데, 대표이사로 만들겠다고 하는 말이 얼핏 들렸다. 정재호 대표이사가 다음 임원을 선출하는 총회의 사회를 본 1997년의 일이었다. 나는 임원으로 선출되면 학회를 탈퇴한다는 문서를 제출하고, 표가 나오면 개표과정에서 빼달라고 부탁했다. 내 뜻이 널리 알려져 표가 나오지 않았다.

내가 이사를 하지 않는 동안 임원 선출에 관한 회칙의 두 조항이 개정되었다. 투표가 우편투표로 바뀌었다. 잘 한 일이다. 이사 연임 제한 조항이 없어졌다. 이것이 문제이다. 2001년부터 시작해 다시 계속 전공이사로 선출되었다. 2003년 발표대회에서 기조발표를 하고 이어서 총회에 참석했다가, 우편투표 결과 발표를 보고 이사 사퇴를 허락해달라고 했다. 학회를 위해 너무나도 오랜 기간 동안 애썼으므로 이제 면제해달라고 했다.

사회자 서대석 대표이사는 임원 사퇴가 회칙상 불가하다고 했다. 그래서 부득이 회원 탈퇴서를 써서 제출했다. 회원 탈퇴는 수리 여부와 관계없이 효력을 가진다. 기본권에 관한 사항이기 때문이다. 그 뒤부터는 회원이 아니다. 그렇다고 해서 국어국문학회에 애착을 가지지 않는 것은 아니다. 회원은 아니지만, 연구활동을 통해 도움이 되고자 한다.

대학에도 아무 보직이 없고, 학회의 임원도 하지 않아 선수로 뛰는데 아무 지장이 없는 상태를 늘 희망했다. 교수는 가르치는 사람이어

서 코치의 임무는 벗어던질 수 없지만, 선수 노릇을 하는 데 더 많은
비중을 두고자 했다. 필요하면 언제든지 연구발표를 해서 학회 임원
들이 내 대신 수고를 하는 데 보답하고, 새로운 작업을 열심히 해서
학생들에게 자극도 주고 본보기도 보이는 것을 내 나름대로 코치 노
릇을 하는 방법으로 삼았다.

공개구직

　학교 안의 보직이나 학교 밖 학회의 임원을 맡지 않는다고 해서
연구에 필요한 시간을 충분히 확보할 수 있는 것은 아니었다. 강의,
논문 지도와 심사에 소요되는 시간은 줄일 수 없었다. 연구와 강의가
일치하지 않아, 연구하는 내용을 발표하면서 검토의 대상으로 삼지
못하고, 강의 준비를 따로 해야 하는 것이 큰 부담이었다. 프랑스의
'콜레주 드 프랑스'처럼 자기가 연구하는 내용을 공개강의만 하는
곳이 있으면 얼마나 좋을까 하고 생각했다.

　《세계문학사의 허실》(1996)이라는 신간을 내놓고 기자들과 문답
을 하는 모임이 1996년 3월에 있었을 때의 일이다. 세계문학사에 관
한 후속 작업을 계속해서 내놓겠다는 계획을 그 책에 예고한 바와 같
이 실행할 수 있는가 물어서, "지금의 여건으로는 그렇게 하기 어려
워, 연구를 제대로 하기 위해 공개구직을 위한 광고라도 낼 생각이
다"라고 대답하고, 평소에 생각하고 있던 공개구직의 조건을 설명했
다. 그래서 벌어진 사건을 《인문학문의 사명》이라는 책에서 자세하
게 다루었으나 여기서 재론하기로 한다.

서울대학 교수가 공개구직을 한다는 말을 두 신문에서 보도해 일이 벌어졌다. 공개구직이라니 무슨 말인가 하고 다른 여러 신문에서도 문제 삼고, 텔레비전에서도 다루어, 세상이 소란하게 되었다. 그래서 화제 거리나 만들고 말면 난처하게 된다고 판단해, 뜻하는 바를 정확하게 알리는 〈공개구직 사유서〉를 작성해 반드시 필요하리라고 생각되거나 관심을 가지고 물어오는 분들에게 전했다. 그 글을 기자가 요약하고, 또 내가 줄여서 신문에 실었다.

공개구직의 조건은 간추려 말한다면, 스스로 계획하고 진행하는 공개강의 외에는 강의를 하지 않고, 학과에 소속되지 않고 아무런 보직도 맡지 않으며, 연간 1천만 원의 도서구입비를 받아 연구 자료 부족을 해결하고, 도서를 한 데 모아놓고 작업을 할 수 있는 넓은 공간을 얻고자 한다는 것이다. 도서구입비가 확보된다면 연구비를 신청해서 받는 번거로운 일은 하지 않고, 다른 일 때문에 관심을 분산시키지 않으면서, 장기계획 연구에 몰두하겠다고 했다.

국립대학인 서울대학에서는 제도상의 제약 때문에 그렇게 해줄 수 없을 듯하니, 사립대학이나 연구기관에서 나를 데려가 그런 혜택을 베풀어주면, 정년퇴임까지 남은 기간 8년 동안 세계문학사에 관해 계획하고 있는 연구를 끝내 보답하겠다고 했다.

전문은 《인문학문의 사명》(1997)에 있으니 보기 바란다. 몇 대목만 인용한다.

내가 직접 가서 강의를 한 외국의 세 대학을 보면, 파리대학, 동경대학 교수는 주당 4시간 정도의 강의를 하고, 중국 연변대학의 경우에는 그보다도 강의시간수가 적었다. 한국에는 연구에 치중하는 교수와 강의에 치중하는 교수를 구분하는 제도도 없다. 인문사회과학 분야에는 연구소교수가 없다.

모든 교수가 한결같이 지식의 전달자 노릇을 하도록 제도화해놓고, 연구를 하지 않는다고 다그친다. 그래서 대단위 연구는 불가능하게 한다. 지금은 우리 학문이 비약적으로 발전하기 위해서 혼신의 노력을 기울여 세계적인 연구를 해야 할 때인데, 그런 일은 하지 못하게 원천봉쇄해놓았다.

연구를 할 수 있는 도서가 크게 부족하다. 한국학분야는 필요한 도서를 개인으로 사 모을 수도 있으나, 연구의 범위를 외국과의 비교연구로 확대하자 사정이 크게 달라졌다. 대학도서관이 충실해지기를 기다려 연구를 한다면, 내 평생에는 불가능하다. 대학도서관에 예산이 부족할 뿐만 아니라, 전문사서가 없고, 책을 사 모으는 방식이 비능률적이다. 교수가 직접 책을 사서 도서관에 넣는 방식은 허용되지 않는다.

강의해야 할 과목이 고정되어 있어, 새로운 연구를 강의에서 발표하고 토론할 수 없다. 연구와 강의가 일치해야 연구도 살고 강의도 산다고 《우리 학문의 길》(1993)에서 역설했으나, 전혀 달라지지 않았을 뿐만 아니라, 동조하는 여론도 일어나지 않고 있다. 대학의 보직자들은 연구에서 이미 멀어져, 연구하는 교수 위에서 군림하고자 해서, 연구를 지원한다고 하면서 실제로는 연구를 하기 어렵게 만드는 것을 능사로 삼는다.

이제 수입학문으로 나라를 부강하게 하겠다는 망상은 버려야 한다. 더구나 한국의 학문, 동아시아의 학문, 제3세계의 학문이 분발해서 유럽문명권중심주의의 그릇된 세계상을 바로잡고, 인류 전체가 진정으로 화해를 이루어 함께 발전하는 길을 찾는 것이 우리 학자들의 임무이므로, 학문 진흥은 체육 진흥보다 더욱 커다란 의의를 가진다.

국민소득이 만 불을 넘어섰다는 자랑이 대단하고, 21세기 초일류 선진국가를 만들겠다는 말이 상투어가 되고, 또한 수십억에서 수천억까지의 부정축재가 다반사인 다른 한편에서, 국립서울대학교 교수가 이처럼 비통한 소원을 말하지 않을 수 없는 것이 우리 현실이다.

우리 학문을 일으키는 일을 혼자서 감당하겠다는 것은 아니다. 뜻을 함께 하는 다른 여러 학우와 함께 나아가야 하니, 그 모두에게 혜택과 격려가 있기를 바란다. 위에서 든 희망을 달성해주는 국립연구기관이 생기는 것은 사립대학에서 힘쓰는 것보다 더욱 바람직한 일이다. 그러나 장차는 그렇게 되게 하기 위해서, 어느 사립대학이 앞서서 자극을 주는 것이 지금 당장 필요하다. 정치 때문에 온 국민이 과열되어 있는 이 나라에 진정한 희망이 있다는 것을 학문에서 보여줄 수 있기를 바란다.

나의 공개구직 희망이 보도되자, 서울 시내 두 곳의 사립대학 총장이 만나자고 했다. 내가 제안하는 조건을 받아들이겠다고 약속했다. 내가 스스로 하고자 하는 연구에 대해서 어느 쪽에서 더욱 깊이 이해하는지 판단해서 갈 곳을 정하고 싶다고 했다.

두 대학의 이름을 이제는 밝히기로 한다. 한 대학은 명지대학이고, 다른 한 대학은 연세대학이다. 명지대학 총장은 고건이었고, 연세대학 총장은 송자였다. 명지대학 이사장도 별도로 만났다. 송자 총장을 만날 때에는 연세대학 최정우 교수와 지식산업사 김경희 사장이 동석했다.

명지대학에서는 모든 조건을 수락하겠다고 해서, 그 대학을 방문해 내 장서를 가져다 놓을 공간에 관해서 알아보는 등 세부적인 사항을 확인하다가, 나를 '연구교수'로 맞이하려고 하는데, '연구교수'는 계약기간을 3년 이내로 하고, 계약 기간이 만료되면 "자동적으로 해임"된다고 규정에 명시해놓은 것을 알았다. 규정이 그렇더라도 3년 후에 재계약을 한다고 최초의 계약에서 명시하면 문제가 없을 것이라는 그 대학 총장의 말에, 나는 규정을 무시한 계약은 효력이 없다고 해석하는 것이 정상이며, 또한 지금 정년보장계약을 하고 있는데 최초의 계약을 3년으로 한다는 것도 받아들이기 어렵다고 했다.

연세대학에서는 총장이 전화를 하고, 일을 추진하는 것이 순조롭지 않다고 했다. 다음 총장 선출을 앞두고 학교가 안정을 잃고 있으며, 또한 강의를 하지 않고 연구만 하는 교수를 두어 특혜를 베푸는 것이 형평에 어긋난다는 견해가 제기되기도 해서, 내가 희망하는 바를 그대로 수락하는 것이 쉽지 않다고 했다.

지방 국립대학 한 곳에서도 나의 제안을 받아들일 의향이 있다고 말을 전해왔다. 그러나 국립대학은 제도상 그렇게 할 수 없는 것을 알고 논의를 멈추어야 했다. 제도를 바꾸고자 해서 시작한 일이 제도상의 난점 때문에 시작될 수 없었다.

지방 어느 군청에서는 그 군의 군립도서관으로 옮겨오면 나의 제안을 받아들여 희망하는 액수의 도서구입비를 제공하겠다고 했다. 그러나 군의 재정에 부담을 주는 것은 미안한 일이고, 군립도서관에 재직하면서 학문을 하는 것이 어느 정도 가능할지 의문이어서, 호의는 감사하지만 사양하지 않을 수 없다고 했다.

그 뒤에 한국대학교육협의회에서 내는 잡지 《대학교육》 1996년 7·8월호에서 나의 공개구직에 관한 논의를 전개하는 특집을 꾸몄다. 거기 실은 글을 옮겨놓는다.

나의 공개구직과 함께 제기된 문제를 특집으로 다루는 데 대해서 감사한다. 논평을 하고 의견을 개진한 임재해, 서경호, 장일조, 이상섭 네 분의 글을 읽고, 상당한 공감이 형성된 것을 기쁘게 생각한다. 공개구직이라는 방법은 특이하지만, 그 기회에 부각된 문제는 학계 전체가 공동으로 제기해야 할 것이고, 상당한 범위의 정책적 결단이나 제도 개선을 거쳐 해결되어야 한다는 데 의견이 접근되어 다행스럽다.

그렇지만 서경호 교수는 다소 유보적이고 회의적인 견해를 가지고, 현행 제도를 잘 활용하면 연구와 강의를 일치시킬 수 있을 것이라고 보았다. 그것은 내가 말하고자 하는 바가 잘못 전달되었거나, 설명이 부족한 탓이 아닌지 의심되어, 추가 논의를 하는 데 필요한 교훈으로 삼기로 한다.

이번에는 원칙론을 떠나서, 구체적인 사항부터 거론하기로 한다. 나는 지금 "우리말로 철학하기"에 관한 연구를 해서, 새로운 저서의 일부가 되는 글을 쓰고 있다. 그것은 내가 구상하고 있는 세계문학사의 이론 정립의 아주 요긴한 작업이고, 문학·철학·역사를 아우르는 작업의 본보기이다. 장일조 교수가 말한 "학문이론적 자각"을 거쳐 만들어 내는 "세계관적 학문"의 기초공사이다.

어느 문명권에서든 중세는 물론 중세에서 근대로의 이행기까지는 라틴어, 산스크리트, 한문 등의 공동문어를 사용해 철학을 하다가 근대에 이르면 자기 말로 철학을 하는 전환을 겪었다는 사실을 들어, 세계문학사·세계철학사·세계사를 한꺼번에 이해하는 총괄이론을 마련하고자 한다. 공동문어에서 민족어로의 전환은 문학사에서 다루어야 하는 기본 과제이다. 그렇게 하는 데 철학의 저술을 예증으로 삼아 철학연구에 기여한다. 유럽의 충격 때문에 다른 문명권의 근대화가 어떻게 왜곡되었는지 살피는 작업을 하면서 역사연구에 참여한다. 그 세 작업을 하나로 관통시키고자 한다.

　먼저 유럽문명권 특히 독일에서 그런 전환을 어떻게 이룩했는지 살펴 다음에, 유럽문명권의 도전을 받은 다른 문명권의 중국·인도·일본에서는 어떤 대응책을 찾았는가 비교해서 논하고, 한국의 경우를 문제 삼는 것이 전체적인 구상이다. 중국에서는 "자기 말로 자기 철학하기"를, 인도에서는 "남의 말로 자기 철학하기"를, 일본에서는 "자기 말로 남의 철학하기"를 한 것이 서로 대조적임을 밝히고 그 득실을 논한 다음에, 한국의 상황을 거기 비추어 분석하고 앞으로 해야 할 일을 제시하는 데까지 이르고자 한다. 우리말로 우리 철학을 하는 가장 바람직한 방안이 무엇인가 밝혀, 다른 여러 학문에서 널리 받아들일 수 있는 모형을 제시하고자 한다.

　중국에서는 한문으로 하던 철학을 白話로 풀이하니 문제가 없을 것 같지만, 두 말은 거리가 거의 없어 고전 재해석의 고민이 배제되고 있다. 인도에서는 자기네의 산스크리트철학을 "남의 말"인 영어를 이용해서 풀이하고, 일본에서는 "남의 철학"인 유럽철학을 일본어로 이식하는 데 힘쓰다가 어떤 문제가 생겼는가 밝혀 논한다. 논의가 산만해지지 않도록 하기 위해서, 중국의 馮友蘭, 인도의 라다크리슈난, 일본의 西田幾多郎, 한국의 박종홍을 중점적으로 다루면서, 특히 용어 사용과 글쓰기 방식 분석에 힘쓴다.

　이런 연구를 하는 데 대해서 몇 가지 의문이 제기된다. 국문학교수가 이런 연구를 해도 되는가? 이런 연구의 내용을 국문학과에서 개설하는 교과목에서 강의할 수 있는가? 이런 연구에 소용되는 도서를 도서관에 갖추어 달라고 요구하는 것이 마땅한가? 이런 연구를 하기 위해 필요한 시간을 허용해 달라고 할 수 있는가? 이런 연구를 하는 데 연구비가 있어야 한다고 해도 되는가? 이런 연구를 해서 책이나 쓰면서, 전공분야 학회지에다 규격화된 논문을 발표하지 않아도 되는가? 많은 자료를 펼쳐놓고 이런 연구를 하려면 넓은 공간이 있어야 한다고 요구해도 되는가?

이런 의문에 대해서 지금의 제도는 모두 다 "아니다"라고 단호하게 대답한다. 국문학교수에게 주어진 강의를 충실하게 하는 여가에 이런 연구를 하는 것은 막을 수 없지만, 본분을 버리고 일탈을 하는 것은 허용하지 않는다. 이상섭 교수가 말했듯이, 이런 연구를 "과외활동"으로 해야 하니, 너무 억울하다. 일이 너무 많아 여가 시간만으로는 감당하지 못하고, 건강이 상할 수밖에 없다. 머슴살이를 하는 여가에 자기 농사를 지으라는 주문이 너무나도 가혹하다.

그래서 나는 서울대학교 국문학과 교수 노릇에서 벗어나고 싶다고 했다. 서울대학교 국문학과에는 어떤 특수한 사정이 있는 탓에 다른 학과나 다른 대학의 교수로 자리를 옮기면 어려움을 해결할 수 있는 것은 아니다. 학과나 대학을 신설해서 맡는다 해도 문제가 해결되지 않는다. 현행 제도 속의 교수 자리를 거부해야 대책이 생긴다.

교수가 무엇을 하는 사람인가에 대한 정의를 다시 내려야 한다는 것이 주장의 핵심이다. 교수는 지식의 전달자나 가공자에 머무르지 않고, 이론의 생산자일 수 있어야 한다. 연구가 어디까지 뻗어날 수 있는가 범위를 정해두지 말고, 연구를 하는 데 필요한 도서, 시간, 작업 공간을 넉넉하게 주고, 연구결과를 스스로 개설하는 공개강의를 통해서 발표하고 점검하는 기회를 만들 수 있게 해야 한다. 그렇게 하는 것이 돈이 많이 드는 일은 아니다.

전국의 교수가 일제히 다 그렇게 하자는 것은 아니니 안심할 일이다. 짐을 많이 지겠다고 자원하는 사람에게 그렇게 하도록 허용하는 것은, 임재해 교수가 말한 바와 같이, 형평에 어긋난 일이 아니다. 이런 주제의 연구가 여기저기서 이루어져서 전작저서로 출판되어야 우리 학문이 선진화하고, 선진국이 되겠다는 꿈이 실현될 수 있다는 데 대해서, 나라의 학문 정책을 결정하는 자리에 있는 사람들이 동의하면 모든 문제가 풀릴 가능성이 생긴다.

대한민국 정부가 수립되고 오늘날까지 이르는 기간 동안에 전쟁의 참화를 겪고, 먹고 살기에 급급하고, 민주화를 이룩하는 데 진통이 너무 많아, 학문 정책을 바르게 할 겨를이 없었다. 위에서 요구한 사항을 어느 정도의 수준에 오른 주권국가라면 어디서나 이미 그렇게 하고 있어, 세부적인 사항에 관해서는 의견이 엇갈리더라도, 제도의 채택 여부는 새삼스럽게 거론할 가치조차 없다.

한 가지 사실만 들어 그 점을 분명하게 하자. 강의하는 교수와 연구하는 교수를 병립시키는 제도를 동아시아 우리 주변의 모든 나라, 일본·중국·대만·북한에서 모두 시행하고 있는데, 한국만은 빠져 있다는 것을 알아야 한다. 나라를 만들다 말아서 그렇게 되었다는 것을 시인해야 한다. 북한은 소련의 전례를 따라서 과학원과 사회과학원을 창설했지만, 남한에서 받아들인 미국의 제도에는 연구하는 교수가 어느 한 곳에 모여 있지 않아 잘 보이지 않는 것이 자질이 생긴 이유일 수 있다. 이제는 우리가 스스로 나라를 설계하는 안목을 가지고, 미완성의 과제를 완성해야 한다.

한국에도 연구소에서 연구하는 사람들이 있지만, 강의를 본분으로 하는 교수보다 지위가 낮고, 보수가 박하며, 신분 보장이 불안정하고, 행정기관의 간섭에 더 많이 시달린다. 정부에서 가장 힘들여 육성하는 기술과학의 분야라도 그 점에서 예외가 아니다. 이상섭 교수가 지적한 바와 같이 모든 연구기관이 교육기관이 되고자 하는 것을 지금의 형편으로서는 막을 수 없다. 연구원 노릇에서 벗어나서 강의하는 교수가 되어야 비로소 안심할 수 있으므로, 그 길을 찾기 위해서 개인적으로도 부지런히 노력하는 것을 막을 길이 없다. 연구소를 다시 세워도 그렇게 되고 만다.

연구 제목을 정해주고 돈을 몇 푼 건네면, 정해진 기일 안에 주문한 대로 원고지를 메워 내는 글이 연구업적이라고 하는 잘못을 언제 시정할지 아득하다. 대학의 부설연구소라는 것들이 하나도 예외 없이 학문의 생산공장이 아니고, 거래시장이다. 교수들이 강의를 하는 여가에 각자 조금씩 하는 연구를 모아다가 이문을 남기고 파는 장사술은 나날이 발달하고 있다.

대학 안의 學商輩들이 정부를 설득해서 기존의 연구소를 통폐합한다든가 새로운 기관을 설립한다든가 하는 등의 책동을 부리는 일이 전보다 부쩍 많아졌다. 정부가 연구를 위해서 극소액의 예산이라도 쓰기 시작하자 그런 사태가 벌어지고 있다. 그래서 강의는 신성하고 연구는 더럽다고 단언하지 않을 수 없게 한다.

이제 연구의 명예를 회복하는 것이 무엇보다도 급선무이다. 연구는 처세와 돈벌이의 수단이 아님을 밝혀, 학상배의 개입을 차단해야 한다. 연구와 강의의 관계에서는 연구가 강의를 이끌어야 한다는 것을 분명하게 해야 한다. 연구의 진행과 더불어 강의가 새로워지고, 연구결과에 의해 학문의 새로운 영역을 열어야 한다.

지금 내가 하고 있는 것과 같은 연구를 여러 사람이 다양하게 해내서 학문의 공동 영역을 확보하지 않고서 인문학부를 만드는 것은 심하게 말하면 사기극이다. 명문대학에 유학했으면 명교수이고, 첨단 유행 사조를 수입하면 학계를 이끌 수 있다는 착각을 깨는 유일한 대책은 우리가 보편적인 이론을 생산하는 학문을 최대한 평가하고 지원하는 것이다. 그것 외의 다른 대책은 있을 수 없다.

연구가 강의를 이끌어 나가야 세계적인 이론을 우리가 만들어 대학 교육을 획기적으로 발전시키고, 민족통일을 설계하고, 통일후의 사회를 바람직하게 만들 수 있다. 그렇게 하지 않고서는 이 나라에 희망이 없다. 학문을 선진화하지 못하면, 선진국으로 도약하는 대신에 후진국으로 추락한다. 중진국으로 남아 있는 것은 주변의 여러 나라가 허용하지 않기 때문에 선진국과 후진국 가운데 어느 하나를 택하지 않을 수 없다.

연구가 강의를 이끌지 못하게 하는 것은 강의 부담이 과중하고, 개설과목이 고정되어 있고, 도서관이 텅 비어 있고, 연구비 지급 제도가 잘못되어 있는 등의 장애요인이 겹겹으로 있기 때문이다. 그런 장애요인 제거는 각자의 의식전환으로 가능할 일도, 교수들이 자율적으로 시행할 수 있는 사항도, 대학 개혁에서 스스로 해결할 수 있는 과제도 아니다. 이중삼중의 피해자인 교수에게 책임을 전가하고, 매질하기만 해서는 사태를 더욱 악화시킬 따름이다.

강의를 이끌어나가는 연구를 하는 것 자체는 학자의 임무이지만, 그렇게 하지 못하게 손발을 묶어놓은 것을 풀어주는 일은 묶은 쪽에서 해야 한다. 누가 그렇게 했는가 따져 책임 소재를 놓고 공방을 할 일은 아니다. 다음 대통령이 역사적인 결단을 내려야 해결의 실마리를 찾을 수 있다.

지금은 묶은 것을 풀어주어야 한다고 뜻있는 교수들이 일제히 나서서 외쳐야 할 때이다. 외치는 것만으로는 설득력이 없으니, 바람직한 연구의 모형을 보여주는 일을 소홀하게 할 수 없다. 불가능한 조건에서 가능한 일을 해야 하니, 아무리 힘겨워도 분투해야 한다.

연구교수가 되어 떠나가지 못해 서울대학에 머물러 있어야 했다. 그만두고 나가 생계 걱정부터 해야 할 것은 아니었다. 서울대학은 국립대학이고 학교 교수들이 좋은 분들이어서, 공연한 소동을 벌여 학교나 학과의 명예를 훼손했다고 나무라지 않았다. 학교 교수들 여러분 특히 안병희·이상택·박희병 교수는 떠나지 말라고 간곡하게 만류하다가, 그냥 있기로 했다니 큰 다행이라고 했다.

그렇다고 해서 뜻한 연구를 그만둘 수 없었다. 차선책을 찾아야 했다. 다른 일은 되도록 줄여 연구시간을 확보하려고 더욱 애타게 노력했다. 연구와 강의를 일치시켜 연구발표를 하듯이 강의를 하기로 했다.

《카타르시스·라사·신명풀이》(1997)에서 《세계문학사의 전개》(2003)에까지 이르는 열 권 가까운 저서를 세 번씩 강의했다. 연구를 진행할 때에는 박사과정에서, 원고를 처음 써서는 석사과정에서, 일단 완성된 원고로 책자를 만들어서 학사과정에서 강의하면서 학생들과 함께 고치고 다듬었다.

강의를 잘못 했는가? 잘 했는가? 학생들을 학문의 소비자가 되게 한다면 잘못했다. 제조 단계에 있고 성사가 불확실한 물건을 가져다 안기는 횡포를 저질렀다. 학생들을 학문의 생산자로 키워야 한다면 잘 하는 강의이다. 생산과정에 동참시켜 고통과 해결방법을 체득하도록 하는 것이 당연하다.

그렇다고 하더라도, 강의 제목과 내용이 일치하지 않는 것이 문제이다. 연구는 계속 새로워지는데 강의 제목은 그대로 있다가 다시 나온다. 강의 제목을 바꾸려면 길고 복잡한 협의를 거쳐야 한다. 고쳐 놓아도 또 고쳐야 한다. 그럴 수 없어 제목은 그대로 두고 내용만 바꾸었다. 강의 평가를 하면 표리부동 때문에 낙제이다. 까다롭게 구는 대학에서 가르쳤다면 탈락감이다.

풍월을 즐기는 여유

할 일이 많아 각박하게 살았던 것은 아니다. 많은 사람을 사귀면서 깊은 교류를 했다. 집에서 일을 하다가 강의가 있어 학교에 나가는 날에 시간이 남으면 들르는 인문대학 교수휴게실이 그 장소였다.

교수휴게실은 어느 대학에나 있지만, 좀 특별한 점이 있었다. 예전에 紫霞 申緯가 별저를 마련하고 풍류를 즐기던 그 자리에 다시 모인다고 해서 2동 3층에 있는 휴게실을 "紫霞軒"이라고 했다. 국·영·독·불문과 교수들이 자주 드나들어 문학의 전당이 되었다. 문학에 대한 고담준론을 펴기만 한 것은 아니다.

중문과 이병한 교수가 漢詩를 한 수씩 칠판에 적고 해설을 하면, 영문과 이병건·황동규, 국문과 김용직·민병수, 독문과 안삼환 등 여러 교수가 듣고 감상을 하고 논평을 하는 것이 관례였다. 민병수 교수는 한국 한시를 적기도 했다. 김용직 교수는 이따금 자작 한시를 선보였다.

한시뿐만 아니라 글씨도 이야기 거리가 되었다. 김용직 교수의 글씨는 일가를 이루었다고 할 수 있는데 초서에 가까운 필치가 꼬불꼬불 돌아가 알아보기 힘들었다. 이병건 교수가 '曲蚯蚓體'라고 명명했다. '蚯蚓'이란 지렁이이다.

자하헌은 바둑을 두는 곳이기도 했다. 바둑을 잘 두는 순서를 들기로 하면 국문과 이익섭, 안병희, 이상택, 서대석 교수, 언어학과 성백인, 독문과 안삼환 교수가 앞자리를 양보하지 않았다. 지금 이 순서로 적은 것을 보면 고치라고 당장 말할 사람이 여럿이다.

그러나 대다수의 관심은 잘 두는 쪽에 있지 않았다. 판세가 두는 사람도 모르게 순식간에 뒤집어지는 기상천외의 바둑이 인기를 누렸다. 바둑을 잘못 두어서 그렇다고 하면 큰 실례이다. 마음을 비웠다고 할까, 기력 향상에는 관심이 없다고 할까. 실력은 버리고 인기를 취했다고 하면 실례이지만, 실력과 인기는 역비례한다는 것을 잘 보여주었다.

그 가운데 누가 으뜸인가? 국문과 심재기 교수가 제3인자라는 것은 자타가 인정했다. 당사자가 그 이상 바라지 않았다. 제1인자가 국문과 김용직인가 중문과 이병한인가는 가리기 어려운 시비이다. 결과가 나날이 달라졌다. 김용직을 먼저 쓴 것은 가나다 순이고, 나이 순이라고 양해를 얻어야 한다.

이병한 교수가 한시를 쓰면 나는 "外史氏 曰"하고서 그 시를 흉내 낸 희작 한시, 시쳇말로 패러디라고 하는 것을 하나 지어내 곁에 적었다. 바둑 두는 사람들을 기롱하는 시도 지었다. 어느 것이든지 평측이나 운은 고려하지 않았다. 정문연 시절에 '사진찬'을 쓰듯이 했으나, 대부분 5언이나 7언인 점이 달라졌다.

"外史氏"가 무슨 말인지 묻는 분들이 있어 대답했다. 역사를 자기 나름대로 사사로이 쓰는 비공식의 史官이라는 말이고, 책임질 수 없는 논평을 함부로 하는 사람이 자기 자신을 일컫는 데 널리 쓴다고 했다. 호냐고 물으면, 호로 삼기에는 적합하지 않은 보통명사라고 했다.

이병한 교수는 《서울대 교수들과 즐긴 한시》라는 책을 내면서 내 희작을 여러 편 소개했다. 그 때문에 내 이름도 함께 신문에 보도되기도 했다. 나는 여기서 쓴 것을 모두 들고 자랑하고 싶으나 그럴 수는 없다. 득의작만 일부 골라 주제별로 정리하고, 번역을 곁들이고 풀이한다. 원시의 번역은 이병한 교수가 책을 낼 때 한 것이다.

자하헌의 분위기나 모여드는 사람들의 모습을 말한 것을 먼저 들어본다.

誰知冠岳裏　　누가 알겠나, 관악산 뒤쪽에

別有紫霞軒　　별난 곳 자하헌이 있는 줄을.

茶香繞歡談　　차 향내 그윽한 곳에서 환담하면서,

碁聲供笑藥　　바둑 두며 웃는 소리로 약을 삼네.

蒼石吟古詩　　창석은 예전의 시를 읊고,

向川論今人　　향천은 지금 사람을 논하네.

痴然逃世俗　　어리석은 듯 세속에서 도피해,

何如此養性　　이렇게 양생하는 것이 어떤가?

이것이 총론격이다. 차 마시고 환담하고, 바둑 두면서 웃으면서 세상 일을 잊고 본성을 길렀다. 蒼石은 이병한 교수, 向川은 김용직 교수의 호이다. 좌장격인 두 분이 가장 많은 화제를 남겼다. 김용직 교수는 현대시인을 연하므로 지금 사람을 논한다고 한 것만 아니다. 못마땅한 무리가 있으면 "날건달"이라고 나무랐다.

繞軒紫霞樹遍栽　　많은 나무 들러 서 있는 자하헌,

棋枰茗碗古今同　　바둑판도 찻잔도 고금이 같다.

此中常談逆名利　　이 안에서 흔히 하는 말 명리를 어기니,

那得外人敢參聞　　어찌 외인이 감히 참여해 들을 것인가!

바깥세상과 떨어져 고풍을 자랑하는 자하헌에서는, 명리 추구와는 반대가 되는 말만 한다고 자부했다. 청나라 시인 歸莊의 〈題畵〉 후반부의 "屋繞靑山竹遍栽　棋枰茗碗酒瓶開　此中勝景非天地　那得閑人

入畝畫來"(푸른 산 집을 에워싸고 뜰에는 온통 대나무, 바둑 두며 다
마시고 술병을 따네. 이러한 경치 속세가 아닐지니, 어찌 아무나 그
림 속에 들어오게 할 것이냐!)를 뒤집었다.

靜座混世中	혼탁한 세상에 조용히 앉아,
孤吟憂國詩	나라 근심하는 시 외롭게 읊조린다.
隔海洋夷來	바다 건너 양이가 와서
踏跛槿花域	무궁화 고장을 짓밟는구나.

외환 위기 때문에 구제금융을 얻어야 할 때 지은 시이다.

自稱白鷺老敎授	백로라고 자칭하는 노교수
欲喝不得心自急	꾸짖으려 해도 되지 않고 마음만 급해
擧目窓外失語時	창 밖을 내다보며 말을 잊고 있는데,
學生不知謂超脫	학생들은 알지 못하고 초탈했다고 하다니.

철없이 노는 젊은 학생들에게 버릇을 가르치지 못하는 노교수의
고민이다. 세대차가 계속 벌어져 메울 길 없었다. 당나라 盧소의 〈白
鷺鷥〉에서 "刻成片玉白鷺鷥欲捉纖鱗心自急 翹足沙頭不得時 傍人
不知謂閑立"(옥으로 다듬었나 백로 한 마리. 물고기 잡으려고 마음
조이며, 물가 모래밭에 발 쫑긋 세웠거늘, 사람들은 영문 모르고 한
가롭다 말하네)에다 빗대서 지었다.

心似已落之花	마음은 이미 떨어진 꽃이고,
身如寒山之木	몸은 찬 산의 나무로다.

問君平生功業　　　묻노니, 그대 평생 업적이 무엇이뇨?
開講休講終講　　　개강, 휴강, 종강이라네.

　　노교수의 쓸쓸한 심정이다. 생각하니 이룬 것 없다. 송나라 蘇軾이 〈題金山畵像〉에서 "心似已灰之木 身如不繫之舟 問君平生功業 黃州惠州儋州"(마음은 다 타버린 나무토막이요, 몸은 매어놓지 않은 배. 묻나니 그대 평생 업적이 무엇이뇨? 황주, 해주, 담주에서 귀양살이 했더라네)를 뒤집었다.

千古冠岳景色幽　　　천고의 관악 경치가 그윽하다.
先輩硏堂後輩收　　　선배의 연구실을 후배가 받네.
後輩收得休歡喜　　　후배여 받았다고 기뻐하지 말라.
還有收輩在後頭　　　그것 받을 후배가 뒤에 있느니라.

　　선배 교수가 나가고 후배 교수가 들어와 그 자리를 잇는 일이 계속된다고 한 말이다. 송나라 范仲淹의 〈書扇示門人〉에서 "一派靑山景色幽 前人田地後人收 後人收得休歡喜 還有收人在後頭"(푸른 산 그윽히 아름다운 경색, 조상이 후손에게 물려주신 것. 후손들아 얻었다고 기뻐만 하지 마라. 다시 그것 거두어 갈 사람 뒤에 있느니라)를 고쳐 지었다.
　　이병한, 김용직 두 교수에 관해서 특별히 말한 것들도 있다.

蒼石老來情有餘　　　창석은 늙어서도 정이 넉넉해
于今吟風求靑春　　　지금까지 풍월 읊으면서 청춘을 구하다니.
勸君莫惜歲月過　　　그대에게 권하니, 세월 간다고 아까워하지 말고,

莫待有花可折取　　꽃이 있다고 꺾지도 말기 바란다.

　당나라 무명시인의 〈金縷衣〉라면서 "勸君莫惜金縷衣　勸君須惜
少年時　有花堪折直須折　莫待無花空折枝"(그대 비단옷 아끼지 말
고, 그대 젊은 날 꽃다운 시절을 아끼게나. 꺾을 만한 꽃 있으면 그
당장 꺾으시게. 꽃 질 때를 기다렸다 빈 가지 꺾지 말게)라고 한 것에
다 빗대서 읊었다.

蒼石詠詩貫古今　　창석이 읊는 시 고금을 관통하다가
此日終倒白石山　　오늘은 마침내 백석산에 이르렀네.
不分玉石菩薩心　　옥과 돌을 나누지 않는 보살 마음이니,
雜石破石皆名石　　잡석이나 파석이라도 다 명석이다.

　당대의 화가로 이름 난 齊白石의 시까지 써놓는 것을 보고, 시를
가리지 않고 좋아한다고 비꼰 말이다.

蒼石六十四　　창석이 예순 넷이고,
向川加一歲　　향천은 한 살 더한 나이.
兩翁相知己　　두 늙은이 서로 지기 사이라,
連日交手談　　종일 수담을 나눈다.
一勝人生樂　　일승은 인생의 悅樂이고,
一敗兵家事　　일패는 병가의 常事라.
衆友賞此境　　많은 벗이 그 경지를 완상하니,
晚年勝青春　　만년이 청춘보다 낫도다.

당나라 白居易의 시 〈覽鏡喜老〉를 써 놓은 것을 보고 지었다. "行年六十四"라고 했다. 창석이 그 나이이고, 향천은 한 살 위였다. "手談"은 바둑이다.

蒼石甚好詩人跡　　창석은 시인의 자취를 아주 좋아해,
遍涉古今求名句　　고금을 두루 돌아다니면서 명구를 찾네.
向川自愛妙體書　　향천은 묘한 서체를 스스로 사랑해,
蟄居盆中作逸品　　분중에 칩거하면서 일품을 제작하네.

향천이 사는 곳이 분당이다.

向川書無敵　　향천은 글씨가 대적할 사람 없어,
飄然思不群　　높게 놀고, 남들과 어울리지 않는다.
惑者評蚯蚓　　어떤 이는 지렁이 같다고 평하고,
自稱欺世術　　자기 스스로는 세상 속이는 술책이라지만,
字劃漸漸奇　　글자의 획이 점점 기이해지고,
形相日日妙　　형체와 모습이 날로 묘해진다.
名振海內外　　이름이 국내외에서 떨치고,
逸品輝四宇　　빼어난 작품 사방에서 빛이 난다.

향천의 글씨를 두고 지었다. 처음 두 구절은 두보가 이백을 칭송한 시에서 따왔다.

바둑 두는 사람들을 기롱한 것들도 있다.

冠岳峰上戰雲起　　관악 봉우리 위에 전운이 일더니,

碁國豪傑雌雄決　　바둑 나라 호걸이 자웅을 결한다.
安門叔姪縱橫擊　　안문 숙질이 종횡으로 찔러대고,
金沈兩將點點血　　김·심 두 장수는 점점이 피흘린다.

안문 숙질은 안병희와 안삼환이다. 대안과 소안이라고도 했다. 노소를 가려 일컫는 말이었다. 김·심 두 장수는 김용직과 심재기이다.

黑石白石血鬪中　　검은 돌 흰 돌 피 흘리며 싸우고 있는데,
成百不成百戶家　　成百은 백가의 집을 이루지 못하고
天下大亂危急時　　천하 대란으로 위급하게 되었을 때에,
安三不安三邊馬　　安三은 세 변의 말이 불안하기만 하다.

자하헌에서 놀던 선배 교수들이 정년퇴임을 해서 쓸쓸하게 되었다고 한 것들도 있다.

冠岳陽春陰雨寒　　관악의 양춘에 궂은 비 오고 춥다.
紫軒新年空室寂　　자하헌은 새해를 맞이하고 텅 비고 적막하다.
向川歸去止高談　　향천이 돌아가니 고담준론이 그치고,
蒼石未見失名詩　　창석이 나타나지 않아 명시를 잃는다.

1998년 봄에 향천이 정년퇴임을 하니 창석도 자주 들르지 않았다.

歲月冉冉何處歸　　세월이 흘러가 어디로 향하는가?
紫軒名公皆隱退　　자하헌의 명공이 모두 은퇴하는구나.
尙川豪安止人笑　　향천과 대안이 사람들 웃음 그치게 하다니.

後來諸生忘前史　　뒤에 오는 후진은 앞의 역사 잊으리라.

　　창석과 大安의 정년퇴임을 이렇게 탄식했다. 대안은 안병희 교수이다.

人生甲後回春風　　인생은 회갑이 지난 뒤에 봄이 되돌아오고,
幸得停年更少年　　다행히 정년을 맞이하니 다시 젊어지네.
兩李歡喜還故園　　두 이 교수 기쁘게 옛 동안으로 돌아가니,
美酒名山相爭迎　　좋은 술, 이름난 산이 다투어 맞이하네.

　　1998년 가을 이병한, 이병건 교수가 정년한 뒤에 지은 시이다. 이병한 교수는 술을, 이병건 교수는 산을 좋아해서 술과 산이 두 분을 맞이한다고 했다.

長長夏日無一事　　길고 긴 여름 날 아무 일 없어,
室中冷氣空送風　　방중의 냉방기 공연히 바람만 보낸다.
名文妙筆何處在　　명문과 묘필이 어디 있는가?
棋士評客夢中去　　기사와 평객도 꿈속으로 사라졌다.

　　1999년 여름 어느 날 자하헌에 들르니 아무도 없었다. 향천과 창석이 정년퇴임한 뒤에 자하헌에 모이는 사람들이 점차 줄어들더니 마침내 찾아보기 어렵게 되었다. 퇴임만 있고 신임은 없었다. 젊은 교수들은 자하헌에 나타나지 않았다.

紫軒群賢已歸去　　자하헌의 군현이 다 돌아가고,

空室寂寞陰雨中　　빈 방이 궂은비 오는 가운데 적막하다.

黃李兩士今日去　　황·이 두 분 오늘 떠나면

誰能保傳詩碁風　　시 짓고 바둑 두는 풍속 누가 전할 것인가?

　　2003년 8월 궂은비가 늦게까지 오는 계절에 황동규, 이상택 두 분이 정년을 맞이했다. 떠날 사람 하나씩 떠나가니, 풍류스러운 사귐은 없어지고 각자 자기 일만 하는 삭막한 시대가 되었다. 문학마저 자연과학처럼 연구하는 후진이 아무리 뛰어나다고 해도 무엇을 알 수 있을까? 나도 때맞추어 물러나니 다행이다.

역마살의 반경 확대

　　서울대 시절에는 역마살의 반경이 확대되었다. 국내외 여러 곳에 초청되어 연구발표를 하고 강연도 했다. 일에다 부록을 붙여 유람을 즐기기도 했다. 막내가 대학에 입학한 뒤에는 아내와 함께 가는 것이 예사였다.

　　국내의 경우를 먼저 들어보자. 서울 시내의 대학은 빼고, 가까운 곳부터 들면 인천, 원주, 춘천, 강릉, 청주, 대전, 공주, 전주, 이리, 광주, 대구, 안동, 부산, 진주, 제주 등지를 갔다. 광주, 대구, 부산, 제주에는 여러 번씩 갔다. 기억이 많이 남은 나들이를 있었던 순서대로 몇 개 소개한다. 어느 해 몇 월인지는 적어놓지 않아 밝히지 못한다.

　　부산 : 인문학연구 모임에 가서 "우리말로 철학하기"라는 주제로 발표하고 토론하기를 아홉 시간이나 했다. 자리를 옮겨가면서 계속

질문에 대답했다. 피곤해서 지칠 때까지 놓아주지 않았다. 이진오 교수가 모임을 주도하고, 김헌선 교수가 동행했다.

안동 : 주승택 교수가 오라고 해서 안동대학에 가서 강연을 할 때에는 국학 분야 몇몇 교수가 질문을 독점하다시피 해서 대학원생들은 연구실로 따라와 줄을 서서 질문을 했다. 토요일 오후인데도 중강당이 복도까지 초만원이었다. 다음날에는 많은 교수와 함께 청량산 등산을 했다.

대전 : 충남대학에 갔을 때에는 자연과학과 특별한 관련을 가졌다. 한 번은 공학 분야 연구소에 초청되어 창의적인 학문 방법에 대해서 강연했다. 또 한 번은 일반 학생들을 위한 강연인데 자연과학 전공 교수들이 여럿 와서 계속 질문을 했다.

제주 : 제주대학 인문학연구소에서는 인문학의 장래와 연구방향을 두고 이틀 동안 발표와 토론을 했다. 구내 아파트에 머물게 하고, 연구소장 김희열 교수가 자기 승용차를 내주어 유람여행을 잘 했다.

백담사 : 만해학술상을 받은 것이 인연이 되어 만해 한용운의 자취가 남은 설악산 백담사에서 열린 만해 축전의 국제학술회의에 참가하고 며칠 머문 것이 즐거운 추억이다. 기조발표를 하는 모습이 화보 오른쪽 두 번째에 있다. 고려대학 인권환 교수, 한국 불교를 연구하는 미국 캘리포니아대학 랭카스터(Lancaster) 교수가 곁에 앉아 있다.

광주 : 전남대학 인문학연구원에 초청되어 가서 비교문학에 대해서 말하고 많은 교수의 질문에 응답했다. 질문을 한 교수들의 소속 학과가 10개도 더 되었다. 다음날 김대현 교수의 안내를 받아, 미술대학 심경호 교수 화실을 방문해 좋은 구경을 했다.

부산과 용인 : 부산외국어대학과 한국외국어대학 용인 캠퍼스에 보름 간격으로 가서, 비교문학 연구의 과제와 방법에 대해서 발표했

다. 여러 외국문학을 전공하는 많은 교수들과 광범위한 문제에 관해 토론했다.

외국에 나가 활동할 기회도 많아졌다. 출장 허락을 한 기록이 학교에서 만든 인터넷 사이트에 올라 있어 날짜까지 정확하게 알 수 있다. 하나씩 들고 설명을 보탠다.

1990년 12월부터 1991년 2월까지에는, 프랑스 파리7대학 한국학과에서 집중강의를 했다. 동양학부 다니엘 부세(Daniel Bouchez) 학장, 한국학과 이옥 교수가 초청하고, 많은 도움을 주었다. 석사과정과 학사과정 학생들은 교실에 모아놓고 프랑스어로 강의하고, 박사과정 학생들은 한 사람씩 한국어를 사용하면서 개인지도를 했다. 월남학자들과 함께 한·월 비교문학에 관한 모임을 가지기도 했다. 독일 보쿰대학, 네덜란드 레이덴대학, 영국 런던대학에 가서 특강을 했다.

1991년 8월에는, 중국 연변대학에서 열린 국제학술회의에서 문학사의 시대구분에 관한 논문을 발표했다. 많은 분의 환대를 받고, 조용한 시간을 내서 다시 가겠다고 하고 1993년에 약속을 지켰다. 다음 일정이 바빠 북경에서 바로 동경으로 직행했다.

1991년 8월에는, 일본 동경에서 열린 제13차 국제비교문학학술회에서 전통적 서사문학과 근대소설의 관계에 관한 논문을 발표했다. 참가기 〈국제비교문학회에서 벌인 세계문학 논란〉을 써서 《한국문학과 세계문학》 제2판(1992)에 내놓았다.

1991년 10월에는 다시 일본에 갔다. 동국대학 일본문화연구소 주최로 일본 경도에서 열린 비교문학연구 모임에서 한·일 18세기 문학의 비교에 관한 논문을 발표했다. 중세에서 근대로의 이행기가 서로 같고 다른 점을 말했다.

1992년 6·7월에는, 임진왜란 4백주년 기념 문화통신사의 일원으로 일본을 방문하고, 한·일 문학 특질 비교에 관한 논문을 발표했다. 한·일 학자들 사이에 많은 논란거리가 있음을 확인했다. 학술회의가 끝난 뒤에는 조선통신사의 행로를 역행하면서 여행을 했다.

1992년 7·8월에는, 미국 하와이대학에서 열린 제1회 환태평양한국학국제학술회에서 근대문학으로의 이행에 관한 논문을 발표했다. 오하우 섬을 일주하면서 구경했다. 하와이 원주민 구비문학의 자료 영역본을 구해 와서 연구의 소중한 자료로 삼았다.

1993년 6·7월에는, 중국 연변대학 겸직교수가 되어 12회의 집중 강의를 했다. 정판룡 교수를 비롯해 많은 교수와 학자들이 들었다. 강의가 계속되는 도중에 고구려의 옛 도읍 즙안, 발해의 옛 도읍 동경성을 찾았다. 강의를 마치고 장춘을 거쳐 북경으로 가고, 다시 서안을 구경하고 상해를 거쳐 귀국했다. 북경에서 이종주 교수의 안내를 받고, 사회과학원 문학연구소 敏澤 교수를 만나 많은 이야기를 나누었다.

1993년 8월에는, 프랑스 국립과학연구센터(CNRS) 초청으로 파리에 가서 다니엘 부세 교수와 함께《한국문학통사》불어판에 관한 공동작업을 했다. 한국과학재단에서 다니엘 부세 교수를 초청한 것에 대한 교환 초청이었다. 그 기회에 독일, 오스트리아, 스위스 등지도 여행했다.

1994년 1·2월에는, 일본 동경대학 비교문학과에 가서 머물면서 두 차례 특강을 했다. 하가(芳賀) 교수가 경도의 국제일본문화연구센터로 초청해, 동아시아 사회사와 소설의 관계에 관해 발표를 했다. 발표 요지는 한문으로 쓰고, 주요 용어는 일본어 음독으로 읽으면서 설명하는 말은 영어로 했다.

1994년 3·4월에는, 미국 뉴욕사회과학협의회에서 주최한 학술회의에서 고전소설을 위한 남녀의 경쟁과 협동에 관한 논문을 발표했다. 뉴욕이 어떤 곳인지 둘러보았다. 필요한 책을 사려고 뉴욕의 서점을 샅샅이 뒤졌는데, 뉴욕은 서점의 도시가 아니었다.

1994년 7월에는, 일본 동경 동경외국어대학에서 열린 제2회 환태평양한국학제학술회의에 참가했다. 민족문학과 세계문학의 관계에 관한 논문을 발표하고 한국문학 연구의 시야 확대를 제안했다. 김윤식 교수를 비롯한 현대문학 전공자 여러 사람과 동행했다.

1994년 9월부터 1995년 8월까지에는, 일본 동경대학 문학부에서 두 학기 강의했다. 공식 환영회를 광고를 붙여 누구나 오라고 하고서 성대하게 열어준 것을 오래 기억한다. 환영회에서 찍은 사진이 화보 왼쪽 하단 우측에 있다. 일본 한국계의 중진 우메다(梅田)·타케다(武田)·칸노(菅野) 교수가 옆에 서 있다. 우메다 교수의 환영사를 내 옆의 여학생이 통역을 하는 장면이다. 일본에 있는 동안에 국제 동양학회에서 논문을 발표하고, 센다이 동북대학에 가서 강연을 하기도 했다. 나리사와(成澤) 교수가 불러주고 환대를 했다. 일본 여러 곳을 여행했다. 북해도와 오키나와까지 갔다.

1995년 12월에는, 이집트 카이로대학에서 열린 비교문학 학술회의에서 세계문학사의 시대구분에 대한 논문을 발표했다. 김용직 교수와 동행했다. 거기서 발표한 논문을 이탈리아 비교문학회 잡지에서 이탈리아어로 번역해 수록했다.

1996년 7월에는, 오스트레일리아 시드니대학에서 열린 제3회 환태평양한국학제학술회의에 참가했다. 가는 길에 싱가포르에 며칠 머물면서 구경했다. 한국과 인접민족의 무속서사시에 관한 논문을 발표했다. 그 곳 원주민의 가무를 구경하고 미술 작품을 본 것이 또한 소득이었다.

1996년 11월에는, 카자흐스탄 카자흐스탄국립대학 한국학학술회의에서 한국문학의 특질에 관한 강연을 하고, 크질오르다대학에서도 같은 강연을 다시 했다. 크질오르다대학 명예교수가 되었다. 카자흐스탄 국립대학의 김필영 교수가 모든 것을 돌보아주었다.

1997년 8월에는, 네덜란드 레이덴대학에서 열린 제15차 국제비교문학학술회의에서 중국문학 번역 양상 비교연구에 관한 논문을 발표했다. 그 기회에 네덜란드, 벨기에, 독일, 덴마크, 스웨덴, 노르웨이 여러 곳을 돌아다니면서 책 사는 여행을 했다.

1998년 10월에는, 중국 북경대학에서 열린 제3회 동아비교문화연구국제회의에서 동아시아문학 비교연구에 관한 논문을 발표했다. 북경대학 구내에 머무르면서 유학생들을 많이 만났다. 북경대학에서 한국문학을 가르치다가 은퇴한 위욱승(韋旭昇) 교수와 그때 함께 찍은 사진이 화보 왼쪽 하단 좌측에 있다. 김태준 교수, 노규호 교수도 함께 서 있다.

2000년 8월에는, 남아프리카 프리토리아에서 열린 제17차 국제비교문학학술회의에서 구비서사시 비교연구에 관한 논문을 발표했다. 돌아오는 길에 말레이시아 콸라룸푸르에서 며칠 머무르면서 구경하고 책을 샀다. 영어를 공용어로 하는 나라의 실태를 살핀 것이 소득이다.

2002년 5월에는, 《한국문학통사》 불어판 출판을 기념해 파리 한국문화원에서 강연을 했다. 파리의 사회과학고등연구대학원, 네덜란드 레이덴대학에서도 각기 다른 주제로 특강을 했다. 독일, 오스트리아, 헝가리, 스위스, 이탈리아도 여행했다. 2003년 2월에 그 책이 한불문화상 수상작으로 선정되었다.

2002년 9·10월에는, 중국 산동대학, 산동사범대학, 중앙민족대학,

북경외국어대학에서 강연을 했다. 산동반도를 일주하는 여행을 했다. 大同을 위시한 북경 근처 여러 곳도 돌아보았다. 초청자 산동대학의 牛林杰 교수, 중앙민족대학의 이원길 교수에게 많은 신세를 졌다. 북경외국어대학에서 강연하는 모습이 화보 오른쪽 네 번째 사진에 보인다.

2003년 2월에는, 한불문화상을 받기 위해 파리로 갔다. 시상식장에서 공동으로 수상한 책의 공저자 다니엘 부세, 주불 한국대사, 다른 두 사람의 수상자가 함께 찍은 사진이 화보 오른쪽 하단 우측에 있다. 시상식이 있기 먼저 가서 브레타뉴 지방을 일주하면서 지방문화의 특성과 독립의 열기를 확인했다.

2003년 6월에는, 러시아 모스크바 고르키세계문학연구소, 페테르부르크대학 한국학과에서 강연을 했다. 대산재단에서 후원하고, 모스크바 삼일문화원 이형근 목사가 주최한 행사였다. 유종호, 정현종, 김현택 교수 등 여러 사람과 동행했다. 고르키세계문학연구소에서 찍은 사진이 화보 오른쪽 하단 좌측에 있다. 아랍문학을 전공한다는 그 연구소의 부소장, 한국문학과 일본문학을 연구하는 동포학자 김여호 교수가 곁에 서 있고, 다른 일행도 보인다. 페테르부르크대학 한국학과에서 특강하는 모습이 화보 오른쪽 세 번째 사진에 있다. 그곳에서 가르치는 최인나 교수가 옆에서 통역을 하고 있다.

2003년 10월에는, 파리 동양어대학에서 열린 한국어문학 연속강연에 참가해 한국 근대문학의 특성을 동아시아 다른 나라와 비교해 밝히는 발표를 했다. 그 기회에 프랑스 중부 고원지대를 여행했다. 카자흐스탄에서 돌아와 파리에서 가르치게 된 김필영 교수와 동행했다.

2004년 6월에는, 일본 동경대학 비교문학과에서 주최한 동아시아 문학의 正典에 관한 국제학술회의에 참여해 한국의 경우에 관한 발표를 했다. 정전이 생겨나고 변하고 없어지는 과정이 다른 나라와 같을 것이라고 했다. 이어서 일본비교문학회의 학술회의를 참관했다.

다음 몇 건은 이 책이 나온 뒤에 있을 일이다. 이미 예정되어 있으므로 적어둔다.

2004년 8월에는, 스웨덴 외테보리대학에서 개최되는 스칸디나비아 일본 및 한국 학회에 초청되어 가서 기조발표를 한다. 한국·동아시아·세계문학의 중세에 관한 논문을 발표하고, 동아시아문학과 스칸디나비아문학의 비교연구에 관심을 가지자고 제안한다.

2004년 10월에는 대만 중국문화대학, 2005년 2월 인도 델리대학에서 개최되는 학술회의에서 논문을 발표해달라는 초청을 받았다. 대만에서는 한문학사의 하한선 문제를, 인도에서는 동아시아 다른 나라와 비교해온 한국문학사의 특성에 관한 발표를 한다.

세계문학사를 향해서

《한국문학통사》 전5권 (제1판 1982~1988, 제2판 1989, 제3판 1994)을 내놓고 관심을 확대했다. 한국문학사 이해에서 얻은 이론적인 성과를 근거로 세계문학사를 새롭게 이해하는 목표를 설정했다. 많은 자료를 구하고 멀리 나다닐 수 있게 된 여건 덕분에 목표달성이 가능했다. 역마살의 반경이 확대된 덕분이다.

계명대·영남대 시절에 구비문학에서 고전문학 전반으로 나아가고, 정문연 시절에 고전문학과 현대문학을 합쳐 한국문학의 전모를 이해한 작업이 한 단계 더 발전했다. 한편으로는 문학과 철학의 연관을 고찰하고, 다른 한편으로는 한국문학과 세계문학이 둘이 아님을 밝혀 논했다.

학교를 옮기면서 전공이 확대되고, 연구의 여건이 향상되어 그럴 수 있었다. 혼자 한국문학을 다 관장하면서 필요한 자료를 확보하고 문학사를 통괄해서 쓰던 한국학대학원의 교수가 서울대학 국문과에서는 국문학의 대외관계만 다루면 되어 변신이 가능했다. 귀신이 도왔다고 할 수 있을 정도의 행운이 따라 한 단계씩 앞으로 나아갈 수 있었다.

서울대학에서 새로 한 작업은 두 가지 난점이 있었으나 가능한 대로 해결했다. 세계문학을 연구하는 자료는 크게 모자랐지만 스스로 구할 수 있어 다행이었다. 연구교수가 되고자 하는 소망은 이루지 못했어도 연구와 강의를 일치시키면서 새로운 작업을 힘껏 진척시켰다. 한국의 교수는 지식의 전달자이기만 하고 생산자일 수 없게 하는 제도를 내 힘으로 바꾸지 못해도 구속을 깨기로 했다.

파리와 동경에는 너무나도 많은 책이 있다. 파리에는 자기가 연구한 내용의 공개강의만 하는 교수들도 있다. 파리대학이나 동경대학의 교수는 강의시간 수가 서울대 교수의 절반이었다. 모스크바에는 연구원이 3백 명이나 되는 세계문학연구소가 있다. 북경 사회과학원 문학연구소의 교수도 연구만 한다. 북경대학이나 중국 다른 대학 교수들은 한 과목 정도만 강의한다.

부러워해도 소용이 없었다. 분발해서 노력하는 수밖에 없다. 책은 많이 있으면 대수롭지 않게 여기고 힘들여 구해야 탐독한다. 시간이 많아도 해서 일이 잘 되는 것은 아니다. 불리한 여건이 창조의 원천이다. 이렇게 다짐했다. 그 어느 쪽에서도 하지 못하는 일을 나는 하니 다짐이 헛되지 않았다.

열띤 토론에 참여하는 학생들이 있고, 써내는 책을 사서 읽는 독자들이 있지 않은가. 그런 협력을 얻어, 남들이 수백 년 동안 한 일을 10여 년 남은 기간 동안 완수하자. 오래 생각하고 다듬어 쓸 겨를이 없어, 내용이 성글고 오류가 있는 것을 각오한다. 그 점을 불만스럽게 여기고 나무라는 후진이 작업을 이어받고 더욱 분발하기를 바란다.

세계문학으로 관심을 돌려 《한국문학과 세계문학》(제1판 1991, 제2판 1992)을 먼저 내놓았다. 비교문학 연구의 방향 전환을 역설하고, 한국문학을 세계문학의 관점에서 고찰한 작업을 다각도로 시도한 성과를 모았다. 재출발을 위한 중간점검을 했다.

《동아시아문학사비교론》(1993)에서 새로운 작업을 시작했다. 자국문학사 서술을 유럽 각국에서 어떻게 했는지 고찰하고 동아시아의 경우를 일본, 중국, 한국, 월남 순서로 다루었다. 다시 문학사 서술의 여건과 방법에 관한 비교고찰을 했다. 동아시아문학사의 공통된 시대구분 시안을 제시하고, 중요한 사안에 관한 검토를 구체화했다.

《세계문학사의 허실》(1996)에서 더욱 먼 여정을 설계했다. 8개 언어 38종의 세계문학사를 모두 검토하고 무엇이 문제인가 찾아냈다. 제1세계의 작업은 제국주의 사고방식을 청산하지 못한 채 끝나고, 제2세계의 대안은 미완성인 채 중단되었다.

제3세계가 맡아 새로운 작업을 어떻게 해야 하는지 밝혀 논했다. 지금까지의 세계문학사 서술에서 제외되거나 폄하되어온 아시아와 아프리카 여러 곳의 문학을 충분히 포괄하고 정당하게 평가하자고 했다. 더 나아가서 문학사 이해의 기본 원리를 새롭게 정립하는 더욱 중요한 과업을 힘써 수행해야 한다고 했다.

《카타르시스·라사·신명풀이》(1997)에서 먼저 연극을 다루었다. 고대 그리스연극, 중세 인도연극, 중세에서 근대로의 이행기 한국연극의 원리를 비교해 고찰하면서 세계연극사의 전개를 새롭게 이해하는 작업을 했다. 기철학의 전통을 이은 生克論을 고찰의 원리로 삼았다. 탈춤의 신명풀이가 최한기가 말한 神氣와 다르지 않다는 것을 깨달았다. 신명풀이 연극을 하는 방식으로 책을 쓰면서 학생들과의 토론을 계속 넣었다.

연극에 관해 고찰한 성과를 영화에 적용시켜 논의를 확대했다. 카타르시스 영화에 대항하는 라사 영화의 노력을 평가하고, 신명풀이 영화를 만들자고 하고 구체적인 방안을 제시했다. 영화전쟁에서 살아남고, 강요되는 세계화를 바람직하게 이끌려면 문학·예술의 원리에 대한 탐구가 경제학이나 공학 못지않게 소중하다고 했다.

《동아시아 구비서사시의 양상과 변천》(1997)에서는 서사시를 논의의 대상으로 삼았다. 기록된 작품이나 창작서사시를 중심에다 두고 서사시를 이해하는 잘못을 비판하고 구비서사시로 관심을 돌렸다. 제주도에서 출발해 동심원을 그리면서 나아가 세계 전체를 다루는 데까지 갔다. 아이누민족, 운남지방의 여러 민족, 중앙아시아 터키계 민족군의 자료를 소중하게 다루었다.

오늘날까지 구전되면서 시대에 따른 변천을 겪어온 구비서사시가 문학의 의의를 재평가하고 문학사의 시대구분을 다시 하는 근거가 된다고 했다. 서사시의 흥풍은 정치적 우열과 반대가 된다는 사실을 입증했다. 다른 민족을 정복하고 통합한 우세민족은 스스로 파괴한 구비서사시를, 어려운 처지가 된 열세민족은 힘써 전승하고 재창조해 자부심 고취의 근거로 삼아왔다고 했다.

《하나이면서 여럿인 동아시아문학》, 《공동문어문학과 민족어문학》, 《문명권의 동질성과 이질성》으로 이루어진 《중세문학의 재인식》(1999) 삼부작을 썼다. 한 권으로 쓰던 책이 세 권으로 늘어났다.

공동문어문학과 민족어문학의 관계를 중심에다 둔 중세문학의 기본
구조가 여러 문명권에서 서로 같다는 사실을 밝혔다. 문명권의 구조
를 밝히고, 세계문학사 서술의 근간을 마련했다.

문명권 중심부 중국, 중간부 한국, 주변부 일본이 지닌 특징이 다
른 문명권에서도 널리 발견된다고 했다. 공동문어문학과 민족어문학
을 함께 소중하게 여기고 밀접한 관련을 가지게 한 것이 중간부의 공
통점이라고 했다. 한국의 가사와 같은 민족어 교술시를 발전시켜 생
활경험을 서술하면서 사상을 논한 것도 중간부에서 일제히 한 일임
을 밝혔다.

《철학사와 문학사 둘인가 하나인가》(2000)에서, 철학과 문학이 시
대에 따라 가까워지고 멀어진 과정을 세계 전체의 범위에서 고찰하
고, 그 둘이 가장 멀어지게 한 근대의 잘못을 시정하자고 했다. 동아
시아, 유럽과 함께 인도와 아랍의 철학도 깊이 있게 다루려고 노력했
다. 문학의 경우처럼 세계철학사를 대등의 관점에서 총괄해서 서술
하는 방안을 제시했다.

철학 글쓰기와 문학 글쓰기를 아우르는 길을 찾으면서, 생극론에
근거를 둔 통찰의 철학을 이룩하고자 했다. 학문 일반론을 재확립하
는 과제를 해결하고자 하면서 사상 모색의 성과를 정리했다. 멀리까
지 나아가 많은 것을 이룩했다고 생각되어 흐뭇하다.

《영어를 공용어로 하자는 망상》(2001)은 계획하지 않았던 것이다.
우리말을 버리고 영어를 공용어로 하자는 망상이 국가를 경영하는
사람들 머릿속에서까지 꿈틀거렸다. 제주도를 시범지역으로 하겠다
고 발표했다. 그런 사태를 그대로 두고 볼 수 없고 당장 불을 꺼야 하
겠기에 몇 달 만에 써서 서둘러 낸 책이다.

모국어가 아닌 영어를 공용어로 하지 않을 수 없는 나라의 비참한

처지를 말레이시아의 경우를 예증으로 삼아 구체화해서 논했다. 현지에서 준비해온 자료를 이용했다. 국제적으로 통용되는 영어는 공용어와는 다른 교통어라고 했다. 영어를 잘 해 교통어로 활용하기 위해 공용어로 삼고 국어를 만들겠다는 바보는 세계 어디에도 없다고 했다. 영어 사용국에 가서 공부한 적 없고, 원어민에게 배운 적 없는 내가 쓴 영문 논문을 싣고 우리 영어 교육이 잘못되지 않았다고 했다.

《소설의 사회사 비교론》(2001)은 오래 전부터 준비해온 본격적인 작업의 결과이다. 이것 또한 한 권으로 쓰던 책이 세 권으로 늘어났다. 새로운 관점에서 문학사회학을 이룩하는 작업을 소설을 예증으로 삼아 다각도로 전개하고, 유럽에서 생긴 문학의 위기를 아시아·아프리카에서 극복하는 양상과 방향을 논했다.《한국소설의 이론》에서 비롯한 소설론 정립의 오랜 작업의 최종적인 성과를 얻었다.

세계 소설을 두루 고찰하면서, 유럽에서 죽은 소설이 제3세계문학에서는 살아 있고 아프리카에서는 빛을 낸다는 사실을 입증하고, 그 이유를 밝혔다. 인도 프렘찬드 작품은 영역으로, 아프리카 몽고 베티, 셈벤느 우스만느의 작품은 불어 원문으로 읽고 고찰하는 등 번역이 없는 작품도 추가했다. 변증법과의 논쟁을 계속하면서 생극론이 문학이론에서 무엇을 할 수 있는가 보여주었다.

오랜 기간 동안 많은 작업을 한 끝에 마침내《세계문학사의 전개》(2002)를 써냈다. 준비 작업을 더 하는 것이 바람직하지만, 왕성한 작업을 할 수 있는 동안 소홀하지 않게 마무리를 하려고 했다. 이미 이룬 성과를 종합하고 근대문학 부분은 많이 보탰다. 연구비를 3,700만 원 받아 인터넷 고서점 사이트를 이용해 외국에 주문해 살 수 있는 책은 거의 다 샀다.

분량이 많아지지 않도록 주의하면서 단 권으로 끝냈다. 원시문학,

고대문학, 중세문학, 중세에서 근대로의 이행기문학, 근대문학이 여러 문명권, 많은 민족의 문학에서 함께 전개된 양상을 두루 고찰했다. 중세에서 근대로의 이행기가 세계문학사 전개의 보편적 단계임을 입증했다. 근대에 와서 나타난 유럽문명권의 세계 제패에 대해서 다른 문명권이 어떤 대응을 보였는지 고찰했다. 근대를 넘어선 다음 시대를 전망하는 결론을 내렸다.

예정된 작업을 일단 끝내 마음이 편하다. 후속 작업을 둘 했다. 《지방문학사 연구의 방향과 과제》를 썼다. 외국 여러 나라의 경우를 살피고 우리가 해온 시도를 점검한 다음 새로운 작업의 모형을 제시한 내용이다.《한국문학통사》를 한 번 더 고쳐 제4판을 내는 작업을 하고 있다. 세계문학사와의 관련을 계속 언급하는 점이 달라진다.

생극론을 정립한 것이 또 하나의 성과이다. 생극론에 관해 강의하는 장면이 화보 오른쪽 맨 위의 사진에 있다. 판서를 한 도형에 요지가 나타나 있다. 理를 별도로 숭상하지 말고 氣의 실상을 파악해야 한다고 했다. 음과 양이 각기 다른 방향으로 움직여 상생이 상극이고 상극이라고 했다.

남긴 글

서울대 시절에 소출이 가장 많다. 기간이 17년 반이나 되어 그런 것만은 아니다. 오래 두고 지은 농사를 추수하면서, 새로운 작업을 많이 보탰기 때문이다. 신문 칼럼이라는 것을 맡아 짧은 글도 자주 썼다.

1987년 (서울대 제1년)

■ 공저, 기타 단행본
- 《한국학기초자료선집 고대편》(공저) (한국정신문화연구원, 1987)

■ 논문
- 〈산수시의 경치·흥취·주제〉, 《국어국문학》 98 (국어국문학회, 1987)
- 〈서사시론과 비교문학〉, 《한국문화》 8 (서울대학교 한국문화연구소, 1987)
- 〈삼국유사 설화와 구전설화의 관련 양상〉, 《삼국유사의 종합적 검토》 (한국정신 문화연구원, 1987)

■ 논설, 비평
- 〈孤山 연구의 회고와 전망〉, 《고산연구》 1 (고산연구회, 1987)
- 〈한국설화연구의 현황〉, 《한국·일본의 설화연구》 (인하대학교 출판부, 1987)
- 〈비교문학의 방향 전환을 위한 제언〉, 《비교문학》 12 (한국비교문학회, 1987)
- 〈1920년대 소설의 정착 과정〉, 《문학과 비평》 3-4 (문학과 비평사, 1987)

■ 서평

　– 〈유민영: 개화기연극사회사〉, 《신동아》 1987년 9월호 (동아일보사)

1988년 (서울대 제2년)

■ 저서

　– 《한국문학통사》 5 (지식산업사, 1988. 제2판 1989. 제3판 1994)

■ 논문

　– 〈고려 시가문학의 변천〉, 《전통과 사상》 3 (한국정신문화연구원, 1988)

　– 〈구전설화를 통해 본 한국인의 의식〉, 《서의필선생회갑기념논문집: 종교 인간 사회》 (한남대학 출판부, 1988)

　– 〈한국과 동남아시아 각국 근대문학 형성 비교연구〉, 《고전문학연구》 4 (한국고전문학연구회, 1988)

　– 〈한국문학사의 시대구분과 세계문학사〉, 《한국학의 과제와 전망》 1 (한국정신문화연구원, 1988)

　– 〈국문학에 나타난 금강산의 의미〉, 《고소설연구논총》 (다곡이수봉선생화갑기념논총간행위원회, 1988)

■ 논설, 비평

　– 〈작문의 역사와 과제〉, 《대학작문》 (서울대학교 출판부, 1988)

　– 〈설화에 나타난 변신의 의미〉, 《문학과 비평》 5 (문학과 비평사, 1988)

　– 〈한국인의 균형과 조화 의식〉, 《국책연구》 5권 1호 (민주정의당 국책연구소, 1988)

■ 짧은 글

　– 〈정문연의 존재 의의는 국학 연구〉, 《조선일보》 1988년 1월 27일자

　– 〈한국 탈춤에 대하여〉, 《한국의 탈춤》 (행림출판사, 1988)

■ 저서

– 《한국문학통사》 별책부록 (지식산업사, 1989. 제2판 1989. 제3판 1994)

■ 공저, 기타 단행본

– 《한국설화유형분류집》(공저) (한국정신문화연구원, 1989)

– 《한국설화색인집》(공저) (한국정신문화연구원, 1989)

■ 논문

– 〈한국 · 중국 · 일본 "小說"의 개념〉, 《성곡논총》 20 (성곡학술문화재단, 1989)

   [불어 번역 "Un problème de terminolgie en histoire des littératures",
   Bulletin de L'école Française d'Extreme-Orient 84 (Paris: L'école Française
   d'Extréme-Orient, 1997)]

– 〈한문학과 라틴어문학의 문학사 서술 비교〉, 《동양학》 19 (단국대학교 동양학연
   구소, 1989)

– 〈進三國史記表의 비교문학적 고찰〉, 《수여성기열박사환갑기념논총》 (인하대학
   교 출판부, 1989)

– **"Yangban and the Common People in Korean Literature of the
   Eighteenth Century"**, *Seoul Journal of Korean Studies* 2 (Institute of Korean
   Studies, Seoul National University, 1989)

■ 논설, 비평

– 〈한민족의 자아 각성: 그 연원을 찾아서〉, 《중앙일보》 1989년 1월 4일, 17일, 2월
   3일, 21일, 3월 7일, 21일, 4월 5일, 20일, 5월 2일, 17일, 31일, 6월 21일, 7월 12일, 26
   일자 (중앙일보사)

– 〈판소리 사설 재창조 점검〉, 판소리연구 1 (판소리학회, 1989)

– 〈서양문학이론 수용: 그 총체적 현상과 전망〉, 《동서문학》 1989년 8월호 (동서문

학사)

- 〈문학사에 관한 세 가지 질문〉, 《사회와 사상》 1989년 9월호 (한길사)

- 〈제3세계문학 연구 상황: 동남아시아문학〉, 《문학과 비평》 11-12 (문학과 비평사, 1989)

- 〈제3세계문학 이해와 점검〉, 《현대문학》 1989년 11월호-1990년 5월호 (현대문학사)

1990년 (서울대 제4년)

■ 저서

- 《삼국시대 설화의 뜻풀이》 (집문당, 1990)

■ 논문

- 〈설화 기록의 양상과 소설의 성립: 귀신론을 통한 접근〉, 《전통과 사상》 4 (한국정신문화연구원, 1990)

- 〈조선 후기 人性論과 문학사상〉, 《한국문화》 11 (서울대학교 한국문화연구소, 1990)

■ 논설, 비평

- 〈한국문학의 사회사를 위한 기본 구상〉, 《전봉이능우박사·칠순기념논총》 (간행위원회, 1990)

- 〈전국구비문학조사의 경과와 성과〉, 《구비문학》 9 (한국정신문화연구원, 1990)

- 〈근·현대사 시대구분〉, 《한국근현대문학연구입문》 (한길사, 1990)

- 〈최제우와 구전설화〉, 《인간과 경험 동서남북》 2 (한양대학교 민족학연구소, 1990)

- 〈한국문학과 서양문학〉, 《동서문학》 1990년 12월호 (동서문학사)

- **"European Interests in Korean Studies"**, *Journal of Korean Studies* vol.3 (Institute of Korean Studies, Seoul National University, 1990)

■ 짧은 글

- 〈운전고 해탈〉, 《서울대학교병원보》 1990년 4월 10일자 (서울대학교병원)

- 〈대입시 문제 무엇이 문제인가: 국어〉, 《동아일보》 1990년 12월 25일자

■ 서평

- 〈정민: 조선후기고문론연구〉, 《국어국문학》 103 (국어국문학회, 1990)

1991년 (서울대 제5년)

■ 저서

- 《제3세계문학연구입문》 (지식산업사, 1991)

- 《한국문학과 세계문학》 (지식산업사, 1991. 제2판 1992)

■ 공저, 기타 단행본

- 《한국학기초자료선집 중세편》(공저) (한국정신문화연구원, 1991)

■ 논문

- 〈이인로와 이규보 문학사상의 거리〉, 《벽사이우성교수정년퇴임기념논문집》 (창작과 비평사, 1991)

- 〈한국 근대문학에서의 전통과 혁신〉, 《한국 근대문학의 쟁점》(1) (한국정신문화연구원, 1991)

- 〈19세기 가사에서 전개된 종교사상 논쟁〉, 《임하최진원박사정년기념논총》 (도서출판대한, 1991)

- 〈조선시대 영남지방 농민시의 세 층위〉, 《민족문화연구》 11 (영남대학교 민족문화연구소, 1991)

- 〈장편서사시 분포와 변천 비교론〉, 《고전문학연구》 5 (한국고전문학연구회, 1991)

- 〈서사시의 전통과 근대소설〉, 《관악어문연구》 15 (서울대학교 국어국문학과, 1991)

- 〈沖止論〉, 《한국문학작가론》 (현대문학사, 1991)
- 〈18세기 인성론의 혁신에 대한 문학의 대응〉, 《한국문화》 12 (서울대학교 한국문화연구소, 1991)

■ 논설, 비평
- 〈글의 종류와 변천〉, 《국어작문》 (서울대학교 출판부, 1991)
- 〈보편적 이론 창조를 통해 실천의 시행착오를 예방해야〉, 《대학신문》 1991년 6월 3일자 (서울대학교 대학신문사)
- 〈국문학연구의 현황과 과제〉, 《한국학논집》 17 (계명대학교 한국학연구원, 1991)
- 〈동서시인의 정신세계: 산과 바다〉, 《시와 시학》 1-3 (시와 시학사, 1991)
- 〈선승이면서 광대인 고은의 시〉, 《고은 시집 해금강》 (한길사, 1991)
- 〈국문학의 특질〉, 《중학교 국어 3-2》 (한국교육개발원, 1991)
- 〈한국의 종교문학〉, 《한국의 종교문화와 예술》 (문화부, 1991)

■ 짧은 글
- 〈음치와 명창〉, 《머무르라 그대는 그토록 아름답다》 (예음, 1991)
- 〈다시 읽고 싶은 고전: 삼국유사〉, 《한국일보》 1991년 4월 30일자
- 〈"니키티나: 忠談師의 獻茶 의식과 태양녀신화"에 대한 논평〉, 《제6회국제학술회의논문집 한국학의 세계화 1》 (한국정신문화연구원, 1991)
- 〈최수운과 구전설화〉, 《동학》 2 (동학선양회, 1991)

■ 서평
- 〈울산대학교 인문과학연구소: 울산울주지방민요자료집〉, 《국어국문학》 105 (국어국문학회, 1991)
- 〈황패강: 한국문학의 이해〉, 《출판저널》 92 (한국출판금고, 1991)

1992년 (서울대 제6년)

■ 저서

- 《민중영웅이야기》 (문예출판사, 1992)
- 《한국문학의 갈래 이론》 (집문당, 1992)
- 《문학사와 철학사의 관련 양상》 (한샘출판, 1992) (개정 증보판이 《한국의 문학사
  와 철학사》이다)

■ 공저, 기타 단행본

- 《국문학사》(공저) (한국방송통신대학 출판부, 1992, 제2판 1999)
- 《베트남 최고시인 완채 Nguyen Trai》(공저) (지식산업사, 1992)

■ 논문

- 〈김소월 시에서 님이 존재하는 시간〉, 신동욱 편, 《김소월연구》 (새문사, 1982)
- 〈혜성가의 창작 연대〉, 《백영정병욱선생화갑기념논총》 (신구문화사, 1982)
- 〈삼국유사 설화 연구사와 그 문제점〉, 《한국사연구》 38 (한국사연구회, 1982)
- 〈잠 없는 꿈의 역설〉, 김열규 · 신동욱 편, 《한용운연구》 (새문사, 1982)
- 〈고려가요 갈래 시비〉, 김열규 · 신동욱 편, 《고려시대의 가요문학》 (새문사, 1982)
- 〈서양 각국문학사 서술의 경과와 문제점〉, 《관악어문연구》 16 (서울대학교 국어
  국문학과, 1992)
- 〈일본문학사 서술의 경과와 문제점〉, 《일본평론》 1992년 봄 · 여름호 (사회과학연
  구소, 1992)
- 〈중국문학사 서술의 경과와 문제점〉, 《동아문화》 29 (서울대학교 동아문화연구소,
  1992)
- 〈한국문학사 서술의 경과와 문제점〉, 《동방학지》 74 (연세대학교 국학연구원,
  1992)
- 〈한국 · 중국 · 일본문학사 시대구분 비교〉, 《연변대학 제2차 조선학국제학술회의
  토론회 론문집》 (연길: 연변대학 조선학국제학술토론회조직위원회, 1992)

- 〈허균 세대의 임진왜란 체험과 한시의 변모〉, 《임진왜란과 한국문학》 (민음사, 1992)

- 〈한·일문학 특질론 비교〉, 《관악어문연구》 17 (서울대학교 국어국문학과, 1992)

- 〈신라인의 질서관과 문학이론〉, 《고전문학연구》 7 (한국고전문학연구회, 1992)

■ 논설, 비평

- 〈나의 학문 나의 저작〉, 《사회평론》 1992년 1월호 (사회평론사)

- 〈구비문학〉, 《한국민족문화대백과사전》 (한국정신문화연구원, 1992)

- 〈근대화: 문화적 측면에서 본 근대화〉, 《한국민족문화대백과사전》 (한국정신문화연구원, 1992)

- 〈문학〉, 《한국민족문화대백과사전》 (한국정신문화연구원, 1992)

- 〈민요〉, 《한국민족문화대백과사전》 (한국정신문화연구원, 1992)

- 〈웃음〉, 《한국민족문화대백과사전》 (한국정신문화연구원, 1992)

- 〈소설이론의 방향 전환과 동아시아소설〉, 《세계의 문학》 1992년 봄호 (민음사)

- 〈월남시인 阮廌가 아시아 문학사에서 차지하는 위치〉, 《동남아시아연구》 창간호 (한국동남아학회, 1992)

- 〈안민가에 나타난 정치의식〉, 《한국고전시가작품론》 (집문당, 1992)

- 〈한국민족문화대백과사전의 폭과 깊이〉, 《정신문화연구》 47 (한국정신문화연구원, 1992)

    [영어 번역 "Encyclopedia of Korean Culture", *Journal of Korean Studies* vol. 5, Institute of Korean Studies, Seoul National University, 1992)]

- 〈아프리카문학 이해를 위한 기본 시각 비교〉, 《외국문학》 1992년 여름호 (열음사)

- 〈국제비교문학회에서 벌인 세계문학 논란〉, 《비교문학》 17 (한국비교문학회, 1992)

- 〈18세기 한·일문학의 성격 비교〉, 《일본학》 11 (동국대학교 일본학연구소, 1992)

■ 짧은 글

- 〈"서종문: 자료·방법론"에 대한 논평〉, 《국어국문학 40년》 (집문당, 1992)

- 〈나옹전설〉, 《한국민족문화대백과사전》 (한국정신문화연구원, 1992)

- 〈동학가사〉, 《한국민족문화대백과사전》 (한국정신문화연구원, 1992)

- 〈보은기우록〉, 《한국민족문화대백과사전》 (한국정신문화연구원, 1992)

- 〈서사민요〉, 《한국민족문화대백과사전》 (한국정신문화연구원, 1992)

- 〈소대성전〉, 《한국민족문화대백과사전》 (한국정신문화연구원, 1992)

- 〈신돌석설화〉, 《한국민족문화대백과사전》 (한국정신문화연구원, 1992)

- 〈야청도의성〉, 《한국민족문화대백과사전》 (한국정신문화연구원, 1992)

- 〈열녀전설〉, 《한국민족문화대백과사전》 (한국정신문화연구원, 1992)

1993년 (서울대 제7년)

■ 저서

- 《동아시아문학사비교론》 (서울대학교출판부, 1993)

- 《한국시가의 역사의식》 (문예출판사, 1993)

- 《우리 학문의 길》 (지식산업사, 1993, 제2판 1996)

■ 논문

- 〈우리 학문론의 전통과 변혁〉, 《새로운 인문학을 위하여》 (백의, 1993)

- 〈대학 교양과목의 문학교육〉, 《대학의 국문학교육》 (지식산업사, 1993)

- 〈문학사 서술의 경과와 방법 비교〉, 《한국문학사 서술의 제문제》 (단국대학교 출판부, 1993)

- 〈고전시가에 나타난 소나무〉, 《해양문학과 국어국문학》 (형설출판사, 1993)

- 〈죽음과 질병에 관한 전통사상의 이해〉, 《간호학의 정립과 한국전통문화》 6 (이화여자대학교 간호학연구소, 1993)

■ 논설, 비평

- 〈국문학연구의 이념과 방향: 연구의 심화와 확대〉, 《민족문학사연구》 3 (민족문학사연구소, 1993)

– 〈황패강교수의 학문〉, 《향가문학연구》 (일지사, 1993)

– 〈글쓰기의 혁신 이끄는 발상의 대전환〉, 《출판저널》 128 (한국출판금고, 1993)

– 〈학문을 상실한 대학의 위기 극복 방안〉, 《대학교육》 64 (대학교육협의회, 1993)

– 〈소설의 기원과 형성〉, 《고소설의 제문제》 (집문당, 1993)

– 〈우리 학문을 살리기 위한 대학개혁〉, 《관악》 7 (서울대학교 총학생회, 1993)

– 〈빠져 읽기와 따져 읽기〉, 《월간 디딤돌》 1993년 10월호 (도서출판 디딤돌)

■ 짧은 글

– 〈학문은 독백이 아닌 대화〉, 《교수신문》 1993년 6월 19일자

– 〈내 인생의 책들〉, 《한겨레신문》 1993년 9월 21일자

1994년 (서울대 제8년)

■ 저서

– 《독서 · 학문 · 문화》 (서울대학교 출판부, 1994)

■ 공저, 기타 단행본

– 《한국문학강의》(공저) (디딤돌, 1994)

■ 논문

– "The Two-Stage Transitional Period Between Medieval and Modern Literature", *Korean Studies* vol. 18 (Center for Korean Studies, University of Hawaii, 1994)

– 〈우리 학문의 총괄이론을 위하여〉, 《철학과 현실》 1994년 봄호 (철학문화연구소)

– 〈한국문학연구의 세계화를 위한 비교연구의 과제〉, 국어국문학회 편, 《국어국문학의 세계화》 (삼지원, 1994)

– 〈한국문학의 숭고와 서양문학의 비장〉, 성균관대학교 인문과학연구소 편, 《동서사상의 대비적 조명》 (성균관대학교출판부, 1994)

- "Male-Female Cooperation and Competition for Korean Classical Novel",
  Seoul Journal of Korean Studies vol. 7 (Institute of Korean Studies, Seoul National
  University, 1994)

- 〈설화에 나타난 원효와 그 의미〉, 《원효의 사상과 그 현대적 의미》 (한국정신문화
  연구원, 1994)

- 〈金麟厚의 민요 인식과 민요시〉, 《하서김인후의 사상과 문학》 (하서기념회, 1994)

- 〈生克論의 역사철학 정립을 위한 기본 구상〉, 《철학과 현실》 1994년 겨울호 (철
  학문화연구소)

- 〈한국문학사 · 동아시아문학사 · 세계문학사의 상관관계〉, 《비교문학》 19 (한국비
  교문학회, 1994)

- 〈세계문학사에서 한국문학사를 다룬 양상〉, 《민족문화연구》 1 (인천대학교 민족
  문화연구소, 1994)

■ 논설, 비평

- 〈서편제에 끼어든 남의 장단〉, 《세계와 나》 1994년 1월호 (세계일보사)

- 〈우리 고장의 사회문화, 어떻게 새로워져야 하는가〉, 《전환기 대구 · 경북의 선
  택》 (대구사회연구, 1994)

- 〈향가 및 그 잔영 · 설화문학 · 불교문학〉, 《한국사》 17 (국사편찬위원회, 1994)

■ 짧은글

- 〈우리 학문의 방황과 각성〉, 《인문》 창간호 1994년 5월 10일자 (서울대학교 인문
  대신문사)

1995년 (서울대 제9년)

■ 논문

- 〈동아시아 근대문학 형성과정 비교 고찰〉, 《한국문학연구》 17 (동국대학교 한국
  문학연구소, 1995)

- 〈문학사 시대구분을 위한 고대서사시의 특성 검증〉, 《한국사의 시대구분》 (한국
  정신문화연구원, 1995)
- "Traditional Forms of the Narrative and the Modern Novel in Korean
  and other Third World Literatures", *ICLA '91 Tokyo, Proceedings of the XIIIth
  Congress of the International Comparative Association*, University of Tokyo Press,
  1995)
- 〈신재효의 십보가에 나타난 시대인식〉, 정재호 편, 《한국시가문학연구》 (태학사,
  1995)
- 〈세계문학사 서술을 위한 일본의 기여〉, 《관악어문연구》 20 (서울대학교 국어국
  문학과, 1995)
- 〈朴趾源과 安藤昌益의 비교연구 서설〉, 《철학사상》 5 (서울대학교 철학사상연구
  소, 1995)
    [일본어 번역 〈安藤昌益と朴趾源の比較研究序說〉, 《朝鮮文化研究》 3 (東京:
      東京大學 朝鮮文化研究室, 1996)
      중국어 번역 〈安藤昌益與朴趾源比較研究序論〉, 《延邊大學學報》, 哲學社會
      科學版 1999.4, 2000.1. (延吉: 延邊大學)]
- 〈근대 극복의 과제와 한·일학문〉, 《동아문화》 33 (서울대학교 동아문화연구소,
  1995)
- 〈발탈조사보고서〉, 《한국민속학보》 6 (한국민속학회, 1995)

■ 논설, 비평
- "Khi quat van hoc co dien trieu tien"(한국문학개관), *Van Hoc* (문학) 1995
  10 (Hanoi: The Institute of Literature, Academy of Sciences, 1995)

1996년 (서울대 제10년)

■ 저서
- 《세계문학사의 허실》 (지식산업사, 1996)

– 《한국의 문학사와 철학사》 (지식산업사, 1996)

– 《한국민요의 전통과 시가율격》 (지식산업사, 1996)

■ 논문

– 〈崔漢綺의 글쓰기 이론〉, 《진단학보》 80 (진단학회, 1996)

– 〈연극미학의 세 가지 기본원리 카타르시스 · 라사 · 신명풀이 비교연구〉, 《구비문학》 3 (한국구비문학회, 1996)

– 〈한국의 고승전에서 세계의 성자전으로〉, 《관악어문연구》 21 (서울대학교 국어국문학과, 1996)

■ 논설, 비평

– 〈교육만 있고 학문은 없다〉, Win 1996년 6월호 (중앙일보사)

– 〈한국문학 속의 철학〉, 《철학과 현실》 1996년 여름 (철학문화연구소)

– 〈우리 학문 이래도 되는가〉, 《민족현실》 4 (민족현실사, 1996)

– 〈대학망국의 시대에서 대학구국의 시대로〉, 《대학지성》 4 (한국대학총장협회, 1996)

– 〈우리 학문의 세계 진출〉, 《대학교육》 84 (한국대학교육협의회, 1996)

– 〈인문학문 위기 극복의 처방 검토〉, 《상상》 14 (살림, 1996)

■ 짧은 글

– 〈연구가 강의를 이끌어야〉, 《대학교육》 82호 (한국대학교육협의회, 1996)

■ 서평

– 〈신근재: 한일근대문학의 비교연구〉, 《국어국문학》 116 (국어국문학회, 1996)

1997년 (서울대 제11년)

■ 저서

- 《인문학문의 사명》 (서울대학교출판부, 1997)

- 《카타르시스 · 라사 · 신명풀이》 (지식산업사, 1997)

- *Korean Literature in Cultural Context and Comparative Perspective* (집문당, 1997)

- 《동아시아 구비서사시의 양상과 변천》 (문학과지성사, 1997)

■ 논문

- 〈우리말로 철학하기의 역사적 과업〉, 《21세기문학》 (도서출판 이수, 1997)

- 〈동아시아 악부시 비교론 서설〉, 《인문과학》 27 (성균관대학교 인문과학연구소, 1997)

- 〈국학이론의 발전과 세계학문〉, 안동대학교 국학부 편, 《우리 국학의 방향과 과제》 (집문당, 1997)

- 〈韓中敍事詩比較論的課題及意義〉, 《中韓文化硏究》 1 (桂林: 廣西師範大學出版社, 1997)

- 〈東國通鑑과 大越史記全書의 역사의식 비교〉, 《우송조동걸선생정년기념논총 한국사학사연구》 (나남출판, 1997)

- 〈한국인의 신명 · 신바람 · 신명풀이〉, 《민족문화연구》 30 (고려대학교 민족문화연구소, 1997)

■ 논설, 비평

- 〈한국문학사에서 세계문학사로〉, 《현대문학》 1997년 1월호 (현대문학사)

- 〈우리말로 철학하기의 역사적 과업〉, 《21세기문학》 1 (도서출판 이수, 1997)

- 〈오늘날의 영화전쟁과 연극미학의 오랜 전통〉, 《문학평론》 창간호 (범우사, 1997)

- 〈국학이론의 발전과 세계학문〉, 안동대학교 국학부 편, 《우리 국학의 방향과 과제》 (집문당, 1997)

- 〈산수화의 전통 어디로 갔는가〉, 《寒碧文叢》 6 (月田미술문화재단, 1997)
- 〈전통 인식의 원리 재평가〉, 《백영정병욱의 인간과 학문》 (신구문화사, 1997)
- 〈한국문학사와 구비문학사〉, 《구비문학연구》 5 (한국구비문학회, 1997)
- 〈한국문화의 세계화, 그 기본원리와 방향〉, 《현대사상연구》 10 (목원대학교 현대
  사상연구소, 1997)

■ 짧은 글
- 〈대통령후보 시험을 치자〉, 《한국일보》 1997년 6월 30일자

1998년 (서울대 제12년)

■ 논문
- 〈한국학문의 선진화·세계화를 위한 학술진흥 방안〉, 《관악어문연구》 22 (서울
  대학교 국어국문학과, 1998)
- 〈한국·일본·월남의 중국소설 수용양상 비교연구 서설〉, 《한국고전소설과 서
  사문학》 (집문당, 1998)
- 〈한국시가의 갈래 이론과 세계문학사〉, 《한국시가연구》 2 (한국시가학회, 1998)
- 〈한국 서사시무가의 문학사적 전개에 관한 인접민족과의 비교 고찰〉, 제3차 환
  태평양 한국학 국제학술회의 조직위원회 편, 《한국학논총》 (한국문화사, 1998)
- 〈한국·일본·월남 중국문학 번역의 역사적 변천에 관한 비교연구〉, 《성곡논
  총》 29-1 (성곡학술문화재단, 1988)
- 〈東亞文化史上'華'·'夷'與'詩'·'歌'之相關〉, 《비교문학》 23 (한국비교문학회,
  1998)
- 〈한시의 율격에 대한 민족어시의 대응〉, 《대동문화연구》 33 (성균관대학교 대동
  문화연구원, 1998)
- 〈상이한 성자전에서 제시하는 동일한 이상〉, 《새 천년의 미소: '98 경주세계문화
  엑스포국제학술회의논문집》 ('98 경주세계문화엑스포조직위원회, 1998)
- "A New Theory of the Periodization of the History of World Literature",

The Proceeding of the International Conference, Comparative Literature in Arab World (Cairo: The Egyptian Society of Comparative Literature, 1998)

[이탈리아어 번역 "Verso una nuvoa idea di periodizzazione della storia letteraria mondiale", *Rivista italiana di letteratura comparata* 12 (Roma: Lilith Edizioni, 1998)]

– 〈동아시아 금석문의 문학사적 의의〉, 《관악어문연구》 23 (서울대학교 국어국문학과, 1998)

■ 논설, 비평

– 〈동·서문명의 화합을 위한 세계인식 전환〉, 《사상》 88 봄호 (사회과학원, 1988)

– 〈한국문학연구의 방향 전환과 근대극복의 과제〉, 《국어국문학》 121 (국어국문학회, 1998)

– 〈유학사상과 현대학문〉, 《동아시아 문화와 사상》 (열화당, 1998)

– 〈글읽기와 글쓰기〉, 《문학과 교육》 7 (서울: 문학과교육연구회, 1998)

– 〈오늘날 학문의 고민과 반성〉, 《겨레얼》 5 (겨레얼 찾아가꾸기 모임, 1998)

■ 짧은 글

– 〈정문연의 존재 의의는 국학 연구〉, 《조선일보》 1988년 1월 27일자

– 〈해학의 미적 범주〉, 한국문화교류연구회 편, 《해학과 우리》 (시공사, 1998)

– 〈서사시의 '세계전도'를 그리기 위한 여정〉, 《출판저널》 229호 1998년 2월 5일자 (한국출판금고)

– 〈학문론 강의를 제안하며〉, 《교수신문》 1998년 4월 20일자 (교수신문사)

– 〈왜 守川이 아니고 向川인가〉, 향천김용직선생정년기념문집간행위원회 편, 《正名의 만남》 (새미, 1998)

– 〈이광수의 민족 '改造'론과 한용운의 민족 '自在'론〉, 《만해새얼》 9 (서울: 만해사상신천선양회, 1998)

■ 서평

- 〈이가원: 조선문학사〉, 《淵民學志》 6 (연민학회, 1998)

1999년 (서울대 제13년)

■ 저서

- 《하나이면서 여럿인 동아시아문학》 (지식산업사, 1999)

- 《공동문어문학과 민족어문학》 (지식산업사, 1999)

- 《문명권의 동질성과 이질성》 (지식산업사, 1999)

■ 공저, 기타 단행본

- 《조동일 소장 국문학연구자료 전30권》(편) (박이정, 1999)

■ 논문

- 〈세계화에 대응하는 국학이론〉, 안동대학교 국학부 편, 《국학의 세계화와 국제적
  제휴》 (집문당, 1999)

- 〈한국미학사의 전개에서 본 의상과 김시습〉, 《동아시아문화와 사상》 3 (열화당,
  1999)

- 〈소설의 일반이론 재정립을 위한 작품의 실상 점검〉, 《관악어문연구》 24 (서울대
  학교 국어국문학과, 1999)

- 〈세계문학사 속의 판소리〉, 《판소리 연구》 10 (판소리학회, 1999)

- 〈研究東亞口碑敍事詩的 意義〉, 《中韓文化研究》 2 (南京: 南京大學 中韓文化研究
  中心. 1999)

- 〈공동문어문학의 세계사 이해를 위한 서설〉, 《외국문학연구》 5 (한국외국어대학
  외국문학연구소, 1999)

■ 짧은글

- 〈만해학술상을 수상하면서〉, 《만해새얼》 10 (서울: 만해사상신천선양회, 1999)

- 〈학문의 길 되돌아본다〉, 《시와 시학》 1999 봄 (시와시학사, 1999)
- 〈인문학의 위기, 말로만 이겨낼 것인가〉, 《조선일보》 1999년 6월 4일자 (조선일보사)
- 〈서정과 서사의 파격: 마츠라브의 불타오르는 방랑자, 수피 수도사의 일화와 시편 중에서〉, 《나를 매혹시킨 한 편의 시》 3 (문학사상사, 1999)
- 〈둘이면서 하나인 문학과 철학〉, 《시와 시학》 35 (시와시학사, 1999)
- 〈우리가 가야 하는 제3세계의 길〉, 《한국문학평론》 겨울호 (범우사, 1999)

2000년 (서울대 제14년)

■ 저서
- 《철학사와 문학사 둘인가 하나인가》 (지식산업사, 2000)

■ 논문
- 〈한국문학사의 시대 구분〉, 《한국음악사보》 24 (한국음악사회, 2000)
- 〈변증법과 생극론의 소설 미학 토론〉, 《미학, 예술학연구》 11 (한국미학예술학회, 2000)
- 〈문학론에 역사와 철학의 관점을 통합한 한국학문의 전통〉, 《인문논총》 43 (서울대학교 인문학 연구소, 2000)
- "Historical Changes in the Translation from Chinese Literature: a Comparative Study of Korean, Japanese, and Vietnamese Cases", *15th ICLA Meeting Proceeding, Reconstructing Cultural Memory* (Amsterdam: Rodopi, 2000)
- 〈대장경 왕래의 문화사적 의의〉, 《동아시아 비교문화》 1 (서울: 동아시아비교문화 국제학술회의, 2000)
- 〈한국소설사에서 세계소설사로〉, 《서강인문논총》 12 (서강대학교 인문학연구원, 2000)
- 〈小說理論的方向轉換與東亞小說〉, 《中韓文化研究》 2 (南京: 南京大學 中韓文化 研究中心. 2000)

- 〈문학작품의 구조분석〉,《텍스트언어학》9 (한국텍스트언어학회, 2000)
- 〈韓國濟州島和中國雲南民族群的口碑敍事詩類型比較〉, 金健人 主編,《韓國傳統文化, 語言文學卷》(北京: 學苑出版社, 2000)

■ 논설, 비평
- 〈세계 소설사의 위기와 극복〉,《문화와 사람》2 (사계절, 2000)
- 〈새 천년을 위한 세계 인식〉,《인문 논총》55 (부산대학교 인문학연구소, 2000)

■ 짧은 글
- 〈소설 이론 혁신의 과제를 안고〉,《동서문학》여름호 (동서문학사, 2000)
- 〈인문학 정책의 기본방향〉,《교수신문》제 187호 2000년 9월 25일자

2001년 (서울대 제15년)

■ 저서
- 《발상의 전환에서 창조의 결실까지》 (인간과 자연사, 2001)
- 《영어를 공용어로 하자는 망상》 (나남출판사, 2001)
- 《소설의 사회사 비교론》 1~3 (지식산업사, 2001)

■ 논문
- 〈1945-1960년대 민족 지성 재평가〉,《한국의 지성 100년》 (민음사, 2001)
- 〈생극론: 21세기 문명 창조의 지침〉,《사상》13권 1호 (사회과학원, 2001)
- 〈동아시아 고전소설 작가의 특성 비교〉,《국문학연구》5 (국문학회, 2001)
- 〈민족문화와 인류문명〉, 문화비전 2000 추진위원회 편,《새로운 예술론, 21세기 한국문화의 전망》 (나남출판사, 2001)
- 〈영남문학 연구의 과제와 인물전설의 의의〉,《영남학》1 (경북대학교 영남문화연구원, 2001)
- 〈동아시아소설이 보여준 가부장의 종말〉,《국제지역연구》제10권 제2호 (서울대

학교 국제지역연구원, 2001)

- 〈탐라국 건국서사시를 찾아서〉, 《제주도연구》 19 (제주학회, 2001)

- 〈조식의 시문에 나타난 지리산의 의미〉, 《남명학과 21세기 유교부흥운동》 (남명
  학연구원, 2001)

■ 논설, 비평

- 〈영어를 공용어로 하자는 망상〉, 《내일을 여는 작가》 2001 가을 (도서출판 작가)

- 〈문화적 관점에서 본 영어 공용화론〉, 《새 국어생활》 1 (국립국어연구원, 2001)

■ 짧은 글

- 〈세계문학사를 다시 쓰면서〉, 《대한민족학술원통신》 제93호 2001년 4월 1일자 (대
  한민국학술원)

- 〈서울대를 활짝 열어라〉, 《신동아 지령 500호 기념 특별부록 21세기 한국대개조
  론》 (동아일보사, 2001)

- 〈책의 수명〉, 《한국현대문학관소식》 14 (한국현대문학관, 2001)

- 〈영어를 공용어로 할 것인가〉, 《내일신문》 2001년 5월 23일자

- 〈하산 길의 즐거움〉, 《월간 에세이》 2001년 7월호 (월간에세이사)

- 〈연구교수 제도 도입하자〉, 《신동아》 2001년 7월호 (동아일보사)

- 〈심층면접이 교육을 바꾼다〉, 《문화일보》 2001년 10월 15일자

- 〈누구나 영재가 될 수 있다〉, 《부브틴》 2001년 1월호 (보프21)

- 〈교육을 망치는 계약·능력급제〉, 《문화일보》 2001년 11월 14일자

- 〈누가 영재를 죽이는가〉, 《문화일보》 2001년 12월 11일자

■ 서평

- 〈황패강: 향가문학의 이론과 해석〉, 《단대신문》 2001년 5월 8일자 (단국대학교)

- 〈韋旭昇文集 서평〉, 《관악어문연구》 26 (서울대학교 국어국문학과, 2001)
  [중국어번역 中國 延邊科學技術大學 韓國學研究所, 《韓國學研究》 2, 태학
  사, 2002에 수록]

2002년 (서울대 제16년)

■ 저서

- 《세계문학사의 전개》 (지식산업사, 2002)

- 《세계문학 연구총서 총색인》 (지식산업사, 2002)

■ 공저, 기타 단행본

- *Histoire de la littérature coréenne des origines à 1919* (공저) (Paris: Fayard, 2002)

■ 논문

- 〈근대, 근대문학, 근대문학의 제도〉, 《한국문학평론》 2002 봄호 (국학자료원, 2002)

- 〈동아시아문학사 어떻게 쓸 것인가〉, 《한민족어문학》 40 (한민족어문학회, 2002)

- 〈한국학연구의 새 방향〉, 《한국학논집》 29 (계명대학교 한국학연구소, 2002)

- "Biography and Confession: Eastern and Western Modes of Cultural Memory", *Seoul Journal of Korean Studies*, vol. 15 (Institute of Korean Studies, Seoul National University, 2002)

- 〈최해의 문학사적 위치〉, 《고려명현최해연구》 (국학자료원, 2002)

- 〈국문학에서 시도하는 근대학문의 체계 극복〉, 《한국문화연구》 3 (이화여자대학교 한국문화연구원, 2002)

■ 논설, 비평

- 〈영어 공용어화론의 허실〉, 《들숨날숨》 2002년 2월호 (성베네딕토 왜관수도원, 2002)

- 〈한국학의 현황과 진로〉, 《에머지》 2002년 12월호 (에머지)

- 〈문학〉, 《한국사 1 총설》 (국사편찬위원회, 2002)

- 〈비교문학으로 휴머니즘 읽기〉, 전남대학교 인문학연구원 편, 《눈 오는 밤에 듣는

인문학 이야기》 (전남대학교 출판부, 2002)

– 〈세계문학사와 한국문학사〉, 《한국문학의 안과 밖》 (대구세계문학제준비위원회, 2002)

■ 짧은 글

– 〈박사과정 왜 정원미달인가〉, 《문화일보》 2002년 1월 4일자

– 〈대학 '연구소작제' 벗어나야〉, 《문화일보》 2002년 2월 8일자

– 〈강의 않은 연구교수제 도입을〉, 《문화일보》 2002년 3월 14일자

– 〈도서관이 비어 있는 나라〉, 《문화일보》 2002년 4월 13일자

– 〈한자 아닌 한문 가르쳐야〉, 《문화일보》 2002년 4월 27일자

– 〈서울대 신입생 없는 대학으로〉, 《문화일보》 2002년 5월 25일자

– 〈'민족대백과' 편찬의 시행착오〉, 《문화일보》 2002년 6월 7일자

– 〈'원하는 강의' 가로막는 교육〉, 《문화일보》 2002년 6월 22일자

– 〈이제는 교육에 힘 모으자〉, 《문화일보》 2002년 7월 10일자

– 〈나의 저서들 가로지르기: 따지고 깨달은 바만 간추려〉, 《월간 하늘북》 2002년 9월호 (책터 하늘북)

– 〈영화 오아시스는 빛났다〉, 《문화일보》 2002년 9월 11일자

■ 서평

– 〈고영근: 통일시대의 어문문제〉, 《고영근의 국어학세계》 (삼경문화사, 2002)

2003년 (서울대 제17년)

■ 저서

– 《지방문학사 서술의 방향과 과제》 (서울대학교출판부, 2003)

■ 논문

– 〈조소앙 철학사상의 의의와 계승 방향〉, 《삼균주의연구논총》 24 (삼균학회, 2003)

- 〈국어국문학 연구업적 평가 총괄 검토〉, 《국어국문학》 134 (국어국문학회, 2003)

- "Contro le teorie europee del romanzo", *La letteratura europea vista dagli altri* (Roma: Meltemi, 2003)

- 〈한국문학사 이해의 새로운 국면〉, 《예술논문집》 42 (대한민국예술원, 2003)

- 〈어문생활사로 나아가는 열린 시야〉, 《관악어문연구》 28 (서울대학교 국어국문학과, 2003)

■ 짧은글

- 〈시와 수학〉, 《시와 시학》 2003년 봄호 (시와시학사, 2003)

- 〈교장 선거제 해 볼만〉, 《문화일보》 2003년 4월 21일자

- 〈상시적 연구교수제 도입을〉, 《문화일보》 2003년 5월 7일자

- 〈시인 김지하의 회고록〉, 《문화일보》 2003년 7월 19일자

- 〈지방화 시대를 위한 노력〉, 《매일신문》, 《부산일보》 2003년 7월 22일자

- 〈지도를 다시 그리자〉, 《매일신문》, 《부산일보》 2003년 8월 19일자

- 〈사중주권 시대의 언어〉, 《매일신문》, 《부산일보》 2003년 9월 16일자

- 〈외국어대학에 대한 새 인식〉, 《부산일보》, 《매일신문》 2003년 10월 14일자

- 〈외국어가 영어뿐인가〉, 《문화일보》 2003년 10월 18일자

- 〈한국어문학회에 바치는 찬사〉, 《매일신문》, 《부산일보》 2003년 11월 11일자

- 〈제3세계문학이 나아가는 길〉, 《문학수첩》 2003년 겨울호 (문학수첩)

- 〈영남문학과 호남문학〉, 《매일신문》, 《부산일보》 2003년 12월 9일자

2004년 (서울대 18년)

■ 논문

- 〈옛글 되살려 오늘날 것 만들기〉, 《어문논총》 23 (국민대학교 어문학연구소, 2004)

- 〈동아시아문학사와 한국문학사〉, 《어문학》 83 (한국어문학회, 2004)

- 〈진정한 지구화를 위한 제3세계문학〉, 《지구화시대 제3세계의 문학 종교 사회》

(한일장신대학교 출판부, 2004)

- 〈구비문학의 미래, 무엇이 문제인가〉, 《구비문학》 18 (한국구비문학회, 2004)

■ 짧은 글

- 〈'공교육 살리기' 방송이 나서라〉, 《문화일보》 2004년 2월 27일자

- 〈'고구려사 논쟁' 치밀한 대응을〉, 《문화일보》 2004년 3월 18일자

- 〈이 시대에도 진정한 창조자가 있어야 한다〉, 《교수신문》 2004년 4월 15일자 창간12주년기념특집호

만남의 인연

서울대 시절에는 국문학 분야 교수가 많아 내가 다루는 범위를 한정했다. 국문학의 총론과 대외관계, 국문학과 다른 학문, 국문학과 다른 문학의 관계를 다루는 것을 내 소관으로 삼고, 각론은 오직 전통극만 관장했다.

다른 교수들의 지도에 협조한 사안은 아주 많아 적지 않는다. 서대석 교수의 구비문학 분야 석·박사 논문 지도에 지속적으로 협조한 사실만 밝혀둔다. 외부 대학 박사논문 지도에 특별히 협조한 사실은 기록에 올린다.

1988년의 이화여대 박사 김대숙,〈여인발복설화 연구〉서대석 교수 지도에 협조했다.

1989년의 고려대학 박사 전경욱,〈'춘향전' 작품군 가요의 형성과 기능〉인권환 교수 지도에 협조했다.

1990년의 석사 사진실,〈소학지희의 공연방식과 희곡의 특성〉을 지도했다.

1991년의 석사 유준필,〈자산 안확의 국학사상과 문학사관〉을 지도했다.

1992년의 석사 송팔성,〈사시가의 자연관과 시간 인식〉을 지도했다.

1993년의 박사 김성룡,〈여말선초 時運論의 문학관 연구〉, 석사 황재문〈조선후기 중인문학 연구의 문제점 해결을 위한 시론〉을 지도했다.

1994년의 석사 김향금,〈언간의 문체론적 연구〉, 석사 신동현,〈홍대용과 本居宣長의 민족문학관 비교연구〉, 석사 신미경,〈이제현의

재중 한시에 나타난 문명의식 연구〉, 석사 최귀묵, 〈冲止 시에 나타
난 민족의식의 비교문학적 연구〉를 지도했다.

1996년의 석사 정천구, 〈'삼국유사' 글쓰기 방식의 특성 연구〉를
지도했다.

1997년의 박사 사진실, 〈조선시대 서울지역 연극의 공연상황 연
구〉, 석사 이경하, 〈'바리공주'에 나타난 여성의식의 특징에 관한 비
교고찰〉, 박사 최귀묵, 〈김시습 글쓰기 방식의 사상사적 근거〉를 지
도했다.

1998년의 박사 유준필, 〈형성기 국문학연구의 전개양상과 특성〉
을 지도했다.

1999년의 석사 이민희, 〈한국과 폴란드 자국문학사 이해 비교연
구〉를 지도했다.

같은 해의 석사 장유정, 〈교환창 모노래의 2행시 구성방식 연구〉
서대석 교수를 대리해 지도했다.

2000년의 박사 송팔성, 〈조선시대 향촌시가 담론의 구조 연구〉, 박
사 정천구, 〈'삼국유사'와 중·일 불교전기문학의 비교연구〉를 지도
했다.

같은 해의 고려대학 박사 윤농재, 〈오일도·조지훈·김종길 한시
와 현대시의 상관성 비교연구〉 이기서 교수 지도에 협조했다.

2001년의 석사 이종석, 〈'월인천강지곡'과 선행 불교서사시 비교
연구〉, 석사 정소연, 〈서거정의 문학사 인식〉을 지도했다.

2002년의 석사 李麗秋(중국인 학생), 〈한·중 기녀시인 薛濤와 이
매창의 비교연구〉를 지도했다.

2003년의 박사 이민희, 〈한국·일본·폴란드·영국의 역사영웅서
사문학 비교연구〉를 지도했다.

2004년의 전반기의 박사 황재문 〈장지연·신채호·이광수 문학사상 비교연구〉를 지도했다. 같은 해 후반기의 박사 이경하, 〈여성문학사 서술방법 연구〉를 지도했다.

박사과정을 마친 김예령, 이종석, 정소연, 박사과정의 李麗秋, 이 네 사람은 지도를 마치지 못해 다른 분에게 부탁하고 떠난다.

근래 몇 년 계속 서울대뿐만 아니라 그 전 계명대·영남대·정문연 제자들과 일년에 한 번 만나 등산을 하는 행사를 한다. 8월 11일에 만나 12일에 등산을 하는 것으로 날짜를 고정시켰다. 계룡산을 택했다가 속리산으로 바꾸고, 다시 계룡산에 오르기로 했다. 전국의 제자들이 모여들기 쉬운 중간지점의 명산이 그 둘이다. 속리산을 오르려고 법주사 앞에서 뒤에 오는 사람들을 기다리는 모습이 화보 왼쪽 네 번째 사진에 보인다.

영원한 '동일리안'의 기쁨

조세형 (1987년 서울대학 석사 3학기)

내가 선생님을 직접 만난 것은 선생님이 서울대학교에 부임한 1987년 봄이 처음이었다. 선생님은 대개의 경우와는 달리 학기 초에 발령을 받지 못했다. 늦깎이 공부를 하던 선배로부터 신원조회 때문이라는 사정을 들을 수 있었다. 세상과는 담을 쌓은 책상물림일 것이라는 나의 선입견이 깨어지면서, 그 이전에 책으로 이미 보아왔던 순수이성의 영역 외에 선생님의 판단 내지 실천의 영역에 대해 궁금증을 갖게 되었다.

학기 중간에 정식발령을 받으셨지만, 수업은 그 전부터 진행되고 있었다. 강의 과목은 '국문학연구방법론'이었다. 선생님 저서인 《문학연구방법》에 대해 저자 직강의 설명을 듣고 분석·비판한 다음 연습문제를 풀이하는 순서로 진행되었다. 질문을 하라는 말에, 선생님의 특징적인 건조한 문체라든가 선생님이 벌였던 여러 논쟁에 대해 물었던 기억이 난다. 지금 생각하면 참 당돌한 질문이었지만, 선생님의 대답은 겸허하거나 솔직했다. "나도 고치려고 하지만 잘 되지 않는다"라고 하거나, "학문이 그러한 것이기도 하고, 심술이 나서이기도 했다"고 대답했다.

수업시간의 당돌함은 그처럼 허용되었어도 학문적 불철저함은 호되게 꾸지람을 받았다. 수업 마지막 부분에 발표를 통해 발상을 가다듬은 이후, 기말보고서로 선생님 저서처럼 한 꼭지 만들어보기가 있었다. 선생님의 지적에 우리는 추풍낙엽이었다. "논의의 앞뒤가 연결이 되지 않으니, 허리가 부러진 꼴이다." "기존 견해를 그대로 설명만 하고 있으면 논문이 되는 것은 아니다." 등등. 칭찬받은 사람이 한둘, 대부분은 F의 공포와 함께 자신의 학문적 잠재력에 대한 회의에 시달렸다. 1동에서 낙성대입구를 울면서 걸어갔다는 사람부터 그예 공부를 그만두었다는 사람까지. 선생님이 서울대학에서 처음 한 수업은 후배들에게 전설이 되었다.

나는 칸트의 개념을 빌려 〈인식의 틀과 장르〉라는 제목으로 발표했는데, 선생님의 대표적 업적인 장르론에 대해 정면으로 부딪쳐보고 싶었기 때문이다. 그런데 선생님은 이렇게 평했다. "출발선에서 이리 뛸까 저리 뛸까 고민만 하다가 아예 출발조차 못한 대표적인 경우이다. 이대로 기말 보고서를 내면 F다."

고민 끝에 애초 취지를 살리면서도 나름대로 바꾸고 메워서 기말 보고서는 〈문학적 관습과 역사적 장르〉로 제출하였다. "예증이 어수선하다, 검은 백조는 이미 백조가 아니니 잘못된 예증이다" 등의 지적을 하면서도 A를 주었다. 아마 결과의 완성도보다는 그 패기를 꺾지 않으려는 배려였던 듯하다. 그로부터 10년 뒤에 나는 〈가사 장르의 담론특성 연구〉로 박사학위를 받았으나, 그 배려에 조금이나마 보답했을까 싶다.

선생님과 나는 漢陽 趙門으로 一家이다. 선생님이 내게는 叔行이시다. 경북지방 명문인 문화 류씨가 "주실 조씨는 三不借의 집안"이라 인정한 정도를 넘어 선생님은 "文을 꾸어주는" 분이니, 그런 분을 집안어른이자 은사로 모신 것이 나로서는 더할 수 없이 자랑스럽다. 그러나 당연하게도 일가라고 해서 선생님이 나에게 사사로운 정으로 응석을 허용한 적은 없다. 언제나 채찍을 휘두른 것이 지금 생각하면 스승에 대한 고마움과 집안어른에 대한 고마움을 한꺼번에 느낄 수 있게 한 처사였다. 딱 한 번, 취직과 관련해 "이 사람이 나와 일가이다"라고 해준 것이 기억난다. 속 깊은 곳에 숨겨놓은 정을 짐작하게 된다.

경남대학의 조진기 선생은 선생님보다 두 항렬이 높다. 나와 일가라는 것을 확인하고 들려준 말이다. 선생님이 《서사민요연구》의 자료를 모을 때의 일인지 모르겠다. 오랜만에 고향을 찾은 선생님이 집안어른들보다도 타성받이, 머슴들과 더 어울려서 술도 받아주고 노래와 이야기를 함께 하자 어른들이 탄식했다는 것이다. "허어, 아무개가 일찍 外地로 돌더니 상×이 다 되어서 돌아왔네!" 참 외람된 말이지만, 유쾌한 이야기이다. 선생님은 진지하면서도 명쾌한 분이다. 그래서 선생님을 뵐 때마다 유쾌한 기분이 든다. 나는 언제나 '동일리안'으로 남는 것에 자랑스러움을 느끼며 살아갈 것이다.

(서경대학 교수)

'논문연습'의 시련

강혜선 (1987년 서울대학 학사 8학기)

내가 선생님을 처음 만난 것은 1987년 여름의 어느 날이었다. 나는 그때 대학원에 진학할까 생각중인 4학년생이었다. 그 시절 고전문학 분야로 대학원에 진학하려는 친구들은 으레 4학년 2학기에 개설되는 '논문연습' 과목 중 고전문학 분야를 택해 수강하였는데, 이 해에 새로 부임해 오신 선생님이 그 강좌를 맡을 예정이었다. 나와 친구들은 선생님에 대한 어마어마한 소문들을 들으며 여름 방학을 맞이했다.

그러던 어느 날 우리들은 뜻밖의 숙제를 받았다. 숙제의 내용은 바로 '논문연습'에서 자신이 쓸 주제를 정해 미리 간단한 논문계획서를 방학 동안 준비해 강의 시작 전에 제출하는 것이었다. 역시 소문대로 학생들을 괴롭히는 분이로군 하면서, 나는 무엇을 쓸 것인가 고민해 보았지만 선명하게 떠오르는 것이 없었다. 그러던 차에 일단 무작정 선생님을 뵙고 보자며 선생님을 찾았던 것이 첫 만남이었다.

선생님은 지금도 그러하시지만, 참으로 목소리가 우렁차고 눈빛이 형형하여 마주한 나를 단숨에 압도하셨다. 게다가 그때는 풍채도 어찌나 당당하시던지! 강의시간에 그러하듯이 선생님의 말씀은 정곡을 단도직입적으로 말하는 스타일.

"자네의 관심은 무엇인가?"

"예, 고전소설을 공부해보고 싶습니다."

"그런가? 그럼 아무도 연구 논문을 제출하지 않은 소설작품을 찾아 읽은 다음 찾아오게나."

면담 끝. 그리하여 나는 한 달 여 동안 도대체 아무도 연구하지 않는 소설작품이 무엇인지, 또 아무도 연구하지 않았다면 연구할 가치나 있는 것인지 궁싯거리며 찾아다닌 결과, 신작구소설 《雙美奇逢》을 만났다.

고전소설 작품 한 편도 원 텍스트로 정독해보지 않은 채 막연히 국문소설을 전공하려 했던 나의 생각을 《쌍미기봉》은 완전히 바꾸어 놓았다. 어찌 된 셈인지 도무지 아무런 흥미가 생기지 않았다.

"선생님, 《쌍미기봉》을 찾아 다 읽었는데 도무지 재미가 없습니다."

"그래? 그럼 또 무엇에 관심이 있는가?"

"예, 다시 생각해보니 국문소설보다 전이나 야담이 재미있는 것 같습니다."

"그래? 그럼 전이나 야담을 살펴보게."

면담이 그렇게 끝났다.

개학 후 첫 시간은 대단했다. 선생님께서는 우리가 제출한 계획서를 거의 다 강의실 바닥에 내던지다시피 돌려주며 새로운 주문을 했다. 나의 계획서도 예외는 아니었다. 지금 내 기억으로는 《쌍미기봉》만이 유일하게 돌려받지 않은 계획서였다. 취직 준비 중이던 한 친구가 개강을 코앞에 두고서 급하게 도움을 청하기에 《쌍미기봉》을 주었는데, 그 친구의 논문이 바로 그해 우수 학부논문으로 추천되어 《관악어문연구》에 실리는 영광을 얻었다. 내심 부럽기도 하고 다소 아깝기도 했지만 그때나 지금이나 후회하지 않는다.

선생님은 내게 전의 장르적 성격에 대한 쟁점을 다룰 것을 요구하셨지만, 나는 그 과제를 제대로 소화해내지 못해 한 학기 내내 쩔쩔 맨 기억이 선하다. '맷집'을 키우라며 우리들을 두들겨대는 선생님의 펀치에 당시 상처받지 않은 이 누가 있으랴? 덕분에 맷집이 커진 것인지 간덩이가 커진 것인지 우리들은 웬만한 펀치를 맞고도 싱긋 웃는 경지에 이르렀고, 대학원 과정에서는 선생님의 강펀치를 가끔 맞받아 친 적도 없지 않았다.

나는 전의 장르적 성격에 대한 쟁점을 공부해가는 과정에서, 마침내 당초와 달리 확실하게 한문산문 분야를 전공으로 삼아야겠다는 생각을 굳힐 수 있었다. 조선후기 전의 변화 운운하는 제목을 달고, 이옥, 김려 등의 작품을 다룬 것이 나의 학부논문이었으니, 그때의 문제의식이 이후로 줄곧 나의 화두가 되었다고 하겠다. 이렇게 하여 나는 선생님의 의도와는 별개로 선생님으로 인해 세부전공을 바꾸게 되었던 것이다.

며칠 전 한 학회를 마치고 저녁식사를 하는 자리에서 동기 친구와 나란히 앉게 되었다. 선생님과의 추억이 자연히 화제로 올랐는데, 우리의 추억은 끝이 없었다. 선생님을 따라 나선 등산길, 우리가 헉헉대고 겨우 따라 붙으면 "이제 출발" 하고 다시 성큼성큼 앞서서 늘 우리를 기죽이던 선생님의 뒷모습, "오늘은 오른쪽부터", "오늘은 중간부터" 하며 수업시간마다 쏟아지는 질문 공세로 우리를 긴장시키던 선생님의 목소리, 석사과정 첫 답사에서 개고기 파티를 열어 여학생들을 경악케 한 사건.

스승의 날 행사로 가진 술자리에서 밤새 술을 마시고 다음날 아침 선생님 강의를 보이콧한 사건. 일부는 실제로 술이 깨지 않아 아예 학교를 오지 못했고, 나를 포함한 일부는 밤새 함께 있다가 아침에 학교에 와 해장국을 함께 먹은 다음 수업에 들어가지 않고 버들골에서 놀았으며, 수업에 들어간 두 사람 중 한 명은 술에 취해 수업시간 내내 잤다고 한다. 그럼에도 불구하고 선생님은 준비한 강의를 다 마치고서, "원 스승의 날인지 학생의 날인지 모르겠군" 하며 허허 웃었다고 전설처럼 전한다. 개강모임이나 종강모임에서 종종 듣던 "까마구야" 민요가락. 이제 돌아다보니, 선생님은 나를 비롯한 동기생들에게 학문의 세계를 엄하게 가르치면서 웃음이 묻어나는 정거운 추억을 많이도 남겼다.

선생님과 함께 등산을 한 지도 서너 해가 지났다. 학문의 길을 걷고 산을 오르는 법을 선생님께 배웠지만, 여전히 배우지 못한 것은 개고기 먹기. 다음에 선생님과 함께 등산을 하고 내려와 정주집에 들르게 되면, 그때는 홀로 육개장을 옆집에서 주문하지 않게 될지.

(성신여자대학 교수)

학문의 길을 찾기까지

박경주 (1987년 서울대학 학사 8학기)

선생님을 대학 4학년 때인 1987년에 처음 만난 것으로 기억된다. 사범대학에 진학하였기에 막연히 교사가 되리라는 생각으로 학부 생활을 하다가 3학년 2학기 정도였던가 학교신문사 기자 생활을 마치고 나오면서 뭔가 이대로 졸업하고 바로 교직에 나간다는 것이 왠지 아쉽게 느껴지기 시작했다. 그래서 대학원에 진학하여 공부를 더 해보리라 마음먹게 되었다. 고전문학 쪽으로 전공을 택하리라 결정한 후 3학년 겨울방학부터 본격적인 대학원 입학 준비에 들어갔다.

순수문학을 하기 위해서는 사범대학이 아닌 인문대학으로 적을 옮겨 대학원 진학을 해야 했으므로 학부에서 국문과 교수님들의 수업을 듣지 못한 만큼 별도의 공부가 필요했던 것이다. 이러한 준비 과정은 대개 같은 뜻을 지닌 동기들과 함께 만든 스터디 그룹을 통해 이루어졌고, 더불어 국문과 교수님들의 수업을 뒤늦게나마 수강할 필요도 생겼다. 4학년 2학기에 개설된 조동일 선생님의 고전문학 분야의 '논문연습'을 신청해 듣게 된 것도 그러한 이유에서였다.

'연습' 자가 붙는 강의가 다 그렇듯이 그 수업도 최종적으로 학부논문을 완성하는 데 목표를 두고 있었는데, 국문학과 쪽에서도 대학원에서 고전문학을 전공하리라 생각하는 4학년생은 모두 그 강의를 신청했던 것으로 기억이 된다. 사실 고전문학이 재미있고 해볼만하다는 생각밖에 세부적인 전공이나 학문적 자세 등에 대한 더 이상의 고민을 해보지도 않은 상황에서 겁 없이 선생님의 강의를 신청했다. 지금 생각하면 "무식한 사람이 용감하다"는 말에 해당하는 행동이었다고도 느껴진다.

수업의 성격상 선생님은 강의 초입에 논문 주제를 결정하는 문제와 관련하여 다음과 같이 말했다. 연구논문에서 다룰 수 있는 주제는 셋으로 나누어진다. 첫째는 자료가 새로운 것이고, 둘째는 연구방법론이 새로운 것이고, 셋째는 미해결의 쟁점을 해결하는 것이다. 어찌 생각하면 학문의 범위를 획일화하는 듯한 발언으로 여겨질 수도 있겠지만, 당시 학부 4학년이던 나는 선생님의 그 말씀에 신선한 충격을 받았다. 내 학부논문의 주제가 〈경기체가의 장르적 성격〉으로 정해진 것도 그래서 이루어진 것임은 두말할 나위도 없다.

한 학기 수업이 진행되는 동안 선생님의 대부분의 강의가 그렇듯이 많은 학생들이 꾸중과 핀잔을 듣고 다시 과제물을 제출하는 일이 반복되었다. 다른 학과에서 온 학생이라 봐주었는지 나는 크게 꾸중을 듣지 않고 무난히 그 수업을 마쳤던 것 같다. 수강인원이 그다지 많지 않아 선생님은 나를 기억하고, 대학원 면접시험장에서도 당신의 수업을 들은 학생이라고 다른 교수님들께 일부러 말해주기까지 했다. 사실 학과를 바꾸어 진학하는 것이 쉽지만은 않은 일이라 면접 자리에서도 긴장을 많이 했는데, 선생님의 그 말 한마디가 큰 힘이 되었다.

대학원 진학 후 시가문학을 전공하고자 한 까닭에 지도교수로 모시지는 못했지만 선생님의 자리는 항상 그만큼의 무게로 나에게 남아 있다. 석사·박사과정을 밟는 동안에도 공부를 하기 위해서는 여러 번 무너져도 다시 덤비는 맷집이 있어야 된다고 하고, 관중석에 앉아 비판만 하지 말고 경기장 안에서 뛰는 선수가 되어야 한다고 하는 말을 수없이 들었고, 지금까지도 학문하는 자세를 고민할 때는 항상 기억하곤 한다.

(원광대학 교수)

선생님의 우산이 만들어준 인연

사진실 (1987년 서울대학 학사 8학기)

언젠가는 고백하리라 마음먹고 있었다. 나에게는 큰 기쁨을 가져다 주었지만 선생님을 난처하게 했던 그 일에 대해서.

석사과정에 입학하고 나서 선생님의 연구실에서 공부할 기회를 얻었다. 연구실에 드나들면서 모두들 두려워하는 선생님과 가까이 지낸다는 것은 큰 자랑이고 기쁨이었다. 그러나 석사논문을 쓰기 시작하면서부터는 선생님과 마주치는 일이 부담스럽기 시작했다. 제자리걸음을 하고 있는 논문 작업이 부끄럽기도 하고 행여나 떨어질 불호령이 두렵기도 했기 때문이다. 선생님이 퇴근한 저녁에나 연구실에 들어가고 낮에는 도서관 열람실에서 지내는 생활이 시작되었다.

1990년 4월 22일, 그 날도 여느 때와 같이 도서관에서 논문을 쓰고 있었다. 오후 늦게 비가 오기 시작했는데 커피나 한잔 하자며 친구 S가 찾아왔다. 도서관 아래 매점에 앉아 있는데 S가 화들짝 놀라며 누군가를 반기는 것이었다. 키가 훤칠하게 크고 인상이 좋은 남자였는데 한눈에도 호감이 갔다. S는 초등학교 때 친구의 오빠라며 그 사람 J를 소개해주었다. 졸업해서 직장에 다니다가, 늦게 군대를 가는 친구와 그 여자친구를 위로하기 위하여 모교를 찾았고, 갑자기 내리는 비를 피해 도서관 매점에 들어왔다고 했다.

그런데 웬걸, 얘기를 나누다보니 J의 여동생은 나하고도 초등학교 때 같은 반이었다. 이들 남매는 내가 다닌 학교를 2년 정도 다니다 S가

다닌 학교로 전학을 갔었던 것이다. J와 나는 같은 동네에 살았으며 선후배 관계로 연결된 많은 지인들을 공유하고 있었다. 잠시 뒤에 J의 일행인 남녀 한 쌍이 나타났는데, 여자 쪽이 또한 내가 알고 지내던 친구였다. J와 나는 서로 모르고 지냈다는 것이 신기할 정도로 가까운 곳에서 살아왔던 것이다.

여러 겹의 우연한 만남을 반가워하며 J가 학교를 나가서 저녁을 먹자고 제안했다. 석사논문의 제출 기한이 머지않아 마음이 조급했지만, 좋은 사람을 만나는 기회 또한 자주 오지 않는 것인지라 선뜻 승낙하고 말았다. 도서관 자리에 있던 책을 챙겨 선생님 연구실로 옮겨 놓으러 가는데 마음이 들뜨다 못해 심장이 쿵쾅거렸다.

선생님은 이미 퇴근을 하신 뒤였다. 책을 놓고 서둘러 나오는데 문득 발칙한 생각이 뇌리를 스쳤다. "선생님의 우산을 가져가면 안 될까." 그날은 아침에 맑다가 오후에 비가 왔기 때문에 우산을 챙겨오지 못한 것이다. 선생님은 그런 날을 대비해 아래쪽 책상 서랍에 우산을 넣어두고 있었다. 다음날 아침 일찍 돌려놓으리라 다짐하고 선생님의 우산을 가지고 나왔다. 송구스럽게도 그때는, 우산 없이 학교 정문까지 나가려면 비에 젖어 차림새가 망가질 것이라는 생각밖에 하지 못했다.

저녁식사 모임이 술자리로 이어지는 동안 J의 따뜻한 배려와 관심을 받으며 나는 마냥 행복하기만 했다. 어느 순간 둘이 마주하게 되었을 때 J가 말하였다. "저 알고 보면 좋은 사람입니다. 우리 한번 사귀어 보지 않을래요?" 기다리던 말이었음에도 불구하고 말없이 웃고만 말았다. 그렇게 대답도 못하고 다음 만남을 기약하지도 못한 채 모임이 끝나게 되었다.

마지막으로 들른 커피숍에서는 어색하기만한 분위기가 이어졌다. 오래된 연인들은 연신 하품을 하고 있었고, 연인이 되고 싶은 두 사람은 대화의 돌파구를 찾지 못하고 있었으니 말이다. 언제 어디서 다시 만나자고 J가 말해주기를 바랐지만, 사귀어보자는 요청에 대답을 듣지 못한 J로서는 망설일 법도 하였다. 그렇다고 내가 나서자니 용기가 나지 않았다. 가방만 만지작거리고 있는데 문득 선생님의 우산이 없다는 걸 깨달았다. 먼저 자리를 뜬 J의 친구 차에다 놓고 내린 것 같았다. 비가 그쳤기 때문에 우산에 신경 쓰지 못했던 것이다.

우산을 찾아서 돌려 줄 테니 다음날 퇴근 후에 만나자고 J가 말했다. 다음날 아침 일찍 되돌려놓아야 하는 우산인데 저녁때나 받을 수 있으니 걱정이 컸다. 그러나 마음의 반쪽은 기쁨에 들떴다. 드디어 다시 만날 약속을 잡았기 때문이다. 갑자기 비가 오지 않는 이상 선생님께서 우산을 찾지 않으시리라는 안이한 믿음도 생겨났다. 그런데 다음날 비가 왔다. 아침에는 맑았는데, 오후에 갑자기.

제 발이 저려 선생님 연구실 근처에는 얼씬도 못하다가 저녁 때가 다 되어 연구실에 들러보았다. 함께 연구실을 쓰던 선배 말이, 선생님께서 한참동안 우산을 찾더란다. 분명히 여기다 두었는데 이상하다 하면서 몹시 난처해했다는 것이다. 당돌한 제자가 가져간 줄도 모르시고 건망증이 생겼나 염려했을지도 모른다. 언제나 정확하고 계획성 있게 사는 분인지라 굉장히 당황하셨으리라. 무엇보다 비를 맞으며 퇴근했을 것을 생각하니 죄송하고 난감하다.

약속한 대로 저녁 때 J를 만나 선생님의 우산을 건네받았다. 그리고 그때부터 J와 나는 연인이 되었다. 선생님의 우산은 돌려놓지 못했다. 이미 우산이 없어진 것을 알게 되었는데 도로 갖다 놓았다가 벌어질 파문을 감당할 수 없었다. 변명을 하자면, J와 나를 맺어준 우산이 너무 소중했기에 간직하고 싶기도 했다. J는 지금 내 남편이다.

선생님의 우산을 몰래 가져다 쓰고 모른 척 했던 지난 일을 사죄한다. 부끄러운 잘못을 저질렀으나 그 우산을 매개로 남편을 만나 행복하게 살게 되었으니 분명 용서해주시리라. 학문의 길을 열어주었을 뿐만

아니라 인생의 은인이 되어 주었으니, 나만큼 은혜를 입은 제자가 어디
있으랴.

(중앙대학 교수)

권투시합 같은 수업

송성욱 (1987년 서울대학 학사 8학기)

선생님이 서울대학에 부임했을 때 나는 학부 4학년이었다. 대학원
에 진학하여 고전문학 가운데 특히 소설을 전공하겠다고 마음을 먹고
있었던 터라 선생님 소식은 강 건너 불이 아니었다. 늘 철저하고 엄격
하다는 소문을 듣고 있었기 때문에 앞으로 들을 수업이 걱정이었다. 군
대에서 무서운 조교를 만나는 기분이 들었다.

예상은 적중했다. 선생님의 강의가 있는 학기는 항상 긴장과 피곤의
연속이었다. 공부를 열심히 시키는 강의가 아니라 이론적인 도전을 하
지 않으면 견딜 수 없도록 만드는 강의였기 때문이다. 조금 과장을 하
자면 수업이 아니라 차라리 난투극이 벌어지는 링이 생각날 정도였다.
그것도 일류 프로 선수와 초보 아마추어 사이에 벌어지는 상대가 되지
않는 시합 말이다.

그런 수업들 중 가장 원성이 자자했던 강의는 아마 '문학연구방법
론'이 아니었는가 한다. 강좌 명칭이 정확한지는 모르겠지만 선생님이
저작하신 이 책으로 강의를 했던 수업이다. 가장 황당한 것은 필기시험
이었다. 대학원 과목에서 필기시험이라니 있을 수 없는 일이었다. 학부
를 마치면서 그 진저리가 나는 시련에서 해방이 되었는데 대학원 과정

에서 다시 만나다니. 설상가상이었던 것은 시험 문제였다.

아직도 기억이 선명하지만 그때 시험문제 지문 중의 하나는 자크 데리다의 글이었다. 유명한 서구 문학이론가의 핵심적인 이론을 한 문단씩 영어로 제시하고는 비교·해설하고 비판과 대안을 제시하라고 했다. 차라리 보고서로 제출하라고 해야 마땅한 내용을 시험 답안지에 쓰라니 입이 다 튀어나올 정도였다.

시험을 치고 나와서는 수업을 같이 듣는 사람들끼리 한마디씩 주고받았다. 아마도 선생님이 이제 막 서울대학에 오셔서 아직 철이 들지 않았나 보다고. 글쎄 선생님이 정말 물정을 몰랐던 것인지 아니면 무슨 특별한 의도가 있었는지 아직은 알 길이 없다. 분명한 것은 그 이후에 내가 들은 강의에서는 한번도 시험을 치지 않았다는 것이다. 이 수업을 들으면서 고무줄을 가지고 도형을 만드는 놀이를 했다고 실토한 사람이 있을 정도였다. 평면적인 도형을 그려서는 새로운 생각을 할 수가 없으니 길이가 자유롭게 늘어나는 고무줄을 가지고 이런 저런 도형의 변형을 만들어서 이론적 발상을 해보았다는 것이다.

비단 시험 사건이 아니어도 선생님의 수업은 늘 괴팍했다. 탈춤에 대한 강의를 한 적이 있다. 석사과정 때로 기억을 한다. 주 텍스트는 심우성 선생님의 《한국의 민속극》이었고, 학생들은 정해진 작품을 읽고 수업 중에 돌아가며 자기의 생각을 말하는 식으로 강의를 진행했다. 자기 차례에 어느 대목이 돌아올지 몰라서 수업 전에 제법 많은 분량의 텍스트와 씨름을 해야 했다. 내게 가장 힘들었던 수업으로 기억한다.

도저히 생각나는 것이 없어서 엉뚱한 말을 하고 눈을 감았는데 돌아오는 것은 칭찬이었다. 그런 생각을 한 것은 자네가 처음이라는 것이다. 기분이 좋았다기보다는 오히려 황당했다. 이유는 간단하다. 복잡한 생각 끝에 장황설을 늘어놓은 한 친구는 망상을 한다며 크게 혼이 났기 때문이다. 그 친구는 지금 부산대학 교수인 임주탁 동학이다. 망상

과 탁견 사이의 거리가 무엇인지 궁금했다. 수업이 끝난 다음에 우리는
망상 끝에 탁견이 오는 것이 정한 이치라는 말로 그 친구를 위로했다.
　한번은 '오해' 사건이 있었다. 어떤 강의였는지 기억이 나질 않지만
부임 후의 초창기 강의였던 것은 분명하다. 수업 중에 선생님이 학생의
발표를 비판했는데 그 학생이 수긍을 하지 않았다. 몇 차례 문답이 오
갔다. 선생님의 언성이 높아질 즈음, 학생이 "선생님이 오해를 하셨습
니다"고 했다. 선생님이 대뜸 "오해라고?" 소리치면서 책을 집어 던진
일이 있었다. 그 살벌했던 분위기는 아직도 기억에 선하다.
　언제나 실전에 나설 수 있는 강한 선수로 키우겠다던 선생님의 특별
한 의도가 담겨있었던 수업이었다. 그런 수업을 들은 탓에 생각하는
법, 생각을 정리하는 법 등 많은 것을 배울 수 있었다. 나도 이제 교수
가 되어 학생을 지도하면서 그때 선생님의 수업을 떠올린다. 보다 치열
하게 공부하고 생각하는 법을 학생들이 배울 수 있도록 노력하는 것이
선생님의 수업에 보답하는 길일 것이다.

(가톨릭대학 교수)

짝사랑에서 외사랑으로

이인경 (1987년 서울대학 학사 8학기)

　학부 졸업 논문 작성을 위한 강의에서 처음 만난 선생님은, 외경을
넘어 공포의 대상이 되어가고 있었다. 선생님의 출현만으로도 팽팽한
긴장감을 느끼곤 했던 나는 어두컴컴한 강의실 복도에서조차 선생님

과 대면하지 않기 위해서 신속히 대피하곤 했다. 나름대로의 행동 요령
도 터득하게 되었다.

선생님의 위대한 학문 못지않게 위대했던 선생님의 복부를 주시하
면 되었다. 복도 끝 막다른 곳에 가장 먼저 실루엣을 드러내는 선생님
의 넉넉한 배를 얼른 알아차리고 피하기로 했다. 그러나 그 방법에도
허점이 있다는 사실이 곧 드러났다. 유사품에 속는 일이 자주 벌어진
것이다. 미처 생각 못했다. 동기생 임주탁의 배가 선생님의 인품에 필
적한다는 사실을. 선생님이 지금은 체중을 줄여 날렵한 몸매를 자랑한
다. 하지만 너털웃음 짓는 빵집 아저씨의 넉넉함처럼 푸근한 복부를 자
랑하던 선생님의 실루엣이 난 그립다.

세월이 흐르면서 선생님의 존재는 공포의 대상에서 외경의 대상으
로, 그리고 동경의 대상으로 자연스럽게 진화되어 갔다. 석사학위 논문
을 준비할 때였다. 선생님은 책상 앞에 앉아 대충 머리를 굴려 보려던
나의 엉성하고 게으른 연구태도를 한 눈에 꿰뚫어 보았나 보다. 답사를
하여 마련한 자료로만 논문을 쓸 것을 주문했다. 정말 정곡을 찌르는
지적이 아닐 수 없었다. 명색은 구비문학을 전공한다고 나섰지만, 도시
에서 나고 자란 나로서는 농촌을 다니며 답사하는 일이 그리 즐겁지
않아 그런 잘못이 생겼다. 공자가 그랬다는 듯이, 선생님은 늘 제자에
게 무엇이 부속하고 넘치는지를 잘 파악하고 적절히 다듬어주었다.

박사학위 청구 논문을 제출했을 때, 선생님이 심사위원장을 맡았
다. 동경의 대상인 선생님이 순간 공포의 대상으로 환원되어가고 있었
다. 열녀설화를 연구하겠다는 박사지망생에게 "뭐, 그리 재미없는 주
제를 잡아왔나? 빨리 끝내고 어서 다른 주제를 연구해보게"라는 말씀
으로 잔뜩 기를 꺾어놓을 때부터 그 변화는 시작되었다. 아마 '아니나
다를까 역시 여성연구자 티를 잔뜩 내고 있다'는 생각에 실망이 되셨
나 보다. 선생님이 보여준 그런 실망감은 선생님의 제자 사랑을 역설

적으로 증명한 것이라고 믿고 싶다. 사랑은 아름다운 착각이라고 하지 않는가.

　시간의 부족을 핑계 댄 논문은 도처에서 그 엉성함을 자랑하고 있었다. 역시 초심 과정에서 대대적인 수정과 증보를 주문받았다. 며칠 후 난 40시간 동안 단 한 순간도 눈을 붙여보지 못한 채 작성한 논문 수정본을 들고 떨리는 가슴으로 연구실에 들어갔다. 그 분은 책상 앞에 시선을 고정한 채 논문을 받더니 이내 시계를 보았다. 제출 시한에서 20분쯤 남은 걸 확인하는 것으로 상황은 종료되고 말았다.

　아, 이럴 수가! "수고했네!"라는 蜜語와 그윽한 위로의 눈빛을 내심 기대한 순간 노처녀의 가슴에 이런 실연의 아픔을. 눈물이라도 마구 쏟아질 것만 같았다. 문을 열고 막 나가려던 순간이었다. 마치 마술에라도 걸린 듯, 판도라 상자의 맨바닥에 깔려있던 오랜 진실이 불쑥 튀어나오고 말았다. "저는 선생님을 무척 사랑하는데 선생님은 아닌가 봐요. 저 혼자서만 짝사랑했나 봐요!"

　그때 눈물이라도 흘러나와야 했다. 그래야 드라마가 그럴 듯하게 완성되는 일이었다. 하지만 눈물도 놀랐는지 타이밍을 놓치고 말았다. "아아, 내가 드디어 고백을 하고 말았다!" 연모의 대상이 보여줄 반응이 궁금해졌다. 그러나 얼어붙은 듯 벽만 응시하는 평정한 눈빛만 얼핏 훔쳐 볼 수 있을 뿐이었다. "아아, 난 채인 거다! 내 일생에 처음 해보는 짝사랑 고백이건만!"

　일은 순식간에 저질렀는데 상황 수습이 난감하였다. 논문 최종심에서 어떻게 선생님 얼굴을 바라볼 것인가. 철없는 고백의 무게가 이렇듯 무겁단 말인가! 집에 돌아와 고민스런 얼굴로 언니에게 자초지종을 설명하고 조언을 구했다. 언니의 조언은 명쾌했다. "뭘 걱정해. 처녀가 사랑한다는데 설마 화까지 나시기야 하겠어?"

　덕분에 오랜 만에 웃을 수 있었고 박사논문 심사과정의 긴장도 잠시 늦출 수 있었다. 몰래 하면 짝사랑이고, 그 사람이 그걸 알아차리게 되면 외사랑이란다. 난 박사학위와 함께 짝사랑을 버리고 외사랑을 얻었다.

(한국정신문화연구원 연구원)

"나도 뜻한 바 있어"

정병설 (1987년 서울대학 학사 8학기)

세상은 본 그대로 존재한다. 지금, 당시 실상은 문제가 아니다. 머릿속 그대로가 실상일 뿐이다.

선생님을 처음 만난 것은 대학 3학년 때인 1986년이었다. 이상택 선생님의 '고전소설론' 강의시간이었다. 직접 뵌 것은 이듬해지만, 이 시간에 선생님을 처음 만났다고 하는 것이 옳다. 그때 눈이 아니라 마음으로 처음 선생님을 만났기 때문이다. 이상택 선생님은 《한국소설의 이론》을 읽고 선생님의 장르론에 대해 비판해보라는 과제를 냈다.《한국소설의 이론》을 읽으며 나는 출간 당시 가장 많은 비판을 받았던 한 구절을 만날 수 있었다.

"문학 장르에 대해 지금까지 많은 논의가 있었으나, 문학 장르는 이 넷으로 크게 구분되어야 하고 그 이상은 없다고 해야 할 이유는 이제야 분명하게 드러났다고 할 수 있다. 이로써 千古의 의문이 풀렸다."

도도한 논리와 그 끝에 보인 감격적인 한 마디. 생사흥망의 역동적인 인간사나 온몸을 내던진 뜨거운 혁명사의 마지막 부분에서도 쉽게 볼 수 없는 논리와 표현을 정적인 문학 연구에서 만난다는 것은 놀라운 일이었다. 젊은 나에게 국문학 연구는 어느새 '할 만한 일'이 아니라, '해야 할 일'이 되어버렸다.

《한국소설의 이론》과 당시 간행된 선생님의 저서 표지 안쪽 날개 면에는 두 눈을 부릅뜨고 정면을 쏘아보는 선생님 사진이 있고, 그 밑에는 서울대학교 불문학과를 졸업하고 "뜻한 바 있어" 국문학과에 편입하였다는 설명이 있다. 그 사진은 정말 설명을 뒷받침하기 충분할 정도로 선생님의 열정이 느껴지는 것이었다. 우리 동기들은 사진을 흉내 내며 꿍하게 웅크린 채 정면을 쏘아보면서 "나도 뜻한 바 있어 국문학과에 입학했노라"고 폭소하곤 했지만, 그 속에서 "누가 뭐라 해도 내 갈 길을 가겠다"는 자부심을 읽고는 부러운 마음이 들었다.

선생님을 뵙고 나니 직접 배우고자 하는 마음이 들었다. 그래서 선생님이 있는 한국정신문화연구원으로 진학할 계획을 세우기도 했다. 그런데 이듬해 선생님이 서울대에 부임했다. 선생님의 일거수일투족은 우리 동기들의 관심거리이자 이야기 소재였다. 강의 방식, 강의 내용, 강의 자세는 물론이고, 당당한 걸음걸이, 왕성한 식욕, 직접 디자인한 원고지에 쓰신 완판본 고전소설 글씨처럼 둥글넓적한 필체까지, 하나하나가 흥미로웠다.

우리는 자기 나름대로 선생님의 요구에 충실하고자 했으나, 그것은 선생님의 기대에 턱없이 못 미친 것이었다. 열정이 높을수록 실망은 큰 법이다. 선생님은 때때로 학생들을 엄하게 꾸짖었는데, 존경하는 선생님의 꾸지람은 더욱 크고 무서웠다. 지금도 교실을 얼어붙게 한 그 꾸지람들이 기억 속에 정지 화상으로 남아 있다. 선생님의 이글거리는 눈빛, 꾸지람 받은 학생의 당황하고 미안한 표정, 고개 숙인 학생들. 직접 꾸지람을 받지 않은 사람도 이 장면이 기억에 오래 남아 있으니, 꾸지람 받은 사람은 오죽했으랴.

다행히도 나는 대학원에서 내내 선생님께 배울 수 있었다. 선생님 강의는 빼놓지 않고 들었다. 당시 나는 한 학기 수강하는 세 과목 가운데 한 과목을 자의로 '전략과목'이라고 명명하고는 집중적으로 공부했는데, 선생님 강의가 있으면 항상 그것이 '전략과목'이 되었고, 그 덕분에 선생님 과목은 모두 최고 학점을 받을 수 있었다. 선생님 강의는 항상 유익하고 즐거웠다.

선생님은 내 박사논문의 심사위원장을 맡아주었다. 그리고 선생님이 서울대학교를 떠나는 올해, 나는 서울대학으로 들어오게 되었다. 제자가 존경하는 선생님과 한 직장에서 근무하는 영광을 입게 된 것이다. 선생님은 한 학기도 더 남은 지금 벌써 정년퇴임을 준비하고 있다. 사욕과 집착을 버리듯 가진 책을 버리는데, 그 덕분에 나는 선생님의 장서 일부를 전수 받을 수 있었다. 학자가 스승의 책을 이어받는 것은 학승이 고승의 衣鉢을 이어받는 것과 같다.

(서울대학 교수)

열정, 주량, 그리고 정형화된 리듬

임주탁 (1987년 서울대학 학사 7학기)

한 사람이 평생 마실 수 있는 주량은 정해져 있다. 용불용설이나 진화론과 견줄 수 있는 학설이다. 대학원에 진학한 이후에 자주 들었던 선생님의 지론 가운데 하나이다. 실험이나 통계에 의한 검증 과정을 결여한 이 명제를 선생님은 들먹이면서, 약주 기피를 합리화했다. 약주의 기피라기보다는 불규칙적인 리듬의 거부라고 해야 더 적절할 것이다. 내일도 오늘 같은 리듬에 따라 움직이자면 아홉시를 최후의 방어선으로 정한 것이 마땅했다. 하지만 우리는 그 지론에 공감하지 않으려고 했다.

대학 4학년에 진학할 때 선생님을 처음 만나고 그 후 3년 동안 아주 가까이 지낼 수 있었다. 그 사이 선생님에 대해 알아낸 사실 하나는 스스로 정한 리듬의 사이클에서 가급적 벗어나기를 싫어하고 불가피하게 벗어나더라도 회복 불가능한 데까지 나아가지 않는다는 것이다. 술자리만 아니었다. 수업도 같았다. 그 리듬에 익숙하지 않으면 힘들기 마련이다.

목적지가 있는 사람에게 길이란 곧고 짧을수록 좋다. 하지만 당시의 나에게는 구체적인 목적지가 있지 않았다. 온갖 것에 관심이 있었다. 문학만이 아니었다. 문학을 어떻게 연구하느냐보다 문학을 왜 연구하느냐에 더 많은 관심을 가지고 있었다. 술이 다양한 관심의 폭과 깊이를 더해주는 것은 아니지만 다양한 고민을 공유하며 몸부림이라도 칠 수 있는 그런 자리가 좋았다. 선생님은 선생님의 리듬을 벗어나기를 좋아하지 않았고 우리들은 우리들의 울타리를 벗어나기를 좋아하지 않았다. 그래서 선생님의 지론에 크게 공감하지 않았던 것이다.

그런데 느지막이 문학 연구에 정진하리라는 맘을 먹은 지금에야 그때 그 지론을 속으로 되뇌곤 있다. 물론 선생님과 같은 거대한 목표는 세우지 않았다. 감당할 수 없으면 스스로에게 부끄러울 수 있다는 생각에서다. 자라서 뿔뿔이 흩어진 현대사회의 가족 구성원들처럼 고민을 공유하던 동무들도 뿔뿔이 흩어졌고, 말하지 않아도 속내를 알 수 있는 사람을 만드는 일이란 여간 어려운 일이 아니다. 나의 리듬을 갖고 싶어지면서 새로운 열정이 생기는 듯도 하다. 물론 목표가 거대하지 않으니 나의 열정이야 마흔의 끄트머리에서 사오십보다 삼사십으로 묶이기를 더 좋아했던 선생님의 열정에 비할 바 못된다. 내가 그 끄트머리에 있게 될 때 그만한 열정을 가지고 있을지 알 수 없다.

지난 초가을에 오랜만에 선생님을 가까이에서 뵈었다. 내가 재직하는 부산대학에서. 나는 늘 선생님과는 학문의 길이 다르다고 생각했다. 그 끝을 알 수 없으니 궁극에 한 길에서 만날런지도 확신할 수 없다. 하지만 처음 뵈었을 때부터 닮고 싶어 하고, 지금도 닮고 싶은 것이 하나 있다. 학문에 대한 식을 줄 모르는 열정이다. 열정은 철저한 자기 관리가 뒷받침될 때 유지될 수 있는 법이다. 자기 관리의 요령을 짧지 않은 시간 동안 가까이에서 지켜보면서 알 듯도 했지만 아직 체득하지 못하고 있다. 선생님은 여전히 16년 전의 열정을 고스란히 갖고 있는 듯했다. 더없이 큰 부끄러움을 느꼈다.

부산외국어대학 초청 강연이 있어 부산에 왔다. 강연장은 발 디딜 틈 없이 붐볐다. 세계문학사 서술을 위해 일로 매진한 성과를 외국학을 공부하는 교수와 학생들이 확대·심화시켜 줄 것을 기대하면서 "비교문학 연구의 방향과 과제"라는 제목으로 강연을 했다. 그 전과 다름없는 자세이고 말투였다.

대학 4학년 2학기 즈음이었던가, 한 동무가 한 말이 언뜻 떠올랐다. "준비한 원고나 글을 보지 않고도 강의시간에 하는 말을 그저 받아 적기만 해도 군더더기 없는 글이 된다." 그 동무에게 철저하게 준비하는 선생님의 모습을 전해주고 싶었다. 모든 것이 열정의 소산이라고 생각된다. 열정이 없다면 남을 감동시킬 수 없다.

기억이 정확한지 모르겠다. 대학원 수업시간이었던가, "나손 선생의 국문학사 서평 논문을 발표하고 돌아오는 열차 안에서 한국문학통사를 구상했다"는 말을 들으면서 나는 과장이 좀 지나치다고 생각한 적이 있다. 산술적인 계산으로는 불가능한 일이라고 판단했기 때문이다.

그런 생각과 판단이 선생님을 몰라도 너무 몰랐던 탓임을 이제야 조금 알 듯도 하다.

입버릇처럼 날 때부터 음주량이 정해져 있다는 지론이 선생님의 주량과는 긴밀한 연관성이 없다는 말을 덧붙이고 싶다. 선생님의 주량은 도대체 가늠할 수가 없었다. 맨 정신에는 취한 모습을 볼 수 없었기 때문이다. 내가 취하면 남의 주량을 가늠할 수 없는 법이지만, 내가 취기를 느낄 때까지 선생님은 잔을 버리지 않은 것만은 분명하다.

대학원 1학년, 그러니까 1988년 6월 안성군 일대 학술 답사 때였나 보다. 엉뚱하게도 나는 선생님의 주량이 타의 추종을 불허한다는 사실에 놀랐다. 지금 생각하면 치기 어린 일이지만, 서운면의 어느 저수지가에서 '상등육'을 마련하고 벌어진 답사 평가회에서 나는 선생님의 잔 수를 헤아리다 그만 취해버렸다. 열정만큼이나 주량도 가늠할 수 없었던 것이다.

직업에 정년은 있어도 학문에 무슨 정년이 있을까마는 선생님은 직업적 정년을 학문의 정년으로 생각한다고 했다. 지금까지 이룬 목표도 거대한데 그에 못지않은, 어쩌면 그보다 더 큰 목표가 있다는 뜻도 담겨져 있는 듯하다. 혹 잠시 땀을 닦으며 쉬어 가는 때를 '상등육' 넉넉히 마련하고 기다려 보련다. 1987년에는 인문대학 건물 4층 구석진 곳에 자리한 연구실 문을 두드렸는데 지금은 글로 선생님의 의향을 묻는다.

(부산대학 교수)

"이렇게 맷집이 센 제자를
참으로 오랜만에"

박종성 (1987년 서울대학 학사 6학기)

#1

"자네는 논문을 쓰는 병폐가 열 가지 있다면 그걸 모두 가지고 있네."

"그게 무엇인지 말씀해 주시면 고치겠습니다."

"자네 지금도 늦지 않았으니 공부 그만두고 다른 일 찾아보게."

"선생님, 제가 배운 게 이것밖에 없는데, 무얼 할 수 있겠습니까?"

"오늘 그만 하자. 다음번에 올 때 이 부분은 삭제하고 내용을 전면 수정하게."

"네, 그리 하겠습니다."

#2

"자네 내 말을 뭘로 아는가? 이 부분을 삭제하라 했는데 더 써오면 어떡하나? 고얀 놈!"

"선생님, 이 부분을 다시 한 번 보아 주십시오."

"다른 사람은 속여도 나는 못 속여. 누굴 속이려고. 감히, 고얀 놈!"

"제가 어떻게 감히 선생님을 속이겠습니까?"

"그럼, 나는 자네 논문 심사위원장 못하네. 자네, 대학에서 논문 작성법 가르친 지 수 년이 되면서 스스로 논문 작성의 기본을 모르니 논문 작성법부터 다시 가르치겠네."

"……."

"나도 글을 다소 급하게 단번에 써 나가는데, 자네는 나보다 몇 술 더 뜨니, 참……."

#3

"자네 더 이상 나 찾아오지 말게, 그렇게 얘기를 했는데 알아듣지 못하니……."

"선생님!"

"당장 나가! 학자가 될 생각은 하지도 말라."

#4

"선생님, 제가 고집을 부렸던 제주도 부분에 대해 제 주장에 중요한 오류가 있다는 걸 이제 알았습니다."

"이제 그걸 깨달았나?"

"선생님, 감사합니다."

#5

"내가 대학에서 수많은 제자들을 키웠는데, 이렇게 맷집이 센 제자를 참으로 오랜만에 만났다. 자고로 학자는 맷집이 강해야 하는데, 자네는 그런 점에서 자격이 있네. 이제 박사가 되었으니 자기의 학문 세계를 만들어 나가게. 내 술 한 잔 받게."

"선생님께 혼난 일, 평생 스스로의 경계로 삼겠습니다."

박사학위 심사과정의 몇 장면이다. 선생님께 혼이 난 사정은 말로 온전히 드러낼 수 없다. #3은 꿈에서까지 혼이 난 장면이다. 지금도 생생하다.

선생님께서는 나를 혹독하게 가르쳤다. 그 가르침이 혹독한 만큼 나는 선생님의 가장 큰 은혜를 입었다고 자부한다. 선생님께서는 내가 저지르게 될, 그리고 감당하기 어려운 학문의 오류를 미리 바로잡아 주려고 그렇게까지 혼을 냈던 모양이다. 선생님의 큰 뜻을 재삼 되새겨본다.

박사학위를 한 이후에 나는 선생님의 은혜를 더욱 많이 입고 있다. 선생님께서 한국외국어대학교 동유럽대학 교수들과 구비문학 비교연구를 할 수 있게 길을 열어 주었다. 구비문학 비교연구의 새로운 세계를 발견하게 된 것이다.

"자네 폴란드, 루마니아, 헝가리 기웃거리지 말고 세르비아만 하게. 시간도 늦고, 힘이 드니, 말 잘 하는 것까지는 바라지 말고 글은 제대로 읽을 수 있게 공부하게."

공부를 하다 보니 세르비아를 중심으로 폴란드·루마니아·헝가리의 신화와 구비서사시 분야를 포괄해서 감당하지 않을 수 없는 지경에 이르렀다. 다시 혼날 작정을 하고 선생님 말을 거역하고자 한다. 선생님이 말하지 않았던 지역의 사정을 살펴 선생님의 이론을 굳건히 하고 보완하고자 한다.

(한국외국어대학 연구교수)

1동 318호에 웅크린 괴물

김동준 (1987년 서울대학 학사 1학기)

1987년 지금으로부터 18년 전에 선생님과 처음 만났다. 그 뒤 고등학교를 마칠 만한 긴 세월 동안 선생님을 대면해 왔다. 선생님은 87학번인 우리를, 한 때 입사동기로 불렀다. 이제 선생님은 18년 간 회초리를 휘둘렀던 관악산 자락을 떠나나 보다. 봄꽃을 보내고, 단풍을 보낸 것보다 마음이 아프다.

선생님의 폭력은 무시무시했다. 1학년 교양 '국어작문'이 그렇게 힘들 줄 몰랐다. 2학년 전공필수 '국문학사' 과목에서는 2주마다 400면을 요약했다. F학점이 낙엽 지듯 했다. 대학원, '중국의 서사시'란 제목으로 발표했을 때는 3킬로그램의 몸무게를 상납했다. 칭찬은 거의 듣지 못했다. 선생님은 우리를 맞을수록 팽팽 도는 팽이나, 날개가 돋지 않는 애벌레로 묘사하곤 했다. 떨지 않는 인간이 드물었다. 그러나 오래 전부터 느껴온 바지만, 그것이 선생님식의 깊은 애정 표현이었음을 잘 안다.

선생님은 자신에게 약하고 남에게 강한 그런 사람이 아니다. 조교 시절, 나는 1동 318호에 웅크린 괴물을 자주 보았다. 아침 9시 무렵, 선생님은 컴퓨터 앞에 꼿꼿이 앉아 있다. 직각 자세에서 다다닥 다다닥 치는 자판 소리가 방앗간에서 쌀 쏟아지는 소리 같다. 11시 40분쯤, 여전히 그 자세다. 오후 1시가 못 되어, 또 그 자세다. 그 사이 식사는 속도전이었으리라. 오후 5시쯤, 여전히 그 자세로 있다가 후다닥 떠난다.

그런 날마다, A4 20매 내외의 원고가 남는 것도 기가 막히지만, 지금도 경이로운 것은 흐트러지지 않았던 90도 직각 자세이다.

자타에게 괴물인 선생님에게서 인간의 낌새가 포착된 적이 있다. 어느 날부터 연구실 벽면에 걸린 여자 아이 사진, 손녀였다. 그 아이 이름은 어느덧 잊고 말았지만, 내가 알기로 제자들은 그 아이의 덕을 많이 입었다. 손녀에 대해 이야기할 때는 선생님의 웃음이 많아졌기 때문에, 제자들이 일부러 손녀 이야기를 곁들여 위기를 모면하곤 했다.

선생님은 참 역설적인 존재이기도 하다. 개고기를 비롯해 뭐든 잘 들지만, 술은 잘 못한다. 안 먹자는 작전이었을 수도 있다. 구비시가에 해박하면서도 노래를 잘 못한다. 촌스런 "갈가마구" 외엔 들어본 예가 없다. 탈춤 책을 썼지만 춤을 못 춘다. 아예 춤추는 모습을 본 적이 없다. 정년 후에 전국 음식 기행을 책으로 쓰겠다고 했지만, 주변에서는 못 믿을 소리라고 한다. 뭐든 맛있게 먹는 사람이 어찌 진미를 가릴 수 있겠느냐는 것이 설득력 있는 반론이다. 점심을 사주고 시킨 음식 다 안 먹는다고 야단을 치던 분이다.

험담을 쏟자면 한이 없을 것이다. 그러나 나는 산에 오를 때 가끔 선생님을 떠올린다. 관악산을 함께 올랐던 때나, 도봉산행에 동참했을 때, 선생님은 프로답게 걸었다. 쉬는 법이 없고, 내닫는 법도 없었다. 어릴 적, 내 어머님이 낫으로 벼를 베어 나갔던 그 호흡으로 계속해서 걷고, 버거워하지도 않았다. 그것이 산에 오르는 이들의 흔한 보법이라는 것을 모르고서 하는 말은 아니다. 산을 걷듯 하산해서 그렇게 세계 속을 걸어 다니는 사람을 보기가 흔한가? 더구나 선생님의 걸음은 독특해서, 하산세계에서의 보폭이 더욱 크고 빠르다. 그래서 때로는 이제 서른일곱이나 먹은 이 입사동기가, 공룡 발자국에 찍힌 웅덩이 물에서 올챙이처럼 살고 있지 않나 스스로 되묻곤 한다.

선생님이 꽃이나 단풍이라면 지금까지 그래왔듯이 해마다 그 광경에 취할 수 있으리라. 하지만 뒷자리 수습도 괴물같이 할 듯하다. 이제부터 즐거운 삶의 시작이라고 어디에선가 말하고 있을지도 모를 일이다. 그리고 또 성큼성큼 나아갈 것이다. 하지만, 28년 어린 이 입사 동기는 정작 선생님이 뿌린 씨의 하나이며, 선생님의 팽이가 되기를 바란다. 그래서 헤어짐이란 말을 선생님이 남길 수는 있으나, 내가 차마 할수 없다.

(서울대학 한국문화연구소 연구원)

담임선생이 된 입사동기

황재문 (1987년 서울대학 학사 1학기)

선생님은 서울대학 87학번들을 흔히 입사동기라고 부른다. 우리가 입학한 해에 선생님이 入社하셨기 때문이다. 아마도 선생님은 특별한 인연이라고 생각해서 사용한 말이겠지만, 지칭되는 입장에서는 사무적으로 느껴지는 것이 사실이다. 대학 신입생으로서는 더욱 그럴 수밖에 없었다.

신입생들에게는 지도교수 두 분이 배정되었다. 한 분은 학과장 선생님, 그리고 다른 한 분은 '신입교수'인 선생님이었다. 학과장 선생님은 여러분의 담임선생님으로 생각해 달라고 했고, 선생님은 여러분과 나는 입사동기라고 했다. 신입생을 절반으로 나눠서 앞 번호는 학과장 선생님이, 뒷 번호는 선생님이 맡게 되었다. 마지막 번호였던 나는 그 때부터 선생님의 지도학생 명단에 올랐다.

두 분의 태도는 많이 달랐다. 신입생 환영회 때 신입생들이 세배를 하면 학과장 선생님은 세뱃돈을 주고 웃었지만, 선생님은 표정의 변화가 없었다. 아니 약간은 화가 난 듯한 엄숙한 표정이었다. 수업 시간에 학과장 선생님은 사적인 질문도 하곤 했지만, 선생님은 강의만 진행했다. 가끔 농담을 하곤 했지만, 너무 엄숙한 분위기 탓에 그 농담을 받아 쓰는 학생까지 있었다.

그러던 어느 날 선생님은 지도학생들에게 면담 시간을 알려주었다. 누구든지 연구실로 찾아와서 무슨 말이라도 할 수 있다는 것이었다. 고등학교 시절 교무실에 불려가던 기분으로 선생님 연구실로 향했다. 고민상담 쯤으로 생각하기도 했던 것 같다. 학생들이 별 말이 없으니 선생님이 말을 꺼냈다. 등산을 꾸준히 한다는 말, 아마도 그런 정도였던 것 같다.

전혀 다른 모습을 본 것 같아 의아했지만, 우리는 약간의 과장이 섞여 있으리라 생각했다. 사실 그 당시 선생님 몸매와 등산은 잘 어울리지 않는 것 같았기 때문이다. 腹高. 선배들한테서 들은 선생님 별명을 떠올리지 않아도 다리가 몸을 지탱하기에는 힘겨워 보였고, 가끔씩 강의 중에는 지친 듯한 거친 숨소리를 들을 수 있었기 때문이다.

그리고는 주말에 관악산에 오를 것이니 희망자는 누구나 참여하라고 했다. 다른 학교에서도 몇 사람이 올 것이라고 했다. 누군가 여대에서도 오느냐고 물었고 선생님은 누구누구 손꼽으며 그렇다고 대답했다. 외국어 몇 개를 해야 한다고 강조하던 입사동기 대신 학생들의 건강을 생각하고 미팅 겸 소풍도 가는 담임선생님 노릇을 하려나 보다고 생각했다. 수업시간마다 과제물에 시달린다는 2학년 선배들의 푸념보다는 사모님 손을 잡고 장바구니를 들고 가는 선생님을 보았다는 소문이 더 사실인 것처럼 느껴졌다.

소풍 혹은 단체미팅쯤으로 생각하고 우리는 관악산으로 갔다. 그렇지만 외부에서 온 여학생은 없었다. 강의시간의 연장인 듯한 등산. 그리고 간단한 회식. 회식 자리에서 이화여대 정하영 선생님이 자신을 소개할 때서야 우리는 착각을 깨달았다. 애초에 너무 많은 것을 기대했던 것이다. 진지하고 엄숙한 입사동기 선생님에게 미팅 주선을 기대하다니.

관악산 산행은 그 후에도 몇 주 정도 지속되었다. 그러나 일부는 게으름으로, 일부는 교수와 신입생이 자주 만난다는 데 대한 곱지 않은 시선으로 하나 둘씩 그만두었다. 선생님은 그 후에도 꾸준히 등산을 한다는 소문이 들렸다. 나는 그 후에도 오랫동안 선생님의 지도학생 명단에 이름을 올렸고, 수강인원의 절반을 탈락시킨 국문학사 강의를 수강했고 박사과정까지 마쳤다.

이제 와서 돌이켜보면 선생님은 학부생과 대학원생 상관없이 모든 학생이 오로지 학문에만 관심이 있으리라고 생각한 듯하다. 그래서 학부 신입생의 세심하고 다정한 담임선생님이기는 어려웠던 것 같다. 어쩌면 '입사동기'라는 호칭이 선생님의 어법으로는 최대한 정을 표현한 것이라는 생각도 든다. 지금은 그 호칭이 다소 부담스럽게 느껴질 때도 있지만, 그 부담감을 해소하는 것은 앞으로의 내 몫이라고 생각한다.

(서울대학 강사)

세 번의 인상 깊은 만남

서인석 (1988년 서울대학 박사 4학기)

선생님과의 만남을 되짚어 보니 세 번의 인상적인 때가 있었던 것 같다. 첫 번째는 글과의 만남이었고, 두 번째는 사람과의 만남이었고, 세 번째는 학문과의 만남이었다. 이 세 번의 만남은 내가 간직하고 있는 일기장에 고스란히 기록되어 있다. 그 시절, 나는 바보 같이 일기 쓰느라 삶의 상당 부분을 허비하고 있었기에 그런 기록들이 남아 있는 것이다. 그 중에는 부끄러워서 차마 말하기 곤란한 것도 있지만, 몇 번 망설인 끝에 몇 자 적어 본다.

내가 선생님의 글과 처음 만난 것이 언제인지는 분명하지 않지만, 선생님의 이름에서 강렬한 인상을 받은 어느 순간은 기억한다. 1976년 11월 어느 날, 서울대학 중앙도서관 개가식 도서실에서 우연히 《한국학논집》 1집에 실린 〈이기철학의 전통과 국문학 이론의 새로운 방향〉을 읽게 된 것이다. 대학 2학년생이 그 논문의 내용을 얼마나 이해했는지는 몰라도, 그때의 그 신선하고 강렬했던 기억은 본부 건물 쪽의 창가에서 비치던 따스한 햇살과 함께 지금도 생생하다.

두 번째 만남은 1978년 11월 25일이었다. 그 날의 일기를 보면, 장소는 성균관대학 계단회의실. 제1회 한국한문학학술발표대회가 〈한국 한문학과 국문학〉이라는 대주제로 열리고 있었다. 돌이켜 보면 그 날 발표한 분들은 정병욱, 최신호, 이동환, 임형택 선생님 등 학계의 중진들이었다. 그리고 그때 이동환 선생님의 〈조선 후기 한시에 있어서 민요

391

취향의 대두〉와 임형택 선생님의 〈어무적의 시와 홍길동전〉 등 좋은 논문 발표를 들은 것은 대학원 진학을 생각하던 내게는 좋은 경험이었을 것이다. 그러나 부끄러운 고백이지만, 그때 나는 학문적 자극보다는 인간적 자극을 더 원했던 것 같다. 그저 존경하는 선학들의 얼굴을 보러갔던 것이다.

그 자리에서 선생님을 처음 보았는데, 선생님은 코트를 옆에 걸치고 오른쪽 팔을 오른쪽 볼에 괴고 비스듬히 앉아서 발표를 듣더니, 토론 시간에 "한문학 연구가 피폐해져 잡기류나 뒤지고, 국문학에 매달리는 옹색한 모습을 보인다"고 포문을 연 뒤, 이론 부재의 연구 풍토에 대해 비판을 하여 뭔가 우호적인 분위기를 논쟁의 장으로 바꾸어 주위를 놀라게 하였다. 아, 역시 조선생님이로구나 싶은 순간이었다.

그런데 대회가 끝난 뒤, 선생님은 이우성 선생님과 함께 밖으로 나가고 있었는데, 앞뒤로 밀리는 인파 속에서 선생님과 가까이 접근하게 되자 나도 모르게 사인을 부탁했다. 그랬더니 선생님은 씩 웃으며 "사인은 뭘, 편지나 하지, 답장 해줄게"라고 했다. 대회장을 나와 성대를 나오면서 혼자 얼마나 부끄러웠는지 모른다. 정말이지 지금도 이 생각만 하면 얼굴이 붉어진다.

이렇게 긴 예비 단계를 거쳐 세 번째 학문의 만남은 1988년 2학기 서울대학 국문과 대학원 수업에서였다. 뒤늦게 박사과정에 들어간 나는 그때 마지막 학기를 이수하고 있었는데, 선생님의 '문학사상연구' 강의를 듣게 된 것이다. 첫 시간부터 선생님은 우리를 놀라게 했는데, 그것은 대개 9월 초부터 수업을 하는 관례를 깨고 8월 22일 첫 시간에 개강을 한 것이다. 그때 우리는 설마하고 있다가 누군가의 연락을 받고 급히 강의실로 갔던 것 같다.

그 뒤에 화요일 아침 1, 2 교시의 수업이 11월 29일 종강할 때까지 상당히 엄격하게 그리고 치열하게 이루어졌다. 발표자의 발표, 약정 토론자의 토론, 그리고 기록자의 토론 내용 기록 등 마치 강의 내용 못지 않게 강의 방법도 곁들여 가르치려는 듯한 치밀한 구도에서 한 학기를 통과한 것이다. 그때 나는 〈율곡의 성리학적 논리와 문학관의 관련 양상〉이라는 글을 발표하고 나중에 수정하여 과제물로 냈는데, 좋은 학점을 받아 고생한 만큼의 보람을 얻었다.

선생님과의 만남이 사제 관계로 이어진 데다 덤으로, 선생님이 재직하던 영남대학에서 학생들을 가르치며 간접적인 만남도 자주 하고 있다. 이곳에는 선생님을 기억하는 분들이 많아 가끔 선생님이 화제로 오르곤 하는 것이다. 선생님이 걸었던 교정의 산책길을 가끔 걸으며 자신을 추스르곤 한다. 선생님만큼 정신이 살아 움직이는 그런 산책은 못하지만.

(영남대학 교수)

無盡藏

류준필 (1988년 서울대학 학사 8학기)

"칭송하는 말은 관두고, 재밌게 쓰라고, 재밌게."

1년 전 이때쯤이었다. 정년 기념으로 출간할 책에 덧붙일 제자들의 글에 대해 주문한 말이다. 정작 선생님은 가볍게 던진 당부였으리라. 그때는 나도 몰랐다. 그 한 줄의 말씀이 이렇게 무거울 줄은. 이 글을 쓰고 있는 이 순간까지도 난 그 날의 주술에서 벗어나지 못하고 있다. '재밌게 써야 한다, 재밌게!' 단 한 번도 선생님 가르침을 제대로 따르지 못한 처지라 더 그렇다. 이 말씀만은 꼭 받들고 싶다. 그러나 필시

재밌기는 어려울 것이다. 반성하는 마음은 늘 새롭지만, 저지른 오류는 늘 반복될 뿐이었으니.

선생님은 걸음이 빠르다. 뭐든 빠르다. "오늘 할 일을 내일로 미루지 마라"는 격언은 어이없는 농담이다. 선생님은 오늘 할 일이 없는 분이다. 어제 이미 마쳤으므로. 선생님이 오늘 하는 일이란 실은 내일 해도 될 일이다. 가까이서 보면 금세 알게 된다. 선생님의 작업량이 남들보다 월등한 이유. 남들이 오늘을 살 때 선생님은 내일마저 당겨 산다.

선생님께 큰 학문을 배우는 길은 정말 간단하다. 선생님을 따라 걷기만 하면 된다. 걷다 보면 길이 열린다. 경우의 수는 둘뿐이다. 선생님처럼 걷느냐, 못 걷느냐. "선생님, 이 길밖에 다른 길은 없습니까?" "허허, 언제 이 길이라고 했냐. 이렇게 걸으라고 했지." 나의 자문자답은 늘 반복되었다. 선생님은 경전의 문장을 한번 더 보여줄지언정, 주석을 먼저 펼치라고는 하지 않는다. 어차피 우회로가 없다는 것은 이미 잘 알고 있다.

그렇기는 해도 우리가 길을 잃을까봐 길목길목 남겨둔 메모는 너무 유쾌했다. 논문 초고를 들고 가니 메모를 하나 남겼다. "논문을 써오라고 했지, 설명문을 써오라고 했나?" 나중에 고쳐 다시 들고 가니, "뭘 공부했는가가 궁금하지 않고, 자네가 새로 밝힌 사실이 궁금해. 공부는 연구가 아니야." 대학원은 공부하는 곳인 줄 알았는데 아니었다. 대학원은 연구하는 곳이었다.

메모해둔 말이 계속 발견된다.

"학문에도 전국체전 학문과 올림픽 학문이 있다. 넌 국내 챔피언이 목표냐, 세계 챔피언이 목표냐?"

"선수가 될래, 해설자가 될래? 이창호가 될래, 박치문이 될래?"

"학문은 삼각형과 같다. 밑변이 넓어야 꼭지점도 높이 올라간다."

논문 준비과정에서 엄하게 야단치고는 슬쩍 던지는 메모.

"지금은 스파링 과정이야. 복싱도 스파링 때 많이 맞을수록 맷집이 길러져. 그래야 링에 자신 있게 오르지."

링에 오른 다음에도 상대에게 눌려 그간의 훈련이 부족하다 느끼면, 어김없이 한 소식 날아든다.

"10년, 20년 후를 생각해. 자네는 그때도 현역이지만 그 사람들은 다 은퇴했을 거야."

청나라 초순이 그랬다. "주자학이 천하의 군자를 가르치는 학문이라면 양명학은 천하의 소인을 가르치는 학문이다." 난 이 말을 이렇게 푼다. 주자학은 주자학이 아니라도 훌륭하게 될 사람들의 학문이라면, 양명학은 양명학이 아니면 군자가 될 수 없는 사람들을 군자로 이끄는 학문이라고. 이 이분법에 따른다면 선생님은 후자에 가깝지 않을까. 선생님은 누구에게나 큰 학문을 할 수 있다고 가르쳤다. 적어도 소극적인 부정이 아니라 능동적으로 긍정하는 법을 배웠다고 생각한다. 남의 잘못을 지적하면 자신의 올바름이 입증된다는 미망은 도처에 있다.

그럼에도 큰 학문을 꿈도 꾸지 못하는 나로서는, 선생님께 누가 될 뿐이라는 자책을 쉽게 이겨내기 어렵다. 평생 소인의 학문에 머물까봐 송구스럽기 그지없다. 지금이라도 대오각성, 큰 학문의 언저리라도 엿보고 싶다. 선생님 문하에는 아마 별의별 제자들이 다 있을 것이다. 하나의 이치가 무한한 차이를 낳듯이. 그러니 아무리 궁벽하고 부속해도, 하나의 이치와 잇닿은 끈은 붙들고 있을 터이다. 이것이야말로 큰 학문 큰 스승 그늘에서 자란 가장 큰 혜택 아니겠나. 누군가 의아해 하며 내게 묻는다면, 선생님의 메모를 다시 꺼내보고는 이렇게 반복할 것이다.

"조동일 선생님을 다시 찾아보시지요. 거기엔 없는 게 없으니."

(성균관대학 동아시아학술원 연구교수)

평생을 거듭 배울 수 있는 인연

조해숙 (1988년 서울대학 학사 8학기)

선생님과 첫 인연을 맺은 것은 학부 4학년이던 1988년 2학기였다. 바로 전해 부임한 선생님의 강의를 들었던 이들로부터, 상상을 뛰어넘는 선생님의 가혹한 학문적 조련법을 두려움과 전율을 공감하며 들어왔던 터였다. 그러나 어차피 피해갈 수는 없는 길, 또한 고생 속에 진짜 알맹이가 있을 것이라는 기대와 한번 부딪혀보자는 오기까지 발동해 동기들 가운데 대다수가 포기한 '고전문학연습' 강의를 과감히 신청했다.

완성된 연구논문 작성법을 실습하는 그 강의는 4학년생들의 졸업논문을 지도받는 과정이었으니, 지금 생각해보면 가르치는 처지에서도 만만치 않은 노고가 필요했으리라 여겨진다. 예상대로 선생님은 첫 시간부터 간단한 강의진행 계획을 일러주신 후 바로 그 당시 관심사였던 주제에 관해 100분간의 강의를 진행했다. 몇 개의 문학 전공강의를 수강한 수준의 우리로서는 엄청난 양과 질에 해당하는 거침없는 논의였다.

첫날 만든 일정표에 따라 4주 후부터는 수강생들의 발표가 시작되었다. 어렴풋하게나마 고전문학을 대학원에서 공부해보겠노라고 마음먹은 동기생 몇몇과 현대문학에 관심 있는 복학생 선배까지 합쳐 전체 수강인원은 열을 넘지 않았던 것으로 기억된다. 아우트라인과 연구방법, 서론과 결론에 해당하는 논문 의도와 주장을 발표하는 제1발표가 한 차례 지나고, 그때 이루어진 토론과 강평을 적극적으로 반영해 다시 논문 형식으로 완성한 제2발표를 준비해야 했다. 자기 발표 외에도 매 시간 다른 수강생의 발표를 소화하고 대안을 갖추어 질의하고 의무적으로 토론해야만 했다.

선행 연구의 축약이나 구체적 자료가 불충분한 어설픈 주장을 하면 "자네는 여기서 공부를 그만두는 것이 좋겠네"라는 말을 들었다. "이 논문은 지금도 엉망이지만 앞으로도 개선의 여지가 없는 것이 더 큰 문제이네"라는 혹평도 나왔다. 바라던 학과에 들어와 여기저기를 기웃거리며 겉멋에 들어있던 햇병아리 문학도로서는 피하고만 싶은 칼날 같은 불호령이었다.

감당할 수 있을 만큼만 신이 내려주신다고 했던가. 학문적 최후통첩을 앉은자리에서 받아들이느니, 내 쪽에서 먼저 구원의 길을 찾아 나서기로 했다. 입학 후 그때까지 한번도 다른 선생님의 연구실을 개인적 일로 찾아간 적은 없었다. 학과사무실에서 강의시간표를 확인한 후 비장한 마음으로 수업이 끝나고 돌아오실 때를 맞추어 선생님의 연구실 앞에서 기다렸다. 멀리서도 한 번에 알아챌 수 있는 선생님의 걸음걸이와 발소리는 그날 따라 얼마나 가슴속으로 쿵쾅거리며 다가들던지!

수강생임을 알아보신 선생님은 면담을 허락했다.

"그래도 졸업논문 주제인데, 시조 몇 편을 한역한 새로운 자료는 너무 좁아 이야깃거리가 될까요? 아니면 이전부터 관심 있었던 경기체가를 폭넓게 다루는 것이 좋을까요?" "그만한 자료면 충분하지. 주변을 공부하면 할 이야기는 얼마든지 있어. 열심히 준비해보게."

진땀나던 고민에 명쾌한 대답이었다.

무엇이 문학사에서 가치 있는 논의인지, 자료를 대할 때 느끼는 흥분이나 새로움이 혹 개인적인 무지의 소치는 아닌지 머뭇대며 두리번거릴 수밖에 없던 때였다. 작다고 여긴 자료를 다루는 법, 근거 없이 주장하지 않고 설득력 있게 논리화하는 기술, 문학사적 의미를 찾아가는 방법까지를 강의의 각 과정 속에서 세밀하게 지도해주었다. 학자의 기본을 알려준 셈이었다.

그렇게 완성한 졸업논문이 뜻밖에도 그해 학과에서 발행하는 논문집에 실렸다. 선생님이 직접 추천했다는 말을 나중에야 전해 듣고, 공부를 계속하라는 격려로 받아들였다. 석·박사과정 동안 몇 차례 수강한 강의들도 빈틈없이 긴장된 만큼 성과가 큰 수업이었다. 변명의 여지를 주지 않고 엄격히 평가하고, 소탈하게 인정하며, 크게 격려해주었다.

최근에 선생님의 《한국문학통사》 제4판을 전체 교정하는 일을 맡게 되어 새로운 인연이 생겼다. 아마도 나중 어떤 작업보다 가치 있게 기록될 선생님의 업적에 누를 끼칠까 염려하면서도, 학문공동체의 일원으로서 맡을 수 있는 가장 의미 있는 일이기에 기꺼이 출판사의 편집위원이 되었다. 20년 이상 거두어 온 일임에도 좀처럼 소홀함이 없이 끊임없이 수정하고 보완하는 일을 거듭하는 모습을 보면서 새삼 선생님의 결단력과 추진력, 그리고 인내력을 두루 갖춘 학문적 열정에 감탄하게 된다. 가까운 곳에서 뵐수록 시댁 어른들과 닮은 선생님의 성격에 집안분의 친근함도 느낀다. 잦은 만남에서도 일체 신변에 관해 묻는 법은 없었는데, 출판사에 들렀다가 선생님이 내 근황을 화제 삼았다는 말을 듣고 가슴 뭉클했다. 선생님의 은밀한 사랑법을 또 배웠다.

정년을 기념하는 이 회고록의 교정도 내 몫이다. 대학에 몸담았던 동안의 선생님 자취를 따라가면서 가끔 비 쓸 일을 맡는 것은 지극히 즐겁다. 나중에 쓰실 선생님의 더 길고 오랜 회고록의 마무리도 맡아, 그렇게 오래오래 선생님의 늙어가는 모습을 곁에서 지키며 어린 학생으로 남아 있고 싶다.

(홍익대학 겸임교수)

프랑스에서, 카자흐스탄에서

김필영 (1989년 파리대학 박사과정)

나는 프랑스에 살고 있는 재외동포이다. 원래 파리대학에서 중국학을 전공하였으나 파리대학 한국학과장이었던 이옥 교수를 만나면서 한국학을 하게 되었다. 내가 박사과정을 마치고 논문을 준비하고 있을 때 두 명의 학생이 새로 박사과정에 등록하였다. 그 가운데 한 사람은 고전문학을, 다른 한 사람은 비교문학을 하겠다는 학생이었다. 파리대학 한국학과에는 박사과정 학생들에게 문학을 제대로 강의하거나 박사학위 논문을 지도할 교수진이 없었다.

형편이 이렇다 보니 학생들은 스스로 공부를 하거나 한국에 있는 전문가들로부터 도움을 받아야 했다. 한국에 자주 갈 수 없는 형편에 있는 학생들이니 이 또한 쉽지 않았다. 이러한 사정을 감안하여 동아시아 학부에서 박사학위 논문을 쓰고 있던 나와 새로 박사과정에 등록한 학생들을 지도할 전문가 한 분을 한국에서 초빙하게 되었다. 그때 파리대학에 초빙된 전문가가 바로 선생님이었다. 프랑스어를 이해하며 현대문학, 고전문학, 비교문학 모두를 지도할 수 있는 유일한 전문가가 선생님이었기 때문이다.

내가 정지용에 관한 논문을 준비하고 있다는 말을 듣고 선생님은 서울을 떠나기 전에 김용직 교수와 상의를 했다. 김용직 교수는 정지용 시에 나타난 외국어에 대한 내용을 집중적으로 다룬 논문이 없으니 그것을 논문에 반영하였으면 좋겠다고 했다. 나는 그 부분을 집중적으로 다루어 〈정지용(1902~1950)의 시적 미학: 동방 전통성과 서방 현대성의 시적 조화〉란 제목으로 논문을 썼다.

선생님은 박사과정에 갓 등록한 학생들에게도 앞으로 연구할 논문의 제목과 방향을 설정하여 주었고 우리 세 사람에게 일주일에 몇 차례씩 강의를 하였고 과제 내용을 꼼꼼하게 검토해 주었다. 나는 이미 이전에 선생님을 만난 적이 있지만 선생과 학생으로서는 첫 만남이었다. 주변에서 들어 왔던 "선생님 밑에서 공부하기 힘들다"는 말을 몸소 느끼게 되었다. 어려운 만남이었지만 나에게는 학문적으로 대단히 소중한 경험이었다.

선생님 가까이에서 지내거나 함께 외국 여행을 하며 보고 느낀 일이 많지만 그 가운데 가장 인상 깊었던 일 한 가지를 적어두고자 한다. 내가 카자흐스탄 알마아타에 있는 카자흐대학교 한국학과장 직을 맡고 한국어문학 교수 노릇을 할 때의 일이다. 나는 매년 한 차례씩 '한국학 주간'이란 행사를 개최하여 한국학과 교수와 학생들이 논문을 발표할 수 있는 기회를 마련했다. 행사 때마다 외국의 한국학 전문가 몇 분을 초빙하였는데 1996년에는 선생님을 초청했다.

카자흐대학에서 행사가 끝난 뒤 나는 선생님에게 크즐오르다대학에서 특강을 한 번 해주도록 부탁했다. 크즐오르다대학은 소련 원동에 살던 한인들이 1937년 중앙아시아로 이주당할 때 옮겨온 원동조선사범대학에 바탕을 두고 1938년 크즐오르다에서 재설립된 대학이다. 11월이었지만 카자흐스탄은 벌써 날씨가 꽤 추울 때였다. 1,200킬로미터나 떨어진 곳에 특강을 하러 간 그 시간에 공교롭게도 대학에 정전이 되었다.

결국 난방도 안 된 강의실에 촛불을 켜 놓고 특강을 하게 되었다. 학생들과 학교 직원들이 모두 벌벌 떨며 러시아어로 통역되는 선생님의 강의를 들었다. 송구스럽기 짝이 없는 일이었다. 이런 수고를 마다하지 않은 선생님의 노고를 치하하여 도스만베토프 총장은 선생님을 크즐오르다대학 명예교수로 위촉했다. 카자흐스탄 한국학 발전을 위해 기꺼운 마음으로 특강을 해준 선생님의 배려가 두고두고 기억에 새롭다.

나는 현재 파리에 있는 국립동방어문대학교(Institut national des langues et civilisations orientales)에서 한국문학을 가르치고 있다. 해외의 한국문학에 대해서 특히 관심을 가지고 연구한다. 지난 10여 년 동안 중앙아시아에서 수집한 자료를 바탕으로 집필한 《소비에트 중앙아시아 고려인 문학사(1937~1991)》를 곧 출판할 예정이다.

(프랑스 국립동방어문대학 교수)

"이 책에서 '試論'을 떼게"

김성룡 (1989년 서울대학 박사 1학기)

1989년 7월에 제대하고 나서 선생님 연구실을 찾았다. 박사논문 지도를 허락받기 위해서다. 석사 논문은 장덕순 선생님의 지도를 받았는데 내가 군대에 가 있는 동안 장덕순 선생님이 퇴임하고 선생님이 그 자리에 온 것이다. 책에서 뵙던 태산을 만나 지도를 청하러 간다는 일이 얼마나 설레고 긴장되었는지 모른다. 무엇을 하겠느냐고 물었고, 문예미학사를 쓰고 싶다고 말했다.

선생님은 《한국문학사상사시론》과 《문학연구방법》, 그리고 지금은 기억이 나지 않는 다른 하나, 이렇게 세 권을 빼어 들고, 그 가운데 하나를 택하라고 했다. 난 《한국문학사상사시론》을 택했다. 선생님은 말했다. "이 책에서 '試論'을 떼게." 그 날의 그 말이 지금껏 내가 공부하는 모든 것이 되었다.

선생님을 뵙기 전 난 선배를 만나, 연구실에 들어가 가까이서 배우고 싶은데 과연 연구실에서 공부하겠다는 말씀이 결례는 아닌지, 만약 선생님이 허락해서 연구실에서 공부한다면 어떤 점을 주의해야 하는지를 물었다. 선배는 사제간에도 궁합이 있으니 무엇보다도 라이프스타일이 같아야 한다고 주의를 주었다. 그러면서 소문난 선생님 생활 습관을 두고 두 가지를 말했다. 하나는 일찍 자고 일찍 일어나는 것, 다른 하나는 개고기 잘 먹는 것이었다.

그때 나는 야간 고등학교 교직에 있었으므로 아침 일찍 오지 않으면 공부할 시간이 부족했으므로 일찍 오지 말라 해도 일찍 와야 했다. 더구나 일찍 일어나는 일은 워낙 체질이 그러하니 걱정인 일은 아니었다. 그런데 개고기만큼은 두통거리였다. 난 육류의 냄새가 싫어서 지금도 잘 먹지 않는다. 더구나 개고기의 풍미는 다른 육류보다 더하므로 아주 싫다. 그런데 선생님은 개고기야말로 儒肉이라 예찬했으며, 수업이 끝나면 반드시 보신탕집에서 회식을 하고, 그것으로 승당입실의 실력 서열을 정하니 선생님 지도를 받는 제자 중에 개고기를 먹지 못하는 이는 없다는 것이다.

선생님 가까이서 배우고는 싶고 개고기는 먹기 싫으니 비책을 강구해야 했다. 해서 생각한 비책은 만약 모임에 가서 보신탕을 대하더라도 밥만 먹고 오되 냄새는 코로 숨을 쉬지 않고 입으로 숨을 들락날락 하여 견디는 일이다. 숨쉬는 연습을 가끔씩 하기도 했다. 하지만 그것은 나의 생각일 뿐 만약 선생님이 개고기 섭취를 강권하신다면 낭패가 아닐 수 없었다. 그러니 선생님을 모시는 식사 모임은 늘 불안했다.

그 무렵 선생님은 고려대학에 출강했다. 난 복학 전이라 선생님 강의를 청강했다. 그 수업은 내가 경험했던 수업 중에서 가장 예리했고 가장 높았으며 가장 넓었다. 지금도 그 수업을 잊을 수 없다. 고려대학의 석박사과정생들이 그 수업이 끝나면 모두 잔디밭으로 몰려 나와 비로소 큰 숨을 몰아쉬며, "무슨 수업이 숨도 못 쉬게 하냐"면서 푸념을 늘어놓았던 것을 기억한다. 그렇게 수업이 끝나면 선생님은 버스를 타고 신설동에서 전철을 갈아타고 귀가했다. 선생님과 함께 버스를 타고 귀가하면서 그 날의 수업을 되새기면서 나도 그런 수업을 하겠다고 다짐했다. 하지만 수업에 대한 감동은 감동이지만 난 저녁 먹자고 말씀할까봐 항상 불안했다.

그런데 아무리 기다려도 개고기 먹으러 가자는 말씀이 없었다. 이렇게 불안해하지 말고 아예 선생님께 말씀을 드려야겠다고 생각했다. 선생님을 뵙고 몇 달이 지난 가을날이었다. 점심을 먹고 선생님을 모시고 캠퍼스를 산책하는 중에, 그동안 내가 개고기 때문에 얼마나 걱정하고 있는지, 도저히 개고기를 먹지 못하겠으니 어떻게 해야 하는지, 사실은 선처를 바란다고 여쭈었다. 그랬더니 선생님은, "아아. 그거 이젠 개고기 초심자는 입문 안 시킨다. 괜시리 개끔[金]이나 올라." 괜히 맛도 모르고 먹는 이들 때문에 그렇지 않아도 비싼 개고기 값이 더 오를 테니 이제부터 초심자는 입문시키지 않는다는 말씀이다. 그 말씀에 안도했지만 이상하게도 마음 저 한편에, "맛있는 것은 같이 먹자고 권하는 것"이라는 일반적인 배려에서 소외되었다는 서운함이 들었다.

음식은 맛이 더 있는 것과 조금 있는 것의 구분이 있을 뿐, 맛없는 것과 맛있는 것의 구분은 없다 하신다. 입이 까다로운 사람을 기준으로 음식을 고르는 것이 일반적인 관례인데 선생님 모임에서는 고를 수 있는 가지 수가 적은 사람은 음식을 고를 자격미달이라 했다. 음식에 관한 한 나는 선생님께 철저히 버림받은 제자이다. 몇 년 지나 '맘마와 까까'의 寓言을 편 것도 그 때문이다.

천안에 취직되어 온 제자를 위해 선생님은 원고지 한 덩어리를 들고 오셨다. 난 선생님께 보신탕을 사드렸다. 개고기 국과 껍질 무침을 앞에 두고, 그동안 연습만 하고 실행에는 옮기지 못했던, 입으로 숨쉬며 맨밥 먹기를 실천하면서 그런 내가 훌륭하다고 생각했다. 아니, 개끔 오른다고 보신탕에 입문시키는 데 인색한 선생님보다 내가 조금 더 나은 것은 아닐까, 불경한 상상도 했다.

(호서대학 교수)

"세 길 가운데 어느 길로 가겠는가?"

최귀묵 (1989년 서울대학 석사 1학기)

선생님과 인연을 맺은 것은 1989년 대학원에 입학해 '한국문학연구방법'을 수강하면서였다. 그 당시는 지도학생이 아닌 국문학과 대학원 학생으로 만났다. 그 강의에서,《한국문학과 세계문학》의 두 번째 글에 나와 있듯이, 야우스의 수용미학을 비판하는 발표를 맡았다.

군에 다녀와 복학한 1992년 1학기부터는 선생님을 지도교수로 모시게 되었다. 연구실로 찾아갔는데, "내 지도학생이 되려면 시험에 통과해야 한다. 앞으로 일주일 동안 시험을 본다"고 하고는《동아시아문학사비교론》초고를 건네주었다. 연필로 쓴 친필 원고를 읽고, 교정 보고, 묻는 말에 답하는 것이 시험의 내용이라고 했다. 이것저것 물을 줄 알았는데 그렇지 않고 마지막 날, "자, 이 비교표 중에서 제일 마음에 드는 곳이 어디인가?" 하고 물었다. 한 곳을 지목하자, "에이, 거긴 재미없지."

또 한 곳을 지목하니, "그렇지! 거기를 출발점으로 삼아 공부를 하겠다면 내 지도학생으로 받지. 아니면 다른 분께 추천서 써주고. 어떻게 할 건가?"

그렇게 시험을 통과해서 선생님의 지도학생이 되었다.

자유방목형 연구실이 아니었기에 글을 써서 발표를 하는 지도모임에 참석해야 했다. 연구실 모임에서 벌어진 생생한 활극! 구겨져 휴지통에 처박히는 원고, 연구실 밖으로 쫓겨나는 학생, "이걸 다 읽을 건가? 義湘이 그랬듯이 불에 던졌을 때 남을 내용만 말해보게"라는 추궁, "에, 이런 건 내 연구실에서는 취급 안 해. 이런 거 계속 할 거라면 내 다른 선생님께 추천서 써 주지. 연구실 열쇠 반납하고 나가게"라는 협박, "자네 아직도 안 늦었네. 내가 학문을 할 사람인지 아닌지 진지하게 생각해 보게. 공부 말고도 할 건 많아"라는 사형선고. 시험은 계속되고 있었던 것이다.

박사과정을 수료하고 나자 바로 공개구직 파동이 일어났다. 지도학생들은 모두 선생님이 옮길 가능성이 크다고 생각하고 불안해했다. 박사과정을 수료한 마당에 지도교수가 또 바뀌는 건가? 선생님 따라 대학을 옮기면 될 텐데, 그래도 이미 수료했으니 어쩐다? 고민이 컸다. 어느 분은, "조선생은 말이야, 7, 8년마다 한 번씩 이런 병이 도지는데, 또 때가 됐어"라고 말하기도 했다.

그래도 우선은 할 수 있는 일을 해보자고 하고 한 후배에게 편지를 쓰게 했다. 서울대학교에 있어도 될 일일뿐더러 떠나면 우리는 어떻게 하란 말입니까? 하는 내용이었다. 절망케 하는 답장이 빨리도 왔다.

"연구를 해서 그 결과를 공개강의에 올리고, 책을 써서 더 많은 독자와 만나는 것이 잘못된 일인가? 그런 여건을 제공받는 연구교수가 돼서 학문에 대한 의무를 다하는 것이 잘못된 일인가?"

　이런 반문이 죽 이어졌던 것으로 기억한다. 말문이 막혔다. 일이 어떻게 진행되고 있는지 일체 말이 없었고, 그래서 그저 결과를 기다리는 수밖에는 없었다. 옮기지 않는다는 최종 발표가 있고서야 비로소 가슴을 쓸어내릴 수 있었다.

　그 뒤 한 열흘쯤 지난 뒤 연구실에서 선생님과 단둘이 있는 자리였다. 선생님 옆모습이 어딘가 모르게 쓸쓸해 보이는 것이었다. 그래서 물었다.

　“선생님, 좀 우울해 보이십니다. 공개구직 건 때문에 의기소침하신 거 아닌가요?” “의기소침? 최군, 내 사전에는 의기소침이란 없네.”

　긴 침묵이 흘렀다.

　대학에 자리를 잡고 연구실로 찾아갔을 때 이렇게 말했다.

　“내가 연구를 하면서 하고자 한 것은 할 만큼 했고 이룬 것도 적지 않은 것 같아. 그런데 학문하는 제도를 바꾸자고 하고, 사회를 개혁하자고 한 말은 거의 이루어지지 않았어.”

　의기소침과는 거리가 먼 표정이었다.

　그 뒤 많은 시간이 흘렀다. 지금 나는 다음 질문을 놓고, 제일 어려운 시험을 치르느라 악전고투를 하고 있다.

　“내가 한 것 가운데 틀린 데를 찾아서 고치는 길이 있고, 내가 안 한 것만 찾아서 돌아가는 길이 있고, 내가 한 것을 딛고 올라가는 길이 있다. 세 길 가운데 어느 길로 가겠는가?”

(부산대학 교수)

공부와 학문의 차이

정운채 (1990년 서울대학 박사 1학기)

1990년 박사과정에 들어가면서 처음으로 선생님의 강의를 들을 수 있었다. 뵙기 전부터도 이미 충격적인 소문들을 많이 들어 온 터였지만, 직접 가르침을 받는 동안 예상보다 훨씬 더 큰 충격에 휩싸이게 되었다.

강의 교재가 곧 간행할 예정인 저술의 원고라든가, 박사과정 강의인데도 중간고사와 기말고사를 치르게 한다든가, 이미 워드프로세서나 개인용 컴퓨터가 상용화되고 있는 단계인데도 특별히 제작한 원고지를 산더미처럼 쌓아 놓고 또 연필을 깎아서 필통 가득 채워 놓는다든가, 연구실 책상 정리나 청소를 될 수 있는 한 하지 말 것을 종용한다든가, 마치 회사에 근무하듯이 하루에 여덟 시간만을 연구하거나 집필하겠노라고 공언한다든가, 건강을 위하여 전철역에서 연구실까지 걷는다든가, 세배객들에게노 몇 시간씩 열정적인 강의를 한다든가, 학문과 공부의 차이를 강조하시며 세계 대회에 출전한 선수의 비유를 자주 들곤 한다든가 하는 등등 당시의 나로서는 여간 큰 충격이 아니었다.

그 가운데 가장 큰 충격은 바로 공부와 학문의 차이에 관한 것이었다. 그때까지 나는 한 번도 그 둘이 다르다고 생각해 본 적이 없었다. 단지 학문이란 말은 공부란 말을 좀더 세련되고 분석적인 방식으로 바꾼 것에 지나지 않는다고 생각해 왔었다. 그런데 선생님의 엄격한 구분은 나의 생각이 얼마나 철저하지 못하고 안이한 것이었나를 절감하게 하였다. 그러나 다른 한편으로는 학문과 공부가 과연 그렇게 다를 것이며 또 반드시 달라야만 할 것인가 하는 의문도 강하게 고개를 쳐들었다. 학문의 목적과 방법과 과정이 어떠해야 마땅한가에 대한 새로운 고민에 빠진 것이다.

나는 1993년 2월에 박사학위를 받고 그해 9월에 건국대학교에 부임하였다. 그 이후 선생님의 《한국문학통사》를 교재로 고전문학사 강의를 해 온 지가 올해로 벌써 십 년째다. 《한국문학통사》를 대할 때마다 느끼는 것이지만 선생님의 학문에 대한 찬탄과 저항은 늘 공존한다. 박사과정을 마친 뒤로 자주 뵙지는 못하지만 여전히 선생님과 열띤 학문적 토론을 하고 있는 셈이다.

1995년부터 준비하기 시작하여 1999년부터는 문학치료 내지 문학치료학에 매진하고 있다. 문학과 문학 연구에 대한 내 나름대로의 천착을 하고 있는 것이다. 이는 아마도 선생님으로부터 비롯된 학문과 공부에 대한 의문을 좀더 철저히 풀어 보려는 일종의 집념이 작용한 것이 아닌가 한다.

(건국대학 교수)

풀리지 않는 의문

류준경 (1990년 서울대학 학사 3학기)

내가 선생님의 수업을 처음 들었던 것은 1990년도 1학기였다. 전공 필수 과목인 〈국문학사1〉에서 선생님을 뵌 것이다. 선생님의 수업을 듣는 순간 우리들은 일종의 신드롬에 빠졌다. 당시 우리들은 루카치니 바흐친이니 하는 사람들의 소설론을 금과옥조처럼 받아들이는 형편이었다. 그런데 선생님은 수업시간에 이들의 소설론과 당신의 소설론의 같고 다른 점을 설명하면서, 장단점을 언급하는 것이 아닌가. 게다가 세계문학사의 전반적인 특성을 거창하게 말하는 것이 아닌가.

물론 우리들은 조동일 선생님의 말씀이 전적으로 옳다고 믿지는 않았다. 언제나처럼 짧은 소견으로 몇 마디 단어로 대상을 규정하고는 그것을 전적으로 신봉했기 때문이다. 당시 우리가 조동일 선생님을 규정하는 단어는 헤겔주의자였다.

아무튼 외국이론을 읽고 이해하거나 혹은 그에 대한 비판적인 발언을 겨우 몇 마디 던지기에 급급하던 시기에, 자신의 이론을 그 대안으로 제시하던 조동일 선생님의 발언은 충격이 아닐 수 없었다. 사실 우리들 가운데 많은 이들은 1학년 때 김윤식 선생님의 '한국근대문학의 이해'를 듣고 김윤식 신드롬에 빠졌고, 2학년 때 조동일 선생님의 수업을 듣고 조동일 신드롬에 빠졌다. 김윤식 선생님의 거침없는 언사와 카리스마에, 그리고 조동일 선생님의 하늘을 날아다니는 듯한 이론에 질시하면서 매료되어 갔다.

선생님의 수업시간은 언제나 칼 같았다. 설명도 명쾌하였지만, 정해진 분량을 정해진 시간에 정확하게 끝내었기 때문이다. 두 시간 수업은 언제나 연강을 하셨는데, 1시간 40분이면 정확하게 진도를 나가면서 말씀을 마치는 것이다. 조금의 빈틈도 없었다. 말이 옆으로 새는 경우도, 2분 일찍 마치거나, 2분 늦게 마치는 경우도 없었다. 당시 우리들의 다른 수업은 언제 마칠지 오로지 신만이 아는 경우가 대부분이었다. 하지만 조동일 선생님은 단 1분의 오차도 허용하지 않았던 것이다. 이는 선생님의 성격을 단적으로 보여주는 예라고 할 것이다.

그런데 이러한 선생님의 성격과 전혀 다른 일이 일어났다. 아마 2학년 2학기였던 것 같다. 김진세 선생님의 '고전소설강독' 수업을 듣고 있던 때였다. 두 시간 연강이었는데, 시작한 지 30분 정도 지난 후였다. 갑자기 노크소리가 들렸다. 누군가가 문을 열었다. 그리곤 김진세 선생님께서 복도 쪽으로 나갔다가 잠시 후에 들어오더니 수업을 마치겠다는 것이다. 점심 식사를 해야 한다고 말이다.

물론 우리는 수업이 일찍 마치는 것을 좋아했다. 당시 나의 자리는 문이 있는 벽 쪽이어서 누가 선생님을 부르러 온 것인지 볼 수 없었다. 그래서 반대쪽에 있었던 다른 학생에게 물었더니, 조동일 선생님이었다는 것이었다.

당신의 수업은 일 초의 오차도 없이 진행하는 분이, 단지 밥을 먹으러 가자고 다른 수업시간의 선생님을 불러내는 것은 상상하기 어려운 일이었다. 아무리 약속시간에 나타나지 않았다고 수업 중인 다른 선생님을 부를 수 있겠는가. 어쩌면 김진세 선생님이 먼저 조동일 선생님에게 약속시간까지 나타나지 않으면, 수업 중인 당신을 부르러 오라고 말했을지도 모른다. 그렇다 하더라도 조동일 선생님의 성품으로 보아 밥을 같이 먹자고 수업 중인 다른 선생님을 불러낸다는 것은 상상하기 어렵다.

어쩌면 단순히 식사하는 것이 아니라, 중요한 학과회의가 있었을지 모른다. 혹은 그때 조동일 선생님이었다고 전해준 친구가 잘못 본 것일 수도 있다. 어쨌든 이 일은 내가 알고 있는 조동일 선생님과 너무도 다른 모습을 보여주는 사건이었다. 아마 선생님은 기억하지 못하겠지만, 이 일은 내겐 여전히 풀리지 않는 미스테리 같은 일화이다.

(공주교육대 강사)

흥분의 강약과 표리

최원오 (1991년 서울대학 석사 1학기)

자신의 주전공 분야와 관련된 책을 구입할 때, 읽을 때의 흥분은 무엇을 전공하건 간에 똑같으리라 본다. 아직 학문의 세계에 본격적으로 진입하지 않은 사람은 이해가 되질 않겠지만 적어도 학문에 뜻을 두고 있는 사람이라면 어느 정도 짐작할 수 있을 것이다. 병사가 적과 싸우기 위해 훌륭한 전술을 갖춰야 하겠지만 그에 앞서 자신을 지켜줄 총과 총알이 있어야 한다. 학자에게는 그 총과 총알에 해당하는 것이 바로 전공서적의 구입과 읽기인 것이다.

나의 주전공 분야는 구비서사시이다. 특히 동아시아 여러 민족의 구비서사시를 비교 연구하는 것이 내 관심사이다. 따라서 관련된 서적을 파는 국내서점에 월 1회 정기점검을 하는 한편, 일 년에 한 번씩은 국외로 買書 여행을 다니곤 한다. 그렇게 해서 모은 전공서적 중에서 오랜 세월 동안 구입하고 싶었던, 이미 절판이 돼서 구입하기가 거의 어려운 책을 발견했을 때의 흥분과 그것을 읽어나가면서 느끼는 흥분은 이루 형언하기 어렵다.

조동일 선생님과의 추억을 들라면 단연 이 전공서적과 관련한 '흥분'에 대해서인데, 그 중에는 유쾌한 것도 유쾌하지 못한 것도 있다. 유쾌한 흥분과 유쾌하지 못한 흥분을 모두 유발시켰다.

유쾌한 흥분의 추억. 1992년 1학기에 선생님의 '한국구비시가연구'를 수강했을 때의 일이다. 강좌명에 '한국'이라는 단어가 들어가 있었

"

지만 실제의 수업은 한국을 포함하여 세계 여러 민족의 구비서사시에 대한 강의와, 그 민족 중의 하나를 택하여 개인발표를 하는 식으로 진행되었다. 학문에 이제 발을 들여놓은 석사과정 학생에게는 벅찬 것이었지만, 나로서는 그전부터 관심 있던 분야라 선생님이 제시한 자료 외에 더 많은 자료를 찾아 보고서를 쓸 작정으로 도서관과 서점을 돌아다녔다.

자료 중 도서관에서 1권, 서점에서 2권 정도는 수업에 매우 유익한 것이었다. 도서관에서 입수한 것은 후에 나의 박사논문에서 다뤄진, 구보데라 이츠히코(久保寺逸彦)가 편저한 《아이누서사시 神謠·聖典의 연구》였다. 서점에서 입수한 것은 중남미 마야·끼체 인디오의 고대신화전설집인 《뽀뽈 부》와 라자스탄의 구비서사시를 연구한 John D. Smith의 *The Epic of Pābūjī* 였다. 이 가운데 도서관의 자료는 복사해 제본하고, 《뽀뽈 부》는 두 권을 구입하여 선생님께 한 권 드렸다. 그러나 *The Epic of Pābūjī* 는 한 권밖에 구입할 수 없었기에 그냥 보여드리기만 했다.

그런데 *The Epic of Pābūjī* 를 보고는 선생님이 사겠다고 했다. 잠시 주저하였더니 석사과정이라 돈이 궁할 터인데 그렇게 비싼 책을 감당할 수 있겠냐며 판매를 재촉했다. 캠브리지대학출판부에서 1991년에 출간된 책인데, 전문연구서답게 분량이 상당하고 값이 꽤나 비쌌다. 8만 원 정도나 되어, 살 것인지 말 것인지 무척 고민했다. 주머니에 그만한 돈이 없어 몇 백 미터 떨어진 은행에 달음박질쳐 가서 돈을 찾아와야 했다. 하지만 어찌하랴. 학문적 흥분에서 내가 선생님보다 뒤떨어졌으니 매매를 할 수밖에.

유쾌하지 못했던 흥분의 추억도 있다. 2000년도 1학기, 박사논문을 제출하기 위한 발표회 때의 일이다. 발표가 끝나고 질문하는 차례가 되자 선생님의 일격을 제일 먼저 받아야 했다. 나의 박사논문 주제가 '구비서사시 비교 연구'이니 그것은 당연한 일이었다. 선생님은 1997년에 나온 저서 《동아시아 구비서사시의 양상과 변천》을 읽었냐고 물었다. 그 저서는 1991년의 강의부터 시작하여 그 후 몇 차례의 강의를 거쳐 보완하여 낸, 선생님의 노작이었고, 또한 이 분야에 관심을 두었던 터라 흥분된 마음을 가다듬으며 읽었던 기억이 있다. 그러나 나의 대답은 "읽지 않았습니다"였다. 그 일격으로 끝이었고, 그 일격의 결과 나는 한 학기를 더 묵혀서 논문을 다듬어야 했다.

나는 원래 말을 능숙하게 하는 편이 되질 못한다. 선생님의 그 저서를 읽었지만 나의 연구주제가 선생님의 저서에서 제시하고 있는 구비서사시이론에 맞춰 쓸 수 있는 것이 아니었다고 생각했고, 따라서 선생님의 이론과 논쟁을 벌일 수 없다는 생각에까지 이르렀고, 그것은 나름대로의 구비서사시이론을 제시해보겠다는 나의 학문적 욕심에까지 미쳐 마침내는 사고를 치고 만 것이다. 자세한 설명을 덧붙였으면 좋았으련만, "읽지 않았다"는 단순하고 어눌한 나의 말에 선생님은 무척이나 화를 냈던 것으로 기억된다. 선생님의 저서를 읽으면서 느꼈던 흥분이 나의 어눌함으로 인하여 선생님의 학문적 흥분의 이면을 유발시켰으므로.

(목포대학 도서문화연구소 연구교수)

좋지 못한 추억의 고마움

심우장 (1991년 서울대학 학사 3학기)

"D+"

학부 시절. 전공 필수 교과목으로, 학생들 사이에서 가장 악명이 높았던, 조동일 선생님의 '고전문학사'라는 과목에서 내가 받은 학점이다. 매 시간 리포트가 있었고 단 1분이라도 시간에 늦으면 수업을 들을 수 없었던 그런 수업이었다. 거기다가 선생님은 어찌나 수업 시간을 정확히 지켰던지 조금이라도 수업 시간에 늦을 것 같으면 아예 그 시간 수업을 포기해야만 했다. 그런데 더 문제는 그렇게 결석이 쌓여서 일정한 횟수가 넘으면 다른 성적에 상관없이 무조건 F라는 것이었다.

많은 동기생이 난관을 넘어서는 작전을 짜기에 부심했다. 선생님이 해외 파견을 나가는 해를 손꼽아 기다리기도 했다. 더러는 열 번 찍어 안 넘어가는 나무 없다는 심정으로 해마다 재수강을 거듭하는 작전을 쓰기도 했다. 또한 더러는 학기 초 굳은 마음으로 수강신청을 했다가 번번이 학기 중간에 취소하기를 반복하기도 했다.

이러한 최악의 상황에서, 고전문학에 특별한 관심도 없고 학과 공부 이외의 일에 정신이 팔렸던 나로서는 사실 버텨내기 무척 어려운 과목이었다. 출석과 리포트는 어찌 F 커트라인을 간신히 넘긴 정도였는데 문제는 또 시험이었다. 간단 서술형과 긴 서술형 문제가 출제되었는데 전부 답으로 쓸 수 있는 줄의 수가 정해져 있었다. 공부를 많이 한 것도 아니기에 이런 저런 주워들은 지식들을 주저리주저리 늘어놓으면 혹

가상히 여겨서 어찌 학점을 받을 수 있지 않을까 하는 바람도 여지없이 무너지고 만 것이다. 기도하는 심정으로 시험을 치르고는 내년에 다시 한번 악몽을 꾸겠거니 생각하고 교실을 나섰다.

그런데 뜻밖에도 D+라니. 비록 이 학점 때문에 장학금 전선에 먹구름이 드리워지기는 했지만 그게 문제가 아니었다. 선생님을 다시 만나지 않아도 된다는 사실 하나만으로도 매우 만족스럽고 뿌듯한 학점이 아닐 수 없었다. 성적표의 '고전문학사' 란에 F나 W(학점 취소 표시)가 또렷하게 새겨져 있거나 아예 성적표에 '고전문학사' 란 자체가 들어있지 않았던 동기들에게 나는 일약 부러움의 대상으로 떠올랐다.

대학원 석사 첫 학기. 나의 진로가 학부 시절에는 전혀 예상하지 못했던 방향으로 흘러가 고전문학 전공으로 대학원을 들어오게 되었고, 그 첫 학기 '구비시가론' 수업 시간에 선생님을 다시 만나게 되었다. 구비문학을 전공하기로 했으니 피해갈 수 없는 과목이라 생각하고 굳은 결심으로 수강신청을 하기는 했지만 내심 무척 불안한 것이 사실이었다. 몇 주간의 강의가 끝나고 본격적인 발표 수업에 들어갔다.

나는 발표 수업 2주차에 배당되었다. 1주차 수업 시간. 불안한 눈동자로 사태를 주시하고 있던 우리들의 눈앞에서, 발표문이 갈갈이 찢기더니 공중으로 휭하니 치솟아 억장이 무너지는 소리와 함께 교실 바닥으로 쏟아져 내렸다. 잠시 고요한 정적. 수업이 끝나고도 다들 마음을 진정시키느라 말이 없었다. 정작 그 다음 주 발표를 해야 하는 나로서는 한마디로 남의 일이 아니었다. 발표 하루 전날, 이러한 불안감은 극에 달했고, 새벽 3시를 넘기는 시간 정도가 되어서는 아예 이참에 대학원을 그만 두어야겠다는 생각에까지 이르렀다.

대학원 자퇴서와 발표문 사이를 오가다가 결국 아침이 되었고, 궁지에 몰린 쥐의 심정으로 이를 악물고 발표문을 선택해서 강의실로 향했다. 그런데 선생님은 전 시간에 너무 과도했다고 생각했던지 의외로 부드럽게 잘못을 지적해 주고 그 덕분에 발표문이 찢기는 수모는 면할 수 있었다. 얼마나 감사하고 또 감사했는지 모른다.

그 이후 석사논문 심사 때도 마찬가지였지만, 내 기억 속의 선생님은 항상 나를 무척이나 힘들고 고통스럽게 하고는 그야말로 쓰러지기 직전에 간신히 등을 한번 두들겨 주는 그런 선생님이었다. 그리고 그 두들김에 나는 항상 감사했던 것 같다. 나의 맷집의 8할은 선생님에게서 얻은 것이 확실하다.

(박사과정 수료)

動과 靜

이경하 (1991년 서울대학 학사 3학기)

어느 날이었다. 내가 박사과정 때였다고 기억한다. 온 교정에 진달래가 만개하는 봄날이었는지, 교정 은행나무 잎이 한창 물들어가는 황홀한 가을날이었는지 정확하지 않지만, 햇살이 유리창 가득 쏟아지던 화창한 날이었던 것만은 분명하다. 나는 선생님 연구실에서 책을 읽고 있었다. 선생님은 강의를 마치고 여느 때처럼 연구실로 들어왔다.

1동 3층 복도 우편에 위치한 선생님 연구실에서는 창밖으로 본부건물과 중앙도서관 사이의 공간이 한 눈에 들어온다. 1동과 마주한 곳에 학생회관이 자리하고, 그 뒤편에는 자연대 건물 서너 개가 어슷어슷 비껴서 있고, 또 그 너머 저 멀리에는 관악산 두 봉우리가 우뚝하다. 잔뜩 흐린 날 그 봉우리들은 구름에 휩싸이고 눈에 뒤덮인 한라산 꼭대기처

416

럼 아득하지만, 화창한 날에는 성큼 다가와 안마당까지 들어올 기세다.

선생님 연구실에서는 가만히 앉아서도 그 모든 계절과 날씨의 변화를 두 장 유리창 너머로 훤히 느낄 수 있다. 선생님이 연구실에 나오지 않는 날, 분명히 그럴 거라고 믿어 의심치 않는 날에는, 선생님의 등받이 의자에 턱하니 앉았다. 의자를 빙글빙글 돌려가며 책을 읽다 또 한참 넋 놓고 창 밖을 내다보곤 하던 것이 당시 내 일상의 작은 즐거움 가운데 하나였다.

선생님은 수업의 시작뿐만 아니라 종료시간도 엄격하게 지키는 편이었기 때문에 수업을 마치고 연구실로 돌아오는 시간은 거의 일정했다. 게다가 다소 요란하고 독특한 그 발자국 소리는 저만치서부터 분별이 용이하다. 충분히 예상 가능한 출현임에도, 그 순간만 되면 내 몸은 으레 긴장한다. 어깨가 올라가고 목덜미에 힘이 들어가면서 어딘지 부자연스러움에 순간 온몸이 움찔한다. 선생님은 그렇게 내게 늘 어려운 분이었다.

강의를 마치고 연구실로 돌아온 선생님은 출석부와 교재 등을 책상에 소리나게 쿵 던져놓고, 다시 휭하니 나갔다가, 학과 사무실에 가서 녹차 한 잔을 타 들고 쎙하고 나타난다. 그리고는 곧바로 작업에 들어간다. 대개 그 작업은 조용한 독서가 아니고 타타타타 컴퓨터 자판을 두드리는 일이다. 아는 사람은 다 안다. 자판 두드리는 그 소리가 얼마나 우렁찼는지. 서랍을 여닫는 소리는 화난 듯 툭탁, 책장을 넘기는 소리도 스스스스, 아니면 앞에서 뒤로 뒤에서 앞으로 드르륵드르륵, 한마디로 총알이다. 처음 한동안은 선생님 곁에서 공부를 한다는 것이 나로서는 거의 불가능한 일로 느껴지곤 했었다.

가을인지 봄인지 모를 화창했던 그날. 넥타이를 풀었다. 연구실 한켠 옷걸이에는 항상 강의용 넥타이가 걸려 있다. 들어 갈 때 매기 위해서였다. 출석부와 교재를 책상에 탁 놓았으니, 휭 나갈 차례다. 그런데,

어째 이상하다? 너무 조용하지 않은가.

뻣뻣해진 목고개를 애써 돌려 선생님을 훔쳐보았을 때, 내가 본 것은 정지된 시간이었다. 유리창 앞에 서 계시던 선생님의 뒷모습이 장승처럼 우뚝한데, 만물이 함께 동작을 멈춘 듯 고요했다. 유리창 너머 선생님의 눈길을 붙든 것이 관악산 봉우리 한 자락이었는지, 봉우리의 가을빛 혹은 봄빛이었는지, 교정의 싱싱한 젊음들이었는지. 이도 저도 아닌 잠깐의 無念이었는지 알 수 없었다.

그 찰나의 無爲와 靜寂은 내가 아는 선생님의 보편이 아니었다. 내가 아는 한, 선생님은 끊임없이 움직이는 분이요, 무위의 고요함과는 거리가 먼 분이다. 언제나 動的이던 선생님의 이미지 위로, 그 날의 고요한 뒷모습이 한 장의 예술사진처럼 내게는 오히려 강렬하다.

(박사논문 심사 완료)

《삼국유사》를 두고 한 약속

정천구 (1994년 서울대학 석사 1학기)

"무얼 전공하려는가?"

"《삼국유사》를 전공할 생각입니다."

"《삼국유사》는 이미 연구가 많이 되어 있지 않은가?"

"전혀 되어 있지 않습니다."

내가 처음 雪坡 선생님을 만났을 때가 1993년 11월 마지막 토요일, 대학원 입학을 치르던 날이다. 늦가을인지라 벌써 해는 서산으로 넘어

가서 어둑어둑했다.

나의 마지막 말에 선생님은 자못 놀라는 눈치였다. 선생님이 이미 해놓은 연구가 적지 않았으니 당연한 일이었다. 선생님은 내 말에 동의하지 않고, 날카로운 질문을 계속했다. 나는 적잖이 혼이 나면서도 지지 않으려 애썼다. 나의 대답은 진심이고, 《삼국유사》 연구의 현주소에 대한 확신의 표명이었기 때문이다.

입학을 하고서 선생님 문하에 들어가려고 무진 애를 썼다. 두 번의 면담을 거쳐 세 번째에 간신히 입실을 허락받았다. 더없이 기뻤다. 내 일생에서 가장 귀한 만남을 이루었기 때문이다. 학문하는 사람에게 스승을 만나고 길벗을 만나는 것보다 더 중요한 일은 없다. 그 가운데 하나가 이루어졌으니, 더 말해 무엇 하랴.

선생님을 그 전에도 나는 만났다. 학부 1학년 때부터 《한국문학사상 사시론》을 읽으면서, 글들 속에서 저자의 모습이 참으로 또렷하게 드러났다. 무릇 글이란 이러해야 한다고 나는 생각했다. 아무리 근대 학문이 삶의 실상에서 멀어졌다고는 해도 논문이든 저서든 생동감이 없다는 것은 심각한 일이다. 저자가 그 속에 생동하지 않는 글은 죽었다. 그런데 그 책은 그렇지 않았다. 글이 살아 움직이면서 내게 다가왔다. 아, 그때 그 감동이란. 나는 당돌하게도 "조동일"을 지우고 그 책에 내 이름을 쓰기로 마음먹었었다.

책이든 사람이든 처음 대할 때에 한눈에 알아보는 것, 무언가 통하는 것이 있을 수 있다. 그런 가능성이 실제로 이루어지는 만남이 쉽지 않는데, 나는 만났다. 그것은 커다란 기쁨이다. 하지만 스승과 제자 관계가 되어 만나는 것은 좋기만 하지 않다. 자칫 제자가 스승의 아류에 그칠 수도 있기 때문이다. 그 점이 나를 두렵게 했다.

누구나 마찬가지지만, 나도 아류가 되고 싶지 않았다. 스승에 대한 최상의 예우는 제자가 스승을 능가하는 것이라는 생각을 했기에 더더

욱 그랬다. 스승을 넘어설 수 있느냐 없느냐는 둘째이다. 그리 할 수 있
도록 해야 한다. 그래야 제자이다. 나는 그런 제자가 되고 싶었다. 내
스승 역시 그렇게 되기를 바란다는 것을 나는 잘 알았다. 문제는 내가
아직 그런 경지에 오를 준비가 되지 않았다는 데 있었다.

선생님의 학문적 여정이나 태도, 삶의 자세에 관한 한, 나는 만나기
전에 이미 환하게 알고 있었다. 그건 글을 통해 드러나는 것이기도 했
지만, 나 역시 그렇게 살려고 애쓰고 있었기 때문에 잘 알 수 있었던
것이다. 문학이란 역사와 철학을 공부하지 않고는 안 된다고 생각했던
나는, 대학에 입학하자마자 역사와 철학에 관한 서적들을 먼저 탐독했
다. 그런데 선생님은 학문을 통해 그것을 이미 보여주었다. 나는 온갖
잡다한 분야를 다 헤집고 다녔는데, 선생님은 나보다 훨씬 더 했다. 항
상 선생님은 나보다 앞서서 무언가를 이미 하셨고 멀찌감치 서 있었
다. 통찰을 지녀 두루 꿸 수가 있었던 것이다. 그건 경이였다. 나는 그
렇지 못했다.

학자로서든 인격으로서든 선생님은 나에게 거울과 같은 분이다. 거
울이란 게 제 자신은 무얼 하지도 않으면서 온갖 대상을 있는 그대로
다 비추는 것 아닌가. 무릇 스승이란 그러한 존재여야 한다고 생각했
고, 또 생각하고 있다. 대상을 어떻게 바꾸려고 하지 않으면서 대상 스
스로 자신을 되돌아보면서 자신을 변화시켜가게 하는 것, 그게 거울의
작용일 것이다. 나에게 선생님은 그러한 존재였다. 선생님을 만나면 나
는 나 자신을 되돌아보게 된다. 그럴 때마다 늘 두려웠다. 자신의 결함
을 들여다보는 것만큼 섬뜩한 건 없지 않은가.

지금 나는 국문학도가 아니다. 국문학에서 벗어난 지는 오래다. 선
생님의 문하생들이 다 그러하듯이 나도 문학만 공부한 것은 아니다.
《삼국유사》에서 고승전·성자전으로 나아가려 한 내게는 특히 종교학
이 소중했다. 종교학을 관통하지 않고는 나의 학문이 바로 설 수는 없

었다. 이론과 실천을 겸비해야 하는 종교학이 나로서는 벅찬 과제였다. 그 과제를 선생님을 바라보면서 하나씩 풀어가고 있다. 기이하게도 그것이 나를 선생님과는 다른 길로 나아가게 해 주었다. 그리고 그것은 번역에서 시작된 사건이다.

선생님은 번역을 중시하지 않고, 또한 할 틈도 없었지만, 나에게는 무언중에 그것을 하도록 자극하고 계기도 마련해 주었다. 번역은 학문의 출발이요 종착점이다. 공부의 시작이요 공부의 맺음이다. 나는 그렇게 생각한다. 특히 나에게는 그렇다. 실제로 나는 번역을 하면서 나에게 없는 치밀함을 점점 갖추어 가고 있고, 또 깊고 은미한 이치의 맛을 보고 있다. 나 자신을 여실하게 비추어주는 거울이 없었더라면, 과연 이렇게 제 길을 찾을 수 있었을까?

이제 나는 고전학을 한다. 사서도 좋고 제가백가도 좋고 성서도 좋고 불교경전도 좋다. 그 어디에서건 사람을 발견하고, 이치의 세계를 찾는다. 내 스승이 보여준, 학문과 삶이 둘이 아닌 하나라는 소박하고도 명백한 진실을 고전보다 잘 보여주는 것은 또 없으니까. 그리고 나는 즐겁다. 고전을 대하면 거기에 선생님이 있고, 선생님을 만나면 나의 모습이 비추어지니까. 그러면 나는 또 새로운 한 걸음을 내딛게 된다. 공부하는 사람에게 이보다 더 즐거운 일이 어디 있으랴.

혹시 왜 《삼국유사》에 대해 연구하지 않으냐고 꾸짖으면, 아직 그럴 때가 아니라고 말하고 싶다. 그리고 공부를 하면서 어디에서나 《삼국유사》가 있다는 걸 알게 되었다는 것도 말하고 싶다. 학문을 중도에서 그만두지 아니하는 한, 《삼국유사》는 늘 나와 함께 할 것이다. 《삼국유사》는 내가 스승께 한 유일한 약속이므로.

(부산대학 한국민족문화연구소 연구원)

열정이 무엇인지 알게 되었다

장유정 (1995년 서울대학 석사 1학기)

내가 선생님을 처음 만난 것은 1995년 대학원에 입학해서였다. 하지만 그보다 더 먼저 《한국문학통사》 다섯 권을 통해서 선생님을 알게 되었다. 대학원 입시 준비를 하면서 읽었던 《한국문학통사》는 내게 한국문학을 통시적으로 이해할 수 있는 길을 열어주었다. 그 전까지 그저 내 속에서 분탕질만 해대던 한국문학의 여러 모습들이 그 책 덕분에 하나의 질서정연한 체계를 갖추고 다가올 수 있었다. 우리 문학을 구석구석까지 뒤져서 그렇게 명료하게 설명할 수 있는 대가를 마음 깊이 동경하고 흠모했다. 어떤 분인지 만나 확인하고 싶었다. 다행히 나의 그런 소망은 조금 일찍 실현되었다.

대학원에 입학하기 전이었는데, 어느 대학의 학회에 선생님이 온다는 소식을 듣고 찾아갔다. 학회 구경은 전에 한 적 없고, 생면부지의 장소였다. 그 곳에서 선생님의 모습을 처음 보고 조금은 실망을 했던 것으로 기억한다. 사실은 좀더 키도 크고 얼굴도 더 잘생겼으리라고 내 나름대로 상상했었기 때문이다. 옆집에 사는 아저씨처럼 그저 구수하게만 보였다. 조금은 땅딸막하다고 생각한다면 선생님이 화를 내려나? 여하튼 그렇게 선생님은 전혀 모르고 있는 나만의 첫 만남을 거친 다음 서울대학 대학원에 들어가게 되었다.

오래 전부터 세부 전공을 구비문학으로 정하고, 그 가운데 대중가요를 공부하리라 마음먹었다. 그 당시 선생님은 한국문학과 세계문학의 비교에 더 많은 관심을 가져 내가 하려고 하는 작업과 거리가 멀었다. 나는 서대석 선생님을 지도교수로 모시고 논문 준비를 했다. 그런데 공교롭게도 서대석 선생님은 일본에 가서, 논문을 낼 때에는 선생님이 지도교수가 되었다. 선생님 방에 있는 선후배들은 무척 어려운 관문을 통과해서 학위논문을 제출하는데 나는 너무 편하고 쉽게 논문을 낸 편인 것 같아 미안하고 송구스러웠다.

석사논문을 완성하면서 선생님이 내 논문을 위해 제시해준 큰 틀, 보라고 추천해준 책들이 많은 도움이 되었다. 책을 직접 찾아서 가져다 줄 때는 얼마나 고마웠는지 모른다. 그리고 선생님이 국문학 연구를 구비문학에서 시작했듯이, 나 또한 민요로 석사논문을 쓰고 민요에서 출발한 것을 지금도 아주 다행이라고 생각하고 있다. 대중가요로 박사논문을 준비하는 지금 더욱 그렇게 느끼고 있다.

이상하게도 선생님의 수업을 들을 때면 내가 안고 있던 고민이 자연스럽게 풀리는 경험을 하곤 했다. 그때는 내가 심한 열등감 때문에 괴로워할 때였던 것으로 기억한다. 심각한 열등감에 시달리면서 내 자신이 보잘 것 없다는 생각 때문에 하루하루 견디기 어려운 날들을 보내고 있었다. 그런데 선생님의 수업을 들으면서 나는 조금씩 열등감에서 벗어날 수 있었다.

"先進이 後進 되고, 후진이 선진 된다"는 선생님의 말은 아직도 내 뇌리에 깊이 각인되어 있다. 뒤쳐져 있는 것 같다고 괴로워할 것도 없고 남보다 앞서 올라간 듯 느껴진다고 우쭐할 것도 없는 것이다. 어찌 공부만 그러하겠는가! 세상사 모든 일들이 그 진리에서 결코 벗어나지 않는다고 선생님은 말해주었다. 그 말은 학문에서뿐만 아니라 실생활에서 내가 열등감을 이겨내는 데 많은 도움을 주고, 겸손의 자세도 아울러 가르쳐주었다.

나를 더욱 감복하게 한 것은 선생님이 보여준 학문에 대한 열정이었

다. 박사과정 때 다시 강의를 들으면서 진지하고 순수한 학문적 열정에
감복해서 가끔 눈물을 짜냈던 것을, 눈물과 더불어 콧물마저 찔끔거린
것을 선생님은 아마도 모를 것이다. 눈물이 나는 것을 누군가에게 들킬
까 창피해서 식은땀을 흘리는 것도 눈치 채지 못했으리라. 누군가의 열
정과 진실이 전해지면 자신도 모르게 감동을 받게 된다.

　　나는 선생님을 통해서 열정이라는 것이 무엇인지를 알게 되었다. 열
정이 어떤 힘을 발휘하는지도 알게 되었다. 선생님을 생각하면 선생님
의 자신에 찬 듯한 힘 있는 목소리부터 들려오곤 한다. 열정이 배워서
지닐 수 있는 것이 아니라는 것을 알면서도 나는 선생님의 학문에 대
한 열정만은 닮고 싶었고, 지금도 마찬가지이다.

(덕성여자대학 강사)

높아도 올라야 할 높은 산

이민희 (1997년 서울대학 석사 1학기)

　　세상이 온통 하얗게 뒤덮이고 白雪을 온 천지에 뿌려놓는 듯한 시
공간이다. 집집마다 성탄 트리와 함께 온 가족이 모여 쇼팽의 음악을
듣거나 책을 읽는 것이, 또는 도란도란 따뜻한 옛 동화와 전설을 이야
기하는 것이 어울리는 폴란드, 이곳 겨울밤도 촉촉이 젖은 채 깊어만
간다. 전화나 전자우편이 발달한 요즘 세상에 아직도 편지를 쓰고 책
읽기를 사랑하는 폴란드인과 함께 살고 있기에, 나 역시 이렇게 펜을
들어 선생님과 가졌던 옛 추억을 떠올려본다.

폴란드인이 꿈에 나타나 손짓하여 나를 이곳으로 이끌었듯이, 선생님과의 처음 만남도 꿈을 통해 시작되었다는 사실을 내가 선생님에게 말했던가? 그런데 선생님을 직접 면전에서 만났을 때에는 기대와는 딴판으로 온몸이 얼어붙는 듯했다. 선생님 앞에서 내 무지를 드러낸 부끄러움이 너무나도 컸기 때문이다.

1996년 가을 서울대 대학원 입학시험 면접시간에 있었던 일이다. 그때 무슨 대답을 했는지 기억조차 나지 않는다. 다만 날카롭고 예리하면서도 단호하게 질문하던 선생님의 학구적 열정만이 여운처럼 남아 있을 뿐이다. "한국문학과 폴란드문학의 어떤 점을 비교하여 어떤 결과를 얻어낼 수 있겠는가?" 선생님과의 만남을 준비하면서 수없이 마련해 놓았던 멋진 대답들은 정말 "한 줌의 재"처럼 사라져 버리고 말았다.

그런데 다행히 1997년 1학기부터 서울대 대학원에서 선생님으로부터 직접 강의를 들을 수 있는 행운을 얻게 되었다. 지금도 그때를 떠올리면 감격이 새록새록 밀려오는 듯 하다. 대학원 신입생들이 지도교수를 정할 때, 나는 당연히 선생님으로부터 논문 지도를 받겠다고 했다. 그런데 선생님께서는 지도학생 선발 방식부터 다른 교수님들과는 달랐다. 석사논문 주제와 관련한 보고서를 써서 선생님의 눈에 차야 했을 뿐만 아니라, 영어 외에 제 2외국어를 공부해야 한다는 단서가 붙어 있었다. 그 과정까지 통과하고 선생님으로부터 연구실 입학 합격증처럼 연구실 열쇠를 받고 나서야 선생님의 지도를 직접 받을 수 있게 되었다.

선생님은 연구실에 우리들이 공부할 수 있도록 커다란 책상을 마련해 놓았기 때문에 우리는 그곳에서 마음껏 공부를 할 수 있었다. 그러면서 선생님이 컴퓨터 앞에 몇 시간이고 앉아 독수리 타법으로 떠오르는 착상을 정열적으로 입력하는 모습까지 고스란히 지켜볼 수 있었다. 때때로 선생님은 컴퓨터 작업을 하다가 말고 갑자기 일어나 책장에서 책을 찾아 꺼내 읽고는 책상 위에 책을 탕! 하고 내려놓았다. 처음엔

화가 났나보다 하고 속으로 생각되기도 했지만, 선생님은 한 가지 일에 몰두하느라 주위를 신경 쓰지 못한다는 것을 나중에야 알게 되었다. 그 덕분이랄까, 학생들은 연구실에서 조는 일은 별로 없었던 것 같다.

선생님의 집중력은 대단했다. 한 번은 몇몇 학생들이 연구실에서 공부하고 있는데, 선생님께서 연구실 불을 끄고 문을 잠그고 나갔다. 그리고 얼마 후에 다시 연구실 문을 열고 들어오면서 다소 놀란 표정으로 "자네들이 이곳에 있었던가?" 하던 장면을 떠올릴 때면 절로 웃음이 나기도 한다.

연구실 제자들이 모두 모여 준비한 논문을 발표하고 질의응답을 하던, 소위 '조동일 연구실 면담시간'은 천국과 지옥을 수시로 오고간 순간들이었다. 서울대에 온 직후에는 연구실 제자들에게 일주일에 한번씩 논문발표를 시켰다는 전설적인 이야기가 전해 오지만, 내가 공부하던 시절에는 많이 완화되어 1학기에 한 번씩 논문을 발표하면 되었다. 그럼에도 불구하고, 연구실 제자들은 누구나 학기 중 정규 수업보다 연구실 면담시간에 발표할 논문 준비에 더욱 힘써야 했다.

마지못해 준비해 엉성한 발표를 하면, "이 따위 논문은 태우면 재밖에 남지 않는다"고 호되게 나무랐다. 즐겁고 신나게 할 수 있는 다른 일을 찾아 행복하게 사는 것이 마땅하니 그만두고 나가라고 했다. 그런 말이 우리에 대한 애정에서 비롯된 것임을 나중에야 깨달을 수 있었다. 나무라고 말지 않고, 좀더 멀리, 깊이, 그리고 넓게 학문의 세계를 찾아 나갈 수 있는 원리와 지혜를 일깨워 주려고 했다. 그런 말은 녹음해 놓지 못해 아쉽지만 아주 가까이 있는 것을 느낀다. 정말로 연구실 발표시간을 통해 다른 교수님 제자라면 생각할 수도 없는, 강의실이나 책을 통해서 절대로 가까이 하지 못할, 이 세상에서 유일한 조동일식 학문과 인생 비법을 직접 배울 수 있었던 것이 엄청난 행운이 아닐 수 없다.

지금 나는 너무나도 좋아하는 폴란드에 있다. 선생님의 평소 가르침을 떠올리며 파란 눈을 가진 학생들과 매일같이 즐겁게 만나고 있다. 지금 이곳에 있을 수 있는 이유는 바로 선생님이 다함 없는 애정으로 가르쳐주었기 때문이다. 이제 선생님께서 대학 강단을 떠나지만, 그것은 선생님과 우리 제자들 모두에게 또 다른 새로운 시작을 의미한다고 믿는다. 시간이 허락한다면, 선생님께 폴란드 문화의 향기를 이곳에서 직접 보여드리고 싶다. 추운 겨울밤, 풋풋한 전설 이야기를 나누며 선생님과 함께 추억거리를 만들고 싶다.

선생님, 선생님은 영원히 큰 산이다. 변함없이 그 자리에서 나를 비롯하여 문학을 사랑하는 모든 이들에게 푸르른 젊음과 도전의식을 들려주기를. 자주 선생님의 산에 오르고 싶다.

(폴란드 바르샤뱌대학 교수)

연구실에서 함께 보낸 나날

李麗秋 (1999년 서울대학 석사 1학기)

어느덧 중국에서 한국으로 온 지 4년이 다 되었다. 북한에 유학해 김일성종합대학에서도 5년 동안 공부했지만, 매일 너무 바쁘게 지낸 탓인지 한국에서 보낸 시간이 더 빨리 지나간 것 같다. 그동안 서울대에서 지낸 나날을 뒤돌아보면서 제일 정이 가는 곳을 꼽는다면 당연히 선생님의 연구실이다. 강의실보다 거기서 배운 것이 더 많고 추억도 풍성하기 때문이다.

1997년도 선생님을 처음 만나게 된 것도 연구실에서였다. 그때 어느 친구가 선생님을 만나러 갈 때 동행해 통역을 해달라고 부탁해 선생님과의 인연이 시작되었다. 무서운 분이라는 이야기는 많이 들었지만 그렇게 느껴지지 않았다. 초면에 제자로 받아들여달라는 내 당돌한 부탁도 선뜻 들어주고, 그 뒤에 입학허가서를 받기까지 여러 모로 도와주던 사실이 무섭다는 소문과 연관짓기가 너무 어려웠다.

우여곡절 끝에 1999년이 되어야 비로소 한국에 다시 나올 수 있게 되었다. 입학하기 전인데도 선배들의 연구실 발표를 들어보라고 했다. 지금도 그날 망신을 당한 기억이 생생하다. 사실 그 전에 전혀 이러한 공부를 해본 적도 없고, 연구발표라는 개념에 대해서도 잘 몰랐던 때였다. 발표를 듣고 그 내용을 아직 제대로 이해하지도 못하고 있는데, 갑자기 질문을 하라고 했다. 선생님의 갑작스러운 요구에 나는 머리가 텅 빈 것 같고, 혀도 이상하게 굳어지는 바람에 한국말이 나오지도 않았다. 너무 당황한 나머지, 얼굴만 빨개지고 아무리 뒤져보아도 질문을 찾을 수가 없었다. 한국에 와서 처음 연구발표에 참석한 날이 그처럼 뒤죽박죽 엉망진창이 되고 말았다.

그날에 망신당한 기억이 훗날에 내가 분발하여 한국문학을 열심히 공부할 수 있는 계기가 되었다. 지금까지 몇 년 동안 선생님 및 선배들과 함께 가졌던 연구실 발표시간이 나에게는 다시 오지 않는 매우 유익한 시간이었다. 지금은 질문을 준비하기 위해 선배들에게 발표문을 미리 보내달라고 부탁하지 않아도 되고, 아직은 잘하지 못하지만 지엽적인 질문에서 벗어나 전체를 문제 삼는 안목을 가질 수 있게 되었다.

외국어를 아무리 잘한다 해도 글을 쓸 때는 모국어만큼 자유롭게 구사할 수 없는 것 같다. 한국어로 글을 쓸 때마다 이 점을 느꼈지만, 잘하든 못하든 선생님한테 내 한국어 실력을 여실히 보여드리고 싶은 생각에서 연구실 발표할 때 항상 서툰 한국어로 쓴 보고서를 그대로 읽곤 했다. 그것은 내 개인적 고집 때문이기도 하지만 어쩌다보면 선생님한테 배운 솔직함에서 얻은 용기일지도 모른다.

선생님은 화를 내거나 귀찮아한 적은 없었다. 전체적인 구성의 문제점을 지적한 다음 항상 표현이나 문법적인 실수까지 일일이 친절하게 설명해주곤 했다. 그런 세심한 지도 덕분에 한국어 실력도 많이 늘어난 것 같다. 야단은 들은 적이 있지만, 다행히 '수술'까지는 가지 않고 '약물치료'의 단계에서 끝날 수 있었던 것은 내가 공부를 열심히 해서라기보다 외국에서 혼자 공부하는 유학생에 대한 선생님의 배려 덕분이 아닐까 라는 생각을 가끔 해본다.

뭐든지 항상 시간을 철저하게 지키고 미리미리 준비하라. 선생님은 항상 우리한테 이렇게 요구하고, 자신도 그렇게 해왔다. 그런 크고 작은 예가 헤아릴 수 없이 많지만, 북경대학 韋旭昇 교수님의 문집 출판기념회 때의 기억이 특히 인상적이다. 선생님은 韋 교수님의 저작에 대한 서평을 했다. 상대방 기분 좋으라고 상투적인 인사치레 말을 늘어놓지 않고, 짧은 시간 안에 중국 사람들도 읽기 힘든 중국 책 여러 권을 꼼꼼하게 다 읽고, 문제를 하나하나 빠짐없이 지적하고 검토했다.

그날 선생님은 강의가 끝나자마자 나보고 빨리 가자고 했다. 우리가 초청장에 적혀 있는 시간에 맞추어서 기념회장에 도착했을 때 아무도 없었다. 한 시간 뒤에야 사람들이 비로소 잇따라 행사장에 도착했다. 선생님을 따라 오지 않았으면, 나도 그렇게 늦었을지 모른다. 그때부터 나는 항상 "지금 할 수 있는 일은 다음으로 미루지 말자" 하고 마음속으로 다짐하고, 또 그렇게 하려고 노력해왔다.

선생님은 무뚝뚝해 보이는 것 같지만, 의외로 세심한 면도 있다. 내가 정식으로 입학하기 전에 벌써 선생님의 학부 강의를 청강하고, 연구실에서 공부하도록 했다. 어느 날 내가 연구실에서 책을 보는 동안 잠깐 나갔다 들어오면서, 열쇠를 하나 건네주셨다. 연구실의 열쇠였다.

아마도 내가 학교 안의 지리를 잘 모를 것 같아서 직접 나가서 열쇠를 복제해다가 준 것 같다. 나는 너무 송구스러워서 뭐라고 해야 될지 몰랐다. 지금도 그 열쇠를 보면 선생님의 따뜻한 마음을 느낄 수 있다.

해마다 3월 중순쯤이면 날씨가 따뜻한데 서울대의 난방은 계속 나왔다. 연구실 안이 정말로 참을 수 없을 정도로 덥다. 선생님이 연구실에 안 계실 때 항상 창문을 열어놓고 공부하지만, 선생님이 계실 때는 절대로 그렇게 못한다. 언젠가 한 번 너무 더워서 창문을 열자고 제안했더니, 선생님이 땀을 뻘뻘 흘리면서 아까운 에너지를 낭비하면 안 된다고 반대했다. 선생님의 그런 모습을 보고 나는 속으로 웃었다. 선생님이 너무나 순수한 분이라는 생각이 들었다.

가끔 나는 선생님이 학문을 위해 태어난 사람이라는 생각을 해본다. 학문하는 태도로 이 세상의 모든 것을 대하고 있는 것 같다. 선생님의 책을 보면서 감탄하고 있다. 한국문학을 세계에 널리 알리는 학자가 있는 것이 한국의 축복이다. 또 다른 각도에서 이 세상을 바라볼 수 있게 해주는 스승을 만날 수 있게 된 것은 나의 행운이 아닐 수 없다.

선생님한테 배운 많은 것은 내 인생의 소중한 자산이 될 것이다. 가식이 없는 언행 때문에 가끔 사람들의 오해를 사기도 했지만, 그것은 진리를 추구하는 용기이며 세속에 때 묻지 않은 영혼의 자연스러운 발로라고 생각한다. 그것이 굳이 오만이라고 한다면, 우리 모두 그러한 오만이 필요할지 모른다.

(중국 북경외국어대학 교수)

끝까지 제자를 감당하는 수고

정소연 (1999년 서울대학 석사 1학기)

나는 선생님의 막내제자이다. 선생님의 지도학생으로 받아주던 날 "첫째가 딸인데 막내도 딸이다"고 하셨다. 나는 그 '딸'이라는 말씀에 감동을 받았다. 학생과 딸은 천지 차이가 있는 것같이 느껴졌기 때문이다. 선생님께 지도 받기로 하고 연구실 열쇠를 받던 첫날부터 지금까지 내게는 감동의 순간이 많았다.

선배들도 그랬겠지만, 선생님께 지도받고자 허락받는 것부터가 쉽지 않았다. 석사 첫 수업 때 선생님의 강의를 듣고 전공을 문학사로 바꾸기로 작정했다. 그래서 선생님을 찾아가 지도 받고 싶다고 말했더니 세 가지의 이유를 들어 거절했다. 첫째는 문학사는 너무 어려운 공부이며, 다른 곳에서는 전공으로 인정하지도 않는다고 했다. 둘째는 국문학 말고도 다른 능력, 이를테면 외국어를 잘 한다든가 하는 특기가 있어야 한다고 했다. 셋째는 퇴임이 얼마 남지 않아 석사논문 이상은 지도할 수 없다고 했다.

그 다음에는 몇몇 외국학자의 이름을 들며 아느냐고 묻는데, 나는 아는 이름이 하나도 없었다. 선생님은 고등학생과 대화하는 것 같다고 했다. 대학원 입학보다 선생님 연구실 입실이 더 어렵다는 것을 실감했다. 그런데 한 가지 숙제를 내주었다. 불어로 된 역사학 관련 서적을 주고 문학사와 관련하여 어떻게 이 자료가 도움이 되는지 보고서를 써오라고 했다.

약속한 날에 쓴 것을 들고 갔으나 퇴짜 맞기를 두 번이나 하고 세 번째 찾아갔다. 내가 보기에도 형편없었으니 선생님 보기에는 오죽 했겠는가. 선생님은 보고서 뒷면에 선생님이 원하던 답을 풀어서 차근차근 설명해주었다. 그리고는 개인사물함과 연구실 열쇠를 주면서 "앞으로 연구실에 와서 공부하라"고 했는데, 어찌나 좋던지 눈물이 나올 뻔했다. 그날 선생님과 대화한 내용이 석사논문의 주제가 되었는데, 논문을 완성하기까지 이미 알려진 형편없는 실력 때문에 늘 부끄러웠고 혹시 쫓겨나지 않을까 해서 살얼음 위를 걷는 것 같았다. 선생님이 지도하지 않겠다고 해도 할 말이 없는 수준이었음을 스스로가 충분히 잘 알았기 때문이다. 그런데도 선생님은 석사논문을 끝까지 지도해주었다. 나 때문에 한없이 인내해야 했음을 생각할 때 늘 빚지고 있다는 마음이 든다.

감동의 순간들은 이것만이 아니다. 선생님과 나만 아는 한 사건이 있는데, 회고록에는 써도 되지 않을까 싶다. 미국에 있는 어느 교수님이 한국 자료를 구하는 아르바이트생을 구하고자 선생님께 문의를 했는데, 내가 하게 되었다. 한번은 크리스마스가 되어서 그 교수님께 카드를 보냈는데, 그분으로부터 불쾌한 기색이 역력한 메일이 선생님께 왔다. 정말 하늘이 노래지는 것 같았다. 그 당시 나는 하나님의 아들 예수가 사람으로 태어난 신비로움과, 그 먼 페르시아 왕궁의 지체 높은 박사들이 어떻게 보배합까지 준비해서 더러운 말구유에 누인 아기로 온 구주를 알아보고 찾아왔을까 하는 것에 감탄하고 있던 즈음이었다.

그런 내 마음을 담아서 성탄카드를 보낸다는 것이 도리어 화근이 되었던 모양이다. 내가 당해야 할 것이 선생님께 향한 것이다. 물론 나도 그 상황이 너무 당황스러웠지만 그것보다도 나 때문에 선생님의 명예가 떨어지고 내가 큰 누를 끼쳤다는 생각에 몸 둘 바를 몰랐다. 게다가 선생님이 심하게 노여워하면 어떡하나 해서 다리가 후들거렸다.

그런데 놀랍게도 선생님은 그런 내색 없이 미국의 교수님께 나에 대한 변호의 말씀과 함께 화해할 수 있도록 편지를 잘 써주었다. 이 일을 생각할 때마다 몇 번이나 가슴을 쓸어내리며 감사하고 감격했는지 모른다. 그 뒤 그 교수님은 한국에 오실 때마다 연락을 주시고 깊은 이야기도 나누며 헤어질 때는 어머니같이 안아주기까지 했다. 나의 실수를 선생님이 감당해준 덕분이다. 그 덕분에 그 교수님도 참 좋은 분임을 더 잘 알게 되었다.

나처럼 피라미 같은 제자야 선생님 연구시간만 빼앗는 것 같고, 실수도 많아서 늘 감당하고 신경 쓸 것 투성이어서 벌써 쫓아냈을 법도 한데, 깊이를 알 수 없는 대학자인 선생님이 어떻게 이토록 인내하는가 싶어 나는 내내 이해가 안 된다. 이해가 되기 전에 마음이 뭉클하고 뜨거워질 뿐이다. 석사밖에 지도할 수 없다고 말했는데, 얼마 전 박사과정을 수료한 지금까지, 퇴임이 한 학기도 안 남은 바로 지금까지도 지도해주고 있다.

그래서 딸이라고 했던가. 선생님께서 퇴임할 때까지 제자를 감당하는 멍에를 끝까지 벗지 않았기에 부끄러움과 자책을 무릅쓰고 포기하지 않고 공부할 수 있었다. 내가 더 늦게 태어나지 않아서 선생님의 지도를 받으며 가까이 뵐 수 있었던 것은 생각할 때마다 감사하며 다행스럽다. 선생님의 회고록 마지막 페이지에 퇴임시까지 아름다웠던 선생님의 모습을 기억하는 한 증인으로 동참하는 영광을 누리기까지 하니 더욱 그러하다.

(박사과정 수료)

반대로 만난 智儼과 義湘

김예령 (2000년 서울대학 박사 1학기)

아직도 잊을 수 없다. 서울대학교 교정의 은행 나뭇잎이 노랗게 물들었던 그해 가을의 일을. 한국 유학의 꿈을 안고 북경을 떠나 서울을 찾은 나는 선생님의 연구실 문을 무작정 노크했다. 선생님의 저서를 통하여 나는 이미 오래전부터 선생님을 알고 있었지만, 선생님은 나를 전혀 모르는지라 문을 열고 들어서서 선생님 문하에서 공부하고자 찾아온 중국유학생이라고 여쭙는 나를 보고 그 당돌함에 놀라는 기색이 역력했다.

나는 선생님에게 이렇게 말했다.

"7세기에 신라의 義湘이 중국으로 건너가 智儼을 스승으로 모시고 華嚴宗을 공부하였듯이, 천여 년의 세월이 흐른 오늘 제가 중국에서 한국으로 건너와 선생님 문하에서 공부하고자 합니다."

이 말을 듣고 선생님은 연구실에 다시 들르면 시험을 볼 것이니 돌아가서 공부를 하라고 하면서 두툼한 책을 건네주셨다. 의상스님이 나에게 용기를 주신 덕분인지 나는 순조롭게 소원을 풀게 되었다. 선생님의 시험에 합격해 제자가 된 날, 자하연 주변의 은행 나뭇잎은 유달리 아름다웠다. 구름 한 점 없이 맑게 갠 하늘은 높고 푸르기만 했다.

중국에 있을 때 나를 자식처럼 아껴주고 사랑해 주시던 선생님이 계셨는데, 내가 조선생님을 찾아 한국 유학의 길에 오르련다는 뜻을 밝히자, 생각은 좋은데 너무 높은 나무에 오르고자 하다가 괜히 다칠 수 있다고 하셨다. 나는 그 말씀에 오히려 오기가 생겨 한국 유학의 뜻을 굳히게 되었다. 지금 와서 돌이켜 보면 그 오기가 나에게 得과 失, 양자를 모두 주었던 것 같다. 얻는 것이 있으면 잃는 것이 있고, 잃는 것이 있으면 또 얻는 것이 있게 마련이다.

중국 안에서 박사공부를 하면 실리적인 면에서 얻는 것이 한두 가지가 아니다. 하지만 元曉와 같이 頓悟의 경지에 이르지 못한 내가 義湘이 智儼을 찾아 당나라 유학의 길에 오른 것처럼, 선생님을 찾아 한국 유학의 길에 나선 것은 지금 생각해 보아도 올바른 선택인 것 같다. 다만 智儼의 문하에서 수학하면서 나중에 스승과 함께 화엄철학을 정립한 義湘의 깊이에 자신을 견주는 것이 철없는 일인 것을 알고 있지만, 꿈은 자유이고 꿈의 실현이 바로 현실이 아닐까 하는 생각으로 자위하곤 한다.

중국 국적을 갖고 있는 나에게 한국문학은 이중성을 갖고 있다. 즉 외국문학이기도 하면서 민족문학이기도 하다. 재중 3세로서 나는 어릴 적부터 한어와 민족어 교육을 함께 받았기에 이중 언어를 사용했다. 부끄러운 얘기지만, 자신이 어릴 적부터 이중 언어를 자유롭게 구사할 수 있었다는 사실이 얼마나 자랑스러운 일인가를 선생님을 만나고 나서 절실하게 느꼈다.

내가 공부하고 또한 가르치고 있는 곳인 북경의 중앙민족대학은 중국에서 소수민족 인재를 양성하는 중점 대학이며, 55개 소수민족의 배움의 보금자리이다. 자신의 민족어로 공부할 뿐더러 타민족 문화를 접할 수 있는 좋은 배움터이기도 하다. 선생님은 오래전부터 동아시아 여러 민족의 문학을 차등이 아닌 대등의 과점에서 널리 이해해 민족주의의 협소한 시야를 벗어나 보편주의를 재확립하자고 했다. 그래서 한국에 있으면서 중국의 여러 소수민족 문학에 대해서도 깊은 관심을 가지고 연구하고 있었다. 선생님을 만나고 나서야, 나는 廬山에 앉아서 廬

山의 眞面目을 모르고 있었음을 비로소 깨닫게 되었다.

　지엄과 의상, 그리고 선생님과 나의 관계가 아직까지는 등식을 이루지 못하고 있는 상황이지만, 시간이 흐름에 따라 나날이 근접해 갈 수 있기를 바란다. 어쩌면 부등식으로 끝날지도 모르지만, 그 해답은 지금 알지 못하고, 세월이 계산할 수 있기에는 우선 노력해볼 일이다.

(중국 중앙민족대학 교수)

남아프리카에서 본 국제인

나수호 (Charles La Shure, 2000년 서울대학 석사 2학기)

　선생님을 처음으로 직접 만난 것은 석사 2학기에 선생님의 과목을 수강하면서였다. 그러나 그 전에 이미 많은 상상과 기대를 하고 있었다. 미국에서 한국으로 유학 와서 한국문학을 공부하기로 결심했을 무렵, 교보문고에 가서 한국문학에 관한 책을 훑어보았다. 당시에는 한국어를 잘 못했기 때문에 솔직히 말하면 책의 내용을 잘 알 수가 없었으나, 다른 '조동일'이라는 이름이 쓰여 있는 책이 엄청 많은 것을 보고 이상하게 여겼다. '도대체 어떤 분이 이렇게 책을 많이 썼을까?'라고 생각하면서 한참 책을 쳐다보았다.

　입학한 다음 선생님에 대한 이야기만 하면 학생들이 막연한 경외심인지 공포감인지에 사로잡힌 것처럼 보였다. 한 교수님은 선생님을 지칭할 때마다 "괴물 같은 조동일"이라고 하기도 했다. 그래서 선생님의 강의를 처음 신청했을 때에 적지 않은 긴장감을 느낄 수밖에 없었다.

436

그러나 수업을 실제로 들어보니까 선생님은 나의 기대와 상상과 달랐다. 물론 과제가 많아서 조금 힘들기는 했지만 공부만 열심히 하면 무서울 것이 없다는 것은 알게 되었다.

2000년 1학기에 선생님이 여름에 국제비교문학회(ICLA)에서 발표한다고 했다. 장소는 남아프리카 행정수도 프리토리아였다. 나도 우연히 그 무렵에 남아프리카에 갈 일이 있어, 한국으로 돌아오는 날짜를 연기해 학회에 참석하기로 했다. 일정에 큰 무리가 없고, 국제학술회의에 참가하는 경험을 해보고 싶었다. 또 한국이 아닌 외국에서 보는 선생님의 모습이 어떨까 궁금하기도 했다. 선생님을 직접 만난 이후 많이 존경하게 되었고 연구하는 것을 보면서 참으로 국제적인 학자라는 생각을 하게 되어, 국제무대에서 활약하는 선생님의 모습을 직접 보고 싶었다.

그 학회와 여행에 대한 인상 깊고 좋은 기억이 많이 남아 있지만, 내 머릿속에 가장 깊이 박힌 추억은 선생님과 같이 보낸 시간이다. 무엇보다도 선생님의 발표가 생생하게 기억난다. 선생님은 나에게 "내 발표 시간이 되면 이것 좀 나누어줘라"고 하시면서 발표논문 복사본 뭉터기를 주었다. 바쁘게 돌아다니면서 발표 장소에 온 사람들에게 하나씩 나누어주기 시작하자 바로, 다른 사람들이 나를 이상하게 쳐다보고 있다는 것을 알게 되었나. 나는 머리를 긁적이며 "저, 발표하시는 분이 우리 선생님이라서, 그냥 발표문을 나누어드리는 거예요"라고 말했다. 그때 스승과 제자의 관계에 대해서 생각하며, 새삼 "역시 한국 문화는 특별한 데가 있구나"라고 생각했다.

선생님의 발표는 구비서사시에 관한 것이었다. 서구의 영향을 받기 전의 동아시아와 아프리카 구비서사시 비교론을 시도하면서, 아프리카의 경우는 자세히 모르므로 공동연구를 제안한다고 했다. 그래야 서사시를 유럽 중심의 관점에서 이해해 얻은 편견을 극복하고 세계문학사

의 진면목을 찾을 수 있다고 했다. 그런데 거기 모인 학자들은 그 제안
에는 관심을 보여주지는 않으면서 시시한 문젯거리만 꺼내 토론이 엉
뚱한 방향으로 빗나가게 했다.

처음에는 놀라고 그 다음에는 실망하다가 마지막에는 조금 화가 나
기 시작했다. 머릿속에서는 하고 싶은 말이 분수처럼 쏟아졌다. "왜 이
렇게들 모르고 있는 거냐?" "그따위는 중요하지 않고 같이 협조해서
대단한 연구를 이루는 것이 중요하다." "좁은 시야 때문에 중요한 것을
볼 수 없으니 참 안타깝다." 하지만 아무 말 없이 그 토론 속에서 선생
님의 희망이 점점 사라지는 것을 지켜볼 수밖에 없었다.

그런데 선생님은 그런 사태에 담담하게 대처했다. 내 생각에는 쓸데
없다고 느껴지는 지적까지 차분한 목소리로 꼬박꼬박 답변해주었다.
선생님이 그 와중에서도 최선을 다 하시며 진지하게 대처하고 있는데,
어떻게 제자가 함부로 말을 하랴? 지금 생각해 보면 선생님의 희망이
곧 내 자신의 희망이었을지 모른다. 그래서 큰 기대를 가지고 아프리카
에 갔다. 국제학술회의에 처음 참가하면서 무슨 대단한 일이 벌어지기
를 기대했다.

눈에 아무 것도 보이지 않아 낙심했는데, 신기하게도 선생님은 낙심
하지 않았던 것 같다. 학회에서 놓친 것보다 거둔 것에 관심을 가졌다.
나는 그제야 국제적인 학자란 무엇인지 깨달았다. 사소한 차이점을 찾
아서 지적하는 것이 아니라, 국경과 민족을 초월하는 비전을 가지는 학
자가 바로 국제적인 학자이다. 그리고 도중에 나타난 장애물에 관심을
가지지 않고 항상 궁극적인 목표 달성에 전념한다. 이것이 바로 선생님
의 발표를 듣고 배운 가장 큰 교훈이다.

아프리카에서 선생님과 보낸 시간의 마지막 추억은 동네 음식점에
서 간단하게 저녁식사를 하고, 또 호프집에 가서 내가 제일 좋아하는
맥주 기네스를 한잔하며 이야기를 나누면서 선생님의 웃는 얼굴을 보

던 것이다. 선생님은 여러 나라에 다니며 먹어본 각국의 맛있는 음식 이야기를 많이 하고, 그렇지만 사모님이 하는 음식이 으뜸이라고 자랑 스럽게 말하던 것이 가장 인상적이었다. 외국 사람인 나는 아내를 자랑 하는 것이 자연스럽다고 생각했는데, 한국에서 오래 살다보니 그렇게 하는 것은 부끄럽다고 여기게 되었다. 그런데 남아프리카 프리토리아 대학생들이 드나드는 호프집에서 선생님의 아내 자랑을 듣다니. 우리 가 국경을 넘어서 같은 세계인이라는 느낌이 들었다.

나는 서울대학에서 석사를 하고 박사과정에서 공부하고 있다. 전공 은 계속 한국고전문학이다. 요즈음은 선생님과 함께 《한국문학통사》를 축약해 영역하면서 새로운 추억을 만들고 있다.

(서울대학 박사과정 재학중)

타과학생 시절의 호언장담

황종민 (2003년 서울대학 통계학과 학사 6학기)

1월의 마지막 날이 되어서야 "이제는 써야겠다"는 생각이 들었다. 이는 물론 어설프게나마 마감일을 앞둔 작가의 그 묘한 긴장을 흉내 내 려는 것은 아니고, 다만 이제야 내가 서울대학 국어국문학과 학생으로 서 이 글을 쓸 수 있게 되었기 때문이다. 그래, 아직은 낯설지만 난 그야 말로 갓 구워낸 빵같이 따끈따끈한 국어국문학과 학생이 된 것이다.

자연대학 통계학과에서 4년이란 시간을 보내는 동안, 인문대학 국 어국문학과 학생이 되기 위해서 2년 가까이 준비했다. 그리고 다행히도 전과라는 제도가 있어서 이렇게 뒤늦게나마 원하는 공부를 할 수 있게 되었다. 앞에서도 말했듯이 선생님의 회고록의 구석자리 하나를 감히 차지하게 될지도 모를 이 글은 통계학과가 아닌 국어국문학과 학생으로서 쓰고 싶었다. 어쩐지 그래야만 할 것 같은 기분이 들었고, 마침내 지금 난 내가 국어국문학과 학생이 되기 위해 처음 들었던 수업인 '한국고전문학사'를 수강했던 학생으로서, 그리고 그토록 바라던 국어국문학과 학생으로서 이 글을 쓰고 있는 것이다.

우연히도 '한국고전문학사'를 수강하게 된 것은 너무도 다행스러운 일이었다. 국문과생도 아닌 주제에 운 좋게도 정년을 앞둔 선생님의 수업을 듣게 된 것이다. 함자만 들어 알고 있던 터라 솔직하게 말하자면 뭘 배우는 수업인지도 모르고서는, 강좌 제목만 보고서 수강신청을 했다. 첫 시간에 여러 문학사가들과 타국의 문학사에 대해 정리해 주셨을 때에도, 남들은 가방에서 칼을 뽑듯 시원하게 뽑아들던 《한국문학통사》 한 권 없이 그저 어리둥절해 하면서, 칠판에 쓰인 알아보지 못할 한자들을 공책에 옮겨 그리는 것밖에는 할 수 없었다.

더구나 강의계획서에 명시되어 있던 세 가지 과제들은 당장에 수강 취소를 해버리고 싶은 마음에 부채질을 했다. 그 세 가지 과제들은 다름이 아닌 "《한국문학통사》 검토", "《한국문학통사》와 다른 저서의 비교 검토", "주제별 문학사 서술을 위한 구상"이었다. 지금 봐도 무시무시하다! 물론 수강을 취소하지는 않았다. 그리고 또한 그건 참 잘한 일이었다. 역시나 생각했던 만큼 힘들었다. 세 번의 보고서를 쓰기 위해서 매번 도서관에서 참고도서를 10권 정도씩 빌려서 끙끙거리며 들고 와 컴퓨터 앞에서 밤을 거의 새우다시피 했다. 타과생임을 방패 삼아서 선처를 기대할 수는 없었다.

그렇게 첫 번째와 두 번째의 과제를 제출하고서 마지막 과제를 제출해야 할 시기가 왔다. 하지만 그 당시에 하필 이런저런 시험이 겹쳐서 체력이 바닥난 상태였다. 결국 가장 열심히 했어야 할 마지막 보고서를 가장 부실하게 해버린 꼴이 됐다. 주제에 무슨 용기가 샘솟았던지 보고서 끝에 "나중에 열심히 공부해서 《한국문학사상사》를 쓰면 한 권 가지고 찾아뵙겠다"는 식으로 호언장담을 했다. 이런 얘기까지 해서 될지는 모르겠지만, 놀랍게도 기대 이상의 학점을 받았다. 열심히는 했지만 많이 부족했다고 생각했는데, 설마 저 호언장담 때문이었을까?

학문은 무식의 소관이 아니라 유식의 소관이라던 선생님의 말이 새삼스럽게 떠오른다. 그토록 철저히 강의를 준비해 오고, 수업시간에 오차 하나 없이 진행하던 선생님이었지만, 외국의 학술대회에서 저 말씀으로 대회장 가득히 들어찬 외국 석학들의 머리를 떨구게 했다는 말씀은 당신도 자랑스러웠는지 두 번이나 했다. 두 번 다 싱글벙글 하면서 말했는데, 그때의 선생님은 마치 장판교에서 홀로 조조의 백만 대군을 가로막은 장비 같았다. 물론 그 두 번 모두 통쾌하기 이루 말할 수 없었다. 학문을 하는 사람이라면 그 학문에 대해 깊든지 넓든지 많이 알아야 마땅할 것이다. 나는 저 말을 격언처럼 새기며 유식해지기 위해 열심히 공부하고 있다.

선생님은 퇴임을 하시면 '無爲'를 '道'로 삼아 쉬면서 공개강연이나 하면서 시간을 보낼 것이라 했다. 이렇게 말하면 악담인지 덕담인지는 모르겠으나, 부디 선생님의 소원대로 학교에서 뵐 수 없게 되었으면 좋겠다. 직업으로서의 학문이 아닌 유희로서의 학문을 할 즈음에, 앞서 약속한 《한국문학사상사》를 꼭 전해야겠다는 결심을 한다. 막차에 겨우 올라탄 제자의 졸저가 선생님의 노년 목침으로라도 쓰일 수 있다면 그만한 영광이 없을 것이다.

(서울대학 국문학과 학사과정 재학중)

마치는 말

1968년 3월에 계명대학에서 시작해 영남대학과 정문연을 거쳐 서울대학에까지 이르면서 36년 반 동안 계속한 대학 교수 노릇을 이제 모두 끝낸다. 2004년 8월말에 정년퇴임하고 물러난다. 회고록 쓰는 일까지 끝내고 되돌아보니 다시 하고 싶은 말이 많으나 되도록 줄이고자 한다. 현재의 심정을 술회하고, 지난날을 되돌아보고, 남은 일을 생각하는 말을 간략하게 몇 마디 덧붙이고자 한다.

현재의 심정은 다행스럽다는 것이다. 위기가 없었던 것은 아니지만, 정년까지 대학에서 일할 수 있어 기쁘다. 건강이 상한다든가 사고가 난다든가 하는 일도 없이 주어진 일을 무사히 마치게 되었다. 돌보아주고, 염려해주고, 도와준 분들에게 감사한다. 정해진 코스를 다 뛰었으니 完走했다고 하는 용어가 적합하다.

교수가 되기까지 30여 년 빚을 지고, 거의 같은 기간 동안 갚아서 정년을 할 때가 되니 빚이 없어졌다고 말한 분이 있는데, 나도 같은 표현을 쓰고 싶다. 그 전에 부모에게, 스승들에게, 주위의 다른 사람들에게 빚을 졌다. 빚을 준 분들이 아닌 자식, 제자들, 다시 만난 사람들에게 갚으려고 애썼다. 그것은 어쩔 수 없는 일이다. 이제 빚을 갚아 자유로운 몸이 되어 기쁘다.

네 학교를 거친 것은 행운이었다. 서로 다른 세계를 경험하면서 학문을 한 단계씩 발전시킬 수 있었다. 구비문학에서 고전문학으로, 고전문학에서 한국문학으로, 한국문학에서 동아시아문학으로, 동아시아문학에서 세계문학으로 나아가는 변화가 필요할 때마다 적절한 곳을 찾아다닌 것처럼 되었다.

계명대학과 영남대학은 대구에 있어, 내 고향 경북 북부지방 구비문학을 탐구해 문학 이해의 출발점으로 삼을 수 있었다. 정문연 시절에는 혼자서 한국문학을 온통 담당한 덕분에 문학사를 통괄해서 서술하는 작업을 강의와 밀착시켜 진행할 수 있었다. 서울대학에 와서는 각론을 담당해야 하는 의무가 없는 자유를 누리면서 문학과 철학의 관계를 논하고, 동아시아문학을 거쳐 세계문학으로 나아갔다.

연구의 도달점은 구비문학·고전문학·한국문학이 문학 일반론을 새롭게 정립하고, 문학사의 전개를 다시 이해하는 근거가 된다는 것이다. 수입학에 휘둘리지 않고, 자립학의 협소한 시야에서도 벗어나, 보편타당한 이치를 밝히는 창조학에 이를 수 있었다. 그 결과를 세계 학계에 내놓고 널리 펴내는 일은 조금밖에 하지 못해 유감이지만, 주어진 기간이 30여 년에 지나지 않아 어쩔 수 없다.

저서 50권, 논문 200편 정도를 써서 너무 많아 부끄럽다. 오래 다져서 한층 밀도 짙고 더욱 수준 높은 작업을 하지 못하고, 서둘러 내놓아 여기저기 허점이 있다. 문학사 하나만 공들여 다시 써서 잘못을 시정하기로 하고, 다른 많은 것들을 재검토하는 일은 손을 대지 못하고 있다. 저질러놓은 일 가운데 재론할 가치가 있는 것들은 후진이 나무라고 고치고 보태리라고 기대한다.

지난 36년 반 동안 가르친 학생 총수는 헤아릴 수 없이 많다. 내 지도를 받고 석사나 박사가 된 사람이 50인을 넘는다. 직접 지도하지 않았거나 지도를 끝내지 못했으나 가까이 지낸 사람도 그 수에 가깝다. 그 가운데 다수가 대학 교수로 활약하면서 학문을 혁신하고 있다. 뛰어난 인재들이 큰 활약을 하고 있으므로 나는 이제 물러나 쉬어도 된다.

교수 노릇을 잘못 해서 용서를 구해야 할 일도 적지 않다. 가르치는 일을 너무 엄격하고 가혹하게까지 했다. 각자의 사정은 돌보지 않고 이루어야 할 목표만 내세워 지나친 요구를 했다. 강의시간에 면박을 주고, 성적을 낙제로 평가하고, 논문 지도와 심사에서 지옥의 고통을 겪게 했다. 사제관계가 아닌 사이인데도 학회에서 하는 발표를 지나치게 논박하는 무례를 저지르기도 했다.

'제자들의 회고'에 그런 사실을 적은 것이 많아 읽으면서 깊이 반성을 하게 한다. 그렇지만 글을 써낸 사람들은 시련을 이겨내고 학문에서 뜻한 바를 이루었으므로 숨은 내막을 이제는 즐겁게 공개할 수 있다. 견딜힘이 모자라 뒤떨어지기도 하고 물러나기도 해서 상처가 그대로 남은 다수는 말이 없다. 행방을 알지 못하고 술회를 들을 수 없어, 위로할 방도를 찾지 못한다. 이 대목을 읽고 마음 돌려, 소식을 전하고, 만날 수 있게 되기를 바란다.

미안하게 생각하고 용서를 구히면서, 몇 마디 변명을 보태고자 한다. 누가 미워서 괴롭힌 적은 없다. 초년고생은 학문뿐만 아니라 어느 영역에서도 소중한 자산이 되리라고 믿는다. 나는 다른 누구보다 내 자신에게 더욱 엄격했다. 숨가쁘게 달려온 걸음을 멈추고 앞뒤를 돌아보니 중년 이후까지 가장 많이 시달린 사람은 내 자신이다. 신이 나서 시달리는 줄 모르다가 이제야 알아차릴 수 있다.

할 일을 거의 다 하고, 빚 갚기를 대충 끝내 마음이 편하다고 생각하자. 잘못한 일은 다시 할 수 없으니 후회를 길게 하지는 않기로 한다. 휴식의 즐거움을 찾아 누리면서, 남은 시간을 헛되이 보내지는 않는 최소한의 작업을 하려고 한다. 책 읽기보다 산천유람이 더욱 소중하다는 것을 거듭 깨닫고, 새로운 마음으로 백지에 그림을 그리련다.

공개구직 소동을 벌였어도 이루지 못한 꿈은 아직 남아 있다. 좋은 기회를 얻어 관심을 학문론으로 확대해 공개강의를 하고 저술을 하고 싶다. 강의 진도를 맞추고 격식에 따라 논문 쓰는 구속에서 벗어나, 생각하는 바를 자유롭게 펼치려고 한다.

제3판 **한국문학통사** (전6권)

조동일 지음/신국판/양장 ①402쪽 ②482쪽 ③562쪽 ④450쪽 ⑤550쪽 ⑥192쪽/
책값 ①15,000원 ②18,000원 ③18,000원 ④15,000원 ⑤18,000원 ⑥6,000원

지금까지 연구된 모든 갈래의 한국문학 연구성과를 총망라한 위에, 독자적인 틀로 새롭게 체계화한 《한국문학통사》가 1982년에 처음 선보인 이래, 최근 1993년 5월까지의 새로운 자료와 연구업적을 포함시켜 문제점을 고찰하고 논의를 가다듬어 대폭적인 내용의 확장과 심화를 가져온 호화판 양장본이다.

세계문학사의 전개

조동일 지음/신국판/양장 540쪽/책값 23,000원

한국문학사에서 걸출한 연구 성과를 올린 조동일 교수가 그 성과를 동아시아 문학사에, 다시 다른 여러 문명권 문학사에 적용하고 확장하여 여덟 가지 언어로 된 38종의 세계문학사를 검토하고 비판하였다. 단순한 문학사의 나열에 그치지 않고 세계사에 대한 거대한 전망을 제시하고 있는 이 책은, 전 세계의 문학사를 완전히 새롭게 구성한 진정한 의미에서 최초의 세계문학사라 할 수 있다.

소설의 사회사 비교론 1·2·3

조동일 지음/신국판/반양장 ① 286쪽 ② 364쪽 ③264쪽/책값 ①③ 15,000원 ② 20,000원

우리 시대가 낳은 빼어난 인문학자 조동일 교수가, 세계의 소설사를 문학사의 차원을 넘어 사회사·철학사를 원용해 비교 분석한 거작이다. 기존의 소설 이론의 쟁점을 분석하고 소설작품의 실상을 파헤치며 소설의 형성과정과 소설을 산출한 시대, 소설의 생산·유통·소비 및 소설에서 문제된 신분과 계급, 소설에 나타난 남녀관계, 소설에서 추구한 의식의 각성 등을 두루 살핀 다음, 엄밀한 고증과 치밀한 분석, 생극론의 역사철학 이론을 동원해 소설의 위기극복을 모색하고 있다.

철학사와 문학사 둘인가 하나인가

조동일 지음/신국판/양장 504쪽/책값 25,000원

철학사와 문학사의 상관관계를 세계적인 범위에서 고찰한다는 점에서 세계문학사 이해의 이론을 새롭게 정립하기 위한 저자의 일련의 작업에 포함된다. 시대순으로 '원시의 신화에서 고대의 철학으로', '중세전기의 철학시', '중세후기철학에 대한 시인의 대응', '중세에서 근대로의 이행기 철학에서 문학으로', '근대를 넘어서는 철학과 문학의 새로운 관계'라는 제목 아래 여러 문명권의 철학사와 문학사를 다룬다.

중세문학의 재인식 1 **하나이면서 여럿인 동아시아문학**
중세문학의 재인식 2 **공동어문학과 민족어문학**
중세문학의 재인식 3 **문명권의 동질성과 이질성**

조동일 지음/신국판/양장 ①504쪽 ②476쪽 ③510쪽/책값 각권 22,000원

　중세문학에 관한 해명을 기본과제로 삼아, 문학사와 문명사를 연결하는 3부 작시리즈. 1권은 공동문어문학과 민족어문학의 관계를 동아시아 범위 안에서 다루고, 2권은 다른 여러 문명권과 비교론을 전개한다. 3권은 여러 문명권의 중세문학이 어떻게 같고 다른가를 해명하고자 문학사의 범위를 넘어선 문제까지 다루고 있다.

한국의 문학사와 철학사

조동일 지음/신국판/양장 536쪽/책값 15,000원

　이 책의 백미는 결론에 해당하는 맨 마지막 논문 〈생극론의 역사철학 정립을 위한 기본구상〉에 있다고 할 수 있다. 저자는 이 글에서 문학·사학·철학을 연결하려는 야심을 드러내고 있다. 이 논리의 타당성 여부는 차치하고라도, 문학사를 통해서 총괄적인 역사를 서술하고, 세계문학사의 역사철학을 정립해서 인류의 과거·현재·미래를 투시하고자 하는 이른바 거대이론의 새로운 구축을 노리는 저자의 큰 꿈이 담긴 설계도라 할 수 있다.

제2판 **한국문학사상사시론**

조동일 지음/신국판/양장 480쪽/책값 18,000원

　우리 文學硏究史上 韓國文學의 思想을 다루어본 적이 아직 없었던 터에 새로운 구상과 그에 알맞은 방법론으로 國文學의 大體系를 세우려는 著者 특유의 一連의 著作 가운데 하나로서 이 책은 우리 역사상에 문학사상을 편 인물들을 뽑아 집중조명하여 시대별로 체계화를 시도한 力著이다.

韓國小說의 理論

조동일 지음/신국판/반양장 476쪽/책값 18,000원

　이른바 한국 고전소설의 작품 구조의 사상적·사회적 의미를 종래의 西歐的 分析論理가 아닌 우리 傳統思想의 하나인 理氣哲學의 이론을 원용하여 한국문학 연구의 총체적인 관점을 개척한 이론서인 이 책은, 국문학 硏究史上 새로운 章을 열었던 저작으로 학계의 주목을 받을 뿐만 아니라 계속 논의가 진행 중인 화제의 책이다.